KB236697

한국 현대 시인 열전

한국 현대 시인 열전

김 미 연

국학자료원

책머리에

한국 6·70년대 시인들의 광대한 시적 파노라마

한자리에 모아보니 광대한 시적 파노라마다. 60년대와 70년대를 아우르는 한국시의 전개와 발전을 한눈에 들여다볼 수 있는 '조감도'라고 생각한다.

30년대라는 기법적 다양성, 40년대 청록파의 신선도, 나라를 찾은 광복기의 역사와 1950년대 전쟁 체험의 민족사 수난이라는 거대한 도전을 넘어서서 시야를 확보한 시대라는 점에 주목할 수 있다. 이를테면 1930년대 시문학파와 이미지즘의 기류가 다시 맥을 잡아 이어지는 시기의 시학에 이르렀다고 보고 우리나라 60년대 70년대 현대라는 뿌리와 그 다양성에 필력을 집중하였다.

유기적인 장력은 다음과 같은 대비와 선후의 이론적 파장을 포함하는 대저한 관계망을 형성하고 있다. 서정론과 형식론, 이미지 시와 관념시, 역사주의와 현실론, 유불선과 기독교적 사유, 모더니즘과 포스트 모더니즘, 자연과 생태 탐구, 구조주의와 해체시, 순수시와 저항시 등이 그런 지향을 띠고 있다. 사조적 측면에서 특별히 유의할 시인이 있고 그 변경에 존재하는 시인이 있다. 그런 가운데 우리가 주목해야 할 시인들은 언어의 벽을 넘어서 사유와 상상의 깊이에 도달한 시인일 것이다.

그러나 그 세계의 다양성을 따라잡기에는 시 읽어내기의 부족한 안목과 연재라는 지속성에 심리적 부담을 느낀 것은 사실이다. '미네르바'에서 지면을 할애해주신 점과 학위 과정에서 지도의 물꼬를 터주신 교수님의 조언에 힘을 얻어 필자는 다음과 같은 점에 유의하여 각각 시인들의 세계를 살펴 나갔다.

첫째, 작품 읽기는 기존의 평가에 기대지 않고 필자 스스로 시의 세계를 확인하고 창작의 진실에 닿을 수 있도록 최선을 다했다.

둘째, 문단의 특정 상황을 자료를 통해 알 수 있었다. 1960년대 젊은 한국시단은 중앙일간지와 현대문학 등 문예지를 통해 괄목할 만한 중요시인들이 다수 등단하여 서로 힘겨루기를 통해 다양한 발전을 할 수 있었음에 유의했다.

셋째, 주제나 소재 또는 기법에서 시인이 차지하는 장점이 무엇인지를 예의주시했다.

넷째, 시에 직접적 영향을 준 시대의 역사적 사건을 탐색했다.

우선 네 가지를 염두에 두고 '한국 현대 시인 열전'의 바다로 나아가고자 한 것이다. 이런 가운데 필자가 알고 있던 시인들의 선입견이 지워지기도 하고 의외의 장소에서 좋은 작품들이 쏟아져 나오기도 했다. '명불허전'이라는 감탄이 나오기도 했고 "시인은 작품으로 말한다."는 지극히 상식적인 어사가 떠오르기도 했다.

한국문단 1960년대(70년대 포함)는 근대와 현대, 시대와 역사를 포괄하는 광범위한 교양의 광장에 이르렀다. 여기에서 시인들은 그 틈바구니를 헤집고 나름의 화술과 문법으로 자기 목소리를 내기 시작하고 그 소리를 다듬었다. 그래서 열전에 이른 것이다.

일부 대표적인 시인들이 누락된 부분이 있어 아쉬움이 남지만 이 '한국 현대 시인 열전'이 한국시의 제2 개화기인 1960년대와 일부 1970년대를 기념하는 특별한 의미가 되기를 바란다.

2025년 5월
김미연

목 차

원석原石과 물꼬 트기의 시

정진규論

원석原石과 물꼬 트기의 시

시전집과 시선집의 의미

정진규 시인은 경기도 안성출생(1939-2017)으로 고려대학교 국어국문학과를 졸업했고 1960년 동아일보 신춘문예로 등단했다. 월간 「현대시학」 주간, 한국시인협회 회장을 역임했으며 시집에는 『마른 수수깡의 평화』 등 16권(육필시집 포함)과 시선집 '정진규시선집'(2007, 책 만드는 집)이 있다. 그는 전봉건 사후 『현대시학』 주간으로서 우리나라 시단의 산 증인 중 한 사람이 되었고 공초문학상 등을 수상한 시단의 역량 있는 필력의 소유자였다.

필자는 정진규論의 텍스트로 '정진규시선집'(2007)을 골랐는데 이 기회에 시인들이 내는 시 전집과 시선집의 의미를 잠시 생각해볼까 한다. 그의 시 전집은 일생을 시인으로 살아온 궤적이며 한 개인의 기록일 것이다. 시 전집의 경우는 독자나 연구자(비평가 포함)에게 시인 자신의 비평적 가이드라인을 제공한다는 점에서 보다 객관성을 확보할 수 있을 것이다. 총량 연구라는 차원에서 보면 시 전집의 자료적 가치는 충분히 지니고 있다. 초기에는 자유시를 다루었고 후기에는 주로 산문시를 보여주었다. 필자가 다룬 작품들은 대부분 초기의 시들을 언급했음을 밝힌다. 전체를 다루지 못함을 유감스럽게 생각한다.

한국시의 역사에서 산문시의 리듬을 추구해 온 정진규 시인은 산문시의 정수精髓를 보여주었고, 아름다운 한국 산문시의 풍토를 일궈왔다. 정진규 시인은 50여 년 동안 산문시 창작에 몰두한 한국 시사에서 의미 있는 시인이다.

「산문시에 나타난 '몸' 사유」에서는 산문시가 갖는 몸 사유의 근원과 발현 양태를 주목할 만 하다. 자신만의 문학적 개성을 찾기 위해 '현대시' 동인을 탈퇴한 후, 관념적이고 추상적인 무한세계에서 구체적인 유한세계로 진입하게 된다. 정진규 시인은 내면세계와 미의식을 강조한 순수시와 문학의 사회적 역할과 현실성을 강조 한 참여시를 통합하기 위해 '통변의식'으로 산문시를 창작한다. 하종기의 정진규 시 논문「산문시 창작방법을 중심으로」를 인용해보면 "몸의 소요 이후 정진규는 우주 만물의 질서인 율려를 시적 지향점으로 삼는다. 그런데 율려는 원리와 기운에 해당하는 우주적 리듬이기 때문에 추상적인 성격을 갖는다. 그래서 시인은 몸이라는 실체가 있는 대상을 통해 율려를 발견하고 그 현상을 다시 율려가 깃든 몸으로 읽어 낸 후 형상화시킨다. '율律과 려呂가 맞물린 시', '율律성이 주로 드러난 시', '려呂성이 주로 드러난 시', '막'과 '끈'의 영역을 나타낸 시'를 통해 존재와 세계 안에 내재된 율려적 몸을 형상화한다."고 하였다.

말, 말씀의 재미 그리고 이미지

내가 한 마디의 말을 알았을 때
처음 내가 한 마디의 말을 알았을 때
나의 나무엔 슬기의 이파리 하나.
피어나고
漸
漸
그것은 叡智의 숲을 이루어가던
그러한
나의 영광이여, 集中의 때여.
잠들지 않게
끊임없이 나를 이끌고 가던

가장 훌륭한 溺死의 바다여,
나는 기억한다
설레는 이파리마다에
아아, 한 音씩의 소리를 물고
하늘에서 떨어져 오던 한 마리씩의 새들
새들의 音程으로 노래하던
그날의 숲을 기억한다,
무엇 때문인지,
말 외양간 냄새와
평화는 같은 몸이라고
그것은 말구유에서 태난 예수 때문이라고

―「集中 1」 부분

이쯤에서 보면 전체 시선집 배열 1번은 말에 집중한다는 것을 알 수 있다. 김춘수 시인이 '꽃'이라면 정진규 시인은 '말'이다. 내가 말을 알았을 때 내 나무의 이파리에 슬기, 예지로 피어난다는 것이다. 그리고 잠들지 않게 나를 익사의 바다에 이르게 한다는 것이다. 하늘에서는 한 마리씩의 새들이 음정을 데리고 숲으로 오는 것, 그 기억이라는 것이다. 그러다가 시인은 외양간과 평화를 연결하는 에피소드를 만들어낸다. 말이 말馬일까. 외양간의 동정녀 마리아에까지 흐르는 말이 갖는 뜀뛰기를 연출해 낸다. 그는 이런 언어적 연쇄를 집중이라 말하고 있다.

「集中 2」를 살펴보자.

集中의 하루를 위하여
나는 한 달을 벌었다.
또는 집중이란 말을
俗物들 앞에선

快樂이란 말로 바꾸어 쓸 줄도 알면서
나는 한 달을 벌었다

―「集中 2」 부분

이 정도면 앞으로 그의 시가 무의식적 자유자재에까지 이를 수 있겠다는 믿음을 주고 있는 셈이다. 시「敵」은 그 대표적 사례이다. 이 몇 작품만 가지고도 그는 당시의 '현대시' 그룹의 한 기둥이 될 수 있음을 예고해 주는 신호일 것이다.

제2시집 속의 「가을 葉書」 같은 시적 집약과 이미지 연습이 예사롭지 않아 보인다.

존재와 죽음 또는 무위

제3시집에서는 존재와 죽음에 대한 의식 접근이 눈에 띈다.

어쩌랴, 나는 없어라 그리운 물, 살 살 살 끓이고 싶은 한 가마솥의 뜨거운 물 우리네 아궁이에 지피어지던 어머니의 불, 그 잘 마른 삭정이들, 불의 살점들 하나도 없이 오, 어쩌랴 또 다시 나 차가운 한 잔의 술로 더불어 오직 혼자일 따름이로다. 全財産이로다. 비인 집이로다. 들판의 비인 집이로다 하늘 가득 머리 풀어 빗줄기만 울고 울도다

―「들판의 비인 집이로다」 부분

인용시는 혼자, 비애, 캄캄한 늪, 불의 살점 지나가고 혼자 남는 것이 전 재산인 비인 집이다. 그러나 울고 우는 존재의 집이다. 시인은 이제 청춘이면 통과하는 존재의 한 잔 술에 당도해 있다. 어쩌면 무서운 고독까지를 거머쥐고 빗줄기에 젖고 허우적거린다. 철학으로 무장해 볼까, 아니면 익사

의 바다 같은 급물살 시편에 후들거려볼까, 그는 그리하여 생애의 지적 애매성을 거처 간다.

정진규 시인은 때로 릴케가 읊조리던 비가悲歌 같은 음률로 시를 쓰고 있다.

한 줄기 빗살을 이렇게 이끌고 있다.
캄캄한 無邊이다.
벌판을 달리고 달릴 따름이다.
쓰러질 듯 당도해 손대이면
마침내 열리어지던 한 송이 꽃의 門
오, 그리워라
開闢의 푸른 하늘

「죽음을 다시 공부하는 時間」 부분

「죽음을 다시 공부하는 時間」 시작이다. 필자는 이상하게도 언어를 만지는 정진규 시인의 터치가 그 현란함이 릴케의 어떤 흐름에 잇대이는 묘한 인상을 받는다. "사랑하는 릴케는/두이노성의 썩은 나무다리를/한 마리 바퀴벌레로 기어 다닐 따름이다."고 언급하고 있다. 이것은 다음과 같은 이미지로 연결되고 있다.

어느 것도 만나지지 않는 만남, 어둠, 어둠, 어둠
무중력의 공간, 거기
거꾸로 매달린 우리들의 아득한 저 벼랑 끝
세상의 땅

망가진 수레를 타고 떠나는 孔子의
분노한 얼굴이 다시 보이고
削髮당한 예수의 눈물이 洪水를 이루고 떠나간다

바람마저 빼앗긴 싯다르타는 맨발이다, 凍傷이다.
―시집『매달려 있음의 세상』부분

정진규 시인의 죽음의식은 이렇게 놓인다. 그것은 공자에게서, 예수에게로, 다시 싯다르타에게로 옮겨 가고 있다.

화자가 죽음의식에 이르러 보이는 주변의 주마간산 스케치이다. 시인은 공자의 죽음의식을 '망가진 수레', '분노한 얼굴'로 표현하면서 그에게서 얻을 수 있는 것이 없음을 짚어낸다. 예수의 경우 '삭발당한', '눈물의 홍수'로 말하는 부분이 구세사적 줄거리에 해당하고, 싯다르타의 경우 '맨발이다'와 '凍傷이다'로 불가의 見性을 설명한다, 시인은 시로써 죽음이라는 이미지를 종교적 경계까지 끌고 간다. "빗살은 캄캄한 無邊이다/ 벌판을 달리고 달릴 따름이다"가 결론일까, 시인은 시의 첫줄에서 이미 선언해 놓고 있지 않은가.

평형감과 가치

정진규의 시편들은 작품을 달리하면서 가치에 따른 평형감의 표현에 민감하다. 하나의 주제 안에서 씌어지는 연작형 시의 경우도 가치에 따른 평형감은 유달리 잘 표현되고 있다. 제4시집 '매달려 있음의 세상'에서 연작시 「너는」, 「연가」는 그 사례에 속한다.

너는 나의 古典이다.
두터운 책갈피이다.
―萬 隻의 배들이
내 意識의 해안에 가져다 부리는
빛나는 낱말들의 무게를

나로 하여금
겨우 한 삽씩 떠내고 떠내게 한다.
어렵게 한 줄의 詩를 허락한다.

너는 나의 浪漫이다.
뜨거운 가슴이다.
들판에 홀로 되어 외롭고 외로울 제
갈기를 휘날리고 휘날리며 달려오는 싱싱한 사내
말 탄 사내와 나와의 만남이다.
救援이다. 사람 냄새다.

너는 나의 感性이다.
―萬 隻의 더듬이이다.
가령,
한 포기 마른 풀의 깊이라 할지라도
하느님의 나라까지 당도케 한다.
送信한다. 낱낱이 보고할 수 있다.
아시느냐, 보이지 않는 세계의 깊이를
그 아름다움을,
發見이다. 하느님의 냄새다.

―「너는」 부분

　인용시에서 '너'는 누구인가? 인간으로서의 '너'이기도 할 것이고. 서책일 수도 있을 것이고, 아니면 이상적 세계일 수도 있을 것이다. 너는 어떤 존재냐 하면 '내 古典'을 책임지고 있다는 것이다. "일만 척의 배들이 의식의 해안에 가져다 부리는" 대단한 박람의 세계라는 것이니 그것이 시가 되기도 한다, 욕심이 가득한 화자이다. 정진규의 초기 스케일이 얼마나 넓고 큰 것인가를 설명해주고 있다. 여기서 그치지 않는다. '내 浪漫'이 된다는 것이다. 지식과 역사의 박람 해박이 낭만이 된다는 것이니, 화자는 역사 철학 문학에 이름표를 달고도 중세 騎士다운 '나이트 쉽knight ship' 곧 낭만과 기사도 정신을 아우른다는 것 아닌가.

그리고 세 번째는 '너는 나의 感性'이라는 것이다. '일만 척의 더듬이'가 찾아내는 감성이라는 것, 그 아름다움은 신이 가지는 '냄새'라는 이야기이다. 여기까지만 봐도 고전에 낭만에 감성이 평형의 가치로 참여하고 있다. 전인적이고 다각의 가치를 포함하는 '너'이다. 이상이요 구극적 가치관의 추구요 표현이다. 시의 4번째 연은 "너는 나의 준열함이다." 이행이요 실천이라는 덕목을 보태고 있다. 정 시인의 시는 이를 통해서 보면 전방위적 세계관을 드러내고자 하는 것이 아닐까 싶다.

다음은 「戀歌」 연작 4편이다.

석 달 열흘 먹구름 속 천둥이 울고 비만 내리더니
이제 맑고 밝은 햇살이어요
우리들의 가슴은
마침내 말끔히 말끔히 씻기어 있어요
텅 비인, 비어 있는 층만을 아시나요
가득히 와 고이는
푸른 하늘을
둘이서 길어올렸지요. 하루 종일
끝남이 없데요.
거기 우리 둘이서 알몸으로, 알몸으로
溺死해도 좋은가요. 좋은가요 하느님.

—「戀歌 1」 전문

석 달 열흘 먹구름 속 천둥이 울고 비오는 날 다 견디고 사랑이 오고 있다. 그 사랑은 오자마자 텅 빈 충만으로, 고이는 하늘로, 길어 올리는 종일로, 둘이서 알몸, 일몸으로 溺死의 세상에 드는 것이었다. 시작은 이렇게 전적으로 오는 것인가. '텅 빈 충만애 알몸 익사'의 통과의례로 오는, 하느님도 무색한 하늘의 '씻긴 가슴'이다.

> 부처님
> 우리들 사랑의 몸무겔 달아주세요
> 우리들은 늘 싸움이어요
> 서로의 가슴 속에 서로를
> 그 누가 더더욱 값나고 빛나게 지니었는가를
> 즈믄 밤의 길고 긴 싸움으로 있어요
>
> 　　　　　　　　　　　　　　　　　　　「戀歌 2」 부분

　절대의 무게는 인간 저울로는 계량할 수가 없으니 부처님의 '不二'의 저울이나 '見成'의 저울로 무게를 잡히듯 달아 달라는 것이다. 사랑은 진행되면서 지고의 佛性이 되는 걸까? 다투는 불성으로는 잴 수가 없다는 것일까?

> 우리들 사랑의 몸무게
> 그건 당신의 절대의 거울만이 다실 수 있답니다
>
> (중략)
>
> 차라리 한 뙈기 콩밭과 같은 것으로 가꾸시어서
> 實物의 열매를 맺게 하시든지
> 보게 하시든지 하셔요
> 당신이 던지시는
> 세상을 향한 꼭한 번만의
> 投網
> 거기 햇살 속에 튀는

한 마리 싱싱한 銀魚로 있게 하시든지
보게 하시든지.
—「戀歌 2」 부분

　사랑은 지성이 고도에 이르면 실물적 가시적 형상이 구원의 영원상이
된다는 것인가. 인간 존재가 설명하기 힘들 듯이 이제는 형이상인 사랑도
손에 잡히는 화면이거나 형상에서 知足의 열매를 감지한다는 것이다. 시인
의 낯익은 형상화가 이제는 구원의 入門이 된다는 입장이다.
　정진규 시인의 「戀歌 3」은 '달밤 고요의 사랑'으로 뛰어오른다.

피어나는 밤안개의 아름다움
멀리
마을 하나
가장 음전하게 자리하고
나는 통나무에 걸터 앉아
어렵게 비추이는 달빛 하날
조용 조용 설명하였어요.
마침내 달빛 百斤의 푸른 무겔 떼어내
그대 가슴에 안기어줄 수도 있었어요
—「戀歌 3」 부분

　"피어나는 밤안개의 아름다움/멀리/ 마을 하나"를 기점으로 달밤 고요는
출발한다. 백근의 달빛 무게를 떼어 사랑의 가슴에 안겨준다는 이미지이
다. 그 이미지는 하늘의 새끼 새를 만나고 그 새의 마을도 말하고 그것들
위에서 제왕이 되는 고요의 제왕에 이른다. 사랑의 실체는 무엇인가? 알몸,
무게, 고요의 이미지로 와 있다. 그 다음에는 어디로 뛸까?

그러나 나는 늘 떠나요.
누구에게나 들켜버려요 이다지 헤퍼요.
아니죠. 모든 그대가 서로를 버리는 거죠.
밀어내고 있는 거죠.
이제 또 어느 門前에 가서 머물까요.

— 「戀歌 4」 부분

「戀歌 4」는 뿌리를 내리다가 떠나기, 버리기, 밀어내기, 그리고는 "어느 문전에 가 서성이기/눈비 오는 세상에서"이다. 다 내어주고 떠나는 것이므로 "한 마리 날쌘 말을 타고 벌판을 가로지르는/ 저 싱싱한 사내"가 될 터이다. 이 떠나감의 정서는 戀歌라는 형식에서 볼 때는 완결편이 된다. 그렇다 하더라도 한 사람이라는 생애의 길이에서는 용납이 될 수 없을 것이다. 생애의 사랑은 영원의 형식이 맞을 것이다. 정 시인은 戀歌를 통해 전인적 가치의 평형성을 종합해 보고자 한 듯하다. 그리고 4단계의 과정도 그 나름 연가로서의 의미를 확대 음미해볼 수 있지 않을까 한다.

유한幽閒한 삶과 水踰里

정진규 시인의 시편들은 현대적 삶의 양식에서 드러나는 사색과 상상의 편린들로 가득차 있다. 일테면 집중이나 말씀이나 실존, 비어 있음, 매달려 있음과 같은 상황언어들에 능하다. 거기 비해 한가로움, 느슨함, 그윽함 등의 고적감孤寂感에 관한 정태적 정서에 약한 편이다.

제5시집 '비어 있음의 충만을 위하여'(1983) 후반에 이르러 「믿고 살기」, 「渴症을 위하여」, 「水踰里」 3편을 만나 모처럼 한가로움의 여유를 살피게 된다. 필자도 고삐를 푼 유한함의 정서에 젖는다.

진종일 문단속을 하고 살다가 허실수로 진종일 문을 열고 살아 보았습니
다 내 의심이 얼마간 남아 있던 날은 그만큼 당하였으며 모든 의심을 털어
버린 날은 전혀 당하지 않았습니다 내 뜨락의 풀잎 하나 다치지 않았습니다
평화로웠습니다.

—「믿고 살기」 전문

1980년대 어느 날이지 싶다. 허실수로 대문을 열어놓고 지냈던 날의 하
루를 이야기하고 있다. '허실수'이긴 했지만 모처럼 잡 마당과 울타리의 주
변을 풀어놓았다는 이 의외의 유한함에 독자도 한껏 유한의 땅따먹기 같은
시간을 보낸 셈이 되었다. 우리는 너나 할 것 없이 도시 변두리라 하더라도
부지불식 불신의 영토에 편입시키고 스스로 안마당의 평화를 봉쇄로서 지
키는 삶을 살아온 것이다. 시인은 이 사실을 허실수이지만 하루의 평화를
현실사회에 개방해버렸다. 그리고 난 뒤 아무 일(도둑 따위)도 없었다는 것
과 있었다는 것은 스스로 개방의식이 있을 때와 없었다는 것이 그 역으로
드러났다는 놀라운 사실을 발견했다. 즉 개방의식이 있었을 때는 아무 일
이 없었고, 어정쩡한 상태에서 개방했을 때는 소수의 손실이 있었다는 것
아닌가. 이런 정도로는 우리가 불철주야 경계와 불신의 늪으로 견디는 의
미가 없다는 것이 결론이다. 시인의 이 해석이 매우 개방적이다.

그 다음 시는 다음과 같다.

모두
산과 바다로 떠나고

우리 內外만
텅 비인 집에 머물러 있는
여름 한낮

햇빛이 가득합니다
이 축복을 받기로 합니다

모두
산과 바다로 떠나고

한밤엔
잘 나오지 않는 수돗물을 받기 위하여
이 땅의 갈증을 위하여
우리 內外만
텅 비인 집에 깨어 있습니다

「渴症을 위하여」 부분

이 시는 돈이 많아 흥청망청 '바캉스다 바다다 물놀이다' 하고 문명의 여울에 따라 흐르지 못하는 입장으로서 내외가 집에서 한가로운 하루를 오붓이 지내고 있는 상황이다. "우리 내외만"이라는 단서가 있고, 집에 머물러 있는 하루를 축복이라 하는 점 등이 가난한 이의 내면임을 짐작해낼 수가 있다. 그런데 내외는 서울 변두리 수돗물 사정이 한밤에만 나온다는 데에 명분을 찾아낸다. 수돗물 받기와 이 땅의 갈증 해소를 위한 소시민적 자부심에 하루의 비인 집 지내기의 일상을 소개하고 있다.

어쨌거나 화자의 內外는 여름 한낮이 한가롭다. 한가로움이 시내 변두리, 개나리와 벚꽃으로 깨어나는 수유리의 봄이 아닌, 자의식 속에 세를 든 듯한 여름철의 햇빛으로 복을 받고 있다. 시인의 고급한 내면세계나 모더니즘적 사색을 쉬고 유한한 老莊 사상에 한 발 들어놓고 콧노래를 자제하고 있어 보인다.

다음 시는 바로 「水踰里」다.

水踰洞에
사는 사람들은
水踰
洞이라 하지 않습니다
水踰
里 라고 말합니다
마을 里 字 하나
이토록 사랑하는 까닭을
나는 압니다
이른 아침 거리엔
물 길러 가는 사람들
물桶 들고 가는 사람들
아아, 물 길러 가는 水踰里 사람들.

—「水踰里」 전문

수유리는 현 강북구 수유동의 1950년 이전 명칭이다. 1914년 4월 1일 경기도 경성부 숭신면 대수유리, 소수유리, 가오리, 화계동을 합하여 경기도 고양군 숭인면 수유리로 칭하였다. 1949년 서울특별시 행정구역 확장으로 서울에 재편입되고 신설된 성북구에 속하였으며 1950년 3월 15일 동명 개칭 때 수유동이 되었다. 그 사이 수유리는 1950년 이전 명칭으로 경기도, 서울시로 왔다 갔다 하면서 1950년 이후 수유동이 되었다.

시詩에서는 수유동 사람들은 '수유동'이라 하지 않고 여전히 '수유리'라 하고 있다는 것인데 그 까닭은 아침 거리는 "물 길러 가는 사람들, 물통 들고 가는 사람들"이 있어서라고 가리킨다, 다른 말로 하면 '물 받으러 가는 동네'의 '물받기'가 순수 자연 마을이 된다는 것이리라. 시인은 구경꾼처럼 말하고 있지만 시「믿고 살기」,「渴症을 위하여」 등을 읽으면 이미 서울 변두리 수준의 마을에 주민등록이 되어 있음을 밝히고 있어 보인다. 그 시편들 주변의 시인 「가을 精神」에도 "그대 서둘러 돌아와 줘요....오, 貧者의 一燈/등불도 하나씩 달아두어요"하고 있다.

법고法鼓와 물꼬

제6시집 『연필로 쓰기』(1984, 영언문화사)로 들어간다.

사람은 살아가면서 갖게 되는 상징적 도구가 있다. 시인, 문인은 더 의미 깊은 도구를 가지는 경우가 많지 않을까 한다. 서정주의 목탁이나 김영랑의 가야금, 박두진의 수석, 김상옥의 백자, 오혜령의 모자, 김현승의 막사발, 김춘수의 통영바다… 일일이 다 예거할 수는 없을 것이다. 그러나 그 중에서도 조선의 대표적 선비 시인 남명 조식曺植이 가까이 했던 상징적 도구에 경의검敬義劍과 성성자惺惺子가 있다는 사실은 많이 알려져 있다. '경의검'은 남명 조식의 사상인 경의敬義(안으로 스스로의 마음을 다스리고, 밖으로는 실천을 이루는)를 지키고 경계하는 칼을 말한다. 칼을 차거나 벽에 걸어두면서 엄정한 자기 잣대로 스스로도 잘못하면 다스릴 수 있다는 다짐이다. 그리고 그는 성성자라는 소리 내는 방울을 허리에 차고 다니면서 스스로의 행동을 경계하며 산다는 것인데, 나라의 최고봉인 도학자도 바른 실천을 못할 수 있다는 그 인간적 나약에 주의를 기울인다는 점이 놀랍다.

그렇다면 정진규 시인의 경의검이나 성성자는 무엇일까? 시인은 불교의식에서 쓰는 '法鼓' 하나를 왜 집에 걸어두었을까. 함께 살펴보자.

나의 집에 한 십년 북 하나 걸어두고 있습니다 그러다 보니 마음의 북 하나 지니게 되었습니다 비오는 날 날씨 눅눅한 날엔 어둡고 무거운 소리로 햇빛 밝은 날 청명한 날엔 밝고 가벼운 소리로 북은 웁니다 세상을 예감합니다 세상을 그대로 말합니다 잘 다듬은 대추나무 북채 하나 늘 곁에 놓아두고 있으니 모두 와서 울려보세요 어디로 가야 할지를 모르시는 분 지금 어디에 계신

지를 모르시는 분 하고 싶은 말씀이 쌓이고 쌓이신 분 그런 분은 오세요 모
두 딴 소리로 지나가고 딴소리로 다가올 뿐인 거리로부터 돌아와 나는 오늘
도 북을 울립니다 제 소리를 만납니다 비로소 길을 만납니다 내 마음 속 북
하나 걸어두고 그런 까닭으로 예까지 겨우 겨우 살아왔습니다 아아 法鼓란
말씀의 뜻을 이제야 겨우 깨닫고 있습니다 제소리로 말합니다

—「法鼓」 전문

북은 이렇게 화자로 하여금 언제나 무언으로 바른 소리 반듯한 길을 인
도해왔다는 것이다. 남명 선생이 경의검으로 성성자로 바른 길 찾아갔듯이
정진규 시인은 마음의 법고로 바른 길 헤쳐왔다는 것이다. 이런 흐름의 언
어는 조용한 산문(줄글)의 길내기를 따라 운용되는 것일 때 더욱 효과적인
논의를 달성할 수 있지 않을까 한다.

정진규 시인은 제5시집 이후 산문시를 쓰게 된다. 서두에서 언급하였듯
이 한국시의 역사에서 산문시의 리듬을 추구해 온 정진규 시인은 아름다운
한국 산문시의 풍토를 일구며 산문시의 정수精髓를 보여주었다. 50여 년
산문시 창작에 몰두한 한국 시사에서 의미 있는 시인으로 자리매김하였다.
시는 원칙으로는 리듬을 타게 되어 있는데 산문은 리듬을 깬 데서 시작
되는 문장이다. 그렇다면 '산문시' 자체가 모순이다. 우리가 일단 산문시라
하고 쓰지만 화두나 일정 구절의 되풀이라든가 불규칙적 발음에 유관한 어
떤 요소들을 상정하면 산문시가 성립이 되는 것으로 읽을 수는 있다. 정진
규의 경우는 화제를 논의해 가는 흐름에서 주제의 긴밀도라든가 점층성의
효과를 보이는 경우를 본다. 그리고 지나치게 비약하거나 난해의 건너뛰기
를 하면서 놓칠 수 있는 행갈이 시의 가벼움을 극복할 필요가 있을 때 부쩍
산문시 경향을 보인다.

논의의 흐름을 보자.

정진규는 제6시집 말미에 작정하고 고향 이야기로 들어가 무슨 결론 같은 것을 내려고 한다. 「보리밥」, 「정직한 녹두」, 「農民이란 말씀」, 「가장 맑디맑게 물꼬를 터주던 것은」 등이 그러하다. 「보리밥」을 말하므로써 쌀밥보다 더 순수하다는 단순 復古에 빠질 수 있음을 경계하기 시작한다. 정진규 시인은 보리밥, 농촌, 어머니를 말한다고 하여 복고나 청순가련형에 절대 빠지지 않는다는 경계이다.

저간의 몇몇 작품들은 어쩔 수 없이 안성 출신임을 고백하고 가족사에서 그는 떳떳하지 못하며 어머니의 당당한 농사법에 주눅 들고 있으며 농민 아우 정진호에 비해 자신이 더 보잘것없다고 고백한다. 마침내 그의 근원적 힘의 물꼬는 고향이라는 총체적 정서로부터 온다는 것을 밝혀 준다. 시 「가장 맑디맑게 물꼬를 터주던 것은」 형식이 산문형 반, 운문형 반으로 나뉘어져 있어서 주목이 된다.

> 세뱅이, 모래무지, 미꾸라지, 구구락지, 얼게비, 고무 활, 방패연, 자치기, 말뚱이, 옥천이,기계충, 율무기, 쇠똥벌레, 비단벌레, 물방게, 땅개비, 구렛골, 구수머리, 봉우재, 도구머리,邑內, 회다리, 쇠전거리, 사거리, 양조장, 농업학교, 향교, 천주교회, 명륜당, 삼덕포도원, 이발소 집, 셋째 딸 김미자, 사거리 책방 허씨네 딸들, 신생보육원 영숙이, 우편 집배원 최종재, 탁구를 잘 치던 광성이, 공부를 잘하던 코주부, 칠장사, 청룡사, 팔사당 바우덕이, 詩人 任洪宰, 내 고향의 말씀들
>
> 「가장 맑디맑게 물꼬를 터주던 것은」 부분

마을 냇물에 뜨는 고기류, 벌레류, 동네 언덕배기, 읍내에 있는 다리 거리, 양조장, 농업학교, 유림들의 향교, 천주교회, 명륜당, 삼덕포도원 등 지역이면 존재하는 특이한 상황이나 인물들이 등장한다. 특히 안성은 1901

년에 프랑스 선교사가 성당 신부로 부임하면서 안법학교의 개교와 프랑스 특유의 씨 없는 포도원의 번성이 있었던 곳이다. 이러저러한 역사와 사연으로 하나씩 늘어나는 이름들 말씀들이 안성의 총체적 정서를 형성한다.

이어서 운문형 하반부가 이어지고 있다.

> 향기다
> 꽃이다
> 별빛이다
> 내 어머니의 子宮이다
> 지금은 또 어떤 말씀들이 생겨나고 있을까
> 모르는 배 아니지만
> 나는 되도록 시치미를 떼기로 한다
> 이 말씀의 별빛들 별빛들이
> 흐려질까 때 묻을까 두려운 탓이다
> 가장 캄캄하고 캄캄할 때
> 어렵게 어렵게 나를 비처주던 것은
> 長利 쌀이 아니라 그냥 그대로 내어주던 것은
> 오직 이들이었다
> ―「가장 맑디맑게 물꼬를 터주던 것은」 부분

고향의 일거수일투족 말씀은 향기, 꽃, 별빛, 어머니의 자궁이라는 천명이다. 맑디맑은 생명수 같은 추억, 정서, 사상들이 이 물꼬로부터 흘러나오고서야 화자의 추억, 정서, 사상이 된다는 것이다. 다른 말로 하면 고향은 내 삶의 원형이고 본질인 것이다. 말이요 말씀인 것이다.

지금까지의 정진규 시인의 시적 비유들은 형이상적이거나 이중적 잣대이거나 보다 심각한 편견이거나 사유의 옷이었다. 그러나 고향의 비유들은 향기, 꽃, 별빛 같은 순정한 냄새, 단순 명쾌한 말의 등을 타고 흘러나온다.

필자가 볼 때는 이 시에 이르러 시인은 본래 태어날 때의 울음소리를 내고 있다. 어쩌면 지적 스타일이 아니고 지적 경직성도 대학시절 정지용의 멋이 아니고 중학시절 윤동주의 순결성 DNA에 돌아온 것이 아닐까 싶다.

> 나는 시치미를 떼기로 한다
> 이 말씀의 별빛들 별빛들이
> 흐려질까 때 묻을까 두려운 것이다.

내 어머니의 자궁, 그 순결함의 자리로 돌아가지 않은 듯 시치미를 떼고 있다는 것 아닌가. 원형의 자리로 넘나드는 '물꼬' 하나 아직 작동하고 있는 것이 복으로 보인다. 농민의 아우 정진호가 나보다 낫다는 것이나, 때 놓치면 녹두농사는 버린다는 어머니의 경험을 촌철살인으로 받아들이는 태도는 그 '물꼬'에서 흘러나오는 힘이다.

정진규의 이 무렵 詩法

여기까지 정진규의 시를 읽어 왔다. 그러나 정진규 시를 놓고 정진규론(상)의 결론을 말하지 않기로 한다. 필자는 '정진규시선집'(2007년, 책 만드는 집)의 반쪽 분량을 읽었기 때문이다. 그만큼 그의 탄력이나 장력적 가능성이 크게 보이기 때문이다.

필자는 제6시집 거의 마무리 부분에 와서 읽은 「어느 날의 나의 詩法」이 필자의 마음에 들어왔다.

> 되도록 처절한 혼자일 것 心象의 깊은 그림자들과 만날 것 단 젖을 것 깊
> 이 젖을 것 비를 내리게 하실 것 꿈보다 더 꿈이실 것 그러나 예의 그 눈물
> 목소리로부터 해방되어 있을 것 사물이나 사태의 이행 변화를 뜨거운 감각

으로 수용하되 의미를 버리지 말 것 음악의 풀밭에서 돋아나는 싱그런 상추
한 잎 그걸 어렵게 따 물고 하늘로 날아가는 한 마리 새일 것 그런 内緣의 여
자 하날 깊이 감추어 둘 것

—「어느 날의 나의 詩法」 전문

시인의 시법은 실존적 자아라든가 촉촉한 이미지라든가 사물과 의미의
연결이라든가 풀밭의 싱그런 풀냄새에 이를 물고 오르는 새 같은 상상의
진폭이다. 거기 남몰래 자라는 내연의 정분 같은 깊은 골짜기를 지닌 세계
이다. 필자가 필자의 비유로 말하면 "불타는 고독, 불 타는 이미지, 사람이
타오르는 살맛 향기로다" 첫 단추를 꿰고 나면 뒷부분은 어떤 말, 무슨 말
씀으로도 통하는 것이 시가 아닐까 싶다. 詩法은 때로는 '편견'이고 때로는
'초월'이고 때로는 '혁명'이 아닐까. 정진규 시인에게 시는 "法鼓이고 물꼬
트기"이리라.

절대 순수의 서정과 자연, 그리고 메타시

김후란論

절대 순수의 서정과 자연, 그리고 메타시

들어가며

김후란 시인의 시편들은 순수서정의 세계를 벗어나지 않는 정통서정의 대동맥에 닿아 있다. 그 맥은 김소월, 김영랑, 서정주, 신석정, 박목월, 조지훈, 신석초 등으로 연결되는데 풋풋한 초기의 서정에서부터 자연, 가족, 존재 등으로 외연이 확장되어 가지만 그 맥에서 늘 한 모습 한 목소리를 보여주며 자신만의 화법과 독특한 색色을 갖추었다.

시인에게서 특별히 눈여겨볼 대목은 2020년에 낸 『그 별 우리 가슴에 빛나고』 연작시집이다. 이 시집은 우리나라 20세기 상반기 30인 대표 시인에게 바치는 헌시집獻詩集이다. 김 시인은 30인의 특징을 드러내는 시를 쓰고 <헌시>라 했다. 김광균, 김광섭, 김소월, 김영랑, 김현승, 모윤숙, 백석, 서정주, 신석초, 유치환, 윤동주, 이상, 정지용, 한용운 등 30인인데 시의 성격으로 보아 실명시實名詩, 메타시meta-poetry, 평전시評傳詩 등의 장르라는 명칭을 쓸 수 있을 것이다. 실명시는 실명소설에 상대되는 명칭인데 실명소설의 경우 이동주 시인이 월간 현대문학에 연재한 이광수, 김동인, 김동리 등에 대한 문인 실명소설을 두고 나온 장르명이다. 실명시는 그에 상응하는 명칭임을 알 수 있다. 평전시는 시가 평전, 전기적 내용을 포괄하는 것에서 온 장르명이다. 메타시는 '시에 대한 시'의 개념이다. 메타비평이 '비평에 대한 비평'이듯이 말이다.

김후란 시인의 '헌시'는 전기적 요소도 있고, 시구절에 의한 패러디적 요소도 있다. 시적 전개를 해당 시인의 명시 구절을 포인트로 한다는 점에서 '메타시'라 하는 것이 옳을 것이다. 어쨌거나 김 시인의 메타시 30편은 이 시편들만으로도 김 시인의 업적이 될 것이다.

이 글의 텍스트는 시선집『존재存在의 빛』(2012, 10월), 시집『비밀의 숲』(2014, 서정시학), 연작시집『그 별 우리 가슴에 빛나고』(2020, 시학)를 참고하였다.

절대 순수의 풋풋함

초기 김후란 시인의 서정은 순수하고 풋풋하다. 여성스럽다는 이미지 속에는 신비와 절대가 존재한다.

너는 포옹할 수가 없다
너는 미워할 수가 없다
너는 꺾어버릴 수가 없다
너는 모르는 체 지나칠 수가 없다
너무도 우아하여
너무도 진실하여
너무도 애틋하여
너무도 영롱하여

—「장미 1」 전문

장미의 절대적 가치와 순수성을 노래하는 시다. 장미의 아름다움에는 사물적 요소가 외양이지만 시는 관념이다. 관념이지만 노래는 흥과 가락이 내재한다. 그래서 관념으로도 절대성을 말할 수 있는 것이다. 특히 시에서 운율적 형태가 있는데 종결에 '없다'가 4번, '하여'가 4번이다. 행에서 챙긴 음보는 3음보 내지 4음보 그리고 2음보다. 한국적 전통 가락이 내재해 있다는 말이다. 시인은 「눈의 나라」에서 무엇을 말하는지 보자.

겨울이면 나는 눈의 나라 시민이 된다
온 세상 눈이 다 이 고장으로 몰린다
고요하라 고요하라
희디흰 눈처럼
차고도 훈훈한 눈처럼
고요하라는 계율에 순종한다
사랑을 하는 이들은 안개의 푸른 발
이사도라 던컨의 맨발이 되어
부딪치는 불꽃이 되기도 한다
겨울이면 나는 눈의 나라 시민이 되어
유순하게 날개를 접는다
그러나 이따금 불꽃이 되고
허공에서 눈물이
되려 할 때가 있다
슬픔이 담긴 눈송이들끼리

「눈의 나라」 전문

고요한 눈의 나라에서는 불꽃이 되기도 하고 눈물이 되기도 한다. 차고도 훈훈한 눈, 무용수 이사도라 던컨의 발처럼 부딪치고 날개를 접기도 하는 유순한 사람, 허공의 눈물이 되기도 하는 겨울 나라, 그곳은 눈이 차지한 절대적 공간이다. 시인의 정서에는 발레의 동작이 있고 불꽃이 튄다. 눈끼리만 고요한 나라, 어떤 것도 섞이지 않는 순수, 그것이 김후란 시인의 정서다. 동작은 언제나 리듬을 가진다. "겨울이면/나는/눈의 나라/시민이 된다(4음보)" "온세상/눈이 다/이 고장으로/몰린다(4음보)" "고요하라/고요하라/희디흰/눈처럼(4음보)" "고요하라는/계율에/순종한다(3음보)" 어쨌든 우리말 리듬은 4음보 3음보에서 가락을 이룬다.

심성이 순수하고 절대적이면 그 자체가 발레이기도 하고 춤사위가 되기도 한다는 것을 알 수 있다.

존재와 갈대, 빛과 말씀

김후란 시인은 존재가 가지는 의미에서 이웃과 관계의 세계로 외연을 점차 넓혀 나간다. 시인은 시를 쓰는 발화의 에너지가 어디서 나오는지 살핀다.

새벽별을 지켜 본다

사람들아
서로 기댈 어깨가 그립구나

적막한 이 시간
깨끗한 돌계단 틈에
어쩌다 작은 풀꽃
놀라움이듯

하나의 목숨
존재의 빛
모든 생의 몸짓이
소중하구나

—「존재存在의 빛」 전문

인용시는 존재함의 형식을 바라보는 「새벽별」, 「돌계단 틈 풀꽃」, 「하나의 목숨」이다. 생의 몸짓이 한없이 귀하고 서로 기대어 산다는 의미를 깨닫는다. 존재는 홀로 완성되는 것 아니라 주변이 있어서 완성된다. 그러므로

존재함의 빛이 귀하다는 것을 알 수 있다. 시「흐린 날」을 읽으면 그 존재의
방식은 '눈물'이고 '숨 죽이게 하는 것'이다. 꽃이 피고 지듯이 촛불처럼 그
냥 흔들리다 꺼지는 것이 '존재의 방식'이라는 것이다. 아침 이슬이 눈물로
지는 것처럼 '지는 방식'이라는 것이다. 그래서 시인은 갈대를 눈여겨본다.

> 이른 봄
> 부드러운 섬진강 허리께
> 젖은 갯벌에
>
> 어느 꽃으로도
> 다 못피운 마음 속 이야기
> 갈대숲으로 우거져
> 바람 안고 울어
>
> 같은 쪽 같은 하늘
> 바라보며
> 아무도 보지 않는 밤
> 달빛에 쓰러져
> 은은히 흐느껴

「섬진강 갈대밭」 전문

어느 꽃으로도 다 못피운 마음이므로 갈대는 하늘 바라보며 홀로 달빛에
쓰러져 흐느끼는 것이라는 아픔, 그 방식이 시인의 눈에 들어오기 시작하는
것이다. 그리하여 시인은 이 밤 별들의 빛남을 위한 어둠과 침묵을 준비한
다. "오늘은 나도 누군가를 위하여/끝없이 먹빛으로 잠기고 싶다"고 표명한
다. 어둠이 별들의 빛남을 위하여 더욱 깊은 어둠으로 침묵하는 것이라는
자각(시「어둠은 별들의 빛남을 위하여」)에 이른다. 그런 뒤 시「너의 빛이

되고 싶다」는 이웃과 함께하는 더불어 살기를 열망하는 자리까지 간다.

　　빛나는 게 어디 햇살뿐이랴

　　침묵의 얼음 밑에 흐르는 물
　　저 벗은 나무에도
　　노래가 꿈틀거리듯

　　보이지 않는 곳 어디에서나
　　생명은 모두
　　제 몫의 아름다움으로 빛난다

　　빛나는 건 어딘가로 번져가는 것
　　무지개 환상 펼쳐가는 것

　　어둔 마음 열어주려
　　가슴에 흰 깃 눈부시게 날아든
　　까치처럼

　　나도 기쁜 소식 전해 주는
　　너의 빛이 되고 싶다
―「너의 빛이 되고 싶다」 전문

　생명은 모두 아름다움으로 빛나는데 그것은 어딘가로 번져가는 것, 나도 그 번짐의 소리인 까치 소리로 '기쁜 소식'을 전하고 싶다는 선언이다. 시인은 이 선언에 속하는 눈부신 소식의 통신을 「님의 말씀」으로 기록하였다. 인간이 지상에 와서 가장 빛나는 만남은 햇살처럼 뻗어나는 '말씀'과의 만남이다. 화자도 그 말씀을 전달해주는 은혜를 받고 싶다는 희망에 젖는다. 아주 간결한 시로 요약했다.

> 나에게 주시는
> 님의 말씀은
>
> 옷자락에 묻은
> 흙내 같은 것
>
> 흙에서 태어난
> 바람 같은 것
>
> 눈길 하나로
> 나를 부르고
> 나를 보낸다

「님의 말씀」 전문

성서 요한복음 1장 1절-3절 말씀은 다음과 같다. "한 처음에 말씀이 계셨다. 말씀은 하느님과 함께 계셨는데 말씀은 하느님이셨다. 그분께서는 한 처음에 하느님과 함께 계셨다. 모든 것이 그분을 통하여 생겨났고 그분 없이 생겨난 것은 하나도 없다." 이렇게 말씀은 창조로 출발한다. 시는 그 창조된 다음의 구세사救世史와 연결됨을 알 수 있다. 시는 말씀으로 이루어지는 세계, 그 육화인 인간(자아)까지를 포함하고 있다. 필자가 보기로는 존재의 의미로 이어지고 거기 이웃이 주는 빛으로 갔다가 그 빛에서 구세사 속의 존재에까지 이르는 것이다. 연결의 속도가 빠르다. 인간 존재에 관한 한 시인은 은총의 힘을 받은 것으로 읽힌다. 이는 그 어떤 다른 시인의 시집에서도 찾아보기 힘든 경우라 할 것이다.

자연지향과 가족의식

김후란 시인은 시집 「비밀의 숲」의 <시인의 말>에서 다음과 같이 썼
다. "근래 나는 자연과 인간에 대한 깊은 성찰과 애정으로 쓰고 있다. 집착
의 화두는 '자연 속으로'이다." 이에 해당하는 연작시는 11편이다.

나는 파도의 옷자락을 끌고
이 숲으로 왔다
변화를 기다리는 생명들이 있었다
바위조차 숨죽이고 기다렸다

푸른 잎새들 이마에
천국의 새들이 모여들고
들꽃을 피우려고 비를 기다리던 산자락에
바다가 입을 맞춘다

겹겹 옷 입은 산 황홀하여라
비밀의 숲은
깊이를 알 수 없는 안개 속에서
어린나무들과
키 큰 나무들의 숨소리에
저 소리꾼의 진양조 가락이 울린다

눈부셔라
언제나 새롭게 태어나면서
아침 햇살에 비늘 번득이는 바다처럼
산은 살아 있다 청렬하고 푸근하다

신이 만든 숲이다 나를 끌어안는다

나는 영혼의 긴 그림자를 끌고
천천히 걸어간다

—「비밀의 숲 — 자연 속으로·1」 전문

깊이를 알 수 없는 안개와 나무, 푸른 잎새, 천국의 새들이 있는 데가「비밀의 숲」이라는 것이다. 끝연에서 "신이 만든 숲이다 나를 끌어안는다/나는 영혼의 긴 그림자를 끌고/천천히 걸어간다"고 설명한다. 숲은 신이 만든 피조물이고 화자는 거기에서 신의 음성을 들으며 응답하고 있는 시이다. 시인은 자연의 숲이 무한한 신비로 가득 차 있고 거기다 신이 인간을 끌어안고 있으니 이는 비밀이고 은혜이다.

어느 시대
어느 역사의 소용돌이에서
푸르른 나뭇잎에 떨어진
물방울 하나

만나고
만나고
만나고

너와 나
더불어 흐르는 큰물이 되어
마침내 이르른
낭떠러지에서

후회 없이 눈감고 투신하는
폭포

그 대담한 물줄기
그 아름다운 포말의
투혼!

―「물방울 하나의 기적 ―자연 속으로·4」 전문

　자연 속에서 물방울 하나의 입자는 기적적인 만남과 흐름과 낭떠러지까지 이른다. 거기서 투신하고 폭포를 이루고 물줄기를 이루고 마침내 포말로 부서진다. 그 단계들이 큰 자연 속에 있는 입자들이 어울려 내는 성과이다. 인간 세상도 신의 말씀 안에서 이루는 기적들의 연속선에 있을 것이다. 자연이 내는 화음이기도 하고 교향악이기도 하고 역사이기도 할 것이다. "더불어 흐르는 큰물" 또는 "낭떠러지와 투신" 등에서 그 드라마의 굴곡과 파장의 미학에 깃들게 될 수 있는 것이리라.

　크게 보면 김후란 시인의 자연은 신이 주는 자비이고 태어나고 가꾸는 정원이다. 평화이고 따뜻함이다. 그 공간에 들앉은 것이 가정이다.

기다리고 있었다

아무리 먼 길 돌아서 와도
손잡고 기도하는 이 시간
우리 가족

생명 이끄는 보이지 않는 힘이다
고된 걸음 딛고 힘써 가꾸는 꽃밭
새벽이 몰고 오는
청정한 아침을 맞는다

―「가정」 전문

이 시는 가정 공동체의 본질에 대한 시다. "아무리 먼 길 돌아서 와도/손 잡고 기도하는 이 시간/우리 가족"이다. 기도 공동체이고 생명 공동체이다. 거기에는 조건이 붙고 단서가 붙지 않는다. 돌아오는 탕자가 탕자 이상의 탕자라도 기다리는 공간이다. 절대 귀속주의 절대 비분리 공간이다. "고된 걸음 딛고 함께 가꾸는 꽃밭"이다. 그래서 새벽이고 청정한 아침이다.

> 팔천 겁 부모와의 인연
> 칠천 겁 부부의 인연
>
> 이 불꽃의 인연
>
> 질기고 귀한 인연의 끈이
> 툭 끊어지기도 하는
> 무서운 세상

―「인연」 전문

시인은 이 시에서 경계의 메시지를 주고 있다. "질기고 귀한 인연의 끈이 끊어지지 않아야 한다"는 것이다. 부모와의 인연은 천륜이기에 누구도 끊지 못한다. 부부의 인연도 말씀에서는 분명 금지하고 있다. "하느님이 짝 지어 주신 것을 사람이 나누지 못할지니라"(마태복음 19: 3-6) 라고 못박고 있다. 김후란 시인은 시편 곳곳에서 가족의 행복과 평화를 읊고 있다. 그런 면에서 시인은 인연의 소중함에 주목하고 있다. 김후란 시인의 시집 맨 뒤에 실은 시는 「미래의 언덕이 보인다」이다.

"정녕 살아 있음을 감사하며/꿈꾸는 가슴으로 눈부셔 하며/사랑할 수밖에 없는 그대와 함께/힘 있게 일어선다"고 한다. '일어선다'는 미래를 뜻한다.

30인 시인에 대한 메타시meta-poetry

이 글의 <들어가며>에서 필자는 김후란 시인이 쓴 30인 시인에게 바치는 '헌시'를 설명하면서 '실명시', '평전시', '메타시meta-poetry' 세 가지 명칭을 거론했다. 실명시는 신석초이면 신석초를 시로써 표현하는 시일 터이고 평전시는 신석초의 전기적 스토리를 바탕으로 쓴 시이다. 메타시는 신석초의 경우 대표작 「바라춤」 구절에 기대어 신석초를 형상화하는 것이므로 「바라춤으로 불길 태우다」 ―신석초>는 패러디 작품이라 할 수 있다. 메타시는 시에 관한 시 곧 시의 어떤 속성에 관한 반성과 성찰과 인식을 추구하는 시편들을 총칭한다.

김준오 교수는 '시론'에서 "패러디 작품은 삶의 반영이 아니라 삶의 반영인 원전을 반영한 것, 곧 반영의 반영인 셈이 된다. '시에 대한 시 쓰기'가…… 다름 아닌 패러디의 자기 반영성"이라고 하였다.

김후란 시인의 헌시는 「그 별 우리 가슴에 빛나고」(2020, 시학) 에 실려 있다. 제1부에는 구상, 김광균, 김광섭, 김달진, 김동명, 김상용, 김소월, 김영랑, 김현승, 노천명 10인을 다루고 있다.

> 조선옷 마고자 단추
> 차랑한 무게로 여민 가슴에
>
> <갈 봄 여름 없이
> 꽃이 피네>*
> <영변에 약산
> 진달래꽃
> 아름 따다 가실 길에 뿌리오리다>**

---

* 소월 시 「산유화」 첫째 연
** 소월 시 「진달래꽃」의 둘째 연

<사뿐히 즈려 밟고 가시옵소서>*

아니 아니 정녕
보내지 아니할 그대이기에
님의 모습
진달래 고운 꽃잎

눈에 밟히네
눈에 밟히네

「진달래, 진달래　김소월 시인」 전문

　인용시의 구조는 1연, 3연, 4연은 화자(김후란) 심정의 반영이고 제2연은 김소월의 시 「산유화」, 「진달래꽃」 두 작품에서 따온 구절이다. 2연은 김소월 시정의 반영이고 1연(화자의 시인에 대한 인상) 3, 4연(김소월 시정에 대한 반영, 곧 원전에 대한 시인의 반영)이다. 그러니까 이 시는 김소월 시 구절을 통한 패러디 시이면서 구절에만 국한되지 않고 '시' 전반의 이미지를 끌어온 것이다. 이를 달리 말하면 <메타시>에 속한다. 3, 4연은 2연에 대한 해석이자 비평이다.
　다음은 김영랑에 관한 시이다.

새옷 입고 맞이할 내 집 뜰에
탐스런 모란꽃으로 오는 봄
그러나 허무하여라
사랑하는 이 떠나가듯 꽃은 지고

오는 듯 가는 그대
다시 만남을 기약하지만

---

* 소월 시 「진달래꽃」의 셋째 연

가는 세월 서운히 떠나보내듯
지는 꽃 잡을 수 없네

<모란이 피기까지는
나는 아직 기다리고 있을 테요
찬란한 슬픔의 봄을>*

환한 봄날의 신부 모란꽃
다시는 떠나지 아니할 내 나라 사랑으로
내 곁에 우리 곁에 있어 주기를
　　　　　　　　　　—「모란꽃으로 오는 봄 — 김영랑 시인」 전문

　인용시는 김영랑의 시 구절을 끌고 오지만 시 전체의 주제를 염두에 두면서 봄을 새롭게 해석하고 있다. 1연에서 시작되는 이미지는 시 전체 이미지에서 발언하는 부분이라 할 수 있다. 메타시를 읽는 독자는 옛날 교과서에서 보았던 영랑의 인상을 김후란의 창으로 새롭게 인식하고 있는 것이다. 어찌보면 양자의 평형을 바라보게 하는 것이 메타시의 몫이라 할 수 있겠다.
　제2부에는 모윤숙, 박남수, 박두진, 박목월, 백석, 서정주, 신석정, 신석초, 오상순, 유치환 등 10인 시인이 등장한다.

지상에는
아름다운 나무가 있고
저 하늘엔 미소 띤 달이 있다

가슴에 나무와 달을 품고
밤새워 사각사각 연필을 깎았다

---

* 김영랑 시 「모란이 피기까지는」의 마지막 구절

매양 마지막 물음이듯
서정의 강물로 시를 쓰고
세상의 벽 밀치고 나섰다

<강나루 건너서/밀밭 길을 >*
<구름에 달 가듯이/ 가는 나그네>**

그리운 저 하늘 맑은 상념
오늘도 시인은 먼 눈길로
사색의 강가를 거닌다
「사색의 강가에 선 나그네　박목월 시인」 전문

인용시는 박목월의 「나그네」를 패러디한 시다. 시는 시 구절을 따왔지만 구절에 매이지 않고 박목월 시인 전반에 대한 이미지를 가지고 형상화했다. 1연과 2연은 이름자 ‘木’과 ‘月’에 대한 풀이로 3연은 시인의 시적 태도를 가지고 썼다. 그리고 마지막 연은 구절에 대한 해석이다. 아마도 김 시인에게 목월은 가까운 심상으로 존재하는 시인이 아니었던가 한다. 패러디의 구절 너머로 시적 이미지를 끌어내고 있기 때문이다.

시집 제3부는 윤동주, 이상, 이상화, 이육사, 이장희, 정지용, 조지훈, 주요한, 피천득, 한용운 등이 등장한다.

한 줄기 햇살이
첨탑 위에 꽂히듯
빗살무늬로 찔려오는 아픔이었다

---

* 박목월 시 「나그네」의 첫째 연
** 박목월 시 「나그네」의 둘째 연

<죽는 날까지 하늘을 우러러
한 점 부끄럼이 없기를>*
그토록 바랐던 청렬한 정신

<잎새에 이는 바람에도
나는 괴로워했다>**
내 나라 지키려던 치열한 투지가
한글로 시를 썼다는 죄목에 갇혀

나라 잃은 고통의 강에서
젊은 꿈 꺾이우고 흘러가면서
그러나 그 정신 무너지지 않았다
그 별 우리 가슴에 빛나고 있다
　　　　　　　　—「우리 가슴에 빛나는 별 ― 윤동주 시인」 전문

2연과 3연은 윤동주의 「서시」를 끌고 오면서 정신과 투지를 설명하고자 했다. 1연은 십자가의 아픔, 4연은 우리 가슴에 영원히 빛나는 별임을 지적하고 있다. 메타시는 시인을 보면서 주제를 먼저 파악하고 있는 것이므로 형상화의 내밀함이 언제나 원시根詩보다도 더 간절한 데가 있어야 한다. 김후란 시인은 이 점을 잘 알고 패러디면 패러디, 메타시면 메타시에 접근하고 있다. 독자는 30인 시를 읽으며 30회의 기행을 한 것이고 30번의 비평을 읽은 것이고 아울러 한국 근대시의 역사적 감성에 젖어 있었다.

마무리

김후란 시인의 시는 절대 순수의 서정에 기본 방점이 주어져 있다. 한국

---

* 윤동주 시 「서시」의 구절
** 위와 같음.

시의 전통 서정이라는 대동맥에 닿아 있어서 독자들의 선호도가 높은 시를 생산해 왔다. 시인은 젊어서 언론에 몸담고 있은 사람으로서 몰개성의 일상에 쉽게 휩쓸려 들 수가 있었겠지만 시인은 시인의 중심이 어디에 있어야 하는지 늘 성찰의 고삐를 놓지 않았다.

초기에는 풋풋한 절대 순수의 시정에 들어 있었고 이어 인간 존재에 대한 자기 실존의 방위를 짚기 시작했다. 그러는 수순은 허무나 부정이나 가치 전도 같은 데로 가기 십상이지만 존재를 이웃과 함께 가는 주변으로 파악하면서 빛 지향, 말씀 지향의 궤도로 진입한 것이다. 그것이 자연 지향이고 행복 공동체로서의 가족 의식과 연대하기에 이른 것이다. 사람의 성향을 열 사람 세워 놓고 이런 궤도에 오르는 사람이 얼마나 있을까, 헤아린다면 아마도 기대치에 못 미치는 통계에 이를 것이다. 그런 시인의 앞에는 따뜻한 햇살이 비치고 이웃의 음성이 들리고 미래의 본질이 손짓해 올 것이다.

그런 시인의 시적 인식에는 시인 공동체의 따뜻함과 역사와 문학사적 관점이 다가와서 시인 보첩을 꺼내들고 독자들에게 말하고 싶은 갈증을 느꼈을 것이다. 이 실적이 <30인 시인에 대한 메타시>라는 이름이 되었다. 그리고 그 시상이 영글어서 시대를 꿰뚫어 가는 시상들과 교류하며 시인은 그 연대로 시대를 만드는 주체가 된다. 이렇게 김후란 시인의 시는 흘러온 시대를 조명하며 또 하나 자신만의 '시의 뼈대'를 굳건히 세운 것이다.

소년문사로 시작한 조숙한 시인의
노동과 선지적 자각, 그리고 역사 읽기

이성부論

소년문사로 시작한 조숙한 시인의
노동과 선지적 자각, 그리고 역사 읽기

이성부(1942-2012)는 광주에서 나, 고교생 문사로 시작했다. 광주고등학교 시절에 광주학생문학회를 만들어 활동하고 1960년 고3 때 전남일보 신춘문예에 당선되었고 전국 규모의 학생문예작품 현상 모집에 여러 차례 당선되어 학생문사로 이름을 새겼다. 그리고 1960년 19세에 대학에 진학(경희대)하자마자 『현대문학』에 「소모의 밤」(김현승 추천)으로 1회 추천이 되고 그 다음해 2, 3회 추천을 이어서 받아 주변을 놀라게 했다.

1959년 전남일보 신춘문예 시 '바람' 당선되고 1967년 동아일보 신춘문예 시 '우리들의 양식'으로 당선되었다. 제24회 경희문학상, 제18회 공초문학상, 수상일간스포츠 부국장, 일간스포츠 문화부 부장을 지내기도 한 참여시인으로서 사회반영적 주제를 다루어 참여문학 계열의 작가로 분류되나, 사회적 문제를 다루면서도 서정성을 놓지 않는 시인이라는 평가를 받는다.

일찍이 '우리들의 糧食'으로 산문시의 새로운 영역을 확보한 이성부 시인이 유신과 군부독재시대를 거쳐 오며 토해낸 시의 열정과 등산을 통해 얻어낸 정신의 새 자유와 깨달음을 시를 통해 확인하였다. 대표시로는 ≪벼≫와 ≪봄≫이 있다. 2012년 2월 28일에 지병으로 별세했다.

등단 시기의 시

이 글은 등단 시기의 초기시편, 지식인 노동시의 전범과 선지적 자각, 역사 읽기 ≪지리산≫ 순으로 살펴나갈까 한다. 텍스트로는 시선집 『당신은 우리편이 되어야 합니다』(2013, 시인생각)와 시집 『지리산』(2001, 창비) 두 권이다.

이성부의 등단 시기는 약간 흔들리는 바가 있다. 19세 때 1960년 전남일보 신춘문예에 당선이 되고 이어 대학 1년 20세―대학 2년 21세에 월간 『현대문학』 1, 2, 3회 추천 받는 시기를 지나 제대후 대학 복학을 앞두고 1967년 동아일보에 느닷없이 또 한 번의 신춘문예를 시 「우리들의 糧食」으로 당선했기 때문이다. 동아일보 당선 때 이름은 한수현이라는 가명을 썼다.

스스로 복학을 앞두고 등록금 마련이 필요했다는 것이었다. 이 작품의 경우 작품의 완성도나 이성부 시인의 조숙성에 비추어 필자로서는 독자적 의미를 부여하여 시사적 의미를 부가해 놓고자 한다. 먼저 19세 때 쓴 전남일보 신춘문예 당선작을 보기로 한다.

이렇게
다가올 수도 없는 그와의 머언 거리를 두고
불어오는 바람을 느낀다는 건
참으로 슬픈 일이다.

서녘 하늘을 하나의 황홀한 사랑처럼
마음에 이고
내가 처음으로 가슴 뛰던 아픔을 가져 보듯이
지금 어디선가 자꾸만 불어오는 바람,
그 초조로운 무형無形의 몸부림 속을,
나는 홀로 석상石像처럼 느끼며 섰을 뿐이다.

바람은
멀어버린 기억으로

생각하는 시간의 마음 같은 것

참으로 이것을
이 차고 안타까운 바람을
마음 속에 지닌다는 건
더없이 슬픈 일이다.

지금은
코스모스의 울음

「바람」 전문

인용시는 역시 소년등과의 순정한 정서와 다르지 않다. 소년이 소년일 수 있는 것이 자랑일 수 있을 것이다.

그와의 먼 거리, 거기서 불어오는 바람이 슬프다. 서녘 하늘 마음에 이고 가슴 뛰던 아픔으로 바람이 온다. 나는 石像으로 서 있을 뿐이다. 이런 정서는 윤동주가 지녔던 순정한 언어의 급으로 '그와의 먼 거리'이지만 '황홀한 사랑'의 높이이다.

어느새 시에서 '바람'은 '열차'의 동력을 가지며 달린다. 『현대문학』 3회 추천으로 껑충 뛰어올랐다.

1.
피避하고 변화 많은 야생의 이마 위를
시대에도 지치지 않고
열차는 달렸다.

영원한 것에, 가장 가까운 것이
그저 질주라 말하면서
열차는 그렇게, 나의 건너를 제거除去하며 갔다.

내 빛, 손댈 수 없는 저 자유,
오늘 무엇보다도 먼저 박력 있는 소리는
원망으로 가득한 내 방안에
밤이 새도록, 잠을 잃게 두고 간 선언!

모두가 기대어 사는 곳에서
찾으라 찾으라, 한때는 폐허를 울며 달리던,
소란함을 던지면서 질서를 보고
열차는 다만, 정확한 곳만을 향하여 달렸다.

세계의 야망, 굽이치는 강을 보고 달렸다
한 마리, 표범이 달렸다.

—「열차」 부분

시는 그와의 먼 거리를 제거하고 '시대'에도 지치지 않는 질주로, 박력 있는 소리 저 '자유'로 모두가 기대 사는, 질서와 야망이 굽이치는 강을 보고 달리고 있다. 자연의 섭리적 거리감에서 떠나 시대와 자유와 공동체적 질서인 민주사회에의 진입이 이제 시인의 갈망이 되고 우람한 신탁信託이 되는 성장기에 이른 것이다. 시는 이렇게 열차라는 동력으로 질주요 자유요 야망의 강을 건너가는 것이다. 이행의 질서 그 궤도가 신인의 계절이다.

당찬 초기시편

이성부의 초기시편은 기본에 철저하고 믿음에 신뢰의 두께를 쌓는 일에 철저하다. 참 바탕을 굳건하게 쌓는 일은 사회와 삶에 믿음을 깊이 가지는 일이요 그 길일 것이다. 시「이 볼펜으로」는 당차다. 일이 실천이고 이행일 때 그 기본은 정의이거나 진리에 토대를 둔다.

시를 쓰는 마음은 다른 마음과는 다르다고
사랑하는 사람들 다른 사람들과 다르다고
우리는 배웠어 교과서에서,

이 볼펜으로
사랑을 적기 위하여
한 점 붉디붉은 시의 응결을 찍기 위하여
오늘밤 나는 다른 마음이 되고 싶다.
좀 멀리 다른 데를 보고 싶다.

그러나 가령 우리가, 죽어가는 사람들의
마지막 아픔을 지켜볼 때, 그가 과연 견디어 낸 삶이
발버둥과 아우성이라고 느껴질 때,
그는 정말로 죽음을 죽고 있다고 발견됐을 때,

그리하여 그들이 잃을 수 있는 것은
죽음 밖에 더 다른 것이 없음을 알았을 때,
죽음뿐으로 다른 삶이 태어날 수 있었을 때,
죽음은 새로움의 밑거름이 되었을 때,

그 크낙한 싸움의 이김을 보았을 때,
힘을 가졌을 때,
나는 다른 마음이 되고 싶은 것이다.

─「이 볼펜으로」 부분

　　이성부 시인은 그가 쓰는 볼펜으로 하잘것없는 사실들이나 나열하는 것
이 아니고 진정성, 정의나 진리 등을 써야 한다는 것이다. 그리하여 죽을
자리에 죽는 것 그런 가치에 쓰임을 받아야 한다는 이야기이다. 시인은 죽
음의 가치에 목숨을 건다는 것이고 볼펜은 그런 가치를 기록하는 데 쓰여

야 한다는 주장이다. 볼펜으로 신앙인에게는 기도처럼 순정한 가치 희생과 십자가의 길을 기록하는 것이고 모두를 바쳐 실천하는 이행의 길이 기록의 표본이라는 것일 터이다.

이 시인의 「익는 술」은 더욱 당차다.

착한 몸 하나로 너의
더운 허파에
가 닿을 수가 있었으면,

쓸데없는 욕심 걷어차 버리고
더러운 마음도 발기발기 찢어놓고
너의 넉넉한 잠 속에 뛰어들어
내 죽음 파묻힐 수 있었으면.

죽어서 얻는 깨달음
남을 더욱 앞장서게 만드는 깨달음
익어가는 힘
고요한 힘

그냥 살거나 피 흘리거나
너의 곁에서
오래오래 썩을 수만 있었으면.

—「익는 술」 전문

인용시는 너라는 진리, 참됨에 닿는 것, 그 속에서 썩을 수(양조될 수)만 있다면 기꺼이 썩어버리겠다는 당찬 의지를 보이고 있다. 착한 몸 하나로 가겠다는 것이다. 욕심 걷어차 버리겠다는 것이다. 그대의 순정한 꿈속에서 죽음으로 파묻히겠다는 것일 터이다. 죽어서 깨달을 수 있다면 그 깨달음이 비록 가시밭길 십자가에 이르는 것일지라도 흔쾌히 수용하겠다는 것이다. 살거나 피 흘리거나 어떤 경우라도 개의치 않고 너라는 술독에서 양조의 거듭나기를 이어가겠다는 다짐이다.

지식인 노동시의 전범과 선지적 자각

이성부의 시는 탄력이 붙는 속도가 빠르고 가파르다. 그만큼 시가 시대적 시야를 넓히고 실천적 감성이 점층적으로 불려 나간다. 가령 그에게는 신춘문예 당선작을 보유하고 있어 주목되는 시인이다. 자칫하면 이 당선작 「우리들의 糧食」을 등단작에 넣어 작품의 질적 깊이나 시대적 의미를 제한하게 해서는 안 될 것이라는 점을 지적해 둔다.

> 모두 서둘고, 침략처럼 활발한 저녁
> 내 손은 외국산 베니어를 만지면서
> 귀가하는 길목의 허름한 자유와
> 뿌리 깊은 거리와 식사와
> 거기 모인 구릿빛 건강의 힘을 쌓아둔다.
> 톱날에 잘리는 베니어의 섬세纖細,
> 쾌락의 깊이보다, 더 깊게
> 파고들어가는 노을 녘의 기교들,
> 잘한다 잘한다고 누가 말했어.
> 한 손에 석간을 몰아 쥐고
> 빛나는 구두의 위대를 남기면서
> 늠름히 돌아보는 젊은 아저씨,
> 역사적인 집이야, 조심히 일하도록.
> 흥, 나는 도무지 엉터리 손발이고
> 밤이면 건방진 책을 읽고 라디오를 들었다.
> 해머소리, 자갈을 나르는 아낙네가 십 여명,

몇 사람의 남자는 철근을 정돈한다.

순박하고 땀에 물든 사람들

힘을 사랑하고, 배운 일을 경멸하는 사람들,

저녁상과 젊은 아내가 당신들을 기다린다.

일찍 돌아간다고 당신들은 뱉어내며

그러나 어딘가 거쳐서 헤어지는

그 허술한 공복空腹,

어쩌면 번쩍이는 누우런 연애,

거기엔 입, 입들이 살아 있고 천재天才가 살아 있다.

아직은 숙달되지 못한 노오란 나의 음주,

친구에게는 단호하게 지껄이며

나도 또한 제왕처럼 돌아갈 것이다.

늦도록 잠을 잃고 기다리던 내 아내

문밖에 나와 서 있는 그 사람

비틀거리며 내 방에 이르면

구석 어딘가에 저녁이 죽어 있다.

아아, 내 톱날에 잘리는 외국산 나무들.

외롭게 잘려서, 얼굴을 내놓는 김치, 깍두기,

차고 미끄러운, 된장국 시간,

베니어는 잘려나가고

무거운 내 머리, 어제 읽은 페이지가 잘려나간다.

허리 부러진 흙의 이야기

활자들도 하나씩 기어서 달아나는

뒹구는 낱말, 그 밥알들을 나는 먹겠지.

상을 물리고 건방진 책을 읽기 위하여

나는 잠시 아내를 멀리하면

바람이 차네요, 그만 주무세요.

—「우리들의 糧食」 부분

이 시는 58행의 장시다. 1967년 신춘문예 당선작이라는 이벤트성의 의

욕과 짧지 않은 탐구력을 수반하는 역작이다. 특히 이 시는 지식인 노동자를 화자로 하는 이른바 '지식인 노동시'라 할 만하다. 그런데 문단 일각에서는 1962년 『현대문학』으로 등단한 시인이 5년이 지난 뒤에 새삼스레 신춘에 응모하는 일은 프로답지 않은 것이라는 쪽이 있었을 것이다. 그러나 작품을 작품으로 보면 대단한 의욕과 정신과 노동시가 아직 일반화되지 않은 시절, 그것도 지식인 노동시를 58행에 이어지는 흐름을 만들면서 서사적 특징을 보이고 있다는 점에서 눈여겨볼 만하다.

이 작품은 지식인 노동자의 하루 가운데 퇴근시부터 중간 생활 거점을 거쳐 아내가 있는 집까지 당도하는 과정과 그 어우름의 생활과 정서와 일상이 녹아 있는 작품이다. 제목도 '우리들의 糧食'이라 하여 노동의 하루가 보다 확충된 의미로 활달한 전개를 보여준다.

* 모두 서둘고, 침략처럼 활발한 저녁
* 귀가하는 길목의 허름한 자유와/뿌리 깊은 거리와 식사와
* 톱날에 잘리는 베니아의 섬세,/쾌락의 깊이보다 더 깊게
* 파고 들어가는 노을 녘의 기교들
* 잘한다 잘한다고 누가 말했어
* 한 손에 석간을 몰아 쥐고/빛나는 구두의 위대를 남기면서
  늠름히 돌아보는 젊은 아저씨
* 역사적인 집이야 조심히 일하도록
* 흥, 나는 도무지 엉터리 손발이고/ 밤이면 건방진 책을 읽고
* 해머소리, 자갈을 나르는 아낙네가 십 여명/몇 사람의 남자는 철근을
  정돈한다.

이런 구절들이 이어지면서 지식인, 구어체, 노동 현장의 상황들, 감독관의 거드름 피우기, 노동의 힘, 지식을 경멸하는 분위기 등등 시적 구절로는

적합하지 못한 서사적 줄거리가 권위시대의 문법들을 일깨우고 있다. 오버 랩되는 부분, 리얼한 어눌함, 건너뛰기 같은 문체의 신선도가 무의식적인 흐름을 맞이해 주는 새로운 시적 양식 따위가 이성부의 창조적 시법이라 할 것이다.

다시 말하자면 이성부의 시는 건강한 노동, 지적인 거드름, '구두의 위대' 같은 건너뛰기의 비약, '흥, 나는 도무지 엉터리 손발' 같은 개발형 문체 등에서 보다 구성적 픽션을 만나보게 한다. 이성부가 등장한 1960년대 초반에는 김수영이나 김춘수가 기지개 켜면서 각자 제 문법 만들기에 바쁘고 시단은 저항시류(신춘시)와 모더니즘류(현대시)로 나뉠 여지를 보이고 있을 때였다. 그는 어느 편이냐 하면 이른바 광주를 연원으로 하는 '김현승 사단'(속칭)에서 박봉우나 동시대 조태일 등과 어깨를 나란히 하여 우군友 軍의 중심역할을 하고 있었다. 이성부는 그 무렵에 서정시를 쓰던 무목적 시 '의식의 흐름 받아적기'인 「演技 및 日記」(1966, 공보부 신인예술상, 김현승 심사)로 이름을 날리던 강희근의 영향을 받았다.

그 답이 「우리들의 糧食」이 아니었을까. 이 부분은 필자가 가늠해 보는, 조심스런, 고유한 상상이고 주변의식이다. 그것이 시로써 서사성과 지식인 노동자의 과감한 모더니티 문체 확보가 가능해졌을 것이다.

앞에서 이성부의 시적 진행이 의외로 가파르고 저항성이나 문체에서 깊이를 더해가는 속도를 보인다는 인상기를 적은 바 있다. 그런 쪽에서 이성부는 그릇과 탄력이 크다.

시인의 자각은 「난지도」―1979년에 이른다.

아름다운 자기 이름을 가진
서울 변두리 난지도에 와서
난지도 공기를 만나고

사람 사는 마을을 들여다보면 안다.

난지도에 와서

우리나라 시월 하늘

눈 비비며 바라보면 안다.

아니오 아니오 아니오임을 안다.

파리 떼에게도 한 잔 먹어라

소주잔을 권하고,

썩은 물웅덩이에도 희망의 손발을 씻어내는

난지도에 와서 보면

우리나라 시월 하늘

서럽다 못해 왜 불타는 노을로 소리치는가를 안다

왜 살아서 스스로 부서지고 싶은 것인가를 안다.

쓰레기에 파묻혀 놀던 개구쟁이들이

쓰레기더미 위에 누워 하늘을 우러른다,

제복의 여학생이 수색水色 종점에 내려

십리길 걸어, 쓰레기산 또 십리를 넘어

쓰레기 움막으로 기어든다.

밤이 되어

봉화산 의병 닮은 횃불들을 들고

밤하늘 덮는 먼지 속 몰려가는 사람들,

에헤야 디야, 에헤야 디야

쿵작작 쿵작작

여기서도 왼종일 라디오 소리 들리고

향수 뿌린 여인이 있어

악취에 코 막힌 사내들의 가슴을 후벼 준다.

—「난지도蘭芝島」 부분

　　인용시는 '난초와 지초가 사는 섬'이니 아름다운 이름의 섬이다. 서울 시
내의 거대한 쓰레기 매립장을 공원으로 마을로 조성하여 사실은 쓰레기 썩

어가는 장소요 불결한 지점이므로 가난과 부조리한 사람들이 들어와 산다. 우리나라 시월 하늘을 눈 비비고 보며 난지도를 바라다보면 '아니요' 소리, 연발로 외칠 수 있는, 부조리 공간인 것이다. 이 시는 난지도가 거대한 면적으로 높이로 조성되어 있으나 부정정신을 일깨워 주는 온상과 다를 게 없다.

그리하여 시월 하늘은 난지도를 내려다보며 불타는 노을로 소리치고 있음에 유의할 수 있다. 인간들이 이 공간의 의미와 현실을 들여다보면 산 채로 부서져 허물어지고 싶기도 할 것이다. 그 부조리한 공간에서는 밤이면 봉화산 의병들 횃불들로 우루루 몰려가는 발자국 소리 들리리라. 그렇지만 낮에는 온종일 라디오 소리나고 향수를 진하게 뿌리고 사는 여인들이 남자의 가슴을 후벼주기도 하는, 말하자면 이상 소설의 33번지 풍경 같은 지점도 존재할 법하다. 난지도는 사람과 쓰레기가 어울리고 실존과 역사와 비가 비를 부르고 바람이 바람을 부르는, 나름으로는 아름다운 우리나라 시월의 하늘을 이고 사는 슬픈 섬이기도 하다.

지리산 시, 역사 읽기

시인의 일생은 "무엇으로 사는가", "무엇에 매여 있는가"가 중요하다. 그 많은 섭렵과 지향과 고뇌로 점철된 인생이 가는 길은 '감으로'써 일생이 된다. 그에게 그 '감'은 산행이다. 산에 오르는 사람들의 '감'은 일정한 경지를 이룬다. 말하자면 왜 오르는가? 를 집약하는 알피니스트의 언어가 있다. 누군가가 말한 "거기에 있기 때문이다."가 그것일 것이다. 시인 장호章湖는 "어깨로 오른다"고 했다. 하나의 달인적 언어다. 또 산에 오르는 이는 아니지만 장승 만들기의 대가는 작은 도끼로 그냥 힘주지 않고 내리치는 행위, 그것이야 말로 섬세한 다듬기의 기초라고 설파한다. 이성부도 그런 면모가 있을까? 이성부에게는 시집 『지리산』(2001, 창비)이 있다.

그의 「서시」를 보자.

1. 서시, 「산경표* 공부」

서시는 17행이다. 항용 시인의 서시는 시집의 지향을 집약하는 것인데
이 시인은 17행이 적정선일까? 윤동주가 단 9행으로 첫시집의 의미를 집
약했다.

물 흐르고 산 흐르고 사람 흘러
지금 어쩐지 새로 만나는 설레임 가득하구나
물이 낮은 데로만 흘러서
개울과 내와 강을 만들어 바다로 나가듯이
산은 높은 데로 흘러서
더 높은 산줄기를 만나 백두로 들어간다
물은 아래로 떨어지고
산은 위로 치솟는다
흘러가는 것들 그냥 아무 곳으로나 흐르는 것
아님을 내 비로소 알겠구나!
사람들 어디에서 와서
어디로들 흘러가는지
산에 올라 산줄기 혹은 물줄기
바라보면 잘 보인다
빈 손바닥에 앉은 슬픔 같은 것들
바람소리 솔바람소리 같은 것들
사라져버리는 것들 그저 보인다

---

* 산경표山經表 : 영조 때 학자 신경준이 편찬한 것으로 알려진 우리나라 산의 족보격인 지
리서. 백두산에서 지리산에 이르기까지 한반도의 중심축을 이루는 산줄기
를 지리학적으로 기술했다.

산경표 공부하듯이 산에 가서 바라보는 것은 흐름의 원리다 물, 산, 사람들은 흐른다. 물은 낮은 데로, 산은 높은 데로 흐른다. 사람들은 어디서 와서 어디로 흘러가는가? 산에서 그 흐름 살피느니, 이때부터 사색이다. 슬픔 같은 것들, 바람소리같이 사라져버리는 것들 그저 눈에 들어오는 것이다. 결국 사람은 산에 올라 인간들의 흐름과 생사와 그 원리를 찾고자 하는 것이리라.

2. 선비 읽기

먼저 시 「남명선생」을 읽어보자.

중산리 사람들은 좋겠다
날마다 천왕봉 고개 들어 우러르는
중산리 사람들
저마다 가슴에 천왕봉 하나씩 품어
무엇에 노여워도 눈 감을
저를 다스리거나 돌아보거나
깨우치거나 해서 좋겠다
저 아래 덕산골 살았던 남명선생
하루에도 몇 번씩 산봉우리 쳐다보며
하늘이 울어도 산은 울지 않는다는
크고 넉넉한 마음
버슬길 마다하던 그 까닭 알겠거니
소인배 들끓는 세상에서는
군자가 저를 감추어 더
고요해지는 일 내 알겠거니

―「남명선생 ―내가 걷는 백두대간 3」 전문

이성부 시인의 「서시」에서 산으로 가서 인간들의 흐름과 생사의 원리를 찾는다는 것이니 지리산과 남명선생은 뗄 수 없는 선비로 떠올려지는 것이다. 시의 전절은 중산리 사람들은 천왕봉을 우러러 좋겠다는 것이고 후절은 아래 마을 덕산에서 살았던 남명의 천왕봉 관련 정신을 일깨워 준다.

남명南冥 조식曺植(1501-1572)은 경남 합천 삼가에서 태어나고 만년에 지리산 덕산에 들어가 제자들을 가르쳤다. 그는 성현의 가르침을 몸과 마음으로 실천하는 데 중점을 두었다. 그의 사상은 경의敬義사상으로 요약된다. 敬을 통한 내적 성찰과 義에 준한 외적 극기를 중요시하여 생활철학으로 삼았다. 외적 극기, 외적 실천으로 임란 때 주요한 의병장들이 덕산에서 배운 남명 제자들이라 조선조 최대의 교육자로 일컬어진다.

그런데 남명 선생의 「제덕산계정주」에서 지리산을 천석들이 종鐘에 비유하여

"보게나 천석들이 종을 보게나

크게 치지 않으면 소리가 나지 않는다네

아 우리도 지리산처럼 어찌하면 하늘이 울어도 울지 않을 수 있을까"

라 읊었다.

남명 선생은 선비의 진중함, 무거운 실천적 이행이 돋보이는 것은 어려운 때일수록 나라를 위해 일어나서 앞장섰던 제자들을 통해서이다. 중산리에서 가장 가까운 거리에 천왕봉이 있으니 남명 선생으로 표상되는 천왕봉을 우러러 중산리가 복 받은 동네가 아닐까. 그리고 벼슬길 마다하고 나라가 어려울 때 목숨을 걸고 나라에 상소(단성소)를 올리는 충심이 바로 경의 사상의 구현일시 분명하다. 이성부 시인은 산행으로 "군자가 저를 감추어 더 고요해지는 법을 안다"고 말한 대로 산행에서 선비적 인간을 진실로 받아들이고 있지 않은가.

두 번째 조선조 선비 점필재 김종직에 유관한 시는 「통천문을 내려가며」이다.

천왕봉 일출을 보면 신선도 가슴을 쓸어내린다
통천문 내려가면 신선도 보통 사람이 된다
예전에는 등골 오싹하게 오르던 통나무 계단이
어느덧 철계단으로 바뀌면서
요란한 세상의 소리를 낸다.
속세도 갈수록 조금씩 하늘에 가까워지는 것인가
죄많은 사람도 어렵지 않게 신선이 되는 나라인가
생각하면서
천천히 통천문을 내려간다
요즘 사람들은 무엇이 옳고 옳지 않음인지
스스로 깊이 헤아려보지 않는다
잘못된 글 따위를 읽고 자기 주장으로 삼는다
오백년 전 점필재 유두류록 떠올리며
멀리 겹겹이 솟구친 산봉우리 용틀임 바라본다
석문을 나와 세상 속으로 들어간다
　　　　―「통천문을 내려가며 ―내가 걷는 백두대간 16」 전문

시는 산행의 세속화에 대해 통렬한 비판을 가하고 있다. 등산 시설의 세속화를 보면서 통천문 내려가면서 '요란한 세상의 소리'를 듣는다. 그것은 가령 "속세도 갈수록 조금씩 하늘에 가까워지는 것인가"나 "죄 많은 사람도 어렵지 않게 신선이 되는 나라인가"라는 조심스런 지적으로 나타나고 있다. 거기서 더한 비판의 고삐를 쥔다. "요즘 사람들은 무엇이 옳고 옳지 않음인지 깊이 헤아리지 않는다"나 "잘못된 글 따위를 읽고 자기 주장으로 삼는다"는 지적이 그것이다.

이같은 비판은 정필재 김종직의『유두류록』을 떠올리면서 '산봉우리'의 용틀임의 살아 있는 지리산 정기를 환기하고 있다. 김종직(1431-1492)은 밀양도호부 부북면 태생으로 중앙정부로부터 외직 함양군수로 부임할 때 그 이임을 축하하는 시편들이 많이 발견된다. 특히 강희맹의 외직 축하의 시편이 인상적이었다. 지리산 함양이라는 자연으로 들어간다는 것이 부러움이고 안정감 있게 여민동락의 정치를 펼 수 있는 기회가 주어졌다는 점에서 부러움을 사고 있다. 실지로 점필재는 "조선 최고의 근무평점을 받다"는 기록이 있고 "고을 백성이 아버지처럼 따르고 유민들이 다시 돌아왔다"는 기록이 있다.

이성부 시인은 점필재의 '유두류록'에 방점을 찍어 선비들 산행의 정점에 김종직이 있음을 확인시켜 주고 있다.

3. 최치원 또는 혁명전사들 읽기

지리산에 숨어든 자들은 그곳에서 자아를 발견했다. 대표적인 인물이 고운 최치원이다. 이성부 시인은 고운 최치원의 발자취를 보았다.

나라가 어지러울 때마다
이 산에 들어 숨어 살던 사람이 많았다
옛글에서는 어진 사람들이
특히 이 산에 들어와 저를 닦았다는데
신라말 최치원 선생 자취가
이 골짜기 곳곳에서 나를 새로 눈뜨게 한다
가야산 바위에 신발 벗어놓고
흔적도 없이 사라졌다던 그가
화개동천 구름과 서리를 불러 글씨를 썼다
별빛 날카로운 정으로 쪼아

바위 벽에 새겨놓은 한 획 한 획
지금도 서릿발로 내 굼뜬 정신을 찌른다
어지러울 때는 잠시 달빛이라도 붙들고 서서
숨 가다듬고 눈 똑 바로 떠
저를 추슬러야 할 일!
　　　—「화개동천에서 최치원을 보다 ─ 내가 걷는 백두대간 33」 전문

　이 시는 지리산을 찾아든 이들이 그 안에서 자아를 닦았는데 대표적인 사람이 최치원이라는 것이다. 최치원은 특히 천령태수(함양군수)를 지냈고 지리산 일대 흔적이 대단히 많은 사람이다. 신선이 되어 처처 구름처럼 가 닿는 자리가 명당이 되었다. 최치원은 통일신라 6두품 출신 문인이다. 출생은 경주이고 사망은 합천 가야산 해인사다. 시호 문창후, 자는 孤雲, 호는 海雲이다. 당나라를 중심으로 한 국제 질서를 인정하면서도 신라의 고유성과 토착성을 알리려고 했다. 사람에게 道가 있고 사람은 나라의 차이가 없다고 주장하며 인간 중심의 보편성과 그에 따른 다양성을 강조했다. 일찍이 당나라 유학하고 거기서 이름을 떨치고 귀국한 유학파다. 이성부는 그런 유학파가 유학으로 머물지 않고 지리산 곳곳 구름처럼 바람처럼 전설로 신선의 경지로 뿌리내린 인물이라는 점에서 자신의 굼뜬 행보에서의 스승으로 삼고자 한 것일까?

　이성부 시인, 그는 지리산 단풍으로 칡뿌리 같은 혁명 전사들을 기억하고 있다.

닳아 빠진 짚세기로
해진 고무신으로
젖어버린 지까다비로
혹은 무명베 발싸개로

짐승처럼 내닫던 곳
얼음 들어 검푸른 발가락 잘려나가도
스스로는 아깝지 않았던 목숨들
오늘은 단풍 물들어
물끄러미 나를 내려다본다
산천초목 어디인들
그들이 갔던 발자국마다 길을 만들었으니
그들이 숨죽이며 눈짓했던
마음 속 뜨거운 불꽃
오늘은 골짜기마다 이글거리는 눈빛으로
피워 올라
온통 선연한 핏빛 파도 일렁이는구나
　　　　「단풍이 사람을 내려다본다 ─ 내가 걷는 백두대간 35」 전문

여기서 혁명전사들은 누구일까? 짚세기 신고, 고무신 신고, 지까다비로, 무명베 발싸개로 얼어서 동상으로 물러빠진 발가락으로 지리산에 들어온 자 누구일까? 그들은 최소한 혁명군으로 백성들이 편한 삶 살 수 있게 하는 자들이다, 진주민란의 초군들, 동학군들, 일제시대 저항했던 집단들, 6·25 전쟁사에서 후미에 처진 사람들, 또는 그 좌우익의 전사들, 남부군들, 이현상 대장, 남도부나 마지막 빨치산 정순덕까지 하나같이 발가락 문드러진 전사들이다. 그들은 불꽃이었다. 길 만드는 사람들이었다. 그들의 목숨들은 어디에 걸려 있었을까? 시인은 단풍으로 붉게 매달린 자들이 시인의 얼굴에 단풍잎으로 메말라 떨어지고 있음을 발견한다.

4. 청학동 읽기

예부터 지리산에 청학동이 있어 삼재(화재, 수재, 풍재), 팔난(손재, 질병…등)이 없거나 막아주는 명당이 있어서 사람들은 산골 구석구석을 찾

아 그럴 만한 곳에 스며들었는데 그곳을 청학동이라 했다. 이런 지향 속에
생애를 걸었던 일을 청학사상이라고 했다.

> 청학동이라는 데가 정말 이곳인지
> 저 건너 등성이 너머 악양골인지
> 최고운이 사라진 뒤 청학 한 마리
> 맴돌다 가버렸다는 불일폭포 언저리인지
> 피밭골 계곡인지 세석고원인지
> 도무지 가늠할 수 없다
> 옛 사람들이 점지해 놓은 청학동 저마다 달라도
> 내가 걸어 찾아가는 곳마다 숨어살 만한 곳
> 그러므로 모두 청학동이다
> 혼자 가는 산길
> 거치적거리는 것 없이 편안하고
> 외로움은 따라와서 나를 더욱 살갑게 한다
> 내 눈에 뛰어드는 우리나라
> 안개 걷힌 산골짜기 모두 청학동이어서
> 발길 머물고 그냥 살고 싶어라
> ―「가는 길 모두 청학동이다 ―내가 걷는 백두대간 27」 전문

현재의 청학동은 270여년 전부터 사람들이 모여와 대략 110호 정도가
살았고 6·25가 있어 마을이 사라졌다. 40년전부터 상투와 댕기머리, 한복
을 입고 도를 닦기 위해서 다시 마을을 이루고 25호 성도가 이색 마을을 만
들어 살고 있다. 이성부 시인은 백두대간 능선 능선을 타다가 스스로의 청
학동을 깨우쳤다. 그 깨우침이 이 시다. "가는 길 모두가 청학동이다"라는
것이다. "내가 걸어 찾아가는 곳마다 숨어살 만한 곳이니 그곳이 다 청학
동"이라는 믿음이 생긴 것이다. 어림잡아도 청학동설이 스치는 곳은 악양

골, 불일폭포, 피밭골, 세석고원 등이다. 시인은 편안하고 외로움 일으켜 주는 곳이 살가워 청학동이라 하고 있다.

『마지막 빨치산 정순덕』에는 정순덕의 아버지가 대구 사람이었는데 삼재 팔난이 없는 곳을 찾아 지리산에 들었다는 이야기가 나온다. 그곳이 지리산 내원사 골짜기를 타고 오르면 '안내원' 마을이 있는데, 그곳을 청학동이라 보고 날개를 접었다는 것이다. 이 지점은 아닌 것이 확실하다. 빨치산 일생에 갈가리 찢겨버린 가족을 생각하면 그곳이 어찌 청학동이겠는가.

혹설에 의하면 오늘의 청학동에 있는 삼성궁과 여타 민족 성지로의 개발은 경남사립고등학교 교장회 회장이었던 고 박종한 선생의 구상이라는 설이 퍼져 있다.

마무리

이성부 시인은 전체시집 9권, 시선집 4권, 산문집 1권 등이 있는데 이 ≪이성부론≫은 시집 1권과 유고시선집 1권만으로 작성된 것이므로 그야말로 소루한 비평임을 자인하지 않을 수 없다. 그의 연보에는 1974년 33세 때 자유실천문인협회 창립에 참여하고 문학인 101인 선언에 서명했던 것이 있는데 이는 그의 문학 이력에 지울 수 없는 주요한 항목임에 분명하다. 따라서 이성부론에서 저항시의 면모가 한 칼러가 되어야 하는데 2권 시집에서는 그쪽 분위기를 거의 느낄 수 없었다는 점을 지적하지 않을 수 없다. 더구나 1981년(40세) 제4시집 이후 1989년 제5시집 낼 때까지 8년간 시선집 2권이 기록되고 있을 뿐인데 이 침묵이 무엇을 의미하는지 필자로서는 알 수가 없어 아쉬운 점이다.

이성부 시인은 역량을 인정받아 한국문학작가상, 대산문학상, 편운문학상, 가천환경문학상, 공초문학상, 영랑시문학상 등을 수상했다. 연보에서 그의 생애에 한 획을 긋는 일이 생기는데 1997년 56세시 평생직장 한국일보(주로 주간한국)를 물러난다. 그리고 '뿌리 깊은 나무 샘이 깊은 물' 주간에 취임한다. 이 변화와 창비쪽 생애는 어떻게 연결되는지 그의 시생애의 무게를 놓고 볼 때 관심이 가는 부분이다. 이성부 시인의 자리와 무게는 백두대간을 훑어내리는 산행에 겹치는 성질의 것인데 이 비평에서는 초기와 산행쪽 배경에만 집중한 면이 없지 않다.

'80년 광주'를 체험한 후 시인은 절망과 죄의식 속에서 방황하게 된다. 거대한 부조리와 폭력으로 방황하다가 시인에게 산은 구원과 자유의 길을 내주었다. 이처럼 산에 빠져들게 한 배경에는 "80년 광주" 체험이 있었다. 시인은 현실적, 문학적 고향인 광주가 무너지는 것을 보며 한없이 절망하고, "살아남았다"는 죄의식에서 헤어나지 못한다. 이 거대한 부조리와 폭력으로 현실도피와 자기학대로 시작한 산행이 차츰 구원과 자유를 향한 길을 열어준 것이다. 산은 시를 버리고 산행에 몰입했던 그에게 다시 시를 쓰게 만들었다.

앞으로 필자에게 기회가 주어진다면 다시 한번 이성부론에 대해 깊이 있게 언급하고 싶다.

종교적 관념의 시적 형상화

박이도論

종교적 관념의 시적 형상화

박이도論

종교적 관념의 시적 형상화

회상回想의 숲

　위의 『회상의 숲』이란 말은 박이도의 제1시집의 표제이다. 이 말을 박이도론의 첫 단원으로 쓴 까닭은, 이 말 속에 박이도 시세계의 처음과 끝이 다 함축되어 있다고 보았기 때문이다. 그러면 회상回想이란 무엇인가. 이 말은 시간의 흐름과 관련된 용어이다. 시간이란 우리말로 '때 사이'이며, 과거라는 시간과 미래라는 시간의 사이가 현재이고, 인간은 누구나 이 현재라는 시간 속에 존재하고 있다. 과거는 이미 가버려서 없고, 미래는 아직 오지 않아서 없다. 오직 사람이 존재하는 시간은 현재뿐이다. 이 현재에 실존하는 시인이 이미 가버려서 없는 과거의 숲을 돌아보는 것이 『回想의 숲』이다. 그렇다면 박이도가 돌아보는 숲이란 그의 추억 속에만 있는 숲이다. 이 '숲'이야말로 박이도 시세계의 처음과 끝이 다 함축되어 있는 말이다. 숲은 생명의 원형상징이기 때문이다.

　과거와 미래라는 낱말은 인간의 마음속에만 있는 개념이다. 동물은 먹이를 찾아 움직이는 현재만 있을 뿐 과거나 미래라는 개념이 없다. 물론 동물의 생명도 숲에서 시작해서 숲에서 끝나지만, 그 처음과 끝을 회상하거나 상상한다는 개념이 없다. 하긴 인간 중에도 먹이를 찾아 움직이는 것이 삶의 전부인 사람은 회상이나 상상의 개념이 없다. 오직 시인만이 회상과 상상에 몰두하는 힘이 있으며, 이 힘이 예술창작의 제1요소인 상상력이다. 이 상상력想像力을 '그리는 힘'이라고 할 때, 박이도의 상상력은 "숲을 그리는 힘"이라고 하겠다. 이 '그리는 힘'을 선과 색채로 형상화하는 것이 미술이고, 음률로 형상화하면 음악이 되며, 언어로 형상화하면 시적 이미지가 된다. 그래서 C. D. 루이스는 시적 이미지를 "언어로 그린 정열적 회화"라고 정의했다.

박이도의 상상력은 왜 정열적으로 숲을 그리게 되었는가. 이 숲이 곧 인간생명의 원형이며, 본향이기 때문이다. 사람을 나무로 비유할 때 사람의 모임인 사회는 곧 숲이다. 사회의 첫 단계인 씨족사회는 한 남자와 한 여자의 만남으로 시작된다. 그래서 숲은 두 나무의 만남인 수풀 림林자로 시작되고, 이 두 나무의 만남은 음양조화의 상징이다. 그리고 세 나무가 만나면 수풀 삼森자가 되고, 이 수풀 삼자가 수풀 림 자와 만나서 삼림森林을 이룬다. 이 삼림이 곧 인류사회의 원형이다. 결국 다섯 나무의 만남인 삼림은 인류사회를 상징하는 원형이라고 하겠다. 그래서 필자는 "이 숲이야말로 박이도 시세계의 처음과 끝이 다 함축되어 있는 말"이라고 한 것이다. 특히 박이도 시인은 기독교인이다. 그렇다면 그가 그리는 숲은 에덴동산이며, 인간의 본향인 것이다. 이제 박이도의 시를 분석하면서 숲의 이미지가 어떻게 형상화되었는가를 살펴보기로 하겠다.

자연과 인간의 조화를 찾아서

동양철학에서는 흔히 천天, 지地, 인人을 말한다. 여기서 천지天地는 자연이고, 인人은 인문이다. 자연은 스스로 있는 것이란 뜻이고, 인문은 사람이 이루어야할 문화이다. 자연은 스스로 다 이루어진 것이고, 인문은 아무것도 이루지 못한 없음이다. 사르트르는 자연의 사물을 "스스로 있는 것"이라 하고, 인문을 "무엇인가를 욕망하는 것"이라고 했다. 자연은 스스로 이루어진 완성품이므로 무엇인가를 욕망하지 않는다. 그러나 인문은 없음이기 때문에 무엇인가를 욕망한다는 것이다. 다시 말해 인간의 상상력이 활동하는 것이다. 성경의 창세기 1장 1절은 "태초에 하나님이 천지를 창조하시니라"로 시작하고, 27절에선 "하나님이 자기의 형상 곧 하나님의 형상대로 사람을 창조하시되 남자와 여자를 창조하시고"라고 했다. 하나님은 천지를 창조하신 창조주이시고, 사람은 문화의 창조를 욕망하는 무無의 존재이다. 사실 하나님은 그 형상이 없는 무無의 존재이며, 사람도 하나님의 형상대로 창조된 무의 존재이다. 하나님이 천지를 창조하시어 하나님의 존재를 구현하신 것처럼 사람도 문화를 창조하여 자신의 존재를 구현해야 한다. 하이데거는 '시의 창작은 곧 인간존재의 구현'이라고 했다.

박이도가 대표적인 기독교 시인이므로 성경의 말씀을 중심으로 하여 그의 시세계를 탐색하고자 한다. 솔직히 말해서 필자는 기독교인이 아니다. 기독교문학을 이해하기 위해 성경을 읽고 참고할 뿐이다. 그러나 신앙고백이나 찬송가 가사 같은 기독교 시인들의 작품엔 관심이 없다. 필자는 오직 언어예술의 시각으로만 박이도의 작품을 볼 것이다. 그러면 그의 시를 만나보기로 하자.

우리 황제의 눈은 원시안/무한한 식민지의 노동을 모아 제국을 세웠다./스스로 돌아갈 웅대한 왕묘를 준비하며/그는 만족히 웃을 수밖에 없었다.// 우리 황제의 눈은 멀었다./아직 거느리지 못한 대륙을 위하여/병정을 보내고 또 보냈다. 살아 있는 한/저 멀고 먼 지평을 넘고, 수평을 넘어/끝없는 정복을 위해 살아 있는 한/그는 잠시도 왕관을 벗을 수가 없었다./조용한 오수의 비밀을 끝내 모르고/피로한 얼굴에 주름살이 접혀갔다. (하략)

「황제와 나」 1의 1, 2연

우리 황제는 모른다. 성밖의/그 황토와/이슬과/구름과/햇빛으로 생성되는/찬란한 또하나의 영토를/그는 모른다.//파아란 하늘, 그 주변에 팽창하며/푸

른 이파리를 거느리고/살랑 살랑 불어오는 바람을 잡아먹고/확장해가는 고
요한 영토를/그는 진정 모른다.

—「황제와 나」 2의 2, 3연

　　정복이 끝난 어느 대지의 원경은 꿈./무수한 병정의 목숨은 떠나고/피가
흐르는 꽃물 같은 석양의 강 위에/떠내려가는 노동이여,/별들이여. 그 전장
에서 육신과 헤어진 영혼들이/바람에 밀리고 밀려서 성 밖에 왔다. // 불어
오는 바람속에 숨어오는 넋이여/죽은 병정들이여./당신들을 하나씩 잡아먹
고/팽창해 가는 이 크낙한 우주를/황제는 모르는가. (중략) 아 그 성밖의 왕
령은/말없이 익혀가는 내부의 밀도를/밖으로 밖으로 쏟으며/구름 사이로 배
를 저어갔다.

—「황제와 나」 3의 1, 2연과 6연

　　나는 그안에 살고싶다./풋풋한 향기에 콧등을 세우고/컹 컹 헛기침하며/그
과수목 밑에 앉아/이슬을 마시고 싶다./오색 무지개도 띄우고 싶다

—「황제와 나」 4의 1연

　　위의 시는 1962년 한국일보 신춘문예에서 당선된 작품이다. '1, 2, 3, 4'
의 번호가 붙어 있는 서정시로서 비교적 긴 편에 속하는 시이다. 그러나 위
의 인용만으로도 박이도 시세계의 처음과 끝을 예견할 수 있을 것이라고
생각한다. 우선 「황제와 나」라는 시의 제목에서, '황제'는 인간사회에서 인
간을 다스리기 위해 설치된 관청에서 가장 높은 자리에 오른 정복자를 상
징하고, '나'는 시인 박이도임을 알 수 있다. 시의 원형은 원래 시인이 신에
게서 받은 말씀을 황제에게 전달하는 신화의 형식이다. 기독교의 구약성서
에서는 예언자 혹은 선지자가 시인의 역할을 감당했다. 시詩라는 한자가
말씀 언言자와 관청 시寺자의 만남이란 구성에서도 시의 원형을 이해할 수
있다. 고대 중국에서는 우리가 알고 있는 절 사寺자라는 개념이 없고 관청

종교적 관점의 시적 형상화 —박이도論　77

시자로만 쓰였다고 한다. 그래서 그 음도 '사'가 아니라 '시'라고 한 것이다.

오늘날은 군주주의 시대가 아니므로 '황제'라는 정복자는 없다. 그렇다면 오늘날의 황제는 무엇을 정복한 사람인가. 그것은 천지인에서 인ㅅ 곧 사람과 마주한 천지 곧 자연을 정복한 사람이다. 자연 중에서 하늘은 정복의 대상이 될 수 없고, 오직 땅을 정복한 사람이다. 인류역사에서도 땅뺏기 싸움에서 이긴 사람이 황제가 되었으며, 빼앗은 땅+으로 이룩한成 성城의 성주가 곧 황제이다. 그래서 "우리 황제의 눈은 원시안/무한한 식민지의 노동을 모아 제국을 세웠다./스스로 돌아갈 웅대한 왕묘를 준비하며/그는 만족히 웃을 수밖에 없었다."라고 황제의 이미지를 그렸다. 그리고 "우리 황제의 눈은 멀었다./아직 거느리지 못한 대륙을 위하여/병정을 보내고 또 보냈다. 살아 있는 한/저 멀고 먼 지평을 넘고, 수평을 넘어/끝없는 정복을 위해 살아 있는 한"이라고 황제의 이미지를 그렸다. 자본주의시대에 "끝없는 정복을 위해 살아 있는 한" 욕망을 멈출 수 없는 황제는 자본가임이 확실하다. 그는 돈 버는 일에 대해서는 "우리 황제의 눈은 원시안"이지만 자연사랑에 대해서는 "우리 황제의 눈은 멀었다."라고 했다. 위의 시 「황제와 나」 1번은 인위의 황금성에 갇혀 있는 황제 곧 오늘날의 자본가의 이미지라고 하겠다. 돈 모으는 데에만 눈이 뜨이고, 빛을 보는 눈은 멀어버린 사람의 상징이다.

그 다음 「황제와 나」 2의 이미지는 "우리 황제는 모른다. 성 밖의/그 황토와/이슬과/구름과/햇빛으로 생성되는/찬란한 또 하나의 영토를/그는 모른다."에서 보듯, 자연을 정복한 황제는 순수자연의 세계를 모른다. 옛날의 황제가 정복한 땅의 성주로서 "살아 있는 한" 끝없는 정복만을 꿈꾸었듯이, 황금성의 성주인 "우리 황제는 모른다. 성 밖의…(중략)…햇빛으로 생성되는/찬란한 또 하나의 영토"인 자연을 모른다는 것이다. 이 자연이란

"파아란 하늘, 그 주변에 팽창하며/푸른 이파리를 거느리고/살랑 살랑 불어오는 바람을 잡아먹고/확장해가는 고요한 영토"인 숲이다. 박이도는 이 숲을 "제삼의 왕령이다./원시의 숲 그대로 이글대는 태양과"라고 2의 4연에서 정의하고 있다. 그리고 3의 1연은 "정복이 끝난 어느 대지의 원경은 꿈./무수한 병정의 목숨은 떠나고/피가 흐르는 꽃물 같은 석양의 강 위에/떠내려가는 노동이여,/별들이여."로 시작된다. 황제의 이미지 때문에 "정복이 끝난 어느 대지의 원경은 꿈./무수한 병정의 목숨은 떠나고"라고 "병정들의 목숨"을 말했지만, "피가 흐르는 꽃물 같은 석양의 강 위에/떠내려가는 노동이여,/별들이여."에서는 자본주의의 황제를 상징하기 위하여 "떠내려가는 노동이여,/별들이여."라고 한 데에서 황제의 상징성을 알 수 있다. 노동은 자본주의 시대의 병정이며, 별들은 어둔 밤에 빛나는 자연의 빛이다. 결국 이 노동의 희생에 의해 "아 그 성밖의 왕령은/말없이 익혀가는 내부의 밀도를/밖으로 밖으로 쏟으며/구름 사이로 배를 저어갔다."에서 보듯 자연이미지의 형상화이다. 정복은 인위문화이며, 그 반대는 무위자연이다. 이 무위無爲를 기독교신학에서는 신위神爲라고 한다. 그러니까 자연은 하나님이 창조하셨다는 것이다. 구약성경에서는 하나님이 모세에게 "나는 스스로 있는 자"라고 했다. 이 "나는 스스로 있는 자"는 곧 "나는 자연이다"라는 말이다.

마지막으로 「황제와 나」 4의 1연에서 박이도는 "나는 그안에 살고싶다./풋풋한 향기에 콧등을 세우고/킹 킹 헛기침하며/그 과수목 밑에 앉아/이슬을 마시고 싶다."고 시인의 마음을 털어놓는다. 우리나라 1960년대는 경제개발이 한창인 때인 만큼 자본주의의 황제인 자본가와 시인과의 관계는 모든 인문학의 주제가 될 수 있다. 자본주의 황제는 인간의 금력을 상징하는 것이고, '나'는 시인을 대표하는 이미지이다. 이런 큰 주제를 관념적 서술에 빠지지 않고 시적 형상화에 치중하여 완성한 작품이 그의 등단작이며 대표 작인 「황제와 나」인 것이다. 등단 작품에서부터 큰 시인의 기질을 보여주 었다고 하겠다. 박이도가 자본주의 황제에 대해 관심을 둔 것은, 그가 공산 주의자에게 모든 것을 빼앗기고 고향에서 쫓거나 월남했기 때문일 것이다.

내 회상의 숲 속엔/이제 아무도 거닐지 않는다/밤바다에 닻을 내린/목선의 꿈처럼/뒤척이는 물소리에 사라진/내 어린 그림자의 행방을/이제 아무도 모 른다

조그만 손으로 눈을 가리고/호랑이 흉내를 하던 나의 과거를,/옥수숫대로 안경을 만들어 끼고/신방을 차리던 볕바른 토담에/까치옷과 부딪쳐 눈물 흘 리고/나의 생가를 둘러선/밤나무 숲 속에서/가슴 졸이던 유년 시대

내 사랑의 싹이 움트고/내 지혜의 온도가 빛나던/밤나무 숲 속,/새들의 노 래는 퍼져 가고/노을 속에 물드는 강물의 꿈은/멀리멀리 요단강으로 흘러가 듯/그때 발성하던 내 목소리를/이제 누가 기억하고 있으랴.

「회상의 숲 1」 전문

위의 시 「회상의 숲 1」은 박이도 제1시집의 표제가 된 작품이다. 1~5까 지의 연작시이지만 여기서는 그 「회상의 숲 1」만 보기로 한다. 여기서 회 상은 이미 가버려서 없는 과거를 돌아보는 추억이다. 그러니까 현재에는 없는 추억 속의 숲이다. 이 추억 속의 숲은 현재는 타향에 존재하는 시인의 고향이며 원형이다. 사람의 고향에는 공간적인 고향과 시간적인 고향이 있 다. 공간적인 고향은 사람이 태어난 장소이며, 시간적인 고향은 유년이라 고 한다. 공간적인 고향에는 특수한 경우가 아니면 언제나 돌아갈 수가 있 지만 시간적인 고향에는 아무도 돌아갈 수 없다. 고향에 돌아갈 수 없을 때 고향에 대한 그리움인 향수가 짙어질 수밖에 없다. 박이도는 남북분단이란

특수한 경우로 해서 공간적인 고향에도 돌아갈 수 없고, 시간적인 고향에도 돌아갈 수 없으므로 그의 향수는 더욱 짙어질 수밖에 없었다. 이 향수가 곧 시인의 상상력으로 작용하여 "내 회상의 숲 속엔/이제 아무도 거닐지 않는다/밤바다에 닻을 내린/목선의 꿈처럼/뒤척이는 물소리에 사라진/내 어린 그림자의 행방을/이제 아무도 모른다"로 형상화한 것이다. 여기서 "내 회상의 숲 속"은 이미 상실한 인간의 원형의 이미지이며, "내 어린 그림자"는 시간적인 고향인 유년의 이미지이다. 위의 시 제2연은 돌아갈 수 없는 유년의 모습을 형상화한 것이다. 천진난만하게 소꿉놀이하던 어린이의 모습이 "나의 생가를 둘러선/밤나무 숲 속에서/가슴 졸이던 유년 시대"의 이미지로 그려진 것이다. 이 밤나무 숲도 원형의 숲이며, 유년을 회상하는 향수의 숲인 것이다.

눈에 보이는 흐름은 물의 흐름이고, 눈에 보이지 않는 흐름은 시간의 흐름이다. 시인의 상상력은 지금 흘러가버린 과거와 다가오는 미래의 사이에서, "내 사랑의 싹이 움트고/내 지혜의 온도가 빛나던/밤나무 숲 속,"을 회상하며, "새들의 노래는 퍼져 가고/노을 속에 물드는 강물의 꿈은/멀리멀리 요단강으로 흘러가듯/그때 발성하던 내 목소리를" 기억하고 있는 것이다. 여기서 "그때 발성하던 내 목소리"가 중요하다. 그것은 '새들의 노래'와 '강물의 꿈'이기 때문이다. 여기서 '새들의 노래'와 '강물의 꿈'은 하늘을 지향하는 이미지이다. 새들은 날개를 가진 조류이며, 조류는 다 노래를 한다. 날개와 노래는 하늘에 대한 향수의 이미지이다. 강물의 꿈은 요단강으로 흐르는 것이며, 요단강은 현세와 천국의 경계를 상징하는 이미지이다. 예수는 요단강에서 세례를 받고 하나님의 음성을 들었다고 한다. 기독교시인의 처음과 끝은 하나님의 사랑으로 집약된다. 그러나 박이도는 위의 시에서 요단강이란 낱말 외에 기독교적인 용어는 전연 쓰지 않고, 오직 시적 이

미지에만 치중한 것이다. 여기서도 그의 시인으로서의 면모가 드러난다고
하겠다.

처음 빛을 의식했을 때/그때의 빛을 찾기 위해/나는 관념 속에서 뛰쳐나온다

처음 본 빛의 원형을 찾아/나는 갱부가 된다/가장 잘 보존되어 있는/빛의
씨방/깊이깊이 지하로 내려갈 때/나는 혼돈에 빠진다/검은 고양이의 울음이
먼저이고/시간이 뒤에 돌아온다/눈빛, 그의 눈빛은/어디서 빛나고 있는가/
빛의 메아리는 없는가/나는 빛의 무게를 생각한다

검은 석탄을 퍼낸다/더 깊은 곳으로/어둠의 밀실로 접근한다/지상엔 비끼
는 노을/서쪽으로 흐르는 물 두렁의/쉬임 없는 시간이/나에겐 그대로 정지
된 채/가사假死의 빛 더미가 창백한 탈을 쓴다

의식의 전진/계속 뚫어내는 빛에의 광맥/더러는 역의 세계로/신선한 공기
를 마시기 위해/지상에 오른다/박제된 노을/싸늘하게 누워 있다/거리를 잴
수 없는 곳에서/처음 그 빛의 숨결이 들려온다/태초의 빛을 찾기 위해/나는
혼돈에 빠진다

지상의 어둠/무형의 빛/그 변주의 시간 속에/나는 약으로 갱을 따라 내려
간다/가장 날카로운 괭이로/검은 광맥을 뚫어낸다/새 빛을 찾아/어둠을 살
라먹는/살아 있는 공간의 지금 시간을 위해/빛의 원형을 캐러 간다/한 발짝
씩 어둠을 뚫어내고/빠져나가는 힘의 축적을 위해/빛의 자장에 손을 뻗는다

처음 나의 빛을 찾기 위해/살아 있는 의식을 찾기 위해/나는 완전한 어둠
속으로/갱부의 눈을 뜬다/천년이 걸릴까, 내 빛의 작업은

「빛의 갱부」 전문

박이도의 데뷔작인 「황제와 나」는 16연 83행의 긴 작품이다. 이에 비하

면 짧지만 위의 시 「빛의 갱부」는 6연 52행으로 비교적 긴 시에 속한다고 하겠다. 시가 길어지는 것은 시인이 하고 싶은 말이 많다는 것이며, 주제의 식이 강하다는 것이다. 이 주제의식이 곧 시의 내용이며, 내용은 독자에게 무엇인가를 전달하고자 하는 시인의 뜻이라고 하겠다. 우선 「빛의 갱부」 라는 시의 제목에서부터 시인의 뜻을 상징하는 비유적 이미지이다. 인간의 생명은 땅과 하늘의 만남 곧 음양조화에 의해 탄생한다. 상징체계에서 땅 은 음陰, 어둠, 여성, 육신의 상징이고, 하늘은 양陽, 밝음, 남성, 영혼의 상 징이다. 그러므로 인생 곧 인간의 삶은 땅과 하늘이 만나는 현상의 이미지 이다. 특히 기독교에서는 하나님을 만나서 생명이 피어나는 과정이 곧 인 생이라고 믿고 있다. 땅은 어둠이고, 땅의 흙으로 빚은 육신도 어둠이다. 이 어둠 속에서 빛을 캐내는 사람이 「빛의 갱부」이다.

위의 시 1연은 "처음 빛을 의식했을 때/그때의 빛을 찾기 위해/나는 관념 속에서 뛰쳐나온다"로 시작된다. 여기서 '빛'은 무엇인가. 성경에서는 "하 나님은 빛이시라(요일 1:5)"라고 했다. 그렇다면 기독교시인인 박이도의 '빛'은 곧 하나님이라는 것이 분명하다. 처음 하나님을 의식했을 때의 그 하나님을 찾기 위해 시인은 "나는 관념 속에서 뛰쳐나온다"는 것이다. 이 관념 속의 하나님은 자신이 직접 어둠속에서 캐낸 체험적인 하나님일 수가 없기 때문이다. 시인은 언제나 관념의 틀을 깨고 뛰쳐나와 새로운 형形을 만들어가는 「빛의 갱부」이기 때문이다. 그래서 시인은 2연에서 "처음 본 빛의 원형을 찾아/나는 갱부가 된다"고 선언한다. 그리고 "가장 잘 보존되 어 있는/빛의 씨방/깊이깊이 지하로 내려갈 때"에서 보듯, '깊이깊이 지하' 를 '빛의 씨방'이라고 한다. 이 '빛의 씨방'인 '깊이깊이 지하'는 곧 인간의 깊은 내면을 비유한 것이다. 이 인간의 깊은 내면을 원형비평에서는 무의 식 혹은 신화라고 한다. 3연에선 이 깊은 내면을 "검은 석탄을 퍼낸다/더 깊은 곳으로/어둠의 밀실로 접근한다”고 하고, 4연에선 “처음 그 빛의 숨결이 들려온다/태초의 빛을 찾기 위해/나는 혼돈에 빠진다”고 한다. 시라는 형식을 통해 종교적 관념의 세계에서 뛰쳐나와 신을 형상화한다는 것이 쉬운 일은 아니다. 그래서 “살아 있는 공간의 지금 시간을 위해/빛의 원형을 캐러간다/한 발짝씩 어둠을 뚫어내고/빠져나가는 힘의 축적을 위해/빛의 자장에 손을 뻗는다”라고 했다. ‘빛의 자장磁場’이라고 비유한 기독교적 하나님의 은혜 속에 손을 뻗는다고 한 것이다.

언어의 기능에는 설說의 기능과 예藝의 기능이 있다. 설의 기능을 대표하는 것이 설명과 설교이고, 예의 기능을 대표하는 것이 창조와 창작이다. 그런데 “하나님은 빛이시라”라는 은유를 시인은 곧 「빛의 갱부」라고 은유한 박이도가 설명이나 설교로 풀어갈 수 없어서 시를 창작한 것이다. 그의 비교적 긴 형식의 시들이 모두가 기독교적 관념의 세계를 예술적으로 형상화한 작품들이다. 그러한 기독교시인의 어려운 길을 “처음 나의 빛을 찾기 위해/살아 있는 의식을 찾기 위해/나는 완전한 어둠속으로/갱부의 눈을 뜬다/천년이 걸릴까, 내 빛의 작업은”이라고 고백하는 형식으로 위의 시를 마무리한다.

박이도의 종교적 관념

상상력은 ‘그리는 힘’이며, 이 힘이 그린 것이 이미지이다. 시적 이미지를 말로 그린 그림이라고 정의할 때, 시의 형식은 곧 말로 그린 그림으로 완성된다고 하겠다. 그리고 시의 내용은 시인의 주제의식 곧 시인의 하고 싶은 말이라고 했다. 기독교시인 박이도의 하고 싶은 말인 시적 내용은 오직 ‘하나님의 말씀’이며, 이를 가리켜 박이도의 종교적 관념이라고 할 수 있다. 박이도는 그의 신앙시선집 「삭개오야 삭개오야」 서문에서, “나는 청탁받고 쓴 절기 시들을 제외하고는 신앙시를 써야겠다는 것을 염두에 두고 작품을 쓴 적은 없다. 여기서 결과론이란 기독교 신앙이 그의 삶의 내용이기 때문에 그 삶을 시로 형상화할 때 어쩔 수 없이 그 흔적이 담기게 된다는 것이다. 그러면 그의 작품을 만나보기로 하자.

이제야 내 뒷모습이 보이는구나
새벽안개 밭으로
사라지는 모습
너무나 가벼운 걸음이네
그림자마저 따돌리고
어디로 가는 걸까.

─「어느 인생」 전문

위의 시는 6행의 짧은 시이다. 시라기보다 말로 그린 한 편의 그림이다. 2011년에 출간한 시집 「어느 인생」의 표제가 된 작품이다. 2011년은 그가 「황제와 나」로 등단한 지 50년이 되는 해이다. 시인의 삶 50년을 「어느 인생」이란 제목으로 한 편의 그림을 그린 것이다. 50년 동안의 삶을 되돌아보니, "새벽안개 밭으로/사라지는 모습"이라는 것이다. 시인으로서의 삶은 「빛의 갱부」가 되어 밤의 어둠 속에서 빛을 캐내는 일이다. 50년 동안을 어둠속에서 빛을 캐내는 삶을 살았지만 아직 그 실상은 "새벽안개 밭으로/사라지는 모습"이다. 그런데 그 모습이 "너무나 가벼운 걸음"이고, "그림자마저 따돌리고/어디로 가는" 모습이라는 것이다. 사실 시인의 행보는 안개속을 헤매는 것처럼 고독한 길이다. 그러나 그 발걸음이 가벼운 것이다. 박이도는 이런 시인의 행보를 「어느 인생」이란 말로 형상화한 것이다.

사실 「빛의 갱부」로서의 삶은 금광의 광부처럼 황금의 노다지를 캐는 것이 아니다. 예술의 예藝자는 사람이 나무를 심는 모습을 상형한 글자라고 한다. 나무를 왜 심는가. 열매를 얻기 위해서다. 나무가 꽃을 피우고 열매를 맺듯이 시인은 말씀의 꽃을 피우고 생명의 열매를 맺는 일이다. 언어예술인 시는 말씀의 꽃이며, 생명의 열매이다. 요한복음 1장 1절에서는 "태초에 말씀이 계시니라 이 말씀이 하나님과 함께 계셨으니 이 말씀은 곧 하나님이시니라."라고 했다. 자연의 나무는 빛으로 오신 하나님이 꽃을 피우고 열매를 짓지만, 시는 말씀으로 온 하나님이 꽃을 피우고 열매를 짓는 일이다.

말하지 마세요
눈 뜨지 마세요
끝내 순백의 꽃으로 강림하는
이 황홀한 생명을
우리 마음속에 맞기 위해
사랑의 말을 숨겨 두세요

그는 무형한 것으로
오래오래 하늘에 숨었다가
시인의 눈을 뜨게 하는
결백한 꽃으로 옵니다.
시인의 사랑을 펼쳐주는
겨울의 언어로 옵니다
형언할 수 없는 회색의
하늘을 펄펄 날아옵니다.

—「겨울꽃」 전문

위의 시 「겨울 꽃」은 눈을 상징한 비유다. 시인은 "끝내 순백의 꽃으로 강림하는/이 황홀한 생명"을 형상화했다. 강설의 모습을 순전히 기독교 정신에 입각하여 표현한 것이다. 하나님의 은혜를 상징할 수도 있고, 성령님의 강림을 상징할 수도 있다. 특히 "이 황홀한 생명을"에서 더욱 그렇다. 그래서 "우리 마음속에 맞기 위해/사랑의 말을 숨겨 두세요/맑은 눈동자를 숨겨 두세요"라고 한 것이다. 그러니까 1, 2행에서 "말하지 마세요/눈 뜨지 마세요"라고 전제한 것처럼, 하나님의 은혜를 마음속에 받기 위해 눈감고 입 다물라는 것이다. 결국 겨울에 눈이 내리는 것은 "시인의 눈을 뜨게 하는/결백한 꽃으로" 오는 것이며, "시인의 사랑을 펼쳐 주는/겨울의 언어로" 들리는 것이다. 겨울철에는 모든 식물의 잎과 꽃이 지고, 모든 식물의 생명이 휴면상태이다. 오직 눈꽃만이 "형언할 수 없는 회색의/하늘을 펄펄 날아" 오는 것이다. 어둠과 죽음의 계절에 황홀한 생명으로 강림하는 「겨울꽃」이 기독교 시인에겐 성령님의 강림을 상징하는 이미지로 보일 수 있을 것이다. 성탄절에 눈이 내리면 예수님의 강림으로 믿고 화이트 크리스마스라고 환호하지 않는가. 중요한 것은 겨울철의 눈을 겨울꽃으로 은유할 수 있는 시적 감각으로, 눈 내리는 모습을 성령강림의 이미지로 형상화한 것이다.

밤사이
하나님은 쉬지 않고
나의 형상을 새로이 지으신다

이른 아침 뜰에 나서면
풀숲에 숨은 이슬
햇살이 꿰어 매듯
사랑을 엮어 주네
밤사이 진 감꽃들이
하얗게 웃음짓는다
못다한 결백의 생명으로
내 형상을 짓는다
아, 밤사이

내가 무엇을 꿈꾸었나
어둠에 빠져 허위적이며
먼 데만을 향해
손짓을 하였구나

이 아침의 밝음을 두고
이슬의 총명과
감꽃의 결백을 두고
나의 참 형상을 두고

「나의 형상」 전문

기독교시인에게 가장 중요한 것은 시인 자신의 「나의 형상」이다. 사람은 원래 '하나님의 형상'대로 창조되었기 때문이다. 그러니까 '하나님의 형상'은 곧 인간의 원형Archetype이라고 할 수 있다. 이 원형은 에덴동산의 숲에서 하나님과 함께 있던 아담과 이브의 형상이다. 인위의 허물이 없는 자연 그대로의 숲에서 쫓겨나기 전의 형상이다. 사람의 현존은 어둠 속에 던져진 존재이며, 없음 곧 무無의 존재이다. 그래서 인간은 누구나 원형에 대한 향수를 지니고 있다. 시인에겐 이 향수가 곧 상상력이며, 박이도의 상상력이 그려낸 「회상의 숲」이 그의 첫 시집의 표제가 되었다고 했다.

박이도의 현존은 어둠속에 던져진 무의 존재이다. 그래서 위의 시는 "밤 사이/하나님은 쉬지 않고/나의 형상을 새로이 지으신다"로 시작된다. 원형을 상실하고 없음이 되었기 때문에 "나의 형상을 새로이 지으신다"는 것이다. 사람이 죄로 인해 상실한 원형의 형상을 하나님이 새로 지어 주신다는 것이다. 이것이 곧 그의 믿음인 것이다. 그는 "이른 아침 뜰에 나서면/풀숲에 숨은 이슬/햇살에 꿰어 매듯/사랑을 엮어 주네"에서 보듯, 박이도의 「나의 형상」은 인위가 전연 없는 자연 그대로의 아름다움이다. 앞의 "풀숲에 숨은 이슬"에서 풀숲은 인간의 상징이며, 이슬은 허물이 없는 원형의 상징이다. 그리고 "햇살에 꿰어 매듯/사랑을 엮어주네"는 하나님이 하시는 역사하시는 일의 상징이고, "밤사이 진 감꽃들이/하얗게 웃음 짓는다/못다 한 결백의 생명으로/내 형상을 짓는다"에서, "밤사이 진 감꽃들"은 인류를 위해 십자가를 진 예수의 상징이며, "하얗게 웃음 짓는다"는 죄 없이 십자가를 진 예수의 미소를 상징한다. 그래서 시인은 이 예수의 "못다 한 결백의 생명으로", 다시 말해 그 은혜로 "내 형상을 짓는다"라고 신앙고백을 한 것이다. 그러니까 위의 시 1, 2연은 박이도의 시적 신앙고백이다.

원래 자신을 돌아볼 때 신앙고백이 나오는 것이다. 그는 자신을 돌아보며 "아, 밤사이/내가 무엇을 꿈꾸었나/어둠에 빠져 허우적거리며/먼 데만을 향해/손짓을 하였구나"라고 한탄한다. 이런 되돌아봄을 기독교에서는 회개라고 한다. 자신의 과거를 되돌아본 다음에 "나의 참 형상"은 "이슬의 총명과/감꽃의 결백"과 같은 순수 자연임을 깨닫게 된다. 이 순수자연이야말로 인간의 원형이며, 하나님의 형상인 것이다. 왜냐하면 "하나님이 자기 형상 곧 하나님의 형상대로 사람을 창조하시되 남자와 여자를 창조하시고"(창 1:27)라고 창세기에 기록되었기 때문이다.

마무리

이제까지 대표적인 기독교시인인 박이도의 시세계를 살펴보았다. 기독교인이 아닌 필자가 성경사전까지 뒤져가며 박이도의 시세계를 고찰한 결과, "의식했든 의식하지 못했든 나의 시에는 절대자에 대한 초월적 권능에 대한 경외심이 주된 시업詩業이었음을 부인할 수 없다"고 한 그의 말과 같이, 하나님에 대한 경외심을 형상화한 것임을 확인할 수 있었다. 그러나 "나는 청탁받고 쓴 절기 시들을 제외하고는 신앙시를 써야겠다는 것을 염두에 두고 작품을 쓴 적은 없다."고 한 그의 말대로 기독교적 관념을 설명하거나 설교하는 작품은 쓰지 않았음도 사실이다. 이로써 그가 독실한 기독교인이면서 동시에 언어예술로서의 시적 이미지 형상화에 소홀하지 않은 순수한 시인이었음도 확인할 수 있었다.

그 결과 그의 시세계를 첫째『회상의 숲』이라는 그의 첫 시집의 표제에서 시작하여, 회상을 시인의 상상력으로, 숲을 인간의 원형으로 비유한 것임을 전제하고, 그의 시세계의 처음과 끝을 상징한 것으로 상징했다. 기독교인의 시는 곧 그의 기도라고 생각하고, 기도는 하나님과의 대화라고 할 때, 하나님이 창조하신 "자연과 인간의 조화를 찾아서"라는 주제의식을 찾아볼 수 있었다.

우울한 샹송에서 나의 자유에 이르기까지

이수익論

우울한 샹송에서 나의 자유에 이르기까지

시는 12권의 시집으로 『이수익 시전집』(2019, 황금알)과 그 이후에 시집 『조용한 폭발』을 내었는데 이 글에서는 그 모두를 텍스트로 해서 썼음을 밝힌다. 그는 박남수 시인의 신춘심사와 이어 박남수의 추천에 의한 현대시 입회로 테이프를 끊은 만큼 박남수의 모더니즘적 편모로부터 자유롭지 않다. 이 시인은 박남수의 시집 『갈매기 소묘』와 『신의 쓰레기』 시절의 이미지 군에 간접적인 영향을 받은 것으로 읽힌다.

「우울한 샹송」의 비애와 사랑 찾기, 그 예감

이수익 시인의 출발 작품은 1963년 서울신문 당선작 「편지」와 「고별」이라 할 수 있지만 필자는 1965년 공보부 신인 예술상 시 부문 수석으로 입상하였다. 그의 초기시편을 통틀어 회자되는 작품이 「우울한 샹송」이기 때문이다. 「우울한 샹송」은 '우체국'과 '사랑'이라는 두 낱말에서 이루어지는 상상과 이미지의 결합체이다. 이 관계망은 1950년 이후 한국인이 애송하는 사랑시(조선일보 1953년도 어우름에 연재된 유치환의 「행복」 참조) 등에서 영원한 것으로 보이지만 이미지 설정이 기존의 것과는 매우 새롭다.

우체국에 가면
잃어버린 사랑을 찾을 수 있을까
그곳에서 발견한 내 사랑의
풀잎 되어 젖어 있는

비애를
지금은 혼미하여 내가 찾는다면
사랑은 또 처음의 의상으로
돌아올까

우체국에 오는 사람들은
가슴에 꽃을 달고 오는데
그 꽃들은 바람에
얼굴이 터져 웃고 있는데
어쩌면 나도 웃고 싶은 것일까
얼굴을 다치면서라도 소리 내어
나도 웃고 싶은 것일까

(중략)

우체국에 가면
잃어버린 사랑을 찾을 수 있을까
그곳에서 발견한 내 사랑의
기진한 발걸음이 다시
도어를 노크
하면,
그때 나는 어떤 미소를 띄워
돌아온 사랑을 맞이할까

—「우울한 샹송」 부분

이수익의 시편에 '샹송'이라는 프랑스 가요 명칭을 쓴 것이 이채롭다. 경우에 따라서는 지적이기도 하고 고급한 교양의 모자를 쓰고 노래하는 이국풍을 만나듯 한 느낌을 주기도 한다. 그러나 필자는 '샹송'이 가지는 지향점을 좀 더 다른 각도에서 들여다보고자 한다. 프랑스에서 민요나 가요의 한 장르를 가리키는 이름이 '샹송'인데 그 역사는 12세기 이후 세기를 지나오는 가운데서 오랜 세월 변화의 흐름을 겪었을 터이다. 그것이 '사랑'이라는 주제를 만나서는 거기 변질되지 않는 연속성이라든가 시시각각 다양한 실천의 양상을 보여준다는 그런 예상을 가정해볼 수 있다. 필자는 그런 뜻에서 작품 「우울한 샹송」을 통해 시인의 사랑이 가지는 성애적 본질 또한 예감해 볼 수 있다고 보는 것이다. 시인이 이런 예감을 생각하면서 시를 쓴 것일까? 어떤 경우이든 그것은 비평 해석의 몫이리라. 이 시에서 또 하나의 예감은 시가 갖는 모더니즘적 요소들을 통해 이 시인이 앞으로 시적인 지향이 이미지즘적 특징을 지니게 되리라는 점에 있다는 것이다.

"내 사랑의 풀잎 되어 젖어 있는 비애"라든가 "처음의 의상으로 돌아올까"라든가 "그 꽃들은 얼굴이 터져 웃고 있는데", "내 사랑의 기진한 발걸음이 다시 도어를 노크하면" 등에서 이미지적 특질이 드러나고 당시의 기존의 관념적 서술이 새롭게 형상화라는 절차를 밟고 있음을 알 수 있다. 이는 한국시에서 1920년대 초반의 이장희라든가 30년대의 김광균, 정지용이라든가 40년대의 박남수 등에서 전개된 바 있는 형상화 그 과정일 것이다. 이수익은 특히 박남수의 모더니즘적 요소와의 친화적 영향 관계에서 벗어나지 않는 것이 확실해 보인다. 아울러 이수익의 초기는 비애나 비감의 인상을 주는 느낌을 준다.

> 나를 낳으신 가을에
> 어머니,
> 당신의 옷고름처럼 애정으로 물든
> 과원에 하나씩 잎은 지고
> 내 하프의 금선은 울리고
>
> 「가을에」 부분

꽃은
누가 죽어가는 시간에
피어나는 것일까,
그 사람이 힘없이 손짓하던
부름을
말하지 못한 하고 싶은 말을

—「꽃」 부분

　위 두 편의 시에서는 어머니와 꽃이라는 소재에서도 비감의 정서를 지울 수 없음을 보여준다. '과원에 하나씩 잎은 지고', '누가 죽어가는 시간에 꽃이 피어나는 것'은 비감이다. 이수익은 제목에서도 「저 슬픈 허밍은」이다. "저 슬픈 허밍은/시달린 흑인이 언덕을 넘어가는/소리다" 시인에게는 영혼이라도 외로운 '시달린 흑인'의 영혼에서 비감에 젖는다.

말이 죽었다, 간밤에
검고 슬픈 두 눈을 감아버리고
노동의 뼈를 쓰러트리고
들리지 않는 엠마뉴엘의 성가 곁으로
조용히 그의 생애를
운반해 갔다.

—「말」 부분

　시인의 초기는 죽어간 말馬에서도 비가 내리는 비애를 느낀다. 아울러 아침에 실족한 새들에게서 커다란 진폭의 외마디 울음을 펼쳐낸다. "그것은 잃어버린/유년기의 사진첩/넘어가는 소리/회상의 어느 소로에다 나를 버려두고/다시/떠나가는" 아픔인 것이다.

「야간열차」와 「가을 언덕」 등의 성애적 표현

이수익 시인은 객관적 사물을 성애적 환상으로 이끌어 간다. 놀랍다.

침묵이 흔들리는 진동을 머얼리서
차츰
가까이
받으면서,
들판은 일어나 옷을 벗고 그 자리에 드러누웠다.

뜨거운 열기를 뿜으며
어둠의 급소를 찌르면서 육박해 오는
상행선
야간열차,

주위는 온통 절교한 침묵과
암흑의 바다였다.

드디어 한 가닥 전류와 같은 관통이
풀어헤친 들판의 나신을 꿰뚫고 지나가는 동안
황홀해진 들판은 온몸을 떨면서
다만 신음할 뿐인,
오르가슴에
그 최후의 눈마저 뜨고 있더니,

열차가 지나고,
다시 그 자리에 소름 끼치는 새벽 두 시의 고요가
몰려들기 시작할 무렵엔
이미 인사불성의 수면에 빠져 있었다.

「야간열차」 전문

인용시는 야간열차가 나신裸身 같은 들판을 관통하며 열기를 뿜으며 지나가는 동안을 표현한 시인데 들판과 열차가 하나의 오르가슴에 오른다는 것이다. '일어나 옷을 벗고' 나 '뜨거운 열기를 뿜으며', '급소를 찌르면서', '전류와 같은 관통', '황홀해진 들판', '신음할 뿐인' 같은 표현들이 남녀 이성 교섭을 상상하게 한다. 그 시간적 순서는 성애의 순서에 준하므로 아주 리얼하다. 이어 객관적 사물「가을 언덕」을 보자.

여자가 쓰러져 울고 있다.
난마처럼 헝클어진 머리칼
오열하는 몸부림으로 굴곡지는
전신,
흙더미에 울음을 묻으면서.

한 여자가 울고 있다.
찢어진 옷자락, 상처 난 입술, 풀어헤친 앞가슴
슬픈 하반신
햇빛 속에 비애를 노출하고서.

버림받은 여자가 울고 있다.
능욕한 무리들은 뿔뿔이 어디론가 흩어지고
남아 있는 마른 풀 한 움큼 움켜쥐고
가을 언덕이 쓰러져 흐느끼고 있다.

—「가을 언덕」 전문

인용시는 가을 언덕이라는 객관적 대상을 형상화하는데 여자로 상정하고 있어 관능적 측면이 있다. 여자가 쓰러져 우는데 그 가해자는 누구인가? 가해자를 능욕한 무리라고 했는데 여름이라는 계절인가, 세월인가, 아니면

풍상인가. 아무튼, 여자는 울고 있고 찢어진 옷자락, 상처 난 입술, 풀어헤친 앞가슴에다 슬픈 하반신이다. 가을 언덕은 낙엽 지고 나무는 앙상하고 바람은 불어 쓸쓸할 터이다. 시인은 자연이나 물상을 어떤 다른 사물로 대치하려 하는데 여자 또는 이성적 교섭에서 드러나는 특유의 결과 상황을 연출한다. 시「거울 앞에서」로 그 교섭의 실상을 바라보기로 하자.

문둥이처럼 나도
울고 싶구나.
너무나도 선명한 너의 투시를
내가 전신으로 가리워 본들
피할 수 없는 포착, 이 슬픈 압류를
헤어날 방안이 없는데
울다가 지치면 잠이라도 들어
너를 거부할 수 있을 것인가, 거울이여.

싸늘한 새디즘의 벽면이여.

―「거울 앞에서」 전문

어찌해서 인간은 문둥이처럼 울고 싶은가? 인간이 회복 가능성이 없는 문둥병에 시달리듯 한 입장이 되는가. 미당은 "해와 하늘빛이/문둥이는 서러워//보리밭에 달 뜨면/애기 하나 먹고//꽃처럼 붉은 울음을 밤새 울었다"(「문둥이」) 인간은 문둥이 처지에서도 "달 뜨면 애기 하나 먹고"의 관능과 "밤새 울었다"는 실존이 병립하고 있음을 실토한다. 이수익의 여성적 나신의 이미지는 '슬픈 압류'의 세계를 벗어날 수 없는 것이다. 그것이 슬픈 나신의 관능이요 싸늘한 사디즘에 갇힌 벽면의 실존이다. 이수익은 존재와 현실과 어찌할 수 없는 나포된 투시의 삶을 저어가는 한 폭 깃발의 쪽배이다.

이수익은 이런 복합적 이미지에서 삶의 공간을 포착하는 명민함을 보인다.

기본으로 흐르는 이미지

이수익의 시는 초기에서부터 이미지의 가지를 뻗거나 평이한 사물들이 감각을 이룬다. 억지스럽지 않고 물이 흐르듯이 흐르게 한다.

> 창 너머로 황홀한 에로티시즘,
> 눈부시게 몰락하는 낙화의 군단軍團.
>
> —「아득한 봄」 전문

단형의 시에서 둘째 줄이 관념형 이미지를 보인다. "몰락하는, 낙화의 군단"에서 '몰락', '낙화', '군단' 등이 소정의 함축하는 이미지 군을 이룬다. 관념으로 이미지를 끌어내는 기법인 셈이다. '에로티시즘'은 관념이지만 독자에게 상상의 두레박을 지워주는 것이다.

> 하얀 눈
> 꽃처럼 가득히 뒤덮인 차는
> 겨울 회색 침묵의 도시 속으로
> 천천히,
> 천천히 앞으로 나아간다.
> 슬프고 아름다운 죽음의 관이
> 운구되던
> 그날, 차디찬 비극의 아침처럼.
>
> —「서행」 전문

이수익은 "하얀 눈, 겨울 회색 도시 속으로, 슬프고 아름다운 죽음의 관이 운구되던"에서 비애의 이미지를 형성해 준다. 제목「서행」에서 이미 내포된 관념으로 글자 밖으로 이미지를 끌어낸다. 이 시인은 이미지를 화려하게 지향하는 자세를 취하지 않고 '정중동'의 움직임으로 지적인 흐름을 선택하고 있다. 짧은 시가 갈증인 시대에 이 시인은「봄밤」을 써서 선사한다.

> 봄밤
> 꽃나무 아래에서는 술이 붉다.
> 꽃향기 자욱한 술잔이 붉다.
> 따라 주는 이 없이 홀로 잔을 채워도
> 외롭지 않다. 절로 흥에 넘치는 밤!
>
> —「봄밤」 전문

"봄밤/꽃나무 아래 술은 붉다, 술잔이 붉다" 이어 홀로이라도 외롭지 않게 넘친다는 뜻으로 나아간다. 꽃나무, 술, 붉다, 잔을 채우면 넘친다는 이미지! 시가 평이하고 이미지의 두께도 옅고 가벼운 것이다. 어쩌면 한시풍의 정갈한 빛깔이요 이미지다.

> 스님한테서는
> 작설차 냄새가 난다,
> 선주산방 밝은 창가에서
> 추위를 녹이며 따뜻이 끓이던
> 그 겨울 아침나절 차 냄새가 난다.
>
> 차 맛같이 정갈하고 해맑은 분,
> 그래서 더 가까워질 수 없는 거리를 두고
> 바라볼 수밖에 없는…

스님한테서는
은은한 묵향 냄새가 난다.
세상 일은 모르고 다만
부처님 앞에 평생 그림만 그려 바친
지필의 공덕이 쌓이고 쌓여

절에 없어도 혼자 절을 이루는 분,
그래서 그 앞에선 법당을 대하듯
내 마음 한없이 경건해지는…

―「석정 스님」 전문

인용시는 이 시인의 시로서는 드문 선시류에 속하는 작품이다. 선시류라면 법어 언저리를 거니는 듯한 난해시라 할까, 선정에 들어 초월적인 형이상의 이미지 창출이랄까 하는 분위기에 젖어들게 할 것인데 그렇지 않다. 스님에게서 차 냄새가 난다거나, 묵향 냄새가 난다거나, 한없이 경건해진다거나 하는 절간이 자아내는 보편적 정서 이상의 세계로 들어서지 않고 있다.

그러므로 이수익 시인은 이미지의 직조를 느슨히 풀고자 할 때는 이렇게 사찰의 세계를 접근하고자 할 때이다. 이에 비해 이미지가 보다 긴밀하고 복합적이고 심층의 세계를 표현하고자 할 때는 <폐가>처럼 쓴다.

빈 산막엔
능구렁이처럼 무겁게 살찐 고요가
땅바닥에 배를 깔고 숨을 몰아쉬고 있다.
흙담이 무너져 내려 썩고, 나무기둥이며 문살이
오랜 세월 비바람에 썩고 썩어
향기로운 부식의 냄새를 피워 올리는,
이 버려진 산막 하나가 고스란히 해묵은 포도주처럼
맑은 달빛과 바람소리와 이슬을 먹고 발효하는

심산의 특산품인 것을.

   __신神이 가끔 그 속을 들여다보신다.

「폐가」 전문

　　소설가 이병주는 로마의 폐허를 아름답다고 했다. 형상의 해석이다. 이
수익 시인은 산막을 표현하는데 3갈래로 이미지화 하고 있다. 첫째는 '고
요'이고 둘째는 '무너져내림'이고 셋째는 심산의 발효 상태가 그것이다. 비
어 있음의 허공과 그야말로 뭉개져 삭아버림과 식품의 발효라는 상태를 자
별나게 드러낸다. 시인의 언어적 직조 능력을 실감하게 한다. 끝 연의 "신
이 가끔 그 속을 들여다보신다"가 그에 대한 신비의 확인이다. 이수익 시인
은 시 전체의 공간에서 신이나 구세사救世史의 흔적을 확실히 보여주지 않
는다. 그럼에도 이 <폐가>에서 그 이미지에 반하는 '신'의 이미지에 대해
슬쩍 선을 보인다. 김춘수가 성서를 많이 읽은 흔적을 보이지만 정작 그는
유치원을 다녔을 뿐이지 구세사 안에서의 사도나 제자들의 뒤꽁무니를 따
르는 모습을 보이지 않았다. 이수익도 김춘수의 그 이미지 한 가닥에 기대
고 있는 것일까?
　　하나 더 밝혀 둘 것은 박남수나 정지용이나 김광균이 가지는 이미지들
은 나름 유형화된 것으로 읽힌다 그러나 이수익의 이미지는 흐르지만 유형
화되어 있지 않다. 훨씬 자유롭다.

   신神은
   전율하는 색채의 오로라를 비쳐주면서
   몇 달 간의 밤을 잠들 수 없는
   얼음과 눈에 갇힌 사람들을 위로한다.

그렇게 온 천지에
신神의 생각이
들어 있다.

—「신神의 생각」 부분

    기독교 신자이면 그냥 생각이 나서 줄줄 흐르는 것인데, 그런 유의 성경 구절로부터 떠나 있는 '생각', 그것이 이수익의 경우로서 자유롭다는 말에 다름 아니다.

관계의 미학, 탐미 그리고 악마

    이수익 시인의 시는 시집을 연이어 내지만 일정한 페이스에 들어서게 되면 '관계의 미학'이라는 시야가 열려 자기 고독이나 실존의 언덕에서 자기 몸을 부비지 않으면 불이 사라지지 않는 경우를 체험한다. 그 이야기의 질이나 계열이 서로 다른 것이라 하더라도 시인은 동일한 열정의 포즈를 잡고 언어를 다스린다.

봄에는
혼자서는 외롭다. 둘이라야 한다. 혹은
둘 이상이라야 한다.

물은 물끼리 흐르고
꽃은 꽃끼리 피어나고
하늘에 구름은 구름끼리 흐르는데

자꾸만 부푸는 피를 안고
혼자서 어떻게 사나, 이 찬란한 봄날
가슴이 터져서 어떻게 사나.

그대는 물 건너
아득한 섬으로만 떠 있는데...

—「봄날에 1」 전문

이런 시는 그의 기본 이미지와 떨어져 누군가에게 하소연하듯 말하는 것이다. 깊은 관계를 사모하거나 그리워하는 보편적 심성으로 돌아와 담담해질 때의 말이다. 민요 가락이나 회심가 가락의 가사 수준이다. 시인이 이미지의 깊은 밀도나 높은 형이상적 세계에 있는 탄력을 다해 밀어붙이지만 그 밀어붙이기의 긴장을 건디는 시간이 얼마간일까? 그 얼마간의 속도로 달려가다가 어느 굽이에서 쉬는 모랭이를 만나는 것일까? 그 진폭과 이완에 대해 필자는 한 번씩 관심을 가질 때가 있다. 이수익 시인처럼 시적 긴장의 도가 높은 사람이 가지는 쉼의 자리는 언제일까? 필자로서는 「봄날에 1」이 그 쉼의 자리로 읽힌다.

물은 물끼리 흐르고 구름은 구름끼리 흐르는데 그대는 물 너머 아득한 섬으로 떠 있다는 것이다. 인간은 우울한 상송의 지적인 시가를 읊는 존재라 하더라도 이렇게 때로 그대는 섬이라는 것 아닌가. 때로는 그대는 남처럼 낯설게 떠돈다는 것 아닌가. 부조리의 삶이 편재해 있는 인생에 관계는 이 시로 쉼표를 찍고 그것은 다시 숙제로 시작해야 하는 것 아닐까? 시인의 과제요 고민이다.

뺨과 뺨이,
가슴과 가슴이,
두 팔과 팔이,
눈물과 눈물이,

끌어안고...

부비고...
엉클어지고...
흔들리다가...
오,
마침내
소리 없는 통곡 하나로 굳어지는

이 아름답고 슬픈 해후의 순간을 보려고, 신神은
오늘도
수 없는 이별을 만들어낸다.

―「포옹」 전문

시인은 일단 관계를 바라보거나 의식하게 되는 순간 숨이 가빠지거나 격렬해진다. 뺨과 뺨이, 가슴과 가슴이, 팔과 팔이, 눈물과 눈물이 한데 얼리고 부벼지고 일탈할 것 같아진다. 마침내 소리 없이 통곡에 이르는 아름답고 슬픈 해후의 절정이 되는 것이다. 그것이 포옹이다. 그런데 신은 이 광경이 좋은가, 수없는 이별을 만들어 준다는 것이다. 역설이다. 시인은 관계가 진실이요 참말이라는 것일까. 「그리운 악마」를 보자.

숨겨둔 정부 하나
있으면 좋겠다.
몰래 나 홀로 찾아드는
외진 골목길 끝, 그 집
불 밝은 창문
그리고 우리 둘 사이
숨 막히는 암호 하나 가졌으면 좋겠다.

아무도 눈치 못 챈

비밀 사랑,
둘만이 나눠 마시는 죄의 다디단
축배 끝에
싱그러운 젊은 심장의 피가 뛴다면!

찾아가는 발길의 고통스런 기쁨이
만나면 곧 헤어져야 할 아픔으로
끝내 우리
침묵해야 할지라도

숨겨둔 정부 하나
있으면 좋겠다.
머언 기다림이 하루 종일 전류처럼 흘러
끝없이 나를 충전시키는 여자.
그
악마 같은 여자.

「그리운 악마」 전문

인용시는 숨겨둔 정부, 외진 골목길, 암호 하나, 죄의 다디단 축배, 고통스런 기쁨, 전류처럼 흘러 나를 충전시키는 여자! 이 정도에 이르면 정부가 가지는 속성이 다 드러난다. 보들레르의 '악'도 이에서 유사하다. 죽음이거나 독약인 것을! 이수익 시인의 관계는 여기까지 와서 관계가 가지는 파멸과 악의 천국이 있음을 본다. 아울러 그는 「끝」이라는 시에서 끝이 있는데 칼날처럼 섬처럼 비명처럼 끝이라는 것이고 썩은 난간처럼 지옥 화재처럼 끝이 있다는 것이고 벼락처럼 상처처럼 해일처럼 끝이 있는 것인데 "사랑아/내가 먼저 그곳으로 가려 한다"고 표명한다. 왜 이수익 시인은 스스로 먼저 그곳으로 가려 하는 것이었을까?

다음 시로 독자는 이를 짐작을 해 볼 수 있을 것이다.

꽃은
네가 말하듯, 그렇게 아름다운 추상이
아니다.

꽃은 지금
절박한 실존으로
제 생의 위태로운 극단 위를
피어나고 있다.

(중략)

아, 실은
꽃들은
저리도 제 피를 말리면서
시들고 있다.

—「꽃은 부드럽지 않다」 부분

이수익 시인은 꽃이 아름다운 추상이 아니듯 "저리도 제 피를 말리면서/ 시들고 있다"는 것이다. 필자는 여기 '시들고 있다'를 '늙고 있다'나 '살고 있다'로 바꾸어 말할 수 있을 듯하다. 조금 더 나아가면 '실존으로 시를 쓰고 있다'가 될 터이다. 그가 피워내는 꽃들이 생의 극단 위를 피어나고 있는 것은 위태위태하지만 그것이 실존이고 쓰기라는 작업이므로 무슨 명분으로든 물릴 수가 없는 것이다. 아니면 벽을 직시하지 않고 벽을 옆으로 돌아서 피해갈 수는 없는 것이리라. 시인의 고뇌요 자존이기 때문이다.

리얼리즘으로서의 시 「나의 자유」

　지금까지 이수익 시인은 사물을 가지고 무엇인가를 말해왔다. 절제된 정서와 명징한 이미지, 따스한 관념 등에 기대어 왔다. 그러나 그는 이제 사물 속에 던져져 있는 자기를 바라보고자 한다. 이른바 리얼리즘의 세계에 가벼이 자기를 섞어 놓고자 하는 것이다.

저 집들은
구중궁궐이다.
우뚝하니 서서 아래쪽을
아득히
굽어보고 있다.

나는 저 집 밖을 기웃거리지 않으리라.
고개를 꼿꼿이 세우고서 엄숙한 채
지나가면서 다시는
뒤돌아보지 않으리라, 무정하게도

성북동 또는 한남동 근처에 있는
완성된 성곽처럼 하늘을 높이 받들고 있는 집들은
과연 민주주의적이다, 가진 자와 안 가진 자를
뚜렷하게 구분하려는 듯
그들만의 세련된 기품과 차가운 냉정함을
깊이 유지하려는 듯이,

나는
눈먼 개처럼 멀리 떨어져서
지나온 길들을 따라서 거듭 전진할 것이다.
나의 자유가 바로 거기에 있다는 듯,

외면外面을
치장처럼 휘날리면서.

―「나의 자유」 전문

성북동이나 한남동 초갑부들이 사는 저택을 기웃거리지 않고 지금까지 살아온 대로 걸어온 대로 내처 걸어가겠다는 것이다. 말에서 이미지를 쓰지 않고 비유 같은 돌리는 언어도 쓰지 않고 어쩌면 인간, 어쩌면 남자로서의 행보를 구부러트리지 않고 살아가겠다는 다짐이기도 하다. 지나온 길을 따라서 거듭 전진할 것, 그 안에 자유가 있다는 것이다. 어떤 화가가 파리에서 20년 공부를 하고 귀국하여 전시회를 열었는데 거기 가서 얻은 기법이 무엇이냐고 누가 물었다. 그는 한참 생각하더니 '자유'를 얻었다고 답했다. 그 대답을 두고 이쯤에서 이수익의 '자유'를 생각한다. 자유가 '기법'이기도 하고 '삶'이랄 수도 있기 때문이다.

마무리

이수익 시인은 시전집 『서문』에서 "회고하건대 나의 시 세계는 아마 허무의 낭만주의로 압축될 것이다. 사랑과 죽음, 탄생과 파멸, 열정과 냉정이 함께 어우러지면서 허무 속의 낭만, 혹은 낭만 속의 허무를 짙게 껴안았던 것 같다."라고 적었다. 필자는 비평의 흐름에서 대체로 그런 정서를 읽었는데 두 가닥의 줄거리는 곧 성애적 표현과 흐르는 이미지, 관계의 미학과 탐미적 관점 등으로 이해되는 것이었다.

그러나 시인에게는 종국적으로는 허무도 파멸도 존재하지 않는다. 그가 만들어내는 이미지 안에서 시인은 죽지 않는 '천년'이요 '강'이다.

나는
너의 살 한 움큼씩 뜯어먹고
오래 산다
너는
나의 생생한 피 한 됫박씩 훔쳐먹고
오래 오래 산다
나와 너 사이에는
차마 죽을 수 없는 천년의 강물이
굽이치고 있다
사랑아

―「천년의 강」 전문

　이 시인은 처음 이미지즘에 젖어 들 때 이미 그에게 시적 이미지는 "시간을 살라 먹는 절대 미학"으로 다가온다. 이미지로 표현된 허무가 허무인가? 허무가 아니라 또 하나의 실존일 것이다.

모더니즘 시론가 이승훈의
자술 성장기와 카프카

이승훈論

모더니즘 시론가 이승훈의 자술 성장기와 카프카

월간 ≪현대문학≫에서 「낮」, 「바다」, 「두 개의 추상」이 박목월에 의해 추천(1962-1963)됨으로써 등단하게 된다.

그는 시집으로 『사물A』, 『환상의 다리』, 『인생』, 『비누』, 『이것은 시가 아니다』, 『이승훈 시전집』 등 20권을 내었고 시론집으로 『반인간』, 『시론』, 『포스트모더니즘 시론』, 『한국현대시론사』, 『이승훈의 아방가르드 산책』 등 22권을 출간했다.

수필집으로 『모든 섬은 따뜻하다』 등 5권, 번역서 『문학의 이론』(엘리스) 등 2권, 기타 『문학 상상사전』 등 2권을 내보였다. 저술로만 보아도 그는 한국시단의 특별한 얼굴로 각인되어 있음을 알 수 있다. '이승훈의 문학 탐색'(시와 세계, 2007)의 <기획의 말>을 먼저 살펴보자.

"그는 자타가 공인하는 현대 한국 모더니즘 시인이자 시 이론가이다. 그가 45년(작고 연도로 치면 56년) 동안 한결같이 추구한 모더니즘의 세계는 한 마디로 새로움, 현대성, 전위성이고 그것은 초기의 모더니즘, 중기의 해체주의와 포스트모더니즘, 후기의 선불교적 사유로 요약된다. 그의 시와 시론이 강조하는 것은 끊임없는 실험 정신과 모험정신이고 한 마디로 부정성이다. 그런 점에서 그는 우리 시단에서 고독한 개성이다."

여기서 우리는 그가 시인이므로 그의 시론이 나름의 의미로 다가옴을 놓쳐서는 안된다. 그의 시론이 20세기 심리학이나 철학적 논리의 바탕에 놓여 있다는 것을 알게 되면서 이승훈의 시적 실천이 그런 이론적 흐름에 연계되는 점에 주목할 수 있다. 잘 생각해 보면 그렇다 하더라도 이승훈적 성취가 모든 사람에게 동일한 것으로 성취일 수 없음을 간과할 수 없다.

필자는 이 점에 유의하면서 이승훈 시 흐름을 추적해 본다.

이승훈의 자술 성장기와 카프카

이승훈의 자술 성장기 「나의 시 나의 삶」은 '이승훈의 문학 탐색'(2007, 시와 세계 기획, 푸른사상)에 비교적 상세히 기술되어 있다. 이승훈 시는 성장기의 가족사와 그 불안과 실존적 특수성에 의해 규정되고 씌어진 것으로 읽힌다. 그로부터 그의 시가 한국시의 한 개성으로 일관되게 모더니즘으로 이어져 왔다고 볼 때 이 자술 성장기가 갖는 문학적 의미는 매우 큰 것이 아닐까 한다.

이승훈은 1942년 춘천에서 태어나 의사 아버지의 병력과 시골 의사로서 제값을 못하는 가운데 강원도 일대를 수시로 전전하며 살았으므로 생활이 정상으로 이루어지지 못했다. 외조부는 경성의전 출신으로 제헌의원, 강원도지사, 농림부장관 등을 역임한 이승만정부 인사였다. 조부는 함경도 출신으로 가평으로 이주했고 선비풍으로 한약방을 경영했다.

아버지는 평양의전 중퇴로 외조부 병원에 취직했고 그 인연으로 어머니와 결혼했다. 춘천에서 공의로 시작한 시골 의사였는데 부산 피난시절 병을 얻어 자주 병원 일을 내팽개치고 사라졌다가 나타나곤 했다. 그는 이사 가는 것이 무시무종, 잊어버릴 만하면 집 앞에 트럭이 대기하고 식구들은 말없이 자를 났다. 식구들은 짐짝이었고 이동한 다음에는 하나같이 내팽개쳐지는 존재였다. 초등학교는 낯선 아이들이 있었고 수업 진도는 학교마다 달랐고 선생도 무표정으로 대해 주었다. 몇 개의 학교를 전전하던 끝에 그는 춘천중학교를 들어갔다. 이 시절이 생애에 제일 무난한 때였다고 말한다.

고등학교는 춘천고교로 진학했다. 그 학교에는 박목월 추천으로 시인이 된 이희철 시인이 국어를 가르쳤다. 첫시간 칠판에 추천작 「낙엽에게」를 쓰고는 설명해 주었다. 이승훈은 한 번씩 습작한 시를 보여드리고 가르침을 받았다. 어느새 그는 강원일보 고교생 현상문예에 당선이 되고 학원문학상을 받기에 이른다. 이때 이상, 박목월, 김춘수, 박봉우, 김수영, 손창섭, 보들레르, 릴케 등을 작품으로 만났다.

고3이 되자 그는 아버지의 병이 늘 과제였으므로 의대 지원을 하기로 하고 의대지원자가 되는 '생물반'에 편성되었다. 한참 공부에 물이 들 무렵인데 또 아버지와 어머니가 극도로 불화하고 아버지는 형언할 수 없는 자기 포기와 인간 부재가 주는 불안 엄습으로 이승훈은 가출하고야 만다. 단어 암기장 하나 달랑 들고 화천에 있는 친구 집을 찾아가 은신해 있는데 어머니가 보낸 친구의 거절을 물리칠 수가 없어 돌아와 끊어진 공부를 붙여보고자 했다. 그러나 의대 입시가 가출하고 싶을 때 가출한 학생에게 돌아올 수 있는 요행은 아예 존재하지 않았던 것일까.

그는 영월도립병원으로 돌아와 있던 아버지 그늘 아래 유배의 땅 영월에서 재수의 체험을 하고 있었다. 이때 읽은 독서 체험이 스스로의 시학에 결정적인 영향을 미치고 있었음을 알아차리고 있었던 것일까. 그는 카프카의 '城'과 도스토예프스키의 '카라마조프의 형제들'에 빠져들었다. 여기 이르러 그는 "늦은 저녁에야 K는 눈 덮인 마을에 도착한다. '성'은 이렇게 시작된다. 고독이 아니라 절망에 대하여, 절망한 인간의 내면에 대하여, 불안에 대하여, 창백하고 우울한 삶에 대하여, 가을저녁 강원도 산골에 내리던 눈에 대하여, 남몰래 시들어가던 삶에 대하여 카프카는 무슨 말을 했던가?"

카프카 문학은 인간의 부조리, 존재의 불안에 대해 말하고자 한다. 그것을 흔히 피투성被投性 곧 내던져진 존재로 설명이 된다. 이로써 카프카는 사르트르와 카뮈에 의해 실존주의 선구자로 이해되었다.

시인이 만난 시론적 근거들

앞에서 말한 '이승훈의 문학 탐색'에 나오는 박찬일과 이승훈의 대담 '자아 찾기의 긴 여정'을 보면 이승훈의 시론적 근거들이 순서대로 매우 밀도 있게 전개되고 있다. 시인의 시론을 묻고 대답하는 방식이다. 누구든 이승훈의 세계를 탐사하기 위해서는 이같이 합당한 참고서를 만난다는 것은 행운이라 할 것이다. 그런 점에서 '시와 세계 기획'(송준영)에 박수를 보내고 싶다.

1) 미적 모더니즘 : 20대부터 내면의 세계 탐사하다. 바깥세계보다 내면 세계에 집착하고 그것은 성장 배경에도 원인이 있다. 이른바 '비대상의 시'다. 관념과의 싸움(김춘수)이 아니라 심리(나)와의 싸움이다.

2) 언어가 시를 쓴다 : 라깡을 만나다. 나는 태어나기 전에 이미 있었다. 나는 내가 아니라 타자이다. 결국 무의식이 타자이다. 메타시, 시론시, 텍스트 자체가 상호텍스트성이다. 데리다 등의 출현

3) 올라가기 : 나는 계속 올라가고 있다. 모더니즘, 후기모더니즘, 해체주의를 거쳐 불교의 선사상禪思想까지 왔다. 일관된 목표가 자아 찾기이다. 데리다의 차연개념과 불교의 공사상은 분명 서로 관계가 있다. 데리다는 차이와 연기만 있다는 것이고 자아는 없다는 것이고, 그러므로 흔적만 있다는 것이다. 불교의 궁극적인 원리가 무엇인가, 자아 없음과 무아이다. '금강경'에서 보살은 아상我相, 인상人相, 중생상衆生相, 수자상壽者相을 버려야 한다는 부처님 말씀이 나온다. 특히 아상을 버리라는 말이 충격적이다. 자아탐구니 자아소멸이니 하는 것이 결국은 아상에 대한 집착이기 때문이다. 그후 무아無我, 무주無住, 불이不二, 공空 등이 내 사유를 지배하게 되었다. 자아탐구에서 자아소멸을 거쳐 자아불이로 나아간 것이다.

4) 독자의 탄생과 저자의 죽음 : 이 부분은 이승훈의 이야기에 유관한 바르트(1915-1980)의 텍스트 이론이다. 바르트는 작품의 기원에 저자가 있고 그 사람에게는 무엇인가 말하고 싶은 곳이 있어서 그것을 이야기나 영상, 그림, 음악을 매개로 독자나 감상자에게 전달하는 것이라는 단선적인 도식을 부정했다. 카피라이터라는 개념은 문화적 생산물이 단일한 생산자를 가진다는 전제가 없으면 성립되지 않는다. 저자란 어떤 것을 0에서부터 창조한 사람이다.

바르트는 근대비평의 이런 원칙을 밀어낸다. 그는 텍스트가 생성하는 과정에 '기원—초기 조건'이라는 것이 존재하지 않는다고 주장하기 시작했다. 바르트는 이 말을 하기 위해 작품이라는 말을 피하고 '텍스트'라는 말을 썼다. 시간이 흐르면서 그것들이 어느새 '텍스처'(직물)가 직조된다. 이 직물, 이 짜임새 안으로 사라진 주체는 한 마리의 거미와도 같이 자신을 해체한다. 저자의 죽음이 이루어진다. (우치다 타츠쿠, 푸코, 바르트, 레비스트로스, 라캉 쉽게 읽기)

걸어서 넘어온 자아의 언덕과 시편들

송준영은 이승훈 시의 변모를 자아탐구, 자아소멸, 자아부정, 자아불이로 정리했다. 송준영은 자아소멸과 자아부정은 크게 보아 다르지 않은데 장르 해체에 무게를 둘 때 '부정'이라는 말을 쓴 것으로 보인다. 필자는 「나는 누구인가」, 「나는 어디로 갔나」, 「스타일리스트 시인의 시적 흐름」, 「모더니스트, 선禪에 닿다」로 재구성하고 거기 시편들을 찾아가 볼까 한다.

1. 나는 누구인가?

이승훈의 시집 '사물A'(1969)에서 '밤이면 삐노가 그립다'(1993)까지를

시 초기로 본다. 필자는 시인이 스스로 말한 '자아찾기'와 '모더니즘'에 액
자를 걸고 시를 읽어 나갈까 한다. 먼저 「눈」이 눈에 잡힌다.

흰 팔들의 여인이 온다
먼 앞 바다에 낮이 와서 머문다
불모의 나날이 깨어나고
안에는 울음처럼 눈 뜨는 가을이 부딪친다
거울을 손에 든
여인들 속에서 아직 말하여지지 아니한
말들이 흘러나오고
부드러운 먼 앞바다에서 낮처럼 설레이는 나
내부에는 따스한 이유들이 바람 불고
잃은 눈들이 조용히 다가온다
보라
마지막 잎들이 시간을 딛고
어느 발이 끊임없이 달려가고 있다
눈물보다 더욱 푸르게 넘치는 외연에서
내가 본 먼 앞바다에서
이윽고 흰 팔들의 여인이 온다.

—「눈」 전문

이승훈이 시집 제목으로 『사물』이라 한 것이 주목된다. 전통시인들은
애초에 사물 의식이 없다. 객관화라든가 이미지라든가 하는 것과는 거리가
멀기 때문이다. 그런데 이승훈은 사물, 그것도 A라는 것이다. 우리나라
1930년대 모더니즘 시인들 일테면 정지용, 김기림 등은 태풍, 기상도, 카
페 등 사물적 대상에 민감했다. 이에 눈치를 챈 것이 이승훈이다.

인용시는 「흰 팔」, 「앞바다」, 「거울」, 「나무」, 「눈雪」, 「바람」, 「잎들」,

「발」, 「눈물」 등 사물을 신선하게 끌어다 쓰고 있다. 시 전체 이미지는 밝지만 시어들은 불모, 울음, 가을, 바람, 눈물 등으로 구조적인 비애가 있다. 그런 가운데 '나'는 설레이고 흰 팔들의 여인으로 오는 데서 콤플렉스를 느끼고 발이 끊임없이 달려가는 수고를 감내해야 한다. 젊은 시절의 자아가 복합적인 상황을 만나고 있음을 노래하고 있다.

흰 팔의 여인들이 온다는 이미지, 거울 속 여인의 이미지 들에서 드러내는 시적 내포 들에서 어쨌든 이승훈은 지적 모더니즘과 부조리한 존재라는 기초적 탐구의 언덕을 넘어가고 있다.

흔들리는 커튼을
젖히고
나는 들어간다.

훌랫시를 비취어도
찾는 선반은 없고
눈에
조그마한 꽃병은 보이지 않고

보이지 않고
탁자와
삐걱대는 의식의 바다에서
나는 귀가 시렸다.

창 밖에는 눈보라 밤
몇 시였는지 모른다.

실내를 조용히 벗어나며
금이 가는 상상의 캄캄한 정원에서

나는 울고 있었지만

시방 보이지 않는 방으로
들어간다.
새벽 바다에 달이
지고 있었다.
어디선가 무수히 흔들리는 커튼이 있었다.

―「흔들리는 커튼을」 전문

  화자는 눈에 보이지 않는 의식의 방을 들어가고 있다. 방에서 선반을, 꽃병을 찾고 있는데 필요한 것은 찾아지지 않는다. 방에는 의식의 바다라 귀가 시린 상황이다. 밖에는 눈보라 추위, 상상의 정원에서 '나는 울고 있다'는 것이다. 들어간 방은 보이지 않는 방, 달이 지는 새벽달이고 커튼이 흔들리고 있다. 이 시는 구체적인 대상이 없는 비대상, 무대상의 시다. 시에서 '나'는 귀가 시린 추위 속에서 흔들리는 커튼처럼 의식의 가위눌림에 울고 있음을 발견할 수 있다. '나'라는 존재에겐 주어지는 것이 없다. 다만 울고 있기만 할 뿐이다. 젊은 시절이 춥고 시린 나날을 살아낸 실존인 것이다.

손 하나 까딱 않고
구름도 까딱 않고
시간만 꾸역 꾸역 삼키는
저놈이 누구지?

구름도 까딱 않고
하이힐 소리만 딸가닥거리는
여름날 돈도 못 버는 주제에
방에 앉아 시간만 삼키는
저 놈이 누구지?

갑자기 눈을 뜨는 저 놈이
갑자기 눈을 감는 저 놈이
글쎄 저 놈이 누구지?
놀라 껴안아도
바람은 불지 않고
바람은 불지 않고
바람은 불지 않고
고양이는 잠 든지 오래
아들놈은 제 방을 열심히
정리하고 바람은 불지 않고

여름날 갑자기 오한이 들며
내가 바라보는
저 놈이 누구지?
글쎄 저 놈이 누구란 말인가?
후회도 적막도 아닌
소음 하나 없는 저 놈이
그래 그렇군! 저 놈이 도무지
나야? 나로군! 여름날 저 놈이
까딱 않는 정신 하나가
갑자기 해골이 되는
저 놈이 글쎄 나란 말인가?

「나」 전문

인용시 역시 '나'에 집중하는 시다. '저 놈'에 대한 이야기를 하다가 끝에서 '저 놈'이 '나'로 바뀐다. 제1연부터 '저 놈'의 주변과 상황이 기술되고 있다. "손 하나 까딱 않고/구름도 까딱 않고/시간만 꾸역 꾸역 삼키는" 존재가 '저 놈'이다. "구름도 까딱 않고/하이힐 소리만 딸가닥거리는/방에 앉아 시간만 삼키는", "갑자기 눈을 뜨는/갑자기 눈을 감는", "바람은 불지 않고/

고양이는 잠든지 오래/아들놈은 제 방을 정리하고", "저 놈이 누구지 도대체 누구지", "까딱 않는 정신 하나가/갑자기 해골이 되는" 그것이 저 놈이고 나이다. 내가 조종할 수 있는 것은 없고 시간만 축내고 아들놈과 고양이는 모두 제각각인 주변이다. 나의 정신 하나가 예약하지 않고 해골이 되는 나이다. 부조리이고 무위이고 어처구니 없음이다.

이 시에서 시는 까닭 없이 낱말의 되풀이, 이미지의 되풀이가 무작위적이다. 그 자체가 스타일이고 형식이다. 그는 흐름과 그 미끄러지기에서 하나의 형식을 이루고 있다.

다음은 이승훈에게서 발견하기 힘든 상황의 '나'를 바라볼 수 있다. <피에타>이다.

아버지는 바람을 일으킨다
나는 바람 속에 처박힌다
벌판에서 벌판의 피를 뜯어 가지고
나는 다른 벌판을 만든다

아버지는 홍수를 일으킨다
내가 만든 벌판이 떠내려가므로
나는 홍수 속에 처박힌다
홍수의 얼굴을 뜯어가지고

나는 커다라 푸른 담요를 만든다
아버지는 화재를 일으킨다
내가 만든 담요가 불에 탄다
나는 불 속에 처박힌다

나는 불 속에서 불의 손톱을 뜯어

공기를 만든다 불 속에서 내가 만드는
공기를 아버지는 짓밟는다 나는 火傷을
입는다 공기의 재를 털고 가까스로 일어나면

새벽, 아버지는 악어를 찾아 떠나고
나는 악어가 되어 헤맨다
아아 하얗게 빛나는 피에타
아버지가 나를 찾을 때까지
나는 내 흔적이나 계속 지워야겠다

「피에타 1」 전문

인용시는 미케란젤로의 작품 '피에타'와는 역설적인 내용이다. 반피에타라 할 수 있을 것이다. 어머니의 자애로운 품에 죽은 시신으로 안긴 그리스도는 슬프지만 슬프지 않은 존재이다. 그러나 아무런 사랑이 없이 이들을 내팽개치는 시인의 아버지에게 아들 이승훈은 안길려야 안길 수가 없는 존재이다. 그 부자지간 자체가 비극이다.

피에타pieta는 이탈리아어로 비탄, 슬픔이라는 뜻이다. 반피에타에 속하는 이승훈 생애에 아버지는 바람을 일으키고, 홍수를 일으키고, 화재를 일으키는 재앙의 존재이다. 그리하여 아들은 바람에 처박히고, 홍수에 처박히고, 화재에 처박히는 불우한 인생이다. 그런 아버지에게 아들은 피에타라는 명작에 어울리지 않으며 재난 수준의 부성에 추위와 불안과 고독 자체로 지내는 존재이다. 시에서 아버지는 새벽에 악어를 찾아 떠나고 아들은 악어가 되어 헤매고 있다. 어찌 이런 부조리가 있는가. 아버지가 찾으러 떠나는 악어는 무엇인가? 아무런 의미가 없이 떠돌고 있는 손에 잡히지 않는 악어란 생태계의 대립적 자리, 또는 무위적 대상일 뿐이다.

시에서 부자간은 역설적이고 부정적인 관계이다. 그러므로 서로에게 오이디프스가 아닌가.

이 작품 앞에 있는 시 「어머니 말씀」을 읽기로 하자.

> 도대체 내가 그 나라에 간 것이 오류였다. 그 나라엔 사람들이 살고 있지 않았다. 나는 꽝꽝한 얼음 속에서 처음으로 어머니를 불렀다 어머니는 한 토막 흐린 나무가 되어, 그래도 나를 보자 웃으셨다. 좀더 살아보라, 살아보라고 어머니는 외치셨다. 땅도 하늘도 없는, 저 얼음나라에서 그러나 나는 따스하게 존재했다. 고함마저 그때는 지를 수 없었으므로.
>
> —「어머님의 말씀」 전문

'나'는 부모의 나라에 간 것이 오류였다고 말한다. 거기엔 사람이 살지 않은 얼음 나라였다. 어머니를 불렀는데 흐린 나무로 나를 보고 웃었다. 못 살겠다고 하면 살아보라고 외치셨다. 그래도 어머니가 계시어 따스했다고 말한다. 천상병이 죽으며 이 세상 살 때 행복했다고 말하리라 한 「귀천」의 역설이 떠오른다. 인용시는 부모가 있었지만 아버지는 부재한 세상으로 살았음을 피력한다.

이승훈은 자술 성장기에서 아버지는 이름모를 병으로 병원을 비우고 어디론가 사라지기도 하고 병원 전전에 무시로 이사를 하여 소년 이승훈은 교과서를 제 진도로 공부하지 못했고 친구가 없고 늘 낯설고 왕따 당하며 내팽개쳐진 존재로 소외, 불안, 외톨이로 살았음을 내비쳤다. 부모님의 불화, 어머니의 자살 소동, 자신도 가출하고 자살의 충동으로 앞이 보이지 않았다. 의대 시험을 앞둔 고3 시절 여름방학에 가출하는 지경에 이르러 결국 의대에 낙방하고 영월에서 그는 재수하는 시간을 벌고 있었다.

그때 만난 사람이 체코의 작가 카프카(1983-1924)였다. 그는 실존주의의 원조에게서 청소년기의 자기 삶에서 동질성을 발견하 것이었다. 일상에

서의 카프카의 고독, 작품「城」에서의 주인공 K의 고난, 작품「변신」에 나
타난 벌레로 사는 존재 그 내팽개처짐 같은 데서 놀랄 만한 살아 있음의 비
애를 거울 앞에 놓인 이승훈으로 바라본 것이다.

이승훈은 의대 진학 대신에 작가 시인으로서의 치열한 삶을 건져 올린
것이다. 그는 재수 중 한양대 특차에 입학하고 박목월을 만나고 추천되고
대학원 공부에 들고 인생과 시학이 일원론으로 이어지는 시인이자 시론가
로 성장했다.

"나는 누구인가?"로 돌아와 탐사된 '나'를 요약해 본다. 끝없는 비애 속
에서 도무지 아무것도 받은 것이 없는 존재로 가위눌리고 시간만 축내는
사람, 나 스스로 조종할 수 있는 자리가 없고 특히 재난 수준에 이르는 결
핍된 부성, 가정 자체가 늘상 난파 직전의 위기로 다가오고 비어가는 부재
의 세계를 살아가는 자가 '저놈'이고 '나'이다. 이승훈은 유년부터 청년까지
한결같이 이웃이나 일상 바깥에 존재하는 국외자였다. 그런 삶의 레일 위
에 그런 시를 올려 놓았던 개성 중의 개성이었다.

2. 나는 어디로 갔나?

이승훈의 두 번째 시기(중기)에 드는 시집은 『밝은 방』(1995), 『나는 사
랑한다』(1997), 『너라는 햇빛』(2000) 등이다.

"'나는 누구인가?'를 찾아들다가 라깡을 만난 것입니다. 나는 태어나기
전에 이미 있었다고 말하는 라깡을 말입니다. 나라는 존재는 아버지 어머
니 할아버지 할머니 부모라는 가족체계가 있었고 곧 언어체계로 존재하는
것이고 이미 이 상징계 속에 존재하고 있었으니 나는 타자라는 것입니다.
시를 쓰다 보면 내가 쓰는 것이 아니라는 생각이 들지요. 언어가 이미 있었
고 언어가 시를 쓴 것과 같은 것이지요."

　이승훈의 시는 이 시기에 언어에 의해 자아가 없어지고 언어가 시를 쓴다는 단계에 진입하고 있다. 송준영은 "이런 자아들은 자아소멸에 의해 새롭게 확장되는 메타시적 형태와 시론시를 낳는다. 이런 시는 「시」, 「크리티포에추리」, 「이 글쓰기」, 「답장」, 「언어」, 「봄날은 간다」, 「텍스트로서의 삶」 등이 있다."고 밝혔다.

　이승훈의 「이 시대의 시 쓰기」를 살펴보자.

> 물론 아승훈 씨는 시를 쓰신다 언어가 있기
> 때문이다 언어라? 언어라? 언어라? 도대체
> 언어란 무엇인가? 그는 언어 때문에 시를 쓰지만
> 언어 때문에 실패의 연속이다
>
> (중략)
>
> 이승훈 씨가 쓰는 시는 우울증의 산물이다 오오
> 우울증이 무슨 죄란 말입니까? 그는 불안이라고
> 하지만 아마 우울증일 것이다 그건 누구보다 내가
> 잘 안다 우울증은 자랑할 일이 아니다
> 불안하면 도둑질도 한다 무슨 짓을 못하랴? 그는 오늘도
> 그가 읽는 책에서 언어를 훔치고 창문도 훔치고
> 종이도 줍고 물론 불을 지를 순 없으리라 언어
> 속에서 언어를 훔치는 이승훈 씨여 언어라는
> 아파트에서 그는 가구나 물건들을 훔친다
>
> (중략)
>
> 이 시대의 시쓰기는 도둑질이다
> 자연파 시인들은 자연을 훔치고 나 같은 자칭

언어파 시인들은 언어를 훔친다 오오 표절 속에
표절 속에 2월이 간다 김춘수 선생의 「들림, 도스토예프스키」
라는 시에는 '가도 가도 2월은
2월이다'는 시행이 나온다 정말 가도 가도
끝이 없다 낡은 시도 많고 새로운 시도 많고
나처럼 조금 미친 이승훈 씨도 있고 겨울 저녁
불을 켜고 앉아 언어를 훔치는 시인도 있다 그럼
이승훈 씨여 부디 분발하시기 바란다

「이 시대의 시 쓰기」 부분

인용시는 이승훈씨는 언어가 있기 때문에 시를 쓴다고 한다. 이승훈은 우울증으로 언어를 훔치고 표절로 2월이 간다고 한다. 우울증으로 책을 훔치고 책 속 언어를 훔치고 물건을 훔친다. 김춘수의 시도 베끼고, 불 켜고 앉아 그는 도적질하고 있다. 이런 경우 훔쳐낸 언어 자체가 텍스트인데 그 텍스트에 상호 침투하는 언어에 언어인, 시에 시인 메타시가 탄생된다. 이러니 언어에 자아가 있고 텍스트가 자아가 된다. 상징계에서 대대로 이어져 오는 제도, 의식, 규범 따위 안에 내가 스며서 산다. 그러므로 이 시대는 시가 따로 있다고 보기도 힘들다. 기원으로서의 지점, 0도 상태의 자리에서 창작이 없으니 무아이고 소멸이다. 과거의 봄날은 가고 가버린 뒤에는 흔적으로 존재할 것이다.

다음 시를 보자. 환상을 추구하는 시다.

그녀의 이름은 환상이다 그는 그녀의 기둥서방 그는 그녀를 찾아간다 그녀는 눈이 크고 단발이다 바람부는 저녁이면 술집으로 가듯 그녀를 찾아간다 노을이 시린 골목을 돌아간다 그녀는 그에게 술도 주고 약도 주고 돈도 준다 그녀는 부자다 그녀는 담배를 피우고 그림도 그린다 그녀의 기둥서방은 대학 교수이며 저서도 있다 시도 쓰고 시집도 있다 모두가 그녀 덕택이다 그는

그녀의 기둥서방 이젠 나이 든 늙은 기둥서방 언젠가 그녀는 그를 버리리라
그러나 바람부는 저녁이면 아편을 사듯 그는 그녀를 찾아간다 시뻘건 노을
너머 그녀의 집이 보인다 그녀는 비를 팔고 우산도 팔고 바람도 판다 비누도
팔고 배추도 팔고 햇볕도 판다 시간도 판다 그녀는 돈이 많다 그녀의 기둥서
방인 그는 학생 때 고독했고 결혼한 다음 우울증에 시달렸고 30대에 방황죄
를 지었으며 지금도 방황죄를 짓는다 모두가 그녀를 사랑하기 때문이다 그
녀의 이름은 환상이다 그는 오늘도 비틀대며 그녀를 찾아간다
―「그녀의 이름은 환상이다」 전문

인용시는 그녀를 찾는 '그' 이야기다. 그녀가 환상이니 그는 환상에 매몰
된다. 그는 이승훈이다. 그녀의 기둥서방, 대학교수이며 저서를 갖고 있다.
시인이며 시집도 많이 낸 시인이다. 그는 고독했고 우울증에 시달리고 방
황죄를 지었다. 그는 오늘도 비틀대며 환상을 찾아간다. 결국 그는 나이며
환상과의 동질이다. 환상에 의지하므로 주체가 없다. 소멸된 자아이다. 이
시의 그녀는 이상 소설의 여자와 비슷하다. 탕고도란 화장품 냄새가 나는.
이 시는 환상에 대한 환상이거나 텍스트에 대한 텍스트 시다. 그러므로
시론시 메타시이다.

나는 시를 쓰는 게 아니라 시 속에 태어난다 시 속에 내가 발생한다 그렇
다면 시란 무엇인가 시는 시라는 장르에 속하는 것이 아니라 시라는 장르에
참여한다 참여한다는 건 속하지 않으며 동시에 속함을 의미하고 시라는 장
르에 속할 때, 말하자면 시라는 장르로 일반화될 때 이미 시가 아니다. 우리
시단엔 이런 의미로서의 귀속, 너무나 시 같은 시, 장르라는 일반의 옷을 입
고 행세하는 시들이 너무 많다. 일반화된 시는 시가 아니다.
―「시」 부분

인용시를 읽으면 이승훈 시인의 부정의식은 철저하다. 일반 장르의 레

일을 싫어하고 그 레일에 편입되는 시는 이미 시가 아니라는 태도이다. 인습의 파괴, 문학이라는 이름은 이미 문학 바깥에 있다는 것이다. 자아가 언어에 지나지 않는다는 사유는 곧 소멸은 자아이고 시는 해체의 미학으로 들어감을 가리키고 있는 것이다.

3. 스타일리스트 시인의 시적 흐름

이승훈 시인은 박찬일과의 대담에서 "흐름에 대한 자의식은 후기 구조주의나 후기 모더니즘 미학에서 말하는 언어 기호를 구성하는 기표와 기의 시니피앙과 시니피에에는 서로 아무 관계가 없다는 인식을 받아들이면서 비로소 확고하게 되었습니다. 시는 시니피앙의 놀이라는 생각을 하게 되었습니다. 의미 없이 낱말들을 흘러가게 하는 것 말입니다."

이승훈은 스스로 스타일리스트라고 말했듯이 시는 가벼이 흐른다.

그는
의식의 가장 어두운 헛간에
부는 바람이다.

당나귀가 돌아오는
호밀 밭에선
한 되 가량의 달빛이 익는다.

한 되 가량의 달빛이
기울어진 헛간을 물들인다.
안 보이던 시간이
총에 맞아
떨어지는 새의 머리인 것을

보았다 그래 나는
가느다란 배암이 되어
신의 헛간을 빠져 나가고

빠져나가고
나는 손이 없는 손으로 어루만졌다
안 보이던 시간이
울고 있었다.

—「어휘」 전문

인용시는 '어휘'에 대해 쓰고 있지만 의미보다는 어휘가 거느리는 이미지와 리듬, 되풀이 같은 데서 매력을 풍기고 있다. 문장의 종지사가 '다'로 끝나는 데서 스타일이 잡히기 시작한다. '한 되 가량의 달빛'이 반복되고, '빠져나가고'가 연을 바꾸어 반복되고, '손이 없는 손' 같이 하나의 구절 안에서의 반복이 이루어진다. 이런 시는 되풀이해 읽으면 리듬에 탄력이 붙는다. 필자는 시가 이런 무의미 가까운 리듬이 솟아나는 시에서 댄디 보이 같은 멋스럼을 느끼게 된다. 김춘수의 시에서 느끼는 리듬감을 여기서도 느끼게 된다.

당신은 예수 같고
바다에서 돌아온
아침 같고 버림 받은 애인 같고

수염만 자란 꽃잎 같고
사랑한 꽃잎 같고
피아골 같고

하늘이 버린 바다 같고

거대한 사랑 같고
무한히 작은 사랑 같고

아니 어려운 도시에서
수월한 도시로 떠나는
형편 없는 천재 같고
예수 같고 목 마르고

아아 나이 서른 셋
비쩍 마른 당신은
바람 부는 저녁
바람 부는 저녁 같고
아침 같고

「당신의 초상」 전문

인용시는 당신은 예수 같다고 시작하면서 버림 받고 '사랑 같은' 그런 이미지로 끌고 간다. 그럼에도 그 끌고 가는 것은 흐름에 묻혀 멋지게 이어진다. 같고 같고 같고 같고의 반복은 나열이자 병치이다. 병치는 필연으로 의미의 언덕을 허물고 흐른다. 이 시에서 '예수'와 '나이 서른 셋'은 수미상관이나 의미의 지향과는 무관한 것이다. 이 시도 자아는 없고 텍스트만 남아 있다. 텍스트는 언어이자 리듬으로 얼개를 이루고 있다. 이 시의 경우 독자는 여러 번을 되풀이해 읽을 필요를 느낀다. 읽는 것이 놀이다.

다음 시도 스타일이 비슷하다.

나를 노엽게 하고
들뜨게 하고
굶주리게 하고
갑자기 나타나고

갑자기 사라지고

칼날이고

번득이고

숨막히고

머뭇거리고

머뭇거리며 다가오는 희망이고

머뭇거리며 다가오는 절망이고

말도 못하고

하루 종일 문만 열고

그처럼 참을성 없는

나를 때리고 그처럼

참을성 없는 지구가

되게 하고

울부짖는 굴뚝보다

사라지는 연기가 되게 하고

절벽이 되게 하고

절벽 아래

바다가 되게 하고

마침내 나를

바다로 뛰어들게 하는

아아 그는 과연 누구인가?

―「그의 초상」 전문

인용시는 김해경, 김수영, 김춘수 등이 어떤 시기의 편모를 보는 듯하다. 특히 김수영의 현실적 불가능일 때 웃통 벗고 푸는 언어를 직감하게 한다. 이승훈의 모더니티는 김수영과는 다른 것인 데도 흡사하다. 김수영에게 반 김수영적 시가 있듯이 이승훈에게도 반이승훈적일 때가 있다. 그러나 잘 들여다보면 인용시의 노함이나 울부짖음은 이승훈의 초, 중, 고 시절의 전

기적 속수무책과 유관해 보이기도 한다. 의사였던 아버지의 '옮기기' 일생
은 저 카프카의 <시골 의사>를 연상케 하기도 한다. 결국에는 그와 나는
하나가 되고 바다에 뛰어들게 하는 것이다.

그러나 시에서 흐름은 그냥 지나가는 것이지 그때를 놓고 따지자고 하
는 것이 아니다. 시인은 어쨌거나 기쁘든 노하든 달리거나 걸어가는 것이
본업일지 모른다. 맺히지 않고 그냥 가고 달리고 구겨지지 않고 팔다리를
열심히 흔드는 것일 뿐인 나, 또는 언어, 또는 텍스트 이승훈의 흐름은 실
존을 털거나 자아에 목마르거나 존재를 넘겨다 줄 때의 어쩔 수 없는 몸부
림이 아닐까 한다.

4. 모더니스트, 선禪에 닿다

이승훈은 이재훈 시인과의 대담 <비대상에서 선까지>(이승훈의 문학
탐색, 시와 세계, 2007)에서 불교의 선사상과의 만남에 대해 밝힌다.

"90년대 후반 어느 봄날 진주 장모님 49재가 하동 칠성암에서 있었고, 그
때 금강경을 만났고 거기서 보살은 我相, 人相, 衆生相, 壽者相을 버려야 한
다는 부처님의 말씀이 나와요. 특히 我相을 버리라는 말씀이 충격을 주었습
니다. 왜냐 하면 자아탐구나 자아소멸이니 하는 게 결국은 아상에 대한 집착
이니까요. 그후 無我, 無住, 不二, 空 같은 개념들이 내 사유를 지배하게 됩
니다. (중략) 나는 자아탐구에서 자아소멸을 거쳐 마침내 自我不二로 발전
했고 자아 있음(자아탐구), 자아 없음(자아소멸)의 대립이 변증법적으로 종
합되고 나는 있음 없음 경계를 초월하는 空. 不二의 세계로 나간 셈이지요."

이승훈은 이렇게 불가의 선禪에 발을 들여놓기 시작한다. 송준영은 이승
훈의 시편들 중에서 불교의 근본토대인 사법인四法印, 곧 일체개고一切皆
苦, 제행무상諸行無常, 제법무아諸法無我, 열반적정涅槃寂靜에 해당하는 작

품들을 시집 『인생』에서 찾아 보여준다.

> 가도 가도 왕십리 십리
> 를 가면 십리가 남는
> 왕십리 꿈 속에도 비가
> 오고 꿈 밖에도 비가
> 오네 몸 속에 꿈이 있
> 고 몸 밖에 꿈이 있네
> 나 같은 시인은 업이
> 많아 시를 쓰네 문자의
> 업 언어의 업 만드는
> 업 그러나 언어가 나를
> 먹고 산다네
>
> —「다시 왕십리」 전문

이 시도 스타일리스트의 면목을 보인다. 행이 의미를 완결짓지 않고 다음 행으로 넘어간다. "십리/를, 남는/왕십리, 비가/오고, 비가/오네, 있/고, 업이/많아, 문자의/업, 만드는/업, 나를/먹고" 행갈이를 미완인 채로 이루는 데서 얻는 긴장이 모더니즘의 기초를 만들어 놓고 있다. 이 시는 업이라는 것이 연쇄적으로 업으로 가는 길이다. '문자의 업, 언어의 업'이 모두가 고통이다. '일체개고'를 형상화한 시다. 왕십리는 시인이 생업의 현장인, 한양대학교가 있는 지명이다. 가도 가도 왕십리는 김소월의 시를 패러디 했다. 시는 텍스트의 말이자 '차이와 연기'를 드러내고 있다.

> 아직도 정을 견딜 수 없고 어두운
> 어두운 마음 골짜기를 헤매는 내가
> 불쌍해서 술 한 잔 마시오 왕십리

서초동 서소문에서 인생의 후반을
탕진하고

저 꽃피는 소리 들으며 무슨 업이
많아 이런 시를 쓰오 미친 놈 소리
나 들으며 산 속에 들어가 도토리나
주워 먹으면 좋겠지만 보이지 않는
내가 이렇게 헤매오

「물고기 주둥이」 전문

인용시는 미혹에 헤매는 나, 불쌍하여 술이나 마시며 탕진하는 생을 보여주고 있다. 아직도 나는 보이지 않는 자로 끝없이 윤회로 가는 길목에있음을 노래한다. 물고기 주둥이는 '술 한 잔 마시는' 입술을 비유로 말한 것으로 읽힌다. 제행무상, 생사와 인과가 부단히 머물러 있지 않음을 무상으로 드러내는 시이지만 시에서 이승훈은 이미 그런 개념적 진술의 구비를 많이 벗어난 지점에서 시로 역주행하는 느낌을 주기도 한다. 그러나 선이라도 신앙초입의 단계임을 염두에 둘 수는 있을 것이다.

다음 시는 윤회를 보여주는 이미지 시로 읽을 만하다.

연꽃 옆에 물고기 있고 물고기
옆에 게도 있고 거북이도 있고
거북이가 한 세상이네 거북이
옆에 개구리도 있다 바람자면
바람이 그대로 거북이 바람이
그대로 물고기 저 물고기 하늘
을 나는 물고기 연꽃과 연꽃
사이에 한 세상이 있네

「연꽃 옆에」 전문

우주만물은 생사와 인과가 중단 없이 윤회한다. 그러므로 한 모습으로 머물지 않는다. 연꽃 옆에 물고기 물고기 옆에 게와 거북이, 거북이 옆에 개구리, 거북이 바람이 그대로 물고기, 저 물고기 하늘 나는 물고기, 연꽃과 연꽃 사이 한 세상, 이렇게 옆으로 붙여놓지만 이어지는 관계로 윤회의 둘레를 이룬다. 이 시는 병치로 나열하는 가운데 초현실적 이미지가 됨으로써 건너뛰기와 병렬적 배치감을 맛보게 한다.

시집 『비누』에서 시 두 편을 보자.

> 만리에 풀 한 포기 없지만 만리가 풀 한 포기 만리에 비가 오고 만리 밖에 그대 있네 문을 나가도 만리 나가지 않아도 만리 잠시 우산을 들었다 놓을 뿐이다
>
> —「우산」 전문

> 시도 없다 시도 없다 다만 시라는 이름이 있을 뿐 이 이름 붙잡고 40년 허망한 언어 붙잡고 40년 이 허망한 바람 모아 오늘 책 한 권 내 무엇하나? 마당에 내리는 햇살 보고 절이나 하자 저 마당이 시를 써야 하리라
>
> —「시도 없다」 전문

「우산」은 없고 있음, 만리와 만리 밖, 문밖과 문 안의 있고 없음, 양변의 존재가 하나로 통하는 불이不二가 선이다. 「시도 없다」는 시 있음과 없음, 이름 붙잡고 40년 언어 붙잡고 40년 허망한 바람과 책 한 권 사이의 양변이 색즉시공, 공에는 햇살이 있고, 마당이 있다. 그들이 다 반상합도로 얽혀 있다. 이승훈의 선시는 어쩌면 논리에 협소하게 기울어지는 것은 아닐까? "빈손에 호미 들고"나 "다리는 흘러가고 물은 흐리지 않네"와 같은 초월적 이미지들이 더 추가되면 좋을 듯 싶다. 모순적 어법의 텍스트가 그 자체로 반짝이는 기호이거나 놀이를 품는 것이 되기를 바라는 욕심 때문이다.

시인은 이론가이지만 시인이다

이승훈, 한국의 1960년대 출신 대표적인 모더니스트 시인이다. 그의 유년과 청년은 보편적 의미나 가치를 예거할 수 있다. 그로부터 출발하는 시인은 카프카, 이상 등으로 앞메기꾼을 삼는 할말이 있고 할 말의 시를 쓸 밖에 없는, 달리 말하면 시와 시론의 양 수레바퀴를 돌리면서 가는 그만의 모더니즘적 궤적을 지니는 시인이 되었다. 그의 모더니즘은 스스로 말하여 실존주의, 후기모더니즘, 후기구조주의, 불교의 선사상 등으로 계보를 잇고 있다. 그러는 가운데 '자아탐구, 자아소멸, 자아불이'라는 지향의 끈을 이어놓은 셈이다. 그는 이론의 물굽이에서 학자적 탐구의 범주를 드나들었는데 소쉬르, 프로이트, 바르트, 데리다, 라캉 등이 그 언덕이다.

이쯤에서 이승훈은 이런 정보를 바탕으로 말한다면 한국시 최고의 이론가 시인일 것이다. 그를 제쳐 놓고 1960년대 한국시를 말한다는 것은 불가능하다. 다만 그의 시가 이론들 위에서 이론을 끌고 가는 형국일 때가 있고 혹시는 그 밑에서 눌려 있을 때가 있지 않을까 한다. 독자들은 선구적 자리에 놓이는 이승훈 시학에서 시와 시론, 시와 탐구라는 양자 불이不二의 온전한 성취가 무엇일까? 고민해 볼 수 있을 것이다. 그럼에도 이승훈은 넘볼 수 없는 한국시단의 개성의 깃발이다.

「목마의 시」에서 「나는 좋다」에 이르기까지

이탄論

「목마의 시」에서 「나는 좋다」에 이르기까지

이탄論

「목마의 시」에서 「나는 좋다」에 이르기까지

시인은 1963년 대학을 졸업한 이후 시를 쓰기 시작했는데, 이때 쓴 시 중 하나가 1964년 동아일보 신춘문예에 당선작 「바람 불다」였다. 이때부터 '이탄'이란 필명을 사용했다.

1973년에 강도희 여사와 결혼한 시인은 꾸준한 시작詩作과 적극적인 문단 활동을 병행했다. 그런데 1987년 1월, 중풍을 맞고 쓰러져 수개월 병원에 입원해야 했다. 시인은 가까스로 의식을 회복하고 처음부터 다시 배우듯이 우리말과 글을 익히며 기억을 복원했다. 기독교인이었던 시인은 투병 생활에서 신앙심이 더욱 굳건해졌다고 한다. 퇴원 이후 병에서 완전히 회복하지는 못해 말하기가 부자연스러웠지만, 시 쓰기에 몰두해 예전보다 더 많은 시를 지었다.

2009년에는 시인이 생전에 마지막으로 펴낸 시집 『동네 아저씨』(학이원)를 발간했다. 그러나 암이 발견되었고 2010년 7월 29일, 향년 70세로 이 세상을 떠났다. 2010년 작고 전까지 시인은 모두 시집 12권과 시선집 4권을 펴냈다.

이 글의 텍스트로는 이탄 시선 『잠들기 전에』(1986. 5, 고려원)와 『동네 아저씨』(2006. 학이원) 두 권이다. 앞 시선집은 시집 『바람 불다』, 『소등』, 『줄풀기』, 『옮겨지지 않는 새』, 『대장간 앞을 지나며』 등에서 선한 것이고 정년기념시집으로 발간한 『동네 아저씨』는 단독 시집이므로 시인의 6권 시집을 통독하고 쓴 내용이 이 글이다.

필자는 텍스트를 읽어가는 중에 나름 시적으로 자리 잡힌 시편들에 O표를 치고 그런 시편들을 계열화시킬 수 있는 작품군에 집중하여 전체 흐름을 잡고자 했다.

그리고 필자는 먼저 『동네 아저씨』 제일 끝에 실린 박제천 시인의 '발문'에 주목했다.

박제천 시인의 '해설 아닌 발문'

이탄 시인의 대학 정년 기념시집 『동네 아저씨』의 끝에 붙이는 박제천의 '跋文'이 눈길을 끌고 있다. '발문'은 애초에 한자로 '밟는다'는 뜻의 '跋'이다. 시집을 낼 때까지 밟아온 과정을 적는 글이다. 그러므로 시인의 친구나 지우知友, 선후배가 쓰는 글이다. 책의 끝에 본문 내용의 대강大綱이나 간행 경위에 관한 사항을 간략하게 적은 글이 발문이다.

"이제 그가 대학의 정년을 맞아 또 한 권의 신작 시집을 펴내면서 필자에게 발문을 청해 왔다. 이유인즉 수많은 후보자 중에서 필자가 가장 짧게 쓸 것 같다는 생각에서란다." 이탄이 박제천에게 말한 발문 청탁한 이유이다. 자신의 작품에 구구한 상찬을 달기 싫다는 속뜻이 있었다. '발문'의 성격을 잘 알고 있는 시인과의 대화가 아름다워 보인다.

이 글에서 이탄 시인의 발자취 중에 눈에 들어오는 대목을 요약해 본다.

1964년 경향신문 낭선 시인 조태일이 같은 해 동아일보에 당선된 이탄에게 "신세대의 기수가 되자"는 엽서가 왔다. 이탄은 "기수보다는 버스 차장이 되자"고 답신했다. 이탄은 사실 누구와도 잘 어울린다. 그렇다하여 자기 고집을 꺾는 것도 아니다. 하고 싶지 않은 것은 하지않는 성격이면서도 누구에게도 욕을 먹지 않는다. 언젠가 강우식과 팔씨름을 하면서도 격정적

이고 지기 싫어하는 강우식에게 몇 시간동안 수백 회에 걸쳐 단 한번도 져
주지 않는 것이 이탄이다. 필자가 옆에서 보기에 딱해서 한번만 눈감고 져
주라 하여도 절대로 봐주지 않았다. 그럼면서도 다른 사람에게 넉넉하게
마음을 쓴다. 그는 항상 보통사람들에 살면서 보통사람처럼 생각하고 느끼
고 보통사람들의 꿈을 자신의 것으로 삼고자 한다.

시단의 버스 차장이 되어 힘든 사람을 부축하고 혼란한 버스 안을 정리
해가면서 언제나 초심을 잊지 않고 살아온 것이다.

유년의 세계

시에서 유년은 일상의 기반이 된다. 어떤 시인의 어떤 시도 유년에서 출
발하여 성년으로 간다. 이탄의 유년은 어디로부터 시작되는 것일까?「木馬
의 시」에서 그 유년을 들여다보자.

먼 동리 입구에
우리들의 놀이터는 그냥 있을까
높은 빌딩이라도 섰으면 어쩌나
어린 시절의 木馬들은
집에서 학교까지 몇 시간이 걸렸다.
걸어다니던 몇 백 미터의 길
그 동리 입구에서 우리들은 즐거웠다.
구슬이나 딱지나 말타기 같은
언제나 몇 가지 놀이였지만
우리들은 즐거웠다.
木馬들은 참으로 정신 없이
구슬이나 말타기... 겨우 몇 가지의 게임을 했다.
영, 돌아오지 않는 木馬들의 말굽 소리여!

이젠 누가 말이 되려나
끝 안 나는 놀이를 하듯
그렇게 우리는 우리끼리
전부가 우리고, 우리가 전부였다.
그 동리 입구의 빈터에는
목뻰 木馬가 어른거리고
그 자리에 빌딩이 서고
자동차가 분주히 지나다니고
우리들 조용한 동무들도 저 멀리
시끄러운 소음 속에 싸여 있고
글쎄 우리는 왜 대개 관계 없는 이들로 자라났을까.
우리는 어쩌다 우리끼리 멀어졌는가
오늘 우리는 너무 많은 게임을 하고 있지만
그때 우리는 말이었는데
이제는 누가 다시
말이 되려나.

—「木馬의 시」 부분

어린 시절 목마놀이는 우리들에게 즐거운 놀이였다. 당시의 놀이는 구슬치기나 딱지치기 같은 것이 있었는데 중요한 것은 즐거웠고 우리는 우리끼리 전부였다는 것이다. 집에서 학교까지 몇 시간, 걸어서 몇백 미터 간의 거리였는데 지금 그 목마는 가고 그 자리 빌딩이 서고 자동차가 지나가고 우리는 가끔 시끄러운 소음 속에 싸여 있고 우리는 모두 관계없는 얼굴로 자라났다는 사실이다.

오늘 우리는 너무 많은 게임을 하고 있지만 누구의 등을 타고 말놀이를 할 수 있단 말인가? 시의 후반에서 "우리들은 놀이터를 잃고/어느 건물이나 책상 앞에서 세월을 지키는" 동심 상실의 인간으로 성장해 있다. 김광섭

은「성북동 비둘기」에서 건물이 들어서는 산 번지 성북동이 비둘기들에게
는 평화를 잃고 둥지를 빼앗긴 건축 현장일 뿐이라는 시를 써서 시인 자신
의 산업화 이후에 가지는 정서적 고갈 상황을 노래했던 것처럼 이탄은 놀
이터를 잃고 우리를 잃은 현대인들의 아픔을「목마의 시」로 노래한 것이
다. 이탄은 유년이 깨지고 꿈이 깨지고 추억 공동체가 허물어지는 세상을
경계하고 있다.

> 송도에서
> 부산시청 앞까지 배가 다녔다.
> 중고품으로 만든 전선戰船이지만
> 통학선 대용인 듯 싶었다.
> 배를 타고 가면
> 충무로를 거치지 않으므로 한결 빨랐다.
>
> 1953년 정부는 부산에 피난해 있었고
> 서울 학생들은 송도나 영도나 대신동에 흩어져 있었다.
> 배의 선착장
> 그곳에는 학생들이 특히 배화여중고 학생이 많았다.
> 나는 이따금 배화고녀 학생에게
> 누나라고 불러 귀여움을 샀으며
> 배를 공짜로 얻어 탔다.
> 그 여학생은 아마도 나와 같은 동생이 없었던 모양이다.
>
> 이야기는 간단하다 배를 얻어 탄 이야기니까.
> 그러나 세월이 흐를수록
> 바다는 누나와 같이 내 옆에 있다.
> 바다는 지금도 내 몸에서 흘러가고 있다.

「누나」 전문

6·25 전쟁 중 부산 피난시절 이야기다. 시인이 14세 되던 1953년의 송도에서 부산시청까지의 통학선을 탔던 추억을 불러내고 있다. 정년시집에 실린 「누나」는 당시 피난학교로 부산에서 문을 열었던 배화여고 학생들과의 이야기이다. 누나라 불러주니까 배를 공짜로 얻어 탈 수 있었다는 것이다. 소년은 유년시절 이성으로서의 집밖의 누나가 이성간 접촉의 창구였을 것이다. 그 신비적 교감이 그야말로 잊히지 않는 애틋한 정서로 스스로의 의식과 감성 속에 흘러온 것일 터이다. 이탄의 피난 체험은 "세월이 흐를수록 /바다는 누나와 같이 내 옆에 있다/바다는 지금도 내 몸에서 흘러가고 있다"는 것이다.

이와 같이 유년의 목마놀이와 이성간 오누이 교감 같은 체험은 변질되지 않는 순수와 꿈의 현장으로, 어른이 되고 복잡한 관계망 사회의 깊숙한 복판에서도 그 복판을 지키는 야경꾼 역할을 하거나 경계의 메시지를 발하는 안테나 몫을 하고 있다.

소박한 보통사람의 시

이탄은 신춘 당선시절 조태일이 보내온 엽서에 쓰인 '새 시대의 기수'가 되자는 말에 응대하기를 '나는 버스 차장이 되자'고 썼다는 것이다. 발문에서 박제천은 이 버스 차장이 되자는 말을 풀어 "그는 항상 보통 사람들 속에 살면서 보통사람처럼 생각하고 느끼고, 보통사람들의 꿈을 자신의 것으로 삼고사 한다."고 부연했다.

서민의 보잘 것 없는 혀 하나라도
뿌리가 있다는 걸 알아두자.

모습조차 보기 힘든 어둠 속에서

사명을 다하며
인간의 무게를 지탱하는
이 저울에 대해서
깊은 인식이 필요하다.

종종 꿈에서
혀를 보는데
그것은 잘라진 것들이다.
쓰레기통 같은 곳에서도 발견되는
뭉그러진 혀의 주인은 누구일까.

저녁이 되어
어두워지는 이 시간에
눈짓보다는 목소리가 그립다.

서민의 보잘 것 없는 혀 하나
그러나 특히 어둠에서 빛나는 그릇.

―「소등 29 혀」전문

　　'서민의 보잘것없는 혀 하나'에 대한 시다. 혀는 어둠 속에서 사명을 다하고 인간의 꿈에서 잘려진 혀를 쓰레기통에서 발견한다. 뭉그러진 혀의 주인은 누구일까? 인간은 혀의 기능으로 언어를 이루며 산다. 그러므로 보잘것없는 보통의 혀이지만 뿌리가 있다. 저울을 지탱하는 무게로 중심을 이룬다. 뿌리와 근원이 인간 생존의 본질에 있다. 그런 자각과 인식이 '혀'에게로부터 시작되고 있다.

상처난 날개를 가진 잠자리
절룩이며 진종일 마굿간에 있는 조랑말

쓸 수 없이 된 지폐

上衣보다 먼저 낡은 下衣

겨울 바람 불어오는 窓門

이 정도는 흔히 보거나 아는 일인데

걸을 수 없는 精神이

거울 앞에 있다.

구겨진 종이를 편다.

떨어진 단추를 단다.

양심보다 넓적한 어느 건물의 문짝 앞에서

가로수에 붙은, 나태의 그림자 안에서

精神은 걷고 싶다.

精神은 歸家하는 아버지가 되고 싶다.

精神은 아까부터

義足을 보고 있다.

—「義足」전문

인간은 늘 상처를 입고, 절룩이고, 불량지폐처럼 쓸 수 없이 되고, 하의가 먼저 닳아 정장이 망가지고, 겨울에는 무시로 창에 바람이 불고, 보통사람들에게 주어지는 일상이 그러하다. 걸을 수 없이 정신이 불구가 되거나 종이가 구겨지듯 구겨지거나, 나태 속에서 걷고 싶은 정신이 문제이다. 그때 망가진 부분을 대치해 주는 의족 같은 보조기구를 생각한다. 보통 사람에게는 의족 같은 보조기구가 필요하다. 이 시는 그렇게 보면 존재론적이다. 존재를 위해 존재의 보조기구를 생각하는 것이 보편적 인간일 것이다.

이때 서정주의 「꽃밭의 독백」이 새삼스레 떠오른다. "노래가 낫기는 그중 나아도/구름까지 갔다가 되돌아오고/네 발굽으로 처 달려간 말은 바닷가에 가 멎어버렸다/활로 잡은 산돼지 매로 잡은 산새들에게도/이제는 입맛을 잃었다./꽃아 아침마다 개벽하는 꽃아/네가 좋기는 제일 좋아도/물낯

바닥에 얼굴이나 비춰는/헤엄도 모르는 아이와 같이/나는 네 닫힌 문앞에 기대섰을 뿐이다/문 열어라 꽃아 문 열어라 꽃아/벼락과 해일만이 길일지라도 문 열어라 꽃아 문 열어라 꽃아"

이런 시는 여기서 보통 사람들의 한계를 깨닫고 이를 극복하기 위해 온전한 총체인 '꽃'이 문을 열어야 한다고 주문한다. 인간은 약점 투성이고 한계에 부딪치며 사는 존재라 자인하는 시다. 시인도 '보통사람들', '버스 차장'과 같은 노동자이다.

크리스찬의 시 몇 편

「식칼론」을 쓴 조태일 시인이 '기수'가 되자고 했지만 이탄은 "버스 차장이 되자"는 말을 20대에 한 것으로 보아 일찍이 신앙심을 가졌다고 짐작을 할 뿐이다. 이탄은 앞자리에 앉는 일을 피하는 겸손한 사람이다. 그는 시대와 역사를 온몸으로 실천했던 정직한 시인이었다. 이탄의 「종소리」를 읽어 본다.

나는 항상
성탄절이다

누가 누구하고 싸울 때도
내가 싸우지 않을 수 있는 것은
거룩한 빛의 날
성탄절이 있기 때문이다.

나에겐 365일이
온통 성탄절이다
나에게 듣기 싫은 목소리로

마치 야단치듯 대하거나 좋은 말을 해주거나
3.8선을 생각하거나
나에게는 감사한 마음이다
모두, 감사한 마음이 퍼져나가면
이뤄지지 않는 것이 있겠는가

예수처럼 앉아서 무어라고
썼는지 몰라도
아무 말 없음 중에도 말을 해준
예수의 목젖

종소리가 울리든 안울리든 간에
준비하는 그윽한 자세
마음 속에는 늘 성탄절

멀리서 늘
바라보고 계시다.

—「종소리」 전문

이 작품에는 크리스챤의 일상이 들어와 있다. "나는 늘 성탄절"이라는 구절에서 언제나 깨어 있는 신앙심을 보여주고 있다. 신앙을 실천적 표양으로 보여주는 경지는 일단 초신자 단계를 벗어난 교회 지도자급에 해당하는 자의 모습에 이르고 있다. 누구와도 대립하지 않고, 싫은 목소리도 받아넘기는 일은 성탄절 기쁜 소식을 알고 사는 사람의 태도이다. 교회는 일곱 번을 일흔 번이라도 용서해 주라 가르치고 가장 낮은 자리에 앉으라고 권하고 있기 때문이다. 시에서 "예수처럼 앉아서 무어라고 썼는지는 몰라도"는 예수가 바리세인이 보는 앞에서 뭐라고 땅에다 글을 쓰고 있었던 장면을 기억한 것이다. 어쨌든 그런 세심한 예수의 몸놀림에도 하나의 게시나 일깨움의 연장선에 있음을 시는 드러내고 있다.

다음 시는 박목월 시인에 관한 시다.

원효로에 있는
원효교회에서 박목월 시인이 장로 되실 때
청년이던 나는 신기했다.
물론 20살이 못되어 동시를 쓰실 때에는
참 비, 참 바람, 참 딱지, 참 참새, 등 '참'을 좋아했고
성인시를 쓸 때에는 '목마름'이 이따금 묻어나왔다.
어쩐지 기독교 냄새가 나더라니
장로가 되는 분을 여러 차례 보았다
그런데 시인이면 됐지, 착하시면 됐지. 장로는 무슨 장로를
그러면서 나는 조용히 앉아 있었다.
식순은 진행되었고 박목월 시인이 꿇어 앉는 시간이 되었다.
예수의 이름으로 주어지는 식순
여기에는 교수도 노동자도 사장도 아주머니도 다 같은 형제
참으로 듣기에도 좋았다
무슨 일들을 당해도 원수 같이 생각지 말고
형제같이 권하는 이 시간, 영원의 시간

(후략)

―「박목월 시인 장로 되시다」 부분

인용시는 박목월 시인이 기독교 장로가 되는 예식에 참석한 이탄이 화자가 되어 쓴 시다. 화자는 박목월은 장로가 아니라도 충분히 착하고 동심에 젖어 살았는데 무슨 장로가 필요한지를 묻고 있다. 이럴 때 사람들은 시인으로서의 박목월이 인간 최상의 교양인이거나 더 누릴 것 없는 만족의 세상을 살고 있다고 믿었는데 갑자기 믿음의 자리를 비집고 들어와 생뚱맞게

장로라니! 하고 느낄 수 있다는 것이다. 이탄이 그 생각을 하지만 그는 그 자리의 의미를 안다. 인간은 교수나 노동자나 사장이나 부녀자라 하더라도 신 앞에서는 같은 피조물일 뿐이라는 것을 깨닫고 형제애를 나누는, 그 신심을 이해한다는 것이다. 그러니 그는 남 앞에서 기수가 되는 것보다 '버스 차장이 되자'고 표명한 것이 아닐까?

예배당이 있으면 어떻고 예배당이 없으면 어떠하리
한 집 건너 십자가 또 십자가
이렇게 된들 어떠하리
옛 솔로몬이 어디 거처할 곳을 바라겠느냐

(중략)

헌당식 하는 날
마음들도 새로이
얼굴들도 새로이, 샬롬
샬롬, 감사합니다

여기서 강해도 이뤄지고
기도도 또 높아져서
다른 곳에 안가도 늘 믿음일세
목사님은 그저 얼마나 기쁘냐고.
오, 주여
한 식구가 되고 또 한 식구가 되어
땅 끝까지 한 식구로 이어지게 하소.
　　　　　　　　　　　　—「땅 끝까지 한 식구로」 부분

　헌당식 하는 날이 나오는 것 보면 교회를 새롭게 짓는 일을 두고 "예배당이 있으면 어떻고 없으면 어떠하리" 믿음이 있으면 그것이 전부임을 천명하고 있는 셈이다. 집을 지어 헌당식 하니 마음도 새롭고 얼굴도 새롭고 강해도 좋고 기도도 높아져 기쁘다는 탄성을 내고 있는 것이다. 그리고 교우들이 모두 한 식구가 되고 땅 끝까지 하나로 '이어지게 하소'라 간원하고 있다. 끝에 '하소'라 하는 청원이 아주 지밀한 관계에서 편하게 하는 말이다. 교회는 '주님의 집'이라 거주하는 집이며 '안식의 지성소'다. 이탄 시인은 시인이기 전에 한 성실한 신자였고 교회에서 자유와 평안을 얻었던 것이다.

시 「나는 좋다」 마무리

이탄은 시를 쓰는 가운데 '탄炭'이 다 된 것일까? 땅 속에 묻힌 식물질이 열과 압력을 받아 분해 생성된 가연성 광물질 '炭'으로 거듭나듯이 그는 자신의 불행을 딛고 다시 일어선다.

위도 좀 잘라내고
십이지장도 좀 잘라내고
담낭도 좀 잘라내고
겨우, 시늉만 해 놓았단다
그래도 하나님이 고마운 것은
웃을 수도 있고
화낼 수도 있고
책장을 넘길 줄 알기 때문

쓸개 없는 놈이라는 말이 있지만
쓸개도 없는 몸이 되었다
주책 없는 일을 하여도
히히 쓸개가 없어, 나는 좋다

소년시절부터
왼쪽과 오른쪽이 바르지 않다는 것을 알았지만 다시금 느끼는
왼쪽으로 기운 사람과 오른쪽으로 기운 사람이 살아가는 세상이구나

사람들은 짝을 맞추기 위해
데이트도 해보고
부산떠는 일이 아닌지
1주일에 며칠은 방사선 맞는데
쓸개가 없어서 나는 좋겠다

—「나는 좋다」 전문

　이 시의 수술 이야기가 혹 상상이나 환상의 결과물일까, 생각해 보는데 이탄의 경우 지금까지의 시편이 이미지나 상상에 의존하여 가상적 구조를 지닌 사례가 없으므로 일단 리얼리즘의 문맥으로 읽을 수 있지 않을까 한다. 이 시를 두고 박제천은 "그에게 꼭 맞는 시", "중년에 그만 풍을 맞아 어눌한 것"이라 설명하고 있다. 그러나 이 시는 위, 십이지장, 담낭 등을 잘라내는 대수술을 시도한 것으로 설명하고 "1주일에 몇 번씩 방사선을 맞는" 상당히 위중한 병을 앓고 있다고 밝힌다.

　그럼에도 하나님이 고마운 것은 웃을 수 있고 화낼 수 있고 책장을 손으로 넘길 수도 있기 때문이라는 것이다. "또 쓸개가 없어 오히려 좋다"는 해학의 여유까지 보이고 있다. 어떻게 이렇게 자족의 여유를 보일 수 있는 것인가, 육체의 해체라는 위중함을 유년의 놀이에 연상해 놓은 듯한 감을 주고 있다. 그리하여 동화적 상상에 편입해 놓는, 스스로에게 바치는 인생적 헌사를 경의롭게 읽게 한다.

　이탄 시인은 어찌 보면 보통사람의 소박한 생각으로 시를 쓴 것으로 보이지만 목마의 유년, 로맨스 일기, 크리스챤의 하늘빛, 스스로의 몸까지 헌

정하는 위대한 크기와 넓이를 아우르는 폭넓은 시세계를 남겨 놓고 있다. 그는 죽어서도 날개 달린 물고기로 밤하늘을 헤엄쳐 달리고 있는지 모른다.

일관하여 이룩한
저항과 국토정신의 현현顯現

조태일論

일관하여 이룩한 저항과 국토정신의 현현顯現

한 시인의 탄생과 주변

조태일 시인은 처음부터 독재 또는 유신독재 저항과 독재가 이루어지는 범위인 국토를 지켜내기 위한 회복의 정신을 추구한 시인이다. 이를 바꾸어 말하면 민주와 자유를 회복하기 위한 불퇴전의 도전이요 그 현현을 위한 국토정신의 시인이었다. 그는 이를 실천하고자 하는 바가 강렬했고 그 태도에 있어서는 일관성이 있었다.

그에게 영향을 준 스승이 있는데 김광섭(경희대 교수)시인이나 김현승(광주 출신, 숭실대 교수)시인 정도가 아닐까 싶다. 조태일은 학위논문으로 <김현승 시 연구>를 써서 김현승 시의 심층에 파고들었다.

그는 서울지역 신춘문에 시 당선자들이 모여서 낸 동인회(1963년 창간)의 '신춘시' 멤버로 활약하면서 시 토양의 외연을 넓힌 것으로 보인다. '신춘시'는 1960년대 초반 일간지 신춘 당선자들의 경우 발표 지면이 없어 소리 없이 사라져버리는 것이 현실이었으므로 이를 타개하기 위한 방편으로 동인지 지면을 생존 공간으로 삼았다. 그런 가운데 조태일(4집 참여)은 박봉우, 강인섭, 권일송, 김원호, 박열아, 박응석, 박이도, 신명석, 신세훈, 윤삼하 등 창간 멤버와 그 이후 박의상, 이근배, 이탄, 강희근, 이가림, 강인한, 윤주형, 김종철, 박정만 등과의 교류 속에서 얻어낸 힘도 영향을 미쳤을 것이다. 또 스스로 창간한 시 계간지 '시인'(1969)에서 김지하(오적 필화), 김준태, 양성우 등이 등장함으로써 문단과 당시 사회에 폭풍적 사태

유발이라는 점에서 주목을 받았다. '오적사건'으로 그가 아꼈던 '시인'지는 폐간되었다.

그리고 김현승이 광주에서 서울로 자리를 옮겨옴으로써 김현승과 그 주변을 일러 문단에는 '수색파'가 있다는 말이 돌았는데 그 멤버에는 1960년대 주요시인 박봉우, 이성부와 조태일이 있었다. 일단 조태일은 특히 이성부(1962년 현대문학, 1967년 동아일보)와 고교와 대학에서 함께 담론의 울타리를 쳐 나갈 수 있었고 동세대 시인의식의 일치에 상보적 역할을 한 것으로 인정이 되었다.

그러나 무엇보다 시대를 꿰뚫는 문학단체 참여와 그 핵심간부를 통한 강력한 실천운동이 시적 저항에 견인차 역할을 할 수 있었다고 본다. 1974년 자유실천문인협의회 창립을 주도했고(1987년 창립민족문학작가회 참여) 1989년도까지 그 회의 간사로 일했으며 1994년도부터 1998년까지 부회장으로 일했다. 이 긴 동안 그는 참여와 실천과 다짐과 선언적 이행(계엄 해제 촉구)과 투옥 등으로 이어지는 언덕을 만났다.

이 글의 텍스트는 동인지 '新春詩'(1963-1969)와 시집 『國土』, 『산속에서 꽃속에서』(1991)와 인터넷 자료를 선택하여 최소 자료와 단시간 독해라는 효율적 접근을 시도하고자 했다.

첫무대 '신춘시'에 「나의 處女膜」과 「식칼論」 발표

조태일은 신춘문예 출신들이 낸 동인지 '신춘시'에 「나의 處女膜」 1, 2, 3 세 편, 「식칼論」 1-5 다섯 편 등 총 13편을 실어 그만의 시적 행보를 시작했다. 한 가지 소재를 집중해서 연작시로 만든 점은 눈여겨 볼만하다. 염무웅 평론가는 시집 『국토』에서 "처녀막에 이르러 비로소 조태일 씨는 이 시대의 정치적 사회적 현실의 문제를 자기 시의 중심적 주제로 맞아들이고 그 문제와의 싸움에 최대의 문학적 정열을 바치게 되었다.”고 발문을 썼다.

> 오월 내가 누워 있던 잔인한 새벽은
> 침실은 저 가까운 기억의 바다로 가
> 크게 생각하라, 크게 생각하라.
>
> 물마른 가지 위
> 마지막 인정처럼 걸려 있는
> 하루가 지루한 학동들의 상학길에
> 처량하게 처량하게 널려 있는
>
> 나의, 당신의, 상한 처녀막은
> 혁명으로 파열돼서 부끄러워라.
> 부끄러워라, 당신의 병사의, 시인의 처녀막도
> 혁명으로 파열돼서 정말 원통해라.
> 아아, 내 작은 한 줌의 자유여, 민주여
>
> ─「나의 處女膜 1」부분

"나의 당신의 처녀막은 혁명으로 파열되어 부끄러워라 정말 원통하다"고 외친다. 그것은 어린 학생들이 등교하는 시간에 널려 있는 '파열'이므로 더 황당한 것이 아닐 수 없다. 처녀막은 순결을 상징한다. 시인은 여기서 찢긴 처녀막이 '한 줌의 자유와 민주'라고 외친다. 4월 혁명으로 숭고했던 그 민주와 자유가 혁명의 아침으로 물거품이 되었다는 것 아닌가.

조태일의 시는 제목에서 상징적 비유로 쓰인 대신 '혁명으로 파열된'이라는 비유의 직접성으로 그 순수한 자유와 민주가 독재정권으로 짓밟히고 오염되었음을 분개하고 있다.

제군
연전에 파열된
나의 처녀막을 기억이나 하시는지.

하루에도 몇 번씩 강한 열 손가락으로
나의 어린 유년을 열어젖히고
강한 나의 처녀막 근처에 꿇어앉아
산산히 쪼가리난 흔적의 민주를 자유를
감득이나 하시는지.

—「나의 處女膜 2」 부문

피묻은 피묻은 처녀막을 나부끼며
아프고 피비린 냄새를 풍기며
광화문 네거리 한복판에
내가 섰다 내가 섰어.

삼천만 개의 쌍눈을 번뜩이며
삼천만 개의 쌍귀를 세우고
삼천만 개의 가슴을 비벼 불꽃 튀는
불꽃 튀는 단일화된 외침을 가지고
삼천만의 기념비처럼
내가 섰다 내가 섰어.

개판에,
소판에,
말판에,
나의 처녀막은 더 이상 갈갈이 안찢기겠다.

—「나의 處女膜 3」 부분

「나의 處女膜 2」에서는 시간이 좀 흐른 뒤 연전에 파열된 처녀막을 기억하며 어린 유년을 되새기며 조각난 민주와 자유를 환기시키고 있다. 「나의 處女膜 3」에서는 드디어 나는 단일화된 외침으로 광화문 네거리에 기념비처럼 서서 다시는 '안찢기겠다'는 각오를 다진다. 이제는 민중적 대오로 "개판, 소판, 말판"을 걷어치운다는 함성의 깃발을 세우는 것이다. 조태일은 직선적이면서도 서서히 민중적 연대에 참여하게 되는 '온몸의 이행'의 한 단위가 되고 있다.

조태일 시인의 두 번째 연작시『식칼論』5편 역시 <新春詩>에 실렸다. 연작이란 할 말이 많다는 것이다. 조태일 시인은 하고 싶은 말을 작품으로 다 토해내고 있다.

창틈으로 당당히 걸어오는
햇빛으로 달구었어!
가장 타당한 말씀으로 벼리고요.
(중략)

흐르는 피 앞에서는 묵묵하고
숨겨진 영양 앞에서는 날쌔지요
비장하는 데 신경을 안 세워도 돼,
늘 본관의 심장 가까이 있고
늘 제군의 심장 가까이 있되
밝게만 밝게만 번뜩이면 돼요.
그의 적은
육법전서에 대부분 누워 있고……
아니요 아니요
유형 무형의 전부요.

―「식칼論 1」 부분

위 시를 읽으면 햇빛으로 달구고 말씀으로 벼린 식칼은 실제 '식칼'이 아니다. 흐르는 피 앞에서는 묵묵히 침묵하고 대신 영양가가 있는 부분에서는 날쌔게 움직이는 요리사의 식칼인 셈이다. 그런데 식칼은 "본관의 심장 가까이 있고/제군의 심장 가까이 있는" 것이 식칼이다. 본관과 제군은 군대의 지휘자와 병사들이다. 그러므로 시는 민주와 자유를 뺏아간 혁명군을 풍자하고 있다. 하지만 여기서 말하는 식칼은 혁명군 반대쪽에 서 있는 민중의 비유적 표현으로서의 식칼이다. 그 식칼이 쓰여져야 할 대상(적)은 육법전서와 그 이상의 유형 무형에 존재하는 권력이다. 육법전서를 시에서 쓴 시인은 김수영이다. 그러므로 조태일의 시는 김수영의 참여시류에 속한다고 보면 된다.

「식칼論 2」는 부제가 달려 있는데 <허약한 시인의 턱 밑에다가>이다. 시의 주제는 허약한 예술파 시인들의 그 허약한 정신에 들이대는 칼이다.

> 너희의 녹슨 여러 칼을
> 꺾어 버리며 내 단 한 칼은
> 후회함이 없을 앞선 심장 안에서
> 말을 갈고 자르고
> 그것의 땀도 갈고 자르며
> 눈 뜬 눈으로 있다
> 그 날카로움으로 있다.

—「식칼論 2」 부분

유약한 시인들로는 아예 적의 녹슨 칼을 자를 수도 없고 그러니 시대에 무용한 칼이므로 그 녹슨 말이나 땀 덩어리를 화자가 아예 잘라버리겠다고 선언하는 것이다. 조태일 시인은 시대의 위기상황에서 허약한 턱을 지닌 시인들에게 경고를 날리고 있다. 이를 보면 조태일 시인은 염무웅이 말한

대로 역시 강골이고 완강한 정신의 소유자임을 내비치고 있어 보인다. 자기 시가 옆으로 흐른다거나 물러선다거나 하는 것에 비판의 언어를 스스로 찾아내는 일이 격이라고 여기는 동인들은 없었을까. 하긴 동인들의 대세는 선이 굵은 현실이었다는 세평이고 보면 그런 위화감 정도는 너끈히 이겨낼 수 있었을 것으로 여겨진다.

그렇더라도 독자들은 이쯤에서 상상해낼 수 있을 것이다. 조태일 시인의 현실인식이 앞으로 닥쳐올 문단적 거리감이나 진영적 논리가 갈수록 심화될 수 있으리라는 예단豫斷을 할 수가 있는 것이다. 이것은 분명 궁부정 간에 총화적 문단으로서는 비극에 속한다. 염무웅은 조태일이 새로운 미학을 준비하기 바라면서 던진 말을 참고할 수 있을 것이다. "德不孤면 必有隣이라"는 그 말이다.

「식칼論 3」은 부제가 <憲法을 위하여>이다. 아마도 장기집권을 위한 개헌을 막아야 하는 절체절명의 시기였던 것으로 보인다.

> 생각 같아서는 먼눈 썩은 가슴을 도려파 버리겠다마는,
> 당장에 우리나라 국어대사전 속의 '改憲'이란
> 글자까지도 도려파 버리겠다마는
>
> 눈 뜨고 가슴 열리게
> 먼눈 썩은 가슴들 앞에서
> 번뜩임으로 있겠다! 그 고요함으로 있겠다!
> 이 칼빛은 워낙 총명해서 관용스러워서.
>
> 「식칼論 3」 부분

이 작품은 1969년 '新春詩'에 실려 있다. 헌법을 지키겠다는 각오와 도전의 정신은 무서운 시적 결의로 드러나고 있다. 번뜩임으로 있겠다는 것,

고요함으로 있겠다는 것이다. 도저한 역설이요 태풍 전의 '고요'가 지니는 거대한 바윗덩어리 같은 무게로 짓누르는 압박이다! 설악산 계조암 앞 거대한 흔들바위를 연상해 볼 수 있다.

「식칼論 4」, 「식칼論 5」는 보기 드문 수작이다.

내 가슴 속의 어린 어둠 앞에서도
한 번 꼿꼿이 서더니 퍼런 빛을 사방에 쏟으면서
그 어린 어둠을 한 칼에 비집고 나와서
정정당당하게 어디고 누구나 보이게 운다.
자유가 끝나는 저쪽에도 능히 보이게
목소리가 못 닿는 저쪽에도 능히 들리게
한 번 번뜩이고 한 번 울고
번개다! 빨리 여러 번 번뜩이고
천둥이다! 크게 한 번 울고
낮과 밤을 동시에 동등하게 울리고
과거와 현재와 까마득한 미래까지를
단 한 번에 울리고 칼끝이 뛴다.

—「식칼論 4」 부분

칼을 쓰는 칼잡이로서는 폭포수 쏟아지는 나열형 동작과 울음 우는 행위가 극도의 진정성을 보인다. 나와서 울고, 보이게 울고, 들리게 울고, 번뜩이며 운다. 그 나열은 되풀이의 호곡이다. 그 낙차가 예술적 감응에 이른다. 식칼이 이제 춤추 듯하고 식칼의 그 투박함이 검무의 경지로 간다. '식칼 검무'라고나 할까. 김수영 시인의 「폭포」는 그 내리닫이로 떨어지는 물살 같은 시다. 나열이 되풀이 되면서 어떤 미감을 자아내는 시이다. 비교해 보면 유사성이 있다.

「식칼論 5」는 '신동아'에 발표되었는데 "왜 나는 너희를 사랑하지 못하는가"하고 자문하며 그림자가 다른 그림자를 덮듯이 그렇게라도 사랑하지 못하고 칼을 갈고 있는 사이가 되는가 하고 한탄하는 시다. 적으로 대치하는, 칼로 칼을 가는 관계의 청산을 원하는 마음이 된다는 것이니까 상대에 대한 연민의 정을 느끼는 것이다. 그것이 비록 일말의 후회를 머금고 있지만 머금는 것 자체는 변화가 없다. 비극이다. 조태일의 식칼은 여기까지 왔다. 동일 소재로 쓰는 시가 연작인데 연작이 도달할 수 있는 변용과 이미지 확대의 사례가 두터워 보인다.

이런 진경이 조태일의 경우 '新春詩'라는 1960년대식 동인지를 통해 보여준다는 점에서 하나의 기록이 된다.

혼과 육으로 쓴 시인의 국토시

1970년대는 우리 시단에서 순수 서정시라는 오랜 전통을 깨고, 민중의 과감한 목소리를 내기 시작한 시의 혁명기이다. 많은 시인들 가운데 조태일 시인은, 왕성한 시 창작과 실천을 통하여 70년대라는 군부 독재의 칼날을 온몸으로 맞받아 나갔다. 시인의 시적 실천 가운데서도 단연 돋보이는 작품이 「국토」 연작이다.

시집 『國土』에서 「國土序詩」를 붙였다. 이 시를 붙였다는 것은 '국토시'를 쓰고 난 뒤 시집을 내면서 붙인 총체성의 시일 것이다. 그래서 시편이 추상성에 머물고 있다. 그는 윤동주가 연희전문 4년 동안 써서 18편을 남길 수 있겠다는 생각으로 추려놓고 끝에 19번째로 <서시>를 붙였다. 그런데 그 붙인 시가 대표시가 되어버린 사례이니 그의 서시도 그런 성격의 시로 쓴 것일까?

"발바닥이 다 닳아 새 살이 돋도록 우리는
우리의 땅을 밟을 수밖에 없는 일이다."

(중략)

"우리는 우리의 삶을 불지필 일이다.
우리는 우리의 숨결을 보탤 일이다.

일렁이는 피와 다 닳아진 살결과
허연 뼈까지를 통째로 보탤 일이다."

—「國土序詩」 부분

총 5연 중 1연과 5연을 옮겼다. 발바닥이 닳도록 밟아야 할 땅, 삶을 불지피고 숨결을 보탤 일, 그래서 '피와 살결과 뼈까지'를 내놓는다는 비장한 각오의 시다. 윤동주 시집 머리말을 쓴 정지용은 동주를 일러 일제에 살은 내놓고 뼈는 가졌다고 가여워했다. 그러나 국토에 헌정하는 혼과 뼈는 실천에 관한 것이므로 경우가 다르다. 무엇은 가지고 무엇은 내놓는 것이 아니라 무엇이든 헌정일 것이다.

조태일 시인의 시집『國土』에는 연작 번호가 47번까지 나간다. 그러나 다음 시집『산속에서 꽃속에서』를 보면 거기도 연작이 지속되어 80번까지 나가지만 일단 여기서는 47번까지만 들여다볼까 한다.

목청을 돋구어 제 命대로 울지 못하는
저 안타까운 풀잎들이며
성한 팔다리로써 제대로 움직이지 못하는
저 무수한 돌멩이들은

뙤약볕만이 들끓어 타오르는
허허벌판의 불바다에서
그림자를 거느릴 자유마저 잃은 채
자빠지고, 자빠지고, 자빠지고 있다.

두 줄기의 눈물 기둥을 세우며
일어나라, 일어나라 소리치다가
내 목청도 별수 없이 타고 마는가.

「풀잎, 돌멩이　국토 3」 부분

　인용시는 국토에 존재하는 풀잎과 돌멩이에 관한 시다. 그런데 풀잎은 제 명대로 울지 못하고 있고, 돌멩이는 성한 팔다리를 가지고서도 제대로 움직이지 못하고 있다. 그리고 그것들은 뙤약빛 허허벌판 불바다에서 그냥 자빠지고 자빠지고 있다. 상황이다. 상황에서 화자는 눈물 기둥을 세우며 일어나라, 일어나라 소리치지만 내 스스로의 그 목청마저 타버리고 말 것 같은 지경이다. 국토에 존재하는 것들의 상황은 자빠지는 일방적 상황이지만 일어나라 외치는 화자마저 거기 뒤말릴 처지에 놓이는 것이 국토에 미만한 현실인 것이다. 이제 그 속뜻으로 들어가 보자. 민중은 제 명으로 소리치지 못하고 일방으로 당하며 불바다에 빠져 있다. 김수영이 외치던 시 「풀」도 민중적 자유 또는 민주주의의 위기를 말하고자 한 것이라면 조태일도 그런 위기상황을 짚고 있는 것일 터이다. 다만 그 위기상황은 국토라는 단위에서 벌어지고 있고 경계 안에서 만들어지고 있다는 점에 유의할 수 있다.
　「論介孃 ─국토 6」을 보자.

논개양은 내 첫사랑
논개양을 만나러 뛰어들었다.

초겨울 이른 새벽
촉석루 밑 모래밭에다
윗도리, 아랫도리, 내의 다 벗어던지고
내 첫사랑 논개양을 만나러
南江에 뛰어들었다.

논개양은 탈 없이 열렬했다.
내가 입 맞춘 금가락지로 두 손을 엮어
倭將을 부둥켜안은 채
싸움도 끝나지 않고 숨결도 가빴다.

잘한다, 잘한다, 南江이 쪼개지도록 외치며
논개양의 혼속을 헤엄쳐 다니는데,
물고기란 놈이 내 발가벗은 몸을 사알짝 건드렸다.
아마 그만 나가달라는 논개양의 전갈인가부다.
내 초겨울 감기를 걱정했나부다.

첫사랑 논개양을 그렇게 만나고
뛰어나왔다.
논개양을 간신히 만나고 뛰어나왔다.

—「論介孃 ― 국토 6」 전문

시 전문이다. 초겨울 어느 날 시인은 진주 축제에 가서 흐르는 남강에 뛰어 들어가 순국 기생 논개를 만나고자 했다. 임진왜란의 2차 계사년 진주 성전투에서 7만 민관군이 순국하자 진주기생 논개는 남강 의암에 올라가 춤을 추며 왜장을 유인하여 껴안고 물속에 뛰어들었다. 그 순국의 애국적 거사에 대해 유몽인의 '어우야담'에 기록이 전해져 오는데 조태일 시인은 기회를 갖게 되자 논개의 당시 결행처럼 옷을 벗어던진 것으로 보인다. 조태일 다운 호기를 보여준다.

이 장면에서 독자는 시인이 379년 전에 죽은 애국한 여인을 '처녀 논개'로 호출하여 '논개양'으로 부르는 것을 보고 시인의 천진성과 진정성에 감복하게 된다. 시인은 이로써 선배 시인 만해(한용운)나 수주(변영로)나 파성(설창수)의 대열에 섰다. 아니면 더 오랜 세월로 되돌아가 청년 정약용의 '나라 근심'에 합류한 것이다. 초겨울, 강물에 아무나 뛰어들지 않는다. 그는 뛰어들었다. 그는 감기를 생각했을 것이다. 그것을 논개가 걱정해 주는 것으로 시를 썼다. 아무나 그런 시를 쓰지 않는다. 그리고 시인은 논개가 아직도 왜장을 껴안고 있다는 것이다. 역사는 흘러갔지만 시인의 의식은 '역사의식' 속에 있다. '지나감'은 없어진 현재가 아니라 현현되는 현재라는 것이다. 왜장도 있고 망언도 있고 도요토미 히데요시가 있다는 것, 그 의식은 역사를 뛰어넘어 시인의 잠재의식 속에 존재하고 있다.

시인은 고인이 되었지만 시를 통해 논개의 이름 안에 함께 존재하고 있다. 그 자리가 국토이고 그 살아 있음이 국토정신이다. 더 설명하지 않아도 조태일이 왜 국토를 쓰고 「식칼」을 쓰고 「처녀막」을 썼는지 그의 시정신을 다시 한 번 돌아보게 된다.

시인의 작품으로 처녀 논개는 또 한 번 살아나 우리에게 애국심을 주고 있다. 그는 죽어서 기생의 이름을 떼고 이 나라 모든 여인들의 귀감이 되었다. 선조 임금도 처음으로 여인에게 사당祠堂을 허락했다. 기생이라는 한 여인의 행위가 나라를 위한 충정으로 인정된 것이다.

다음 또 의미심장한 시 「흰 뼈로 ―국토 7」이 등장한다.

　　　잠든 금수강산엔 잡초만 자란다.
　　　그 잡초들을 흔들며
　　　움직이지 못하는 바람은

움직이지 못하는 바람만 낳고
빈 목소리는 빈 목소리만 낳는구나
갑순아.

심심한 판에 나아가 밀어 버릴까부다
육자배기나 한 목청 뽑으면서
우리 사이에 가로놓인
그 바람이거나 목소리거나
가령 휴전선 같은 거를
나아가 밀어 버릴가부다.

밀다가 죽으면? 송장으로 밀지.
송장이 썩어 문드러지면?
거 있지 않는가.
빛깔 강한 흰 뼈거나
검은 머리칼로,
갑순아.

—「흰 뼈로 ─국토 7」 전문

금수강산은 우리나라 삼천만의 국토이다. "여기 잡초만 자라니 움직이지 못하는 바람아 비켜라, 빈 목소리여 비켜라, 거레의 노래 육자배기로 밀어버리겠다, 휴전선도 밀어버리겠다, 밀다가 죽으면 송장으로 밀든지 강한 흰 뼈로 밀어버리겠다, 갑순아 알겠느냐. 이 갑돌이의 소원을, 사랑아 알겠느냐."하고 표현한다. 잡초는 국토를 불결하게 만드는 요소이다. 유신적 강압 권력을 밀어버린 다음 종내 국토 회복을 기한다는 주지이다. 조태일 시인의 국량대로라면 갑순이도 민족이고 국토이다. 괄호 밖에 있는 갑돌이도 민족이고 국토이다.

피야, 너는 쏟을수록 붉고
피야, 너는 쏟을수록 아름다우므로
내 너를 무덤까지는
데리고 갈 생각은 없다만,

너를 그냥은 내보이지 않겠다,
머리카락이나 겨우 흔들고
놋대접 속의 숭늉이나 겨우 휘젓는
그런 하잘 것 없는 바람만 불어와도
그냥 휘어지고 꺾이는
우리들 몸뚱아리 속에 흐르는 너지만

너를 그냥은 내놓지 않겠다.

「피 국토 22」 부분

잃어버린 목소리를
어디 가면 만날 수 있을까,
잃어버린 목소리를
어디 가면 되찾을 수 있을까

(중략)

우리들은 늘 만나도 소리를 못내니
참말로 이상한 일이다.

「목소리 국토 23」 부분

「국토 22」(1972)와 「국토 23」(1972)은 숭고한 피는 신성하여 그냥 쉽게 내보이지 않겠다는 표명이고 왜 우리는 만나지만 목소리를 내지 못하는가라는 반성이다. 국토에서 이행해야 할 과제가 산더미 같지만 약한 몸뚱어리의 피를 그냥 내놓을 수 없고, 눈 부릅뜨고 실천의 슬로건을 걸고 살지만 공동체의 의논이 만만하게 집약이 되지 않는 현실 앞에서 자성의 빛을 보인다. 그럴 것이다. 두 편 시는 시인의 행동 또는 민중적 연대가 공동체이므로 공동체가 가지는 민감성이나 구조적 이완의 약점들이 있음을 드러내는 것으로 읽힌다. 시간 앞에서 일어날 수 있는 부정적 기제가 있지 않을까 싶지만 일시적이리라.

그러나 시인은 이때를 나름 추스르고 있다.

    캄캄한 밤중에
    홀로 들판을 지키고 서서
    수많은 별들이 허기진 이빨로
    뜯어먹고 남은 찌꺼기의 그믐달을
    눈썹 위에 걸치고
    모가지에 걸치고
    나는 혈압이 높다.
    나는 혈압이 높다.
    그렇다,
    그렇다,
    목청이 남아도는 새카만 짐승은
    울음 우는 속도가 빠르고
    울음은 뜨거워

    캄캄한 밤은 혈압이 높다.
    한 마리의 짐승은 혈압이 높다.
―「한 마리 짐승 ―국토 26」 전문

「한 마리 짐승」은 국토시로서 스스로의 온도를 자키는 짐승처럼 포효하는 느낌을 준다. '홀로 지키는 들판', '허기진 이빨', '새카만 짐승', '울음의 속도', '캄캄한 밤' 등의 어절이 갖는 어감이 심상치 않다. 곧장 무슨 일이 일어날 듯한 분위기다. 이 감도로 본다면 '선언'이나 '위반'이나 '구속' 같은 불길함마저 엄습하는 것이다. '홀로'가 특히 그러하다. 저항적 시인으로서는 이런 감도를 가지는 특유의 시간대가 있을까? 일테면 여학교 교사를 지낸 사람은 학생의 생리가 시작될 때를 말할 수 없는 불안과 초조의 시간대로 보는 것과 같은 그런 시간대의 진입에 대해 언급해 볼 수는 없을까. 어쨌든 시인은 「국토 22」, 「국토 23」을 통해 '지나가는 느슨함을 한껏 조이는' 시간이 필요하다고 생각했던 것이 아닐까. 다음과 같은 「사투리 ―국토 37」(1974)는 시로서 우수작으로 분류할 수 있을 것이다.

山川에 가득 퍼지던 사투리
그 목소리에 매달리던 세월,
폭풍에 씻겨 잠잠하네.

산천에 가득 놀던 짐승들
그 팔다리에 붙던 힘
먹구름에 덮여 안 보이네.

세월아 사랑 끝낸 세월아
내 마음 떠나 산 넘고 강 건너
돌아가는 세월아.

순이를 할머니 만들어 놓고
돌이를 할아버지 만들어 놓고
사람들 송장 만들어 놓고
낭랑한 목소리 모두 침묵 만들어 놓고

사투리여 사투리여
산천을 비워 놓고

내 마음 떠나 내 울음 크게 울려 놓고
눈을 감는가 귀를 닫는가.

―「사투리 ―국토 37」 전문

시에서 '사투리'는 시인을 붙들어 국토의 시름과 그 정열에 물들게 한 애정의 끈으로 읽을 수 있겠다. 그 사투리가 세월을 먹으며 돌아가려 한다는 것이다. 모두를 파싹 늙은이로 만들어 놓고 채워온 산천을 비워 놓고 떠나려 한다는 것이다. '내 울음'은 어찌하라 하고 귀 막고 눈 감고 떠나려 한다는 것이다. 일견 처연하다. 그에게 사투리는 고향 곡성의 원형 모성일까, 혹 광주의, 망월동의 사투리일까? 그보다 더 근원의 4·19적 스크럼짜기 손바닥일까. 그러나 사투리는 없어지는 것이 아니다. 세월이 갉아 먹는다고 없어지는 것은 아니다. 모래, 별, 바람으로 있고 가을 들녘에 있고 달에 매달려 있고, 씨앗, 못생긴 얼굴에 있고, 겨울에 있고, 그리움에 있다. 이어지는 국토 47에까지 누누이, 갖가지의 이름으로 있다고 강변한다.

필자로서는 그 사투리는 국토가 지니는 음성이요 그 전설이요 그 민요의 일지일까 라고 생각한다.

절대긍정의 세계와 가족사, 광주의 품

조태일 시인은 시집 『국토』(1975) 이후 『과거도』(1983), 『연가』(1985), 『자유가 시인더러』(1987) 다음에 『산속에서 꽃속에서』(1991)를 낸다. 필자는 3권을 건너뛰며 그리고 끝 시집도 잡아보지 못하고 『국토』에서 『산속에서 꽃속에서』로 잇는 축약 도면으로 건물 전체를 가름해 보고 있다.

시의 흐름에는 맥이 있어서 맥박이라는 감을 붙들고 보면 전체는 어렵지 않게 이해할 수 있을 것이다.

　시집『산속에서 꽃속에서』는 시적 대단원의 흐름이 곳곳에 드러나고 있다. 그럼에도 조태일 시인은 국토 연작 49에서 80에 이르는 32편을 담고 있어서 놀랍다. 이것은 속도를 붙여 달리던 자동차가 급정거하는 하는 것이 아닌 한 줄어지는 리듬의 흔적이 여운을 끌고 간다는 것은 상식이다.

누가 누구를 미워하리
어느 것 하나라도 버릴 수 없고
어느 모습 하나도 놓칠 수 없는
절정에서 취해 취해
몸살을 앓는 나는
사랑할 수밖에 없는 노릇이어서

쓰러지고 일어나며
두근거리는 가슴 고이 간직
나 여기까지 와서 비틀거리는구나.

「꽃속에서」 부분

누가 날 부르거든 없다고 말해다오,
地上에 머문 적이 없다고 말해다오.
그러니까 누가 날 부르거든
소리여 소리답게 단호히
없다고 말해다오.

누가 날 부르거든 잠시만 기다리라고 말해다오.
地上으로 오긴 온다고 말해다오.
그러니까 누가 날 부르거든

소리여. 소리답게 단호히
아직 없다고 말해다오.

―「날 부르거든」 부분

「꽃속에서」는 첫 3행이 주제의 대강을 제시한다. "누가 누구를 미워하랴/어느 것 하나라도 버릴 수 없고/어느 모습 하나도 놓칠 수 없는" 것이 꽃이라는 것이다. 미학의 범주는 미학의 구조와 미학의 원리를 넘어설 수 없을 것이다. 그래서 이 몸은 향기로 번져 폭죽으로 나아갈 것이라는, 절대긍정의 세계에 당도한 것이 아닌가 한다.

그리고 지상에서 "날 부르거든 없다고 말해다오." 라고 부탁한다. 아니면 "잠시 기다려 달라."고 부탁한다. 뭔가 급한 일이 무뎌졌거나 해결할 일이 사라졌다는 의미가 된다. 국토의 그 경계 내 소용돌이가 풀어졌을까? 무엇보다 경계의 어떤 시급 사항이 완급으로 조정된 것은 아닐까?「겨울꽃」에서 "겨울꽃이 내 영혼이라면 / 나는 여러분 앞에서 /아낌 없이 부서질 것입니다."는 표명이 보인다.

그러다가「고개에서 배우다」는 시를 쓴다. 부제로 <學峴 변향윤 선생님 회갑에>를 붙였다. 고개에서 쉬어가고자 하는 고개 넘기기의 여유를 보여준다. 템포를 바꾸거나 늘이거나 하여 지금까지 속도에 생명을 걸었던 인생에 쉼표를 인정해 준다는 메시지이다. 비록 진보경제학자의 특정 행사에 관련되는 일이라 하더라도 쉰다거나 뜸들인다는 데에는 그만큼 초급행의 밀어붙이기의 과욕에 제동의 여유를 가지겠다는 지침 같아 보인다.

이어서 들여다보이는 부분은 조태일 시인의 가족사이다. 세 편인데「어머니의 처녀적」,「누이동생」,「다리 밑의 왕자」가 그것이다. 여기서 드러나는 점을 보자.

* 어머니는 일본인이 경영하는 생사공장의 여공이었다.
* 현장 감독의 눈을 피해 번데기로 배를 채웠다.
* 칠남매를 낳아 기르면서도 그대로 여공이었다.
* 십리길 넘는 생사공장까지 누이동생 업고 가 젖을 먹였다.
* 어머니는 공평하게 꽁보리밥을 퍼서 다리밑 거지왕자에게도 건네주었다.
* 퇴근 때는 잊지 않고 다리 밑에 들러 번데기 한 움큼 나눠 주었다.

그의 국토는 생사공장으로부터 다리 밑까지, 꽁보리밥에서 번데기까지의 어머니 국토를 이어받았다. 어머니가 보여준 대로 시인은 시로써 노동과 소외계층을 이웃으로 살았던 셈이다.

그리고 조태일 시인은 1989년에 광주대학 문창과로 귀향하게 되는데, 여러 가지 긍정적인 시적 온몸의 포즈를 보여준 대로 그 닦은 오솔길로 기막히게도 돌아온다. 요즘 종편TV 같은 것이 그때 있었다면 '시인의 귀향'이거나 '회귀하는 국토' 같은 제목을 달고 출연할 수 있었을 것이다. 물론 시인은 거부했을 것이다. 거부하는 장면을 찍어 또 화제가 될지는 모르겠다.

한 삼십년을 서울서 떠돌다가
뿌리를 거의 내리다가
일국의 시인이 되어 교수가 되어서 광주에 왔다.
시를 쓰는 더운 가슴으로
시를 외쳐대는 꼿꼿한 몸으로
광주에 와서 먼저
무등산에 큰절을 올렸다.
망월동에 홀로 찾아가서 큰절을 올렸다.
금남로도 충장로도 유동도 계림동도
그 이름도 반짝이는 광천동에도
큰절을 한없이 한없이 올렸다.

「光州에 와서」 부분

이 큰절은 국토 순회의 시적 여정이 선사하는 귀향 신고가 아닐까 한다. 그러고 보니 조태일이라는 시인의 탐험과 순례는 맞춤형 같은 기승전결이거나 발단, 전개, 절정, 하강, 대단원의 희곡 단계를 거친다고 볼 수 있을 것이다. 단계는 보는 사람에 따라 짚이는 자리가 같지는 않을 것이다.

조태일의 또 다른 면모

조태일 시인이 '新春詩'라는 동인지에 윤동주처럼 맑은 시 한 편을 발표한 바가 있었다. <별 헤는 밤>과 비슷한 서정으로 쓴 「이 가을에」(1966, 신춘시)가 그것이다.

이 가을에 가을 사람들아,
흐르는 물 위에다가나 바람 위에다가나,

성 한 번 쓰고 기침 한 번 하고
이름 첫 자 한 번 쓰고 기침 한 번 하고
이름 끝자 한 번 쓰고 기침 한 번 하고,

우리들 모가지 단풍 물 들거든,
우리들 목소리 단풍 불 붙거든,

곱게 이름 한 번씩 부르자.
이 가을에 가을 사람들아.

—「이 가을에」 전문

흐르는 물 위에다가나 바람위에다가나 내 이름자를 쓴다는 시다. 순정의 언어에 부끄러운 이름자를 언덕 우에다 쓴 윤동주를 생각하게 하는 시다. 김수영의「풀」이 모더니즘류의 시언덕에 "풀이 눕는다"는 비유를 써서 가장 비김수영적인 시로 읽혔던 그「풀」을 생각하게 하는 시다. 이렇게 온유한 색채의 시를 '신춘시'에 발표했다. 비교적 완강하고 호방한 시를 쓰는 시인에게도 이렇듯 낭만적이고 서정이 물씬 흐르는 부드러운 면도 있었다.

국토에 대한 맹목적 사랑이 필연적이고 당위적인 것을 강조하는 조태일 시인의『國土』는 국토와 민족에 대한 헌신적인 사랑과 강렬한 생명 의지가 집약된 시집이라고 볼 수 있다. 이 시집은 민족의 숙명과, 숙명을 주체적으로 살아가는 민중의 끝없는 생명력, 그리고 국토에 대한 한없는 애정을 단호한 목소리로 강조하고 있다. 지배당하고 짓눌리는 민중들이 주체가 되어 현실에 적극적으로 대결해 나가야 한다는 메시지를 보내고 있다. 무엇보다 국토에 대한 애정과 민중들의 의지를 강조하는데 시인은 주력하고 있다.

근원과 사랑과 문화, 그리고 생명

신달자論

근원과 사랑과 문화, 그리고 생명

근원과 사랑과 문화, 그리고 생명

언어의 영역은 말하기, 듣기, 읽기, 쓰기인데 시인들은 이 영역의 기능을 고루 다 갖추고 있을까? 이에 대한 대답은 질문의 방향이나 깊이에 따라서 부정적일 수도 긍정적일 수도 있을 것이다. 영역을 줄이면 입말과 글말이 될 것인데 입말은 청산유수인데 글말은 어눌한 사람이 있다. 입말에 연결되는 분야는 강의, 강연, 웅변 등이 있고 글말에 연결되는 분야는 각종 서정문, 서사문 등이 포함될 것이다.

신달자 시인은 시 창작 밖에서 능력을 발휘한 분야가 있는데 명강사로 인정을 받았고 수필에서 베스트 셀러 작가가 되었다는 것이다. 대체로 두 분야를 겸비한 경우가 드물지만 시인의 경우 말솜씨와 글솜씨를 고루 갖춘 것이다. 물론 두 분야가 서로 소통하면서 상보적인 기능 상승을 기한 경우지만 신달자 시인은 그런 양자적 상승 상태가 시라는 장르에서 출발했다는 점에 유의할 필요가 있다.

대들보와 솟대로 계시는 두 분, 인생의 교과서
—시집 『아버지의 빛』, 『어머니, 그 삐뚤삐뚤한 글씨』

신달자 시인은 인생의 교과서를 들고 시에서 가지는 목소리를 만들고자 한 것이 아닐까? 그 교과서란 자기를 낳아준 아버지와 어머니인 것이다. 철저하게 근원으로부터 출발하고자 한 의도로 보인다.

(1)
아버지를 땅에 묻었다.
하늘이던 아버지가 땅이 되었다

땅은 나의 아버지

하산하는 길에
발이 오그라들었다

신발을 신고 땅을 밟는 일
발톱 저리게 황망하다

자갈에 부딪쳐도 피가 당긴다.

—「아버지의 빛 1」 앞부분

　아버지를 땅에 묻고 오는 길이다. 그래서 아버지가 땅이 되었다. 어찌 아버지를 밟을 수 있겠는가. 발톱 저리게 황망한 일이다. 피가 당기는 땅! 그런데 그 다음 시의 후반은 하늘이던 분이 땅이 되었으나 뼈도 살도 다 녹아 땅 깊이 물로 스미면 속계에 없는 호수, 거기 하늘이 있으리니 아버지는 종내 하늘로 복귀한다. 하늘에서 땅으로 이어 하늘로 복귀하는 아버지이다. 아버지가 빛이니 어찌 땅에만 머물 수 있겠는가. 아버지는 흙에서 태어나 흙으로 돌아갔지만 근원으로서는 빛이므로 신의 모상으로 돌아간 것이리라. 다음 시를 보자.

　우리집 제일 낮은 곳
현관
대들보 하나 서 있습니다.

작별할 것 다 작별하고도
이 세상 측은한 일 하나
남아 있어
가장 어두운 곳 구석
자신의 분신 하나
간절한 염원으로 서 있습니다.

「아버지의 빛 6」 앞부분

　아버지는 죽어서도 집 떠나지 못하고 현관의 대들보 하나로 서서 자신의 분신 하나를 지켜보고 있다. "지친 어깨 오가는 문전에/생전의 깊은 헤아림으로 서서/마지막 기도로 밤을 지새는/오 나의 하느님" 결국은 그에게는 나의 하느님 자리에 기도로 대신하는 불멸의 아버지이다. 시인의 어머니도 땅일까?

대지진이었다
지반이 쩌억 금이 가고
세상이 크게 휘청거렸다
그 순간
하느님은 사람 중에 가장
힘센 한 사람을
저 지하 층 층 아래에서
땅을 받쳐들게 하였다
어머니였다
수억 천 년 어머니의 아들과 딸이
그 땅을 밟고 살고 있다

―「어머니의 땅」 전문

　어머니가 돌아가시는 날은 꼼짝없이 지진이 나는 날이다. 지반에 금이

가고 세상이 휘청거리고 그러나 어머니 한 사람만 지하 층층을 받치고 선 힘센 사람이 되는 것이다. 시인은 발칸반도 참으로 아름다운 크로아티아 나라의 아드리아해 남쪽 해안도시 '두브로 브니크', 거기는 해안 성벽으로 유명하고 올드 타운의 고전적 건물과 성당벽에 걸린 성모상이 유명하다. 그 성모상을 보았을까? 그 지진에도 전쟁에도 다 무너져도 성모상 홀로 남아 도시를 지켰다는 이야기를 접한 것일까. "하느님은 사람 중에 가장 힘센 한 사람을 골라 지하 층층 아래에서 땅을 받쳐 들게 하였다니" 시인은 그 성모님과 자신의 어머니가 마치 동일한 이미지로 살아 있다는 것처럼 말하고 있다.

긴 장대 위의 새 한 마리
너무 오래
한 자리에 앉아 있다
나는 것을 잊어버렸나
날지 못하고 퍼덕이기만 하는
딸
한 번쯤 솟구쳐 나는 것 보시려고
……
아차 그대로 굳어버린 내 어머니

―「솟대」 전문

어머니는 사식이 세내로 나는 것을 보려고 솟대로 굳어져 있다고 말한다. 아버지가 자식을 위해 대들보로 현관에 서 있는 것처럼 어머니도 솟대로 굳게 서 있는 것이다. 어머니의 다리 힘은 지하 층층에서 받쳐 드는 힘으로 서 계신 것이니 아버지의 서 있는 힘에 다를 바가 없다. 교과서는 어떤 쪽으로 읽어도 한결같은 자리 한결같은 힘으로 버티기하고 있다. 자식을 위한 버티기요 희생의 행보이다. 그 행보는 삶의 한계를 넘고 죽음까지도 넘어 우주적 운행을 지속하고 있는 것이다. 어머니는 죽어서 땅이고 아버지는 죽어서 같은 땅이지만 그 궤적은 다 하늘에 닿는 것이리라. 피에타를 보라! 거룩한 성모님이 구제주 아들을 품에 안고 있는 조각품을! 조각은 예술이지만 예술은 생명이다.

암자, 모텔, 열애 넘나들기 —시집 『열애』

시인은 교과서를 접으면 사회로 들어가 사회의 일원이 된다. 만나는 것은 자기가 책임지는 관리대상의 시공이다.

어둠 깊어 가는 수서역 부근에는
트럭 한 대분의 하루 노동을 벗기 위해
포장마차에 몸을 싣는 사람들이 있습니다
주인과 손님이 함께
야간 여행을 떠납니다
밤에서 밤까지 주황색 마차는
잡다한 번뇌를 싣고 내리고
구슬픈 노래를 잔마다 채우고
빗된 농담도 잔으로 나누기도 합니다
속 풀이 국물이 짜글짜글 냄비에서 끓고 있습니다
거리의 어둠이 짙을수록
진탕으로 울화가 짙은 사내들이
해고된 직장을 마시고 단칸방의 갈증을 마십니다

(중략)

마음도 다리도 휘청거리는 밤거리에서

조금씩 비워지는
잘 익은 감빛 포장마차는 한 채의 묵묵한 암자입니다

(후략)

―「저 거리의 암자」 부분

왜 시인은 포장마차를 암자라 했을까? 손님이나 주인 모두 하룻밤 수행하는 장소, 속을 쓸어내리는 공간이므로 암자라 한 것이다. 잡다한 하루 일과를 끝낸 뒤의 지치고 지친 몸을 술잔으로 추스르는 것이 현대인이 하루를 사는 통과의례라 한다면 스님이 암자에서 번뇌를 끊어버리는 통과의례를 수행하는 장소이니 암자일 수 있겠다. 시인은 하루의 포장마차를 거두면서 금강경 한 페이지가 넘어가고 있다고 표현한다. 붓다와 제자와의 대화록이 마감된다는 것일 터이다.

시속時俗에서 만나는 것 중에 모텔이 등장한다. 「나 모텔에 들었다」이다.

나 모텔에 들었다
강진읍 남성리 금수장 모텔

영랑축제에 가느라 다섯 시간 버스를 타고 내리니 옆의 선생님이 급하게
피곤하다며 쉬고 싶다는 것
강진 시인들이 급하게 나까지 묶어 엉겁결에 모텔 들다
니도 좀 자라
선생님은 곧바로 잠에 들고
나는 거울 달린 둥근 침대 끝에 어정쩡 누워
왠지 몸이 근질근질

나 모텔에 들었다
비밀스럽게 숨어들면 몸 구석구석에 화끈거리는

여름 나팔꽃이 온몸을 열며 피어날 것 같은 모텔
모처럼 나들이 겸 온 강진의 화사한 대낮
선생님과 모텔 침대에 누워
좀 이상하게 나는 쉬고 있어
목덜미를 거쳐 발끝을 스치는 파리 한 마리 잡으며 헛손질을 하고 있어

영랑 생가 뜰에는 살 뜨겁게 모란이 허공을 밀어내며 피어나고 있을 때
봄 햇살이 머리끝을 확 잡아당기는 대낮
그렇게 막 봄 신명이
강진읍을 들썩거리고 있을 때.

—「나 모텔에 들었다」 전문

시로써는 쉽게 읽힌다. 그 가운데서도 첫째 연이 눈길에 머문다. "강진읍 남성리 금수장 모텔"이 그것이다. '남성, 금수장, 모텔'이 풍자적이다. 화자가 여성이므로 남성, 금수장'에 이어지는 상황이 전체 시의 흐름을 남녀 이성적이라는 이미지로 흐르게 한다. 그런데 이 시의 구도는 고려가요 '쌍화점'을 떠올리게 하지만 상황이나 주제는 전혀 다른 것이다. '쌍화점'은 고려 충렬왕 때 궁중 가극으로 추정되는 노래이고 무대는 네 개가 나온다. '강진읍 남성리 금수장'에 대응되는 고려시대 무대가 떠오른다는 이야기이다. 오늘의 '모텔'에 어울리는 고려때의 현장은 쌍화점(만두집), 삼장사 절간, 각종 주점, 우물 등이다.

시에서 심기를 유혹하는 것들은 "여름 나팔꽃이 온몸을 열며 피어나는 것", "강진의 화사한 대낮", "영랑 생가 뜰 살 뜨겁게 모란이 피어나고 있는 것", "봄 햇살이 머리끝을 확 잡아당기는 대낮" 등이다. 여기에 상대적으로 신명의 불을 끄고 있는 배역은 동행한 '선생님'이다. 그 곁에 있어도 그만 없어도 그만인 배역 하나는 "목덜미를 거쳐 발끝을 스치는 파리 한 마리"이다.

그리하여 시인의 모텔은 그 이름만으로도 풍자요 하냥 기다림의 봄이
다. 봄 다음엔 「열애」가 다가온다.

손을 베었다
붉은 피가 오래 참았다는 듯
세상의 푸른 동맥 속으로 뚝뚝 흘러내렸다
잘되었다
며칠 그 상처와 놀겠다
일회용 밴드를 묶다 다시 풀고 상처를 혀로 쓰다듬고
딱지를 떼어 다시 덧나게 하고
군것질하듯 야금야금 상처를 화나게 하겠다
그래 그렇게 사랑하면 열흘은 거뜬히 지나가겠다
피 흘리는 사랑도 며칠은 잘 나가겠다
내 몸에 그런 흉터 많아
상처 가지고 노는 일로 늙어 버려

—「열애」 부분

열애는 서로 스미듯 스며들 듯 사랑하는 것만 두고 말하는 것이 아니다.
손을 베이고 피 흐르고 상처 덧나고 혀로 그 상처를 덧나게 하여 그렇게 사
랑은 연장이 되는 것이다. 장애물 없이 잘나가는 것만 사랑이 아닐 것이다.
상처로 얼룩이 지고 덧나고 물리고 피 더 흐르고 그러는 동안이 질긴 감정
의 늪을 파고 메우고 수선하는 등, 연일 사랑이 없으면서 이행되는 것을 화
자는 질긴 사랑으로 인정하고 있다. 시인의 이런 사랑의 인식은 어디서 오
는 것일까? 어차피 인간은 매일 매일 죄 중에 살고 그 부분에 대한 반성과
다시 돌아옴의 과정을 겪는 것이야 말로 미로를 멀리 걷어내는 확실한 작
업일 수 있다는 인식이 아닐까. 이를 시인들은 육성의 호곡이거나 생명 밑
바닥을 통과하는 실천적 세계로 설명하기도 한다. 혹 시인 중에 '생명파'로

불리워지는 사람들은 이런 가치와 정신에 깊이 경도되어 있다고 볼 수 있다. 다시 신 시인의 「열애」 대목을 지나가 보자.

"오늘밤 그 통증과 엎치락 뒤치락 뒹굴겠다/연인 몫을 하겠다/입술 꼭꼭 물어뜯어/내 사랑의 입 툭 터지고 허물어져"와 같이 철저히 상처 수용의 마조키즘으로 육신을 다 개방하는 데까지 이르러 있다. 기다리던 봄이 이제 얌전한 봄이 아니라 열병이다.

시집 '열애' 속에서 암자와 모텔, 열애는 이미지 추적 가운데 경계에 서거나 그 너머로 넘나들기를 하고 있다. 이렇게 비평은 시인을 때로 붙들다가 때로 놓아 주어야 한다.

예술혼, 부적, 농심 이야기 —시집 『종이』

종이는 입말이 글말로 바뀌는 현장이고 읽기와 쓰기의 현장이다. 종이가 사라진다는 예감을 놓고 시인은 그 현장의 의미를 짚어보고 있다. 서두에서 언급한 대로 신달자 시인처럼 종이, 또는 그 예감에 민감한 시인도 드물 것이다.

내장된 극세공의 예술혼이
저 종이의 밑바닥에서
들썩거린다

천 개의 입을 다문 침묵의
말을 길어 올리는
눈부신 작업
사람이 신에게서 받은
불변의 상속

종이의 심장에 사람의 심장이
닿는 순간

어지러운 인간의 허물도
사람의 정신으로 벌떡 일어서게 한다.

—「예술혼」부분

신달자 시인은 종이의 심장에 사람의 심장이 닿고 그 순간 허물도 사람의 정신으로 일어서게 한다고 가리킨다. 종이는 천 개의 입을 다문 침묵의 바닥이고 거기서 시인은 침묵의 내장된 말을 길어 올린다는 것이다. 그것은 눈부신 일이고 사람이 신에게서 받은 불변의 상속이라는 점을 환기시켜 준다. 그만큼 종이가 이루는 현실이 시인의 현실이라는 점, 그 등가성을 강조하고 있다. 그런 종이의 현장성은 예술혼을 이끌어내는 것이기에 시인이 종이의 중요도를 깊이 인식하지 않을 수 없다는 것일 터이다.

시인은 오늘 디지털 인터넷 시대를 사는 시인이므로 가상공간의 내장과 읽기 텍스트를 염두에 두지 않을 수가 없을 것이다. 그래서 시인은 사전에 종이의 순수성, 고유성을 지키기 위해 액땜 기능의 부적을 거론하고 있다.

애야
인터넷에 들어가려면
부적처럼 종이 한 장
들고 가거라
유혹이 번창하는
홍등가를 지나가든
게놈의 유전자에
발목이 잡히거든
봇물처럼 쏟아지는

전자파에 눈이 멀거든
괴물, 수렁, 거친 바람을
만나거든
칼칼하게 일어서는
종이의 목소리에 귀 기울여라

―「부적」 부분

인터넷에 들어가면 온갖 종이에 반하는 사이버 환경이 종이가 갖는 정신을 훼손하고 있을 것이다. 그러니까 종이의 목소리에 귀를 기울이라고 지적한다. 그 목소리를 지켜주는 것이 부적이라면 부적 개념으로 종이를 소지하고 인터넷을 하라는 권고이다. 부적符籍은 악귀를 쫓고 복을 가져다주는 글씨, 그림, 기호 등을 그린 종이를 말한다. 문명의 악귀를 쫓기 위해 과거의 점술에 이어지는 부적을 소지하라는 아이러니이다. 종이 훼손의 현실이 그만큼 급박한 것이다.

그런 심정으로 신 시인은 "손과 손을 잡고 너를 지키랴/강강술래를 노래하며/너를 위로하랴/정신의 탑이여" 탑이 무너지는 것은 종이의 정신이 무너지는 것이다. 손과 손을 잡고라도 강강술래 노래를 해서라도 종이의 위기에 대해 대응하겠다 (「도서관」)는 것 아닌가.

그리하여 이제 「농심」의 마음에서 호미로 삽으로 쟁기로 종이에다 순은의 언어를 개간하겠다고 나선다.

종이…… 손쉽게 잡지 마라

들어서면 무한 박토
생을 다 주어 경작해도
한 뼘도 다 갈지 못하는

(중략)

마음으로 갈아 봐!
상처를 꽃으로 부르는
모순 어법
그 허공 계단을 오르고 오르고
다시 오르고 올라도 닿지 못해
그래
산 눈동자를 빼어
불을 켜 봐.

—「농심農心」 부분

농군의 농심으로 박토를 경작하는, 생을 다하고도 한 뼘도 갈아내지 못하는 무잡한 땅이 종이라는 곳이다. 거기는 모순어법이 있고 오르고 오르고 또 오르는 도립된 시지프스의 길이다. 닿지 못하는 종이의 본질, 종이의 소리에 이문이 없이도 농사를 지을 수밖에 없는 펜을 든 선비가 시인이다. 이문이 나지 않고 목표지점도 다가와 기다리지 않고 생을 다해도 생이 경작되지도 않는 부조리다. 그래도 입말에서 글말로, 읽기에서 쓰기로 분주히 넘나드는 시인이다.

전통, 북촌 누리기 —시집 『북촌』

"북촌에서의 짧은 시간은 내게 새로운 경험과 경이를 가져다 주었고, 내가 사는 서울의 한 부분을 내 인생에, 내 삶에 전이시키는 일은 기쁨이었습니다. 서울에 살면서도 알지 못했던 북촌의 이야기가 너무 많았던 것입니다. 역사에서, 소담한 전통에서 그 무엇 하나 나를 사로잡지 않는 것이 없었습니다."(시인의 <머리말>)

신달자 시인은 거창-부산-서울로 이어지는 삶의 공간을 거쳐왔다. 그는 북촌으로 이사 온 첫 밤에 새 노트를 펴고 '북촌'이라 쓰고 시집의 출발점으로 삼았다.

주소 하나 다는 데 큰 벽이 필요 없다

지팡이 하나 세우는 데 큰 뜰이 필요 없다

마음 하나 세우는 데야 큰 방이 왜 필요한가

언 밥 한 그릇 녹이는 사이

쌀 한 톨만 한 하루가 지나간다

―「서늘함」 전문

시인이 이사해 온 북촌집을 시인은 머리말에서 "그것도 겨우 다리 펴고 누울 방이 있는 열평의 작은 집"이라 하고 있다. 그래서 시인은 '큰 벽', '큰 뜰', '큰 방'이 아니라고 말한다. 집이 작으니 하루도 '쌀 한 톨 만하다'고 한다. 밥상도 걸판스레 차릴 필요가 없다. 언 밥 한 그릇으로 족한 것이니 북촌 집은 크기와 넓이와는 무관한 주택인 것이 분명하다. 그런데도 그 북촌에 정이 들고 있다.

열 평만 내 것인 줄 알았는데
북촌이 다 내 것이다

계동 원서동 가회동 삼청동
정독도서관 헌법재판소가 감사원이

국립미술관이 삼청공원이 창덕궁이 민속박물관이
여기저기 걷다 보면 물어보나마나 다 내 것이다

전통과 문화는 서로 스며 흐른다
찔린 아픔을 시간으로 동여매고 회복되는 거리
전통이 업어 주고 문화가 등을 다독거릴 때
골목길들이 눈을 감았다 떴다 하며 넓어지는 길

오늘
골목골목이 소곤거리고 계단마다 반짝거리는 햇살
골목을 오가는 외국인들이
내 앵두만 한 집 앞에서 사진을 찍는다

북촌이 다 너희 것이다

—「내 동네 북촌」 전문

　　북촌의 집이 비록 열 평 남짓하지만 북촌 전체가 내 것이라는 점이다. 동만 하더라도 계동 원서동 가회동 삼청동이 다 그 영역이다. 거기다 헌법재판소 삼청공원 창덕궁 민속박물관이 다 북촌에 귀속된다. 이곳은 전통이 시간으로 흐르고 문화가 형식으로 흐른다. 그 어떤 건물이건 골목이건 하나의 도랑처럼 줄줄 소리 죽여 햇빛으로 흐른다. 예전의 한양이나 경성을 기억하는 사람들은 그 시절 방언으로 오늘의 북촌을 펼치는 것이다. 시인은 정서적으로 사는 것이니 누구보다 자기집 등기와 무관하게 자기 소유의 서울 풍경이요 풍경 속의 자기 족보인 것이다.

잠 안 오는 밤
더러는 인기척 없는 새벽 어스름 때
대문 밀고 나가면 바로 있는

유심사 터
우국 인사들의 사랑방이었던 역사적인 집
지금은 게스트하우스가 된 대문 앞에서
만해 한용운을 부른다
대문 앞에 3·1운동의 주역이란 팻말을 한번 쓰다듬고
유심 잡지를 만들던 터라는 그 '유심'이란 글자를 다시 쓰다듬고
선생님! 하고 몇 번 불러본다
승려도 남자 아닌가
아니 그분은 님의 침묵을 쓰신 시인 아닌가
흰 두루마기 옷고름을 매면서 대문을 여신다
손에는 먹물이 묻어 있고 한 손에는 붓을 들고
눈은 너무 깊어 한 열흘 잠을 쫓은 모습이다
그거 다 두고 바람이나 쐬자고 하니
그거 다 두고 나가자고 하시네

—「유심사 터」 전반부

유심사는 한용운 스님이 1918년 월간지 '유심'을 창간하고 3호까지 발행한 곳으로 스님의 거처로 삼았던 곳이다. 시인이 대문 열고 나가면 바로 코앞에 있는 집, 우국 인사들의 사랑방, 지금은 게스트하우스가 된 집이다. '선생님'하고 부른다. 남자는 흰 두루마기 옷고름을 매고 대문을 나서신다. 시인은 그 남자에게 붓을 놓고 바람이나 쐬자고 해본다. 그래 남자는 다 두고 나가자고 하신다. 무슨 이런 횡재일까? 님의 침묵의 그 침묵의 행보로 데이트가 이루어진다. 북촌은 100년을 사이에 두고 전통이 흘러 현재에 닿고 있다. 스님은 저 설악의 깊은 암자에서, 블라디보스톡 세계여행 길목에서, 기미년의 민족의 깃발로서 이어 여기 계동 유심의 책갈피까지 순례를 거듭한 남자! 대문 열면 그 역사라니! 그 올곧음이라니! 시인은 어쨌든 서

늘하다, 라고 북촌 입주의 일성을 소리낸 것처럼 나날이 경이의 지속이다. 누리기이다.

시간에 허기지다, 늙은 밭, 그리고 지하철 책 한 권 ―시집『간절함』

신달자 시인은 이제「시간에 허기지다」고 노래한다. 노을길 사회인데 허기지는 것일까?

흰 구름을 품에 안은

파아란 하늘을 쪼우듯

재빠르게 날아가는 새 한 마리 본다

이 우주

이 시간

몸에 새겨지다.

―「시간에 허기지다」 전문

마음이 바쁜 새 한 마리 하늘을 쪼우듯 빠르게 날아가고 있다. 이 우주를, 전 시간대를, 몸에 새기며 날아가고 있다. 일회성의 생애를 풀어놓고 있는 것이다. 시인의 화자는 그리하여 스스로의 밭을 <늙은 밭>이라 한다.

늙은 밭에도 잡풀은 자란다
절반은 자갈이 들어박혀 수명 다해 가는 거친 밭에도
돌 사이를 비집고 잡풀이 자란다

이렇게 천둥이 치고 치는 밤
늙은 여자의 밭에도 이름 없는 바다의 해일이 쳐들어와
아무짝에도 소용없는 잡풀이 온몸을 덮어
회초리로 쳐도 죽지 않는 잡풀이 살 속을 흔들어
다만 누워 고요라도 암벽 타듯 끌어안으라 한다

어쩌다가 눈에 익은 배롱나무 한 그루
무슨 인연으로 천둥 낙뢰를 혼자 맞으며
방에서 새어 나간 마음 한줄기
밤새 누가 울었는지 소나기 없었던 마당이 젖어 있다

―「늙은 밭」에서

늙은 밭에 잡풀이 자라고 수명 다해 가는 밭인데도 자갈돌을 비집고 잡풀 무성하다. 그러나 아무짝에도 쓸모없는 잡풀이 해일이 쳐들어오듯 와서 살 속을 흔들어 고요라도 끌어안으라 한다는 것이다. 배롱나무는 무덤 곁이거나 사당 근처에 심는데 천둥 낙뢰를 한밤에 대신하여 맞으며 신열을 앓고 있다. 그런데 누가 우는가? 늙은 밭인가?, 배롱나무인가? 고요인가? 죽음이 거의 곁에 오고 누군가 이리떼처럼 울고 바스라지 듯이 울음을 운다. 늙은 밭이 가지는 잡풀이라도 키워내는 생명력, 그것이 울음의 주체인가?

신달자 시인의 시에서 이 「늙은 밭」은 모호한 이미지를 섞어놓고 있지만 그것으로 타오르는 생명의 불꽃 현주소이다. 묵정밭이 아니다. 이렇게 신달자 시인은 노을 황혼으로 달관이다. 「지하철 책 한 권」이 이를 실증해 준다.

어느 칸이라도 자유다. 어느 칸이라도 무료다. 어느 칸이라도 내 의자가 있다. 나는 어디에서 내려도 상관없다. 나는 어느 역에 타더라도 책을 읽는다. 지하철은 독서실이다. 어둠과 햇살이 뒤섞인 청춘과 노인이 뒤섞인 이 독서실은 백색소리 속으로 빠져드는 책의 요람이다. 독서는 늘 절정에 도달

한다. 안방 내 책상에서보다 더더욱 집중력이 최대치에 달한다. 나는 책속
에서 나오지 못하고 책 속에서 생을 살다가 두루두루 살다가 내가 내려야
하는 역에서 책 밖으로 나온다.
　책에서 나왔는데도 나는 계단을 올라도 책 속이고 길 위에 나와 햇살을 걸
어도 책 속이다. 내가 책이 되어 있는 시간을 잘 접어 핸드백 속에 넣고 강의
를 위한 강단 위에 오른다.
　책들이 내 앞에 주욱 앉아있다.

—「지하철 책 한 권」 전문

　시인은 지하철 속에서도 자유자재 책읽기에 삼매경이다. 최대치의 집중력
을 쏟는다. 시인과 책이 하나이고 같은 시간대를 살고 있다. 생이 장소를 불
문하고 책과의 일체감으로 흐른다. 그런데 마지막 행을 눈여겨보자. "나와 책
의 동일 시간대를 접어 핸드백 속에 넣고 강단에 서면 책들이 그 연단 아래
주욱 앉아있다"는 것이다. 표현만 보아도 장관이다. 글말(책)이 입말(강연)을
위해 연단 아래에서 대기하고 있는 것, 그것이 어찌 장관이 아니겠는가.
　신달자 시인은 입말과 글말이 일체로 가는 화술의 경영자이고 국어의 읽
기와 쓰기가 동일체로 함께 실현되는 네 가지 영역 경영자이다. 그런데도
그는 시간에 허기지고 있다. 시간 욕심이 많고 말을 부려 쓰는 일에 갈증이
유다른 시인으로 읽힌다. 그의 일생은 책이 일상이고 일상이 책인 전면 텍
스트라는 점이 이를 말해주고 있다.

강희근 시의 경계넘기와 포괄의 시

강희근論

강희근 시의 경계넘기와 포괄의 시

초기시의 양상과 그 변증법

강희근 시인의 등단작은 「산에 가서」이다. 이 시는 신춘문예 당선작으로 이전에 없었던 순수 서정시의 당선이라는 기록을 가지고 있다. 이전의 당선작들은 대개가 휴전선이나 전쟁이나 시대적인 고뇌의 산물이라는 점이 강조된 것들이다. 그런데 「산에 가서」는 꽈리 같은 자연성, 망개 넌출이 있고 소나무가 있고 초가마을이 있다. 그냥 평화다. 시가 시일뿐이지 시로서 무엇을 말하고 있지 않은 점이 주목된다.

나이 스물을 넘어 내 오른 산길은
내 키에 몇 자는 넉넉히도 더 자란
솔숲에 나 있었다

어느 해 여름이던가,
소고삐 쥔 손의 땀만큼 씹어낸 망개열매
신물이
이 길가 산풀에 취한 내 어린 미소의 보조개에
괴어서,

해 기운 오후에
이미 하늘 구름에 가 영 안 오는 마음의 한 술잔에
가득 가득 넘친 때 있었나니

내려다보아,
매가 도는 허공의 길 멀리에
때 알아, 배먹은 새댁의 앞치마 두르듯
연기가 산빛 응달 가장자리에 초가를 덮을 때

또 내려가곤 했던 그 산길은
내 키에 몇 자는 넉넉히도 더 자란 솔숲에
나 있었다

―「산에 가서」 전문

한자어가 '산', '허공'이 있을 뿐 전체가 순국어(배달말)이다. 소먹이로 간 유년시절이 소재가 된, 그냥 소년이 갖는 꿈이 드리워져 순서정이 있을 뿐 그 지향이 관념으로 굳어진 시가 아니다. 비유가 그 상황 자연의 소도구들에서 이루어진 것이라서 자연이고 그 자체고 사물이다. 김춘수는 경북대 교수 시절 이 시를 칠판에 판서하고 국문과 학생들에게 시간을 준 다음 한 사람씩 평을 하라고 시켰다. 그런 다음 김 교수는 "이 시는 무엇보다도 이념의 찌꺼기가 없어서 좋아요."(손진은, 강희근의 '그 섬을 주고 싶다' 해설)라고 언급했다. 아마도 이 시기 김춘수는 '꽃'의 이미지를 지나 무의미로 트레이닝 들어간 시점이 아닐까 싶다.

강희근은 이 시와 비슷한 서정시류를 첫 시집 『연기 및 일기』에 「성벽에 어리다」, 「눈썹 소묘」, 「꽃물」 등을 싣고 그 다음 시집 『풍경보』에도 일무 싣는다. 첫 시기 시이지만 퇴고를 하여 『풍경보』에 실린 「자화상」을 읽은 김주연 평론가는 "죄다 나들이 간 뒤/여름꽃 한 길 다듬은 꽃밭을 돌아/사 칸 세느리 기왓집 문지방을 드는 일에--"로 시작되는 「자화상」이라는 작품을 무심코 한 예로 들어본다면, 이 시는 기막히게도 그러니까 후기의 미당을 연상하게 한다. 죄다, 나들이, 사칸, 세느리, 문지방 등 지극히 토속

적인 어휘의 구사들도 물론이지만 그 가운데서도 "문지방을 드는 일에'와
같은 조사법措辭法은 놀랍도록 흡사하다."고 감탄해 마지않았다.

　첫 시집 '연기 및 일기'에서 또 다른 축은 모더니즘, 내지 의식의 흐름 기
법을 활용하고 있다는 점이었다. 그에게서 이 기법은 어디서 나온 것일까?
근본적인 질문을 요하는 것이다. 다음과 같은 1965년 2월 2일자 서울신문
에 실린 전봉건의 글 <자의식과 정주류>는 강희근을 위해서는 중요한 자
료일 것이다. 이 글은 1965년 신춘문예 당선작 즉 동아(김광협), 경향(김종
해), 서울(강희근) 3개지 당선작에 대해 비평한 글이었다. 김광협의 <강설
기>와 김종해의 <내란>은 '자의식'의 계열이고 강희근의 「산에 가서」는
'정주류廷杜流'라는 것이었다. '정주류'를 인용해 본다,

> "「산에 가서」가 작품으로서는 당선작 세 편 중에서 가장 흠이 없다. 이 작
> 품을 대하면서 두 가지 일이 연상되었다. 한 가지 일은 서정주이고 한 가지
> 일은 박태진이 그의 시작 노트에서 한 이러한 얘기다. '남이 하고 해놓은 안
> 에서 말하자면 남의 가능성 안에서 나의 시를 생각하지 않았다.' 특히 이 말
> 은 신인이 명심해야 할 만한 것이라고 생각한다. 하기는 모른다 이 신인이
> 앞으로 크면서 그의 선배가 다다르지 못한 데까지 갈 수 있어서 그 세계를
> 더 넓히고 또한 깊이 할 수 있는 것이면 얘기는 달라질 수 있다."

　이 신춘 당선작 비평글이 강희근에게는 어떻게 이해되었을까? 그 결론
을 추측하기 전에 그로부터 1년 뒤에 그가 공보부 신인예술상(당시 이 제
도는 2, 3년 이래 신춘시 당선자와 현대문학 추천 신인들의 리턴 매치라는
성격을 지님) 시 부문에 「演技 및 日記」로 응모하여 시 부문수석상을 받고
나아가 이 작품이 전 장르 통합 '특상'을 받은 것이다. 작품은 다음과 같다.

1.
부드런 내의 속에, 꿰맨 내의의
벌룸한 구멍 속에,
갖다 놓을 기쁨의, 내 힘대로의 기쁨의
내음새.

풀어놓은 물감에 떠밀린 발치의 소리
소리의 서너겹 언저리
스콜이라도 남국의,
일년수 겨드랑이에 부딪는 스콜의
촉수.

2.
살아내는 나날의 자미滋味.
수초 잠긴 바다의
물 유리에 비치인 내 헤푼
시력 안,
엉뎅인 굽이로 들앉아 아물댄다
찔리는 눈까풀의 자미滋味 질근질근한
자미滋味여

―「연기 및 일기」 전 6절 중 앞 2절

이 시는 「산에 가서」와 극과 극이다. 「산에 가서」가 서정이요 전통이라면 이 시는 의식의 흐름이요, 무신 신상의 이미지요 진보적이나. 탈의미, 탈관념의 비약이 춤추는 시원한 흐름이다. 강희근은 왜 이리 바뀔 수가 있을까? 그가 전봉건의 '정주류' 발언을 두고 스스로의 힘자랑을 해보인 것으로 읽힌다. 나는 그 세계를 넘볼 수 없는 정주류를 섭렵하고 이렇게 비정주류 과녁에도 화살을 명중시키는 자유자재의 신인임을 드러내 보인 것이 아닐까 여겨진다. 「연기 및 일기」를 심사한 김현승 시인은 1년 안팎으로 서정과 내면을 넘나드는 강희근 시인을 보고 '탁월한 신인이다.'라고 추켜올렸다고 한다. 이를 증언해준 시인은 김상옥(시조부 심사) 시인이었다고 한다.

강희근 시인은 이후 「모래」, 「별」, 「그림자」, 「안개」 등 슈르한 무의식을 상당기간 길어 올리고 있었다. "긴 강이 내의를 들고 간다/이 행동/내 나라의 여름이 들끓고/기다리고 사라져 가고/조금씩 빠지는 살이 탄탄하게/여문다 기러기의 배 뒤집으며/철근의 긴 건축의/도보" 약간의 유사 이미지에 의지한 흐름의 숨 가쁜 진행이 이어진다. 그럴수록 리듬이 살아나고 리듬을 의식하게 되면 상상의 골을 나드는 바람 같은 것, 햇볕 같은 것을 가벼이 옷 입히는 작업을 수행한다.

시집 『연기 및 일기』가 젊은 시인들의 한 패턴으로 유형화되는 경향이 생기게 되는데 제목에서 'ㅇㅇ 및 ㅇㅇ'이 뒤따르고 짤막짤막 튀는 비약의 언어행렬을 보게 되었다. 이쯤에서 강희근시인은 약간씩 고민이 생기게 되었다. 서정을 한쪽으로 무작정 미루어 둘 수도 없고 그렇다고 체질화되지 않은 모더니즘적 기법을 작품의 얼굴로 내세울 수도 없는 것이었다. 여기서 나온 것이 중도 통합으로 가야 한다는 것이었다. '정-반-합'의 그 '합'에 이르는 길이었다.

시집 『풍경보』가 그 답이다. 이 시기 『풍경보』 시집 속의 시편들이 평론가 김주연에 의해 발견이 되었고 강 시인은 '풍경단시류'를 선호하기에 이르렀다. 그 대표시가 「촉석루」다.

그 밑에 밤 안개를 치고 있다

왜倭바람의
그 왼짝 발, 도포자락으로말아

쥐고 있다

飛鳳이여
그대의 우르르 우르르
한 뙈기 수염이 몰려오고

몰려오는 한 뙈기
수염,
그 밑에 밤 안개를 치고 있다

선조 이후다

—「촉석루」 전문

　이 시는 서정시에서 드러난 느린 화술이 사라지고 의식의 난장 같은 비약과 건너뛰기 같은 재기의 발랄함이 조금은 둔해졌다. 풍경을 이루는 사물들이 구조를 이룬다. 진주 시내가 한 눈에 들어오는 구도에 시가 놓였다. 이 시는 남강을 허리로 두르는 진주성 촉석루(남장대)와 주산인 비봉산(비봉)이 팽팽한 거리를 유지하는 가운데 벌어지는 일, 상상의 사건이 스케치되고 있다. 비봉산은 진주 북쪽이고 촉석루는 진주의 중심부인데 의인화된 촉석루가 '왜바람의 그 왼짝발'(왜병)을 도포자락으로 잡고 있는 일이 벌어졌다. 이를 본 비봉산이 수염을 부르르 분노로 떨면서 그대로 잡고 있으라고 소리친다. 이런 왜병과의 싸움은 지금도 벌어지고 있다는 그 풍경이다. 시에서 '치다'는 기른다는 뜻이다. 10만 양병을 하듯이 촉석루가 후일을 기약하기 위해 안개(병졸들)를 기르고 있다는 시다. 사물 중심으로 시가 기울어지면서도 소정의 의미를 내포하고 있음이 주목된다. 이를 비평가가 감탄해 마지않은 것이다.

　다음 시는 더 지극한 이미지로 시를 통합의 경지로 끌고 가고 있다.

천길 벼랑에 백일홍
가락지 모양으로 피다
피는 네 모양의
가락지 하나로 산
가락지 하나로 노을
가락지 하나로 바위
가락지 하나로 또
하늘을 갈아 끼다
손가락 열이 열 번을
바꾸어 갈아 끼자 백일홍 꽃빛
단청이 되어 들보의
몇 군데 그려져 남다

―「논개사당의 단청」 전문

이 시는 논개사당의 풍경이다. 임진왜란 계사년 전투에서 군관민 6만이 산화하고 이 원수를 갚기 위해 그 뒤를 이어 진주기생 논개가 왜장을 껴안고 물속으로 들어가 나라의 충혼이 되었다. 이를 백일홍 이미지로 끌어낸 시다. 백일홍이 가락지 모양으로 피는데 어느 순간 가락지가 산, 노을, 바위, 하늘 등으로 갈아낀다는 것이다. 말하자면 이 나라 국토의 이미지를 그린다는 것이다. 그 이미지가 사당의 단청 그림으로 채색이 되어 충혼이 우뚝 집 한 채로 솟아 있다는 것 아닌가. 이『풍경보』시집이 나온 뒤 진주에 내려온 초정 김상옥이 강희근 시인에게 "아, 강 시인! 이 시를 진주시민 중에서 제대로 읽는 사람이 있는가?"하며 극찬의 격려를 아끼지 않았다는 이야기가 전해진다.

결국 강희근 시인의 양자 통합은 무엇인가? 사물, 감각, 이미지, 관념의 총화를 이르는 것으로 이해가 된다. 앞으로 이 통합이 어떤 저울추를 보이는지 마땅히 관심의 표적이 된다 할 것이다.

거대담론 ―사랑과 역사

이 시기에 오면 강희근 시인은 신앙과 교수라는 측면의 인생적 위치를 갖게 되면서 신앙으로서는 성령운동의 깊이에 들어서고 교수라는 직위는 국립대학 교수라는 지역 거점대학의 멤버로서 아카데미즘과 실천이라는 직분적 시야를 지니게 되었다. 그런 부담 아닌 부담이 어깨를 은연중 짓눌러 시대를 통과하는 사람으로서의 의무감 같은 걸 느끼고 있었다. 그래서 시에서도 실천적 활동의 일정 부분을 수용하게 되면서 중도 통합적 규범에 벗어나지 않는 범위에서 시적 개방이 필요했다. 신앙의 '사랑'이 공동체 의식에 연결되고 역사적 관심이 시대라는 프리즘을 거친다는 점에서 거대담론이라는 이름을 걸 수 있는 것이었다.

시집 『사랑제 이후』에 실린 두 편의 시를 보자.

> 나의 이 살점, 너 목숨의 항아리에 온전히 데워 넣기 위해
> 나의 이 관절, 너 이승의 굽이굽이 하나로 이어놓기 위해
> 나의 이 눈썹, 너 인간사 간절한 자리 하나 하나 새겨주기 위해
> 나의 이 손가락, 너 하고자 하는 것 모조리 다해 내도록 빌어주기 위해
> 나의 이 발가락, 너 가고자 하는 곳 어디든 짚어가는 데 보태 쓰도록 하기 위해
> 마냥 떼어내고자 하느니
> 나의 눈이나 코, 팔이면 팔 다리면 다리 모두 떼어내고자 하느니
> 풀빛은 풀빛으로 빛나고 쓰르라미는 쓰르라미로 울어라
>
> ―「사랑제祭 1」 전문

인용시는 사랑의 축제 또는 봉헌이라는 뜻으로 한자말 '제사 祭'자를 붙였다. 너를 위해 나는 살점, 관절, 눈썹, 손가락, 발가락 등을 다 내놓겠다는 것이다. 불교에서도 육체의 훼손으로 부처님께 희생의 표시를 한다고 하는

데 그 중 몸 전체를 바치는 것을 다비라 한다. 가톨릭에서는 나환자들이 육체의 부위가 훼손되는 의미를 그 부위로 다른 사람들이 지은 죄를 대신해 갚는 것이라는 가르침을 준다. 강희근 시인은 그것을 적극적으로 해석하여 이웃이 필요로 하는 것이 육신의 부위들이라면 그것을 다 내놓겠다는 뜻으로 '사랑의 봉헌'을 행하겠다는 의지를 시로써 표명하는 것이다. 바쳐지는 몸의 부위들은 시에서 하나하나 형상화의 단위가 됨으로써 시에서 이미지라는 기법상의 기초를 가다듬고 있어 보인다. 강희근은 서정＋내면＝통합적 세계에서 이 거대담론은 그 본질이 훼손되지 않으면서 시적 경계를 돈독히 하는 효과를 시도하고 있다. 이른바 '자장磁場의 확대'이다.

강희근은 6·25 공간에서 있었던 이른바 산청양민학살사건을 다룬 서사시집 『화계리』를 상재하면서 현대역사의 현장으로 들어가게 되었다. 역사는 고대나 근대, 그리고 현대를 포괄하는 것이지만 시대라는 고뇌나 아픔을 동반하는 개념일 때 동시대에 연하는 사건에 관심을 보이는 일은 중요한 시적 자장의 확대에 이바지하는 것이라 하겠다. 강희근은 『화계리』를 쓰기 전에 고향의 지리산 아래 산지 마을에서 국군에 의해 자행된 사건을 현장 역사로 기술한 '산청함양사건의 전말과 명예회복'을 유족회의 요청으로 발간했다. 이 사건은 1951년 2월 7일 국군 11사단 9연대 3대대가 산청, 함양에서 작전중 주민들 705명을 학살했고, 이어 거창(9일-11일)으로 가서 주민 719명을 학살했다. 산청 함양에서 일으킨 사건은 <산청 함양사건>, 거창에서 일으킨 사건은 <거창사건>으로 불려졌다. 학살 이유는 주민이 빨치산을 도와주는 공비라고 보고 학살했는데 국민을 지키기 위해 조직된 군인이 국민을 재판도 하지 않고 살해한 천인공노할일이 벌어진 것이었다. 당시 거창사건만 수면 위로 떠올라 6·25 공간에서 그 부대장들을 군법회의에서 재판하여 연대장 대대장 등 관계 계엄사 부대장들이 징역형을 받고 복역했다.

강희근 시인은 고향인 산청군 금서면 화계리가 포함된 학살지역 출신으로서 살아남은 생존자 중 한 사람(8세)으로서 시로써 생생히 처절한 현장을 재현했다. 시집『화계리』1부는 수많은 시체더미에서 살아난 김성곤을 주인공으로 쓴 서사시이고 2부는 저자가 그 당시의 유년 체험을 서정적 터치로 형상화했다. 2부 중에 단시 <삐라> 부분을 보자. "아이들 우루루 신나게 줏으려 내닫고/어른들 뚫어져라 귀순하라 귀순하라/글귀를 들여다보며 고개 갸웃둥거리다가/어기적거리며 걸었다/다음날 이 삐라/아이들 손을 거처 하자 없는 딱지로/모조리 바뀌었다."

강희근은『화계리』를 통해 전쟁은 모두를 죽음으로 내몰고 지휘관의 오판은 씻을 수 없는 인간 불명예의 오욕을 역사로 남기고 있음을, 그리고 인권은 그 어떤 경우로도 훼손되어서는 안되는 것임을 말하고 있다. 그 인권은 전쟁 상황이 아니라 일상에서도 항시 열려 있는 가치임을 아프게 환기시켜 주고 있다.

강희근의 이 역사시는 이른바 참여시류에 분류할 수 있을 정도로 시에서 현장 개방을 이룬 것이다. 서정이나 내면의식이나 통합적 풍경류에서는 상상도 할 수 없는 현장 중심의 제재가 수용되지만 서정과 리듬, 부분적 이미지 등으로 풀어지는 산문성을 최대한 막아내고 있다. 앞에서 본 아가페적 사랑의 현장도 적절한 서술성의 축소로 통합적 경지를 우려내고 있다.

토포필리아, 향토성 편력과 해외 순례

강희근 시 세계를 살피면 거대담론 이후 토포필리아 이야기까지 오는 과정이 길다. 그 과정이 길지만 필자는 주어진 원고 분량 관계로 일단 토포필리아 범주로 묶어 강 시인의 후기를 논의하고자 한다. 강 시인은 끊임없이 시의 일상과 서정을 확대해 가는 길에 서 있기 때문에 그 기준을 편력과 순례라는 양면으로 요약하고 있다고 본다. 향토적 편력에는 시집『새벽 통영』,『그러니까』가 해당되고 해외 순례에는 시집『프란치스코의 아침』,『리디아에게로 가는 길』이 해당된다. 강 시인은 왜 장소를 비추는 조명등을 켜고 장소들을 호명하고 있는 것일까? 아마도 필자가 보기에는 통합적 시에서의 풍경 내지 사물이 장소를 부르고 거대담론에서의 사랑이 순례를 부르며 그 서정의 허리를 펴가고 있어 보인다. 장소를 부른다는 말을 하는 순간 강 시인의 시「시는 리라소리 나는 곳으로 간다」(시집『프란치스코의 아침』에서)가 떠오른다. 시가 가는 곳, 리라소리(서정시) 나는 곳이다. 그 많은 편력의 장소들은 시가 있는 곳이다. 다음 시를 보자.

통영에 오면
유난히 유년이 많이 돌아다닌다
남망산 밑 햇볕 곁으로 초정의 유년이
이름표 달고 지나간다

부둣가로 지나가면 싼판으로 드는 청마의
유년, 코 흘리개 까까머리가 독 한 점 없이 말갛다

대교를 오면
민머리 자주 쓰다듬으며 비너스호 지나가는 것
바라보는
춘수의 유년이 눈썹에 걸린다

그는 어릴 때부터
머리 빡빡 민 샤갈의 유년 같은 것에

샤갈의 머리에 묻어내리는 눈발 같은 것에
발등이 잡혀
환상으로 걸어다녔다.

—「통영에 오면」 부분

　통영에는 초정 김상옥의 유년이 돌아다니고, 부둣가에는 유치환의 유년이 까까머리로 다니고, 대교에서 내려다보면 김춘수의 유년이 눈썹에 걸린다. 그리고 다음에는 박경리의 유년이 여치처럼 뛰고, 동랑 유치진의 유년이 소를 몰고 지나가고 그 뒤를 고두동 시인이 다소곳이 따르고 있다. 통영은 어김없이 시인 소설가들의 유년으로 들끓고 있다. 한 지역이 이렇게 많은 문인의 이미지를 떠올리는 곳이 또 있을까. 이곳이야 말로 리라소리 집합장소이다. 다음은 진주로 간다.

진주에서의 강희근 씨, 그는 문자를 칠 데가 없어 외로워지면
문자를 치고도 외로운 때를 생각한다
외로움은 문자가 어찌해 볼 수 있는 물건이 아니다
가슴이 어찌해 볼 수 있거나 머리가 어찌해볼 수 있는 물건이 아니다
설날이 이틀이나 남았는데 영동은 눈이 내리고 쌓이는
설국의 나라
미끄러지는 차들이 외롭게 미끄러질 터이지만
강희근 씨는 눈이 쌓이거나 말거나
차량들 미어터지거나 말거나 분명
하나같이 외로울 거라는 점이다.

—「진주에서의 강희근씨」 부분

　강희근 시인의 외로움은 진주라는 장소에 가득하다. 외로움이 거주지이고 단독자로서의 정서이다. 한 군데에서 사는 이의 어쩔 수 없는 정서는 붙

박이가 갖는 정중동이다. 정중동은 동향이므로 움직임의 결인 셈이다. 그래서 그는 다시 이웃 장소로 이동한다. 「군북 지나가기」, 「고성을 지나며」, 「제주 통신」, 「의정부 행」, 「문동 저수지」, 「문암교를 지나며」, 「이반성면」, 「합천호 늦은 시간」, 「청령포에서」, 「지금 대곡면」, 「최참판댁」, 「남문산역」, 「대변항」, 「다솔사 입구에서」, 「경주 통신」 등 장소는 향토의 지역들이다. 향토 편력이므로 정서적 편차는 많지 않아도 사물이라는 구체적인 대상을 탐색하는 것이므로 산과 강, 지형과 민속적 경개들이 리라소리의 현장이다. 그러면서도 지역사의 현장, 지역문학의 거점, 지역정서의 민감한 감성대가 되어주는 시편들이다.

김열규 교수는 시집 『깊어가는 것은』의 해설에서 강 시인의 시에는 "포에지(시정신)와 디다크티크敎示性의 결합"을 보인다고 말하면서 '학시일체' 또는 '시학일체'의 모습을 보인다고 풀었다. 학문하는 교수로서 시를 쓰는데 시와 학문이 일체라는 것이다.

필자가 보기에는 「새벽 통영」에서 '청마와 춘수'가 그 예에 속하는 것으로 읽힌다.

"청마와 춘수는 많이 다르다/한 사람이 바다라면/한 사람은 뭍이다//청마가 살았던 집/ 그 집은 약봉지 냄새가 났다/춘수가 살았던 집/그 집은 꽃잎 버는 냄새가 났다//청마는 시를 쓸 때 약 달이듯이 쓰고/춘수는 시를 쓸 때 꽃구경 가듯이 쓴다//그래서/청마의 시에는 생명이 쿨룩거리는 소리 나고/춘수의시에는 꽃에다 이름 붙이는 소리 난다"―<청마와 춘수>에서 청마의 집은 약냄새가 나고 생명의 쿨룩거리는 소리 난다는 것이다. 여기에서 두 가지 정보를 제공한다. 청마의 부친이 한약방을 운영했다는 것과 청마의 시계열이 생명파라는 점이다. 춘수는 꽃의 시인이자 순수파라는 점이 시 구절에서 드러나고 있다. 그러니까 이 시는 '시학 일체'의 그 말에 해당된다는 점에 유의할 수 있다. 어쨌거나 강희근의 이 시도 리라소리가 나는 곳에 닿아 있다는 것인데 장소성과 학문적 교시성이 이울러 손잡고 있는 경우이다.

이어서 해외 순례의 신앙적 확장 쪽으로 들어가 보자. 해외 순례시로 「프란치스코의 아침」에서 찾으면 「터키 통신」 6편, 「그리스 통신」 2편, 시집 『리디아에게로 가는 길』에서 「리디아에게로 가는 길」, 「동유럽 기행 1」, 「발칸반도 기행 2」, 「발칸반도 기행 4」, 「발칸반도 기행 6」, 「발칸반도 기행 7」, 「발칸반도 기행 8」, 「발칸반도 기행 9」 등이 그 범위이다. 순례시는 그리스도의 정신이나 실천에 관한 주제로 씌어진 기행시다. 이는 거대담론에서의 '사랑'의 세계를 이어가며 깊이를 더하는 신앙시편이다.

길은 꿈이 아니라 걸어가는
것
발이다
발은 그 자리 있어서 생애, 시간, 노을

리디아 푸르푸라리아는
필립비 사람 필립비의 길

동트는 아침에서 설레는 저녁까지의
길
거기 물이 흐르고 흐르면서 아름다운
태초,

나는 태초가 되고 싶었다
태초는 점 하나에서 선, 선에서 둘레
이어 이르는 영혼의 거점이여
경당은 조용했다

리디아 푸르푸라리아는 여자이므로

깃발,

사탕,

그리고 사랑의 사투리

말씀으로 가는

길,

하나

「리디아에게로 가는 길」 전문

순례시로서 리라소리 나는 첫 번째 자리는 그리스의 필립비라는 장소다. 이 현장은 바오로 사도의 전도여행 코스로 따라가는 길인데 이곳에서 사도는 리디아에게 세례를 주어 신도가 되게 했다. 이 사람이 유럽 최초의 신자가 되었고 그 자리 물이 흐르는 세례터에 리디아 성녀 기념경당이 지어졌다. 강희근은 시에서 "길은 꿈이 아니라 걸어가는 것/발이다"고 천명하여 실천신앙의 깃발을 든 리디아의 최초를 태초라 하며 기리고 있다. 그 리디아를 "깃발, 사탕, 사랑의 사투리"라고 하며 구체적인 신앙의 개성이 소중함을 표현했다.

강희근 시인은 이 순례시를 통해 가톨릭적 체험의 일상적 깊이를 드러내 보였다. 그러니까 강희근은 시에서 신앙시는 별난 것이고 형상화가 불가한 금기의 세계가 아님을, 그 경계 허물기를 과감히 시도하면서 보여 주었다.

여정의 끝에서

강희근의 초기시와 거대담론, 그 뒤의 토포필리아 여정은 한 시인의 꽉 차 있는 서정과 언덕 넘기로 점철되어 있는 생애를 말하는 것으로는 요소요소 빈 칸이 많을 것이다. 그러나 시인은 그 과정만으로도 시적 깊이와 생애적 사유를 드러내 주고 있어서 다행이었다.

　강희근 시인은 등단시절에 이미 한국시가 이룬 서정시의 내질이나 모더니즘적 언어의 진폭을 유감없이 보여 준 이른바 귀재였다. 그 시절로 되돌아가서 한동안 펄쩍 펄쩍 뛰는 생언어生言語의 세계를 여한 없이 누려보고 싶었으나 정해진 지면이 허락하질 않았다. 그가 몸담은 시단은 어쩌면 그가 뛰노는 운동장으로는 오히려 협소했고 지나친 섹트와 개량되지 않는 분파주의가 시단 전역을 물들이고 있었다고 볼 수 있다. 그리하여 시인은 저 지방의안락한 분지에 돌아앉아 있는 지방 국립 거점대학에서 소정의 기침 소리를 내며 살았다.

　그랬기에 눈치 보지 않고 경계 넘기와 포괄의 고삐를 스스로 쥐고 토포필리아라는 편력과 순례의 시간들을 소화했다. 이쯤에서 강 시인은 여러 굴곡을 뛰어 넘어 왔지만 변증법적인 통합과 일상적 서정을 놓고 볼 때 기법이나 정서, 시적 제재 등이 제한 없이 왔다 갔다 하는 포괄의 방석을 깔고 있다는 느낌이다. 「리디아에게로 가는 길」 시집 해설을 쓴 교수는 "강희근에게는 일상적 자아와 시적 자아의 구분이 무의미하다. 형이상과 형이하의 경계도 그에게는 무의미하다. 나아가 그는 시와 산문의 구획마저 넘어선 듯하다."고 시의 자유로움을 지적했다.

　그렇지만 시인은 리라소리 나는 곳으로 계속 나아갈 것이다. 정과리 교수가 "강희근의 시가 피에르 로티의 태도와 유사하게 더 멀리 나아가는 자세를 거듭 보여주는 게 부럽게 읽힌다"고 한 것처럼.

인생론적 흐름과 그 완결지향의 시

유안진論

인생론적 흐름과 그 완결지향의 시

유안진論

인생론적 흐름과 그 완결지향의 시

유안진의 문필 중에는 시가 중심이지만 명수필로 오히려 그 이름이 더 빛나기도 하고 베스트셀러로 인구에 회자되기도 했으므로 이에 관한 논의도 필요하다 할 것이다. 필자는 이 글의 유안진론에서는 편의상 '유안진 시선집『세한도 가는 길』'(2009, 시월)을 텍스트로 삼고 에세이집『지란지교를 꿈꾸며』(2014, 아침책상)를 참고했다.

이 글은 유안진 시인의 시 세계를 총체적으로 들여다보면서 그 흐름을 잡아보는 가운데 시적 특징을 눈여겨보고자 한다.

명작 수필의 시적 영역

유안진의 수필 중『지란지교를 꿈꾸며』는 특히 많은 독자들에게 사랑을 받는 작품이다. 교과서에 실려 있어서 더 그러하겠지만 신학교에서 강의 자료가 되기도 하고, 타자 습작기의 기본 문장으로 쓰이기도 하고, 재수학원의 아침 묵상글로도 쓰이고 하와이대학에서는 영어로 번역되어 교재로 쓰이기도 했으니 그 읽히기의 사례가 얼마나 다양한 글이었는가를 가늠해 볼 수가 있다. 그러니까 한 번 명문으로 읽히기 시작하면 참 오래 독자층이 층을 이루고 다시 고전적 기층까지 가게 된다는 점을 상상하게 해 주는 수필이 '지란지교를 꿈꾸며'이다.

필자는 시인의 수필이 수필로 문학성을 획득한 경우 시 영역이 그 문학성에 겹치는 것을 볼 수가 있는데 시적 영역과 수필적 영역의 공유면적이

넓을수록 양자의 인생적 측면이 최대치로 반영되는 것이 아닐까 한다. 지향하는 논지는 다른 데 있지만 강희근 교수의 '우리시 짓기'에 보면 시창작의 기초에서 '시를 짓기 전에 줄 글짓기'를 강조함을 눈여겨 볼 필요가 있다. 그런 면에서는 유안진 시인의 경우 나름 이상적인 양 장르 창작의 상호보완적 결실을 바라볼 수 있다.

* 인품이 맑은 강물처럼 조용하고 은근하며
* 얼음 풀리는 냇물이나 가을 갈대숲 기러기 울음
* 흰 눈 속 침대 같은 기상
* 반닫이를 닦다가 그를 생각할 것이며
  화초에 물을 주다가 아침 창문을 열다가
  가을 하늘의 흰구름을 바라보다가
* 냉면을 먹을 때는 농부처럼
* 스테이크를 자를 때는 여왕처럼 군밤은 아이처럼
* 눈에 핏발이 서더라도 총기 사라진 것 아니며
* 어느 날이 홀연히 오더라도 축복처럼 웨딩드레스처럼 수의를 입고
* 더 고운 품종의 지란이 돋아 피어

유안진 시인의 '지란지교를 꿈꾸며'에 빈번하게 보이는 형상화된 구절인데 시인적 지향이 자연스레 녹아 있는 셈이다. 유안진 시인은 같은 수필에서 친교라는 주제에 걸맞은 지향의 밀도가 높고 아울러 품격이 깊다. 이런 점을 드러내는 기법은 되풀이되는 내용의 응집된 덩어리의 병렬적 배치가 다분히 시적이다. 그 병렬은 때로는 동어반복이요 때로는 대조, 때로는 반립하는 등가적 표현들이다.

유안진 시인은 수필에서 개진해 온 시적 인자들의 확장으로 시의 세계 또한 견고한 것이 되게 만들었다. 그러므로 수필이 먼저인가 시가 먼저인

가가 중요한 것이 아니라 양 장르 상호보완에 의한 삶과 언어의 일원적 자장 넓히기를 기했다는 점에 주목할 필요가 있다.

눈물과 육성, 그리고 혈서

유안진 시인의 초기는 눈물이요 애상이다. 그 근원은 무엇일까?

지난 여름 동안
내 청춘이 마련한
한 줄기 강물

이별의 강 언덕에는
하 그리도 흔들어 쌓는
손

그대
흰 손
갈대꽃은 피었어라

—「갈대꽃」 전문

이 시는 이별의 강 언덕에 흔들어 쌓는 손, 그대 손에 대한 노래이다. 갈대꽃은 흰 손이 되어 흔들고 있는 것, 그 언덕의 노래이다. 생애는 강물이고 강물은 '백수광부'(공무도하가)가 건너가는 이별의 강이다. 유 시인의 애상과 눈물은 이렇게 몸부림이고 전생애적이다. 건너가는 사람은 무엇인가 생애를 거는 행위로서의 건너감이다.

그는 내 뼈 중의 뼈요

살 중의 살이라

뼈가 녹아 물이 되고
살이 녹아 물이 되는
살아가는 길
긴 여과濾過의 과정過程에서

하늘이 쪼개지고
땅이 울부짖는 날이 날마다
사랑도 시도 그리고 학문도
배신을 일삼는 수치와 약점일 뿐

녹아도 녹아도 녹지 않는 뼈와 살
오직 그 하나 나의 참뜻은
마지막 그 날에 생애生涯를 걸러서
우러나는 한 방울

신神이 정녕 계실진대
무심한 신이여
그로 하여 나는 당신을 뵈오리까

—「눈물」 전문

시에서 현실적 바탕은 "하늘이 쪼개지고/땅이 울부짖는 날이 날마다/사랑도 시도 그리고 학문도/배신을 일삼는 수치와 약점일 뿐"이 된다. 시인은 그 절망적 상황 속에 중심인 '그'를 향한 비감과 눈물의 과정에 놓인다. 그는 내 뼈 중의 뼈, 살 중의 살인데 그것들이 녹아 물이 되는, 곧 눈물이 되는 여과의 과정이 된다. 그런 데도 절대 녹지 않는 뼈와 살이다. 유안진 시인의 과정은 물이 기본인 강이 되고, 그곳 유역에는 갈대 흔드는 이별의 아픔이

존재한다. 요약하면 시인은 우리 겨레 보편인 '공무도하'의 현장에서 살아
가는 사람이다. 그런 사람은 고대에도 있고 중세에도 있고 근현대에도 존
재하는 보편적 인간상이다. 시인의 눈물은 절대 사랑에서 흘리는 어쩔 수
없는 통과의례일 듯하다.

> 상아 뽀얀 송곳니에
> 내 이름자를 새길 꺼나
> 그대에게 바치는
> 절명가絶命歌를 새길 꺼나
> 내 인생의 전재산全財産
> 내 노래의 주인主人인
> 그대의 소유권자所有權者라
>
> 　　　　　　　　　　　　　「도장방에서」 부분

송곳니, 이름자, 절명가 인생의 전재산 등에 마음이 놓여 있는 화자는 뼈
와 살에서 녹아나는 물, 눈물로 사는 강변의 사람이다. 강변에서 호곡하는
육성의 흐트러지는 머리칼 휘날리는 상황 안에 있다. 어쩌면 서정주의 「화
사」가 보여준 "석유 먹은 듯… 가쁜 숨결"이거나 "강한 향기로 흐르는 코피
두 손에 받으며"에 근접하는 뼈 녹는 사람, 살 녹는 사람이 아닐까 싶다.

　그리하여 시인은 깊은 밤 어둠에다 혈서를 쓰고 싶어 하는 것이다.

> 내일 아침 된서리에 무너질 꽃처럼
> 이 밤에 울고 죽을 버러지처럼
> 거치른 들녘에다
> 깊은 밤 어둠에다
> 혈서血書를 쓰고 싶다
>
> 　　　　　　　　　　　　　—「가을 편지」 부분

시인의 강변과 갈대는 상황이 심히 절박하다. "이 밤에 울고 죽을 버러 지처럼"이라니 인생의 돌아가는 모랭이가 붉은 글씨로 구불거리는 것 아 닌가. 시인의 생애에 이처럼 하늘과 땅이 더불어 흔들리는 일은 다시없을 정도로 아픈 계절을 보내고 있다. '공무도하가'는 고대시가로 읽는 것이지 만 시인의 노래는 인생의 현실로 읽을 수 있다는 점에 감동의 파장이 있다. 시인은 시를 필생의 '절명시구'로 쓴다. 독자는 이를 필생의 교양으로 받아 적고 있다. 시인의 이 등식은 그의 명작 수필에서 확인된 바가 있다.

인생의 흐름, 순리

눈물 흐르고 그것이 육성을 드러내는, 그런 뒤에 혈서로 각인하는 작업 은 인생 흐름의 첫 번째 봉우리일 것이다. 그 봉우리에 서서 세상을 내려다 보며 조감하는 일은 그 다음의 일이 될 터이다.

> 한 생애를 살다보니
> 나는 나는 구름의 딸이요 바람의 연인이라
> 비와 이슬이 눈과 서리가 강물과 바닷물이
> 뉘기 아닌 바로 나였음을 알아라
>
> (중략)
>
> 삭아질수록 새우 젓갈 만나듯이
> 때 얼룩에 쩔을수록 인생다워지듯이
> 산다는 것도 사랑한다는 것도
> 때 묻히고 더럽혀지며
> 진실보다 허상에 더 감동하여
> 정직보다 죄업에 더 집착하여
> 어디론가 쉬지 않고 흘러가는 것이다

나란히 누웠어도 서로 다른 꿈을 꾸며
끊임없이 떠나고 떠도는 것이다
멀리 멀리 떠나갈수록
가슴이 그득히 채워지는 것이다
갈 데까지 갔다가는 돌아오는 것이다
하늘과 땅만이 살 곳은 아니다
허공이 오히려 살 만한 곳이며
떠돌고 흐르는 것이 오히려 사랑하는 것이다

「자화상」 부분

한 생애를 내려다보는 자리에 서서 화자는 이제 인생의 흐름을 보기 시작한다. 인생은 보다 큰 덩어리를 만지는 것과 같다. 사랑에 배신에 좌우되지 않고 그것의 흐름을 보면 구름이나 바람이나 눈이나 서리가 남이 아니라 나의 살붙이가 되어 있음을 알게 된다. 구름의 딸, 바람의 연인, 또는 자연의 날개들이 따로 사는 것이 아니고 바로 나, 나의 분신이거나 나의 뼈요 살인 것이다. 그래서 같이 흐르는 것이다. 거짓도 흐르고 희망도 흐르고 흐르다가 삭아지고 얼룩이 지고 때 묻히고 진실은 진실로 하나이고 정직은 정직으로 하나의 흐름인 것이다. 인생은 그렇게 다양한 것으로 휘말리며 섞이며 꿈꾸며 흐르는 것이다. 인생의 정체는 그러므로 떠나고 떠돌고 돌아온다. 이런 속에서 화자는 마냥 모서리가 닳아지고 둥글어져서 웬만한 것에서 상처를 입지 않는다.

그러다가 어느새 시인은 수분守分을 지켜 편안한 쪽으로 쏠리게 된다.

아아 나는 나는 언제나
앞보다는 뒤가 좋다
낮보다는 밤이 좋다
그늘이 양지보다 더 편안하고

하늘보다 땅이 좋아 땅에서 살고 싶다

죽으면 가서 행복하다는 하늘보다는
불행해서 울더라도 땅에서 살고 싶다
어둔 하늘에 돋아나는 별보다도
날 저무는 들길에 고개 살랑 저어 피는
쬐꼬만 들꽃이고 싶다

—「뒷소리」 부분

뒤가 좋고 밤이 좋고 그늘이 좋고 땅이 좋다는 것은 나서는 것보다는 뒤에로 숨는 것이 편하다는 마음이다. 그리고 한 작은 들꽃이고 싶다는 것이다. 화려한 꽃보다는 야생화로 사는 것이 수분을 지키는 것이며 낮은 데로 흐르는 일이다. 말하자면 시인은 순리에 닿아서 사는 일이 순박하다는 데에 방점을 찍어놓고 있다. "불행해서 울더라도 땅에서 살고 싶다"는 그 의지는 무엇인가. 공중에 떠 있는 허명이기보다는 착지의 견실함을 찾는다는 것일 터이다.

유안진 시인의 인생적 조감은 여기에 이르러 다음으로 가는 도정을 읽기 시작한다.

교양주의, 그 전통

시인은 시를 통해 감정과 사상을 드러내는데 그럴 경우 시인이 사는 사회의 축적된 전통이 시인의 사상 감정 속에 접맥되어 나타나게 된다. 이 속에는 역사, 문화, 지식 등이 하나의 체계로 집약되어 드러나는데 이를 교양주의라고 말할 수 있다. 유안진 시인은 교수 시인으로서 광범위한 교양을 지니고 있으면서 장르를 수필 쪽에까지 넓혀갔기 때문에 아는 것과 활용되는 것과의 거리를 십분 좁힐 수가 있었다. 거기다 수필이 갖는 체험적 특성에 부가될 수 있는 교양의 문맥화를 생각해 볼 때 시에서 교양의 개방은 다른 시인들에 비해 그 폭이 넓은 것일 수 있다.

우리나라 시인들 중에서 시적 교양을 넓힌 시인으로 서정주, 김춘수, 신동엽, 김지하 등을 들 수 있는데 서정주의 불교와 신라, 김춘수의 성경과 도스토예프스키 등이 대표적인 작품이라고 볼 수 있다.

서리 덮인 기러기 죽지로
그믐밤을 떠돌던 방황도
오십령 고개부터는
추사체로 뻗친 길이다
천명이 일러주는 세한행歲寒行 그 길이다
누구의 눈물도로도 녹지 않는 얼음장 길을
닳고 터진 알 발로
뜨겁게 녹여 가라신다
메웁고도 아린 향기 자오록한 꽃진 흘러서
자욱자욱 붉게붉게 뒤따르게 하라신다

「세한도 가는 길」 전문

세한도歲寒圖는 추사 김정희의 문인화로 대표적 국보급이다. 추사의 제자 이상적의 의리를 늦게 낙엽으로 지는 송백나무에 비유하여 추사가 유배지에서 그려준 그림이다. 갈필渴筆과 검묵儉黙으로 향기 짙게 그려낸 것으로 날씨가 추워진 후에야 송백이 낙엽 지는 그 지조를 안다는 뜻을 담고 있다. "서리 덮인 기러기 죽지로/그믐밤을 떠돌던 방황"은 추사 자신의 방황으로 읽을 수 있다. 또는 화자의 방황으로 읽을 수 있지만 이 경우 "천명이 일러주는 세한행"과 부딪친다.

어쨌든 세한도는 화자에게 "얼음장 길을/닳고 터진 알 발로/뜨겁게 녹여 가라" 당부한다. 그리고 맵고 아린 향기 자오록한 의리와 지조의 '꽃진' 자리 뒤따라라 당부한다. 시는 추사의 선비정신과 그 제자의 지조가 서로 어우러 지는 가운데 그림이 갖는 최고 정수를 맛보게 한다. 거기다 추사는 그 시기 유배지 생활을 하고 있어서 스승으로서의 엄정함이 진정성을 더하고 있다.

시 「다보탑을 줍다」는 불가적 교양으로 씌어진 작품이다.

    고개 떨구고 걷다가 다보탑多寶塔을 주웠다
    국보 제 20호를 줍는 횡재를 했다
    석존이 영취산에서 법화경을 설하실 때
    땅 속에서 솟아나 찬탄했다는 다보탑을

    두 발 닿은 여기가 영취산 어디인가
    어깨 치고 지나간 행인 중에 석존이 계셨는가
    고개를 떨구면 세상은 아무데나 불국정토 되는가

    정신차려 다시 보면 빠알간 구리동전
    꺾어진 목고개로 주저앉고 싶은 때는
    쓸모 있는 듯 별 쓸모 없는 10원짜리
    그렇게 살아왔다는가 그렇게 살아가라는가

―「다보탑을 줍다」 전문

이 시에서 시인의 교양은 석존의 영취산 이야기나 다보탑이 가지는 배 경설화에 있는 것이 아니다. "어깨 치고 지나간 행인 중에 석존이 계셨는가 /고개를 떨구면 세상은 아무 데나 불국정토 되는가"라는 불가 본령의 교학 적 깨우침에 있어 보인다. 일반 상식에서 본다면 시인은 불교학개론이나 불교문화사의 울타리를 둘러보고 나온 인연 있는 불자로 읽히기 때문이다.

인용시는 10원짜리 동전을 주워 거기 그려진 다보탑에 관한 시다. 시의 핵심은 "쓸모 있는 듯 별 쓸모 없는 10원짜리/그렇게 살아왔다는가 그렇게 살아가라는가"에 있다. 10원짜리 동전의 금전적 가치는 미미하나 작고 보잘 것 없는 것에 오히려 진실이 있다는 가르침인 것이다. '색즉시공, 공즉시색'의 깨달음이 바로 그것이다. 허무 투성이에서 진실을 느끼고 살아가는 길, 그 길에 놓인 화자는 고급한 교양인이리라. 시인의 교양은 유가와 불가에만 있는 것이 아니다.

깊은 불교 반듯한 유교 그윽한 도교와 정겨운 무속을
죄다 흡수해버리는 자연이여 궁극이여
세상에서 가장 풍요로운 것이 빈손이 되고
가장 오묘한 것도 빈손이 되는
단순화를 일러주시는 절대 스승이여

「절대 스승」 부분

"그윽한 도교와 정겨운 무속을/죄다 흡수해버리는 자연이여 궁극이여"에서 일체 종교 무속이 자연에 귀일된다는 것이고 자연이 궁극이라는 통합적 사고가 상층 교양에 다름 아니다. 그 궁극에서는 빈손이라는 것, 단순화라는 것에 이른 시인은 만유를 늘이고 줄이는 일에 있어서 줄이고 단순화하는 것에 가치를 걸고 있다 하겠다. 이는 시인이 「절대 스승」 마지막 행에서 "단순화를 일러 주시는 절대 스승이여"라 쓰고 있기 때문이다.

이쯤에서 유안진 시인은 어느새 세속인 시인이 아니라 탈속인 시인으로 "피가 잉잉거리던 病은 이제 다 나았습니다"라고 써 보낸 신선수행 간 혁거세 어머니의 편지글(서정주, 「사소, 두 번째의 편지 단편」)을 떠올려 준다.

시인은 전통과의 통섭으로 시적 문맥에서 거둘 수 있는 교양의 넓이와

깊이를 제대로 보여주고 있다. 그 가치가 시에서 편내용주의를 금기시하는
형식론자들에게는 하나의 훈수가 될 법하다.

자기 돌아보기와 헌신

교양주의의 그 전통에 젖은 다음 시인은 내친걸음으로 자기 돌아보기에
든다. 이 자리가 시인 유안진의 인생론적 완결편이 아닐까 한다.

살았던 곳들은
모두 다 고향이었구나
괄시받은 곳일수록
많이 얻고 살았구나
행차 지나간 뒤에 나팔 부는 격이지만
갈지之 자로 세상을 살고 나서
불현듯 마음 착해지는 날은
울구 싶은 사람 뺨쳐주는 적선積善이라도 하고 싶다
그런 악역惡役이라도 자청하고 싶어진다

─「마음 착해지는 날」 전문

시인은 살았던 곳들은 다 고향이라는 깨달음에 이르고 괄시받은 곳일수
록 많이 얻고 살았음을 고백한다. 그러나 이전에는 그곳이 고향이 아니었
고 괄시를 있는 대로 받았던 곳이다. 지금에 와서 고향에서 많이 얻고 살았
다는 것을 알게 되는 '착해지는 날' 그곳을 향해 무엇인가를 하고 싶다는
것이다. 시인은 문득 돌아보기에 이른 것이다. 그럴 때 시인은,

320밀리리터짜리
피 한 봉다리 뽑아줬다

모르는 누구한테 봄비가 되고 싶어서
그의 몸 구석구석 속속들이 헤돌아서
마른 데를 적시어 새살 돋기 바라면서

「봄비 한 주머니」 부분

봄비 한 주머니 내놓는 것이다. 그러면서 화자는 "멀쩡한 누군가가 오염 될라/겁내면서 노리면서 몰라 모르면서/살고 싶어 눈물나는 올해도 4월"이라 한다. 4월은 잔인한 달인가, 그럴수록 화자는 봄비를 아쉬워하며 봄비를 한 주머니 내놓는 것이리라.

그러다가 화자는 정신의 갈증에 빠져든다.

"글라라의 전화는 계속 통화중이어서
도무지 통화를 할 수가 없단 말이야
게다가 가슴에는 빈틈이라곤 반 치도 없으니
응답을 보내도 비집고 들어갈 수가 없었다고
번번이 되돌아와 버리잖아
정말 큰일이야, 저 잡념자루를 어쩐다?"

「운동화, 귀에 신기다」 후반

화자는 지금 하느님의 음성을 접하고 있다. 근자 하느님과의 소통이 되지 않아 수녀님의 조언을 얻어 하느님과의 통화를 했는데 드디어 그 응답을 받은 것이다. 화자는 가톨릭의 세례명으로 글라라라 불리는데 요약하면 글라라가 통화중이고 가슴은 다른 것으로 가득 차서 하느님이 이를 밀어내고 글라라에게로 들어올 수가 없었다고 하는 것이었다. 말하자면 화자는 하느님과의 소통 준비가 되어 있지 않고 머리엔 분심이 가득 차 있었던 형편임을 스스로 알게 된 것이다. 이 시는 신앙인으로서의 화자가 자기 돌아보기에 이른 것을 말하고 있다. 영적인 면에서 화자는 '잡념자루'를 들어내는 과제가 주어져 있다.

신앙에서 '잡념자루'는 일상이다. 깨우침 속에서 글라라는 「조금만 덜 용서해 주십시오」라 간청한다.

용서해 주시옵고 용서해 주시옵기를

지워서 잊어버려 주시옵기를

그러나 그러나
스스로를 용서해버릴 만큼은
저절로 잊어버릴 만큼은
마시옵기를

조금은 남겨두시옵기를
—「조금만 덜 용서해 주십시오」 부분

신앙은 청원이 있고 간구가 있다. 그러나 그것들이 공동체와 유관한 것일 때 기도의 가치가 높다고 말한다. 용서하더라도 잊어버리지 않을 만큼만 용서해 달라는 간청은 성찰과 회개의 질적 깊이를 짚어내는 경우이리라. 독자는 이 부분에서도 사실은 시인의 교양적 면모를 발견해낼 수 있을 것이다. 자기 돌아보기와 기도와 헌신은 따로 떠로 개별적으로 이뤄지는 것이 아니라 성찰 끝에 다짐으로, 기도 중에 기도로 하나의 고리를 타고 돌아가는 것이다.

유안진 시인은 60년대 출신 시인 가운데 많은 독자를 지닌 시인으로 회자되고 있다. 필자는 「내 공부」라는 시를 마무리 시로 읽는다.

옛 신선들은
동자들과 같이 논다
나도 아이하고 동무하고 싶어서
아동학을 배워왔다
아이들의 발달심리 아이들의 놀이이론……
그러다간 마침내 아이가 되고 싶다
신선이 되는 법을 보고 배우는 아이들을
거꾸로 스승 삼아 배우는
신선들처럼.

— 「내 공부」 전문

이 시에서 하기 힘든 전공 학문을 녹여서 단 석 줄로 썼다. 시인이 자기 일생 몸 바쳐 전공으로 연구해온 바를 줄여 말하는 일은 윤동주의 그 천명 의식에 유사한 것이라 여겨진다. 아이가 된다는 말은 쉽게 할 수 있는 말이 아니다. 누구든지 어린이와 같이 되지 않으면 천국에 들 수 없다는 성경 구절도 있지 않은가. 신선과 동자와 놀이, 혹은 스승 이런 말들은 말 하나가 인생이다. 아니 말 하나가 생을 거는 시편이다.

부도浮屠와 불사佛事와 박운薄雲

홍신선論

부도浮屠와 불사佛事와 박운薄雲

홍신선 시인은 최근에 1960년대 시문학 데뷔 7인 공동시집『평생 시를 쓰고 말았다』에 참여하면서 근작「Epitaph」라는 '碑文' 시를 발표했다.

여기 시時의 나그네였던 한 사람 잠들어 있다.
왼 인생 말 뒤꽁무니에만 따라 다녔던 외길 한 가닥의 긴 행로行路를 접고
뒷날에 묻는 뭇 시편詩篇들 남겨두고
세상世上에서 내려 와 총총히 더 먼 시간 속으로 돌아간
시時의 길손 한 사람 여기 쉬고 있다.

—「Epitaph」 전문

시인은 죽어서 남기는 말에 "왼 인생 말 뒤꽁무니에만 따라 다녔던 외길"이었다고 요약했다. 필자는 이 글에서 줄이고 줄여 네 갈래로 그 뒤꽁무니를 더듬어 볼까 한다.

'한미한', '느림', '남몰래 웃는'

시인은 대학 다닐 때 휴학을 하고 서당에 가서 한문 서책을 읽었다는 전설 같은 이야기가 있다. 시인이 어느 문예지인가, 앨범에 내놓은 사진 중에 강단에서 칠판 앞에 서 있고 칠판에는 한시 같은 문장을 가득 메우고 설명하고 있었다. 그래서 그의 시를 읽는 독자들은 그 서책에서 옮겨 옴직한 관념어들에 질려 땀을 뻘뻘 흘린다는 이야기도 들린다. 그러나 놀랄 일은 아

니다. 대체로 그런 관념어는 그가 뽑아낸 '시선집' 안에는 없으니까. 그의
첫 번째 계열은 선비 시계열이다.

    1.
근본 한미한
선비는 다만 적막할 따름이다

이따금
무료를 간 보느니

    2.
간 여름내
드높이 간두에 돋우었던 생각의 화염을
속으로 속으로만 낮춰 끄고 있노니

유배 나가듯
병마에 구참久參들 하나둘 자리 뜨는
텅 빈
가을날

―「가을 맨드라미」 전문

    인용시는 한미한 선비의 적막을 표현하고 있다. 선비만의 중심이 적막
은 아닐 것이다. 한미하고 무료한 선비에게 적막은 뒤따라오는 것이니 무
어라 덧붙일 일은 아니다. 다만 시인은 한학에 밝고 유가의 이성에 길들여
진 학자 시인이므로 선비의 덕목은 갖추어진 시인이 아닐까 한다. 그리하
여 '한미한'은 '薄己厚人'(자신에게는 박하고 남에게는 후하게 하는)에서
오는 것일 수 있고 '생각의 화염을 속으로 낮춰 끄고'는 선비의 그 '修己治

人'의 '수기'일 터이다.

그럼에도 시인은 텅 빈 가을날 한복판에 있다. '박기'로도 '수기'로도 어찌할 수 없는 삶과 죽음의 문제, 선비에게는 그에 맞먹는 '유배'를 두고 떠나가는 '구참'들을 위로할 밖에 없다. 이 시에서 유가가 갖는 한계를 본다. 시인은 그 선비이면서 시인이다. '가을 맨드라미'를 보며 바람에 흔들리는 맨드라미 한 철의 절정을 완상하는 것도 작은 복 중에 복이다. 선비는 느림의 주인공임을 또 시로써 말한다.

> 골동가게의 망가진 폐품 시계들 밖으로
> 와르르와르르
> 쏟아져 나와
> 지금은 제멋대로 가고 있는
> 시간이여
>
> 그런 시간이
> 인사동 뒷골목 깜깜하게 꺼진 얼굴의
> 망주석望柱石에 모른 척 긴 외줄 금 찌익 긋고 지나가거나
> 마음이 목줄 꽉 매어 끌고 가는
> 뇌졸중 사내의 나사 풀린 내연기관 속으로
> 숨어들어
> 재깍 재까각 가다가 서다가 하는
>
> 이 느림이 삶의 주인이다
> 우리의 정품이다
>
> 　　　　　　　　　　　　　　　　　「누가 주인인가」 전문

　화자는 시간이 자유롭다. 폐품시계가 자유롭게 가고, 뇌졸중 사내의 나사

풀린 내연기관 속에서 재깍재깍 가고 있는, 서다가 가다가 하는 시간이 화자의 것이다. 이 느림이 삶의 주인이고 정품이고 선비이다. 조선시대 선비는 칼이요 기개요 지조이다. 그런 반면에 느림의 자세를 요하는 인간이다. 조선시대 걸음의 정품은 팔자걸음이다. 천둥이 쳐도 바쁘게 걷는 것은 도가 아니다. 남명 선생은 한시에서 지리산을 읊을 때 "하늘이 울어도 울지 않는 종"이라 하여 선비의 진중함을 탁월하게 드러내었다. 그 진중함에는 예의 느림의 미학이 틈서리에 들어가 있다. 또 남명 조식 선생은 걸으면서 차고 있는 성성자惺惺子(방울소리) 소리 들으며 느린 걸음으로 자신을 성찰했다.

홍신선 시인도 남명 선생처럼 방울소리로 '가다가 서다가' 했을까? 느림이 삶의 주인이라 하지 않았는가. 시인은 남명 조식 선생처럼 지리산을 종주했는지 모르겠다. 남명은 산에 오르는 일을 유람이라 하고 선비들과 함께 인간 덕성을 닦았다.

선비도 때로는 인간 실존의 범위에서 벗어나지 않는다. 「냉이꽃」으로 설명하는 홍 시인의 한쪽 면은 무엇인가.

잠풍潛風한 구치소 벽돌담 밑
해진 옷의
냉이꽃 몇이
눈도 코도 뭉개진 문둥이 낯바닥을
참혹히게 일그리뜨리고 웃는다
독방에 수감하고도 넘친
확신범들처럼 운동 나와서는
새삼 하늘땅에 홀려 눈먼 눈으로 두리번두리번 둘러보는
으, 흐, 흐, 으, 흐, 흐
남몰래 웃는

봄.

그는 누구였는가
내 죽은 뒤 드물게 누가 묻는다면
바로 이런 자.

―「냉이꽃」 전문

‘냉이꽃’은 인간 실존의 한쪽 면을 드러낸다. 하필 구치소 벽돌담 밑일까? 해진 옷에 눈 코 뭉개진 나환우 낯바닥을 하고 참혹한 웃음을 웃는다. 구치소 독방에 수감된 수형자가 밖으로 나와 하얀 대낮, 눈부셔서 세상을 두리번거려야 하는, 으흐흐 으흐흐 나환우 울음으로 웃는 그것도 남몰래 웃는 봄, 봄이라서 더 참혹한 인생! 그가 누구인가? 내 죽은 뒤 물어온다면 그대는 화자 선비 홍 아무개라고 하게, 이것도 시로 쓴 비문일 터!

한미한 선비가 느림의 도학자가 보이지 않는 한쪽 그늘에서는 실존의 낯바닥으로 얼굴을 마냥 긁고 있다는 것이다. 놀라운 일이다. 시인은 어느 샌가 현대판 지성의 교양주의, 내지 실존주의자로 참혹의 앓이를 하고 있다. 미당의 30년대 자화상을 점자로 읽다가 그만 자화상이 되어버린 느낌을 준다. 냉이꽃, 구치소, 문둥이, 독방, 확신범, 거기다 어찌 저런 으흐흐 으흐흐 괴기한 웃음까지 곁들이는가. 선비인가 수기치인인가 도대체 독자는 어리둥절하다.

홍신선 시인은 참으로 신비로서 선비를 뛰어넘고 한미한 도학자로서 느림을 밀어낸다. 교수의 종횡무진 백묵에 칠판인가?

부도浮屠와 불사佛事와 박운薄雲

홍신선 시인의 두 번째 계열은 불교시 계열이다. 홍 시인은 불교 종단의

대학 동국대학교 국문과를 나왔으므로 일찍이 교양기초에서 불교학개론
이나 불교문화사를 이수했을 것이다. 그 이후 그의 독서체험은 경전이나
불교의 선시 계통의 교양을 넓힌 것으로 보인다. 그는 시선집 책머리글로
'내 시의 주제는 늘 나였다'를 썼는데 여기서 "제2부는 선불교에 심취하며
나름 삶의 세계를 달리 살펴본 작품들이다…당송시대 선사들의 어록과 선
사상을 서구식 사유와 논리에 기초해 설명한 이 책에 나는 한동안 침혹했
었다."고 밝혔다.

죽으면 어디 강진만 갈밭쯤에나 가서
육괴肉塊는 벗어서
시장한 갯지렁이 시궁쥐들의 배 속이나
소문 없이 채워 주고
그래도 남는 것이 있으면
찬 뼈 두 낱 정도로 견디다가
언젠가는
그것도 다아
이름 없는 불개미 떼나 미물들에게
툭툭 털어
벗어 줄 일이지

쇠막대 울 앞
애꿎은 시누대들만 수척한 띠풀들 사이 끌려 나와서
새파랗게 여우눈 맞고 있다.

—「부도浮屠」 전문

　인용시는 드물게도 죽음과 육괴肉塊에 대한 이야기를 담고 있다. 죽고
난 뒤 육신 덩어리는 미물들의 뱃속이나 채워주고 찬 뼈 두 낱 정도는 불개

미들에게 툭툭 털어내 준다는 것이다. 유가의 선비사상에서는 입에 올리지 않는 내용이다. 독자들은 원효와 해골바가지 일화에서 죽은 뒤의 몰골을 만나기도 했을 것이다. 어쨌든 사람이 죽어서 까마귀밥이나 되는 현실을 현실로 받아들이는 것은 불가의 통과의례이다. 시인이 불교와 선에 대해 접하면서 육조 혜능의 오도송에 닿았을 것이다.

> 보리(깨달음)에는 본래 나무가 없고
> 밝은 거울 또한 대가 아니라네
> 본래 한 물건도 없는 것이거늘
> 어디에 먼지가 묻는다는 말인가

'본래 한 물건도 없다一切無一物.'는 시인은 이 시를 쓰고는 다른 시들이 갖는 육신 쥐어짜기에 대해 "구차한 것이다, 참 구차한 것이로다" 하고 속으로 외쳤을 것이 아닌가 한다.

시인의 이「부도」에는 현대시 일반에서의 '관념과 이미지'라는 두 축을 견지하고 있다. 1연은 불가적 관념이고 2연은 시누대 중심의 이미지이다. 어쩌면 이 2연이 주는 것이 오히려 '염화미소'이고 그것이 선적이다.

> 오늘도 그 절 뒷산의
> 대소의 오리나무와 상수리나무들이 제가
> 마음에다 새기고 깎은 부처님들을
> 만불전처럼 모셔 내놓고 있습니다
> 감출 것 없이 있는 그대로
> 이내 빛 부처들을 내놓습니다
> 무량의 기쁨들을 오월 햇볕들을
> 다포계 지붕 위에 수수천 장씩 기왓장들로 쌓아 놓고 섰는

그 절 뒷산에……

─「불사佛事를 하는 절에 가서」 부분

오리나무와 상수리나무들이 부처를 마음에다 새기고 깎는다는 일이 또 하나의 불사일까? 불가적 상상력이 탁월해 보인다. 불가에 들어 오래 목탁을 두드린 일도 없으면서 법문도 설해 본 일도 없으면서 법문을 할 때는 도반들이 몰려와서 들어야 하는데 그런 관념도 없이 이런 시를 쓴다는 것이 불가사의로 읽힌다. 깨달으면 바로 부처라고 하지만 시인은 시인이라는 무기로 이런 가섭의 미소 같은 것을 만들 수 있으니 선비의 그 적요에서 다시 민머리 스님의 돈오돈수로 이동하는 일이 예사로워 보이지 않는다.

벌써 너는
버림받은 늙은 개처럼 시간 밖에서 허기진 뱃구레를 헐떡이는가,
골목 안 쓰레기통 뒤져낸
마른 사골 뼈다귀들이나 체념들
힘겹게 핥고 있는가,

얼굴 없는 후회
일순 일순을 출력 중인
서녘 텅 빈 하늘에 또 슬금슬금 나와서는.

─「박운薄雲」 전문

필자는 이 「박운」을 읽는데 가수 최희준의 노래 '하숙생'이 떠오른다. "인생은 나그네길/어디서 왔다가 어디로 가는가/구름이 흘러가듯 떠돌다 가는 길엔/정일랑 두지 말자 미련일랑 두지 말자/인생은 나그네길 구름이 흘러가듯/정처없이 흘러서 간다" 인생은 구름이 흘러가듯 떠돌다 가는 것

이라는 허무 달관의 노래이다.

  '버림받은 늙은 개의', '허기진 뱃구레', '쓰레기통', '사골 뼈다귀', '체념', 이런 걸 핥고 떠도는 길이 인생이라는 것이고 기껏해야 얼굴 없는 후회에 당도하는 길이 시인의 '薄雲'이다. 그러나 시인의 깨달음보다 가수의 노래가 훨씬 근사하고 점잖은데 이는 시인이 가는 견성 지향이 생명 그 자체를 움직이는 대로 포착하고자(송준영, 선시의 세계) 하는 데 있기 때문일 터이다. 어쩌면 이 부분을 더 들어가면 시인이 찾고자 했던 '反常合道'의 방식이 찾아지지 않을까 한다.

나는 어디에 고개를 묻고 있었을까

  시선집 제4부에 속하는 시편들에 대한 것으로 역사의 굽이를 통과한 기록들이다. 시대와 역사를 나름 거쳐온 시편들로 현실에 적극적으로 나서지 못한 것에 대한 자성록일 수 있으리라.

> 운명은 결코 뛰쳐나갈 수 없다는 것
> 장대높이뛰기로도 시대의 담벽은 넘을 수 없다는 것을
> 알기까지는
> 얼마나 오랜 시간이 걸렸는가
> 그렇게 생각 안채로 들여보내고 하루를 네 귀 맞춰 개어 깔고
> 무심히 흑백 TV의 풀온을 당기면 떠오르는 화면,
> 꼿발 딛고 아득히 넘겨다보는
> 흐린 화면 너머의 더 흐린 화면 그곳엔 무엇이 있었는가
> 황사 바람이여 지난 시절 그 4·19 5·16 5·18 속에
> 누가 장대높이뛰기를 하였는가
> 나는 어디에 고개 묻고 있었는가

비닐 씌운 두둑에 고추모 옮겨 심고 멍석딸기꽃 밑에 마른 짚 깔기
젖먹이 기저귀 갈아 주듯 깔아 주며
언젠가 풋딸기들이 뾰족한 궁둥이로 편히 주저앉을 것을 생각하는
나날이 이 도道와 궁행躬行은 얼마나 사소한가 거대한가

풀 먹여 새옷 입듯이
마음 벗고 껴입는.

—「황사 바람 속에서」 부분

인용시는 지성인으로서 화자가 역사의 굽이에서 현실에 뛰어들지 못하고 살았음을 고백하고 있다. 수필가 김태길 교수는 지성인으로 1974년 무렵 시대에 호응하지 못하고 산 것에 대한 자성록 수필 '대열'을 썼다. 반성하며 다지는 글이었다. 무기력하고 나약에 빠진 자의 몫은 나름의 반성이 기본일 것이다. 그러나 홍신선 시인은 시인이기 보다 교수로서의 몫에 기울어져 있음을 알 수 있다. "운명은 결코 뛰쳐나갈 수 없다는 것/장대높이 뛰기로도 시대의 담벽을 넘을 수 없다는 것을/알기까지는/얼마나 오랜 시간이 걸렸는가", "황사 바람이여 지난 시절 그 4·19 5·16 5·18 속에/누가 장대높이뛰기를 하였는가/나는 어디에 고개를 묻고 있었는가" 하고 자성의 가슴을 연다. 그러나 화자는 비닐 씌운 두둑에 고추모 옮겨 심고 풋딸기 기르기에 도道와 궁행躬行의 호미를 들었다. 그러면서 그 도道와 궁행躬行이 얼마나 사소한가 하고 자탄의 채찍을 내리친다. 이울러 황사 바람 속에서 그것이라도 얼마나 거대한 것인가 하고 곧바로 의미의 높이로 서게 된다. 말하자면 화자는 밭 갈고 작물 심기로 말하는 교육의 자리, 그 자리를 지켜오고 있었음을 내비친다.

그렇지만 시 전반부에 "너는 삭막한 하늘 안팎을 뉘우침처럼 갈팡갈팡 들락이는데……"하며 참회록 같은 구절을 잊지 않는다.

다음 시를 읽어보자.

> 그 나라는 맹골 수로에 전복되기 직전 직각 벽으로 기울던 대형 여객선처럼
> 난파 직전 이른바 고관, 졸부들, 정치꾼, 얼치기 기자들이 혹은 변복變服으
> 로 혹은 팬티 차림으로 제일 먼저 빠져나와 도망갔다고 한다.

> 갑판 밑 선실 방방마다 구명조끼도 못 입은 채 대기하다 가라앉은
> 영문 모른 뭇 목숨들
> 머리 좋은 몇몇이나 몰살 중에 살아나왔다고 한다.

> 그렇게 격류 흐르는 서남단 심층류에 금세기 초 깊이 가라앉은,
> 거기 켜켜이 썩은 탐욕과 비리 속에 생금生金처럼 묻힌
> 그 어리디어린 미래가
> 이 시 읽는 당신이 아, 바로 그 나라다.

—「아, 그 나라」 전문

인용시는 세월호 사건을 다루고 있는 시다. 1970년 그 무렵의 김지하가 쓴 '오적'의 한 대목을 연상하게 한다. 김지하가 말한 오적은 재벌, 국회의원, 고급공무원, 장성, 장차관 등인데 홍신선 시인의 세월호 4적은 고관, 졸부들, 정치꾼, 얼치기 기자들 등이다. 이들이 직접적인 가해자이기보다는 세월호 사건이 일어나기까지의 간접 적폐세력이라고 본 것이다. 시인은 시에서 비교적 자세히 세월호 침몰 과정을 다루었는데 마지막 연에서 "거기 켜켜이 썩은 탐욕과 비리 속에/생금처럼 묻힌 그 어리디 어린 미래"라 하여 썩은 것과 생금의 미래를 대비하고 있다. 그런 나라가 '당신'이라고 통렬히 지적한다. 썩은 나라가 당신을 포함한 우리 모두의 나라임을 가리킨다. 사건이 났을 때 국민들은 하나같이 "아무리 생각해도 설명이 되지 않는 사태"라고 울분을 토했다. 시인은 시로서 그날의 생생한 비극을 두고 시

읽는 당신이 바로 그 나라이다 라는 데 이르렀다. "내 탓이요 내 탓이요 내 큰 탓이로다"의 자성적 경구를 들려주고 있는 셈이다.

이름 하나와 고통의 노래

시선집 제3부에 속하는 타자 지향의 시편들이다. 젊은 시절의 감정 표출을 주로 한 사랑시들이 이에 속한다. 인간은 이런 시편이 없이 살아질 수 있을까? 아니 시인은 이런 시편이 없이 온전한 인간으로서의 임무를 수행하고 살았다 할 수 있을까?

그걸 무어라 하나요
불이 뜨거울수록
새카맣게 그슬린 낡은 주전자의 보리찻물이 다 닳아 잦듯이
아픔에
자글자글 잦아지는

그걸 무어라 하나요
누구는 목숨이라고 누구는 아무도 모를 사랑이라고 하나
잦아진 그 언저리,
문득 달고 쓴 내음새나
빈 공간들로
힘 있게 새겨지며 희어지는

그걸…….

—「그걸 무어라고 하나요」 전문

인용시는 실제 대상을 두고 쓴 것일 수도 있을 것 같고 그 반대일 수도 있다. 사랑하는 사람의 보편적인 성애의 형상화로 보이기 때문이다. 우리

나라 시인으로서 성애의 감정을 시로 쓴 시인은 많다. 한용운, 유치환, 박목월, 백 석, 장만영 등이 우선 기억의 대열에 든다. 이들은 이른바 이야기를 갖춘 시편들은 없지만 하나씩 둘씩 산발로 흘러나온 아름다운 이야기를 수집해 볼 수 있다. 그러나 그 밖의 근현대 시인들 중에도 애절한 시구와 더불어 에세이류를 통해 성애의 간절한 대목을 지나가고 있음을 본다.

홍신선 시인은 시인으로서 내성적인 성격의 소유자로 알려져 있어 무슨 그릇 큰 에피소드 류는 상상할 수가 없는 시인으로 알려져 있다. 그렇더라도 인간의 살에 바늘을 찌르면 피가 나듯이 그런 본성의 성애를 드러내지 말라는 금기는 없을 것이다. "새카맣게 그슬린 낡은 주전자의 보리찻물이 다 닳아 잣듯이/아픔에 자글자글 잦아지는 이라든가 누구는 목숨이라고 누구는 아무도 모를 사랑이라고 하나" 정도의 규정이다. 거기서 더 가면 "문득 달고 쓴 내음새나/빈 공간들로/힘 있게 새겨지며 희어지는" 수준이다.

사랑은 젊음일 때 고통이고 영원이다. 「작은 고통의 노래」가 그렇다.

내 죽은 뒤
죽어서 무겁던 육괴(肉塊) 다 벗은 뒤에도
내가 너를 사랑하던
마음 하나만은
다시
꺼진 연탄재들 서먹서먹 넋 빼고 쌓여 있는
그때 그 광화문 골목들로
싸락눈 몇이 아픈 몸 마지막으로 깨뜨리던
그때 그 찻집 문턱가로
어슬렁거릴 것이니

네가 부르면
대답하리라

오오냐 오오냐
땅 위 침묵하는 모든 것들로
따금 따금 뼈를 끊듯이 애를 끊듯이
대답하리라
안 보이는
환한 꿈과 고통을 살 속에 넣고 사는
북위 37.5도 동경 127도의 서울로나 살아서
나는
대답하리라.

—「작은 고통의 노래」 전문

시선집 3부 시편들은 시선집 '책 머리에' 적힌 대 젊은 시절의 감정 표출이다. "내가 너를 사랑하던", "그때 그 광화문 골목", "그 찻집 문턱가", "네가 부르면/ 대답하리라", "뼈를 끊듯이 애를 끊듯이", "환한 꿈과 고통을 살 속에 넣고 사는", "북위 37.5도 동경 127도 서울로나 살아서"에 이르는 정열과 사랑의 열도는 고통의 노래 자체이다. 젊은 시절의 그 풋풋함이 지금도 끓고 있을까. 지금도 서울일까 광화문일까.

"다만 남은 것은/캄캄한 숯검댕이 캄캄한 죽음으로서/사람의 일을 식히며 그대를/잊는 일이노니"(「있는 것 사르고」)의 현주소와 '해남군 토말부락'의 정서와 "그대와 내가 겸허하게 수락해야 하는 것"등 아내와의 그 이름 불러주기가 눈시울을 적셔준다. 이별의 고통에 속하는 정서가 청춘으로부터 넘겨받은 덕목이 되리라.

홍신선 시인은 이렇게 선비와 불자와 시대 넘기, 그리고 청춘 사랑의 필수 과목 같은 생애의 언덕을 넘어왔다. 필자는 시선집『사람이 사람에게』를 텍스트로 하여 그 충실한 '책 머리에'를 꼼꼼히 읽으며 그 교수다운 해설에 따라 시 작품에 열중했다. 그 대신에 그 어떤 홍신선 시인에 대한 비평도 작품 읽기 범위에 넣지 않았다.

필자는 시선집, 그 중에서도 잘 읽히는 시편을 골라 읽었기 때문에 시인의 세계에서 한 국면만 더듬어 본 것인지 모른다. 그렇더라도 시집 표제시 「사람이 사람에게」를 읽으면서 "세상은 묵묵히 넓어지고/사람이 사람에게 위안이라는 걸" 더불어 깨달은 것이 좋았다. 개별 시집에서 씌어진 시간대에 맞추어 귀한 시편들과 노닐었으면 한다.

사회적 죽음과 시적 부활

문효치論

사회적 죽음과 시적 부활

문효치論

사회적 죽음과 시적 부활

1971년에 공주에서 무령왕릉武寧王陵이 발견되고, 서울에서 그 유물전 시회가 열려 문효치 시인이 관람한다. 이를 계기로 삶과 죽음의 문제를 결부한 시를 창작하기 시작한다. 이상의 약전은 역사적 사건에 의해 고난을 겪은 문효치의 '사회적 죽음'과 시적 부활의 여정이다. 활발한 문효치의 문학 활동은, 그에게서 결핍된 아버지의 사랑에 대한 보상심리의 발로가 아닐까 추측된다. 6·25라는 전쟁은 그에게서 하늘인 아버지와 곧 희망을 뺏어갔다. 그의 시를 보기로 한다.

사랑아,
참, 오랫동안 너를 잊었었구나.

처마 끄슬린 **都會**
또는 布帳친 村邑의 장거리에서
바쁘고 피곤하기만 한

無名의 배우처럼
슬플 줄도 기쁠 줄도 몰랐었구나.

騷音의 洪水 속에서
떠밀려 내리는 낡은 木船처럼
잃어버리고 만 너였구나.

텅 빈 肉身의 한구석
저 혼자 텅텅 내리치는 가슴의 고동에
소스라쳐 깨어나는
사랑아, 너를 잊고 있었구나.

게릴라戰이 지나간
要塞의 골짜기처럼
바람 부는 저 건너 언덕엔
彼我의 창백한 意志가 火葬되는데

손을 다오
부드럽기만 한 살빛
참, 오랫동안 너를 잊었었구나.

—「煙氣 속에 서서」 전문

위의 시는 제1시집의 표제가 된 작품이다. 한 시집의 표제는 그 시집의 세계를 상징하는 이미지이다. 그러니까 「煙氣 속에 서서」는 시인이 존재하는 공간과 시간을 상징하는 이미지이다. 존재의 공간과 시간 속에 연기가 자욱한 것이다. 연기는 불이 탈 때 나오는 기체이다. 그렇다면 '연기'를 만들어 낸 불의 정체는 무엇인가. 시인이 존재하는 '공간적 배경'은 한반도이고, '시간적 배경'은 1966년에서 1976년이다. 이때는 이미 6·25 전쟁이 휴전되고 23년이 지난, 문효치가 33살이 되던 시기였다. 그렇다면 연기를 만들어 낸 불의 정체는 무엇일까.

전쟁은 시인에게서 아버지를 뺏어갔다. 그의 하늘은 어둡고 캄캄하다. 하늘같은 존재인 아버지가 사라지고, 마음에 심화가 치밀어 오른 것이다. 심화가 만들어낸 연기는 '물리적 공간'이 아닌 '심리적 공간'을 가득 채운다. 그의 '심리적 공간'인 의식과 무의식의 공간이 울화로 가득한 것이다. 그래서 시의 첫 연이, "사랑아,/참, 오랫동안 너를 잊었었구나."가 된 것이다.

이 「煙氣 속에 서서」는 피란 때 열차 지붕 위에서 만난 터널의 체험이 그의 의식 속에 각인된 아픔의 이미지이기도 하다. 문효치는 "1·4 후퇴 때에는 기차의 지붕 위에 올라 피란을 했었다… 터널을 만날 때마다 이불을 뒤집어쓰고 무사히 빠져나가기를 빌었다. …뒤돌아보면 내 삶은 험난한 터널 속이었다."라고 회고한다.

어디가 아픈지 모르지만
하여간 나는 앓고 있다.

로-마의 暴君
그의 미친 하루의 祝祭를 위해 기르던
毒한 猛獸의 우리처럼
孤獨이 咆哮하는 倉庫에 갇혀 있다.

(중략)

그대 한아름 안고 몰아오는 꽃밭
잎잎에 뚜걱뚜걱 진땀을 흘리며
꽃은 殘忍한 이빨을 드러내고 웃는다.

「病中 1」 부분

문효치의 병은 "어딘가 아픈지는 모르지만/하여간 나는 앓고 있다."는 병이다. 이로 보아 문효치의 병은 육신의 병이 아니고 마음의 병이다. 사실 육신의 병보다 "어디가 아픈지 모르"는 마음의 병이 더 무섭다. 육신의 어느 부위가 아프면 외과적 수술이나 내과적 약으로 치료할 수 있다. 그러나 마음의 병은 스스로 고쳐야 한다. 이 마음의 병은 문효치가 시인으로 등단하고 대학을 졸업하면서 ROTC 장교로 임관해야 하는데, 연좌제 때문에 부당하게 탈락되었다는 사실의 충격으로 시작되었다. 외적인 충격에 의해 그는 "로-마의 暴君/그의 미친 하루의 祝祭를 위해 기르던/毒 한 猛獸의 우리처럼/孤獨이 咆哮하는 倉庫에 갇혀있다."는 마음의 병이 들었다. 대학에서 훈련을 받을 때만 해도 그는 학사장교의 꿈을 꾸었을 것이다. 신춘문예를 통해 시인으로 화려하게 등단도 하였으니, 시인장교로서의 화려한 꿈을 꾸다가 일시에 절망과 좌절의 "孤獨이 咆哮하는 倉庫에 갇혀"버렸다. 시인으로서 겪는 '사회적 죽음'의 체험이다. 화려한 시인장교로서의 꿈이 깨지고, "동기생 소대장들이 있는 전방부대에서 굴욕적인 분대장으로 복무하는" 소외감을 "孤獨이 咆哮하는 倉庫에 갇혀 있다."는 이미지로 형상화한 것이다.

문효치의 마음을 가둔 "堅固한 쇠窓 밖/내 어릴 적 꿈을 길어 올리는 나무에/어느 철없는 少年이 놓친/가오리鳶의 찢어진 살점은" 가오리연과 같이 하늘 높이 날리던 유년의 꿈이 처참하게 찢어진 절망의 이미지이다. 이 처참한 절망과 낙담의 원인은 "전쟁과 전쟁 사이에서/冤痛히 壓殺당한/젊은 아버지의 흐느끼는 魂靈이다."에서 보듯 아버지와의 연좌제이다.

문효치는 이 '사회적 죽음'의 병으로 인해 "밤마다 나는, /기름기 걷히어 가는 나의 白骨을/으스러지도록 끌어안고 잠을 請하지만/그러나 기다리는 靜寂의 포근한 무게는/찾아들지 않는다."고 불면을 호소한다. 이러한 지경에 든 「病中」에서, 문효치는 자신의 병을 "孤獨이 咆哮하는 倉庫에 갇혀 있다."는 이미지로 형상화하고, 불면을 "기다리는 靜寂의 포근한 무게는/찾아들지 않는다."는 은유적 이미지로 형상화하는 시적 기교를 보여주고 있다. 이로 보아 문효치는 「病中」에서도 '시정詩庭'을 벗어나지 않은 시인임을 확인할 수 있다. 이러한 시인의 지혜는 "그대 한 아름 안고 몰아오는 꽃밭/잎

잎에 뚜걱뚜걱 진땀을 흘리며/꽃은 殘忍한 이빨을 드러내고 웃는다."라고
시를 마무리한다.

무령왕과의 조우와 생명의 상승

연기 속에서 헤매던 문효치가 백제의 유물과 만난 것은 동병상련同病相
憐이라고 할 수 있다. 물론 백제의 유물은 공간에 존재하는 사물事物이며,
무생물이다. 그러나 시인에게 이 사물은 자연의 사물과는 달리 영혼이 있
는 사물이었다. 이 유물들은 무령왕의 무덤 속에 천오백여 년 동안 묻혀 있
다가 발굴되었다. 무령왕의 육신은 돌아오지 못했지만 영혼은 유물들과 함
께 부활한 것이라고 문효치의 시적 상상력은 인식하고 있다. 즉 부활한 백
제의 혼령들과 만난 셈이다.

문효치는 백제 유물들을 만나고 나서 그의 시적 상상력에 불이 붙는다.
그는 "이 무렵을 전후해서 나는 백제 유물들을 만지작거리며 시를 썼다."고
한다. 그는 "백제 유물들을 만지작거리며"라고 했는데, 이는 손이 한 것이
아니라 그의 상상력이 백제 유물들을 '만지작거리며' 시적 이미지를 형상화
했다는 의미이다. 그 결과 1973년에 「武寧王의 金製冠飾」과 「武寧王의 靑
銅飾履」를 발표한다. 문효치의 백제시 창작이 시작된 것이다. 이때 「바람
II」도 함께 발표했다. 이처럼 백제 유물을 만나면서 문효치의 '사회적 죽
음'으로부터의 해탈이 시작된다. 다시 말해 죽음에 대한 공포인 생명의 어
둠인 무명無明을 벗기 위한 해解와 행行의 작업이 시작되었다.

님은
불 속에 들어앉아계시다.

(중략)

당신의 머리 위에 얹히어 타던 불,
천하를 압도하던 위엄어린 음성이
저 불꽃의
널름대는 혓바닥 갈피갈피에 스며있다.

(중략)

님이여,
당신은 이 불속에 들어앉아 계시다.
―「武寧王의 金製冠飾」 부분

　이 시는 제1시집에 수록된 4편의 백제시 중의 한 편이다. 물은 땅을 향해 아래로만 흐르고, 불은 하늘을 향해 타오르듯이, 영혼은 밝음을 향해 날아오른다. 그것은 <태양―빛―불―밝음>이 소위 태양체계solar system이기 때문이다. 그의 백제시 이전의 상황은 터널 속의 어둠이었다. 그 상황이 「연기 속에 서서」와 「病中 2」의 이미지였다. 위의 시에서 '金製'는 황금빛이고, '冠飾'은 머리에 쓰는 관이다. 빛과 밝음을 상징하는 비유적 이미지이다. 지상의 존재로서 빛을 내며 하늘로 오르는 것은 불뿐이다. 그래서 「武寧王의 金製冠飾」을 "님은/불 속에 들어앉아 계시다."라는 이미지로 형상화한다. 이 불은 "三界를 골고루 밝히며/한 송이 영혼으로 타고 있는 純金"이며, "당신의 머리 위에 얹히어 타던 불꽃,/천하를 압도하던 위엄어린 음성이/저 불꽃의/널름대는 혓바닥 갈피갈피에 스며있다."는 이미지로 형상화된다. 엘리아데는 "태양영웅은 항상 '어두운 면', 즉 죽은 자의 세계, 가입의례, 풍요 등과 관련되는 면을 보여주고 있다. 태양영웅의 신화도 똑같이 주권자나 조물주 숭배에 속하는 요소를 포함하고 있기도 한다."고 했다. 죽은 자이며 주권자였던 무령왕을 태양영웅으로 형상화한 이미지이다.

그렇지, 님을 실어 저승으로 저어가던 한 隻의 배가 세월의 골 깊은 앙금
에 익어 지금 여기에 머무르다. 이별을 서러워하던 血肉의 눈물이 아직도
마르지 않은 채 쉬임없이 들려오는 蒼生의 울음소리, 짭짜름한 저승의 바람
냄새가 잡혀 와, 그렇지, 우리가 또 빈 손으로 타고서 아스름한 바다를 가르
며 저어가야 될 한 隻의 배가 여기에 왔지.

「武寧王의 木棺」 전문

문효치는 '木棺'을 저승과 이승을 오가는 '한 隻의 배'라고 명명하고, "이
배에 탈 승객이 나는 아닐까."라고 한다. 그러다가 "나는 죽음의 두려움을
덜기 위해 죽음을 인정하고 수용해버리는 역설적 방법으로 대응할 수밖에
없었다."고 했다. 그 후 문효치는 건강을 회복하게 된 것이다. 그의 건강회
복은 온전히 백제 유물과의 만남에서였다고 한다. 그렇다면 백제 유물에
대한 그의 페티시즘呪物崇拜(Fetishism)도 그의 생명탐구의 한 과정이라고
할 수 있겠다. 문효치는 "내가 백제 관련 시 백 수십 편을 쓰면서 제일 많이
생각해 본 것은 삶과 죽음의 합일화를 시로 승화시켜보자는 것이었다."고
했다. 그는 "그렇지, 우리가 빈손으로 타고서 아스름한 바다를 가르며 저어
가야 될 한 隻의 배가 여기에 왔지."라고 시를 마무리한다. '죽음의 배'인
'木棺'을 두려워하지 않는다. 이에 대해 김정남은 "여기서 무령왕의 목관이
란 단지 패망한 왕조의 유물이 아니다. 그것은 '님을 실어 저승으로 저어가
던 한 척의 배'이자 우리가 또한 '빈손으로 타고 아스름한 바다를 가르며
저어가야 될 한 척의 배'이다. 여기서 삶과 죽음의 경계가 무화되고 있다는
사실보다 더 중요한 것은 시간의 의미다."라고 하고… "무령왕의 목관은,
죽은 자가 요단강을 건너가면 다시는 되돌아올 수 없다는 서구 기독교의
단절론이 아니라, 생과 사를 하나의 고리로 파악하는 동양적 연기론과 윤
회론에 맞닿아 있다고 할 수 있다."고 했다. 이 작품의 "이별을 서러워하던

혈육의 눈물이 아직도 마르지 않은 채 쉬임없이 들려오는 창생蒼生의 울음소리, 짭짜름한 저승의 바람 냄새가 잡혀와,"라고 하는 이미지를 근거로 든다. 이것은 이승의 울음소리와 저승의 바람 냄새가 함께하는 곧 이승과 저승을 넘나드는 시적 상상력의 이미지임을 말해준다. 시인은 이승과 저승을 넘나드는 목관에서 '삶'과 '죽음'이 하나의 생명현상이라는 시적 이미지를 본 것이다.

문효치는 "내 생의 중요한 매듭, 그 아린 매듭을 기념하는 작은 표지로 삼고자" 제5시집 『바다의 문』을 출간한다고 했다. 이것은 그의 시간과 생명의 흐름에서 매우 중요한 매듭이다. 시간의 흐름은 40대가 끝나고 50대가 시작되는 매듭이고, 생명의 흐름은 소외와 하강에서 조화와 상승으로 변환되는 매듭이다. 공자도 50에 이르러 하늘이 맡겨준 사명을 알았다고 했다. 이 제5시집 『바다의 문』의 「자서」는 오직 존재구현과 생명의 새로움을 위한 창작에 몰두하겠다는 선언이다.

불교적 사유와 만난 시적 상상력

문효치의 상상력이 「금동미륵보살반가사유상」의 눈길과 만난 다음부터는 "저 미물의 목숨,/목숨의 애틋함에까지도 닿아 있다."는 자비의 길이 된다. 그는 백제의 유물들이 무정한 물체가 아니라 신비로운 생명체로 보이는 것은 사랑의 눈으로 보기 때문이라고 한다. 문효치의 시의 길은 곧 사랑의 길이 된다. 시의 길은 곧 사랑의 길이며, 자유의 길이기 때문이다. 그는 "백제의 유물들이 나에게 있어서 하나의 무정한 물체가 아니라 신비로운 생명체로 보이는 것은 사랑의 눈으로 보기 때문이다. 이럴 때 영감은 하늘로부터 스르르 내려온다. 그는 「허무의 센티멘탈리즘을 넘어서」란 글에서 "내가 틈만 나면 공주 박물관에 송산리 고분에 공산성에 부여의 여기저기에 익

산의 미륵사지에 석촌동 방이동 고분에 가서 그들을 껴안고 어루만지는 것
은 이런 영감을 하늘로부터 받아들이기 위한 나의 기도이다.”라고 했다.

　백제시의 근원은 백제 유물을 비롯하여 옛 백제의 공간과 시간, 역사적
배경까지 복합된 모든 것이다. 그는 백제의 영토였던 곳의 공간은 백제의
하늘이라 하고, 백제의 수도였던 공주를 「武寧王의 나라」라고 할 만큼 백
제를 사랑한 시인이다.

> 전주 가는 길목
> 몸빛이 고와 반짝이는
> 그 바위에 걸터앉아 있네
>
> 지금도 그 바위 옆
> 시냇물 문질러 닦아내고
> 가슴에 품어
> 핏줄 잇대어 목숨 건네주고 있네
>
> —「백제시　노래」 전문

　이 작품의 제목이 「백제시 —노래」이다. 시와 노래는 하나이며 한자어
로는 시가詩歌라고 한다. 그런데 현대시는 외형률의 리듬이 아니라 내재율
의 리듬이다. 이 내재율의 리듬이 곧 현대시의 이미지이다. 그러니까 위의
시 「백제시 —노래」는 그가 백제의 혼령들과 교감하는 이미지이다. 이 작
품을 왜 백제시라고 했을까. 첫 연의 “전주 가는 길목/몸빛이 고와 반짝이
는/그 바위에 걸터앉아 있네”일 뿐이다. 그런데 둘째 연의 “지금도 그 바위
옆/시냇물 문질러 닦아내고/가슴에 품어/핏줄 잇대어 목숨 건네주고 있네”
에서 보듯, 전주는 백제의 옛 땅이었다는 것으로 백제시가 된 것이다. 이
시에서 화자가 ‘시냇가 바위에 걸터앉아 있는 것’이 전경前景이고, “핏줄 잇

대어 목숨 건네주고 있네"가 후경後景이다. 바위에 앉아있는 모습은 시각
적 이미지의 전경이고, 노랫소리가 "핏줄 잇대어 목숨 건네주고 있네"는
백제의 혼령과 교감하는 비유적 이미지의 후경이라는 말이다. 그는 백제의
옛 땅에만 가면, 「武寧王의 나라」에서 백제의 혼령들과 교감하는 시인이
다. 이 영적 교감이 그의 시의 후경이다.

> 몸에는
> 무한정한 시간들이
> 둘둘 감겨 있습니다.
>
> 댕겨진 불길로 절이 탈 때
> 호쾌하게 내지르던
> 소정방의 고함소리도
>
> 아비규환의 와중에서
> 달아나는 백성의 비명소리도
>
> 이제는 둘둘 감긴
> 시간의 현絃 위에서
> 아련한 음률이 되어 퉁겨져 나옵니다.
>
> 아무리 큰 아픔이라도
> 오래오래 묵혀
> 우리네 장醬처럼 삭히고 삭혀
> 전혀 다른 새로운 맛으로 만들고 있습니다.
> —「백제시 —백제탑」 전문

탑이란 유한한 인간이 무한을 꿈꾸며 세운 조형물이다. 그 탑의 "몸에는/

무한정한 시간들이/둘둘 감겨 있습니다.”라고 한다. 이것은 천오백년 동안
이나 견디어온 백제혼의 이미지이다. 어느 탑에나 자연적인 시간은 그 탑신
에 “둘둘 감겨 있습니다.”라고 할 수 있다. 그러나 ‘백제탑’이란 고유명사가
될 땐 백제의 흥망이라는 역사적 시간이 함께 “둘둘 감겨 있”는 것을 볼 수
있다. 자연적 시간이 감겨 있는 탑신의 모습은 시각적 이미지의 전경이고,
그 전경 뒤에 “문학과 사회 간의 역동적 긴장”인 후경은 시인이 본 이미지이
다. 전쟁으로 “댕겨진 불길로 절이 탈 때/호쾌하게 내지르던/소정방의 고함
소리도//아비규환의 와중에서/달아나는 백성의 비명소리”까지, 탑신에 “이
제는 둘둘 감긴/시간의 현絃 위에서/아련한 음률이 되어 퉁겨져 나옵니다.”
라고 한다. 자연적 시간의 현에서는 “아련한 음률이” 나올 수 없다. 백제의
흥망이라는 역사적 시간이 시적 상상력을 만나 음률이 되어 울려나온다.

백제의 흥망성쇠라는 역사적 시간이 새가 되어 날아들기도 하고, 음률
이 되어 흘러나오기도 한다. 이 작품에서도 ‘소정방의 고함소리’와 ‘백성의
비명소리’가 “오래오래 묵혀/우리네 장처럼 삭히고 삭혀/전혀 다른 새로운
맛으로” 울려나온다. 천오백여년 동안 백제탑에 감겨 있던 역사적 시간이
백제시의 이미지로 부활한 것이라 하겠다.

> 그대가 다니는 길은
> 이제는 닳을 대로 닳아서
> 칙칙한 숲 속에서도
> 환한 금빛으로 뻗어 있다.
>
> (중략)
>
> 길을 가다말고 앉아서
> 그가 생각하는 것은

로댕의 저 '생각하는 사람'의 생각과는 달라서
저 미물의 목숨,
목숨의 애틋함에까지도 닿아 있다.
—「백제시 — 금동미륵보살반가사유상」 부분

위의 시 첫 연의 "그대가 다니는 길은/이제는 닳을 대로 닳아서/칙칙한 숲 속에서도/환한 금빛으로 뻗어 있다."에서, "그대가 다니는 길"은 보살의 길이고, 금동미륵보살반가사유상은 백제의 유물이므로 천오백여년 동안 보살도를 행했으며, "이제는 닳을 대로 닳아서/칙칙한 숲 속에서도/환한 금빛으로 뻗어 있다."고 한다. 눈에 보이는 상像은 시각적 전경이고, 보살도는 "환한 금빛으로 뻗어 있다"는 후경이다. 그리고 "칙칙한 숲속"은 인간의 숲인 사바세계의 이미지이다.

둘째 연의 "숲에서 일어/몸부림치는 바람도/이 길에 들어서면/금빛이 된다."에서, "숲에서 일어/몸부림치는 바람"은 사바세계에서의 갈등과 번뇌의 이미지이고, "이 길에 들어서면/금빛이 된다."는 보살도를 만나서 깨달음의 금빛이 된다는 이미지이다. 셋째 연의 "개개비 쑥꾹새/딱정벌레나 딱정벌레의 새끼들도/언제나 몸부림치며 살지만"은 사바세계의 고해에서 허덕이는 중생의 이미지이다. 반가사유상半跏思惟像은 가부좌를 하고 생각하는 상이다. 시각적 이미지의 전경은 같지만 그 사유의 내용은 "로댕의 저 '생각하는 사람'과 달라서/저 미물의 목숨,/목숨의 애틋함에까지 닿아 있다."에서 보듯, 그 후경은 다르다. 그 다른 내용이 '미물의 목숨의 애틋함'이다.

옥개석에 누워
잠자던 세월이 내려 온다.

용화산 소나무

목숨의 한 끝 다쳐
앓고 일어나는데

구겨져 날아다니던 햇빛들
이제는 저 들 끝으로 모두 가버리고

텅 비어 적이 안심되는 평화.
요 무언의 땅바닥,
미륵의 세상인가.

「미륵사터의 탑」 전문

위의 시 「미륵사터의 탑」의 "옥개석에 누워/잠자던 세월이 내려온다."
고 한다. 세월은 결코 잠을 자지 않는다. 탑이 건립된 7세기의 세월은 계속
흘러와 지금은 21세기에 와 있다. 그렇다면 '잠자던 세월'은 무엇인가. 그
것은 백제의 혼령이다. 백제의 유물 속에 잠자던 혼령들이 문효치의 상상
력을 만나 그의 상상력 속으로 내려온다는 것이다. 무령왕의 무덤 속에서
잠자던 유물이나, 백제의 옛 땅에서 잠자던 백제의 혼령들이 그의 상상력
을 만나 그의 시 속에서 모두 부활한다. 그 결과 그는 백제의 혼령과 교감
하는 백제의 시인이 된다. 시 속에서는 "용화산 소나무/목숨의 한 끝 다쳐/
앓고 일어나는데"에서 보듯 소나무까지도 '앓고 일어나는' 것이며, 셋째 연
의 "구겨져 날아다니던 햇빛들/이제는 저 들 끝으로 모두 가버리고"에서
보듯 '햇빛들'까지 '구겨져 날아다니던' 것이었다. 여기서 '소나무'는 그의
생명을 상징하는 이미지이고, '햇빛들'은 그의 마음을 상징하는 이미지이
다. 그의 생명은 다치고 마음은 구겨진 것이었는데, 시 속에서 다친 목숨은
'일어나'고, 구겨진 마음은 '가버린'다고 한다. 마지막 연의 "텅 비어 적이
안심되는 평화./요 무언의 땅"은, 그를 향한 군수사기관의 감시와 수사가

줄어진 것의 이미지이고, 마지막 행인 "미륵의 세상인가."는 정말로 새 세
상이 온 것인가 라고 자문하는 이미지이다.

<blockquote>
저녁 나절

얕은 안개처럼

봉선사에 스며들다가

종각 토방에 걸러서 넘어진 김에

반가사유상의 흉내로 앉아 있으니

청설모 한 마리

달빛 한 조각 물고 지나가다가

놀란 눈으로

물고 가던 달 한 조각

내 시선 위에 넌지시 걸어놓고 가더라
</blockquote>

―「봉선사에서」 전문

　　불교적 사유와 만난 시적 상상력은 시 미학적 이미지 형상화에 치중하게
된다. 물론 그의 시세계도 한층 심오해진 것이 사실이다. 위의 시에서 "저녁
나절/얕은 안개처럼/봉선사에 스며들다가/종각 토방에 걸러서 넘어진 김에
/반가사유상의 흉내로 앉아 있으니"에서 보듯, 그 제목이 「봉선사에서」임
에도 불구하고, 염불이나 발원 같은 불교적 용어나 행위가 전혀 없이, 오직
시 미학적 비유의 이미지 형상화에만 치중해 "얕은 안개처럼/봉선사에 스
며들다가"에서 보듯, 자신을 안개로 비유하여 객관적 사물회의 이미지로
형상화한다. '안개'라는 자연의 사물로 비유한 다음에 "종각 토방에 걸려 넘
어진 김에/반가사유상의 흉내로 앉아 있으니"에서 보듯 '안개'가 자연스럽
게 불교적 사유의 반가사유상으로 변신한다. 그러고도 "청설모 한 마리/달
빛 한 조각 물고 지나가다가"와 같은 놀라운 시 미학적 이미지의 미감을 이

룩한다. 마지막으로 그 청설모가 "놀란 눈으로/물고 가던 달 한 조각/내 시선 위에 넌지시 걸어놓고 가더라"라는 놀라운 비유에 이르러선 시적 상상력이 불교적 사유와 만나서 이룩하는 시 미학적 실상을 목도하게 된다.

이와 같은 시 미학적 이미지의 형상화는 선시禪詩의 경지와 방불하다고 하겠다. 불교적 사유와 시적 상상력의 만남으로 그의 시적 방향이 반가사유상의 눈길과 만나게 된 것이다.

향수와 귀향, 물소리의 이미지

문효치의 "스스로 죽어가고 있"던 생명 곧 그의 시적 상상력이 무령왕의 유물을 만난 다음, 그의 가슴으로 "날아드는 새" 곧 백제의 예술혼에 의해 "날아오르는 새"가 되어, 백제의 옛 땅을 비롯해서 전국을 떠돌다가, 마침내 일본에까지 다녀온 과정을 살펴봤다. 그 결과 그의 시 창작은 생명의 고향을 그리워하는 향수와 원형회복을 위한 귀향의 혀앙화임을 확인할 수 있었다. 동시에 공간적 생명의 고향은 자연이고 시간적 생명의 고향은 유년이라는 사실도 인지할 수 있었다.

고무신 코끝에
한 사내의 유년이
앉아 있다

보리밭 둔덕 위 풋내 스밀 때
허기진 몸속으로
피어오르는 어지럼증

산이 내려앉고
바다가 솟구쳐

허둥대던 50년이
고무신 코끝에 모여 있다

현기증 속에서
어머니의 목숨 끝자락을 부여잡고
그래도 파랑새 날려 보내며
유년이 앉아 있다

―「농악 1」 전문

위의 시 제1연의 "고무신 코끝에/한 사내의 유년이/앉아 있다"는 향수의
이미지이다. '한 사내'는 시간의 흐름에 따라 60대가 된 문효치 자신이고,
유년은 그의 어릴 적 모습이다. 유년으로는 결코 돌아갈 수 없다. 향수로만
그려볼 뿐이다. 제2연의 "보리밭 둔덕 위/풋내 스밀 때/허기진 몸속으로/피
어 오르는 어지럼증"에서 '보리밭 둔덕위'와 풋내 스밀 때도 유년의 이미지
와 함께 그려지는 향수의 이미지이다. 이 시에서 중요한 것은 '고향, 유년,
자연'에 대한 향수이다.

제3연의 "산이 내려앉고/바다가 솟구쳐/허둥대던 50년이/고무신 코끝에
모여 있다"는, 고향을 떠나와 '한 사내'가 되기까지의 행로이다. 그의 행로
는 "산이 내려앉고/ 바다가 솟구쳐/허둥대던 50년"이었다. 이 50년의 행로
가 "고무신 코끝에 모여 있다"고 한다. 그의 유년은 1960년대의 가난하고
배고프던 시기였다. 이 어려운 시기를 상징하는 이미지가 '고무신'이다. 제
9시집 2부「남내리」에는「농악」연작시 4편의 시가 있는데 이 4편의 시가
모두 '고무신' 이미지로 시작된다.「농악 2」는 "고무신 코끝에서/뻐꾸기 울
음소리 흘러내린다"이고,「농악 3」은 "고무신 코끝이/눈물로 반짝인다"이
며「농악 4」는 "고무신 코끝에서/나비 한 마리 날아오른다"이다. 그리고「농
악」이 '고무신'과 무슨 상관이 있는지도 시의 이미지만으로는 알 수가 없

다. 아마 「농악」 자체가 농촌에서만 볼 수 있는 풍경이고. '고무신'은 가난
하고 헐벗은 1960년대를 상징하기 때문이라고 생각한다.

　1960년대는 농촌이나 도회나 가릴 것 없이 가난하고 주리던 시기였다.
이 어려운 시기에 "현기증 속에서/어머니의 목숨 끝자락을 부여잡고/그래
도 파랑새 날려보내며/유년이 앉아 있다"고 한다. 홀어머니의 '목숨 끝자
락'인 사랑만 부여잡고, "그래도 파랑새 날려 보내며/유년이 앉아 있다"는,
아무리 어려운 유년시기였지만 미래를 향해 꿈을 날려 보냈다는 것이다.
그때 날려 보낸 '파랑새'의 날갯짓이 오늘의 문효치를 있게 한 힘이다. 이
힘의 원천은 '보리밭 둔덕 위 풋내'로 상징된 자연이다.

베어 보면
그 속은 새벽이다

엊저녁 달빛
아직은 젖은 채
갈잎더미 밑에 있고

그 달빛에 미처
울던 풀벌레 소리
여운으로 날아다니는데

그래도 여명의 소근거림은
시간의 옷자락에
푸르스름 물들어
저 언덕을 넘고 있나니

―「물소리 2」 전문

물은 생명의 원형상징이라고 했다. 그렇다면 물은 존재의 원형이며, 생명의 고향이라 하겠다. 문효치는 「물소리 1, 2」에서 귀향의 이미지를 형상화한다. 그의 시가 이르러야 할 시 미학의 정점이라 하겠다. '물소리'를 "베어보면/그 속은 새벽이다"라고 그렸다. 물소리를 어떻게 '베어보면'이라고 표현할 수 있을까. 물도 흐르고 시간도 흐른다고 한다. 물은 공간적인 흐름이고 시간은 불가시적인 흐름이다. 그러나 인간존재와 관련해서는 물의 흐름보다는 시간의 흐름이 더욱 절실하다. 물의 흐름의 청각적 이미지가 '물소리'이다. 이 '물소리'를 "베어보면/그 속은 새벽이다"라는 것은 '물소리'는 언제나 신선하다는 것이다. 하루의 시간에서 새벽은 인생으로는 '유년'의 이미지이다.

존재의 원형인 '물소리' 속에는 "엊저녁 달빛/아직은 젖은 채/갈잎더미 밑에 있고"에서 '엊저녁 달빛'은 유년의 추억을 상징한다. 이 유년의 추억에 젖어 있는 문효치의 시심을 "그 달빛에 미쳐/울던 풀벌레 소리/여운으로 날아다니는데" 라는 이미지로 형상화한다. 문효치는 위의 시에서 「농약」, 「광대」, 「끈」, 「갈대」 등의 작품에서 형상화하던 '향수'와 '귀향'의 이미지를 시 미학적으로 완결하는 시작 경지에 이름을 볼 수 있다.

이 지점에서 "그래도 여명의 소근거림은/시간의 옷자락에/푸르스름 물들어/저 언덕을 넘고 있나니"에서 보듯 아무리 유년의 추억과 향수에 젖어 있어도 시간의 흐름 속에 갇혀서, "저 언덕을 넘고 있나니"로 마무리한다. 제10시집이 출간된 2011년에 문효치의 자연 연령은 70을 바라보고, 시력은 45년이다. 이런 지점에서 '물소리'를 '새벽과 달빛' 그리고 '풀벌레 소리'와 '언덕을 넘고 있나니' 로 형상화한 것은 참으로 놀라운 시적 성취라고 생각한다.

이제까지 문효치의 시적 행로가 인위적 관념의 '끈'을 끊고 (해탈), 우주적 생명의 끈과 연결되는 시 미학적 이미지의 행로였다는 것을 확인할 수 있었다. 다음에는 문효치 시의 마지막 귀착점인 작은 생명에의 사랑 이미지를 살펴보기로 한다.

생명 존중의 마지막 자리

문효치의 제11시집 『별박이 자나방』은 모두 4부로 구성되었다. 이 시집은 제1부 「거꾸로 여덟팔나비」, 제2부 「달무리 무당벌레」, 제3부 「풀에게」, 제4부 「쇠딱따구리」의 4부로 구성되었다. 이 중에 '제3부 「풀에게」'는 동물 이미지가 아닌 식물이미지이다. 이것은 제12시집의 시세계를 예고한 것으로 볼 수 있다. 아무리 작은 미물이라도 동물은 움직이는 존재이다. 특히 "관심 밖으로 버려졌거나 짓밟힌 생명"의 이미지로는 식물보다 동물이 더 문효치의 눈길을 끌었을 것이라 추측된다. 그래서 문효치는 동물이미지의 시집을 먼저 출간한 것이라고 생각된다.

시인은 세상을 꺼꾸로 보기도 한다지만
시인도 아닌 이들이 내 이름에
'꺼꾸로여덟팔'을 붙였을까

날개 가운데 새겨진 흰 띠 무늬는
꽁무니 쪽에서 보면 거꾸로여덟팔자지만
얼굴 쪽에서 보면 옳은 여덟팔자요
그것도 석봉이나 추사의 글씨보다 더 아름다운데

왜?
얼굴을 대면하기 껄끄러운가?
하기사 인간들이란 부끄러운 일도 많아 그렇긴 하겠지만
「꺼꾸로여덟팔나비」 전문

위의 시 「꺼꾸로여덟팔나비」는 나비이므로 곤충이다. 이 시는 제11시집의 첫 작품이다. 이 나비의 날개 가운데에 "꽁무니 쪽에서 보면 꺼꾸로 여덟팔자"의 '흰 무늬'가 있다고 한다. 그 '흰 무늬'가 "얼굴 쪽에서 보면 옳은 여덟팔자요/그것도 석봉이나 추사의 글씨보다 더 아름다운데" 왜 「꺼꾸로여덟팔나비」란 이름을 붙였느냐고 묻는다. 이 시에서 시적 화자인 이 이름을 가진 나비가 의문을 제기하는 형식이다. 그리고 끝 연에선 "왜?/얼굴을 대면하기 껄끄러운가?/하기사 인간들이란 부끄러운 일도 많아 그렇긴 하겠지만"으로 시를 마무리한다. 자연은 나를 비워버린 무아無我의 세계이고, 명명命名은 인위의 의식세계이다. 석봉이나 추사의 서예가 아무리 아름다워도 자연의 무늬에 이르지 못한다. 시의 창작은 사물의 새로운 이름 짓기이다. 미물에 지나지 않는 나비의 모습과 그 생명의 위대성을 관찰한 문효치의 시인으로서의 안목을 높이 평가하지 않을 수 없다. 이제부터 참 생명의 미학이 시적 형상화되기를 기대한다. 동물의 미물인 「꺼꾸로여덟팔나비」의 이름이, 그 날개의 무늬로 인해 붙여졌다는 사실을 아는 사람은 곤충학자 외에는 없을 것이다.

등에
외계로 가는 길이 보인다
피타고라스가 걷던 길에
에너지가 모여들어
기대힌 벌들의 숲이 자라고
우리의 삶이 하늘로 이어진다
이 길에서 권력이 나온다
하늘의 입구에 백로자리가 날개를 펄럭인다
우주의 축이 수직으로 일어선다

—「별박이자나방」 전문

위의 시는 제11시집의 표제가 된 작품이다. 그러나 「별박이자나방」이란 곤충이 흔한 이름은 아니다. 하긴 백제의 유물이나 일본에서의 백제와 관련된 이름도 문효치의 시에서 처음 만나는 독자들이 많을 것이다. 이 시는 "등짝에/외계로 가는 길이 보인다"로 시작된다. 곤충의 등에 새겨진 무늬에서 시인은 '외계로 가는 길'을 본다. 여기서 '외계'는 인간이 모르는 신비의 세계이다. 언제나 신비의 세계를 찾아가던 "피타고라스가 걷던 길에/에너지가 모여들어/거대한 별들의 숲이 자라고/우리의 삶이 하늘로 이어진다"고 한다. 자연의 세계 중에서도 생명의 세계는 '하늘로 이어지는 길'이다. 이 "하늘의 입구에 백로자리가 날개를 펄럭인다/우주의 축이 수직으로 이어진다"고 한다. 문효치의 말대로 "무릇 모든 생명체들은 인간의 지우개로 지워지지 않는 존엄성을 가지고 있으며 이 세상 운용의 커다란 질서 속 당당한 구성원으로서의 권리를 가지고 있다"고 할 수 있다. 나방의 등에 새겨진 무늬에서 생명의 신비로 이어지는 길을 보고 있다.

<blockquote>
엊저녁 초승달 아래에서
깨금발로 뛰어다니던 유령
풀먹인 그 흰 옷의 사각거림에
배춧잎은 일제히 소름 돋는다
</blockquote>

「배추흰나비」 전문

위의 시 「배추흰나비」도 나비의 이미지이다. 초승달의 희미한 달빛 아래서 「배추흰나비」가 나풀거리는 것을 "엊저녁 초승달 아래에서/깨금발로 뛰어다니던 유령"이라고 묘사하고, 나풀거리다가 배춧잎에 옮겨 앉은 나비의 모습을 "풀 먹인 그 흰 옷의 사각거림에/배춧잎은 일제히 소름 돋는다"라는 촉각적으로 형상화한다. 시각적인 나비의 나풀거리는 모습을 "깨금발로 뛰어다니던 유령"이라는 관념적 이미지로 "엊저녁 초승달 아래에서"라는 어스름의 이미지와 어울리게 한 것이나, "풀 먹인 그 흰 옷의 사각거림에"서 '흰 옷'의 시각적 이미지와 '사각거림'의 청각적 이미지의 교묘한 조화, 그리고 "배춧잎은 일제히 소름 돋는다"는 촉각적 이미지까지 구사하여, 4행의 단시로써 생명의 신비를 공감각적으로 형상화하고 있다. 배추밭의 흰 나비떼의 나풀거림을 형상화한 완벽한 단시이다. 나비의 나풀거림을 "깨금발로 뛰어다니는 유령"으로 은유함으로 신비감을 느끼게 한다.

> 누가 보거나 말거나
> 피네
>
> 누가 보거나 말거나
> 지네
>
> 한마디 말도 없이
> 피네 지네

—「들꽃」 전문

제11시집은 주로 곤충의 이미지를 드러낸 작품들인데, 위의 시 「들꽃」은 말 그대로 인위와 상관이 없는 들꽃을 형상화한 작품이다. 첫 연의 "누가 보거나 말거나/피네"와 둘째 연의 "누가 보거나 말거나/지네"에서, "누가 보거나 말거나/피네—지네"는 인간과 상관없는 자연현상이다. 시간의 흐름에 의해 공간 속 사물에 변화가 일어나는 자연현상이다. 시간의 흐름에 따라 공간 속에서 꽃이 '피네—지네'가 되풀이 되는 자연현상은 결코 인위와 상관이 없다. 그러나 셋째 연의 "한마디 말도 없이"에선 인간과의 상징적인 관계가 암시된다. 말은 인간만의 것이기 때문이다. 그렇다면 '피네—지네'

는 인간생명의 무상함을 상징하고 있다. 인간생명의 '피네―지네'도 들꽃과
다름이 없다. 인간 각자의 생명도 저 혼자 피고 지는 자연현상이다.

　　감나무 한 그루
　　허리에 심었네

　　살을 썩혀
　　나무를 키웠네

　　봄빛 끌어안고 가버린 새
　　다시 돌아와 함께 울었네

「앞산」 전문

　　위의 시「앞산」은 문효치의 마지막 귀의처는 자연이다. 고유명사의 인
위적 관념을 벗고 생명이 닿아야 할 자연이다. 일본, 한국, 백제까지도 벗
어버린 자연의 이미지이다. 그 산이 이미 가버린 과거의 '뒷산'이 아니라
앞으로 다가올 미래의 「앞산」이다. 이 시에서는 「앞산」이 곧 이 시의 시적
화자이다. 자연의 「앞산」이 문효치 시인으로 의인화된 것이다. 그러므로
이「앞산」은 곧 문효치의 앞으로의 시세계를 상징한다. 산은 역사의 근원
이며 동시에 종교의 근원이다. 모든 생명을 품어 기르는 어머니의 품이다.
그「앞산」이 "감나무 한 그루/허리에 심었네"라고 한다. 감나무는 열매를
맺는 유실수이다. 그러므로「앞산」은 생명을 잉태하는 어머니이다. 이「앞
산」은 어머니처럼 "살을 썩혀/나무를 키웠네"라고 한다. 이 감나무는 문효
치의 가슴에서 자라는 시적 상상력의 상징이다. 이 '감나무'를 키웠더니
"봄빛 끌어안고 가버린 새/다시 돌아와 함께 울었네"라고 한다. 제1시집의
'사회적 죽음'의 새가 문효치의 젊음(봄)을 끌어안고 가버린 '백제시 이전

의 시적 상황'이었다. 이제 문효치의 시가 백제의 역사를 만나 저승에서 날아오르는 새가 되어 일본에까지 갔다가 시의 품으로 다시 돌아와 문효치와 함께 '울었네'라고 한다. 이제 「앞산」은 앞으로 다가올 문효치의 시세계이며, 「앞산」은 동식물의 서식지로서 동식물 이미지를 다 아우를 수 있는 자연이다. 제12시집의 예고임과 동시에 시인의 물활론적 사고와 생명사랑의 자비심과도 일치한다.

때맞추어 시인은 시집 「바위 가라사대」에서 시적 대상을 무생물로 바꾸어 나타낸다. 자연, 동식물을 대상으로 한 '생명 존중의 자리'에 공존하는 무생물의 세계는 함묵과 무표정으로 존재하고 있다. 생물의 대척적인 자리에 무생물이 놓여 있지만 불가의 법문은 그 대상을 생물과 무생물로 구별하지 않는다. 그러므로 생명과 비생명이 따로 존재하지 않고 문학적 범주에선 반상합도反常合道로 초월하게 된다. 앞으로 이런 선시적 이론으로 문효치의 '바위'시는 논의의 과정을 심도 있게 거쳐야 하리라 본다.

마무리

이제까지 문효치 시인의 시적 여정을 살펴봤다. 아버지의 월북이 문제가 되어 장교 임관에서 탈락되고, 하사로 입대하여 동기생 소대장들이 있는 전방부대에서 분대장으로 복무하면서 제대할 때까지 군 수사기관의 감시를 받았다고 한다. 이를 가리켜 필자는 문효치의 '사회적 죽음'이라고 했다. 그런 사회적 죽음 속에서 문효치는 1971년에 백제의 무열왕릉에서 발굴된 유물들을 만나면서 백제시인으로서의 시적 생명이 부활하게 된다. 백제시인이 된 문효치는 백제의 옛 땅과 백제의 문화가 전파된 일본에까지 가서 백제정신과 만나기도 한다.

백제시인 문효치의 상상력이 「금동미륵보살반가사유상」의 눈길과 만난 다음부터는 "저 미물의 목숨,/목숨의 애틋함에까지도 닿아 있다."는 자비의 길이 된다. 이를 가리켜 '불교적 사유와 만난 시적 상상력'이라고 할 수 있다. 시인의 상상력이 종교적 사유와 만나게 되면, 시의 본질인 '생명 존중의 마지막 자리'에 도달하여, 곤충들의 생명이나, 들풀들의 생명을 형상화하는 이미지 시인이 된다는 결론에 이르게 되었다. 또한 나아가 무생물적 제재 '바위'를 통해 선시적 통합의 이미지까지 내다보게 되었다. 이런 문효치의 시적 여정, 그 깊이로 보아, 그의 문단 활동 역시 그만이 해낼 수 있는 시대적 책임의 범위 안에서 최선이지 않았을까 헤아려 본다.

학시일체學詩一體 시세계의 탐구

오탁번論

학시일체學詩 ·體 시세계의 탐구

토속언어와 유년

오탁번 시선집『눈 내리는 마을』의 <시인의 말>을 읽는다.

> "마음에 쏙 드는 시선집 하나 내고 싶었다.
> 알콩달콩 우리말의 숨결이 자지러지는 시에 나는 내 목숨을 준다.
> 한 시인의 일생 동안 수백 편의 시를 발표하지만 백 년 후에 과연 몇 편의
> 작품이 살아날 수 있을까.
> 시와 1:1로 마주 서 있는 내 모습이 처연하다.
>
> 간밤에 잣눈이 내렸다."

'시인의 말'은 적어도 이 시선집에서 '우리말의 숨결', '자지러지는 시'라는 점에서 '나의 목숨'을 줄 만하다는 것이다. 일단 오탁번 시인이 신춘 당선시가 가지는 1960년대식 자의식류나 '현대시' 그룹의 내면적 탐색이라는 흐름과는 가닥이 다른 쪽에서 '알콩달콩 우리말'에 악센트를 주고 있음이 놀랍다.

> 잣눈이 내린 겨울 아침, 쌀을 안치려고 부엌에 들어간 어머니는 불을 지피
> 기 전에 꼭 부지깽이로 아궁이 이맛돌을 톡톡 때린다 그러면 다스운 아궁이
> 속에서 단잠을 잔 생쥐들이 쪼르르 달려나와 살강 위로 달아난다

배고픈 까치들이 감나무 가지에 앉아 까치밥을 쪼아 먹는다 이 빠진 종지
들이 달그락대는 살강에서는 생쥐들이 주걱에 붙은 밥풀을 냠냠 먹는다 햇
좁쌀 같은 햇살이 오종종 비치는 조붓한 우리 집 아침 두레반
—「두레반」 전문

　인용시는 시골 겨울 아침 부엌 풍경이 그려진 것으로 토속적 언어와 끈
적거리는 줄글의 문맥으로 오히려 정겨움이 넘치는 시세계를 보인다. 시
속에는 유년과 자연이 함께 흐른다. 토속어로 잣눈, 지피기, 부지깽이, 아
궁이, 종지, 살강, 주걱, 밥풀, 햇좁쌀, 오종종, 조붓한, 두레반 등이 한껏 서
정의 중심을 이룬다. 우리나라 시인들 중에는 서정주나 영랑이나 백석이나
박재삼 또는 박용래 등의 일부 시편들에서 유사 이미지들을 느낄 수 있다.

지붕 위에 널린 빨간 고추의 매운 뺨에
가을 햇살 실고추처럼 간지럽고
애벌레로 길고 긴 세월을 땅속에 살다가
우화되어 하늘을 날으는 쓰르라미의
짧은 생애를 끝내는 울음이
두레박에 넘치는 우물물만큼 맑을 때
그 옛날의 사랑이여
우리들이 소곤댔던 정다운 이야기는
추석 송편이 솔잎 내음 속에 익는 해거름
장지문에 창호지 새로 바르면서
따다가 붙인 코스모스 꽃잎처럼
그때의 빛깔과 향기로 남아 있는가
물동이 이고 눈썹 훔치면서 걸어오던
누나의 발자욱도
배추흰나비 날아오르던
잘 자란 배추밭의 곧바른 밭이랑도

그 자리에 그냥 있는가
방물장수가 풀어놓던
빨간 털실과 오디빛 참빗도
어머니가 퍼주던 보리쌀 한 되만큼 소복하게
다들 그 자리에 잘 있는가
툇마루에 엎드려
몽당연필에 침 발라가며 쓴
단기 4287년 가을 어느 날의 일기도
마분지 공책에
깨알처럼 그냥 그대로 있는가
그 옛날의 사랑이여

「그 옛날의 사랑」 전문

인용시는 유년시절 고향에서 있었던 어머니와 누나와 방물장수와 몽당연필과 일기장에 얽혀 있었던 추억과 그 사랑이 그대로 있는지 묻고 있는 회억의 시다. 알콩달콩 유년이, 고향 풍경이 그때의 말에 어울리며 살아있는 기억 속으로 되살아나고 있다. 지붕 위의 빨간 고추, 애벌레, 쓰르라미, 두레박, 우물물, 소곤댔던, 추석 송편, 솔잎 내음, 해거름, 창호지 장지문, 물동이, 눈썹, 밭이랑, 방물장수, 오디빛, 참빗, 한 되, 소복하게, 툇마루, 몽당연필, 침 발라가며, 깨알 등 순우리말이 참깨 털리듯 수북이 털러 나오고 있다.

오 시인은 <시인의 말>에서 말한 대로 '우리말의 숨결이 자지러지는' 시를 보여주고 있다. 왜 오탁번 시인이 자지러지는 쏠림의 시어에 목숨을 건다고 했을까? 이 물음에 대한 답을 유보해 두면서 이어 시 「밥 냄새 1」을 보자.

하루걸러 어머니는 나를 업고
이웃 진외가 집으로 갔다
지나다가 그냥 들른 것처럼

어머니는 금세 도로 나오려고 했다
대문을 들어설 때부터 풍겨오는
맛있는 밥 냄새를 맡고
내가 어머니의 등에서 울며 보채면
장지문을 열고 진외당숙모가 말했다
—언놈이 밥먹이고 가요
그제야 나는 울음을 뚝 그쳤다
밥소라에서 퍼주는 따끈따끈한 밥을
내가 허둥지둥 먹는 걸 보고
진외당숙모가 나에게 말했다
—밥 때 되면 만날 온나
아 나는 이날 이때까지
이렇게 고운 목소리를 들어본 적이 없다
태어나서 젖을 못 먹고
밥조차 굶주리는 나의 유년은
진외가 집에서 풍겨오는 밥 냄새를 맡으며
겨우 숨을 이어갔다

—「밥 냄새 1」 전문

시인이 어느 날 우리말을 고르고 찾아내는 의식이 생기게 되면 일단 유년의 체험으로 쏠리게 되어 있다. 인용시가 그런 경우에 속할 것이다. 유년은 인간 삶의 원형이므로 자연스레 원형적 언어를 톱니처럼 끼고 있을 터이다. 시인은 유년의 한 지점을 포착하게 되면 딸리어 나오는 유년 언어를 의식하지 않아도 이삭으로 줍듯이 획득할 수 있다. 힘 들이지 않고 토박이 언어를 거느릴 수 있다는 이야기이다. "하루걸러, 업고, 진외가집, 풍겨오는, 맛있는, 보채면, 장지문, 진외당숙모, 언놈이, 밥소라, 퍼주는, 따끈따끈한 밥, 허둥지둥, 만날 온나, 목소리, 젖을, 굶주리는, 밥 냄새, 숨을" 등 힘 쓰지 않고 그 체험에 그 언어인 것이다.

푸새한 무명 뙤약볕에 말려서
푸푸푸 물 뿜는
작은어머니의 이마 위로
고운 무지개가 피어오르고
보리저녁이 되면
어미젖 보채는 하릅송아지처럼
나는 늘 배가 고팠다

안질이 나서 눈곱이 심할 때
작은어머니가
쏴쏴쏴 요강소리 그냥 묻은
당신의 오줌을 발라주면
내 눈은 이내 또록또록해졌다

초등학교 마칠 때까지
작은어머니의 젖을 만지며 잤다
회임 한 번 못한 채 젊어 홀로 된
작은어머니의 예쁜 젖가슴은
가위눌림에 정말 잘 듣는
싹싹한 약이 되었다

―「작은어머니」 전문

　앞 인용시와 지금 인용시는 가난했던 유년 시절을 소재로 하고 있다. 앞 시는 어머니의 아픔을 말하고 있고 지금 시는 작은어머니의 보살핌으로 견뎌온 유년을 말하고 있다. 자지러지게 쏠리는 시어는 "푸새한, 무명 뙤약볕, 푸푸푸, 작은어머니, 이마, 무지개, 보리저녁, 젖 보채는, 하릅송아지, 눈곱, 요강 소리, 오줌, 발라주면, 또록또록, 젖가슴, 가위눌림, 싹싹한" 등인데 한 편의 시 속에 토속어 내지 토속어감 주는 시어들이 주루룩 딸려 나오고 있다. 우리말 쏠림의 시편들에 등장하는 시어들을 더 찍어내 볼까 한다.

「손님 1」 … 두루마기, 사립, 기침, 소꿉놀이, 바늘겨레, 여쭈어라, 오생원, 섬돌, 당숙, 흰둥개, 덩달아, 꼬리

「밤」 … 산소, 밤나무, 알밤, 밤송이, 쭉정밤, 회오리밤, 쌍동밤, 한가위, 보름달, 껍질, 까다

「사랑하고 싶은 날」 … 앵두나무, 꽃그늘, 벌떼, 다래나무, 호랑나비, 날갯짓, 아기다래, 다랑논, 올벼, 청개구리, 눈알, 알밴, 메뚜기, 볼때기, 저녁노을, 된장독, 쉬 슬다, 앞다리, 거미줄, 한나절, 굴뚝빛, 왕거미

「눈 내리는 마을」 … 건넛마을, 다듬이소리, 보리밭, 시렁 위, 씨옥수수, 생쥐, 밤마실, 다디단, 곶감, 헛기침, 눈사람, 수염, 숯, 밤새, 고샅길, 은하수, 물빛, 까치들, 하양 지붕

이 밖에 우리말 이름다움이 빛나는 시는 「벙어리장갑」, 「메롱메롱」, 「달걀」, 「술래잡기」, 「기차」, 「액막이연」, 「춘일」, 「실비」 등 헤아릴 수가 없다.

필자는 이쯤에서 오 시인이 "마음에 쏙 드는 시선집 하나 내고 싶었다는 것, 그것은 알콩달콩 우리말의 숨결이 자지러지는 시에 목숨을 준다는" 것이었다는 점에 주목하고자 한다. 지금까지 논의해 온 오 시인의 '토속언어와 유년'은 그 지향점이 어디에로 가 닿는 것일까? 오 시인은 시인이기 전에 교수였고 그것도 사범계열인 수도여자사대와 고려대학교 사범대학 국어교육과 교수로 국어교육 강의 전공자였다. 오 시인은 학부는 영문과를 나오고 대학원은 국어국문학과 석·박사 과정을 이수했다. 그러면서도 교수직은 국어교육과 교수를 지냈다는 점에 필자는 특별히 방점을 찍고서 바라

보고자 한다.

대학에서 인문대학의 국어국문학과와 사범대학의 국어교육과는 다르다. 국어국문학과에서는 순수 인문과학에 매진하고 국어교육과는 응용학문으로 학생들의 경우 중고등학교 국어교사의 자격을 취득하는 과정을 이수한다. 그 교수는 문학을 가르치되 중등학교에서 국어과목을 가르칠 수 있게 지도해야 한다. 오탁번 교수의 그 과목 설계도는 어떤 것이었을까? 그가 시와 소설을 겸해 국내문단 활동을 하면서 사범대학의 직업교수로 근무했지만 그의 석사학위와 박사학위는 시 전공 논제였다. 그러므로 국어교육과 교수인 그의 주 강좌는 관례상 '시교육론'이었을 것이다.

시인인 교수의 시 교육론에 대한 첫 번째 전략은 우리말의 정체성 찾기가 그 기본이라 본다면 외래어를 배제하고 한자어를 물리치는 것에 있었을 것이다. 아름다운 우리말, 토박이말에 대한 의식의 고양과 그 실천, 그리고 우리말 지키기와 순화운동이 필수적이었을 것이다. 김열규 교수는 이러한 실천과 연계된 창작시 작품을 '학시일체學詩一體' 또는 '교시일체敎詩一體'라 한 적이 있다. 이 장에서 논의된 '토속언어와 유년'은 바로 그 '학시일체'의 한 부분을 가리키고 있다고 볼 수 있다.

시창작 현장의 시

오탁번 시인은 시에서 시 창작의 현장을 잘 드러내고 있다. 그런 시의 경우 독자(대학에서는 학생)들에게 교육용 시편으로 썼을 듯하다. 「국어 시간」을 보기로 한다.

추석이 왔다
저승길 돌아 돌아

어머니가 왔다
아내가 동그랑땡을 부친다
맛있는 기름 냄새 맡다가
동그랑땡?
그말 참
절세의 이미지라는 생각이 문득 들어
국어사전을 펼친다
동그랑땡 – 돈저냐를 속하게 이르는 말

돈저냐?
또 국어사전을 펼친다
돈저냐 – 쇠고기 돼지고기 생선 따위에
두부나 나물 같은 것을 섞어
엽전만큼씩 동글납작하게 만든
밀가루와 달걀을 씌워 기름에 지진 저냐
뭐? 동그랑땡이 속된 말이라고?
국어사전을 냅다 던져버린다
오늘 국어사전은 빵점이다
빵점?
또 국어사전을 펼친다
빵점 – 영점을 속되게 이르는 말
나는 무지막지 속된 놈인가 보다

추석이 왔다
동그랑땡 맛보려고 어머니가 왔다
빵점 맞은 막내 찾아
저승길 돌아 돌아
어머니가 왔다

—「국어 시간」 전문

인용시는 국어 시간에 이야기할 만한 이야기로 시 창작하는 현장을 포착한 시다. 추석에 아내는 저승길 어머니가 돌아오는 형용인 동그랑땡 전을 부치고 있다 가만히 생각하니 화자는 그 동그랑땡이 절세의 이미지라는 것을 느낀다. 어머니와 명절이 함께 돌아온다는 의미와 돈(엽전)이 갖는 동그라미, 그리고 달걀 씌우기 음식인데 이를 두고 국어사전은 속말이라는 딱지를 붙인다. 그래 화자는 사전을 던져버리는 국어 시간이다. 빵점이라 해놓고 그 말을 사전에서 찾는데 영점의 속된 말이라고 규정하고 있다. 아 사전 밖에 있는 나는 무지막지 '속된 놈인가 보다' 이는 반어법이다. 속마음은 그렇지 않은데 속된 놈으로 말하여 그렇지 않음을 강조한 것이다.

오늘 국어 시간은 말에서 토속어가 무작정 속되다는 것에 대한 반성의 시간이 되길 바라는 시간이다. 토박이말을 추구하다 보면 때로는 속되다 싶은 말이 있을 것이나 대국적으로 우리말 사랑의 입장에서 그 자체를 의미 있는 것으로 파악할 수 있어야 함을 시로써 가르치고 있다. 현장의 시는 꼭히 사범대학 교수 시절에만 씌어지는 것이 아니다. 그 시절에 붙었던 관성이 그 이후에도 이어지는 시작법으로 굳어짐을 볼 수 있다.

시가 잘 안 써지는
진눈깨비 몰아치는 추운 겨울밤
깊은 잠에 빠져
무서운 꿈속에서 밤새 가위눌린다
고속도로 달리다가
핸들이 똑 부러져 공중제비 한다
까무잡잡한 티베트 여인의
샛서방 되어
사랑을 나누고 도망치다가
야크똥에 코를 박기도 한다

지구의 한 귀퉁이 한반도
제천시 백운면 애련로 855
다 낡은 분교사택
두 평 반 좁은 방에서
새벽녘에 홀로 잠이 깼다
반나마 까먹은 꿈을 모아
한 편의 시를 겨우 쓰지만
상투적인 수사가
늙정이의 검버섯 얼굴 같다

독한 술과 담배로
내 영혼을 쥐어짜며
고치고 또 고쳐서
한 편의 시를 간신히 마무리한다
제목은 굵은 글자로
본문은 가는 글자로
정성스럽게 프린트해서
연못 가 정자로 나간다
정자 들보에
시가 프린트된 A4를
줄을 매어 나란히 건다

며칠 후
정자에서 나부끼는 시를 떼어낸다
덕장의 황태처럼 잘 익은 시를
찬찬히 읽으려고
안경을 고쳐 쓴다
어렵쇼?
글자가 하나도 없다
북풍한설에 몽땅 날아갔다!

나는 죽었다

「풍장風葬」 전문

　　인용시는 시인이 정년한 이후 원서헌에 기거할 때의 시로 읽히는 시다. 시가 안 써지는 겨울밤에 꿈을 꾸다가 일어나 시를 쥐어짜듯 써서 다음날 정자로 나가 프린트한 원고를 줄에다 매달아 놓았다. 며칠 후 찬찬히 읽으려고 나부끼는 시를 떼어내는데 순간 글자가 달아났다. 북풍한설에 날아가 버린 것이다. 그래 '나는 죽었다'를 선언한다. 시인의 종지사는 늘 골계이거나 반어다. 시의 언어는 자주 속되거나 욕말에 탄력이 붙어 있다.

　　'샛서방', '도망치다가', '야크똥', '코를 박다', '검버섯' 이런 말들을 구사하면서 '상투적인 수사'에 낙담하고 있다. 시 제목을 「풍장」이라 하여 그 낙담의 질을 깊이 하면서 시적 반전을 꾀하고 있다. 다음 시를 읽자.

옛 제자가 내려온다고 전화가 왔다
오냐오냐
평소에 손님을 가리는 편이지만
이번엔 무조건 오케이!
그 옛날 내 연구실 조교를 했던
83학번 여학생
지금은 서울 어느 여고 국어교사다
83학번이면 올해 몇 살?
나는 미소 짓는다

오기 며칠 전 메시지가 또 왔다
　원서헌에 갈 때 뭐 갖다 드려요?
나는 바로
속이 뻔한 답을 보냈다

─반찬 잘 하는 과부 하나!
컴퓨터 잘하는
그 옛날 너처럼 철딱서니 없는
처녀 하나!
금세 메시지가 왔다
─배추김치나 얼갈이요?
앗!
시각 청각 후각이 팽팽 돌아가는
절묘한 이미지다
내 제자들은
왜 다들 나보다 똑똑한 거야?
날 좀 살려 줘!

─「얼갈이」 전문

　인용시는 제목 「얼갈이」가 절묘하다. 옛날 연구실 조교를 했던 학생(현재는 고교 교사)이 방문해 온다는 연락을 받고 화자는 내려올 때 '반찬 잘 하는 과부 하나'와 '컴퓨터 잘하는 철딱서니 없는 처녀 하나'를 필요로 한다고 말한다. 이 말에 즉각 응수해오는 조교, "아, 배추김치나 얼갈이?"로 단칼에 교수를 제압하는 것이다. 화자는 시각 청각 후각이라는 공감각적 이미지를 활용하는 재치를 두고 "내 제자들은 왜 나보다 똑똑하냐"고 감탄해 마지않는다. 끝줄에서 오탁번 시인은 시인 특유의 유머가 작동한다. "날 좀 살려 줘"이다.

　오탁번의 시는 행간이 시적 긴장으로 팽팽히 가는 것이 아니라 느긋한 서술적 행보를 보이지만 화법의 구조로 끈을 죄고 푼다. 이는 그가 문단 초기에 소설을 많이 썼던 것에서 오는 영향이 아닐까 한다.

　오탁번 시인의 시창작 현장의 시 계열에는 「표절」, 「제멋」, 「상투적 수사법」, 「시 창작론」, 「조장鳥葬」 등을 꼽을 수 있다.

교섭의 미학과 성애적性愛的 본질

오탁번 시인에 대해 오태환은 <오탁번론>(유심작품상 작품집)에서 "선생의 소설은 20대와 30대에 집중적으로 생산되고 있다는 사실이다. 그때까지 57편이 발표되고 만 40이 되는 해에 1편, 그 뒤 현재까지 3편이 보일 뿐이다." 그러니까 오탁번 시인은 일찍 시집을 낸 바 있어도 본격 시창작은 40대 이후라고 할 수 있을 것이 아닌가 한다.

이를 두고 볼 때 오 시인의 시는 소설적 구도나 요소들이 다양하게 침투되어 있을 것이라는 추단을 해볼 수 있다. 시 속에는 이야기가 흐르고 있고 캐릭터가 만들어져 있음을 보아 그러하다.

명사산 아득한 모래바람 속에서
긴 잠을 주무시는
혜초 스님을 월아천으로 모셔다가
서울에서 가져온
마늘종 고추장 깻잎 안주 삼아서
곡차 몇 잔 마신다

스님의 잠동무 아주 잘해 온
사막의 계집들도 불러내어
꼭두서니빛 꽃을 피우는
낙타초 가에 앉혀두고
스님한테 옛 사직의 흥망을 아뢴다

즈믄 해 동안 잠 동무하면서
스님한테 살가운 간지럼많이나 태운
양젖 냄새 나는 위구르 계집과
말젖 냄새 나는 흉노 계집이

정말 갸륵해
월아천 옥빛 물로 옥가락지 만들어
모래울음 보채는 손가락 손가락에
하나씩 끼워 준다

―「명사산」 전문

　인용시는 시인이 실크로드 여행 중에 쓴 것일까? 아니면 순 상상의 시일
까? 어느 쪽이든 이 시는 이야기를 꾸미고 있다는 인상을 받는다. 명사산
월아천을 배경으로 하는 이야기 구도를 보인다. 주인공은 혜초 스님이고
상대역에 사막의 계집들이다. 그리고 즈믄해 무대를 만들어 거기 다시 초
월적인 캐릭터로 위구르 계집과 흉노 계집을 세우고 있다. 대단원에서는
계집들 손가락에 옥가락지를 끼워준다. 혜초 스님은 8세기 신라 스님으로
서 인도여행을 다녀와 '왕오천축국전'을 저술한 역사 인물이다.

　소설은 일단 이야기를 풀어가야 하는데 배경을 정하고 두 사람 내지 세
사람이 등장하면서 서로 갈등 구조로 얽히게 한다. 그러나 시에서는 캐릭
터와 캐릭터 사이 갈등을 위해 입체적인 행동을 끼워 넣지 않고 평면적인
서술로 암시하고 지나가야 한다. 혜초와 화자 사이에는 곡차 몇 잔으로 끼
워 넣고 혜초와 사막의 계집 사이는 사직의 흥망을 끼워 넣는다. 그럼으로
써 캐릭터 사이의 교섭의 미학이 이루어진다. 여기에는 혜초가 섭렵한 밀
교적 교감이 어우러져 있을 것이다. 덧붙일 것은 오탁번 시의 구도는 스케
일이 크다는 것이다. 통시적 거리감에서도 그리하고 배경의 상하좌우 거
리 면에서도 그러하다.

수수밭 김매던 계집이 솔개그늘에서 쉬고 있는데
마침 굴비장수가 지나갔다
　―굴비 사려, 굴비! 아주머니, 굴비 사요

　　사고 싶어도 돈이 없어요
메기수염을 한 굴비장수는
뙤약볕 들녘을 휘둘러 보았다
　　그거 한 번 하면 한 마리 주겠소
가난한 계집은 잠시 생각에 잠겼다
품 팔러 간 사내의 얼굴이 떠올랐다

저녁 밥상에 굴비 한 마리가 올랐다
　　웬 굴비여?
계집은 수수밭 고랑에서 굴비 잡은 이야기를 했다
사내는 굴비를 맛있게 먹고 나서 말했다
　　앞으로는 절대 하지 마!
수수밭 이랑에는 수수 이삭 아직 패지도 않았지만
소쩍새가 목이 쉬는 새벽녘까지
사내와 계집은
풍년을 기원하며 수수방아를 찧었다

며칠 후 굴비장수가 다시 마을에 나타났다
그날 저녁 밥상에 굴비 한 마리가 또 올랐다
　　또 웬 굴비여?
계집이 굴비를 발러주며 말했다
　　앞으로는 안 했어요
사내는 계집을 끌어안고 목이 메었다
개똥벌레들이 밤새도록
사랑의 등 깜박이며 날아다니고
베짱이들도 밤이슬 마시며 노래 불렀다

「굴비」 전문

인용시는 김동인의 「감자」와 이상(김해경)의 「날개」 두 소설을 합쳐서 패러디한 시로 읽힌다.

　시에서 세 사람 캐릭터가 등장한다. 굴비장수, 김매는 계집, 계집의 남편 등이 끌고 가는 이야기다. 배경은 수수밭, 그리고 계집과 사내의 집이다. 「감자」의 배경은 기자묘 솔밭이고 캐릭터는 복녀, 감독이고 2차는 감자밭, 왕서방, 남편 등이다. 「날개」의 배경은 매춘부의 집, 캐릭터는 매춘부, 남편인데 두 소설의 남편은 무기력하며 여자의 행위를 암묵적으로 인정하는 사람이다. 시 「굴비」의 남편도 「감자」의 남편처럼 여자의 행위를 알고도 두 번까지 용인하고 있다.

　그런데 오탁번 시인의 경우 시에서 소설적 구도를 끌고 온 의도는 어디에 있을까? 필자는 소설적 구도를 '교섭의 미학'으로 읽는데 캐릭터와 캐릭터 사이에서 가지는 교섭에는 성애적 본질이 가로 놓여 있음을 본다. 그 본질은 위치에 따라서 해학이기도 하고 슬픔이기도 하다. 시창작의 현장시와 같은 교육적 측면에서도 시, 소설 두 개의 장르로 넘나드는 기법은 '학시일체'와 다름이 아님을 확인할 수 있다. 「명사산」과 「굴비」는 학시일체의 그릇 안에 담기는 작품임이 분명하다. 확실히 오 시인은 시인기도 하거니와 교육자이기도 한 것이 경이롭다.

　　　　자가 운전하는 예쁜 여자가
　　　　내가 달리는 차선으로
　　　　얌체같이 끼어들기하고는
　　　　차창 밖으로 흔드는 하얀 손을 보면
　　　　무 베어먹듯 그냥 한입 물고 싶다
　　　　눈 마주치면 눈흘레나 하고 싶다
　　　　뒤에서 들이받을 생각 아예 말고
　　　　살가운 접촉 사고나 내고 싶다
　　　　—지금쯤 고향의 억새밭 물녘에서는

무지개도 뛰어넘을 만한 힘센 황소가
널비에 황금빛 털이 간지럽겠다

「연애」 부분

「연애」도 교섭의 미학을 읽게 한다. 자가 운전하는 중에 여자 운전자가 끼어드는데 그 하얀 손을 보는 화자는 입에다 무 먹듯 깨물고 싶다는 이야기이다. 눈을 마주치면 눈흘레나 하고 싶다는 성애의 노골적 메시지를 표하며 ‘살가운 접촉사고를’ 내고 싶다는 것이다. 교섭에의 욕망이다. 끝 석 줄에다 붙인 ‘힘센 황소’의 이미지는 남의 것이 아니라 화자의 욕망을 일으켜 주는 디딤돌이다. 널비는 운전하는 여인이고 황금빛 털은 화자의 감각적 반응이다. 짧은 시에서 두 캐릭터가 만나 터질 듯한 성애적 교감을 이루고 있다. 오탁번 시인은 시 「그런 여자」에서 “부싯돌을 치면/제 몸을 태우는/부싯깃 같은 여자/그런 여자가/좋다”고 하는데 여자 캐릭터가 그렇기를 바라면서 화자 스스로도 부싯돌을 치고 부싯깃으로 태워지기를 바라고 있다. 그렇다. 오시인의 교섭의 미학은 ‘부싯돌 치기와 부싯깃 태우기’와 다르지 않다.

마무리

오탁번 시인은 시 속에 순우리말 또는 토박이말의 아름다움을 살려내어 국어의 정체성을 일깨우며 시를 읽는 이들이 시가 표현되는 그릇인 국어를 바르고 풍요롭게 쓸 수 있도록 이끌어 준다. 그런 의도로 씌어지는 시는 학문지향과 시작품이 하나가 되는 것이다. 이를 일러 학시일체學詩一體의 시라 할 것이다.

뿐만 아니라 오 시인의 시는 시로써 창작의 현장을 시범으로 보여준다.

그 현장은 창작의 실제(방법론)이므로 학시일체를 보이는 것이 된다. 오 시인의 경우 사범대학 국어교육과 교수로서 그가 가르치는 것은 학생들이 중고교 학교 현장에 가서 바로 적용해야 할 내용이 되어야 한다. 이에 대한 교육의식이 시 속에 포함되어 있다고 볼 때 마땅히 학시일체의 시를 드러내 보이는 것일 터이다.

오탁번 시인의 시적 특질로 추가해 볼 수 있는 것은 '교섭의 미학과 성애적 본질'이 된다. 시인은 소설집을 6권이나 낸 소설가로서의 자질이 체질로 굳혀져 있게 됨으로써 시에 소설적 구도가 박혀 있을 수밖에 없을 것이다. 시에 복수의 캐릭터가 세워지고 그들 사이에서 만들어지는 교섭의 미학은 오시인의 경우 성애적 본질을 통해 이루어지고 있다. 이런 이야기 구조는 그 자체가 학문적 체계와 다르지 않다. 교섭의 미학은 자연히 '학시일체' 혹은 '시학일체'를 내보이는 것이다.

오탁번 시인은 근작시(유심작품상 작품집) 중에 첫작품으로 「깐깐오월」을 제시했다.

댓돌 위 코고무신
개잠자는 삽살개

어른들 발소리 듣고
쑥쑥 자라는
벼이삭

뛰는 메뚜기 위에
나는 잠자리

구구단 외우다가
또 까먹는 탁번이

　　너, 혼난다!

「깐깐오월」 전문

　　인용시는 목월의 초기시를 연상케 하는 자연지향의 시다. 그러면서 동시풍이다. 뜯들여 들여다보면 삽살개와 버이삭, 잠자리, 탁번이가 동격으로 놓였다. 이런 시는 지금까지 논의한 학시일체의 시와는 다르다. 자연과 인간이 하나로 놓이는 자연 인간 일체의 시다. 시적 오달의 세계가 왜 동시적 정서에 맞물리는가. 그 단순성에 해답이 들어있지 않을까 한다.

　　이 밖에 시공초월의 「백담사」 같은 시, 스케일이 있는 「우주론」이나 「해후」 같은 시, 「그늘집」, 「오줌길」 같은 느긋한 정서 등이 독자를 향해 손짓을 하고 있다. 필자도 주제나 비평의 긴장을 벗어나 시인의 순수궤도 속으로 혜성처럼 유영해 볼 것이다.

'신춘시'의 딜레마, 몸집 줄이기와 존재

이가림論

'신춘시'의 딜레마, 몸집 줄이기와 존재

이가림論

'신춘시'의 딜레마, 몸집 줄이기와 존재

이가림의 경우 1966년 신춘문예 당선과 함께 신춘문예 출신들이 모여 발간한 <신춘시> 동인으로 활동한 이력이 시인의 출발과 신인 시기의 시적 내면을 들여다보면 하나의 주요한 단서를 찾아본다. 필자는 요행히 <신춘시> 16집(1968년)과 18집(1969년)을 헌책방에서 구입하고 긴 시간 서가에 꽂아 두었는데 마침 이가림의 자료를 찾는 동안 이를 찾아 먼지를 털고 접혀진 부분을 조심스레 펴 1960년대를 대표하는 시 동인지를 읽는 기쁨을 맛보게 되었다.

필자는 시집 『유리창에 이마를 대고』(1981년, 창비)와 『순간의 거울』(1995년, 창비)로 이가림의 시 이해의 텍스트로 삼았다.

'신춘시' 동인 이가림의 자리

1. 당선작 「빙하기冰河期」의 의미

이가림은 1966년 동아일보 신춘문예 시부에 58행짜리 비교적 긴 무연시로써 당선된다. 시의 부제로 '장 바티스트 클라망스에게'를 달았는데 이 인물은 까뮈의 소설 『전락』의 주인공이다. 변호사인 클라망스는 가난하고 힘없는 이들 편에서 그들을 변호하여 이름을 얻지만 센강변에 뛰어들던 여인을 구제해 주지 못하는 웃음거리 인간으로 전락한다. 인간의 이중성과 그 부조리에 대한 통렬한 자각을 보여준다.

그 헐벗은 비행장 옆
낡은 에레미아 병원 가까이
스물아홉 살의 강한 그대가 죽어 있었지
장 바티스트 클라망스
스토브조차 꺼진 다락방 안 추운 冰壁 밑에서
검은 목탄으로 뎃상한 그대 어둔 얼굴을 보고 있으면
킬리만자로의 눈 속에 묻혀 있는 표범 이마,
빛나는 대리석 토르소의 흰 손이 떠오르지,
지금 낡은 에레미아 병원 가까이의 지붕에도
눈은 내리고
겨울이 빈 나무 허리를 쓸며 있는 때,
캄캄한 안개 속
침몰하여 가는 내 선박은
이제 고달픈 닻을 내리어 정박하고서
축축히 꿈의 이슬에 잠자는 영원인 것을,
짙은 밤 부둣가 모퉁이로
내 아무렇게나 혼자서 떠나보네,
갈색 머리 흑인여자의 서러운 이빨같이
서걱이는 먼 겨울 밤바다 살갗은
유리의 달에 부딪쳐 바스러지고
죽음보다 고적한 외투 속의
내 사랑은
두 주일이나 그냥 있는 젖빛 엽서
나목 끝에 마지막 한 장 가랑잎새로 지는 것을
씁쓸이 웃으며 있네.

—「빙하기」 부분

　‘스물아홉 살의 강한 그대 클라망스’는 병원 가까이서 죽어 있다. 그 죽
음의 배경은 스토브가 꺼지고 목탄으로 데상한 어둔 얼굴이고 저 킬리만자

로의 눈과 표범 이마의 이미지, 대리석 토르소의 흰 손 이미지이다. 겨울은 병원 근처에서 침몰하는 안개 속 내 선박과 고달픈 닻 내리는 정박이다. 그래 나는 흑인 여자 이빨같이 서럽고 바스러지고 사랑은 마지막 가랑잎새로 지는 쓸쓸함이다. 죽은 크라망스, 그 실존적 상황이 화자인 내게로 전이되고 두 주일이나 보내지 못하는 엽서로 잠자는 사랑이다.

여름 주막에서 독주를 마시고 그대 슬픈 소식이 오고 나는 무서운 취안인 채 황폐한 자갈밭을 건넌다. 눈은 내리고 죽었으면 하다가, 불꽃으로 사라지기를 바라다가 어느새 침전하는 장송의 파도가에 앉아있다.

시는 전체적으로 의식과 무의식이 섞이고 유려한 이미지가 겹치고 소망이 죽음이고 현재가 슬픔이다. 시가 뭔지 빨리 잡히거나 투명하지 못한 안개의 겨울, 만년설 빙하의 시간이다.

「빙하기」는 빙하의 층이 만년이듯이 시간으로 유장하고 이미지로는 다채한 수사이다. 심사위원들은 이런 장광설, 되풀이와 언어의 무의식적 연결이나 이행을 청춘 신인들의 무기로 삼아 준 것이라 하겠다. 거기다 실존과 존재와 비감, 그리고 이국적 정취에 비점을 친 것이기도 하겠다.

2. 신춘시 동인으로서의 공동체의식

우리나라 1960년대 출신 시인들의 동인지 중에서 칼라가 있는 '신춘시 동인회'와 '현대시동인회'가 대표적으로 손꼽힌다. 이는 1960년대 기성시단의 두 맹주가 김수영과 김춘수라는 데서 그 양갈래의 색깔이 쉽게 잡힌다. 곧 신춘시는 김수영(참여, 현실), 현대시는 김춘수(모더니즘, 예술)로 구분되는 것이 그 양상이다.

그렇다고 하여 신춘시 계열은 일괄하여 참여파 또는 리얼리즘 쪽이 아니다. 또 현대시 계열은 일괄하여 예술파 또는 모더니즘 쪽도 아니다. 대충

어림잡아 그런 지향은 희망사항이거나 비평가들의 분류 취향의 조급함이 만들어낸 편의적 분파일 뿐이다. '신춘시' 16집에는 16명의 동인들 작품이 실렸지만 모두가 현실이거나 리얼리즘으로 묶어낼 수는 없다.

이가림을 포함한 동인들은 박봉우, 신세훈, 이근배, 이탄, 조태일, 윤삼하, 장윤우, 김원호, 강희근, 강인한, 채규판, 박정만, 윤주형, 김종철, 노익성, 권오운 등이다.

16집 후미에 백승철 비평가의 해설 <사회과학파 시인들>이 실려 있는데 여기서 백승철은 기존의 전통 감상주의를 떠나 사회의식이나 양심과 진실을 따르는 시인들이 나타나고 있음을 주목했다. 박봉우(휴전선), 이근배(포로기), 김종철(재봉), 신세훈(월남전쟁론) 등을 예로 든 비평인데 필자가 짚어볼 때 1960년대를 관통하는 시대의식으로는 박봉우, 조태일, 이가림 등으로 이어질 수 있다고 본다. 16집에 실린 「城 밖에서」를 보자.

손을 다오, 내게 손을 다오 님아
어둠 아닌 데가 없는 어둠뿐인데
살이 터지고 부서지고 아주 갈라지는 아픔
하얗게 나타나는 목마름을
님아, 어이하리 님아

홀로 굶주림과 만난다 몇 번이나
홀로 강풍과 만난다 몇 번이나
동상에 걸린 벌판으로 나를 달리게 하는
무지하게 광기인 밤
뻗어 있는 밤
분통이 끓는 밤

(생략)

비탈이 오고 철저히 깨어짐이 온다 아아
가야 하나 내가 나의 힘이 되어서
닿을 때까지 기야 하나
불도 없고 밧줄도 없는데 님아

「城 밖에서」 부분

"어둠, 강풍, 굶주림, 벌판, 분통"으로 이어지지만 그것들이 실체 현실로 들어가지 못하고 성 밖에서 서성거리고 있다. 이가림의 신춘시 시절은 그렇게 맴도는 것에서 형용의 번다한 정열에 휩싸여 있다. 현실로의 외곽이나 관념적 역사나 시대적 호흡은 감지가 되는 '미달의 현실'에서 벗어나지 못한다.

대신 조태일의 시 「식칼론」 부분을 보자.

눈이 멀어서, 동물원의 누룩돼지는 눈이 멀어서
흉물스럽게 엉뎅이에 뿔 돋친 황소는 눈이 멀어서
동물원의 짐승은 다 눈이 멀어서 이 칼빛을 못보나

생각 같아서는 먼눈 썩은 가슴을 도려 파버리겠다마는,
당장에 우리나라 국어대사전 속의 '개헌'이란
글자까지도 도려 파버리겠다마는

「식칼론 3」 부분

무시무시한 식칼의 칼빛을 본다. 그러나 동물원의 짐승은 모두 눈이 멀어서 칼빛을 하나같이 보지 못한다고 개탄한다. 시는 국어대사전의 '개헌'이란 용어를 들어 이 시기가 군사정권의 개헌정국임을 노골적으로 제시하고 있다. 박봉우는 이 시기에 이미 통일시를 외치고 있다.

창호지에
그리는
달빛.

한 많은
조선이었다.

창호지에
그리는
별빛.

한 많은
조선이었다.

—「한 많은 조선」 전문

조국 통일이라는 명제를 제시하는 시대 참여시에 선구적으로 참여하고 있다. 거기 비해 이가림 시인은 시대 감상적이다. 현실의 언덕을 넘을락 말락하는 미달의 자리에 방석을 깔고 있어 보인다.

나는 성냥을 켠다, 거대한 어둠
외칠 수 없는 침묵의 구멍 속에 사로잡힌 채
먼 데서 오는 수억만개의 소리를 듣기 위해
잠시 세계의 저쪽으로 귀를 기울인다
누이여, 키 작은 흐느낌의 풀꽃이여
푸른 독약처럼 퍼져가는 나의 비애를 아느냐
정다운 항구도 닻도 없이 헤매는
한 괴로움과 한 괴로움이 만나는 미지의 섬들 사이
어려서 익사한 혼의 도깨비들이 반짝거린다
깊은 숲으로부터 솟아오른

한 마리 취한 자유의 새가 하늘의 끝을 넘어
일찍이 그의 나라였던 나라로 날아간다

「야경꾼 1」 부분

이 시를 읽으면 제목이 야경꾼임에도 불구하고 당선시의 "정다운 닻도 없이 헤매는 한 괴로움과 한 괴로움" 같은 이가림류의 비감의 이미지가 살아서 한밤의 치안을 돌보는 시대적 실체를 겉도는 관념류로 전락시켜 놓고 있다. "작은 흐느낌의 풀꽃", "독약처럼 퍼져가는 나의 비애", "어려서 익사한 혼의 도깨비들", "한 마리 취한 자유의 새" 같은 이미지가 이미지의 능선에 머물고 또한 그 겉돌기는 이어진다.

다음 「고부에 머무르며」를 읽는 맛은 어쩌면 백승철이 말한 사회과학파적 리얼리즘에 근접하는 것처럼 보인다.

알 수 없는 부자유의 밤 속에서
휩쓰는 낫에 베어지는 풀잎들이 있다.
바가지로 바가지로 설움의 물을 퍼올리며
끝끝내 잠자지 않는 노여움의 뿌리가
무식하게 곡괭이를 들고 무식하게
도끼를 들고 일어나 위협하는 바람을
이마와 어깨로써 막아내고 있다 아아
하나뿐인 참사랑도 허물어지고 험상궂은
능욕당한 흉터만 남아 있다 모시적삼의
누이여 우리나라의 눈물이여

「고부에 머무르며」 전문

역사의 고장 고부에 머무르며 녹두장군 전봉준을 떠올리며 동학농민혁명을 형상화하고 있다. 그의 형상화는 아주 세밀하다. "휩쓰는 낫에 베어지

는 풀잎들"(민중)이나 "노여움의 뿌리가 무식하게 곡괭이를 들고/무식하게
도끼를 들고", "이마와 어깨로써 막아낸다"는 구절들이 민초와 역사의 생
생한 현장을 집어내고 있다. 이 시는 역사의 현장에서 '모시적삼의 누이'를
거론하며 눈물의 뒤안길을 조명해 낸다. 이 정도면 시가 역사의식으로 무
장한 것이라 할 만하다.

> 전라도 정읍 산성리의
> 우리 외할머니네 집 굴뚝 밑에
> 묻어 놓았던 옥색 구슬은
> 순수하게 빛나며 아직 있을까
>
> ─「어떤 安否」 부분

> 긴 역사의 터널 속을
> 쉬임없이 헤치며 걸어온
> 정의와 진리의 아들이여
> 네가 흘린 수천 수만의 땀방울이
> 오늘 보석처럼 빛나고
> 네가 흘린 잉크의 핏방울이
> 오늘 꽃잎보다 더 찬란히 피어남을
> 우리는 본다
>
> ─「숨쉬는 그림자」 부분

그러나 위 두 편 시에서 보는 것처럼 '정읍 산성리' '역사의 긴 터널'을 노
래함에도 산성이 가지는 실체적 현실이나 '역사'가 지니는 한이나 굽이치
는 동력이 보이지 않는다. 그러니까 '신춘시'를 두고 리얼리즘의 싱싱한 칼
끝을 희망하거나 역사 안에서 익어 터지는 어떤 이행적 공동체를 기대하는
독자가 있지만 이가림의 시를 놓고 들여다보는 경우 반은 기대요 반은 거

리감으로 접을 수밖에 없다 할 것이다.

그러므로 우리는 '신춘시'를 현실파 계열로 편안히 규정하고 전체 동인을 바라본다는 것은 금물임을 인정하지 않을 수 없다. 이가림 시가 그 이쪽 저쪽의 중간에 위치한다는 점을 확인하는 일로서 만족할 수밖에 없지 않은가 한다.

오랑캐꽃 연작과 찌르레기의 노래 연작

시인은 연작시를 통해 스스로의 정신이나 세계를 확립하려고 시도함을 본다. 단순한 한 편이나 각개의 시에서 통일된 어떤 지향을 드러낼 수는 없다. 그럼으로써 동일한 소재를 두고 반복적 점층적 전개를 통해 자연스레 널려져 분화되어 있는 제재를 한 꾸러미로 묶는 시도를 가하게 된다. 먼저 오랑캐꽃 연작을 들여다보자.

나를 짓밟아 다오 제발
수세식 변소에 팔려온 이 비천한 몸
억울하게 모가지가 부러진 채
유리컵에나 꽂혀 썩어가는 외로움을
이 눈물겨운 목숨을, 누가 알랴.
말라비틀어진 고향의 얼굴을 만나면
죽고 싶다 다시는 돌아갈 수 없는
슬픈 전라도 계집애의 죄,
풀꽃들만 흐느끼는 낯익은 핏줄의 벌판은
이미 닳아진 자를 받아주지 않는다.
쑥을 뜯고 있는 주름살의 어머니에게
마지막으로 갈 수 있을까.
이 곪아 터지지도 못하는 아픔

맥주잔에 넘치는 비애의 거품을 마시고
더럽게 더럽게 웃는 밤이여
나를 짓밟아 다오 제발

―「오랑캐꽃 1」 전문

시는 "나를 짓밟아다오"로 시작한다. 수세식 변소에 있는 유리 화병에서 모가지가 부러진 채 꽂혀 있는 비천한 몸, 그 썩어가는 외로움, 말라비틀어지는 고향의 얼굴, 슬픈 전라도 죄지은 계집애, 고향의 벌판이 받아주지 않는 꽃이 오랑캐꽃이다. 쑥을 뜯고 있는 어머니에게 돌아갈 수 없는 몸, 맥주잔을 마시는 비애의 여인, 그 슬픈 자를 '짓밟아 다오'라고 호소한다. 자기모멸의 존재인 꽃, '영자의 전성시대'의 여인 같은 꽃, 펄펄한 생명으로 살아가지 못하는 아주 작은 고개 부러진 존재이므로 차라리 짓밟히는 것이 옳은 것인지 모른다. 시가 한 작은 절정이다.

나는 간다
쓰레기 되어 나는 간다
찬 새벽밥 물 말아 먹고
낮도 밤도 전등불뿐인
길고 긴 가발공장
또 목마른 하루를 벌려
아직 덜 깬 눈썹의 잠을 털며 털며
해골 같은 연탄재 널린 길
나는 간다

―「오랑캐꽃 2」 부분

짐짝과 함께
화물트럭에 실려서 왔다

찬 번갯불에 드러나는 이 빈약한 얼굴
항구에는 눈비 내리고
나는 혼자였다.

철새들이 곤두박히는 하늘
옛 미두장米豆場 양철지붕 삐걱거리는 소리 들리고
길게 우는 뱃고동
뼈대뿐인 배들이 떠 있는
노란 등불들의 한 모퉁이
나는 낯선 슬픔을 찾아 기웃거린다.

―「오랑캐꽃 3」 부분

교대를 하러가는
太平洞 방직공장 계집애들의
신발 끄는 소리에도 가을은 오는가
가랑잎 쓸리는 길
피어오르는 안개의 울부짖음
가슴 허공 깊이 다져 넣어
불러본다
다 망가지고 망가진 사랑노래를,

―「오랑캐꽃 5」 부분

연작 2에서 "낮도 밤도 전등불뿐인 가발공장" 아가씨의 길은 해골 같은 연탄재 널린 길이라는 것 아닌가. 새벽에 물에 밥 말아 먹고 가는 쓰레기의 길이 아가씨의 하루다, 아니 밤낮이다. 연작 3에서 "짐짝 화물트럭 찬 번갯불에 드러나는 빈약한 얼굴/미두장 양철지붕 삐걱거리는 소리/낯선 슬픔을 찾아 기웃거리는 사내" 이야기가 항구의 눈비에 섞인다.

연작 5에서 "교대를 하러 가는/태평동 방직공장 계집애들의 신발 끄는 소리/가을 가랑잎 쓸리는 길/다 망가지고 망가진 사랑 노래를" 듣는 상황이다.

전라도 계집애의 죄로 주름살 어머니에게로 돌아가지 못하는 비애가 오랑캐꽃이고, 낮밤 없이 가발공장에서 덜 깬 눈썹을 부비며 가발처럼 흩날리는 불면이 그 꽃이고, 짐짝처럼 내몰리며 빈약한 얼굴이 되는 사내가 또한 그 꽃이고, 방직공장 계집애들 가랑잎 쓸리는 길에 안개의 울부짖음으로 사는 것이 그 꽃이고, 고향 어머니에게로 돌아가지 못하는 죄지은 계집애들이 그 꽃이다. 이가림은 사내나 계집애나 불철주야 일하는 사람이면서 구겨져 있는 혼자 울고 혼자 내몰리는 '산업화 시대의 인간들'에 대해 스케치 한다.

이용악이 쓴 오랑캐꽃은 일제하 유이민游移民들의 비극적인 삶과 비애를 노래했는데 이가림은 우리나라 산업화 시대의 산업전선에서 온몸 투신하듯 살았던 사람들의 비애를 총체적으로 노래하고 있다. 이런 세계는 단시나 한 편 수준의 서정으로는 담아내기 힘들다. 연작이 필요한 것이다.

다음은 시는 어디에 숨어있을까. 꼭꼭 숨어 머리카락도 보여주지 않는 시를 찾아 골몰할 때 언어는 흩어진 뼈를 맞추며 일어선다. 적절한 어구語句들이 서로 '아귀'를 맞추며 문장을 이루기까지 시인은 쉽게 포기하지 않는다. 「찌르레기」 연작 3편을 보자.

별빛 초롱한
밤이면
찌르륵 찌르륵 울며
네게로 가고 싶다

그렇게 맨몸으로
몰래 다가가서
내가 네 속에 스며들고

네가 내 속에 스며드는
그림자가 되고 싶다

아슬히 먼 은하수 길
날아가다가
끝내 지옥 바다에 떨어질지라도
한 줄기 무지개 그리움으로 서서
손짓할 수 있다면
흑옥빛 눈물
반짝일 수 있다면

삼도三途내 기슭에 밀리어
허우적거려도 좋으리
별빛 초롱한
밤이면
찌르륵 찌르륵 울며
네게로 가고 싶다

「찌르레기의 노래 1」 전문

시는 키워드가 "찌르륵 울며 네게로 가고 싶다"이다. 네게로 간다는 것은 어디로 가는 것이 가장 현실적인 의미일까? 사랑일 것이다. 사랑을 향해 가는 것이 이 시의 주제일 듯싶다. 얼마나 강렬한 지향인지를 보자. "내가 네 속에/네가 내 속에", "먼 은하수 길/끝내 지옥바다 떨어질지라도", "삼도내(지옥 가는 길에 있는 냇물) 기슭에 밀리어"가 지향의 간절도이다. 그렇다면 여기서 만해의 '님'처럼 더 큰 덩치의 지향을 짚어볼 수 있을까? 이가림이 추구했던 세계가 무엇일까? 그것이 막연하다면 그가 가는 삶의 저변 철학일 것이리라. 이 시인은 이 찌르레기 우는 소리로 이성간 사랑을 찾아가고픈 인간의 간절한 심리를 보여주고 있다.

(전략)

거대한 부자유의 뚜껑 밑에 갇혀
몇 번이고
몇 번이고 솟아오르다
곤두박질친 세월

이젠 지평선의 이름조차 잊어버려
까마득히 잊어버려
코 앞의 썩은 벌레나
쪼아 먹고 있음이여

당신이 이 세상에서 한 일이
무엇이냐고
내게 묻는다면
타고 난 슬픔 몇 소절을
메마른 입술로 물고 다니며
흘렸다는 것뿐이라고
대답하겠네

—「찌르레기의 노래 2」 부분

이 시에서 보면 앞의 시에서처럼 이성간 사랑의 화두로 설명할 수 있을까 살피면 "부자유의 뚜껑 밑에 갇혀"나 "몇 번이고 솟아오르다"에서 보면 한세선상의 손재적 사유라는 가닥이 잡힌다. 부자유, 부조리, 한계, 등이 가지는 슬픔 몇 소절 물고 다니는 것이고 "코 앞 썩은 벌레나 쪼아 먹고 있다"는 존재성이 드러나고 있다. 노래는 활달한 것이지만 존재적 범위의 표현이라는 점에 주목을 할 수 있다.

우리가 정녕

생의 거미줄에 매달린

하나가 되기 위한 두 개의 물방울같이

마주보는 시선의 신비로 다가간다면

번갯불 번쩍 내리쳤다 스러지는

그 찰나

그 영원 속에서

별 머금은 듯 영롱한

눈물의 보석 하나

아픈 땅에

떨굴 수 있으리

「찌르레기의 노래 3」 부분

인용시를 보면 "생의 거미줄에 매달린/하나가 되기 위한 두 개의 물방울같이", "마주 보는 시선의 신비", "별 머금은 듯 영롱한 눈물의 보석" 등을 읽으면 두 사람 사이의 영성적 교감을 느끼게 해준다. 영성적이므로 "그 찰나/그 영원"일 수가 있다.

이 시는 그리하여 "아궁이에 기어드는 가랑잎같이/그대 따스한 슬픔에/내 언 슬픔 묻을 수 있다면"이 성립이 될 수 있는 것이리라. 찌르레기의 노래 연작은 네게로 가고 싶은 일방의 교섭, 메마른 입술 물고 다니는 존재론적 교섭, 마주보는 신비의 영성적 교섭이라는 단계별 교섭 교감의 노래를 제시하고 있다. 연작이 입체적인 교감이라는 그 단계를 제시해 보이고 있어 복합적 이미지의 갈래가 드러났다.

프랑스 유학 시편들과 가족시

이가림 시인은 프랑스에 유학하여 루앙대학교에서 문학박사를 받은 유

학파다. 연구하는 길이 힘들고 곤고한 형편이었을까? 프랑스에 체류하는
동안의 시편들이 몇 편 되지 않은 것으로 보아 그런 생각을 하게 한다. 여
타 시인들은 패키지 여행을 하는 중에도 수십 편씩 써내는 것을 보는데 그
의 경우 「바지락 줍는 사람들」, 「루앙시편 1, 2」 등 3편이 눈에 띄고 있다.
「한국어 시간 ―루앙시편 1」을 먼저 읽어보자.

    써먹을 데가 없는 말을
    수요일마다 만나서 가르친다

    써먹을 데가 없는 말을 배우러 오는 입양아
    들랑드,
    제르렌느,
    살린느...
    그런 이름의 너희들과
    써먹을 데가 없는 말을 헛되이 가르치는 나는
    이곳에서
    누구인가?

    봉주르 – 안녕하세요 – 봉주르 – 안녕하세요
    오르봐르 –안녕히 계세요 – 오르봐르 – 안녕히 계세요

    써먹을 데가 없는 지구 한모퉁이의
    기묘한 사투리를
    한 핏줄의 아이들에게
    수요일마다 가르친다

                    ―「한국어 시간」 전문

인용시는 시인이 입양아들에게 한국어를 가르친다는 내용의 시다. 한국

어를 가르치면 그것이 유용한 언어로 국제적인 실용성이 있으면 “쓸 데 없는 말”이 아니라 “쓸 데 있는 말”이 될 것이다. 이가림 시인은 불어학자가 아니라 불문학자이므로 언어학적, 언어철학적 유용성에 대해서는 소홀한 데가 있는 듯이 보인다. 한국어를 “지구 한 모퉁이의 기묘한 사투리”로 규정하고 있음이 이를 말해주고 있다. 시에서 들랑드, 제르렌느, 살린느... 이런 이름들 거명하는 것이 윤동주의 「별혜는 밤」의 이국인 이름 나열처럼 어떤 애상적인 데가 있어 보인다.

밀레의 마을을 언급하는 「바지락 줍는 사람들」의 정서를 보기로 한다.

바르비종 마을의 만종 같은
저녁 종소리가
천도복숭아 빛깔로
포구를 물들일 때
하루치의 이삭을 주신
모르는 분을 위해
무릎 꿇어 개펄에 입맞추는
간절함이여

거룩하여라
호미 든 아낙네들의 옆모습

「바지락 줍는 사람들」 전문

시적 배경은 개펄에서 바지락 줍는 아낙네의 모습이다. 그 개펄이 어디일까? 거기가 어디든 프랑스 파리 남부 바르비종의 밀레가 살던 곳과 밀레의 명작 ‘만종’의 신비스런 풍경에 연접되어 있다. ‘바르비종’이라는 발음이 부드럽고 신비하다. 해거름의 들녘이 개펄에서 바지락 줍는 여인, 그 옆모습이 아직 접하지 못한 신神의 거룩함으로 하루치 풍경을 이룬다. 작은 들

녘과 이삭과 종소리가 무릎 꿇기와 입맞추기와 저녁노을로 거듭나는 진경
이다. 그곳이 바르비종이 아니라도 바르비종의 기도와 종소리 여운으로 파
묻져 나간다.

이가림은 루앙시편의 작은 언어에 쓸모없는 무용의 시간을 건너가고 있
다. 거기다 이삭 줍는 해질녘의 바지락 줍는 여인의 옆모습, 그 뻘구덩이
같은 한 작은 풍광의 겨드랑이를 짚어내고 있다.

이가림의 축소지향은 저 애절한 가족시편 「새우잠」에 이른다.

> 전세에서 전세로 쫓겨다니는
> 변두리 내 식구들, 그 무슨 기다림에도 길든
> 30촉 전등불의 정다움을 찾아
> 눈 내리는 자갈밭 술 취해서 간다
> 밤마다 새우처럼 허리 구부리고
> 나는 어린 딸의 발가락을 만지며 잔다
> 이 石花 껍질 같은 지구의 한모퉁이
> 살아 있는 몇마리 새우들
> 고달픈 어미는 가로로 쓰러지고
> 새끼들은 세로로 쓰러져서
> 차디찬 식은땀의 잠꼬대들이다
> 도대체 어떻게 하자는 싸움이냐
> 꿈속에서도 깊은 바다 밑을 헤매며
> 검은 상어에게 쫓겨다니는 길뿐이니

—「새우잠」 전문

이가림의 시는 전세에서 전세로 밀려다니는 30촉 전등불 아래 새우 같은
가족들이 엉켜서 산다. 허리 구부리고 어린 딸 발가락을 만지며 가로로 쓰
러지고 가로로 쓰러져 잠꼬대 한다. 꿈 속 바다 밑에 상어에게 쫓기는 방이

다. 방 한 칸이 기다림이고 자갈밭이다. 바다 밑에 상어가 입을 벌리고 잠꼬대 행간에 떠다닌다. 시는 30촉 전등아래 밀려서 쓰러져서 하루가 갈지자로 허우적거리는 곳이다. 이 생을 건너가지만 매우 작은 방이요 방 한 칸이다. 축소지향의 시적 섬세함이 오히려 꿈이 거대한 마당이다.

현존의 빛 또는 물거품

이가림 시인은 시집 『순간의 거울』 후기에서 "어디론가 미지의 저 쪽을 향해 떠나가는 내 삶의 배, 그래도 물살을 가르며 하얗게 물거품을 일으킨다. 나는 이 물거품을 좋아한다."고 스스로의 시를 규정하고 있다. 그것을 '가느다란 현존의 빛―성배聖杯'를 찾아가는 길임을 시사한다.

그의 신춘당선작 「빙하기」에서 드러내는 '장 바티스트 클라망스'의 대한 애도는 한 사람의 죽음에 대해, 삶의 가치에 대해, 삶의 본질에 대해 스스로에게 묻고 있다. '연민'과 '삶의 비의'가 느껴지는 무게를 가진 진지한 작품으로 시인의 역량을 엿볼 수가 있다.

그는 '신춘시'라는 60년대식 현실의 물줄기를 잡아 역사나 시대에 직면하면서 마냥 참여적 논리에 송두리째 빠져들기를 주저했다. 그 자리에 향토와 고향, 산업사회의 망가지는 인간들로 채우면서 어디론가 작은 돛을 걸고 미지의 저쪽으로 저어갔다. 가는 그 자리에 정서, 곤고함, 물거품의 가느다란 물살에 어울리며 축소지향의 미덕을 닦고 박음질하고 누볐다. 시의 성배는 멀리 있지 않고 가까이 있다는 믿음이 아니었을까.

정형定型을 거부한 자연의 이미지

강우식論

정형定型을 거부한 자연의 이미지

인간人間이란 우리말로 '사람사이'인데, 혼자서는 사이가 될 수 없다. 그래서 인간을 사회적 동물이라고 한다. 둘 이상이 모여야 사회를 이룰 수 있으며, 이 사회가 유지되기 위해서는 의사소통이 필수적이다. 인간의 의사소통의 길이 곧 언어이며, 이 언어에는 설說의 기능과 예藝의 기능이 있다. 설說의 기능 중 중요한 것이 진리를 밝히는 설명과 진리의 설교이며, 예藝의 기능 중 중요한 것은 창조와 창작이다. 이 창조와 창작이 곧 예술적 기능이다. 시詩를 언어예술이라고 한다. 시는 예藝의 기능 중 창작에 속한다는 의미이다. 창創의 뜻은 무無에서 유有가 되는 존재의 구현이다. 그래서 모든 시는 새로 지은 창작품이라야 한다. 강우식의 4행시가 이미 정해져 있는 틀에 맞춘 정형시가 아니라 그의 예술혼이 창작한 자유시라는 의미이다. 그래서 그의 4행시는 음보나 율격 같은 정형이 없고, 이미지형상화의 감각만 있다고 하겠다.

> 계집년들의 배때기라도 올라타듯
> 달이 뜬다. 젖물 같이 젖어 오는
> 저 빛살들은 내 어머님의 사랑방 같은 데서
> 얼마나 묵었다 시방 오는가.

> 『사행시초』, 「넷」

> 미친년들의 엉덩짝만큼이나 흔들리는
> 꽃나무 가지마다 바람이 불어오면은

　　열댓 살씩 되는 처녀애들
　　속가랑이 벌리듯 꽃이 피네

—『사행시초』, 「열 둘」

　인간의 성性은 자연이며, 자연은 스스로 그렇게 되는 무위無爲이다. 사람이 그렇게 하는 인위人爲가 아니라 하늘이 내려준 본연本然이다. 이를 가리켜 "하늘이 내려준 것을 성이라고 한다天命之謂性."고 한 것이다. 하늘이 생명과 함께 내려준 것이다. 생명生命은 '살라는 명령'이다. 그래서 살고자 하는 욕구를 함께 내려준 것이다. 이 욕구는 배워서 하는 것이 아니고 본래부터 할 수 있는 본능이다. 이 살고자 하는 인간의 본능에는 식욕과 성욕이 있다. 식욕은 개체생명의 보존을 위한 욕구이고, 성욕은 종족보존을 위한 욕구이다.

　앞의 시 첫 행에서 "계집년들 배때기라도 올라타듯"이란 성행위의 이미지를 "달이 뜬다."는 자연현상으로 은유한 것은 강우식 시인만이 할 수 있는 예술혼의 구현이다. 그리고 "젖물 같이 젖어오는"에서 느낄 수 있는 성행위의 이미지를 "저 빛살들은"으로 은유한 다음, "내 어머님의 사랑방 같은 데서/얼마나 묵었다 시방 오는가."로 묘사함으로써 어머니를 그리워하는 인간 본연의 사랑이미지를 형상화하고 있다.

　그 다음 "미친년들 엉덩짝만큼이나 흔들리는/꽃나무 가지마다 바람이 불어오면/열댓 살씩 되는 처녀애들/속 가랑이 벌리듯 꽃이 피네"에서, 인간의 형상을 자연현상에 비유한 이미지에서는 참으로 절묘한 시의 맛을 느낄 수 있게 한다. 이런 경지가 바로 시와 사귀는 즐거움이 아닌가 하는 생각이다. 그리고 "계집년들 배때기"나 "미친년들 엉덩짝"과 같은 표현에서도 저속하다기보다 신선한 느낌을 받게 된다. 강우식의 시적 형식이나 표현은 인위적 가장이나 숨김이 없는 예술혼의 구현임을 확인할 수 있다.

초가집 한 채가 사내의 벌떡한 물건으로 서 있다.
그녀의 질 속에서는 밤새도록 눈 녹는 소리.
앞개울도 힘 좋은 사내와 계집이 어우르는 소리.
이 땅의 봄은 참말로 뭐하드키 옵니다요이.

『꽃을 꺾기 시작하면서』, 「봄」 전문

하나님 나를 오입쟁이라 하시지 않겠지요.
나는 마지막으로 당신과 붙고 싶습니다.
세상에 이런 사람 나 말고 또 있나요.
수선화 하나가 살랑살랑 머리를 흔든다.

―『꽃을 꺾기 시작하면서』, 「수선화」 전문

105편의 4행시가 실려 있는 시집『꽃을 꺾기 시작하면서』에는 매 작품마다 꽃과 관련된 제목이 붙어 있다. 꽃은 식물생명의 발화이다. 식물도 생물이지만 입이 없어서 먹지 않는다. 그래서 식욕의 본능은 없고 오직 생명번식의 본능만 있다. 이 생명번식의 기관이 꽃이다. 이 꽃은 식물생명의 발화인데 사계 중 봄에 피어난다. 인간에겐 동물성의 육신과 식물성의 영혼이 있다. 동물성의 육신은 먹어야 살지만 식물성의 영혼은 꽃을 피워야 한다. 육신은 동물성이라 먹이를 위한 일을 하고, 영혼은 식물성이라 꽃을 피우고 열매를 맺기 위한 일을 한다. 이 영혼의 일이 곧 예술이며, 예의 기능이 창조와 창작이다.

앞의 시에서 「봄」의 이미지를 "초가집 한 채가 사내의 벌떡한 물건으로서 있다."고 그린 것은, 봄의 생기를 "사내의 벌떡한 물건"에 비유한 이미지이다. 그리고 "벌떡한 물건이 서 있다."는 곳을 "그녀의 질속"으로 비유했다. 이 "그녀의 질속"은 생명을 잉태하는 자궁이므로 온갖 생명을 싹틔우는 봄의 시공간을 은유한 이미지이다. 그래서 "밤새도록 눈 녹는 소리"

가 들리고, "앞개울도 힘 좋은 사내와 계집이 어우르는 소리."에서 보듯 "이 땅의 봄은 참말로 뭐하드키 웁니다요."라고 한 것이다. 모든 식물의 생명이 싹트는 봄의 시공간은 "사내와 계집이 어우르는 소리"가 들리는 음양조화의 현장이다. 남은 못 듣는 소리를 듣고, 남은 못 보는 것을 보아 시청각의 이미지로 형상화하는 사람이 시인이다. 모든 생명이 싹트는 봄의 시공간을 음양조화의 구현인 남녀교합에 비유한 이미지이다.

그 다음 「수선화」는 오해가 많았던 작품이다. 하나님을 향해 "나는 마지막으로 당신과 붙고 싶습니다."라는 이미지에 대해, "기독교 정신을 모독한 정신착란 환자의 비속한 외설 짓거리"라고까지 했다는 것이다. 하나님은 신이다. 신을 향해 "당신과 붙고 싶습니다."는 시인만이 할 수 있는 소리다. 시는 원래 '신과의 대화'라는 뜻의 신화神話이다. 그러니 시인의 소원은 "나는 마지막으로 당신과 붙고 싶습니다."가 될 수밖에 없다. 신과의 대화를 하려면 신과 붙어야 가능하다. 이를 가리켜 '신들렸다'고 한다. 신들린 사람만이 신과의 대화가 가능하다. 그래서 고대에는 시인을 제사장 혹은 무당이라고 했다. 사실 강우식의 시는 신과의 대화이며, 강우식시인은 신들린 사람이다. 그는 봄의 자궁 속에서 눈 녹는 소리도 듣고, 개울물소리에서 음양조화의 속삭임도 듣는 시인이다. 그러니까 신과의 대화는 곧 자연과의 영적 교감이다. 자연이 곧 신이기 때문이다.

바닷물도 계집의 궁둥이루 재개재개하는
제주도만큼 가서 좆 물을 흘리고 싶다.
한 마리 순진한 조랑말이 되어
유채꽃밭 같은 데서 물건을 꺼내 놓고……

—『물의 혼』 21 「바닷물」 전문

눈 녹아내리는 봄 개울물을 떠다 놓고
그녀의 두 발을 말갛게 씻어줬다.
올챙이처럼 꼼지락대며 부끄러워 하는
열 개의 발가락, 그러거나 말거나 나는 무위자연.

『설연집』 서른 수 「눈 녹아내리는」 전문

신이 들려서 신과의 대화를 하려면 인위人爲의 허물을 다 벗어야 한다. 인위를 대표하는 것이 인간의 옷이다. 그래서 허물은 마음의 옷이며, 종교적으로는 죄이다. 신과의 대화를 하는 사람은 이 마음의 옷을 벗어야 한다. 인위적인 윤리나 법칙이 마음의 옷이다. 이 옷을 벗어버리면 "바닷물도 계집의 궁둥이로 재개재개 하는/제주도만큼 가서 좆 물을 흘리고 싶다."고 할 것이다. 인위의 옷을 다 벗어버리면 "한 마리 순진한 조랑말이 되어/유채꽃밭 같은데서 물건을 꺼내 놓고……"에서 보듯 자연으로 노닐 것이다. '바닷물'이나 '조랑말'은 무위자연이고, '계집의 궁둥이'와 꺼내 놓은 '물건'도 인위의 옷을 벗은 무위자연이다.

나와 그녀의 관계는 인위적 인간관계이다. 그런데 "눈 녹아내리는 개울물을 떠다 놓고/그녀의 두 발을 말갛게 씻어줬다."고 한 것은, 인위의 옷을 벗기고 자연으로 환원하는 이미지이고, "올챙이처럼 꼼지락대며 부끄러워하는/열 개의 발가락, 그러거나 말거나 나는 무위자연."에서 보듯, '올챙이처럼' 순수자연으로 돌아간 "열 개의 발가락"은 시인의 눈에 비친 것이고, 시인이 아닌 그녀는 "부끄러워하는" 것이다. 그러나 시인은 "그러거나 말거나 나는 무위자연."이라고 한다. 강우식은 시인이므로 "올챙이처럼 꼼지락대는" 자연만 보이지만, 시인이 아닌 그녀의 발가락은 '부끄러워하는' 것이다. 강우식이 성적인 용어를 그대로 쓰는 것은 그가 무위자연의 시인이며, 플라톤의 말대로 시신의 광기에 붙들린 시인이기 때문이다. 강우식은

"『설연집』을 쓰면서 생각하게 된 것은…지순한 사랑의 이야기를 해보고 싶었던 것입니다."라고 했다. 이 지순한 사랑이 곧 인위를 다 벗은 무위자연의 사랑이라고 하겠다.

지순한 사랑의 세계

지순한 사랑의 종착점은 무위자연이다. 인위적인 형식을 다 벗어버리고 알몸의 자연이 되는 것이다. 인위적인 형식을 대표하는 것이 인간사회의 법도이며, 한 글자로 표현하면 형型 곧 틀이다. 틀을 정해 놓은 것이 정형이며, 인간사회에선 이 정형을 벗어나면 탈법이 되어 도외시 당한다. 법도의 밖에 버려져서 그 사회에서 소외된 존재가 된다는 뜻이다. 일반적으로 사회인은 그 구성원에서 소외되면 그것을 낙오라고 한다. 패배자를 의미한다. 그러나 예술에서는 사회의 틀인 형型에서 벗어나 자신의 틀인 형形을 만들어야 한다. 이처럼 새로운 자신만의 집을 짓는 것이 창조이며, 창작이다. 하늘이 낸 예술가는 형型을 거부하고 자신만의 집 곧 형形을 창작하는 것이다. 시인의 시 창작은 곧 자신의 새로운 집 짓는 것이다. 지은 것은 집이기 때문이다. 그러므로 강우식의 4행시나 2행시는 그의 영혼이 살고 있는 집일 뿐 정형시가 아니다. 우리나라의 대표적 정형시는 시조이다. 강우식은 자신의 4행시가 정형시가 아니라고 한다. 정형시라면 사회적인 법도와 역사적인 전통이 있어야 한다. 그런데 강우식은 개인적 취향에 따라 4행시도 쓰고, 2행시도 쓰며, 1행시를 쓰기도 한 시인이다. 자기만의 형形을 창작한 시인이다.

자꾸 빨리 부르다보면
시인이 신이 된다.

—『살아가는 슬픔, 벽』, 「신神」 전문

속죄처럼 죽은 아내에 대한 시만 쓰는
시인이 된 것은 형벌입니까 축복입니까?

『살아가는 슬픔, 벽』, 「시인」 전문

아내를 사랑할 때는 당신을 찾지 않았습니다.
아내를 잃으니 하늘에 닿는 슬픔에 당신을 부릅니다.

『살아가는 슬픔, 벽』, 「하나님」 전문

집사람이 없는 안방은 불이 꺼진지 오래다.
지상에서 가장 쓸쓸한 내 가슴 같은 방이 되었다.
늘 열댓 살 햇살로 찰랑대던 여자는 어디 갔느냐.
캄캄 어둠 속에서 핀 따뜻한 등불이던 꽃은 어디 있느냐.

『사행시초 2』, 「꽃」 전문

우선 2행시 3편을 뽑아봤다. 행의 자수와 시의 길이가 같지 않다. 정형시가 아니라는 증거이다. 강우식은 "누군가 굳이 왜 2행의 짧은 시를 썼느냐고 물으면 촌철살인은 못되더라도 시의 군더더기 없는 맛을 나타내려고 쓴다고 하면 그 답이 되려나."라고 했다. 그리고 "나의 짧은 시라 함은 최근 6년에 걸쳐 2행시집『살아가는 슬픔, 벽』, 그리고 시력 50주년 기념으로 낸『사행시초 2』, 3행시집『하늘 사람人 땅』에 이어 1행에서 10행까지의 시를 습합하여 햇빛을 보게 된『가을 인생』까지가 그 일환이다."라고『가을 인생』의 '여적'「짧은 시를 마무리하면서」에서 밝히고 있다. 이로 보아 강우식은 2018년에 이른바 그의 1~10행의 짧은 시를 마무리한 것이다. 사실 10행의 시는 짧은 시는 아니다. 그래서 2~4행의 시와 함께하지 않았다.

앞의 시「신神」은 시인을 "자꾸 빨리 부르다 보면/시인이 신이 된다."는 언어유희 같다. 그러나 강우식의 "나는 마지막으로 당신과 붙고 싶습니다."라는 시행을 생각하면, "신들린 사람이 시인"이라는 원리를 생각하게 된다. 시인의 신들림도 결국 무위자연일 수밖에 없다. 그는 「시인」이기 때문에 "속죄처럼 죽은 아내에 대한 시만 쓰는/시인이 된 것은 형벌입니까 축복입니까?"라고 되묻는다. 그가 '속죄처럼' 시를 쓰기 때문에 축복이다. 아내와 함께 있을 때에는 아무리 다정한 남자라도 '내가 남자인데'라는 틀型에 갇혀 있게 마련이다. 아내가 떠난 다음에야 그 틀의 허물을 벗는 속죄를 하게 된다. 강우식도 마찬가지일 것이다. 다음의 「하나님」에서 그것이 증명된다. 아내와 함께 있을 때는 하나님을 찾지 않았는데, "아내를 잃으니 하늘에 닿는 슬픔에 당신을 부릅니다."라고 한다. 속죄는 「하나님」께 하는 것이기 때문이다.

2015년에 출간한 『사행시초 2』의 「지은이로부터」라는 서문에서 "감정이란 재생이 아닌 줄을 알면서도/50년 전에 쓴 첫 시집 『사행시초』의 작품들을 근간으로/50년 후에 다시 써보는/시적감정의 재생 현상,"이라고 밝히고 있다. 위의 시 「꽃」은 열두 번째 작품으로 첫 시집 『사행시초』의 「열둘」과 같은 쪽에 실려 있다. 위에서 「꽃」은 "캄캄한 어둠 속에서 따뜻한 등불이던 꽃은 어디 있느냐."에서 보듯, 시인의 가슴속 등불이듯 따뜻하기만 했던 아내를 상징하는 이미지이다. 그러나 『사행시초』의 「열둘」에서의 꽃은 "열댓 살씩 되는 소녀 애들/속가랭이 벌리듯 꽃이 피네"에서 보듯 자연현상의 육감적 이미지이다. 다 무위자연의 이미지이지만 아내를 보낸 다음에는 아내를 향한 지순한 사랑의 정이 애틋하다.

강江

—『가을인생』, 「정중동靜中動」 전문

데생 하고픈 단물 밴 여자 엉덩이의 이상야릇한 금 하나.

—『가을인생』, 「복숭아」 전문

언젠가는 우리들 인생에도

가을이 오는 것은 누구나 알고 있다.

뿌리 깊은 나무도 봄에 어차피 떨어질 새싹 틔어

가을이면 미련 없이 지지 않느냐.

이것이 세상만물의 오묘한 순리다.

사자 입 속에 맡긴 생살 한 점의 목숨일지라도

사람이 되어 허투루 살지 마라.

멀고 먼 친척 같은 초승달 하나, 그 서슬에 목이 시리다.

다람쥐가 도토리 알밤 숨기듯

저승의 어느 길목에 파릇한 초록 싹 하나 묻어 두자.

─『가을인생』, 「가을 인생」 전문

강우식은 "짧은 시의 마무리로써 1행에서 10행까지 모은 시집『가을 인생』"이라고 했다. 그러나 이 시집 32쪽의「눈물」은 24행이며, 위의「정중동靜中動」은 1자字 시이다. 오히려 '강江'이 제목이고 '정중동'이 시라면 강의 이미지라고 할 수 있겠다. 1행시「복숭아」는 참으로 짧은 시의 절창이다.「복숭아」의 이미지를 "데생 하고픈 단물 밴 여자 엉덩이의 이상야릇한 금하나."로 그린 것은 강우식 시인만의 육감적인 이미지이다. 그 다음 10행의「가을 인생」은 이 시집의 표제가 된 작품이다. 그런데 1행에서 5행까지는 이미지형상화가 아니라 언어의 설說의 기능 중 설명이고, 6, 7행은 설교이다. 그러니까 예藝의 기능 중 창작이 아니라 설명과 가르침의 내용이라는 것이다. 그러나 끝의 3행은 역시 절창이다. 강우식은 아무래도 '짧은 시'를 마무리하면, 그의 예술적 감각이 산만해지는 게 아닌가 하는 기우에서 언급한 것이다. 마지막 3행의 "멀고 먼 친지 같은 초승달 하나, 그 서슬에 목이 시리다./다람쥐 도토리 알밤 숨기듯/저승의 어느 길목에 파릇한 초록 싹 하나묻어 두자."의 3행은 참으로 놀라운 비유와 상징의 시적 형상화이다.

바이칼은 대지의 자궁이다.
여러 강물들이 한 곳에 모여
호수를 이루고
앙가라 강은 흘러 북해로 간다.

아내는 바이칼의 물이었다.
어머니의 자궁에서 태어나
푸르고 깨끗한 순수한 물로 살다
죽어서는 다시 어머니의 고향으로 간다.

먼저 세상을 떠난 것에 대한
한량없는 섭섭함이 남아 있지만
나에게는 퉁그스 초원처럼
끝없이 넓고 은혜의 땅이었던
그대의 죽음이 최선의 종천終天임을 안다.

이제 이 겨울의 호수에
한 그루 나무처럼 홀로 남은 쓸쓸함이여.
내 오로우면 그대도 외로운 줄 안다.
그 외로움으로 나는
한 점 부끄러움이 없이 그대를 보낸다.

내 이 물녘서 육신의 꽃 흩어지게 함은
그대를 잊기 위함이 아니라
우리 사랑이 바이칼 신화로 남아
바이칼 신의 땅 앙가라 전설서린
샤먼바위로 남기 위함이니.

아내여 이제부터는 울더라도
바이칼의 잔물결처럼 잔잔히 울고

햇살 아래 반짝이는 웃음 결로 살아라.

『바이칼』,「바이칼 수장水葬」전문

위의 시에 대한 필자의 평설은 강우식 시인의 글로 대신하고자 한다. 시인은 "민족의 시원인 바이칼에 아내를 수장함은 사실이 아니다. 실제로 내고향 주문진 앞바다에 수장했다. 하지만 나는 아내를 시에서 바이칼에 수장한 것으로 하였다. 아니 나는 내 마음으로는 아내를 그보다 더한 시베리아의 최북단에 사는 유목민 네네츠족의 여자로 만들었다. 순록과 같이 이동하는 생활이 전부인 네네츠족의 여자. 여자가 귀한 땅에서 혹한의 추위도 견디며 사는 여자. 내가 사랑했던 여자는 가난한 나에게로 와서 일가를 이룬 것만으로도 그런 여자가 되기에 충분하다고 여겼다. 아무튼 아내가 떠난 후 나는 그녀의 영혼과 함께 바이칼로 떠났다. 이제껏 살아오면서 나름대로 많은 여행을 했었다. 세계 각국의 많은 사람들을 만나고 사는 모습을 보기 위해서였다. 하지만 비행기로 열차로 아내의 영혼과 함께 바이칼로 가는 여정은 내 인생의 여행길에서 가장 슬픈 길이었다. 마음을 달래듯 몽골의 징기스칸 골드 보드카를 어지간히 마시고 아내의 영혼을 위무하는 마음으로의 시제도 지냈다."고, 2019년에 출간한 시집『바이칼』의 '여적'「바이칼을 쓰기까지」에서 밝히고 있다. 그리고 이 시집 첫머리 아내의 사진 밑에, "무심하고 평범한 일상에서/그 하루하루가 정으로 때 묻고 흘러/내 영원한 사랑의 역사가 된/아내 김일지에게 이 시집을 삼가 바칩니다."라는 헌사가 있다.

이제까지 강우식 시인의 시세계를 살펴보았다. 그 결과 강우식 시인은 자유로운 예술혼의 구현자임을 확인할 수 있었다. 또한 그를 대변해주는 4행시가 전통적인 정형시가 아니라 자신의 자유로운 예술혼을 구현하기 위하여 그가 창조한 자유시임을 확인할 수 있었다. 자유로운 예술혼이란 언어의 기능 중 예藝의 기능인 창조와 창작의 시정신이다. 그의 1~4행의 짧은 시 형식은 그의 예술혼을 가두기 위한 틀의 정형이 아니라, 오히려 예술혼의 구현을 위해 그가 창조한 창작의 그릇임을 의미하는 것이다. 이를 가리켜 시인은 무위자연이라고 했다. 무위자연이란 인위의 허물을 벗고 알몸이 되는 것이다. 인위의 두 글자를 한 글자로 모으면 거짓 위僞자가 된다. 이 거짓을 벗어버리고자 알몸의 육감적인 시세계를 창조한 큰 시인의 열전을 조명해 보았다.

노장老莊의 무위자연

박제천論

노장老莊의 무위자연

　박제천 시인은 1966년『현대문학』지로 등단하고, 1975년에 첫 시집『莊子詩』를 출간했다. 이 첫 시집『莊子詩』는 1979년에 재 간행했고, 1988년에 1, 2권으로 분책해 간행했다. 한 시인의 첫 시집은 그 시인의 시적 운명의 상징이라고 할 수 있다. 인간탄생의 <연年, 월月, 일日, 시時>가 그 인간의 운명인 '사주팔자四柱八字'가 되는 것과 같다고나 할까. 어쨌든 박제천의 첫 시집이『莊子詩』라고 하는 것은, 박제천 시인의 시적 운명이 '자연自然'과 연관된 사주팔자일 수밖에 없다는 것이다. 왜냐하면 노장老莊의 철학세계는 곧 자연이기 때문이다. 박제천은 1988년에 제6시집『노자시편』을 출간하여 무위자연으로 환원하는 시세계를 보여주기도 했다. 도교적 무위자연으로 환원하면 그 다음 단계는「버림과 놀이의 시학」(장영우의『달마나무』평설)이 전개된다. 시인은 이 시집의 '시인의 말'에서 "이번 시집은『벽암록碧巖錄』으로 대표되는 선불교의 공안 화두를 중심으로 삼되 지난번 시집에서 예고했듯이 사랑이며 놀이에 초점을 맞추어 제3부까지 50여 편을 마련했다."는 말과 함께 제12시집『달마나무』를 출간했다. 박제천의 시세계가 도교적 무위자연과 선불교적 무사무념의 구현인 '사랑과 놀이'의 이미지형상화로 전개되었음을 확인할 수 있다.

　박제천의 시세계인 '사랑과 놀이의 이미지 형상화'는 제15시집『천기누설』의「사랑과 우주를 넘어선 자유인」(이혜선의 평설)의 경지를 넘어「지락至樂과 지복至福의 세계」(고명수의 평설)에 이른 다음, 제16시집『풍진세상 풍류인생』에서「놀이의 깊이, 달관의 높이」(이찬의 평설)를 체득한 시선詩仙의 경지에 이르게 된다. 박제천은 제15시집 '시인의 말'에서 "시집 제목의 천기天機는 장자에서 빌려왔다. 장자가 「추수」, 「대종사」, 「천운」 등의 여러 글에서 밝힌 대자연과 스스로 그러함自然而然의 천연이다."라고 밝히고, 제16시집에선 "바라건대, 앞으로도 이제처럼 한 자 한 자 기록하는 이 세상살이가 날마다 애인을 만나고 시의 비밀한 모용을 깨우칠 수 있는 풍류도의 황홀한 기쁨이었으면 좋겠다."고 했다.

동양철학의 기본구조는 <천天, 지地, 인人>이다. 여기서 '천지天地'는 자연이고, '인人'은 인문人文이다. 자연은 무위자연이고, 인문은 인위문화이다. 결국은 자연과 인문의 관계는 무위와 인위의 관계이다. 이 인위人爲는 곧 '사람의 일'이며, 이 '사람의 일'에는 '만드는 일生産'과 '짓는 일創作'이 있다. 만드는 일의 결과는 물품이며, '짓는 일'의 결실은 작품이다. 이 작품은 열매로 비유된다. 열매는 자연의 결실이며, 작품은 인위의 창작이다. 왜 열매로 비유되는가. 열매에는 반드시 생명이 존재하기 때문이다. 창작은 생명의 '없음無'에서 '있음存在'이 되게 하는 생명창조의 작업이다. 그래서 인위의 창작에서 가장 중요한 것은 거짓 없는 진실의 생명성이다.

무위의 자연은 거짓이 있을 수 없다. 그러나 인위의 두 글자를 한 글자로 만들면 거짓 위僞자가 되는 것에서 알 수 있듯이, 인위는 거짓이 될 수밖에 없다. 그래서 인위의 창작은 자연을 대상으로 하고 자연을 목표로 해야 생명성의 진실을 구현할 수 있다. 이를 가리켜 자연과의 교감이라고 한다. 모든 예술작품은 자연과의 교감을 이미지로 형상화한 것이다. 특히 박제천의 시작품은 자연과의 교감을 형상화한 인간존재의 구현이라고 평가할 수 있다. 이제 그의 작품세계를 고찰해 보기로 한다.

노장老莊의 무위자연

천지는 다른 말로 우주이며, 우宇는 무한의 공간이고 주宙는 무한의 시간이다. 그런데 인간을 가리켜 작은 우주라고 한다. 공간에는 눈에 보이는 사물이 존재하고, 시간에는 눈에 보이지 않는 기운(영혼)이 존재한다. 그렇다면 우주는 존재를 위한 집이다. 그래서 천자문千字文에서는 집 우宇 집 주宙 넓을 홍洪 거칠 황荒이라고 했다. 우주가 넓고 거친 허무의 빈집이었듯이 인간이란 작은 우주도 빈집이다. 이를 가리켜 실존철학에서는 인간존재는 '없음無'이라고 한 것이다. 인간으로 태어났다는 것은 이 '없음無'을 '있음存在'으로 구현해야 할 의무를 가지고 있다는 것이다. 이 의무가 곧 인위人爲의 일이다. 그래서 인간만이 인간존재의 구현을 위한 일을 한다. 자연의 동식물은 일을 하지 않아도 스스로 그렇게 되는 자연이다. 오직 인간만이 '만드는 일'과 '짓는 일'을 한다.

전신을만월의활로꾸부려
음악의불붙는시위에살을 먹이네
배는
한몫의악기
현과현사이에노를넣어휘저을 적마다
밤무지개를타오르다떨어지는
파도소리
못보던새들의울음이천지에가득차고새들의깃은
물살속에서퍼득이네
항해중의배는
무심히돛폭을 펼쳐바람의공규를 채우네.

「莊子詩 그 하나」 전문

　장자의 중심 사상은 '무無'자에 있다고 한다. 이 '무無'자에 있다는 장자 사상의 핵심은 곧 '인위의 없음無'인 무위자연이다. 자연에는 일도 없고無爲, 말도 없으며無言, 시비도 없고無是非, 귀천도 없다無貴賤는 등 23가지의 '무無'자에 있다는 것이다. 그러니까 사람에게만 일도 있고, 말도 있으며, 시비와 귀천이 있을 뿐이다. 이처럼 사람에게만 있는 것들로 해서 '인생은 고해'라는 은유가 성립된다. 인간이란 누구나 인생의 바다를 저어가는 한 척의 배일 수밖에 없다. 박제천시인은 자신을 "전신을만월의활로꾸부려/음악의불붙는시위에살을먹이네"의 이미지로 형상화한 '배'로 그리고 있다. 그 다음에 이어지는 "배는/한몫의악기/현과현사이에노를넣어휘저을 적마다/밤무지개를타오르다가떨어지는/파도소리"에서 보듯이 "배는/한 몫의악기"인 것이다. 그러니까 이 '배'는 시인 자신을 은유한 것이다. 시인 은 자연과 인간 사이를 팽팽하게 이어놓은 줄로 이루어진 현악기인 것이 다. 그러므로 "현과현사이에노를넣어휘저을 적마다"는 시인의 창작행위 를 은유한 것이며, "밤무지개를타오르다가떨어지는/파도소리"는 시인의 시를 은유한 것이다. 그리고 "못보던새들의울음이천지에가득차고새들의 깃은/물살속에서퍼득이네"는 시작품의 생동감을 형상화한 이미지이며, 마지막으로 "항해중의배는/무심히돛폭을펼쳐바람의공규를채우네"에서, "항해중의배"는 시인의 시 쓰기를 은유한 이미지이며, "바람의공규를채 우네"는 '없음無의 인간존재'의 구현을 상징하는 이미지이다. 하이데거는 시인이 시를 창작하는 것은 인간존재의 구현이라고 했다. 박제천은 "시단 에 발을 들여놓은 지 50년이 지났다. 아직도 시를 대하면 신명이 나니 복 받은 인생이다."라고 했다. 그는 시로 인해 인생의 바다를 신명나게 저어 가는 한 척의 배와 같은 시인이라고 하겠다. 동양에서는 이런 시인을 시선 詩仙이라고 한다.

33년 만에 반지를 빼낸 무명지에는
달무리처럼 둥근 자국이 테두리져 있었다
나는 이제 다시는 반지를 끼지 않으리, 나에게 다짐하였다

한밤중에 문득 하늘을 보니, 거기 그 반지가 떠 있었다
손가락이 아니라, 몸을 쑥 넣으면
허리띠가 될 만한 반지가
물끄러미 나를 내려다보며, 눈을 찡그리고 있었다

이름 없음이 하늘땅을 여니, 이름 함이 모두의 어미란다
노자 늙은이처럼 중얼거리는 소리가 들리는 것 같았다

그렇구나, 이미 몸과 마음에 새겨진 반지가 아니더냐

달빛 반지 위에 겹으로 반지를 하나 더 끼고는
아예 반지의 집으로 거처를 옮겼다.

「반지의 집」 전문

2012년에 출간한 육필시집 『도깨비가 그리운 날』에는 「비의 집」, 「반지의 집」, 「눈의 집」 등 집을 주제로 한 세 편의 시가 있다. 그는 「비의 집」에서 "아마, 거기가 눈잣나무 숲이었지…중략…그래, 눈잣나무 몸피를 부드럽게 부드럽게 씻겨주는 것 같았어/아마, 병든 아내의 등을 내 손길도 그랬었지"라 했고, 「눈의 집」에서는 "그리워서 그리워서 환장하겠는 날//눈 닿는 곳마다 그대 눈빛이 눈 속에 떠돌고 있어요/그대 찾아가는 길의 표지판에도"라고 했다. 그리고 이 시집의 '시인의 말'에서는 "2005년 11월 1일, 아내가 다른 세상으로 옮겨갔다. 돌이켜 보니 마흔 해 넘도록 내 삶의 중심이었다. 그와 함께, 그로 하여, 그를 위하여 그에게 들려줄 시를 한자 한자

마음에 문신을 새기듯 써 보았다."라고 했다.

인간의 우리말은 '사람사이'이다. 흔히 부모가 자녀에게 "너 언제 인간 될래?"라고 한다. 이 인간되기의 시작은 한 남자와 한 여자의 만남이고, 인간되기의 완성은 사랑으로 하나 됨이다.

반지는 '하나 됨'의 상징이다. 그래서 반지는 둥글고 원만하다. 하늘의 상징이기도 하다. 위의 시 첫 연은 "33년 만에 반지를 빼낸 무명지에는/달무리처럼 둥근 자국이 테두리져 있었다/나는 이제 다시는 반지를 끼지 않으리, 나에게 다짐하였다"이다. 하나 됨의 상징인 이 둥근 테두리는 결코 지워지지 않는 사랑의 표적이다.

아무리 반지를 빼내도 "달무리처럼 둥근 테두리"는 지워지지 않는다. 박제천은 둥근달인 만월을 사랑하는 시인이다. 그래서 "한밤중에 문득 하늘을 보니, 거기 그 반지가 떠 있었다/손가락이 아니라, 몸을 쑥 넣으면/허리띠가 될 만한 반지가 떠 있었다/물끄러미 나를 내려다보며, 눈을 찡그리고 있었다"라고 한다. 손가락에 끼웠던 반지는 빼었어도 둥글고 원만한 사랑의 '하나 됨'은 영원하다. 둥근 원은 끝이 없다. 하늘도 끝이 없다. 박제천이 집을 주제로 한 시 세편의 중심은 「반지의 집」이다. 반지는 둥글고 원만하여 하늘을 상징하기 때문이다. 그러니까「반지의 집」은 곧 하늘의 집이다. 집은 우주라고 했다. 그래서 박제천은 "달빛 반지 위에 겹으로 반지를 하나 더 끼고는/아예 반지의 집으로 거처를 옮겼다"로 시를 마무리한다. 그의 영혼의 거처를 무위자연으로 옮겼다는 선언이다. 이 선언을 하게 된 직접적인 동기는 아마 "이름 없음이 하늘땅을 여니, 이름 함이 모두의 어미란다 無名天地之始 有名萬物之母(노자의 도덕경 1장)"라는 "노자 늙은이처럼 중얼거리는 음성이 들리는 것 같았"기 때문이리라.

보리달마와 놀이의 세계

박제천은 그의 제12시집『달마 나무』의 '시인의 말'에서 "시력 50년을 눈앞에 두고 문득 돌아보니 첫 시집『장자시莊子詩』이래 내 시의 중심 기축이었던 노장老莊과 불교 중에서 불교 쪽이 조금 헐거워 보여, 이참에 균형을 잡기로 했다. 이번 시집은 벽암록碧巖錄으로 대표되는 선불교의 공안화두를 중심으로 삼되 …사랑과 놀이에 초점을 맞추어 제3부까지 50편을 마련했다"고 썼다. 그렇다면 그의 시세계는 노장과 불교의 세계가 중심기축이라는 것이다. 그런데 "사랑과 놀이에 초점을 맞추었다"고 했다. 박제천은 처음부터 '사랑과 놀이'에 초점을 둔 시인이었다. 장자의 소요유逍遙遊란 인위의 모든 틀을 벗고 세속을 초월한 자유의 놀이를 의미한다. 이러한 소요의 놀이가 모든 인위의 허물을 해탈하고 무사무념의 놀이인 선불교를 만난 것이 박제천의 시세계이다. 이 시집에는 '놀이'의 시가 무려 23편이나 실려 있다. 역시 노장의 도교와 보리달마의 선불교적 향기가 풍긴다.

한밤중에 일어나 별도 먹고 달도 먹으며
한입 가득찬 빛을 혀끝에 녹이고 굴리며
그 누구 울음이라고 구태여 말하지 않으며

잘 벼린 초승달 낫날로 하늘 한 조각씩 쓸어나가는
이 한 밤 내가 태어난 이 별 저 별 은하계 속을 뒤지는
입안에 가득 차오는 어둠을 잘게 베어물 듯

쏙독새 울음소리, 나무 속으로 나이테 만들고
한밤중 개구리 뛰어다니는 소리, 은하로 반짝이듯
마침내 잎을 틔우고 눈을 틔우느니, 내 안에

진땀 흘리며 진땀 흘리며 한밤중 은하계를 다 돌아
신새벽 생강나무 한 그루 몸을 찾는 화엄 적막
보았다 말할 수 없어, 그 몸 그냥 껴안는 화엄 적막.

—「생강나무 놀이」 전문

아무리 둥글고 원만하지만 인연의 고리인 반지의 집을 떠나 하늘의 반지인 무위자연의 집으로 거처를 옮긴 시인의 놀이는 "한밤중에 일어나 별도 먹고 달도 먹으며/한입 가득 찬 빛을 혀끝에 녹이고 굴리며/그 누구 울음이라고 구태여 말하지 않으며"와 같이 우주적이다. 인위의 문법이나 어법으로는 접근이 불가하다. 그래서 선불교의 핵심을 불립문자不立文字라고 한다. 상상력이 만들어낸 우주적인 놀이의 이미지이다. 둘째 연의 "잘 벼린 초승달 낫날로 하늘 한 조각씩 쓸어나가는/이 한밤 내가 태어난 이 별 저 별 은하계 속을 뒤지는/입안에 가득 차오는 어둠을 잘게 베어 물 듯"이에서 보듯, 그의 놀이는 "초승달의 낫날로 하늘 한 조각씩" 베어나가기도 하고, "은하계 속을 뒤지는" 우주적인 놀이이다. 장자의 소요유보다 더 우주적이며 시적인 감각이 빛난다. 여기서 우주적이라는 것은 시적인 이미지의 형상화를 이름이다. 셋째 연의 "쏙독새 울음소리, 나무속으로 나이테 만들고/한밤중 개구리 튀어다니는 소리, 은하로 반짝이듯"에 이르면, 생명현상의 시적 이미지 형상화가 신기神技에 가깝다. 박제천 시인은 그야말로 장자가 지칭한 지인至人이나 신인神人이라고 명명할 시인이라고 하겠다. 그의 시적 이미지가 그대로 노장의 무위자연이며, 달마의 선불교이다. 그래서 "보았다 말할 수 없어, 그 몸 그냥 껴안는 화엄 적막"으로 위의 시는 마무리된다.

별도둑이 무지개도둑에게 새 한 마리 보내왔네

집은 있어도 계집은 없는 우리네 문안비問安婢련가

술 마시면 피가 되고, 먹물 뿌리면 시가 되니

술도둑, 시도둑도 부처라고 벽암록에 적혀 있더군.
「도둑놀이, 수형에게」 전문

박제천은 그의 제15시집『천기누설』의 '시인의 말'에서 "어느새 제15시집이다. 시단에 발을 들여놓은 지 50년이 지났다. 아직도 시를 대하면 신명이 나니 복 받은 인생이다."라고 했다. 그리고 시집의 후기라고 할「내 시의 놀이와 동무들」에서는 "그런데 10여 년째 독거생활을 해오다 보니, 문득문득 고독아귀의 손아귀가 바짓가랑이를 붙잡을 때가 많아졌다. 아귀란 이름이 붙듯이 이놈을 떼어내는 건 여간 성가신 일이 아니다. 그래서 생각해 낸 것이 '놀이'였다. 상상력의 놀이, 그러면서도 재미있어야 하는 놀이를 생각해보니, 시 쓰기였다."라고 했다. 2005년에 아내를 보낸 시인의 말이라 생각하니 엄숙한 생각이 들며, '놀이'에 대한 새로운 차원이 열리는 것 같다. 그렇다. 그의 '시 쓰기'는 상상력의 놀이이면서 '생명의 놀이'라고 할 수 있다. 우주의 구성은 무위자연과 인위문화라고 했다. 여기서 무위와 인위, 곧 자연과 문화가 대립하는 것이 아니라 조화하는 것이 곧 놀이이다. '놀이'와 '노래(놀애)'의 어근은 '놀'이고, '이'와 '애'는 접미사이다. 그리고 '놀'은 고구려 때의 말인데 그 뜻은 '신神'이라고 한다. 자연과 인위가 조화되어 신이 살아나는 것이 인간의 놀이라는 것이다. 그래서 노래할 때와 놀이할 때에 신난다고 한다는 것이다.

위의 시에서 "별 도둑이 무지개 도둑에게 새 한 마리 보내왔네"라는 첫 행에서, 별과 무지개는 자연이고, 도둑은 인위이다. 이 자연과 인위가 조화된 것이 새이다. 새는 하늘神을 향해 날아오르기 위해 날개를 가지고 있다. 그런데 날개를 가진 새들은 노래를 한다. 날개를 퍼덕이는 것은 '놀이'이며, 그것을 소리로 표현하는 것이 '노래'이다. 그러므로 "별도둑과 무지개 도둑"은 시인이며, "새 한 마리 보내왔네"는 시적 영감이 주어진 것의 상징이다. 그런데 "집은 있어도 계집은 없는 우리네 문안비問安婢련가"에서 보면, 아내를 잃은 시인에게 보내준 문안비는 곧 시적 영감이다. 그래서 "술 마시면 피가 되고, 먹물 뿌리면 시가 되니"의 시선詩仙이 되어, "술 도둑, 시 도둑도 부처라고 벽암록에 적혀 있더군."으로 시는 마무리된다. 위의 시는 시라기보다 선불교적 선어禪語라고 할 수 있다. 박제천이 아니고는 이런 선어를 읊을 수 없을 것이다. 위의 시에서 '별 도둑, 무지개 도둑, 술 도둑, 시 도둑'은 인위의 도둑이라기보다 신선의 놀이와 노래라고 하겠다. 시신詩神의 광기와 손을 잡은 박제천만의 경지이다.

풍진세상 나 몰라라 한숨 눈을 돌리고 눈을 붙였더니
신선세상이 눈앞에 펼쳐졌다

백마 흑마 갈아타며
세도나 평원을 돌아보고,
혹은 귀신들과 뱃놀이를 즐기며
딴세상 구경에 넋이 나갔는데

이 풍진 세상에서 심정지가 왔다고,
8분이나 되었다고 난리 법석이었다

이승과 저승에 한 발씩 걸친 장주며,
그대 무덤에 풀들아 어서 말라라,
새서방 만나보자, 허위단심 부채질하는
그대 아내도 걸작이지만

신선놀이 삼아
섬망마저 즐기는 홀아비의 극락,
그 누가 감히 방해하랴

이 풍진 세상에 다시 돌아왔으니,
어쩌겠나, 또, 한 살이 잘 살아보세.

「풍진세상 풍류인생」 전문

도교적 무위자연과 선불교적 돈오頓悟를 거쳐 박제천이 다다른 경지는, 그의 "시업 55년, 제16권째 시집이다."라는 『풍진세상 풍류인생』의 세계이다. 이 경지는 「놀이의 깊이, 달관의 높이(이찬의 평설)」를 체득한 뒤에 도달한 시선詩仙의 경지라고 했다. 위의 시 첫 연은 "풍진세상 나 몰라라 한숨 눈을 붙였더니/신선세상이 눈앞에 펼쳐졌다"로 시작된다. 역시 그는 신선 세상에 이르렀다. 신선 세상에서 "백마 흑마 갈아타며/세도나 평원을 돌아보고,/혹은 귀신들과 뱃놀이를 즐기며/딴 세상 구경에 넋이 나갔는데"에서 보듯 전연 딴 세상에 간 것이다. 이 딴 세상에서 "이승과 저승에 한 발씩 걸친 장주" 곧 장자도 만나보고, "신선놀이 삼아/섬망마저 즐기는 홀아비의 극락"이라고, 자신의 홀아비 삶을 '극락'이라고 자위하며, "이 풍진 세상에 다시 돌아왔으니,/어쩌겠나, 또 한 살이 잘 살아보세."로 시는 마무리된다. 이 작품은 이 시집의 표제이기도 하지만, 그의 '시업 55년'의 정리이기도 하다. 그는 '시인의 말'에서, "바라건대, 앞으로도 이제처럼 한 자 한 자 기록하는 세상살이가 날마다 애인을 만나고 시의 비밀한 모용을 깨우칠 수 있는 풍류도의 황홀한 기쁨이었으면 좋겠다."고 한다. 박제천은 시인의 삶이 "날마다 애인을 만나고 시의 비밀한 모용을 깨우칠 수 있는 풍류도의 황홀한 기쁨이었으면 좋겠다."고 하는 놀이의 시인이다. 그는 참으로 시선의 경지에 들었다고 하겠다.

이제까지 박제천 시인의 시세계를 고찰한 결과, 그는 노장의 무위자연에서 시작해 선불교의 돈오를 거쳐 그만의 독특한 놀이의 세계에 도달했음을 확인할 수 있었다. 이 놀이의 세계를 어떤 이는 「지락과 지복의 세계」라 했고, 어떤 이는 「놀이의 깊이, 달관의 높이」라 했으며, 시인 자신은 "시업 55년, 제16권째 시집 『풍진세상 풍류인생』"이라고 했다.

원로 시인의 평전이라 조심스러웠다. 그의 『장자시』로부터 『풍진세상 풍류인생』에 이르기까지 찬찬히 훑어보았다. 박제천 시인의 작품들에서 이 우주의 구성이 무위자연과 인위문화로 되었음을 알았고, 시를 창작하는 것이 자연에로의 환원이라는 동양철학의 깊이를 배웠다. 그리고 시인을 통해 문화와 인류가 존재한다는 확신도 갖게 되었다. "한국 현대 시인 열전"을 쓰면서 필자도 하나의 등불이 되어야겠다는 꿈을 품게 되었음을 고백한다.

반구대 암각화와 고래, 죽음 그 고고생태적 세계

이건청論

반구대 암각화와 고래, 죽음 그 고고생태적 세계

후기의 확고한 목소리

한 시인이 시세계를 가지는 경우 대체로 세 가지 방식으로 이루어지는 것을 볼 수 있다. 첫째는 한 소재를 집중적으로 다루는 데서 얻어지는 효과, 둘째는 시작 방법을 하나로 선택하는 데서 얻어지는 효과, 셋째는 시인의 사상이나 현실적 태도에 힘을 실어 얻어지는 효과 등이 그것이다.

첫째 경우는 서정주가 선택한 '신라'를 주제로 연작시를 썼다. 이는 서정주의 시집 『신라초』에서 보여주는 신라 정신의 경우 삼국유사 등에서 옮겨온 선덕여왕이나 박혁거세의 어머니 사소 등을 소재로 얻은 결과물이다. 김현승은 절대고독, 군중 속의 고독 등 다채로운 고독을 소재로 존재와 고독에의 탐구에 골몰했고, 조병화는 드물게 세계여행의 선구자로서 여행이 갖는 문화를 섭렵하고 각국의 여행을 통해 그 세계의 문화를 열었다.

둘째는 시적 방법론인데 김해경의 초현실주의, 김기림의 다다이즘, 이장희, 박남수의 이미지즘, 김춘수의 무의미시, 이승훈의 모더니즘 등이 자기 확립의 방법이었다. 셋째는 시인의 사상이나 현실적 태도에 있어서 김수영의 참여주의, 정지용, 구 상의 가톨리시즘, 한용운의 선禪사상 등이 각각 시세계 구축의 기반이 되었다.

이건청 시인은 그 첫 번째 방식인 소재의 집중적 선택으로 새로운 세계를 열어가는 시인이다. 그 열정이나 집중적 태도에 있어서 타의 추종을 불허하는 특이한 시인이라 할 것이다. 그는 2010년에 낸 시집 『반구대 암각화 앞에서』 '시인의 말'에서 "나는 시적 오브제로서의 고래와 반구대 암각화를 만나고 천전리 각석을 만났다. 몇 번씩 그것들이 있는 곳을 찾아가 헤매 다녔으며 연관된 문헌과 영상자료들을 뒤적였다… 이제 '고래'를 오브제로 한 시편들만으로 한 권의 시집을 엮어 세상에 내보내게 되었다." 이 말을 읽는 순간 모든 의식이 이 소재들을 향해 집중되고 있었음을 알게 된다. 어쩌면 시적 사색이나 표현의 방법론까지도 기존과 달리 새로운 방법으로 전개해 나갈 것을 암시하고 있다.

이건청 시인은 2007년 겨울 "시공디스커버리총서"인 '고래의 삶과 죽음'을 먼저 만났고 이어 멜빌의 '백경'을 확인하고 울산의 암각화 쪽으로 시선을 돌린다. 이 자료에는 전호태의『울산의 암각화』(울산대 출판부), 임세권의『한국의 암각화』(대원사) 등이 있는데 이로써 암각화에 눈 뜨는 계기가 된다.

시인은 이후 울산광역시 울주군 언양읍 대곡리 234-1번지로 지번을 찾아가서 며칠을 헤맸다. 시인은 그 암각화에서 돌고래, 향고래, 솔피, 상괭이, 큰고래, 혹등고래, 수염고래 등이 각기 다른 모습을 하고 있음을 보았다. 시인은 6천여 년 전 고래를 그린 사람들의 열망과 그 고래들이 지금도 울산 해안에 살고 있음을 감지하고 시로 쓴다.

이쯤에서 필자는 리베카 긱스의 '고래가 가는 곳'에서 다음과 같은 대목을 주목해 보고자 한다. "지금까지 알려진 바로는 동물을 그리고자 하는 욕구는 인간에게서만 발견된다. 다른 생명체를 형상화시키기 시작했다는 것은 인간이 굶주림을 해결하고자 먹잇감을 찾고 포식자가 무서워 쫓겨 다니는 다급한 생존 문제를 넘어서 주변 생물체들에 대한 상상적 정서적 유대감을 가지게 되었음을 암시한다." 이 대목에서 우리는 암각화에 그려진 고래에 대한 의미와 고래에 대한 의지로 끓는 이 시인의 의미를 아울러 생각해 볼 수 있을 것이다.

이 글의 텍스트로『반구대 암각화 앞에서』,『곡마단 뒷마당엔 말이 한 마리 있었네』,『실라캔스를 찾아서』를 참고했음을 밝힌다.

암각화 시편들

시집『반구대 암각화 앞에서』는 제5부로 되어 있는데 제1부와 2부는 '반구대 암각화, 각석의 형상'에 관한 것이고 제3부와 제4부는 '고래들의 죽음과 말향고래' 이야기이고 제5부는 '고래 박물관'을 바라보는 상상의 이야기이다.

제1부와 제2부를 아우르는 시편들에 들어가 보자.

시의 구성은 오늘의 디카시dica poem를 연상하게 하지만 영상과 문자를 하나의 텍스트로 결합한 5행인 디카시와는 다르다. 고고학적으로 대상에 접근해 흔적만 남기고 사라진 것들을 상상력으로 불러내고 복원해낸다.

여기 와서 시력을 찾는다.
여기 와서 청력을 회복한다.
잘 보인다. 아주 잘 들린다.
고추잠자리까지, 풀메뚜기까지
다 보인다. 아주 잘 보인다.
풍문이 아니라, 설화가 아니라
만져진다. 손끝에 닿는다.
6천여 년 전, 포경선을 타고
바다로 나아간 사람들,
작살을 던져 거경巨鯨을 사냥한,
방책을 만들어 가축을 기른,
종교의례를 이끈,

이 땅의 사람들이 살아있는 숨결로
온다, 와서 손을 잡는다.
피가 도는 손으로 손을 덥석 잡는다.
우렁우렁한 목소리로 말한다.
어서 오라고, 반갑다고
가슴으로 끌어안는다.

―「암각화를 위하여」 부분

이 시를 읽으면 암각화가 갖는 기능에 대해 체감하게 된다. 6천여 년 지난 것을 두고 실제 보듯이 시력이 살아나고 그때의 소리가 되살아나고 미물들까지 눈에 잡히고 전설이나 설화가 아니라 손에 만져지는 이야기로 다가온다. 6천여 년 전이면 우리나라의 신화나 전설과 설화가 생겨나고 접수되고 국가 공동체로서의 역사가 뿌리를 내리는 시간대이다. 그때 포경선을 타고 바다로 나간 사람들이나 작살을 던져 고래를 잡던 사람들의 숨결이나 맥박을 그대로 받아들이는 체감의 현장시라 하겠다. 암각화는 그런 공유하는 실제를 복사하고 체현하는 위대한 공간이다.

사람아,
나는 지금 6천 년 전쯤부터
이 골짜기에 살고 있는 당신을 만난다.
살아 있는 당신을 만난다.
당신이 서 있는 암벽과
내가 지금 서 있는 시간이 함께
늦가을 비에 젖는다.
당신과 내가 비에 젖는다.
당신이 서 있는 쪽에서
북소리가 울린다.

두 손을 모두어 신을 부르는가,
힘센 당신이 우람한 남근으로
58마리의 고래를 부르고 있구나.
호랑이와 멧돼지와 사슴을 부르는구나
6천 년 쯤의 시간을 건너오는
천둥 같은 당신의 육성이 들린다.

─「우람한 남근」 부분

6천 년 전 우람한 신비를 지닌 당신의 목소리 들린다. 당신의 시간과 나의 시간이 함께 늦가을 비에 젖는다. 신을 부르는 소리일까. 모든 짐승들을 부르고 있는가. 시간을 건너오는 거대한 심볼 앞에서 나도 벌떡 일어서고 있다. 암각화는 우주에 함께 세든 우리들 비밀 코드의 현장이다. 영원히 죽지 않는 육성의 그림이다.

다음은 울산 광역시 두동면 '천전리 각석'을 두고 쓴 시다.

이 벼랑 어디선가
옷깃 스치는 소리가
들린다.
부싯돌 치는 소리가
들린다.
숨죽인 사람 몇
엎드려 있다.
진심으로 지운 것들이
사라져 버린 자리에
지워진 것들이
사라진 자리에
곡진한 선들만 남아
흔적을 이루었는데

선 안에 담긴
천지신명을 뵈오려
사람들이 무릎 꿇고 있는데
향불을 태우고 있는데
흰 연기 피어올라
천지신명을 부르고 있는데…….

—「천전리 각석」 전문

이건청 시인은 <시인의 산문 2>에서 "산 속 바위면은 천지신명과 소통할 수 있다고 믿었던 성스런 장소였을 것이다. 사는 일이 버거운 사람들과 국가 경영이 힘에 부치는 임금과 고급 관료들이 이 성소를 찾아와 바위에 그들의 소망을 담은 그림을 남기고 각자의 의식을 베풀곤 하였을 것이다."고 보았다. 그리하여 인용시는 곡진한 선들만 남아 흔적을 이루었고, 선 안에 담긴 천지신명을 부르며 "무릎 꿇고 향불을 태우고"있다 한 것이다. 그러므로 각석에서 고대 선사의 사물들과 사람들이 이루는 의례를 유추해 보고 있는 것이다.

고래들의 선종의례, 그리고 말향고래

암각화에서 만난 고래들은 고래잡이 배나 작살잡이, 작살 등을 통해 더 듬어 만나는 셈이었다. 특히 새끼를 등에 업은 고래를 통해 어미 고래의 모성애를 발견할 수 있었다. 그러다가 현대에 이르러 고래들이 선박에 치여 죽고 어판장에서 팔려 나가고 그들의 선종의례를 만나볼 수가 있는 것이다.

울산 정자항에서
18Km쯤 떨어진 해역이었다.
참돌고래 다섯 마리가

숨지기 직전의
늙은 참돌고래를
수면 위로
밀어올리고 있었다.

마지막 숨을
몰아쉬는
기진한 늙은 참돌고래가
죽음 속으로 갈앉지 않도록
젊은 참돌고래들끼리
힘을 모으고 있었다.
진심으로
밀어올리고 있었다.
한 시간쯤 후
기진한 늙은 참돌고래가
끝내 숨을 놓고
칠흑의 해저로
갈앉아 버리자
망연자실,
고래들이
꼬리를 치며
혈육이 떠난 자리를
맴돌았다, 그리고

그리고
뿔뿔히 흩어져 갔다.
슬피 울며
제 갈 길로
멀어져 갔다.

「고래들의 선종의례」 전문

고래들만이 행하는 죽음의 의식을 '善終'으로 표현했는데 이 용어는 가톨릭에서만 사용한다. 가톨릭 성사를 받고 사망하는 것을 선종이라 한다. 시에서 고래의 죽음은 울산 정자항에서 18Km 떨어진 해역에 일어난 것이다. 현대의 일이고 울산 주변의 사건이다. 고래의 선종은 늙은 고래가 죽음이 임박할 때 젊은 고래들이 힘을 모아 수면 위로 밀어올려 살리고자하는 의식을 말한다. 시에서 그 늙은 참돌고래는 기진하여 숨을 놓고 칠흑의 해저로 갈앉아 버린다. 젊은 고래들은 울면서 망연자실, 맴돌다가 각각 자기 길로 떠나간다는 것이다. 시인은 이 선종에서 고래에 대한 연민을 느끼며 살아나기를 기다리고 있다가 고래들처럼 망연자실로 빠진다. 시인은 이렇게 점점 고래와 하나의 정서와 삶이라는 쪽으로 가까이 다가간다.

이건청 시인은 말향고래에 빠져든다. 이 고래는 고래 세계에서 아주 크고 힘센 종에 해당된다. 거대한 머리 속에 양초 원료가 되는 경납을 그득히 넣고 산다. 뱃속에 있는 용연향(희소한 가치가 있는 약재)은 최고의 값으로 거래된다.

나는 말향고래 이야기를 아버지에게서 들었다. 내 아버지도 할아버지에게서 들었다고 했었다.(중간 생략) 생애 한 번쯤 말향고래 만나기를 소망했던 아버지는 1968년 음력 1월 11일, 그러니까 내 생일이기도 했던 그 날 돌아가시고, 말향고래를 향한 그리움만 내 기억 속에 남았다.
　　　　　　　　　　　　　—「말향고래를 찾아서」— 아버지가 말씀하시길

광화문이었다. 경무대로 가자고, 선두가 외치고 있었다. 밀향고래야 가자. 그래, 눈 감으면 안된다. 가자. 밀향고래야, 오로지 맑고 곧은 이념의 푯대 끝에 순정이 물결처럼 나부끼고 있었다. 그때 나는 순백의 교복과 교모 속, 고등학교 3년 소년이었다. 교문을 타 넘고 있었다. 출렁이고 있었다. 넘치고 있었다. 태평로 대로변 휴지를 찍어내던 신문사 하나가 불타고 있었다. 방

파제 밖은 파랑이 파랑을 몰고 있었다. 플라타너스 연초록 잎새들이 박수와
환호로 흔들리고 있었다. 나는 광화문 복판을 지나 중앙청 쪽으로 달려가면
서 경무대 쪽에서 울리는 수백 발의 총소리를 들었다. 그때 나는 똑똑히 보
았다. 총소리가 들리고, 아이들이 피에 젖어 쓰러지는 대로에서, 학생들의
대오가 진짜 말향고래로 변하는 것을, 용연향과, 머릿속 경납까지 온전히
지닌 진짜 말향고래가 된 후, 낡고 질긴 대낮을 밀며 헤엄쳐 가는 것을.
「말향고래를 찾아서」　광화문에서 본 진짜 말향고래 전문

이 시인은 말향고래 이야기를 아버지에게서 들었는데 아버지는 할아버
지로부터 들었지만 말향고래를 만나보지도 못하고 돌아가셨다. 그런 뒤 시
인은 말향고래를 광화문에서 만난 것이었다. 이야기는 4·19로 거슬러 오르
는데 화자가 고등학교 3학년 때 교문을 타 넘어 출렁이는 파도를 타고 광
화문 복판을 지나 중앙청 쪽으로 달려가면서 경무대쪽에서 나는 총소리를
들었었다. 그때 화자는 학생들 대오가 진짜 말향고래로 변하는 것을 보았
다. 그런 대오가 낡고 질긴 대낮을 밀며 헤엄쳐 가는 것이었다. 4·19의 학
생 대오는 민주주의와 정의를 외치는 진실의 덩어리였다. 그것이 용연향일
수도 있고 경랍일 수도 있었을 것이다. 말하자면 말향고래라는 가치가 진
실과 정의라는 정신적 가치로 변용되어 나타난 것이다. 달리 말하면 4·19
의거를 시대의 바다를 헤쳐가는 말향고래에 비유한 것이다.

이건청 시인은 이후 말향고래를 민주화 운동의 퇴색된 낡은 깃발로,
6·25 공간에서 죽어간 외삼촌 두 분으로, 촛불 행사에서의 하염없는 주체
(배가 고픈)로, 핵잠수함 등이 촉발하는 영향 아래 바다를 버리고 죽으러
오는 고래로 비유하면서 인간 사회 속에서의 실존적 삶 또는 부조리를 형
상화하고 있다.

그러면서 「말향고래를 찾아서」—말향고래야 살아다오에 이르러서는
"말향고래야 살아다오. 산호 숲에 숨어라, 북극해를 떠도는 유빙 밑에 숨어

라. 아니면 포경선 밑에라도 깊이깊이 숨어라. 네가 숨은 밤바다를 천수관음이 지키리니."하고 노래한다. 시인과 고래는 이렇게 정서적 일치, 생명적 유대감으로 공감으로서의 존재감을 누리고 있다.

고래박물관 앞에서

시는 연작시 「고래박물관이 건너다 보이는」 12편으로 고래 이야기가 다시 현실로 들어와서 형상화되고 있다. 각 편 요지는 다음과 같다.

1편 고래 다 가고 벌레 몇 마리 남다
2편 고래 떼가 강으로 와서 사람들을 깨우다
3편 염부 몇이 흰 뼈가 다 된 고래 한 마리 밀차에 싣고
4편 소금밭 근처 여인숙에서 뒤척이던 노인
5편 고래 선종 의례처럼 바다가 수평선 밀어 올리다
6편 죽은 이문구 소설가가 보령 앞바다에 와 소설 속편을 쓴다
7편 모형으로 그림으로 사는 고래
8편 바다를 바라보며 고래를 기다리다
9편 소설가 한승원의 소설들과 남해바다
10편 울산 사는 시인의 고래 소식 기다리기
11편 서귀포 이중섭 미술관과 돌고래
12편 고래의 날들 지워지고 속리산 근처 노파 둘 앉아있다

고래가 다 간 자리에 검은 벌레 몇 마리 남아 흰 뼈 몇 개 지킨다. 고래 떼가 오르는 강 하나가 잠든 사람들을 깨우고 있다. 바닷가에는 소금 집이 있고 염부는 고래 한 마리 밀차에 싣고 온다. 소금밭 근처 여인숙에서 노인이 뒤척이는데 수염고래처럼 보였다. 그런데 바닷가 쪽에는 죽은 소설가 이문구가 나와 소설을 쓰고 한승원의 소설에 얽히는 남녘바다 파도가 친

다. 화가 이중섭이 나오고 카프카의 소설, 포크너의 명작들도 하나의 의식 안에서 얽힌다. 거기 바다, 파도, 고래, 죽음 등이 박물관의 소도구나 에피소드로 등장한다. 그러니까 시인 이건청은 고래박물관을 건너다보면서 그가 들여놓고 싶은 것들은 다 들여놓는다.

그 중 한 편을 보자.

소설가 이문구가
미아리 먼짓길엘 갔다 오는지,
청진동 <한국문학>사에서
퇴근하는 길인지
소나무 가지도 느릿느릿
흔들리고 있었는데
죽어서 고향 마을에 뿌려진 그가
보령 앞바다
너른 개펄에
백합도 바지락도 기르면서
'관촌수필' 속편을 쓰고 있다고
흑동고래처럼 질펀해진
입담으로 쓰고 있다고
바닷새들이 알려주고 있었다.
보령 시내가 건너다보이는
바닷가에서
소주잔을 기울이고 있는 내게
포장마차 곁을 비껴날며
일러 주고 있었다
끼룩끼룩 일러 주고 있었다

—「고래박물관이 건너다보이는·6」 전문

시 속에서 화자는 어디 있는가? 있는 자리가 전반과 후반은 다르다. 자세히 보면 1960년대 이문구가 근무했던 김동리 발행의 한국 문학사 언저리 어디쯤이다. 그 뒤 후반은 이문구가 죽어서 고향 보령에 내려와 바다 개펄에서 백합도 기르고 소설 속편도 쓰고 있다. 이 소식을 바닷새가 날아와 알려준다. 화자는 바닷가 포장마차에서 소주잔을 기울이고 있다. 그런데 고래는 어디 있는가? 이문구가 관촌수필 속편을 쓰고 있는데 "흑동고래처럼 질펀해진 입담으로 쓰고 있다"는 문맥에 있다. 아마도 시인은 이문구 소설의 입담에 대해 평가를 하고있는 것으로 보인다. 그가 무슨 이야기를 하든 그것과 고래는 연결선상에서 외연을 넓혀가는 것이다. 시인의 연조, 시인의 역량이 양껏 발휘되고 있다는 것은 분명한 사실이다.

시의 주제는 훌륭한 소설가의 유려한 문체처럼 고래는 그런 가치로 존재한다는 것으로 요약할 수 있다.

실라캔스의 시편들

1. 시집 '실라캔스를 찾아서'의 의미

이건청 시인은 '반구대 암각화' 이후 '실라캔스'에 당도한다. 시인은 더 깊이 고고학 내지 고고 인류적, 고고 생태적 관심으로 기울어진다. 이 시인이 밝힌 실라캔스는 시집 『실라캔스를 찾아서』(2021, 북치는 마을) 112p에 요약된다. "실라캔스는 원시 척추동물의 먼 조상으로 추정되는 물고기. 3억6천만 년에서 6천5백만 년 사이의 퇴적암 속에서 화석으로만 그 모습이 발견되었을 뿐 오래전에 멸종된 것으로 보았다. 그런데 이 화석 물고기가 1938년 12월 22일 남아연방 어느 바닷가에서 어부의 그물에 잡혀 올라왔다. 진화의 대세를 부정하면서 6천 5백만 년을 견뎌온 실라캔스, 그 부정과 저항의 정신에 시를 바친다."

이 시인은 시집 <머리말>에서 다음과 같이 피력한다. "나는 내 삶이, 이 지질 암반들이 품고 있는 무량수의 시간들과 충분히 화해되기를 바란다. 머지않은 때에 나 또한 2000년대 퇴적암 어딘가로 귀의해야 할 존재이기 때문이다.

산수傘壽에 펴내는 시집 『실라캔스를 찾아서』는 성찰과 다짐의 말이어야 하리라. 내 노년을 위한 엄혹한 죽비의 글 모음이 되기를 바라는 것이다." 시인은 무량수의 시간들과 화해하기를 바라고 있다. 고고학적 성찰의 의미가 여기에 있기 때문일 것이다.

2. 돌아가고 싶은 인류의 원형

이 주제로 씌어진 시는 「오스트랄로 피테쿠스 아파란시스」, 「한탄강 지질공원에서」, 「스트로마톨라이트」, 「진화를 거부한」, 「봐라 여기 있다」 등이다.

이제 나
돌아가고 싶네
300만 년 쯤 저쪽
두 손 이마에 대고 올려다보면
이마와 주둥이가 튀어나온,
엉거주춤 두 발로 서기 시작한,
130cm쯤 키의 유인원
오스트라로 피테쿠스 아파란시스
고인류학자들이
최초의 homo속屬으로 분류한
그들 속에 돌아가 서고 싶네
학력, 경력 다 버리고
그들 따라 엉거주춤 서서

첫 세상, 산 너머를 다시 바라보고 싶네

안 보이던 세상 산등성이로
새로 뜨는
첫 무지개를 보고 싶네

실라캔스 몇 마리 데불고
까마득, 유인원 세상으로
나, 가고 싶네

그리운, 오스트랄로 피테쿠스 아파란시스
—「오스트랄로 피테쿠스 아파란시스」 전문

이 시의 열망을 느끼며 읽어내리면 "이마와 주둥이가 튀어나온"이라든가 "학력 경력 다 버리고"라든가 "새로 뜨는 첫 무지개를 보고 싶네" 등 구절들이 싫지 않은 느낌을 준다. 거기다 "오스트랄로 피테쿠스 아파란시스" 발음이 서툴지만 낯설지 않다. 입속에서 구슬로 구르는 느낌이다. 최초의 호모속으로 분류한 그들 속에 들어가 선다는 것, 그 유인원 세상이 관념이 아닌 실체의 생명으로 감지된다는 것은 절대 이론이나 역사와는 다른 성질의 세계이다.

다음 시를 보자.

봐라, 여기 이렇게
옛 모습 그대로 화석으로 남은
이 물고기가
실라캔스다.
봐라, 여기 있다
이제는 멸종되어

화석으로만
아주 가끔 모습을 보여주던
그 물고기,
심해에 숨어 6천5백만 년을
견딘 물고기,

어금니 앙다물고 견딘,
견고하고 딱딱한
깃발 펼쳐 들고,
돌 속에서 돌을 깨뜨리고 나타나다니
풍문을 밀치면서
살고 있었다니,
살아 있다니,

— 「봐라 여기 있다」 전문

이 시를 쓰면서 모든 동식물은 진화한다고 한 다윈의 명제는 도전받을 수밖에 없다는 사실을 확인하면서 전율한다. 그 확인이 "봐라, 여기 이렇게"이다. 심해에 숨어 6천 5백만 년을 견딘 것이 봐라, 이것이다. 어금니 앙다물고, 돌 속에서 돌 깨뜨리고 "봐라, 우리 앞에 나타난 것이 이것이다."라고 외친다. 그는 산문 <실라캔스를 찾아서>에서 "부정의 정신으로 현실과 사물을 보고 대세에 휩쓸리는 대중추수주의에 저항해서 올곧은 자신을 찾는 일이 중요하다."고 성찰한다. 확실히 실라캔스는 잠든 자 일어나야 하는 길목에 놓인 것이고 지성이 지성인지를 가늠해 보는 과제인 것이다.

이 시인은 반구대 암각화 앞에서 성찰한 것을 실라캔스 그 자존 앞에서 다시 깨뜨리는 충격으로 성찰에 임하고 있다. 시 한 편 한 편이 엄혹한 죽비소리를 내고 있다.

3. 실라캔스 시편 이후

이 시인은 실라캔스 시편을 전후로 시에서 죽음의식이 빈번히 나타나고, 탈시간관념과 육탈에 대한 의식에 강해진다. 이는 반구대 암각화나 선사시대 사람들과의 정서적 교섭, 고래들의 선종 등에 영향을 받은 것으로 이해된다. 거기다 실라캔스를 통한 장구한 시간대나 시간 의식에 젖게 되면서 인간 삶의 지속성이나 가치의식 등 변화를 가지게 되지 않았을까 짐작케 한다.

> 신도시가 들어서고
> 유리벽 고층 건물들이
> 새들이 길을 막아서면서
> 새들이 죽는다.
> 새들이 새들의 길에서 죽는다
> 꽝하고 부딪쳐 죽는다
> 황조롱이도, 멧비둘기도, 참매도
> 원래는 제것이었던
> 하늘 길에서
> 머리가 깨진다
> 새들의 길을
> 잘라 만든 인간의 벽에 부딪쳐
> 새들이 자꾸 죽는다
>
> —「새들의 길에서 새들이 죽는다」 부분

인용시는 새들의 죽음이 인간들에 의해 이루어짐을 말하고 있다. 김광섭의 「성북동 비둘기」도 개발지역에서 생존의 한계를 느끼는 비둘기에 관한 시이므로 인용시의 주제와 다르지 않다. 새들만 그럴 것인가. 짐승들도 여러 가지 형태로 날로 그들의 생존의 터전을 잃어가고 있다면 현대의 인간들은 그 생존의 방식이 자연재해에 해당된다.

인용시는 죽음이라는 부조리를 벗어나지 못하고 있는 새에 대한 것이지만 그 죽음은 멀리 보면 인간이 죽어가는 한게 역시 부조리한 것이다. 이 시인은 그런 이야기를 하고자 하는 것이 아니다. 죽어서 화석 속에 들어가고 탈시간대를 견디며 우주를 형성하는 한 인자로 존재하게 됨을 말하고자 하는 것이리라.

사람들은 모른다
늪이 무엇이며
왜 흙 위에서 질퍽이고 있는지
무엇과 무엇과 무엇들이 모여
하염없이 고여 있는지

(중략)

어느 날 우포 늪을 찾아 서 있으려니
누만 년 고여
흙 위에서
스스로 질퍽이고 있는 것이
늪이고
늪의 자유라고
물안개에 덮인 늪이
피이 피이 새소리로 들려준다........

「우포늪에서」 부분

인용시의 핵심 구절은 "누만 년 고여 흙 위에서 스스로 질퍽이고 있는 것"으로 읽힌다. 사람들은 무엇이 늪이고, 무엇 때문에 질퍽이는지 모른다는 것이다. 이 말 속에는 누만 년의 지속 속에서 늪에 속한 것들은 생멸을 거듭하고 거듭하면서 시간대를 사는 지층의 신비를 말하고 있다. 그 신비는 결국 제 이름들을 버린 사물들이 늪의 평면에 섞인다는 것이다. 장구한 연대는 생태 세계의 표면을 이루고 고고학적 탐구의 대상이 된다는 이야기이다.

그런데 시인은 탈시간대의 의미 가운데서도 줄이고 줄인 인생적 가치를 거론하고 있다.

시인의 무덤엔
시인의 팔 다리나, 눈 코 입이나
손톱 발톱이나
머리칼 같은 것이
묻히는 것이 아니라
목련꽃이나 영산홍 같았던
전 생애가 묻히는 것이 아니라
예술원 회원이나
문화훈장 같은 것이
묻히는 것이 아니라

가령, 김종길 시인이 서른 살 무렵에 쓴
'성탄제' 같은 시 한 편이
시인 무덤의 빗돌로 서서
쉼 없는 생명을 불러 내주는 것이지
—「시인의 무덤」 부분

생태적 자각이라는 고고학적 가치를 논의하면서도 인간이 살았을 때의 인생적 본질은 거론할 수 있다는 것이다. 가령 김종길 시인이 죽어 무덤가에 빗돌이 선다면 예술원 회원이나 문화훈장 같은 것이 적히는 것이 아니라 대표시 '성탄제'가 적혀야 함을 강조하는 것이다. 이건청 시인이 시집 『반구대 암각화 앞에서』를 쓴 뒤에 나온 시집 '곡마단 뒷마당엔 말이 한 마리 있었네'에 실린 시 가운데 「연둣빛 마가목 잎새 하나의 행방」이 주목된다.

폴란드계 유대인 처녀, 열아홉 살 도라 디아만트는 후두결핵의 F. 카프카와 6개월을 살면서 남자가 겨우겨우 구술해 주는 작품들을 받아 적었다. 4편의 단편을 수록한 소설집 『단식광대』는 카프카가 지상을 떠난 후에 간행되었다.

남자가 죽고, 혼자 남은 도라 디아만트는 나중에 트로츠키주의자인 남자와 결혼해서 소련으로 갔으며, 영국으로 이주해 1952년까지 살았다. 유대인 취사장에서 일하며 후두결핵 남자의 마지막을 지켜준 도라 디아만트, 지상의 어느 산굽이를 떠돌다 안 보이는 곳으로 흩어져간 연둣빛 마가목 잎새 하나.

「연둣빛 마가목 잎새 하나의 행방」 전문

이 시는 제목이 산뜻하다. 카프카와 같이 살던 여인 도라 디아만트를 '연둣빛 마가목 잎새'로 이미지화했다. 독일어로 소설을 썼던 유대계 체코의 소설가 카프카와 결혼해 6개월을 살면서 후두암을 앓던 그 남편이 구술해 준 소설 4편을 필사했던 디아만트. 그녀는 카프카가 죽자 재혼하여 소련으로 가 살다가 영국으로 이주했다. 산문시 마지막 행이 가슴 저리는 대목이다. "지상의 어느 산굽이를 떠돌다 안 보이는 곳으로 흩어져 간 연두빛 마가목 잎새 하나." 세계적인 작가인 남편의 소설들을 필사하는 좋은 일을 하고 잎새 하나로 지구의 어느 지층으로 편입되어간 그녀! 그녀를 호명하여 불러내 보고 싶은 심정으로 필자는 시를 읽고 또 읽는다. 이건청 시인도 그런 심정으로 썼을 것이다. 사람은 다 죽지만 스스로가 갖는 달란트를 하나 이루고 죽는 것이 바람직하다 하겠다.

그러나 이 시인의 죽음의식은 여느 사람들과는 다르다고 할 수 있다. 지질 암반들이 품고 있는 수많은 시간들과 화해하는 차원의 생태계적 인식과 그를 통한 보편적 초시간성에 그 의의를 두고 있을 것이기 때문이다.

마무리

이건청 시인은 반구대 암각화를 만나고 고래를 의식하며 자료를 찾고 시를 쓰면서 이미 고고학적 태도나 의식을 굳건히 가진 시인이다. 말하자면 역사나 인류적 생태가 책 속에서만 머무는 것이 아니라 열혈 청년처럼 헤매고 전문가와 함께하고 박물관을 찾고 자료실을 방문하고 고래 시를 쓰는 시인들을 만나고 그러는 사이 그 스스로가 멜빌이고 주술가가 되고 집단 취락의 지도자가 되었다. 거기에 실라캔스를 발견하고 한동안 그 지층과 바닷속 생태계와 강물속 물고기에 대한 정보를 입수하는, 시 밖에서 시를 잡는 시의 포경선을 타고 살았다.

이런 시인에게 당분간은 일상시로 보이는 시편들의 아기자기한 기법이나 방법론적 시편들을 요청하는 일은 무의미하다. 그러므로 그와 함께 고고학적 생태계 또는 인류학적 지평을 공유해야 하리라. 시인이 시 세계를 가지는 3가지 갈래를 앞에서 언급한 대로 이건청 시인은 시의 소재로 아무도 택하지 못한 말향고래와 반구대암각화, 실라캔스 등에 주목하고 집중적으로 다룬 대표적인 시인으로 평가된다. 그의 뚜렷한 시적 성취를 요약해 본다.

1) 그는 암각화 시편으로 암각화 그림을 먼저 제시하고 뒤에 언술하는 이른바 디카시 형태를 취하여 시적 형상화를 시도했다.
2) 그는 말향고래를 다루면서 인간현실의 민주적 가치를 비유로써 표현했다.
3) 고래박물관을 건너다보며 쓴 시편들은 그가 일상에서 가치로운 일들을 떠올리며 고래와 결부시킨다 소설가나 화가 등을 등장시킨다.

4) 실라캔스는 돌아갈 원형으로서의 인간존재를 형상화했다.

5) 실라캔스 이후는 탈시간 관념과 죽음의식을 많이 다루었다. 인간
   가치의 본질을 추구하는 시를 의식했다.

한 시인이 시적 소재를 선택하되 스스로의 전인적 생애의 등가가 되고
내적 사유의 현장이 되는 경우는 그 사례가 흔하지 않다. 그 진경을 우리는
이건청 시인의 시업에서 만날 수 있다.

자연서정과 신앙서정의 시편들

김형영論

자연서정과 신앙서정의 시편들

김형영은 자신의 인생을 네 가지 시기로 구분하여 '관능적이고 온몸으로 저항하던 초기'(1966~1979), '투병 중에 가톨릭에 입교하여 교회의 가르침에 열심인 시기'(1980~1992), '종교의 구속에서 벗어나려는 시기'(1993~2004), '자연과 교감하며 나를 찾아 나선 시기'(2005~2019)로 제시한다. 이러한 변곡점에 따른 시 세계 변모를 잘 알 수 있는 대표작들을 추려내면서, 특히 2005년 이후의 시들에 각별한 애정을 쏟아 이 시기에 더 무게를 두었다고 한다.

이 글에서는 손에 잡히는 시집 4권 곧 『모기들은 혼자서도 소리를 친다』(1979), 『낮은 수평선』(2004), 『나무 안에서』(2009), 『화살시편』(2019)을 통독하는 가운데 그의 가톨릭적 세계를 눈여겨 보기로 한다. 시인의 신앙을 들여다본다는 것은 어쩌면 쉬운 일인지도 모른다. 신앙은 그가 가지는 종교의 특징과 실천을 들여다보는 것으로 범박한 그 얼개를 가지고서도 신앙 실천의 깊이를 짚어볼 수 있기 때문이다.

김형영의 시편들은 대체로 초기부터 자연서정에 몰입되어 있었고 점차 신의 섭리 같은 감각과 서정에 밀려들어가는 모양새를 보여준다. 이런 경지와 취향에 젖어있는 시를 가톨릭 지향의 시로 볼 수가 있는데 근대시 이후 우리나라에는 이효상, 정지용, 홍묵성, 방수룡, 구상, 성찬경, 김남조, 홍윤숙 등이 있었고 김형영과 동시대에는 신중신이나 허영자, 유안진, 강은교 등이 고개를 내밀었다. 그들 시편들에도 만년을 제외하고는 자연서정과 신앙서정이 앞뒤로 또는 혼융으로 섞이면서 시적 재능을 보여주었다. 그런 시인들 중에는 시적 이교성異敎性에 놓이기도 하며 시의 진실을 창조하기도 했다.

어쨌든 가톨릭 시인들은 대개 처음에는 자연세계에서 자아를 찾기 시작하다가 이어 그곳에서 섭리를 체득하거나 교회라는 테두리를 들어서고 그러는 중에 신앙의 본질에 깊이 기울어지게 됨을 볼 수 있다. 가톨릭 잡지나 신문들의 편집 경향도 처음에는 비신앙의 세계도 받아들이지만 연조를 쌓아가면서 보다 변별력 있는 구체적인 신앙을 요구하는 것을 보는데 가톨릭 신자 시인의 경우도 처음에는 자연적 순수에서 텃밭을 키우다가 점점 시의 깊이를 이행해 가게 된다.

김형영은 그 자연적 순수에서 섭리나 신앙의 단계로 비약해 가는 사례를 정석으로 보여준다고 할 수 있다. 이 지향의 단계를 시집 4권이 가지는 흐름을 통해 그 가톨릭적 세계의 특성을 밝히고자 한다. 글에 들어간 시집 외에『한국가톨릭대사전』을 참고했음을 밝힌다.

시집『모기들은 혼자서도 소리를 친다』(1979)의 경우
―신앙 전 의식과 순정의 세계

1. 자연, 순수한 성애의식

> 겨울 나뭇가지에
> 낮달이 걸렸다.
> 어디서 날아왔는지
> 노란 새 한 마리
> 낮달 속으로 날아가고 있다.
> 毒 묻은 화살처럼 날아가고 있다.

―「낮달」 전문

「낮달」은 단형의 자연 서정이다. 인간이 등장하지 않고 자연만 왔다 갔다 하고 있다. 그러나 그 속에서 유의미한 대목은 "毒 묻은 화살처럼"이다. 노란 새가 인간에 가까운 허공을 누비는 것인데 그 허공이 지니는 오염성으로 낮달을 향해 날아간다는 상황이다. 자연 속에서 인간 세계의 어떤 불결하거나 부정적인 측면들이 대자연을 향해 물들이는 형국이다. 시인은 인간이 갖는 유해성 물질을 감지하고 있지만 자연이라는 액자는 그 틀을 유지하고 있다는 지적이다. 김형영의 자연서정은 이 정도로부터 시작되고 있다.

다음 시에서는 자연에서 인간적 자연 곁으로 이전하고 있음을 본다.

사랑하는 이여
나는 네 곁에 있고 싶구나.
네 눈과 함께
네 입술과 함께
네 배와
네 젖가슴,
네 가랑이와
캄캄한 네 호수와 함께 있고 싶구나.
네 살과
네 피
할딱이는 네 숨소리와 함께

─「나는 네 곁에 있고 싶구나」 부분

순 자연에서 인간적 자연으로 이동한다. 네 곁에, 네 눈, 네 입술, 네 배, 네 젖가슴, 네 가랑이, 네 호수, 네 살, 네 피, 네 숨소리 등과 내가 같이 있고 싶다는 열망에 들어가 끓고 있다. 같이 하나가 되고 싶다는 것은 사랑의 자연이다. 그 열망은 마침내 "이 몸 구렁이 되어서/네 온몸을 친친 감고 싶은” 것이다. “네 가장 깊은 곳/어둠 속으로/어둠 속으로/내 대가리 처박고/한 몸이 되고 싶어지는 단계”인 것이다. 김형영은 인간, 그 본질적 성애의 세계에서 벗어나기 힘들다는 고백을 하고 있다. 그 고백만큼 그는 아직 무신앙의 일상과 그에 상응하는 시편들을 쓰고 있는 셈이다.

2. 실존과 ‘神 이전의 죽음의식’

밟아 보세요
밟아 보세요
당신들의 커다란 신발로
똥 묻은 신발로 힘차게
힘차게
봄보리 밟듯 밟아보세요

부러진 허리 밟고 당신들이 지나갈 때
아으, 배 터지는 소리
아으, 피 흐르는 소리

당신들은 눈이 멀고
당신들은 귀가 막혀서
모르시겠지요
모르시겠지요
하찮은 것들의 몸부짖음은.
모르시겠지요
우리는 죽지 않아요
죽어도 죽어도 죽지 않아요

―「지렁이」 부분

인용시 「지렁이」는 지렁이 같은 인간들의 밟히고, 배 터지고 울부짖는 존재에 관한 아픔의 시다. 가해자들은 눈이 멀고 귀가 막혀서 울부짖는 그 소리를 듣지 못하는 세계의 부조리를 지적하고 있다. 길을 가다가 인간들은 공사장에서 떨어지는 벽돌을 이마에 맞고 상처로 피 흘리지만 자신의 잘못도 아닌, 오직 외부 조건의 부조리 때문에 희생하고 급기야 죽기까지 하는 것이다. 김형영 시인은 「개구리」, 「여우」, 「박쥐」 같은 것을 통해 그런 부조리를 느낀다.

시 「풍뎅이」를 보자.

모가지를 비틀어다오
모가지의 이 하얀 피를 비틀어다오
여름 하늘이 윙윙거리는 어지러움을
어지러움에 묻힌 쾌락을

비틀어다오
비틀어다오
고통 주는 것이 아니라면
꿈꾸게 하는 것이 아니라면

國法도 하느님도 깃들이지 않는
우리들
모가지,
모가지,
모가지의 이 하얀 피의 문을 비틀어다오

오, 우리의 王國인 무덤아.

― 「풍뎅이」 전문

인용시는 서정주의 시적 흐름이 흐르고 있다는 느낌을 준다. 서정주 시인은 김형영 시인의 대학 은사이다. "하늘이 윙윙거리는 어지러움"이나 "국법도 하느님도"라든가 "모가지/모가지/모가지"의 3중 외침은 서정주 '화사집' 시절의 어떤 구사력을 방불케 한다. 이 시는 "모가지를 비튼다"와 "쾌락을 비틀어다오"나 "피의 문을 비틀어다오" 같은 수사는 인간 실존의 극단적 위기감에 다르지 않다. 그런 가운데 시인은 실존의 끝자락인 '무덤'을 환기시켜 준다. 그럼에도 무덤은 절대 섭리로서의 '죽음'에 이르지 않고 있다. 그래서 필자는 이 시기의 김형영 시인의 시세계는 실존 또는 '神 이전의 죽음의식'에 머무르고 있다고 보는 것이다.

시집 『낮은 수평선』(2004)의 경우 ―하늘 제시와 告解의 세계

1. 무관념의 하늘

하늘과 바다가 內通하더니
넘을 수 없는 선을 그었구나

나 이제 어디서 널 그리워하지
―「수평선 1」 전문

인용시는 바다의 수평선을 그리고 있다. 그럴 때 바다의 짝으로 '하늘'을 등장시킨다. 다만 의인화 시켜 두 사물 사이를 '내통하다'로 연결시켜 놓고 있다. 의인화이지만 놓여진 짝으로서의 양자이지 하늘이 이른바 "죽는 날까지 하늘을 우러러"(윤동주의 「서시」)에서의 그 하늘에는 미치지 못하고 있다. 수평선에 맞물리는 광활하고 긴 형상일 뿐이다. 말하자면 무관념 상태라 보면 좋을 것이다. 다음 시에서는 음영이 조금 진하게 드러난다.

울타리 넘어 이웃집

하얀 목련꽃

지난해에도

지지난해에도

洞內坊內 시끄럽게 꽃피더니

해가 가도 여전한

바람난 목련꽃.

올해에는

집집으로 호명하듯 피어서

저 좀 보셔요 저 좀 보셔요

속곳도 없이

소복을 펄럭이는 통에

온종일 그걸 바라보던 하늘이

그만 낯이 뜨거워

노을 속으로

노을 속으로 숨어버리네.

— 「올해의 목련꽃」 전문

인용시는 자연의 서정으로 이루어져 있다. "이웃집의 목련꽃, 바람난 목련꽃, 속곳도 없이, 소복을 펄럭이는, 그걸 바라보던 하늘, 노을 속으로 숨는,"들의 이미지들이 평이하게 이어져 있다. 여기서 '하늘'이 나오지만 자연으로서의 하늘일 뿐이다. "하늘이 낯이 뜨거워 노을 속으로 숨는다"는 것은 수사적으로는 의인화이다. 더 이상의 관념이나 상상이 깃들지 않고 있다. 무관념의 '하늘'이다.

2. 고해告解의 세계

김형영의 가톨릭 시 기미는 '고해告解'로부터 보인다. 가톨릭교에서 7대성사의 하나에 '고해성사'가 있다. '성사'란 신비와의 만남이라는 말로 이해되는, 신의 구원 행위인데 고해성사는 죄를 지은 신자가 사제에게 고백하면 사제는 일정한 조건을 붙여 풀어주는 의식이다. 그러므로 고해(고백)는 가톨릭 신자로서의 내면적 영적 생활의 기본이라 할 수 있다.

> 원수 같은 놈
> 원수 같은 놈 죽어나버리지
> 되뇌듯 미워했는데
> 오늘 세상 떠났다는 소식에
> 내 앞길을 막으며
> 하얗게 쌓이는 아득함이여
>
> —「告解」 전문

사람은 마음속으로는 한없이 원망하거나 미워하여 상대가 죽어 없어지기를 바라기도 한다. 신앙에서는 마음속으로 저지르는 행위도 죄라고 가르친다. 시는 그 상대가 어느 날 세상을 떠나자 화자는 앞길이 막히고 아득해진다고 말한다. 스스로가 직접 죽게 한 일도 아니지만 영적으로는 가책을 받는다. 신앙은 이런 영적 가책에서부터 참회, 회개의 대상이 된다. 김형영은 시에서 영적 고해의 문에 이르러 있다. 그리하여 고해성사를 받아야 함을 내적 성찰로 지적하고 있는 셈이다.

> 세상의 모든 나뭇잎 흔들고 지나가는
> 바람의 힘 다 모아 불어도
> 어머니
> 당신을 하늘에 오르게 하지는 못합니다
>
> (중략)

캄캄한 다락방에 쏟아지는 뜨거운 사랑에
눈이 열리고 귀가 열리고 입이 열리고
가슴에 묻었던 무덤이 열리고

더는 참을 수 없는 아들을 향한 그리움으로
하늘에 오르는 어머니,
이제와 영원히 우리를 구원할
어머니 마리아여.

「어머니 마리아」 부분

인용시 「어머니 마리아」는 시인이 이제 본격적인 신앙의 가운데로 들어간 정황을 읽히게 한다. '성모승천'의 신비를 노래한 시인데 성모 마리아가 그 자신의 힘으로 죽은 뒤 하늘에 올라간 것이 아님을 강조하는 작품이다. 거기에 맞는 말로 '성모몽소승천聖母蒙召昇天'이 있다. 마리아가 죽은 뒤 하느님(성령)의 도움을 입어 하늘에 오른 것임을 설명해 준다.

인용시는 앞부분에 어떤 자연적 현상의 부추김으로도 하늘에 오를 수 없었음을 이야기하고 있다. 그러다가 마지막 두 개의 연에서 성령의 강림과 그 영향으로 승천하는 상황을 설명한다. 김 시인의 신앙은 예수의 부활과 성령의 강림이라는 가톨릭 진리의 핵심 부분에 닿고 있다 하겠다.

시집 「나무 안에서」(2009)의 경우 ―자연 섭리와 신의 임재

1. 자연 누리기

천년을 산 나무에
님은 머무시고
거기 맺힌 열매에도

> 그 열매의 씨앗에도
> 그 씨앗이 썩어 움트는 새싹에도
> 님은 머무시니
> 나무는 신이 나서 흔들리는 거라.
> 바람 한 점 없이도 흔들리는 거라.
>
> —「마음이 흔들릴 때」 부분

　김형영은 『나무 안에서』의 <시인의 말>에서 "산 밑에 살면서 자연에서 얻은 시가 많다. 몸과 마음에 한결 여유가 생기고 내 시들도 나를 닮아가는 것 같다."고 썼다. 자연 누리기와 여유로움이 몸에 밴 것으로 보인다. 인용시는 나무에서, 나무와 함께 얻는 여유로움의 정서가 넉넉해 보인다. 그럴 때는 시가 스승의 어떤 여유로운 경지가 덮씌워지는 것이 아닌가 한다. "머무시고", "머무시니"와 "…거라", "…거라"로 대응되는 분위기가 미당(서정주)적이다. 그런 가운데 한 단계 더 속으로 들여다보면 '나무에 머무는 님'을 주목하게 된다. 그 님은 신이다. 섭리를 말하는 것이리라. 다음 시를 보아도 그 여유는 가득하다.

> 꽃은 언제나 꽃이고
> 나비도 별도 산들바람도
> 어느 때는 나도 꽃이 되지만
> 내가 찾는 꽃은
> 세상을 꽃이 되게 하려고
> 꽃에서, 꽃에게, 꽃으로
> 생명을 전하는 당신이예요.
>
> —「꽃을 찾아서」 부분

　인용시의 마지막 키워드는 '생명'이다. 꽃이 꽃이든 꽃에서 꽃이든 그것이 전하는 건 생명이라는 것이다. 생명을 주는 자는 신이요 님이다. 그 힘은 섭리가 되는 것이니 문맥의 흐름은 생명의 힘이다. 김형영 시인은 크리스찬이 되면서 한결 여유로운 문법을 획득한 것이다. 아니 여유로운 수사나 비유를 획득하고 있다 하겠다.

2. 신의 임재

오늘은 생일날
아기 하느님 태어나신 날

해도 달도
샛별도 끝별도 반짝이거라
강도 바다도
거기 사는 물고기는 춤을 추어라
숲속의 나무들
하늘 나는 새들아 노래하여라

오늘은 생일날
하느님이 마련하신 날

부유하고 배부른 이
칭찬 받으며 웃는 이에게는 아니 보여주시고
마음 바른 가난한 이
의로움에 핍박받는 이에게는
알살 그대로 드러내 보이시니
놀랍기도 하시어라.

「날마다 생일 날」 부분

인용시는 아기 예수 탄생일, 크리스마스가 주제이지만 제목은 '날마다 생일날'이다. 예수 탄생의 기쁨과 환호를 노래하는 이야기다. 그러나 끝대목을 보면 아기 예수를 영접할 수 있는 자격이 있음을 가리키고 있다. 자격이 미치지 못하는 자는 '칭찬 받고 웃는 이'이고 자격이 있는 자는 '마음 바른 가난한 이'와 '의로움에 핍박 받는 이'이다. 제목을 '날마다 생일날'이라 한 것은 크리스찬이 하기에 따라서는 아기 예수가 매일 매일, 매순간 매순간 정하지 않고 올 수 있다는 점을 제시하고 있는 셈이다.

그러므로 신의 임재는 12월 25일에 한하는 것이 아니라 그날 밖에서도 마굿간 이상의 의미가 있게 하면 탄생하신다는 점에 힘을 주고 있다. 말하자면 마음이 가난하고, 의로움을 실천하다가 핍박 받는다면 그런 크리스찬에게는 그 자리 그 순간에 신의 임재를 체험하게 된다는 것이다.

오늘 당신 영전에
무릎 꿇고 허리 굽혀 드릴 것은
마음 속 두 손에 담은 눈물뿐이오나
영혼 가운데 가장 아름다운 영혼이시여!
당신이 이루신 놀라운 일들
저희는 입을 모아 찬양하나이다.

천사들아, 찬양하여라.
하늘아 땅아,
바다와 강들아,
그 안에 사는 모든 것들아.
너희도 찬양하여라.
영원히 찬송하고 찬양하여라.

당신의 온화한 웃음 때문에

저희는 따라 웃기만 하다가
웃음 뒤에 숨겨 놓은 불면의 30년,
당신의 그 속마음 헤아리지 못하였어도
올곧은 샘이시여!
이 땅에 퍼뜨린 당신의 바보 웃음의 향기
하늘에도 퍼져라 퍼져라 퍼져라.
　　　―「바보웃음의 향기 하늘에도 퍼져라 '김수환 추기경님 영전에'」 부분

우리나라 최초의 추기경이자 서울대교구장인 김수환 스테파노의 서거에 부치는 시다. 살아서 혜화동 할아버지로 통했고 바보 추기경으로 통했다. 그가 추기경이 된 이래 시대와 신앙의 길에 불을 밝혀 한국 가톨릭의 위상을 높이고 영면했기에 시인은 "영혼 가운데 가장 아름다운 영혼이시여!"하고 외친다. 시에서 찬양하기 힘드는 것이 상례인데 이 세상 모든 피조물에게 "찬양하여라"고 권한다. "이 땅에 퍼뜨린 당신의 바보 웃음의 향기"라는 말 안에 추기경의 겸손의 덕이 담겨 있다. 시인은 추기경의 덕에 경의를 표하는 가운데 그 표함의 언어에 신의 임재와 하늘의 기운을 불어넣고 있다.

김형영 시인은 이 시로써 신앙을 사는 이의 편모를 보이며 신앙의 표양이 무엇인가를 드러내 준다. 자연에서 출발한 시가 섭리의 숨소리를 내고 이어 고해의 언덕을 넘어 신앙의 들녘에 안착해 있어 보인다.

시집 『화살시편』(2019)의 경우 ― 보편적 죽음과 십자가, 순교

1. 태어나고 죽어가기

인간은 수시로 태어나고 수시로 죽어간다. 숱한 탄생과 죽음은 흔하고 흔한 생물의 행진이다. 다음 시를 보자.

＊
오늘,
누가 태어나나 보다.
누가 죽어가나 보다.

울음소리 그칠 날 없다.

＊
어제,
그가 떠났나 보다.
그가 또 돌아왔나 보다.

함박눈 내리어 길도 지워졌는데,

＊
내일,
안녕, 안녕, 안녕,
인사를 해도 받는 사람 없다.

―「끊어진 생각」 전문

    생사는 오늘도 일어나고 어제도 일어났고 내일도 고별인사를 해야 한다. 개별적인 생사는 개별적이고 끊어져서 이루어진다. ＊표를 3번이나 쳤는데 ＊표 하나 하나가 독립되어 있음을 강조하는 듯하다. 울음소리도 간헐적으로 나고 함박눈이 내리고 미정의 비도 내릴지 모른다. 생사 갈림길에서 인사를 하고 안하고와는 관련이 없다. 왜 하느님은 공동체를 강조하고 강조했는데 죽음에서는 공동체와 무관한 것인가. 그런 대답은 기도를 통해 대답해 줄지도 모른다. 그러나 대답을 듣기 전에 그 사실은 사실로 진행이 된다.

    다음 시를 보자.

네가 떠나던 날

나는 많이 슬펐다.

그날이 벌써 10년,

살아서도 바쁘더니

죽어서도 뭐가 그리 바쁘더냐,

네 몸은 진토가 되었겠다.

이제 흙이 먼지로 돌아가는 너,

네가 부럽다.

내 기억 속에 떠나지 못하는 친구여

네가 없으니

오늘은 내가 나를 슬퍼해야겠다.

「부치지 못한 편지」-이소耳笑에게」 전문

인용시는 죽은 친구 이소(임영조)를 그리워하여 쓴 시다. 10년이 되어서 몸은 흙이 되고 이어 먼지로 돌아갔을 것이다. 오늘은 그 친구를 생각하며 내가 나를 슬퍼해야겠다고 말한다. 시는 친구의 죽음이 보편적 죽음으로 그저 슬프긴 해도 그러려니 하는 일상의 죽음으로 표현된다. 아무리 친구라 해도 죽음에서 피해 갈 수 있는 존재가 아니다. 친구의 호가 '耳笑'인 대로 귀로 들으며 웃는다는 것일까. 김형영 시인은 친구와 사귈 때처럼 신의 섭리나 교회를 같이 다니던 관계는 아니었던 듯하다. 그러니까 기도 한 줄로 위로하거나 장례미사에 가서 구슬픈 위령의 성가를 불러주지 않은 것 같다.

2. 십자가 또는 순교 신심

연작시 <화살시편> 29편 중 한 편을 고른다. 기톨릭 교회에서 쓰는 말 가운데 '화살기도'가 있다. 길 가다가 또는 일하는 중 짧게 짧게 바치는 기도를 '화살기도'라 한다. 길게 바치는 명상적 기도가 아니라 주모경主母經 같은 이미 정해져 입으로 외울 수 있는 염경기도이거나 "주여/ 용서하소서"라든 가 "주여 저를 불쌍히 여기소서" 같은 자유기도가 그 화살에 들어간다.

> 한 번만 더
> 못 박히소서
> 내 잘못 내가 모르오니
> 한 번만 더
> 한 번만 더
> 못 박히소서
> 주님
> 나보다 나를 더 잘 아시오니
> 내 대신 못 박히소서
> 못 박히소서
> 못 박히소서
> 아멘

—「살시편 18 —아멘」 전문

그대로 읽으면 염치가 없다. 한 번 못 박혀 피 흘리신 예수님을 두고 내 대신 한 번만 더 못 박히소서 하고 요구하는 그 뻔뻔함이라니! 그러나 이 시는 기도말로 하는 익살이다. "내 잘못 내가 모르오니"라든가 "나를 나보 다 더 잘 아시오니"라든가 하는 전제가 역설적 유모어이다. 하나밖에 없는 아들 예수를 보내 또 한 번 십자가에 못 박혀 달라는 요청은 사실로는 감히 성립이 되지 않는 것이다. 이렇듯 시인은 십자가와 희생과 부활이라는 구 세사救世史적 사건들을 이해하고 있고 그것을 시적 문맥으로 한 번 비틀고 있다. 시인은 정상 문맥으로 표현하기도 하지만 어떻게든 낯설게 하기와 거꾸로 말하기 등으로 독자들의 심금을 흔들어야 한다. 그런 점에서 이 시 의 흔들기는 성공하고 있는 셈이다.

하늘을 우러러 님을 보았기에
자신을 괴롭히는 돌팔매를
온몸으로 받아낸 순교의 꽃이여

육신은 선혈에 갇혀도
영혼은 오히려 자유로웠던
죽음을 아름답게 이긴 이름이여

하늘의 영광을 드높이
하늘의 문을 땅에서 연 스테파노
내 영혼의 길잡이여

「하늘의 문을 땅에서 열다」 전문

인용시는 순교자 스테파노를 찬양하는 시다. 스테파노는 초기교회의 성전과 율법에 관계되어 돌을 받아 순교했다. 한국 가톨릭교회의 역사도 박해와 순교로 점철된 역사라 할 수 있다. 김형영 시인의 신앙이 주를 섬기는 마음이 영적으로 열리는 순교신심에 닿고 있다. 순교를 그는 "하늘의 문을 땅에서 여는 피 흘림"으로 이해하고 있다. 교회에서는 세례를 받을 때 성인(순교 성인)의 이름을 따서 본명(영세명, 세례명)을 정하여 부른다. 시로 볼 때 김형영의 세례명이 '스테파노'인 것으로 보인다. 가톨릭에서 성인의 지위는 신덕이 뛰어나거나 순교한 신자들 중에서 교황이 시성식에서 품계를 준다.

김형영에게는 이 세례명과 관련된 시 한 편이 있다.

조광호 신부는
내 세례명이 스테파노니까,
스테파노는 돌멩이에 맞아 죽었으니
"소석小石이 좋겠다"고 했고

—「호號 이야기」 부분

김형영이 호號를 받는 사례들 중 하나이다. 현대 시인들은 필명이 있는 대신 재래 전통의 호 갖는 취향은 거의 소멸되었다고 보는 것이 좋을 것이다. 김형영의 세례명이 돌과 유관하여 겸손의 표시로 '小石'이라 하는 것이 좋겠다는 조광호 신부의 제안이 멋져 보인다. 시인이 받은 호가 '邊山'(서정주), '壽光'(법정), '水頂'(고은), '一史'(유안진), '松然'(김병익) 등으로 답지했으니 이것만으로도 시인은 부자다. 호나 성명이나 본명은 다 이름이므로 이름을 날린 셈이다.

마무리

지금까지 김형영 시인 4권의 시집을 가톨릭적 현상을 기준으로 살펴보았다. (시집1)『모기들은 혼자서도 소리를 친다』, (시집2)『낮은 수평선』, (시집3)『나무 안에서』, (시집4)『화살시편』을 두고 변별 상황은 다음과 같다.

* 신앙 이전 시편 — (1)
* 신앙 이후 시편 — (2) (3) (4)

* (1)의 두 단계 — 자연 순정과 실존의식
* (2)의 두 단계 — 무관념의 하늘과 고해의 세계
* (3)의 두 단계 — 자연 섭리와 신의 임재
* (4)의 두 단계 — 보편적 죽음과 순교 신심

(1)의 경우는 자연서정과 실존의식이라는 두 단계이고 (2), (3), (4)의 경우

는 크게 보아 자연서정과 신앙서정이라는 두 단계를 보인다. 김형영의 시가 이렇게 시집별 두 단계이지만 그 음영의 차이는 섬세하게 드러나고 있다. '자연―인간적 성애의 세계―인간 실존의 세계―자아신앙―신의 임재―순교 신심'이라는 단계를 거치고 있다. 그만큼 김 시인의 시편들은 신앙 이전에 '실존적 부조리'라는 몸부림을 보인다는 것, 신앙이후에는 자아신앙(고백), 신의 임재(신과의 교섭), 순교신심(목숨 초월)이라는 점층적 과정을 거친다는 점 등에서 그 자체가 고뇌와 신심의 깊이를 담보하고 있다 할 것이다.

필자는 김형영의 시세계를 그가 믿었던 신앙을 가운데 두고 파악하고자 했는데 이는 어쩌면 하나의 모험이 될 수도 있을 것이다. 신앙이 측량하기 힘 드는 심리적 세계에 속하는 것이기 때문이다. 그러나 시인의 의식이 시적 의식이기 전에 신앙적 코드를 통한 것일 때 보다 견고한 가치에 놓인다고 볼 수가 있다. 겸허함과 순박함이라는 자기 본질에 이르러 "두려움 없는 자유"를 찾은 시인이 노년에 접어들며 눈을 돌린 곳은 자연이었다.

소박한 시어들로 깊은 영성의 파동을 담아낸 시인 김형영은 느닷없이 찾아온 '조혈모세포 성장 기능 저하증'을 앓게 되었다. 빈혈과 혈소판 감소증으로 생사를 오가던 시기 그의 시에는 죽음의 이미지가 짙게 드리웠다. 장사익이 노래로 불러 널리 알려진 그의 시 「꽃구경」 또한 이 시기에 씌어졌다. 하지만 김형영은 죽음에 짓눌리기보다는 이를 삶의 일부로 받아들였다.

김병익 문학평론가는 "김형영이 바라는 가장 신성한 시는 세이레쯤의 아기 옹알이 같은 것이어야 하며 그 옹알이 같은 시는 나무와 같은 온존함, 한없이 퍼 담는 어린아이의 순진한 고집으로 이루어질 '음악'이리라. 시든, 종교든 혹은 사랑이든 속살거림이든, 이보다 더 아름다운 사태를 우리는 일상으로 겪어내면서도 깨닫지 못하는 정황을, 가장 적은 언어로 형상하고 있다"고 하였다.

　　그러던 중 1979년 김형영은 가족과 성당을 찾아 세례를 받고 영성에 관한 시를 다수 창작하기 시작한다.

　　교리를 깨닫고 체감하자 끝내 이른 자유
　　자연과의 교감으로 '나'를 발견하다

　　어디로 떠난다 해도 거기 내가 머무나니
　　님은 나의 두려움 없는 자유라

—「바람」 전문

　　종교에 의탁하는 시기에도 김형영은 의탁하고 기복하는 세속 신앙에서 벗어나 교리를 공부하고 신을 탐문하고자 했다. 그가 깨달은 것은 "보이는 것에 희망을 두는 시대가 끝나야 한다"는 것. 하여 문학평론가 한수종은 그의 시에 관하여 "보이지 않는 신을 보고 있고 그래서 헛된 소망을 품지 않는다. 항상 자신을 돌아보고 반성하며 한없이 낮추는 자세로 겸허히 사랑을 나누는 진실된 인간성"이라고 평하기도 하였다. 겸허함과 순박함이라는 자기 본질에 이르러 "두려움 없는 자유"를 찾은 시인이 노년에 접어들며 눈을 돌린 곳은 바로, 자연이었다.

　　정녕 나무는 내가 안은 게 아니라
　　나무가 나를 제 몸같이 안아주나니,
　　산에 오르다 숨이 차거든
　　나무에 기대어
　　나무와 함께
　　나무 안에서
　　나무와 하나 되어 쉬었다 가자.

—「나무 안에서」 부분

시인에게 자연은 단지 관찰과 향유의 대상이 아닌 '나'와 삶을 비추는 거울이다. 변화하는 계절과 움트는 약한 생명에 주목하며, 김형영은 삶의 근원을 깨달아가는 경지로 나아간다. "신성과 일상의 깊이를 동시에 탐색하는 길에 이르러, 궁극적인 존재 전환의 꿈을 노래하는 실존적 과정"을 거쳐 "소소하고 평범한 일상에서 깊은 근원적 사유와 형이상학적 전율의 세계를 길어 올린 오롯한 결실"(문학평론가 유성호)을 맺은 때가 바로 그의 노년이다.

30년간 월간 『샘터』에서 근무한 출판인이자, 서정주·박목월·김수영의 제자였고, '칠십년대' 동인이며, 한국가톨릭문인회의 일원이었던, 시와 책으로 한평생을 살아낸 김형영의 76년은 시선집과 함께 마침표를 찍었다. 하지만 "겨울이 지나간 자리에 햇살이" 비춰오듯, 새봄 그의 시는 독자들과 함께 다시 꽃을 피우리라 믿어본다.

시와 시론이 일치하는 시인

오세영論

시와 시론이 일치하는 시인

오세영論

시와 시론이 일치하는 시인

오세영 시인은 시를 쓰면서 연구가로서 학술서와 비평서와 수필 계열의 저서를 30여 권 출간했다. 어쩌면 시인으로서의 무게감과 이론가로서의 무게감이 어느 쪽으로도 기울지 않는다. 시인은 시평, 이론에 밝아 시론 등을 부단히 써 오면서 비평상과 서정을 바탕으로 한 문학상을 받았다. '소월 시문학상'이 그 대표적인 예이며 주목되는 부분이다. 그런 면에서 시인의 위상을 다시 짚어볼 수 있겠다.

오세영 시인은 학자의 본분을 지키면서 시인으로써 시 쓰기를 게을리하지 않았다. 그 두 영역, 곧 이론과 시가 하나로 일치하는 자신만의 시세계를 확보하였다.

이 글에서 활용한 텍스트는 오세영의 시론집 '진실과 사실 사이', 대표시선 '천년의 잠' 그리고 '이 계절의 초대시인 오세영편'(계간 문파 봄호 2019, 3월)이다.

시인의 시론

오세영 시인은 시론집에 '서정과 진실'(1983), '한국 현대시의 행방'(1988), '말의 시선'(1989), '상상력과 논리'(1991), '변혁기의 한국 현대시'(1996), '시의 길 시인의 갈'(2002), '20세기 한국시의 표정'(2002), '우상의 눈물'(2005), '진실과 사실 사이'(2020) 등이 있다. 그중 '진실과 사실 사이'에서 주요 부분을 짚어볼까 한다.

"지나 놓고 보니 학자로서의 나는 내 자신의 이야기보다 타인에 대한 이야기를, 주관적 통찰과 예지에 관심을 갖기보다 객관적 이론 습득과 지식의 전수에 더 집착해온 것 같다. 그래서 그런지 비록 단편적이고 직관적이기는 하나 나 자신이 깨우친 바를 내 나름의 방식으로 밝혀 쓴 본서의 글들이 더 사랑스럽다. 아니 나의 다른 비평서나 학술서보다 더 중요한 의미를 지닌 것들인지도 모르겠다. 학자가 아닌 시인으로서 내 시론의 중요한 일부를 드러내 보인 것이라 할 수 있기 때문이다."

여기서 우리는 시인과 학자 두 길을 걷는 사람의 소회를 들었다. 두 길 중에서 학자로서 쓰는 글보다는 시인으로서 쓰는 글이 더 소중하다는 느낌을 받았다고 한. 시도 중요하고 그 시를 나름의 깨우침으로 쓰는 시론도 사랑스럽다는 것이다. 그래서 그는 대학의 직분으로 쓰는 비평서나 학술서보다는 스스로의 정서와 직관으로 쓰는 시론에 더 방점을 친다는 것이다. 가치 개념이 아니고 호불호에 관한 시정의 친밀도에 의한 판단일 것이다.

시란 무엇인가

"이 같은 시의 감정에는 덧붙여 한 가지 더 유의해야 할 것이 있다. 적어도 훌륭한 시는 단일한 감정이나 긍정적인 감정만으로 씌어져서는 안 된다는 사실이다. 그것은 복합적인 감정—때로 적대적일 수도 있는—으로 구성되어야 한다. 예컨대 '사랑'과 '미움', '공포'와 '연민', '즐거움'과 '슬픔', '고독'과 '충만' 등의 양가적兩價的인 것들이 갈등과 긴장 속에서 하나로 통합되는 형식과 같은 감정이다. 시론에서는 이를 상상력(이미지)의 이원적 대립이라고도 하는데 이의 대표적인 방법이 아이러니나 역설, 병렬 등임은 이미 많은 시학자들에 의해 밝혀진 바와 같다." 양면의 거리가 먼 것일수록 더 깊은 긴장이 이루어진다고 볼 수 있다.

의미와 무의미

"시인은 우리가 살고 있는 이 일상세계를 존재성이 없는 하나의 혼돈으로 본다. 그리하여 그들은 태초에 신이 혼돈의 세계에 언어를 던져 카오스의 세계를 창조해 냈듯 일상의 모든 것들에게 새로운 이름을 부여하여 이로써 그것을 새로운 존재로 거듭나게 하려는 자들이다. 이는 분명 새롭고 진정한 의미의 세계를 다시 창조하려는 것으로 태초에 신이 말씀으로 천지를 창조한 그것과 다름이 없는 행위라 할 수 있다. 태초에 말씀으로 이 세계를 창조하셨던 신도 사실은 시인이었던 셈이다. 이렇듯 시작 행위는 세계를 창조하는 행위이며 이 세계의 창조 행위란 사물의 존재성을 드러내 밝히는 행위, 궁극적으로 이 세계의 새로운 의미를 만들어내는 행위를 일컫는 말이 된다. 하나의 존재가 된다는 것은 그것이 곧 의미가 된다는 뜻이기 때문이다. 이 세상 그 어떤 것도 의미 없이 존재하는 존재란 없다. 춘수의 꽃은 앞서 살핀 바와 같이 그 자신의 독창적 상상력이 아니라 하이데거 등의 존재론에서 보여준 언어철학의 기본 명제를 재빠르게 자신의 것인 양 도용해서 쓴 작품이라 할 것이다 그런데 그 같은 김춘수가 후기에 들어 의미를 버리고 소위 무의미의 언어를 주장한 것은 아이러니이다."

필자는 김춘수가 나이를 더 먹은 뒤 무의미에서 의미로 주섬주섬 소리 소문 없이 돌아왔다는 사실을 알고 있는데, 이를 한 번쯤 곰곰이 짚어볼 필요가 있지 않을까 한다.

아는 진실과 모르는 진실

"요즘 우리 시단에서는 서구의 최근 유행사조라며 물색없이 소통 부재 혹은 소통 부정의 난해시 창작에 매달리면서 특히 해체주의를 자신들의 시의 실천 기반이라고 주장하는 시인들이 많이 있다. 그럼에도 불구하고 그들이 이 해체주의와 정반대의 철학적 계보를 이끄는 아드르노의 견해를 빌려 자신들의 문학론을 정당화하려 한다는 것은 어불성설이고 황당무계한 지적 망발이 아닌가. 여기서 필자가 강조하고자 하는 것은 아드르노가 설령 '아우슈비츠 이후 서정시를 쓰는 것은 야만적이다.'라는 말을 했다 하더라도 그의 문학적 입장이 최소한 해체시나 포스트모던한 시를 옹호할 철학자는 결코 아니라는 사실이다."

오 시인은 요즘 유행하는 시의 기반이 잘못 잡혀 있다는 점을 지적함으로써 그 기반에 대해 근본적인 성찰이 필요함을 강조하고 있다.

실험시를 쓰지 않는 이유

"시야말로 감동과 헌신의 인간관계에서만 그 존재를 드러내는 가치인 것이다. 그것은 마치 힘의 구심력이 정치를, 존경의 구심력이 교육을 지배하는 것과도 같다. 그러므로 많지 않아도 좋다. 아니 많다면 더욱 좋을 것이다. 내 시가 누군가에게 한 번이라도 감동을 주고 또 그 감동으로 인해 그와 내가 어떤 무보상의 자기 헌신 즉 사랑의 관계를 맺을 수 있다면… 60대에 이르러서야 뒤미처 깨닫게 된 이 몽매한 성찰이 내게 위안을 준다. 사실 그간 시를 쓰며 살아온 내 인생은 얼마나 행복했던 것이랴. 그것도 문제성을 제기하는 것보다 누군가에겐 감동을 주는 작품을 쓰려고 노력해 왔던 것이… 내가 가능한 한 실험시나 전위시를 멀리하고 전통 혹은 정통 서정시에 매달리는 이유가 여기에 있다."

오 시인은 인간이 타인과 맺을 수 있는 관계는 크게 세 가지밖에 없다 하면서 첫째 힘에 기초한 명령과 복종의 관계, 둘째 존경에 기초한 베풂과 섬김의 관계, 셋째 사랑에 기초한 감동과 헌신의 관계가 그것이라 했다. 그중 세 번째 유형이 가장 바람직한 유형이라는 것이었다. 왜냐하면 자발적 무보상으로 하는 행위이기 때문이라는 것이다. 실험시는 이에서 벗어난 데서 탄생되므로 감동과 헌신에서 거리가 있다 하겠다.

시인의 서정시 네 갈래

오세영 시인의 시는 그가 주장하는 대로 서정시이고 자발적 무보상의 감동이거나 헌신에 이어져 있다. 그의 시를 편하게 읽은 뒤 드러나는 주제나 형식에 따라 네 갈래로 나누어 볼 수 있을 것이다.

1. 그대 찾기, 그리고 의미

오세영 시인은 결핍 속에서 너를 찾고, 먼 그대를 바라보며 아름다움에 젖는다. 그의 처음 잡히는 시는 「너를 찾는다」이다. 총 59행에 이르는 장시형이다. 그러면서도 오세영 시인 서정시의 한 리듬과 이미지와 그 형상의 틀을 보여주는 시다.

> 바람이라 이름한다
> 이미 사라지고 없는 것들,
> 무엇이라 호명呼名해도 다시는 대답하지 않을 것들을 향해
> 이제 바람이라 불러본다.
> 바람이여
> 내 귀를 멀게 했던 그 가녀린 음성,
> 격정의 회오리로 몰아쳐 와 내 가슴을 울게 했던 그
> 젖은 목소리는 지금 어디 있는가.
> 때로는 산들바람에, 때로는 돌개바람에, 아니
> 때로는 거친 폭풍에 실려
> 아득히 지평선을 타고 넘던 너의 적막한 뒷모습, 그리고
> 애잔한 범종梵鐘소리, 낙엽소리, 내 귀를 난타하던 피아노 건반

그 광상곡의 긴 여운,
어느 먼 변경 척박한 들녘에 뿌리내려
민들레, 쑥부쟁이, 개망초 아니면 씀바귀 꽃으로 피어났는가.
말해 다오.
강물이라 이름한다.
이미 잊혀진 것들,
그래서 무엇이라 아예 호명조차 할 수 없는 것들을 향해
이제 강물이라 불러본다.
강물이여,
한때 내 눈을 멀게 했던 네 뜨거운 시선,
열망의 타오르는 불꽃으로 내 육신을 황홀하게 달구던
그 눈빛은
지금 어디에 있는가.

—「너를 찾는다」 전반부

　인용시는 부재한 '너'를 형상으로 찾아가는 긴 서정이다. 어쩌면 너를 찾는 비망록이자 시적 경전이다. 너는 사라졌고, 대답이 없고, 어느 변방으로 멀리 나가 있는데 나는 애틋이 찾고 있다. 이제 너를 '바람'으로 부르며 지나간 음성으로, 젖은 목소리로 뒷모습으로 긴 여운으로, 민들레, 쑥부쟁이, 개망초의 이미지로 떠올린다.

　"다시 화자는 너를 강물이라 이름하고 잊혀진 시선으로, 눈빛으로, 쓸쓸한 이마로, 잔물결 여운으로, 해파리. 민조개, 백합, 소라의 이미지로 온종일 휘파람으로 운다. 대답해다오. 돌이킬 수 없는 너를 구름이라 부르며 오색빛 채운, 무지개로 젖고 사라지던 두 어깨와 싸락눈, 진눈깨비, 우박의 흔적 더듬고 있다." 오 시인은 이 한 편에서 너(그대)가 남기고 사라진 흔적과 형상을 총체로 붙들고 호명한다. 긴 서정에 끈질긴 추적과 그 눈발처럼 흩날리는 형상의 파노라마를 노래하고 있다. 필자는 오 시인의 이 서

정의 경우 만해 스님의「님의 침묵」전체의 '기룬 것'에 맞먹는 그런 의욕으로 쓴 것 같다는 느낌을 받는다.

이 인용시가 주는 '너'는 무엇인가? 사라지고 없고, 대답하지 않고, 호명조차 할 수 없는 자리에 가 있는 자이다. 부재한 자이지만 내 뜨거운 시선 안에 있었고 내 육신을 달구어 주었던 자이다. 다음 시를 읽으면 그대(너)는 멀리 있어서 아름다운 자이다.

> 멀리 있는 것은
> 아름답다.
> 무지개나 별이나 벼랑에 피는 꽃이나
> 멀리 있는 것은
> 손에 닿을 수 없는 까닭에
> 아름답다.
> 사랑하는 사람아.
> 이별을 서러워하지 마라.
> 내 나이의 이별이란
> 헤어지는 일이 아니라 단지
> 멀어지는 일일 뿐이다
> 네가 보낸 마지막 편지를 읽기 위해선
> 이제
> 돋보기가 필요한 나이,
> 늙는다는 것은
> 사랑하는 사람을 멀리 보낸다는
> 것이다.
> 머얼리서 바라다볼 줄을
> 안다는 것이다.

「원시遠視」 전문

이 시에 오면 부재의 현실을 인정하면서 멀리 있어서 아름답다고 말한다. 멀리 있는 것이 삶이나 인생의 형식이라는 것일까? 이런 사색은 불가의 어떤 경지絶對知에 닿아 있거나 모순어법 같은 것이다. 아니 가톨릭적 관점, 곧 "눈에 보이는 것은 잠시 잠깐이지만 눈에 보이지 않는 것은 영원하다."는 가르침에 근리한 표현이라 하겠다.

그런데도 '사랑하는 사람'으로 호명하고 있다. 현실과 현실의 밖을 두고 줄다리기하는 '바라봄'이다. 이런 시가 있는가 하면 시가 희로애락 속으로 깊이 들어오는 시가 있다.

사랑아,
너는 항상 행복해서만은 안 된다.
마른 가지 끝에 하늬바람 불어
푸르게 열린 하늘,
그 하늘을 보기 위해선
조금은 슬픈 일도 있어야 한다.
굽이쳐 흐르는 강,
분분이 지는 낙화,
먼 산등성에 외로 서 문득 뒤돌아보는
늙은 사슴의 맑은 눈,
달더냐,
수밀도 고운 살 속 눈먼 한 마리 벌레처럼
붉은 입술을 하고서 사랑아,
아른아른 피던 봄 안개는,
여름내 쩡쩡 울던 먹구름 속의 천둥은
이미 지평선 너머 사라졌는데
하늬 바람 불어

푸르게 열리는 그 하늘을 위해선 사랑아,
조금은 슬픈 일도 있어야 한다.

—「푸르른 하늘을 위하여」 전문

인용시는 부제로 "피가 잘 돌아… 아무 병도 없으면 가시내야 슬픈 일도 슬픈 일도 있어야겠다. <서정주>"를 붙인 것을 주목할 수 있다. 이 부분은 서정주의 '육성의 시'를 짐작하게 한다. 서정주의 시「봄」인데 생명의식이나 관능적 전율을 느끼게 한다. 사랑은 늘 행복해서 만은 안 되고 슬픈 일도 좀 있어야 한다는 구절은 청춘이나 본능적 성애에서 드러나는 아픔 같은 것을 수반해야 한다는 것이다. '먹구름 속의 천둥'같은 슬픔은 무엇인가. 푸르게 열린 하늘을 보기 위해서는 슬픈 일 좀 있어야 그 구경적究竟的 본질에 도착할 수 있겠다는 이야기다.

오세영 시인은 '너'(그대)를 향해 가는 길 중에서 비유로 부르며 형상을 좇아 탐색해 가는 길, 멀리 있어서 바라다보는 길, 푸르른 하늘을 위해 고통을 감내하는 길 등을 시로써 제시했는데 그대의 부재를 살아가는 인생의 서정이 다양한 것임을 보여주고 있다. 그만큼 서정시가 천착할 수 있는 길이 넓고 깊은 것임을 시범으로 제시한 셈이 되었다.

2. 모순의 흙, 기타

서정시 속에는 양면성을 포함하여 시적 활력을 얻기도 한다. "피는 꽃이 지는 꽃을 만나듯"이 제목인데 제목에서부터 상반하는 양자를 내세우고 쓰기도 한다.

8월은
오르는 길을 잠시 멈추고

산등성 마루턱에 앉아
한 번쯤 온 길을
뒤돌아보게 만드는 달이다.
발아래 까마득히 도시가,
도시엔 인간이,
인간에겐 삶과 죽음이 있을 터인데
보이는 것은 다만 파아란 대지,

—「피는 꽃이 지는 꽃을 만나듯」 전반부

　시상을 일으켜 세울 때 첫 이미지를 세운 다음 이미지를 반립하는 근거로 제시하면 쉽게 이미지나 의미의 끈을 이어 놓게 된다. 「모순의 흙」을 보기로 한다.

흙이 되기 위하여
흙으로 빚어진 그릇
언제인가 접시는
깨진다.

생애의 영광을 잔치하는
순간에
바싹
깨지는 그릇,
인간은 한번
죽는다.

물로 반죽 되고 불에 그슬려서
비로소 살아 있는 흙,
누구나 인간은
한 번쯤 물에 젖고

불에 탄다.

하나의 접시가 되리라.
깨어져서 완성되는
저 절대의 파멸이 있다면,

흙이 되기 위하여
흙으로 빚어진
모순의 그릇.

「矛盾의 흙」 전문

인용시는 흙이 가지는 생명, 그 근원에 대해 노래한다. 성서에는 사람이 흙에서 나서 흙으로 돌아간다고 썼다. 흙에서 났지만 결국 흙으로 돌아가는 것이 사람이라는 것, 그 흙에 생명이 있다는 것이며 거기서 영원을 흐른다는 이야기다. 시는 흙이 되기 위해 그릇이 되지만 그릇은 순식간에 깨진다는 것이다. 그릇은 잔치를 위해 쓰이지만 순간에 깨지고, 사람도 순간에 죽는다. 흙으로 물 반죽하고 불에 그슬러서 견고한 그릇(접시)이 되지만 절대의 파멸로 깨지는 것이다. 파멸되어 흙으로 생명에 가담하는 것, 영원성으로 거듭난다. 이것이 모순이다. 흙이 되기 위해 그릇이 되었는데 그 그릇이 절대의 파멸을 만나야 하므로 모순이다. 이 시는 그릇과 흙이 상반성이고 모순이다. 시인은 이 모순은 양가적인 갈등과 긴장에서 생기고 이미지의 이원적 대립이라고 풀어낸다.

오 시인은 앞 시와는 다른 차원에서 '그릇'을 노래한다.

깨진 그릇은
칼날이 된다.

절제와 균형의 중심에서
빗나간 힘,
부서진 원은 모를 세우고
이성의 차가운
눈을 뜨게 한다.

맹목盲目의 사랑을 노리는
사금파리여,
지금 나는 맨발이다.
베어지기를 기다리는
살이다.
상처 깊숙이서 성숙하는 혼魂.

깨진 그릇은
칼날이 된다.
무엇이나 깨진 것은
칼이 된다.

―「그릇」 전문

인용시는 그릇이 깨지면 흙이 되는 것이 아니라 칼날이 된다. 그릇은 절제와 균형의 중심에서 모를 세우는 칼날이 된다. 이성의 눈을 뜨는 칼날인 것이다. 사금파리는 맹목의 사랑인 맨발과 살을 기다리고 있다. 베어지기를 기다리는 살! 베어져서 상처가 되고 그 상처는 성숙하는 영혼이 된다. 시에서 상반되는 것은 칼날과 화자의 살이다. 살은 맹목의 사랑으로 상처를 기다리는데 그 상처는 성숙하는 혼, 혼을 키운다. 맨발로 기다리는 화자는 베어져서 성장하는 꿈을 꾸고 있는 것일까? 마치 이형기 시의 「랑겔한스섬의 가문 날의 꿈」을 떠올려 주는 시다. 랑겔한스섬이라는 세포가 마른 것이면 죽음을 기다리는 것인데 그런 가운데도 꿈을 꾸는 것이니 인간은 황당한 실존이 아니겠는가. 맨발로 사금파리의 칼날을 기다린다는 오 시인의 혼은 화자의 실존적 상황에 다름 아니리라.

3. 단시와 이미지

오세영 시선집 '천년의 잠' 제4부에는 10행 내외의 단시들이 등장한다. 단시가 주는 인상은 기존의 서정시와는 가벼운 터치에 의해 이루어지면서 단아하다. 쌈박한 맛이라고나 할까. 「기러기 행군」, 「나침반」, 「일몰」, 「표절」, 「갯벌」 등이 그렇다.

> 하늘 전광판電光板에
> 문자 뉴스 몇 줄 떠오르며 스쳐 간다.
> 겨울 전선戰線 급속히 남하중,
> 지나가던 허수아비들이
> 일제히 멈춰 서서 허공을
> 바라보고 있다.

「기러기 행군」 전문

보편적인 서정시에서 단시형의 시를 쓰는 경우 그 시는 가벼운 스케치풍이다. 늘 관념 지향으로 쓰다가 모처럼 짧은 시, 관념의 부피를 덜어낸 시를 쓰고 싶을 때 일단 단시형을 선택하게 될 것이다. 요즘 시인들 중에서 짧은 시 운동을 펴는 일군의 시인들이 있다. 이들은 난해시로만 치닫는 시단 풍조를 바꿔 보고자 하는 의도를 보인 것이 아닌가 한다. 기러기떼가 일렬로 날아가는 것을 보고 "하늘 전광판에/문자 뉴스 몇 줄 떠오르며 스쳐 간다."로 표현한 것이 재미있다. 거기다 겨울 전선 남하중에 "허수아비들이/일제히 멈춰 서서 허공을/바라보고 있다"는 것이 무슨 의미를 주는 것이 아니라 그런 상태임을 중계해 주고 있다. 가벼운 심상心象이다. 오시인은 관념을 떼 놓고 가벼운 터치로 사물을 건드려 준다. 그러면서 '기러기 행군', '하늘 전광판', '겨울 전선' 등의 가벼운 관습 비유로 설렁 설렁 지나가는 걸음을 보인다.

'?'표를 하고
호수의 오리 가족 한 떼 분주히 발을 놀려
수면 위를 헤엄친다.
한 놈, 두 놈 차례로 자맥질도 한다.
무엇을 찾고 있을까
어제
밤하늘을 날다가 실수로 떨어뜨린
그 나침반인지도 몰라.

—「나침반」 전문

　　호수에 놀고 있는 오리 떼를 바라보는 화자의 설명이 단조롭다. "'?'표를 하고/수면 위를 헤엄치고/자맥질 한다." 그 후반부는 그 행동에 대한 상상이다. 어제 날다가 공중에서 떨어뜨린 나침반을 찾고 있을까, 하고 상상한다. 물음표와 오리의 자세가 일치하고 무엇을 찾는 의미와 일치한다. 시에서 나침반 찾는 의미는 무슨 시사점에 닿는 것이 아니라 무목적적 의미일 것이다. 시에서 다루는 터치는 가벼운 것이고 기존 의미를 거기 붙이기는 하지만 관념의 깊이로 나아가지 않는다. 시는 가벼운 심상에 그치고 수사도 가벼운 스타일일 뿐이다.

온종일 지구를 끌다가
저물녘
지평선에 누워 비로소
안식에 든 산맥

하루의 노역을 마치고
평회롭게
짚 바닥에 쓰러져 홀로 되새김질하는
소잔등의
처연하게 부드러운 능선이여.

「일몰日沒」 전문

일몰은 어디에서나 마지막 불태우는 태양의 여운에 따라 아름답다. 그래서 그 분위기는 안식이거나 평화로움에 젖는 것이다. 단시는 직관으로 쓰기 때문에 심상을 찍는 것이라 할 것이다. 「일몰」은 두 개의 심상 곧 "지평선에 누워 안식에 든 산맥"과 "짚 바닥에서 되새김질하는 소잔등의 능선"이 그것이다. '산맥'은 흔한 이미지이지만 '소잔등'은 창조적 이미지에 든다. 처연하고 부드러운 심상으로 소잔등을 끌고 온 점이 눈여겨볼 대목이다. 요즘 우리나라에 '디카시' 운동이 벌어져 날시 개념의 직관이나 카메라로 찍히는 자연이 하나의 혼성 장르로 곳곳의 백일장에서 빛을 발하고 있다는 소식이다. 오 시인의 단시는 그런 사정에서 볼 때 짧은 시의 전범이 된다 할 것이다.

4. 분단 70년, 이산 상봉의 시

오세영 시인은 계간 『문파』(2019년 3월 봄호)에 '이 계절의 초대시인'에서 <신작시> 2편, <대표시> 3편, <시작 노트/ 동화>를 실었다. 시작 노트 일부를 옮겨볼까 한다.

22세의 꽃다운 젊은 어머니는 지아비를 잃은 여덟 달 뒤 그 소년을 낳았다. 전라도의 바닷가 가까운 어느 산골 마을이었다. 그러나 어머니는 남편 없는 시가에 정을 붙이지 못했다. 그녀는 핏덩이를 품에 안고 그만 친정으로 돌아와 버렸다. 외가에는 큰따님이었던 어머니 이외 손아래 다섯 분 이모님과 한 분 외숙이 계셨다. 어느 날 세상 처음으로 정을 붙일 소녀가 생겼다. 큰 이모님이 딸을 낳아 친정에 돌아오신 것이다. 소년은 4살 차이의 그 여동생이 좋았다. 그러나 그 외갓집 살구나무 꽃그늘 아래서 이모님과 마지막 작별을 한 다음 해 초여름 한국전쟁이 일어났다. 이후 70년 세월이 흘렀다.

그런데 작년 여름이다. 그 소년은 대한적십자사로부터 한 통의 전화를 받게 된다. 전쟁 중 행방이 묘연해진 그 이종 여동생이 북한에서 남한의 소년, 아니 이제 노인이 된 자신의 이종 오빠를 찾는다는 소식이었다. 그리하여 작년 그날, 그러니까 2018년 8월 25일 금강산에서 개최된 제21차 남북 이산가족 상봉장에서 일흔여섯 살의 소년은 일흔두 살이 된 소녀를 헤어진 지 70년 만에 해후할 수 있었다.

헤어지는 날이다. 일흔두 살의 여동생이 울먹이며 말했다. "오빠, 북조선에서 외갓집이 생각나면 읽을 수 있게 친필로 시 한 편을 써 주세요. 오빠가 남조선의 유명 시인이라는 것을 북조선에서도 알고 있었어요."

오세영 시인은 친필로 다음 시를 썼다.

너는 4살,
나는 8살.
우리는 그때 외갓집 마당가에 핀
살구나무 꽃그늘 아래서
헤어졌지.
네 초롱초롱 빛나던 눈동자에 어리던
그 푸른 하늘이
지금도 기억에 선명한데,
네 볼우물에 감돌던 그 천진스런 미소가

아직도 기억에 생생한데
이후 우리는 다시 만날 수 없었지.
곧 전쟁이 일어났고,
사랑하는 사람들이 죽어나갔고
더 이상 고향에서 살 수 없게 된 우리는
어딘가로 뿔뿔이 흩어지게 되었고,
생사를 모른 채
70년을 헤어져 살아야 했구나.
예뻤던 내 여동생 종주야.
이제 너는 일흔둘,
나는 일흔 하고도 여섯,
몸들은 이미 늙었다만 아직도
네 눈빛에 어리던 푸른 하늘과
네 볼우물에 일던 그 귀여운 미소는
여전하구나.
종주야. 내 사랑하는 여동생아,
이제 우리는 다시
헤어지지 말자.
그때 그날처럼 아직도
그 자리에 서 있을 외가집 마당가
살구나무 꽃그늘 아래서
다시 만나자.
다시는 그 끔찍한 민족의 시련을
겪어선 안 된다.
그때 너는 4살, 나는 8살.

「그때 너는 네 살, 나는 여덟 살」 전문

오세영 시인은 뜻하지 않게 분단의 아픔을 실감하고 이산가족 상봉의 기쁨을 누릴 수 있었다. 그러나 그 누림은 상봉하기까지의 짧은 시간일 뿐이고 상봉은 곧 재회를 생각하며 이산의 원상태로 돌아가는 것이었다. 이 종사촌 여동생과의 헤어짐은 그냥 느닷없이 온 것이었고 이산의 실감도 하지 못하는 가운데 급작스레 금강산 상봉의 기회가 주어졌던 것이다. 오 시인은 "그때 너는 네 살, 나는 여덟 살"하고 헤아렸고, 만나서 이제는 "너는 일흔두 살, 나는 일흔여섯 살"하고 세월의 허망함을 서로에게 말해주는 것일 뿐이었다. 나라의 분단과 그 역사는 자신의 의도와는 무관하게 생의 부조리로 성큼 시인의 시상 속으로 비집고 들어왔다. 분단의 비극이고 비극 속의 시인이 된 오세영 시인은 그가 기술했던 분단문학의 한가운데로 불현듯 편입되고 만 것이다.

어쨌든 친필로 써 건네준 인용시는 오 시인의 다른 서정시와는 결을 달리해 읽힌다. "네 초롱초롱 빛나던 눈동자에 어리던/그 푸른 하늘", "예뻤던 내 여동생 종주야", "몸들은 이미 늙었다만 아직도/네 눈빛에 어리던 푸른 하늘과/네 볼우물" 이러한 표현은 '생체험生體驗'에 의한 '생세계生世界'를 드러낸 표현이라 하겠다. 오래전에 읽은 김흥규의 이 용어는 화자와 대상의 살아 있는 교섭交涉을 설명하면서 쓴 것으로 기억되는데 오 시인의 이 이산가족 체험이야말로 생체험으로 쓴 시가 분명하다. 절절하고 간절하여 문맥이 문맥 이상으로 기능하는 경우로 읽히기 때문이다.

오세영 시인의 이산가족 상봉의 시는 오 시인의 다른 한쪽 서정시 일면의 개척이기도 하고 그가 분단 시대의 가파른 마지막 세대 시인의 자리에 방석 하나를 얹어 놓게도 한다.

오세영 시인을 시인이라 부르는 사람들이 있는가 하면 교수라 부르는 사람들이 있다. 후자의 경우가 더 많을지도 모른다. 그는 우리나라 중심대학 교수로서 학술적인 업적이 소정의 몫으로 학계에 끼친 공적이 크기 때문일 것이다. 그러는 한편으로 그가 쓴 시론은 나름으로 시단 속에서의 중심으로 그가 쓴 시와 일치하고 있어서 그런 쪽에서도 평가를 받기에 충분하다 할 것이다.

무의미 시를 배격하는 것이라든지 실험시를 수용하지 않는다든지, 현대시의 일반적 시류에 영합하지 않는다든지 하는 이론은 누군가는 남아서 지켜주고 주장하는 당당함이 필요한 것이 사실이다. 시류를 반하는 일은 능력자가 아니면 할 수가 없다. 한국시는 시류에 매여 있을 수도 없고 더구나 모든 사람들이 맹목으로 자기 확인의 잣대도 없이 달려가는 흐름을 멈추게 하기는 매우 힘든 일이 아닐 수 없다. 오세영 시인은 한국시의 다양한 전개와 그 결실을 위해 무엇이 필요한지 그 처방전을 쓰고 스스로 실천해 온 시인이다. 앞에서 본 '시인의 서정시 네 갈래'는 처방전에 대한 적용의 실제이다. 비평에서의 부담 없이 서정시를 읽는 시간이 필요한 까닭이다.

모국어 시로의 귀환과 그 세계

민용태論

모국어 시로의 귀환과 그 세계

민용태 시인은 1943년 1월 1일 전남 화순에서 태어나 한국외국어대학교 서반아어과(1961-1968)를 졸업하고 '창작과 비평'에 등단했고 이어 스페인으로 가서 마드리드 국립대학 서어문과 석사과정에 입학해 공부했다. 1970년 그곳 '마차도 형제 시문학상'에 「우화」로 시인 등단을 하고 1972년 마드리드 국가 서문학 석사, 1975년 동대학 국가 서문학 박사를 수위하고 동대학 서문과 연구원과 강사를 지내며 4권의 서반아어 시집을 출간했다. 그러다가 1979년 귀국하여 한국외국어대학 서반아어과 교수와 1987년 고려대학교 서어서문학과 교수로 일하며 서반아 문학 연구와 강의에 매진했다. 그 사이 민 시인은 모국어 시집 7권과 시선집 1권을 출간했다.

이 이력으로 보면 민 시인은 서반아어와 한국어 두 언어로 시작을 한 희귀한 시인이다. 공식적으로 두 나라의 시인으로 등단하여 활동한 우리나라 최초의 시인으로 기록된다. 소설의 경우는 민 시인과 비슷한 경력으로 두 나라 소설가가 된 '미아윤'이 있다. 한국외국어대학교 영어과를 졸업하고 1981년 미국으로 건너가 뉴욕 시립대 시티 칼리지에서 영문학 석사를 받고 단편소설 『해바라기』로 아시아 위크 최고의 단편 100선에 오른 것(전원경, 주간동아, *winniejeon@yahoo.co.kr*)이 그 예이다.

민용태 시인은 언어 귀속주의에 따른다면 서반아 체류기간(1969-1979) 동안은 서반아어 시인이었고 한국으로 돌아온 이후 기간(1979-2021)은 모국어 시인으로서 활동한 셈이 된다. 여기서는 모국으로 귀환한 이후의 시인의 실적을 통해 시인의 시 세계를 살펴보고자 한다. 텍스트는 『민용태 시선집』(2003, 문학아카데미)과 민용태 시집『하늘 짊어질 무지개 하나』(2021, 문학아카데미)가 된다.

모국어 시「寓話」의 서반아어 번역

민용태 시인은 귀국 후 첫 시집『시간의 손』을 발간했는데 마땅히 그 속에는 1968년 유학 가기 직전에 '창작과 비평'에 당선된 작품들도 실려 있을 것이다. 그 중「寓話」가 보이는데 이 작품은 서반아어로 번역된 작품이고 이로써 서반아 문단에 일약 시인으로 등단한 것이다. 이 정보는『민용태 시선집』의 자작시 해설『이상한 나라의 엘리스와 나와 나의 시』에 기초한 것이다.

    I
    아홉 花點에
    여섯을 놓게
    일곱을 놓지
    아니, 아홉을 놓아 봐

    바둑은
    白의 不計勝

    내 나이 열 살이었을 때
    나는 엄마와 총부리 앞에 섰다
    총부리 앞 십보 전.
    나는 내 열 손가락으로 앞을 막았는데
    그때, 빵 소리 하나가
    내 열 손가락을 뚫고
    나를
    죽였을까

II
느닷없는 폭력으로
기차는 전복되었다
車體는 行方不明
검은 火筒은 레일을 벗어나
달리고 있었다

죽어간 사람들 곁에서
죽어가는 사람들 사이에서
죽어갈 사람들 틈바귀에서
뼈와 살이 마주 앉아
밤을 벼루고
흙빛 내 두발은
흰 창호지에 싸여 있다

내 목엔
푸른 동아줄이 휘감아 오르고
야광 시계의 초침이
시간을 헤아린다

육박해 오는 총탄만큼
억수로 솟구치는 핏발이 있어

나는 유서를 쓴다
출생신고서를 쓰던
푸른 잉크로

III
전사자 명단에는
死者와

行方不明者의 명단이
함께 적혀 있었다

문지방에 서서
그는
방안을 기웃거렸다

깨어진 창으로
찢긴 햇살이
피카소의 「잘라메아」를 비추고
아내는 그 밑에 머리를 풀고
아내는 울고 있었다

젯상에는
말라 비틀어진 곶감과 대추와...

젯상 앞에 가서
그는
소리 질렀다
이게 뭐야, 도대체!

거리 관계로
그 소리는
아내의 울음을 멈추지는 못했다

(이하 생략)

—「寓話」 부분

이 작품은 1968년 계간 '창작과 비평'에 당선된 작품 중 하나인데 초창기 잡지로 아직 시대 혹은 현실적 정체성이 잡히지 않았을 때의 작품이라 당선작이 시인의 1960년대식 저항시의 대열을 이루지 않았음을 보여준다. 반면 유년에 이어지는 6·25 전쟁의 상흔을 형상화한 점에서 시적 현실감을 리얼하게 드러내고 있음이 주목된다. 시의 인상은 의식의 흐름을 적절히 붙들어 불연속적 모더니티를 살려서 예술파적 요소와 현실적 요소를 결합시키는 듯 보인다. 그렇다고 지나친 난해로 가지 않아서 서반어로 번역하는데는 크게 어려움이 없었을 것이 아닌가 싶다.

"죽어간 사람들 곁에서/죽어가는 사람들 사이에서/죽어갈 사람들 틈바귀에서/뼈와 살이 마주 앉아/밤을 벼루고/흙빛 내 두발은/흰 창호지에 싸여 있다."라거나 "육박해 오는 총탄만큼/억수로 솟구치는 핏발이 있어//나는 유서를 쓴다/출생신고서를 쓰던/푸른 잉크로" 등이 주는 무난한 맥락이 한국의 정서와 사반아의 정서에 있어 간극이 크게 나지 않는 것이라 보여진다.

민 시인은 서반아 시단 등단에 관해 다음과 같이 술회했다. "나는 심심풀이로 응모한 것이 당선의 영광을 차지하게 되었고, 그 작품은 창작과 비평에 발표한 「寓話」(Fablula) 라는 시를 김현창 교수의 도움을 받아 번역하고 급한 대로 'Salamanca'라는 가명을 써넣었다. 심사를 맡았던 레오뽈도 데 루이스 시인은 T. S. Eliot를 연상시키는 기법으로 현대사의 비극을 그린 작품이라고 칭찬했다". 어쨌거나 '우화'라는 제목에 시간과 공간의 뛰어넘기로 전개되는 이미지의 굴절에 대해 현대적 감수성으로 해석해 준 심사위원이 민 시인에게는 서반아에서 만난 귀인인 셈이다.

모국어 시 쓰기 시작하다

유학으로 간 민 시인이 돌아와 모국어로 사색하고 모국어로 시를 쓰면서 자기 정체성을 찾기 시작했다. 그러나 그 혼란스러움은 진폭이 넓고 길이가 길었으리라.

민용태라는 이상한 아이는 스페인이라는 이상한 나라에 가서 이상한 시를
쓰고 이상하게 이상한 외국 시인이 되었다. 이상한 아이가 이상한 이름을
갖고 이상하게 하는 것은 가장 정상적이다. 그중 가장 이상한 것은 민용태
가 고국, 고향으로 돌아왔을 때다 고향에선 민용태를 이상하게 외국인으로
본다 아니면, TV의 코미디언으로 본다.
삐에로는 운다 민용태도 운다 민용태는 가끔 그 할아버지가 어떤 아이에
게 "민용태"라 이름을 붙여 주었는지 궁금해 한다 민용태는 여기 있는데, 그
아이는 어떻게 되었을까

―「민용태는 사고뭉치」 부분

이 시를 읽으면 서반아에서 살았던 민용태가 고국에서는 이상한 사람
또는 외국인, 아니면 TV 코미디언쯤으로 본다는 것이다. 시인이 스스로를
비정상이고 외국인이고 코미디언이고 또는 삐에로임을 인정하는 그런 상
황에 놓여 있음이 이채롭다. 필자로서는 그 까닭이 어디에서 오는지 시인
의 개인사적 서사를 짐작하는 바가 없다. 다만 서반아문학 최고의 걸작인
「돈키호테」가 가지는 우스꽝스런 괴기 체험과 풍자적 망상 따위를 문학적
외연으로 삼는 모종의 자의식이 부지불식간에 민 시인의 마스크로 작용하
는 것은 아닐지 모르겠다. 그래서 그는 시를 쓰는 가운데 모국어로 사는 사
람답게 살고자 하는 것이 아닐까?
시선집에 오른 처음 시를 보자.

달은
곱게 간직해온
이 나라 香氣.

약혼 가락지
하나의 모습
전부인 채

솔숲 사이
짙은 숲 향기 속에

千年을 素服으로
銀河처럼 맑은 몸

하얀 배꽃 가지
하늘한 몸을 기대이고
은은히 웃는 모습, 모습이여.

밤마다
달맞이꽃처럼 버는
이 가슴에
가야금 소리 멀다.

「달」 전문

　민용태 시인이 귀국해서 만나는 달! 그 달은 유럽 공항에도 있었고 스페인에도 있었고 고향 생각 가운데도 있었을 것이다. 그 달이라는 것이 향수를 떠올려 주었고 조국 코리아 화순을 떠올려 주었으니 제일 먼저 만나볼 대상이었을 것이다. 만난 그 달은 고국의 향기로, 약혼 가락지의 맹서로, 솔숲 깊숙한 자리 솔내음으로, 천년 나라의 소복 입은 여인의 그 청초로, 그 은하수로, 배꽃 피는 백의민족의 숨결로, 그 은은한 모습으로 되살아나는 것 아닌가. 내 가슴이 밤마다 버는 달맞이꽃 그 애절의 심정으로, 거기 아련히 들리는 가야금 탄주로 다가선다는 것이다.

이 「달」이란 작품으로 시인은 조국 귀환의 통과의례를 치르는 것이었을까? 이 나라 산하를 한 호흡으로 껴안은 것이다.

시인은 내쳐 고향 전라남도 화순으로 달려간다. 고향의 밤과 유년은 호롱불을 대표선수로 추천한다.

어둠을 밝히려다
어둠을 안고
어둠으로 돌아간다
호롱불은 어둠의 눈
침묵을 깨뜨리려다
침묵을 안고
침묵으로 돌아간다
호롱불은 침묵의 목소리

外地에서 타임誌나 뒤적이다
방학에서 돌아와 보는
우리네 역사책
곰팡이 슬어도
오히려 또렷한 族譜 몇 구절

호롱불은
비단 폭보다
흰 무명베로 짠 불빛
恨도 한숨도
행여 불이 꺼질세라
안으로 안으로 사려온
곱기보다 오히려 아픔이 앞서는 꽃

호롱불은

기도보다 야단스럽지 않다
휘영청 달 밝은 밤엔
동네 사랑방에 떨어진
한 줌 달빛으로 도란거리다가
시간이 다하면
꺼도 좋은 불
켜 놓아도 좋은 불
꺼도 꺼도 켜 있는 불.

「호롱불」 전문

호롱불은 전기가 들어와 문명을 비출 때까지 밤을 밝히는 가정의 유일한 불빛이었다. 온 방을 고루 비추지도 않았고 겨우 고전 춘향전이나 읽게 하고 어머니 물레잣기의 최소한의 악센트 없는 흐릿한 불빛이었다.

어둠을 밝히려다 어둠으로 돌아가고 침묵을 깨뜨리려다 침묵으로 돌아가고 그것은 외지에서 돌아온 자에게는 곰팡이 녹슨 가문의 족보 몇 줄과 같은 전설 같은 혈맥이 되었다. 그리고 그 불빛은 흰 무명베로 짠 것으로 우리네 시름과 한숨으로 무늬 지는 아픔의 꽃인 것을!

마지막 연은 서반아에서의 정서와 대비되는 현실 체험의 아로새겨지는 이미지가 간절한 바 있다. 호롱불은 서반아에서 듣던 카톨릭의 기도 소리보다 야단스럽지 않다고 지적한다. 달 밝은 밤의 동네 사랑방에 들어온 달빛 도란거림이 기도 소리보다 조용하고 저녁 이슥하면 불이 꺼진 것이나 켜인 것이거나 다를 바 없다는 것이고 꺼도 또 꺼도 켜있는 것이라는 화순 유년의 사랑방 풍경! 이것은 시골 농촌 현실이 불빛 깜박거리는 가운데 깊어가는 것임을 체험으로 유추해내는 놀라운 발상의 작품이다.

서반아에서 돌아온 시인이 다시 찾아내는 유년의 정서는 그것이 곧 겨레의 전통이고 무명베 한숨이 서린 설화 같은 신비이기도 하다. 이제 시인은 스스로의 태생 서사라는 물목으로 헤엄쳐 들어갈 채비를 한다.

무슨 바람이 불었던지
우리 할아버지의 할아버지의 할아버지는
개나리 봇짐 하나에 흥을 잔뜩 걸머지고
길을 나섰것다.
들에는 비가 오고 밤은 주저앉는데
멀리 멀리 빤한 불빛 하나, 그게 곧 주막이다.
한 잔 거나하게 들이키고 잠자리에 들었는데
주막집 마나님 또한 과부였다는 것,
이리하여 우리네 할아버지의 할아버지가 탄생하셨는데
우리 아버지는 또 일본 대판까지 가서 색시를 얻어왔다.
그 중매장이가 웃동네 정 아무개에게 가다가 도중에
일이 그렇게 됐다는 얘기가
우리집 문턱에는 늘 붙어 다녔다.
그 집 큰아들이 이 몸인데
이게 도무지 어느 바람에
어느 비에, 어느 주막에, 어느 중매장이에게
큰 절을 해야 되는 건지
제삿날마다 문풍지가 울었다.
바람도 바람이지만
그 바람이 피를 담아 왔다는 일이 믿기질 않아서
내 살을 꼬집어 본다.
이제 죽어도 죽기 싫은 나,
내 키는 하늘보다 한 뼘쯤 크다.

—「바람의 아들」 전문

민 시인의 가계서사 내지 태생서사는 화자가 있는 픽션이다. 어쩌면 이 시는 서정주 시인의 「自畫像」의 패러디로 읽히기도 한다. 민용태 시인은

「이상한 나라의 앨리스와 나와 나의 시」에 의하면 "1977년이던가 미당 선생께서 마드리드에 들리셨을 때였다. 평소 사모하던 대시인과 며칠을 지내면서 내 안에 잊고 살던 우리 시인이 되살아나고 있음을 실감했다. 내 마음 어딘가에 고여 있었던 우리말 시혼이 용솟음치듯 흘러나왔다."는 것을 알았다는 것이다. 「바람의 아들」에서 주된 이미지가 '바람', '개나리 봇짐 하나' 등인데 "나를 키운 건 팔할이 바람이다"와 '외할아버지' 등이 주는 「자화상」과 분위기가 유사한 데가 있지 않은가 한다.

인용시는 가계서사가 주는 복합성과 그 얽힘이 유가적 가치와 무관한 것은 서정주의 생명파적 육성에 영향을 받은 것으로 보이고 아울러 서구적 무치의식無恥意識에 연결되어 있다는 것으로 파악된다. 그럼에도 민 시인은 남성 특유의 바람기로서 조선 이래 남성우위의 보편적 가계를 노래했다는 점에서 나름 정체성에 닿고 있다고 볼 수 있다.

풀어쓰기와 당신, 시골, 가벼이

민용태 시인은 이제부터 의식 자체를 모국어로 풀어내는, 그 풀어쓰기를 시도하는 것으로 보인다. 눈에 곧 보이는 것은 아니지만 집요하게 집중하기보다 느슨하게 푸는 말, 가장 편안한 곳으로 깃들어 드는 말을 수련해 보는 단계이다.

> 모두 버리고 당신 머리칼에 매달린 작은 바람이 되고 싶은 밤이 있습니다.
> 뭐 따로 갖출 게 있겠습니까 아무 데나 떠서 자다가, 당신께서 산보를 나오
> 시면 달려가죠. 하지만 걱정은 마세요 난 아무 말도 안 할께요 당신 머리칼
> 에 붙은 또 하나의 머리칼 어쩌면 가벼운 당신의 봄 마음
>
> 모두 버리고 당신 귀만을 위한 작은 귀뚜라미가 되고 싶은 밤이 있습니다.

뭐 따로 갖출 게 있겠습니까 이슬 조금하고 나의 왼발을 걸칠 작은 풀줄기
하나 달이 아무리 밝아도, 굳이 달구경을 나오시라는 소리는 않겠습니다.
거기, 불타는 고요 하나, 창문 하나만 밝혀 두세요

　모두 버리고 오직 당신 밤을 위한 작은 밤이 되고 싶은 밤이 있습니다 뭐
따로 갖출 게 있 겠습니까 당신은 불을 끄시고 저는 눈만 감지요. 이윽고, 당
신 밤과 나의 밤사이에 은하수가 놓이고, 당신 대신, 내 대신, 그 많은 별들
이 우리의 사랑을 노래하리다.

―「한밤의 이야기」 전문

　'한밤의 이야기'는 두 사람과의 관계이고 순결의 관계이고 함께 머무는
관계이다. 산보를 나오면 달려가 만나고 당신의 봄 마음에 머무는 것이니
갖출 것 찾지 않고 그저 마음 따라 움직이는 밤이라는 것이다. 그 전제는 모
두 버리기이다. 모두 버리고 나면 남아 있는 존재는 당신이다. 나는 그 당신
귀만을 위한 귀뚜라미가 되는 것이니 가벼운 사랑의 순결이 별들의 속삭임
같이 흐르는 것일 뿐이다. 언어가 난삽하여 서반아어로 바꾸는 의식을 가질
필요가 없다. 그냥 모국어는 생활처럼 의식처럼 일상이니 문장 구조나 맥락
을 밭고랑처럼 풀어버리면 될 터이다. 고국에서 교수요 시인이요 국민이니
삐에로가 되지 않아도 되고 외국인 의식을 가지지 않아도 되는 자유! 그 무
장해제 같은 언어의 고삐! 스스로 잡은 고삐요 산하요 일상이다. 특히 이야
기이듯 산문형으로 흐르는 것이 부담을 덜고 따라갈 수 있는 것이다.

　시골에 오면 뼈끝이 시립니다
　뼈끝이 떨겅이처럼 앙상하게
　들판 한 구석에 진을 치고 있습니다
　시골에 오면 나는 초등학교 오학년
　잡기장에 서투른 셈본을 몇 번이고 고쳐 쓰고 있습니다

당신은 나보고 사람이 되라고 하시지만
갈수록 나는 뼈마디만 시린
산골 물소리이고 맙니다
물소리는 어디로 갈까요
나는 왜 이렇게 자꾸만 떠나가고 있을까요
시골에 오면 나는 나는 자꾸만 떠내려가고
시냇물은 자갈밭 뿐입니다

(중략)

시골에 돌아오면
돌아오지 않는 사람이 많음을 압니다
구름과 돌담만 영원한 현재입니다.

—「시골에 오면 뼈끝이」 부분

외지에서 돌아온 사람은 미당의 시 「수대동 시」의 그 '돌아오는 사투리'를 느낄 수가 있을 터이다. 모국어가 돌아오고 낯익은 들판이 퍼져나가고 초등시절의 셈본 책이 저절로 넘겨지고 산골 물소리가 되어 어디론가를 흘러가고 싶기도 하는 완전한 '身土不二'가 됨을 알게 된다. 그 시골(고향)은 돌아오지 않는 사람이 많고 구름과 돌담이 변함없는 현재로 존재한다는 것이다. '뼈끝이 시림'은 무슨 뜻일까? 벌거벗은 채로 동향, 동창, 혈연의 관계로 이어지는 데서 오는 서로의 바라봄, 또는 그 아픔이 아닐까 싶기도 하다.

다음은 시 「가벼이 가벼이」로 모국어의 가벼운 터치에 들어가 보는 것일까.

술에 취해
꽃술 입술에 취해
그냥 환해져요
여름 한낮 캔맥주처럼
캔맥주 거품처럼

가벼이 가벼이
바다 물거품처럼 웃어요
파도에 이름이 있나요
하얀 치아에
하얗게 부서지는 햇살 뿐이죠
생각도 무게를 덜고
피도 색깔을 덜고
눈도 빛을 감추고
우리 가벼이 가벼이
만나요 우연처럼
그리고 우연처럼
웃는 모습 그대로 헤어져요
서운하게
서럽지는 말고
그냥 서운하게
먼 길 떠나듯 그냥 그렇게
떠나요, 어제도 버리고
내일도 버리고

—「가벼이 가벼이」 부분

인용시는 후반 부분이 미당의 「연꽃 만나고 가는 바람같이」의 패러디로 읽힌다. "서럽지는 말고/그냥 서운하게/먼 길 떠나듯 그냥 그렇게"가 그런 인상을 준다. 미당 시의 주제처럼 '집착 버리기'와 유관하다. 시 쓰기 방법론에서 '치밀한 구성이나 밀도 있는 수사'가 아닌 '느슨히 풀기'로 오히려 긴장 만들기라는 노달함인 것이다. 이렇게 민용태 시인은 모국어로 쓰는 시에 안착하는 전략 아닌 적응기를 지나가고 있다. 이 밖에도 시골에 있는 처마라든가 참새라든가 계절의 순환이라든가 하는 소재를 통해 그 적응은 부단히 시도되고 있다 하겠다.

여행, 반달, 지금, 길 잃은 아이

민 시인은 1980년대 이후 모국어 시에의 안착을 기한 다음 다시 여행, 그 순례길을 헤쳐왔다. 그는 최근작 시집 『하늘 짊어질 무지개 하나』의 머리말에서 "내가 민용태인 것처럼 여기 시들은 나다… 그냥 붓에 핀 꽃/이 붓꽃이 기사도의 상징?"이라 표명한다. 스스로의 시를 기사도의 상징이라는 것이다. 서양에서 낭만주의 두 갈래 지향은 기사도 정신과 센티멘털리즘이라 할 수도 있을 것이다. 그때의 기사도는 전쟁에 나가서 정의롭게 싸우다가 귀향해서는 이름다운 여인과 사랑을 하는 것인데 민용태 시인의 시는 그 후자 쪽인 것으로 보인다. 다음 시를 보자.

여행은 여자에게로 가는 길
바람이 설레인다
파도와 속도에 반한다
엎치락 뒤치락 파도가 뒹군다

여자에게 가는 길은 반쯤 죽는 길
일도 일상도 집도 버리고
얼음에서 갓 빠져나온 은어처럼
햇살처럼 수평선을 훔친다
금지된 에덴에 극락이 있다

여행에는 여자와 술과 사랑이 있다
오, 뿔라의 딸이여, 사랑해 다오
사랑하라 사랑하라 죽도록 사랑하라
죽지 않는 생生은 생이 아니다

「여행에의 초대」 전문

여자에게로 가는 길의 순례를 거쳐 왔는데 이 순례는 여자, 술, 사랑 삼 박자가 겹고 트는 것일 뿐만 아니라 그것은 오로지 시적 실천이라는 세계의 범위 안에서 이루어지는 것일 터이다. 그 과정은 엎치락 뒤치락이고 '일, 일상, 집'을 괄호 밖으로 밀어내기도 하는 과정이라 때로는 '죽는 생'이 된다. 이것은 1930년대의 생명파의 호곡과 육성에 준하는 세계로 이해할 수 있다. 사실 민용태 시인을 '생명파'의 한 지향의 갈래로 소개했지만 시적 실천은 개방성이 더 강하다.

'뿔라(사랑과 성의 뮤즈)의 딸이여 사랑해다오'라든가 '죽지 않는 생生은 생이 아니다'라 한 표현이 있기 때문이다. 다음 시에서는 남미(서반아어권)의 낭만성이 가미된다.

> 17세 소녀가 70세 소년에게 던지는
> 추파는 눈물겹다, 이승과 저승을 잇는 나룻배
> 나릇한 미소는 가을을 넘어 기적으로 얼룩진다
> 니카라과의 작은 도시 그라나다의 세계 시의 축제에서
> 소녀는 나의 새끼손가락을 물고 늘어졌다
>
> 호수가 벤치에서
> 호수에 빠진 달과 달콤한 입술과
> 홀랑 사랑에 빠졌다
>
> 이국의 가을 미소는 달 반, 눈물 반
> 반달 잔치
>
> 거기 소녀들은 연금 받는 외국인 70대와 결혼하는 것이
> 로또 복권이라나?
>
> ─「반달」 전문

　　인용시는 시인이 남미의 시 축제에 가서 본 체험 시이다. 아마도 서반아에 있을 때 그쪽 출신 화가인 피카소의 자유연애와 관련되는 정서를 이곳 남미에 와서 확인하는 체험으로 읽힌다. 소녀와 호수의 벤치, 달, 입술로 이어지는 이성간 축제를 몸소 실행하는 스토리이다. 이런 스토리는 민 시인의 「운우」 같은 시가 그 실체적 형상으로 살아나 있음을 볼 수 있다. 그런 가상적 형상은 메타세쿼이아 길에서도 보이고 「불타는 지금 여기」에서는 "불타지 않는 인생은 인생이 아니다"는 관념에서도 드러난다.

　　민용태 시인의 여정은 시적 후반기의 경우 「지금 필요한 것은」이라 하여 '깨어진 항아리'라는 현주소를 확인한다.

지금은 금 캐는 금광이 아니다
지금은 금세 금이 간다
오늘은 항상 깨어진 항아리
항상 물이 샌다
어제와 꿈에 떠내려간다
이마는 이미 깨어나지 않는다
어제로 늘어뜨린 머리카락들
이제 머리도 많이 빠지고
지금에 나는 없다
멋지게 베레모를 쓸까?
허공에 모자는 꽝이지?
지금 필요한 것은
눈물 많은 하오를 짊어질
물지게 하나
등 굽은 하늘 짊어질
무지개 하나

「지금 필요한 것은」 전문

시인의 후반은 '금 캐는 금광이 아니고' '깨어진 항아리'이고 '머리도 많이 빠진' 상황이다. 베레모가 필요하고 허공을 저어가는 여정이 되었다. 그래서 시인의 외모는 약간의 '꽝'을 두른 삐에로로 여겨지는 것일까? 그래서 지금 필요한 것은 '눈물 많은 하오를 짊어질/물지게 하나'이고 '하늘 짊어질 무지개 하나'인 것이다. 여정에서 남아 있는 것이 눈물이라는 반짝이는 서정임을 알 수 있고 하늘에 드리워지는 무지개가 아직 잔영처럼 일부 부신다는 현실이다. 이를 정리하면 시인에게 지금 필요한 것은 뮤즈이고 시이고 시적 현실의 실천이라 할 것이다.

민 시인의 시는 '돛'을 달고 가는 것이다. 한밤중에도 가지만 시인은 '길 잃은 아이'다. 스스로를 모르는 아이이다.

> 이 어둠 어디가 나인지 나는 모른다
> 이 바다 어디가 나인지 나는 모른다
> 이 파도 어디가 나인지 나는 모른다
>
> 장터에서 놓친 엄마의 손
> 눈물인지 콧물인지
> 진흙소가 나를 태우고 간다
>
> 할아버지가 아이를 지켜보고 있다.
>
> —「길 잃은 아이」 전문

민용태 시인은 길 잃은 아이이자 내가 누구인가를 모르는 아이이다. 이 어둠을 모르고 이 바다를 모르고 이 파도를 모른다. 그러니 그 어디쯤에 있는지 모르는 아이이다. 장터에서 엄마의 손을 놓치고 눈물 콧물 흘리는 것은 기억하는데 정작 나 자신은 나를 모르는 아이이다. 그런데 제3자인 할

아버지는 아이를 지켜보고 있으니 이것이 아이러니 상황이다. 인생은 아이
러니이고 존재하는 것일 뿐 존재 자체의 의미를 모르고 살아갈 뿐이다.
　민 시인의 아이가 쓰는 시는 어떤가?

　　　　나의 시는 재채기이다
　　　　그냥 나온다
　　　　별생각 없이 별이 뜬다
　　　　화면 위에 반짝거리는
　　　　반짝이는 것은 모두 별이다
　　　　구태여 밤을 기다리지 않는다
　　　　황홀은 황혼에 온다
　　　　황혼에 호랑이가 오듯
　　　　나의 시는 옛날 이야기 지금인
　　　　화면 위의 춤
　　　　나는 것은 나비, 나는 나비
　　　　허튼 소리 허튼 계집
　　　　어디 붙어도 터지는 오르가즘
　　　　지금은 금!

―「허튼 시」 전문

　인용시 제목은 「허튼 시」이지만 실제 운영되는 시는 넓고 노숙한 시요,
일상이 시가 되는 시론적 시다. 민 시인의 시는 말하는 것이 시요, 세상이
시다. 재채기처럼 그냥 나오는 것이 시라는 것이다. 나비로 날고 이 세상
모든 것 잡동사니가 함께 날고 무슨 일에나 오르가즘에 오른다. 그것이 허
튼 것인가? 허튼 짓인가? 민 시인의 시는 쉬운 일상이 바로 시로 바뀌고 거
기에 오르가즘이 있다. '길 잃은 아이'가 길을 잃은 것인가, 레일을 잃은 것
인가, 삶의 의미를 놓쳐버린 것인가? 그것은 아닐 것이다.

그런 가운데서도 민 시인은 늘 아이의 상태에 놓여 있길 원한다. 다음 시를 보자.

예수나 붓다나 노자나 죽는 것은 재수 없다
태어날 때부터 아는 척 노인인 척 다시 태어나는 척
사기도 삼국사기도 사기다

그 아이들이 어른인 것은 재수 없다
이 글을 쓰는 내가 저 높은 것들을 한 방에
이 글줄 사이에 자빠트릴까?
―「노자나 나나 놀다가 죽는 것은 재수 없다」 부분

민용태 시인은 아이들이 어른이 되는 것이 싫은 사람이다. 노인인 척 다시 태어나는 척하는 것이 싫다는 것이다. 그러므로 예수도 붓다도 노자도 싫다는 것 아닌가. 그리고 그들이 죽는 것이 재수 없다고 선언한다. 민용태 시인은 자기 죽음을 현실로 인정하지 않고 있다. 그 죽음을 재수 없다고 말한다. 마치 요양원에서 어머니의 장례절차를 지루하게 느끼는 메르쏘(이방인)의 행위처럼 시인도 죽는 것 자체를 재수 없다는 수준으로 폄하하고 있다. 말하자면 민용태 시인은 서반아에서 온 시인으로서의 자부심일까, 시인으로서는 시업의 종결 폐회선언은 없다고 선언하고 있는 것이다. 늘 유년의 상태를 유지하는 시인, 여행에의 초대를 선언하는 시인, 그리고 일상을 늘 시의 별로 띄우는 시인으로 살고 있는 현역이다.

마무리

민용태 시인은 두 나라에서 시인으로 지내온 유일한 문인이다. 그런 희소성의 시인인 만큼 시적 전개나 시적 세계는 일찍이 한국 시인이 가져보지 못한 자유로움의 경지가 아닐까 한다. 10년 가까이 서반아어 시인으로 활약하다가 귀환한 뒤 다시 모국어 시인으로 자립하는 데는 여러 가지 어려움이 있었을 것이다. 그럼에도 그는 유년의 정서와 고향 시골의 서정을 잊지 않고 모국어가 가지는 토속적 본질에 스며들 수가 있었다.

그러한 정착의 시기를 벗어나면서 그는 그 스스로의 체질적 특성을 찾아내는 가운데 여행에의 새로운 순례에 오를 수 있었다. 그는 언제나 서정의 물지게 하나를 지고 묵묵히 걸어가는 시인이다. 무지개로 꿈을 펼치며 시적 실천의 길에 서 있는 것이다.

그는 길에 선 천진한 아이였고 생각 밖으로 생각을 끌어내는 아이러니였고 밤하늘에 솟는 별이었다. 그러므로 여느 시인처럼 어느 틀에도 갇히지 않는 자유로운 영혼을 가졌다. 마치 스페인의 비센테 알레익산드레 시인이 말한 '그 중심에 서 있는 시인'인 것이다.

강은교 시의
'사랑'과 '노래'와 '영적 연대'의 세계

강은교論

강은교 시의 '사랑'과 '노래'와 '영적 연대'의 세계

1

필자는 시인의 총체적 깊이와 세계를 일거에 바라본다는 일은 무리라 판단했다. 하여 1992년에 초판이 발간되고 2019년에 개정판을 낸 강은교 시인의 창비시선 『벽 속의 편지』를 선택하여 나름으로는 면밀히 살펴보기로 했다.

시인의 초판 후기의 끝에 있는 다음과 같은 메시지에 집중했다. "여기 싣고 있는 시들은 기왕에 발표했던 시들을 나 나름으로는 대폭 수정한 것들이다. 이 사회에서 조그마한 자리는 그래도 차지하고 있을 시인의 책무 같은 것과 수정에 대한 나 자신의 요구 사이에서 무척 고민했었다. 이렇게 마구 수정해도 좋은 것인가 하고. 그러나 수정하기로 했다. 그 책무의 완성을 위해서. 1992년 9월 햇빛 좋은 날 강은교."

이렇게 언급하고 난 뒤 27년이 지나서 다시 개정판을 내었던 시인으로서는 이 시집이 저자 시인의 결정판 텍스트라고 확인해 주는 것 같았다.

필자는 신기루처럼 다가오는 시에만 직진하고, 여기 저기 얼굴을 내밀고 미소를 보내오는 비평적 자료들은 후일을 위해 아껴두었다. 시인의 시는 그러므로 필자에겐 순질의 언어로 다가왔다.

시집 제1부는 『사소한 날들의 시』로 묶고 제2부는 『벽 속의 편지』로 묶고 제3부는 『기도를 위하여』로 묶었다. 그 자체 문맥으로만 보아도 시인의 시적 이행의 흐름이 잡힌다. 사소한 제재들이 석류알처럼 박혀 있다, 인간

세계는 크거나 중대한 역사로만 채워지는 것이 아니라 실로 가벼운 것, 손
끝에 짚이는 상처로도 곳간이 하나의 유기체로 다가서는 것이라 할 때 우
리는 이 다가섬의 눈빛을 외면할 수 없는 것이다. 인간 세계는 다시 소외와
한 켠으로 밀림과 갇힘의 되풀이로 존재한다. 부조리다. 거기 할 말이 있고
적어 보낼 사연이 만들어진다. 벽은 인간에게 소통을 막고 자유를 시나브
로 구김질 할 때 새벽 바다에 허름한 배 한 척 띄우기도 할 것이다. 그 배 한
척이 편지나 노래일 것이다.

제3부의 기도는 편지나 노래의 사연대로 이루어질 수 있는 미래가 보장
되지 않을 때 기도의 양식으로 부족한 인간들의 의지를 키워가고자 할 것
이다. 그런 지향이 엿보이는 것이 시집 1, 2, 3부의 제목이거나 과제일 것
이다. 우리는 이런 흐름을 시집에서 살피고 그 본질적 지향을 함께 더듬어
나갈 수 있지 않을까 한다.

2

제1부『사소한 날들의 시』의 첫 작품이 선뜻 눈에 들어온다.

'왜 나는 조그마한 일에만 분개하는가'로 시작되는
어느 시인의 말은
수정되어야 하네

하찮은 것들의 피비린내여
하찮은 것들의 위대함이여 평화여

밥알을 흘리곤
밥알을 하나씩 줍듯이

먼지를 흘리곤
먼지를 하나씩 줍듯이

핏방울 하나하나
너의 들에선
조심히 주워야 하네

파리처럼 죽는 자에게 영광 있기를!
민들레처럼 시드는 자에게 평화 있기를!

「너의 들」 부분

　　인용시에서 '어느 시인의 말은' 김수영 시인의 시 「어느날 古宮을 나오면서」에서 찾아진다. 김수영은 높은 권위나 권세 같은 데는 분개할 일도 모른 체 하지만 갈비탕에 기름 덩어리만 나와도 분개하고, 붙잡혀간 소설가를 위해서나 월남파병에 대해서는 분개하지 않는, 그런 옹졸함에 대해 스스로를 비판하고 있다. 이 비판을 유념하면서 강은교는 하찮은 것들의 피비린내와 하찮은 것들의 위대함에 대해 노래한다. 필자는 이 시인의 '사소한 날'에 대해 염려와 쓰다듬기와 다독거리기야 말로 사랑이기 때문에 노래한다고 말할 수 있다. 사소함은 소소함이기도 하고 일상이기도 한, 또는 이웃이기도 하다. 강은교는 얼핏 보아 신앙의 일기장이 있는 사람으로 읽힌다. "이웃을 네 몸같이 사랑하라"는 '네 몸'에 열려 있기 때문이다. 밥알을 줍는 행위, 먼지를 줍는 행위 따위가 네 몸을 위한 것이면서 내 몸과의 등가를 이룬다, '파리처럼 죽는 자', '민들레처럼 시드는 자'에 대한 관심을 통한 '세계의 몸부림들'이 강 시인의 화두이자 이웃이라는 가치이다.
　　앞으로 되돌아가서 김수영의 '조그마한 일'은 그렇다고 외면의 대상은 아닐 것이다. 그런 대상에 더불어 현실이 더 큰 개량의 무게로 짓눌려 온다는 것일 터이다. 김수영의 시편들은 대체로 현실 참여라는 옷을 입고 있지만 그 옷이 당시로서는 새로운 양식인 모더니즘을 깔고 있어서 난해의 한 겹 누비 옷이었다. 김수영은 1940년대 말 후반기 멤버였던 점을 기억해 둘 수 있을 것이다. 강은교 시인은 어떤 부분은 김수영적 흐름에 유의하면서도 스스로의 시는 그런 유의 난해를 비켜서 있다. 70년대인 까닭을 만들어내고 있다.

그 여자가 귀를 막고 있다
옆에 선
그 남자가 귀를 막고 있다
옆에 선
창들이 귀를 막고 있다
옆에 선
바람들이 귀를 막고 있다
옆에 선
눈물들이 귀를 막고 있다
옆에 선
노을들이 귀를 막고 있다

거리엔
닫힌 귀들뿐이다.

—「귀」 전문

이 시는 여자, 남자, 창들, 바람들, 눈물들, 노을들 등이 귀를 막고 있는 거리의 풍경에 집중하고 있다. 하나같이 닫혀 있어서 소통 부재의 현실을 이룬다. 이기주의가 현실의 갑으로 작용하는 데 대해 지적한다. 이 사실은 사소한 것이지만 궁정이나 권세나 역사 같은 데서 이루어지는 막막한 벽 같은 것에서는 보잘 것 없다 하더라도 절대 단순하거나 미미하여 세계로 가는 길에 장애가 되지 않는 것이라 볼 수 없는 것이다. 이 세상에 있는 작은 귀들이 다 닫혀 있을 때 큰 길마저 열리지 않는다는 것이다.

지상의 모든
피는 꽃들과
지상의 모든
지는 꽃들과
지상의 모든
보이는 길과
지상의 모든
보이지 않는
길들에게

말해 다오
나, 아직 별 위에서 기다리고 있다고.

―「꽃」 전문

인용시는 지상의 모든 피고 짐, 보이는 길, 보이지 않는 길 등은 '별 위'에서 볼 때 모두 부침의 대상이 아니라 기다림의 대상이라는 점을 말하고 있다. 다른 말로 하면 지상의 하찮은 소소한 것들이 그 너머에 일정한 부분의 기약이거나 연동의 어떤 힘이 될 수 있다는 것이다. 하찮은 것들 위에 떠 있는 별은 그 하찮은 것들이 아직 그 지향과 절정에 달할 수 있음을 암시해주며 반짝이는 것일 터이다.

강은교는 이 사소한 것들을 「저쪽」에 놓고 "이 모오든 시끄러움, 이 모오든 피 튀김, 이 모오든 욕망의 찌꺼기들, 눈물 널름대는 싸움들, 검은 웅덩이들, 넘치는 오염들... 몰려다니는 쥐떼들에도 불구하고//허공에서 허공으로//나는 아름다운 별의/한 알의 빛/이라고" 말하고 있다.

그러나 그 사소함 속에도 모순이라는 현실이 엄존하고 있다 「파리에게
주는 시」가 그렇다.

> 흐르는 불의 글자를 위해
> 너를 내리치고 내리친 뒤
> 불 위에 그득한 어둠 박살내고 박살낸 뒤
>
> 그런데 너는 이제 간 곳 없구나
> 하나의 점이 조각난 어둠 밑에 남았을 뿐
> 불의 글자 밑에 남았을 뿐
> 소리도 없이
> 아, 정말 숨지는 소리도 없이
> 불이 흐르네
>
> —「파리에게 주는 시」 부분

불 밑 글자를 위해 파리를 내리치고 내리쳐 박살을 낸다. 그러나 파리는
간 곳이 없고 하나의 점이 조각난 어둠 밑에 남았을 뿐 숨지는 소리도 없이
불이 흐른다는 상황이다. 그런데 시인은 파리의 '떨리는 검은 날개와/갈 곳
없는 피와/떠나는 데 익숙한 다리'에 연민을 보내고 끝에는 파리가 아닌
'나의 떨고 있는 검은 뼈 위에/퍼덕이는 불면 위에/구겨진,/마른 살 위에' 불
이 흐르고 있음에 연동적 비감에 젖는다. 시인은 연민이나 비감이라는 표
현을 쓰지 않는다. 어쩌면 그 자체가 모더니즘적 양면성을 지니고 있다.

3

강은교 시인의 '벽 속의 편지'는 '벽 속에서의 노래'를 말한다. 그가 말하
는 '벽 속'에 대해 <시인의 말>에서 다음과 같이 설명한다.

"어느날 밤, 학교에서 늦게 돌아오는 길에 버스를 갈아타기 위해 언덕 아래 어둠 속에 잠긴 버스 정류소(윗길과 아랫길이 교차하는 삼각 지점 같은 곳이다)에 서 있을 때 나는 갑자기 내가 큰 소리로 노래하고 있는 것을 발견하였다. 나는 있는 목청을 다 끄집어내어 『옛동산에 올라』를 노래하고 있었다. 물론 정류소애는 아무도 없었고, 시커멓게 서 있는 가로수와 언덕의 키 작은 나무들, 정신없이 다니고 있는 차들, 길 앞쪽에 서 있는 바쁜 가게들과 삐죽이 솟아 있는 빌딩들의 튼튼한 벽 그리고 유독 짙은 어둠이 나를 가려주고 있었다. 버스는 잘 오지 않았으므로 나는 몇 곡이나 더 노래를 할 수 있었다."

강은교는 이 장소를 한때 잃었다가 다시 찾은 알맞은 장소라고 하였다. 늦게 돌아오는 길, 버스를 갈아타기 위해 기다리는, 어둠이 가려진 한적한 곳으로 노래하기에도 알맞게 조용한 자리인 것이다. 그 장소는 비단 특정한 그 자리에만 국한되는 것은 아닐 것이다.

    바람소리 두엇이 달려오기에
    반갑게 맞이하네
    바람소리 두엇을 방에 들이려니
    바람소리 서넛이 따라 들어오네
    바람소리 서넛을 방에 들이려니
    바람소리 대여섯이 따라 들어오네

    끝이 없네

    너, 여기 있었구나
    수 천 날 그리 울면서
    여기.

「벽 속의 편지 여기」 전문

벽 속에 둘러싸여 있는 화자는 '바람 소리' 들려오므로 반가이 맞이한다. 그리고 그 소리 두엇을 방에 들이려니 서넛이 따라 들어오고 서넛을 들이려니 대여섯이 따라 들어온다는 것이다. 바람소리는 반가운 인기척일 것이다. 그들이 달려와 화자를 보고 "너, 여기 있었구나/수천날 그리 울면서/여기"라 하며 위로하는 것이다. 이 시는 반가움의 되풀이와 오래 오래 벽에 둘러싸여 울고 있는 울음의 되풀이가 상충하고 있다. 그러면서 '여기'라는 자리의 소외와 비감이 노래를 노래이게 하는 힘이 되고 있다. 이 시편에서 볼 때 강은교 시인의 언어는 되풀이로 갇힘의 옥죄임을 풀어내고 있다. 말하자면 시는 스스로가 거는 발동으로 소외와 슬픔의 지느러미를 연신 잘라내고 있는 셈이다.

이 세상의 모든 눈물이
이 세상의 모든 흐린 눈들과 헤어지는 날

이 세상의 모든 상처가
이 세상의 모든 곪는 살들과 헤어지는 날

별의 가슴이 어둠의 허리를 껴안는 날
기쁨의 손바닥이 슬픔의 손등을 어루만지는 날

그날을 사랑이라고 하자
사랑이야말로 혁명이라고 하자

너, 아직
길 위에서 길을 버리지 못하는 이여.
—「벽 속의 편지 —그날」 전문

강은교 시의 표현은 눈물과 흐린 눈, 상처와 곪는 살이 병립하면서도 그 양자를 동시에 해소하고, 별의 가슴과 어둠의 허리, 기쁨의 손바닥과 슬픔의 손등이 각각 양자이지만 한 쪽이 한 쪽을 껴안고 어루만지며 사랑에 들게 된다. 그것은 사랑이며 혁명이 된다고 말한다. 그런데 너는 아직 길 위에서 길을 버리지 못하며 있다고 일깨워 준다. 너는 아직 벽 속에 있으면서 길 하나 외길을 바라보며 버리는 길을 찾지 못하고 있는 것이다. 양자의 여지를 발견하지 못하는 사람은 아직 벽이거나 벽 속에 존재한다.

건너편 섬에
등불 하나가 켜졌습니다.
서 있는 몇척의 배에도
배고픈 자의 눈처럼
등불이 반짝이기 시작했습니다.

가까운 어둠이
먼 어둠을 지우기 시작했습니다.
가까운 슬픔이
먼 슬픔을 마시기 시작했습니다.

세상은 훌쩍이는 소리로
가득한데

또 하나 켜진
건너편 섬의 등불
혼자 빛납니다.
서 있는 몇척의 배
혼자 등불이 됩니다.

나도 천천히

등불의 잔을 듭니다.
가까운 먹구름이
먼 먹구름을 마시기 시작할 때.
─「벽 속의 편지 ─등불의 잔」 전문

'세상은 홀쩍이는 소리로/가득한데'가 벽 속이다. 시는 건너편 섬에 등불 하나가 켜져 있어 벽 속의 상황이 잡히기 시작한다. 그런데 이쪽과 저쪽 사이에는 어둠과 슬픔, 먹구름이 놓여 있다. 물론 그런 어둠, 슬픔, 먹구름 따위는 세상 때문에 전이된 것일 터이다. 세상 대부분의 사람들은 이 경우 김소월처럼 '울고만 싶은' 심정에 놓일 것이다. 센티멘털리즘에 젖게 된다는 이야기이다.

寂寂히
다만 밝은 등불과 마조 안젓스랴면
아못 생각도 업시 그저 울고만십습니다
웨 그런지야 알사람이 없겠습니다만은
─「등불과 마조 안젓스랴면」, 김소월

김소월의 시는 1920년대식 낭만적 센티멘털리즘이다. 우리 시는 이 센티멘털리즘에서, 경향시로, 모더니즘으로, 순수시로 이동하지만 그런 이동하면서 단단해진 것은 실존과 사회라는 관계망의 확대를 끊임없이 다져오지 않았나 한다. 강은교는 등불을 마주하면서 절대 센티멘털리즘에 빠지지 않는다. '등불'이 켜져서 이쪽 벽 속의 구석구석을 비출 때 시집 그 다음 페이지에 나오는 『벽 속의 편지』 ─「결혼」을 살펴보자.

이제 그를 버려야 한다

강은교 시의 '사랑'과 '노래'와 '영적 연대'의 세계 ─강은교論　437

한 물결이 한 물결을 버리듯이
한 슬픔이 한 슬픔을 버리듯이
한 아픔이 한 아픔을 버리듯이

모든 물결의 집이 되어가야 한다
모든 슬픔의 뜰이 되어가야 한다
모든 아픔의 숲이 되어가야 한다

그런 뒤

한 물결이 바다를 낳는 것을 보아야 한다
한 슬픔이 세계의 집이 되는 것을 보아야 한다
한 그림자가 그림자들을 낳는 것을 보아야 한다

「벽 속의 편지　결혼」 부분

　　강은교는 "한 슬픔이 한 슬픔을 버리듯이/한 슬픔의 뜰이 되어가야 한다
/그런 뒤/한 슬픔이 세계의 집이 되는 것을 보아야 한다"고 설파한다. 이를
보면서 『벽 속의 편지』─「등불의 잔」으로 돌아가 보자. "또 하나 커진/건
너편 섬의 등불/혼자 빛납니다/서 있는 몇 척의 배/ 혼자 등불이 됩니다//나
도 천천히/등불의 잔을 듭니다/가까운 먹구름이/먼 먹구름을 마시기 시작
할 때"에서 주목할 것은 '건너편 섬의 등불이 혼자 빛나고/나는 이에 호응
하여 등불의 잔을 든다'는 데 있다. 이는 슬픔의 뜰이 되는 것, 세계의 집이
된다는 것이다. 등불을 바라보는 것으로 그치는 것이 아니라 거기 비춰 나
오는 슬픔의 집으로, 나아가 세계의 집으로 선다는 의미이다. 인간 존재가
대리인(벽 속의 인간)으로부터 온전한 인간의 자리로 부활하는, 벽 밖의 존
재가 됨을 암시하고 있다.

4

　강은교 시인의 시집 『벽 속의 편지』 제3부는 '기도를 위하여'로 묶여 있다. 기도는 인간 갈망의 최대치를 표현하는 양식이다. 기도는 신앙 세계를 이루는 기반이 되지만 강 시인의 경우 신앙적 형식을 버리고 시적 자성의 현실을 보여주면서 닿아야 할 곳의 지향을 확인하고 있다.

　제3부 시 중에서 「너는 새가 되었네」, 「오늘 아침 사라진 그는」, 「외로운 늑대」는 농익은 연대시편으로·얽혀 있어 보인다.

　　너는 새가 되었네
　　날개 없이 훨훨 나는
　　아름다운 새가 되었네
　　네 철쭉꽃빛 부리가
　　누워 있는 녹슨 지붕들을 두드릴 때
　　땅에서는 미래를 빠는 꽃잎들이
　　다투어 일어서고 있네

　　지금
　　나는 나를 부끄러워하고 있네
　　내가 만들어낸 이 안일의 허약한 발목
　　내가 만들어낸 폭력의 교활한 팔
　　내가 만들어낸 이 절망의 구석구석
　　내가 만들어낸 이 탐욕의, 배반의 굽이굽이

　　너는 새가 되었네
　　날개 없이도 훨훨 나는
　　이름다운 새가 되었네
　　네 철쭉꽃빛 부리
　　수만 길 위로 오르네

폭력들의 길 위로 오르네
배반들의 길 위로 오르네
탐욕들의 길 위로 오르네
안일들의 길 위로 오르네

나는 네 없는 날개에
내 무능을 바쳐야 하리
나는 네 재의 옷깃에
내 허영을 바쳐야 하리
나는 네 철쭉꽃빛 입술에
내 비겁을 바쳐야 하리

아,
죽은 이여, 새가 된 이여
절망의 눈썹이여, 없는 날개여

이제 오르자
네 날개 끝으로
이 탁한 공기를 차올려라
'페놀'의 강물을 걸러 올려라
아,
죽은 이여, 나를 부끄럽게 하는 이여.

「너는 새가 되었네　젊은 죽음을 위하여」 전문

　인용시는 죽은이(너)는 죽어서 새가 되고 살아 있는 이(나)는 안일한 일상을 부끄러워하고 있다. 죽은이는 일상의 길 위로 높이 솟아 날고 살아 있는 이는 살아서 무능함을 그 날개에 바치고 싶어 한다. 그리하여 살아 있는 이(화자, 나)는 죽은 이에게 "아,/죽은 이여, 새가 된 이여/절망의 눈썹이여, 없는 날개여//이제 오르자/네 날개 끝으로/이 탁한 공기를 차올려라/ '페놀'

의 강물을 걸러 올려라"고 외친다. 시에서 죽은이와 산이는 지구환경운동 가치를 공유하는 민중적 시각의 소유자들이다. 진보 공동체적 시야로 죽음의 벽을 뛰어 넘고 있다. 죽음과 생존의 거리가 떨어져 있지 않고 '이제 오르자'로 합심의 의지를 다진다.

인용시는 죽어서 오히려 자유로운 유계의 새와 살아 남아서 오히려 안일과 교활과 탐욕의 언저리를 비껴가지 못하는 한계 현실과의 거리를 '자성'으로 좁혀가고자 한다. 그것이 기도 아닌 기도의 양식이다. 인용시에서는 두 개의 덕목으로 기도가 가지는 기본 요건을 갖추고 있는 셈이다. 부끄러움과 자성이라는 동전 안팎의 윤리성이다.

다음에 나오는 「오늘 아침 사라진 그는」에서도 그는 '산소를 만질 수 없는 가슴'으로 사라진 당신이다. 그는 새, 사랑한 세상, 사랑한 새들, 사랑한 꽃들, 사랑한 물고기 등과 더불어 사라졌다. 그리고 무엇보다 사랑하고 노동한 세상을 두고 헝겊때기처럼 삭아 없어졌다. 또 이산화탄소의 바닷속에서, 이 페놀의 아황산의 숲속에서 사라졌다. 당신은 사랑한 자연을 두고, 환경문제를 두고 사라져 버렸다. 당신은 노동한 세상에서 그 지구촌의 환경문제를 두고 사라져 갔다. 당신은 누구였는가? 「너는 새가 되었네」에서의 '젊은 죽음'과 등가적 자리를 가진 채 오늘 아침 사라진 것이다. 오늘 사라진 그는 이제 돌아와야 한다. '헝겊때기처럼 삭아 없어진 그'를 돌아오게 해야 한다고 화자는 소리친다. "그리하여/살아가야 하리/함께 함께 노동하며 살아가야 하리" 노동과 생태와 지구적 환경은 공동체로 어울리는 장소임을 일깨워 주고 있다. 어울리는 것이 부활이다. 신성의 자리로 복귀하는 것이리라.

세 번째는 「외로운 늑대」가 등장한다.

나의 이름을
골리앗 크레인

‘외로운 늑대’라고 불러다오
별을 세고 있으면 문득 별이 사라진다
새벽 2시
어둠이 동지들 곁
시멘트 위에서 끓고 있다

끓는 어둠이 사방의 밤하늘로 날아간다
펄럭 펄럭 펄럭

아내여
오늘밤도 오오래 길 밖을 보고 있을
맨발의 아내여
또는 어린것들이여
찬 이슬들이 달려오는구나
동지들 속으로
아아 끝없는
밤의 구토 속으로

「외로운 늑대」 부분

　이 시에서는 죽음의 날개 속에 있는 외로운 늑대와 맨발의 아내가 양립
해 있는 구도를 보인다. 아내는 어린것들과 동지들 곁에 남아 있다. 그 곁
은 ‘끝없는 밤의 구토’에 시달리는 곳이다. ‘구토’는 싸르트르의 구토로 읽
는다면 구조적으로 대리인이 될 수밖에 없는 현실 속에서 연발할 수밖에
없는 그 구토, 아내도 동지도 어린것들도 구토의 시간에 갇혀 있는데 외로
운 노동자 늑대 쪽에서 보면 살 허물어지는 소리만 들릴 뿐 세상의 길들은
보이지 않고 보이는 것은 허공뿐이다. 그런 구도 자체도 부조리일까? 아내
의 남편은 처음으로 골리앗 크레인의 힘으로 나타나고 있다.
　3편 연대시는 ‘나’, ‘그’, ‘당신’, ‘외로운 늑대’라는 이름으로 지구와 노동의

축에 연대해 있다. 강은교는 그 연대의 저울이 되어 평형을 이루고자 한다.

결론

강은교는 시적 외연이 아주 넓다. 사소한 날들과 벽 속의 체험과 기도를
위한 공동체의 실현에 고루 사랑과 비전과 영적 연대를 챙기고 있기 때문
이다. 그리하여 시인은 시집 마지막 자리에 「지금 어두운 것들은」을 에필
로그로 쓸 수 있었던 것이다.

　　버리게 하소서
　　지금 높은 것들은
　　그 높음의 살들을
　　지금 어두운 것들은
　　그 어둠의 뼈들을
　　지금 울고 있는 것들은
　　그 울음의 피들을

　　이기利己의 잠들을
　　탐욕의 꿈들을

　　그리하여
　　보이게 하소서

　　지금 부는 바람은
　　봄으로 가는 바람이니
　　지금 반짝이는 별은
　　홀로 하늘을 끌고 가고 있으니

　　보이게 하소서

어둠 속의

속의빛

차가운 눈이 품고 있는 저 탄생들

끝내는 흐르게 하소서

처음과 끝이 하나되어

흐르게 하소서

일어서

흐르게 하소서

「지금 어두운 것들은」 전문

　　모든 '이기의 잠들'을 버리게 하고 '어둠 속의/속의 빛', '차가운 눈이 품고 있는 저 탄생들'을 보이게 하고 '끝내는 처음과 끝이 하나 되어 흐르게 하소서'라 기원한다. 그 흐름이 시인이 추구해온 노동의 생산적 가치와 진보적 환경 연대를 포괄하여 사랑이라는 실천적 궤적을 함께 그려 가는 것임을 함축하고 있다. 그 함축에는 어둠 깊은 곳에 빛이라는, 차가운 눈 속에 탄생이라는 역설이 내재해 있다. 거기에 바람은 봄으로 불고, 별은 홀로 하늘을 끌고 가고 있다.

　　한국 시 사상 한 시인이 단일 시집으로 이루는 생애의 깊이 있는 순례를 다른 어디서도 발견할 수 없었던 필자로서는 이 부분만으로도 직대면의 성과를 이룬 셈이다. 이 감동이 일상으로 돌아가면 시인의 다른 자료들을 더 듬어 나갈 것이다.

개인사와 시의식

유승우論

개인사와 시의식

유승우는 1966년 3월에서 1979년 2월까지는 한양중학교 국어교사로 재직하다가, 1979년 3월에 인천전문대학 교양국어 교수로 옮겼고, 다시 1980년 3월엔 인천대학교 교양국어 교수로 옮겼으며, 1981년에 인천대학교에 국어국문학과가 개설되면서, 국어국문학과 교수로 자리 잡게 된다. 전공학과 교수의 책무는 전공과목의 강의이다. 유승우는 시론을 강의하기 위해 1983년에『한글시론』을 출간했으며, 시인론을 강의하기 위해 1989년엔『시문학파 연구』를 출간했다. 전공의 강의를 위해 저서를 출간하면서, 시인으로서의 심리적 부담을 해소하기 위해 제3시집, 제4시집이란 명목으로 시집을 출간한 것이라고 할 수 있다. 그래서 유승우의 시세계는 제1시집의 어둠의식의 세계, 제2시집『나비야 나비야』에서 제5시집『달빛 연구』까지의 향일의식의 세계, 제7시집『살과 뼈는 정직하다』에서 제8시집『물에는 뼈가 없습니다』까지는 존재탐구의 세계이며, 제9시집『어둠의 새끼들』과 제10시집『어느 마루턱까지』는 자연과의 교감을 형상화한 세계임을 알 수 있다. 그리고 제11시집은, "내가 금년에 80회 생일을 맞으면서, 지난 전쟁의 상처와 불구의식으로 멍든 초기의 숲에서부터 오늘의 거듭난 생명의 숲까지의 연작시를 모은 것이『숲의 나라, 노래와 춤』이다. 슬프든 기쁘든 내 시는 내 영혼의 노래와 춤이다."라는 '시인의 말'과 함께, 「한숲 유승우 연작시 모음」이란 제목으로 시집 뒷 표지에 제시한 글에서 보듯이 시선집의 형식임을 알 수 있다.

그러면 이제부터 유승우의 영혼의 숲을 거닐며, 그의 슬픔과 기쁨을 형상화한 영혼의 노래와 춤을 감상하며, 시세계를 고찰하기로 하겠다.

어둠의식과 불구의식의 형상화

시인 유승우의 개인사는 특별하다. 누구나 개인사는 특별한 것이지만, 특히 유승우의 개인사는 6·25라는 한국전쟁을 겪으면서 그의 시세계와 관련하여 특별할 수밖에 없다. 유승우는 자신의 자서전『시인 유승우』에서 "나는 1939년 4월 17일생입니다. 1948년 12월, 우리 나이로 내가 아홉 살 때 갑자기 아버지가 돌아가셨습니다. 그리고 1950년 내가 국민 학교 5학년 때 6·25가 발발하고, 그해 10월 2일, 음력으로 8월 21일에 어머니가 후퇴해 가던 인민군에게 학살 당하셨습니다. 나는 그야말로 고아가 되었습니다. 고아라는 말은 외로운 아이라는 뜻입니다. 아마 이 외로움이 문학의 기본 요소가 아닌가 싶습니다. 그때부터 나는 문학이 뭔지도 모르면서 문학 소년이 되었던 것 같습니다. 더군다나 중공군의 참전으로 1951년 1월 4일에 북진했던 국군이 다시 후퇴하게 되었습니다. 이것이 바로 1·4후퇴입니다. 이때 나는 피란을 못 가고, 고향인 강원도 춘성군 남면 방하리에서 중공군과 함께 지내다가 유엔군의 폭격을 맞아 왼쪽 손목을 잃었습니다. 흔한 말로 외팔이가 되었습니다. 외팔이가 되어 빈 소매를 흔들며 사춘기를 지나 청년이 되기까지 나는 정말 넘기 어려운 외로움과 설움을 견뎌야 했습니다"라고 밝히고 있다. 참으로 특이한 전쟁의 아픔을 겪은 시인이다.

나의 어머니는, 내가 열 두 살이던
1950년 음력 8월 21일 새벽에
후퇴해가던 공산당에게 끌려가
학살당했다. 형수와 누님도 함께였다.
이 날이 양력으로는 10월 2일이니
서울은 이미 수복된 뒤였다.

아버지는 1948년에 돌아가셨으니
나는 참말로 고아가 되었다.
내가 고아가 되다니, 부끄러워서
나는 밖으로 나갈 수가 없었다.
다시는 어머니를 볼 수 없다는 슬픔보다
고아라는 부끄러움 때문에
나는 집안에서 혼자 울었다.

세월이 지나면서 부끄러움은
외로움이 되고, 외로움은 다시
캄캄한 어둠이 되어 나는 밤마다
어머니 무덤 앞에서 바위처럼
울음을 삼켰다.
울어도, 울어도 소용없었다.
바위보다 더 어쩔 수 없는 아득함,
삶과 죽음의 절대 거리.

제7시집 『살과 뼈는 정직하다』, 「나의 어머니」 부분

어머니의 상실과 육체적 상실에 의해 '외팔이 고아소년'이 되었다는 것이 유승우의 성장기에 의식형성에 가장 중요한 요인이 된 것이다. 그래서 어둠의식과 불구의식이 바로 유승우의 나르시시즘이 되어 그를 가두게 된 것이다. 어두운 나르시시즘의 함정에서 빠져나오는 과정이 그의 인생이며, 시인 유승우의 시세계임을 확인할 수 있다. 실제로 어머니와 가족의 학살을 목격하고, 자신의 한 팔이 폭격에 끊겨나감을 당한 소년이 꿋꿋하게 살아온 것만도 놀라운 일이다. 그러한 아픔과 슬픔의 체험을 시로 형상화한다는 것이 유승우만의 시적 특성이라고 하겠다. 이러한 어둠의식과 불구의식이 유승우의 무의식 속에 자리하고 있으면서, 그를 어둠의식과 불구의식

을 형상화하는 시인으로 이끌었다고 할 수 있겠다.

> 1·4후퇴 때
> 폭격에 끊긴 내 왼 손목.
> 빈 소매 사이론
> 20년 동안을 쓸쓸한 바람이 분다.
> 내 몸의 부분 중에서
> 제일 먼저 세상을 떠난
> 내 어린 손목,
> 차마 멀리 떠나지 못하고
> 내 주위를 떠돌고 있다.
> 바람이 불면
> 나보다
> 나를 떠난 어린 손목이 먼저 시리다.
> 불안한 잠자리, 어느 꿈속에서
> 어린 손목이 제 자리에 와 붙어서
> 어린것들을 안아 올리고
> 꽃을 꺾어 주다가
> 바람소리에 잠을 깨면
> 아 빈 소매 사이로
> 쓸쓸한 바람이 불고 있다.
>
> ─제1시집 『바람변주곡』, 「바람변주곡」 부분

첫 시집의 표제가 된 작품이다. 결혼을 해서 가정을 꾸몄으며, 중학교 국어교사라는 직업까지 가졌으니, 현실적으로는 어둠의식의 함정에서 빠져나온 것이다. 그러나 그의 무의식은 아직 어둠의식과 불구의식에서 헤어나지 못하고 있다. 유승우는 "내 몸의 부분 중에서/제일 먼저 세상을 떠난/내 어린 손목/차마 멀리 떠나지 못하고/내 주위를 떠돌고 있다"라고 한다. 그리고 "불안한 잠자리, 어느 꿈속에서/어린 손목이 제자리에 와 붙어서/어린 것들을 안아 올리고/꽃을 꺾어 주다가/바람소리에 잠을 깨면/아, 빈 소매 사이로/쓸쓸한 바람이 불고 있다."라고 한다. 첫 시집의 세계는 바로 이 "쓸쓸한 바람"의 형상화이다. 그의 무의식 속에 자리한 어둠과 불구의식이 '쓸쓸한 바람'의 이미지로 형상화된 것이다.

그는 시인이기 때문에 어둠과 슬픔의 함정에 함몰된 것이 아니라, 시라는 영혼의 숲으로 피워낸 것이다. 평론가 염무웅은 이 작품에 대해 "여기에는 단순한 애수로서만 처리될 수 없는 아픔이 있다. 그 아픔에만 머물러 있어서는 안 되겠지만 그 아픔을 외면해서도 안 될 것이다. 적어도 이 작품은 우리가 외면해서 안 될 아픔으로서의 작가의 감성적 체험을 보여주는데 성공하고 있다.(1973. 1월 23일자 한국일보 '이달의 문학'에서)"라고 평가하고 있다. 시인이 직접 체험한 아픔을 시로 형상화했다는 것이다. 역시 전쟁의 상처로 인한 어둠의식과 불구의식이 아픔의 이미지로 표현되었다는 것이다.

아침이
빙하의 부엌을 서성거리며, 몇 낱의
빛을 빈 밥그릇에 담는다.

옷 벗은 나무.
전세방의 가난한 면적에서
벽을 짜 올리노라면
절망과 희망 사이 서걱이는 바람결.
추운 미소가
아내의 손을 잡으면
아직 눈바람 칭얼대는 들판,
발아의 아픈 손을 흔드는 겨울가지에서

두 마리 까치가 날아오른다.

—제1시집 『바람변주곡』, 「겨울아침」 부분

그의 새로운 삶의 시작은 "아름다운 봄"이 아니었다. 찬바람이 부는 "겨울아침"이었다. 그는 "아침이/빙하의 부엌을 서성거리며, 몇 낱의/빛을 빈 밥그릇에 담는다."라고, 작품의 서두를 시작한다. 가난한 새살림을 "겨울아침"으로 은유한 것이다. 그러니 가난한 시인과 그 아내는 겨울 들판의 "옷 벗은 나무"가 되는 것이다. 그래도 "발아의 아픈 손을 흔드는 겨울가지에서/두 마리 까치가 날아오른다."고 한다. 시인과 그 아내는 이제 '두 마리 까치'가 되어 날아오른다. 이처럼 그의 은유적 표현은 종횡무진으로 펼쳐진다. 가난을 은유한 "겨울아침, 빈 그릇, 옷 벗은 나무"들이나, 희망을 은유하는 "빛, 발아의 가지, 두 마리 까치" 등이 시적 구성에 무리 없이 표현되었다. 한 이미지에서 다른 이미지로 이어지는 연상관계가 자연스럽다.

유승우는 아내를 "하나님이 보내주신 천사"라고 표현한다. 그리고 아내를 따라 교회에도 나가고 있다. 1972년부터는 새벽기도까지 빠지지 않는 성실한 신앙인이 되었다고 한다. 유승우에게 있어 기독교의 신앙은 빛을 향해 일어서는 소망의 길이었다. 그러나 그의 작품 어디에도 다른 기독교 시인들처럼 종교적 관념이 노출되지 않는다. 그것은 그의 순수한 문학관文學觀때문일 것이다. 유승우는 문학 특히 시는 어떤 이념이나 관념을 위한 수단이나 도구가 될 수 없다고 한다. 시는 시 이외의 어떤 목적성도 가질 수 없다는 것이다.

바람, 햇빛을 앞질러 달려와
들판을 가로질러 문을 닫으면
감금되는 내 노력.

그때, 날아오르는 까치, 부리로
문다. 추운 하늘을 달빛처럼
미끄러지는 내 언어를.

이제 요만큼의 거리로 부엌에서
다가오는 아내.
보아라. 문 밖에서 울어대는 생활,
지친 날개로 몇 낱의
빛을 물고 오는 까치를.
신은 있었다.
파랗게 피어오르는 구공탄처럼
우리를 구제하면서
꺼지지 않고 타고 있었다.

제1시집 『바람변주곡』, 「겨울아침」 부분

　이 작품의 전반부에서는 "겨울아침, 빈 그릇, 옷 벗은 나무" 등의 시어가
형상화하는 '어둠의 이미지'와 "빛, 발아의 가지, 두 마리 까치"등의 시어가
만드는 '밝음의 이미지'를 살펴보았다. 어둠의 이미지는 무의식의 그림자
이며, 밝음의 이미지는 의식적 자아의 꿈이다. 필자는 앞에서 유승우의 시
세계에 접근 하는 '키워드'를 "바람과 그림자"라고 했다. 그런데 여기서
'빛'을 하나 더 첨가하게 된다. 그래서 유승우의 시세계는 "빛과 그림자 사
이에 부는 바람"으로 요약된다고 하겠다. '그림자'는 무의식의 그늘이고,
'빛'은 의식의 꿈이며, 바람은 그 사이로 부는 보이지 않는 힘이다. 그러한
상황의 이미지가 바로 "바람, 햇빛을 앞질러 달려와/들판을 가로질러 문을
닫으면/감금되는 내 노력./그때 날아오르는 까치, 부리로/문다. 차가운 하
늘을 달빛처럼/미끄러지는 내 언어를."이다. 의식과 무의식 사이, 빛과 그
림자 사이로 부는 바람 속에서, '날아오르는 까치'는 시인의 은유이고, '내

언어'는 그의 시이다. 여기서 '달빛처럼 미끄러지는 내 언어'에 유의할 필요가 있다. '달빛'이 그의 시의 또 하나의 '키워드'이기 때문이다. "지친 날개로 몇 낱의/빛을 물고 오는 까치를/신은 있었다."에서 까치는 시인의 아내를 은유한 것이고, '빛'은 아내로 해서 갖게 되는 희망이며, '신은 있었다'는 아내로 인해 믿게 된 하나님의 존재이다.

그런데 "파랗게 피어오르는 구공탄처럼/우리를 구제하면서/꺼지지 않고 타고 있었다"로 비유한 것처럼 생활 속에서 함께하는 하나님의 존재이다.

> 겨울의 흰 달빛 속에선
> 내 모든 뼈마디가 희게 운다.
> 밝은 달이야 무슨 죄가 있겠냐만
> 젊은 나이에 시앗 본 우리 엄마
> 쓸쓸한 빈자리와 밤을 새울 때
> 마당가 대추나무도
> 제 그림자를 붙들고
> 밤새도록 놓아주지 않았다.
>
> —제1시집 『바람변주곡』, 「그림자 1」 부분

유승우의 첫 시집에는 「그림자」 연작시 18편이 수록되어 있다. 위의 작품에서 '그림자'는 외로움의 이미지이다. 1연의 "젊은 나이에 시앗 본 우리 엄마/쓸쓸한 빈 자리와 밤을 새울 때"에서, '쓸쓸한 빈자리'는 '젊은 나이에 시앗 본 어머니'의 외로움이다. 이 외로움을 "마당가 대추나무도/제 그림자를 붙들고/밤새도록 놓아주지 않았다"로 은유한다. 의식적 자아는 인위人爲이나 무의식은 자연이다. 외로움은 의식적 자아의 관념이며, '대추나무'는 자연의 사물이다. 시적 이미지를 만드는 것은 의식적 자아의 관념을 무의식적 자연의 사물로 은유함으로써 만들어진 회화이다. 다시 말해 '말로 그린 그림'이다. 하이데거에 의하면 작시作詩는 곧 '존재의 구현'이다. 그래서 언어는 '존재의 집'이라는 것이다. 외로움은 상상력想像力의 근원이다. "이미지Image와 상상Imagination이 어원을 같이하고 있는 점에서도 짐작할 수 있는 바와 같이, 이미지는 상상력이 만들어 낸 심상心象이라고도 하고, 미학 상의 의미로는 형상形象이라고도 번역된다."고 한다. 그림자는 빛을 등졌을 때 볼 수 있는 자연현상이다. 빛을 바라는 마음의 현상이 그리움이며, 빛을 등졌을 때의 마음의 현상이 외로움이다.

> 달빛의 혼은 달빛처럼 은은하고
> 푸르고 깊다.
> 물을 많이 마신 날이면
> 내 정신도 푸르고 깊다.
> 한강 상류의 여울목에서
> 물살에 찬란하게 빠져 죽은 달빛은
> 밤중의 강물처럼
> 푸르고 깊게 흘러온 달빛의 혼은
> 수도꼭지에서 쏟아져 나오고,
> 물을 많이 마신 날이면
> 달빛의 혼에 취해, 술처럼 취해
> 달빛이 그리워 달밤이 그리워
> 파리한 내 정신은
> 달밝은 들판에서 머리를 푼다.
>
> ― 제1시집 『바람변주곡』에서, 「달빛의 혼」 전문

　　이미지는 과거의 경험과 현재의 지각이 결합되어 그리는 언어의 회화라고 정의했다. 이 그림이 감각적인 생생한 그림이 되려면 은유와 환유의 비유로 채색되어야 한다. 프로이트에 의하면 의식과 무의식의 결합이 꿈으로

재현되듯이, 빛과 어둠의 감각적인 결합이 달빛으로 표현되는 것이다. 유승우는 "한강 상류의 여울목에서/물살에 찬란하게 빠져 죽은 달빛은/푸르고 깊게 흘러온 달빛의 혼은/수도꼭지에서 쏟아져 나오고"라고 은유한다. 유승우의 고향은 "한강 상류의 여울목"인 춘천이다. 그러니까 '달빛의 혼'은 유승우의 무의식이며, "물을 많이 마신 날이면"은 현재의 지각인 의식이다. 그러나 '물을 많이 마신' 의식적 자아는 "달빛의 혼에 취해, 술처럼 취해…파리한 내 정신은/달 밝은 들판에서 머리를 푼다."는 것이다. 이 작품은 그대로 "은유적 언어로 그린 꿈같은 그림"이다. 이동주는 "현대문학에 신작 5편과 월간문학에 「달빛의 혼」을 발표한 유승우는 내가 미처 발견하지 못했던 놀라운 시인이다. 청산유수로 산문 갈겨쓰듯 막힌 데가 없이 술술 엮어가는 구절이 마치 섬광을 몰고 가는 우레와 같다. 유승우는 '달빛의 혼이 수도꼭지에서 쏟아져 나온다'고 했다. 어쨌든 종횡무진으로 자기 역량을 십이분 발휘해야 직성이 풀리는 시인인 것 같다.('동아일보' 5월 15일자 <이달의 시>)"라고 평했다.

등불을 켜들고
살 속을 걸어간다.
근육의 파열하는 아우성이 들리고
피 묻은 살점들이
떨어진다.
캄캄한 하늘을 가득 채우며
세상엔 눈이 내리고
저 끊어지는 것들의 손짓에 끌려
깊은 추위 속을 걸어간다.
무언가 잡아보려고 뻗은
나뭇가지가
길게 휘어지면서

갈비뼈의 어느 부분이
툭 하고 부러진다.

(중략)

쇳소리가 울린다.
깊은 잠을 깨우는 말발굽소리
붉은 발들이 태어나며
아픈 상처를 밟고 기어오른다.
까마귀 떼가
먼 강기슭을 어둡게 저어 날아오고,
시간의 맨 앞을 달려가는
울음소리를 따라
엄마들은
불구의 자식들을 키운다.
목발을 짚은 사람들이
어두운 시대의 거리를
자정이 지나도록 걸어 다니고,
먼 시간의 끝에서
내 잃은 손목이 나를 부른다.

제1시집 『바람변주곡』, 「강설기」 부분

시의 가장 중요한 요소는 상상력想像力이라고 한다. 유승우의 상상력은 눈이 내리는 현상에서 "보이지 않는 손들이/등불을 켜들고/살 속을 걸어간다./근육의 파열하는 아우성이 들리고/피 묻은 살점들이 떨어진다./캄캄한 하늘을 가득 채우며/세상엔 눈이 내리고…"라는 이미지로 형상화하여, 자신의 내면의 아픈 상처와 어둠의식을 시로 건져 올리고 있다. 전후의 어둡고 아픈 현실을 "시간의 맨 앞을 달려가는/울음소리를 따라/엄마들은 불구

의 자식들을 키운다./목발을 짚은 사람들이/어두운 시대의 거리를/자정이
지나도록 걸어 다니고,/먼 시간의 끝에서/내 잃은 손목이 나를 부른다."라
는 이미지로 형상화하여, 시대의 아픔과 자신의 아픔을 잘 묘사하고 있다.
이 작품은『현대문학』1970년 2월호에 발표한 작품이다. 이 시에 대해 박
두진은 "이만큼 이 그 主題的 진실과 表現의 진실에 접근한 것이라면 우리
詩 전체로서의 진폭과 내용성, 그 表現의 技法들도 어지간히 深化돼 가고 또
擴大돼 가는 것으로 볼 수 있을 것 같다.(현대문학 3월호「이달의 話題」)"고
했으며, 문덕수는 "무엇인가를 포착하려는 몸부림, 그리고 좌절에서 오는
골절 등은 현대인의 의식풍경이다. 이 같은 현대의 불구현상은 우리들의
절실한 공감을 불러일으킨다.(월간문학 3월호 창작평)"고 했다. 유승우의
초기 시는 이처럼 어둠의식과 불구의식을 형상화한 것이다.

자연과의 교감이 곧 '신과의 대화'

현실적으로는 교사에서 교수가 되고, 박사학위까지 받게 되었으므로,
불운을 딛고 성공한 사람이 된다. 그러나 시인에게는 시의 창작만이 구원
이며, 어둠의식의 함정에서 빠져나오는 길이다. 그래서 유승우는 이미 관
습화된 어둠의식의 함정에서 빠져나오려는 몸짓을 보인다. 그것이 바로 한
글시의 창작이다. 한글 시에 대한 의식은 제2시집『나비야 나비야』에서부
터 구체화 된다. 이때 대학으로 옮기게 되고, 한글 시에 대한 이론적 정리
가『한글 시론』이다. 이론과 강의는 시 창작에 도움이 안 된다. 이때부터
유승우는 시창작의 부진에 빠진다. 그 결과 1983년에 출간된 제3시집『그
리움 반짝이는 등불하나 커들고』에서는 제2부를 <둘·바람변주곡에서>
로 채운 것이다. 여기의『바람변주곡』은 그의 첫 시집의 제목이다. 이것은
제3시집의 50%만 신작이라는 뜻이다. 그리고 현실적으로는 빛을 찾아 나

섰지만, 시의 세계는 여전히 어둠의식 속에 갇혀 있음을 의미한다.

네 딸들이 제 몸만큼의 자리를 차지하고 앉아 있다.
사과 한 알씩을 나눠 줬다.
잠시 뒤엔
사과 한 알만큼씩의 자리를 빼앗아버렸다.
외부공간을 빼앗아
제 자라나는 몸만큼의 자리를
확보해 가는 어린것들.
나는 앉을 자리가 없다.
그래서 나는 큰 몸뚱이를 이리 저리 옮겨가면서,
어린것들의 자리가 흔들리지 않게
바람을 막아주는 수밖에 없게 되었다
제2시집 『나비야 나비야』, 「바람막이」 전문

'외팔이 고아소년'이 가정을 이루고 가장이 되어 아이들을 키우는 아버지의 심정을 형상화한 작품이다. 희망으로 가득한 향일의식이다. 그러나 언제나 무언가를 그리며 기다리는 것이 시인이다. 그래서 그는 "내 가슴은/하얀 모래섬 //물결소리에/두근거리며/그리움 반짝이는/등불 하나 켜들고/어쩔까,/어쩔까,/길고 긴 나날/흰 돛배 기다리다/부서져 내린 //하얀 모래섬/내 가슴은. ―제3시집 『그리움 반짝이는 등불 하나 켜들고』"에서 보듯, 유승우의 시의식은 아직 "작은 등불"이며, "부서져 내린 가슴"이다. 그러나 네 딸들의 아버지로서 딸들이 자라는 모습만이 그의 기쁨이다. 위의 시의 "네 딸들이 제 몸만큼의 자리를 차지하고 앉아 있다./사과 한 알씩을 나눠줬다./잠시 뒤엔/사과 한 알만큼씩의 자리를 빼앗아버렸다./외부공간을 빼앗아/제 자라나는 몸만큼의 자리를/확보해 가는 어린것들."에서는 네 딸들의 자라는 모습이 그가 사는 보람이라는 이미지이다. 시인은 이 보람을 "어린것들의 자리가 흔들리지 않게/바람을 막아주는 수밖에 없게 되었다."라고 한다. 그리고 작품의 제목을 「바람막이」라고 한 것이다. 유승우의 부성애를 형상화한 작품이다. 그의 삶 속에서 "작은 등불"이 찾은 것은 결국 제4시집 『달빛 연구』이다. 달빛은 밤을 지키는 빛이다. 유승우의 시세계는 아직 밤이다.

달빛은 내 목숨의 뿌리 같은 것
젊은 나이에 시앗 본 우리 엄마의
쓸쓸한 창가로 떠오른 달은
아프게 흐느끼는 엄마 가슴에
외로운 목숨 하나 떨구어 놓고
그믐처럼 캄캄하게 가버리었네.
시샘 같은 건 생각도 못 한
배달의 아낙 우리 엄마는
가슴속에 뿌려진 목숨의 씨앗
눈물 먹여, 눈물 먹여 나를 키우고,
달빛의 자식, 달빛의 자식
푸른 달밤에 하얀 길 하나
들판을 건너서 고개를 넘듯
나는 오늘도 살아가고 있네.

—제5시집 『달빛 연구』, 「달빛연구 4」

유승우의 외로움과 어둠의식은 여전하다. 그는 자신을 "달빛의 자식, 달빛의 자식/푸른 달밤에 하얀 길 하나/들판을 건너서 고개를 넘듯/나는 오늘도 살아가고 있네."라고 한다. 그의 마음은 밝음을 지향하는 향일의식向日意識이나, 그의 시세계는 밤의 어둠에서 빠져나오지 못하고 있다. 향일의식은 겨우 달빛으로 형상화되어 나온 것이다.

유승우는 1996년에 제6시집 『하얀 모래섬』을 출간한다. 그러나 이 시집도 신작 시집이 아니라 등단 30년을 기념하기 위한 시선집이다. 유승우는 "1966년에 내 첫 작품이 활자화 되었다('현대문학'지에 박목월 추천). 그리고 30년이 흘렀다. 그동안 나는 어느 골짜기와 들판을 헤매어 지금 이 자리에 이르렀을까. 그 발자국들을 모아 보았다. 지금은 내가 끝없이 푸른 바다에 떠 있는 모래섬인 것만 같다. 나는 계속해서 흰 돛배를 기다리며, 물결소리에 가슴 두근거릴 것이다."라고 머리말에서 밝히고 있다. 그 '가슴 두근거림의 열매'가 퇴임을 앞둔 2004년 12월에 출간된 제7시집 『살과 뼈는 정직하다』이다. 그리고 23년간 강의한 시론을 모아서 시론집 『몸의 시학』을 2005년 5월에 출간한다. 그러니까 제7시집은 교수와 강의로 해서 부진했던 시 창작의 마지막 열매이며, 시론집은 시론 강의의 마지막 정리인 셈이다. 퇴임 후 5년 동안의 창작시를 모은 제8시집이 『물에는 뼈가 없습니다』(2010)이다. 제9시집 『어둠의 새끼들』이 2014년에, 제10시집 『어느 마루턱까지』가 2017년에, 제11시집 『숲의 나라, 노래와 춤』이 2019년에 출간되었다.

유승우의 향일의식은 종교적 신앙에 의해 완성되었다고 한다. 내가 알기엔 유승우 시인은 착실한 기독교인이며, 1991년에 장로가 되었다고 한다. 그는 1988년에 신앙시집 『나 있던 그 자리에』를 출간하기도 했다. 그러나 그의 시는 일반적인 기독교인의 시처럼 신앙을 고백하는 투의 시가 아니라 종교적 관념을 시적 이미지로 형상화한 시인이라고 할 수 있다.

깊은 산속입니다
맑고 깨끗한 샘이
속으로부터 솟아나는 기쁨을 못 이겨
하늘을 향해
동그랗게 웃습니다
끝없이 솟아나는 기쁨입니다
하늘이 그 동그란 눈웃음에 빠져

헤어나지 못합니다

—제8시집『물에는 뼈가 없습니다』,「샘」전문,

팔순의 마루턱에 오르면서
숨이 가쁘다
그래도,
혼자가 아니고
아내와 함께이니 즐겁다
"여보! 내 손 꼭 잡아"
글쎄, 어느 마루턱까지
손잡고 함께 할 수 있을까

—제10시집『어느 마루턱까지』,「어느 마루턱까지」전문

앞의 작품은 자연의 사물인「샘」의 이미지를 형상화한 작품이다. 기독교적인 용어는 한마디도 없다. 그러나 시인의 경건한 신앙심을 작품의 이미지 속에서 감지할 수 있다. T. S. 엘리어트는 "종교적 관념은 문학의 위대성과는 관계가 있지만 문학과는 관계가 없다."고 했다. 종교적 관념을 그대로 노출하면 문학이 아니라 설교가 되기 때문이다. 문학은 문학일 뿐이다. 유승우가 장로이지만 그의 시 속에 기독교적 관념을 노출하지 않고 시적 이미지로 형상화할 뿐이다. 그는「샘」이라는 자연을 "속으로부터 솟아나는 기쁨을 못 이겨/하늘을 향해/동그랗게 웃습니다./끝없이 솟아나는 기쁨입니다."라는 이미지로 형상화하여, 기독교인의 하나님에 대한 감사의 마음을 보여준다. 그리고 "하늘이 그 동그란 눈웃음에 빠져/헤어나지 못합니다."라고 시를 마무리한다. 그 다음의 작품「어느 마루턱까지」도 팔순의 마루턱에 오르면서 부부가 함께 하는 기쁨과 감사를 형상화한 작품이다. 그는 "팔순의 마루턱에 오르면서/숨이 가쁘다/그래도,/혼자가 아니고/아내와 함께이니 즐겁다"라고 한다. 기쁨과 감사는 기독교적 신앙의 대표적인 관념이다. 그러나 유승우의 시에서는 기독교적 용어나 교훈적 어투도 없이 시적 이미지로 형상화한 문학성만 만나게 된다. 이것이 유승우 시인의 진면목인 듯싶다. 그가 어둠의 골짜기에서 환한 빛의 마루턱으로 올라온 원로 시인의 면모를 후배들에게 보여주기 때문이다.

밝고 환한 아버지다
등지고 돌아서는 새끼의
어깨를 잡고,
돌려세우지 않는다
어둠속에서 넘어져도
일으켜주지 않으며,
무릎이 벗겨져 피를 흘려도
모른 척하다가
스스로 일어서는 새끼의
앞길만은 환하고 밝게 열어준다.
빛은 참 밝고 환한 아버지다.
모든 새끼의 눈만 띄워줄 뿐
결코 손을 잡아주지 않는….

제10시집 『어느 마루턱까지』, 「빛 1」 전문

생명을 위한 자연의 혜택의 첫째가 빛이고, 둘째가 공기이며, 셋째가 물이다. 기독교에서는 '빛은 곧 하나님'이라고 하고, 하나님 아버지라는 표현을 한다. 위의 시에서 "밝고 환한 아버지다"라는 은유는 그대로 기독교적 관념의 이미지이다. 그 아버지의 이미지를 "등지고 돌아서는 새끼의/어깨를 잡고,/돌려세우지 않는다./어둠 속에서 넘어져도/일으켜주지 않으며,/무릎이 벗겨져 피를 흘려도/모른 척하다가/스스로 일어서는 새끼의/앞길만은 환하고 밝게 열어준다."라고 형상화한다. 빛의 자연적 성질의 이미지이면서, 기독교인으로서 신앙의 자율성을 형상화한 이미지이다. 빛을 아버지라고 은유하고, 사람을 빛의 새끼라고 은유한 것은 분명히 하나님 아버지의 자녀인 인간에 대한 이미지이다. 그러나 위의 시에서는 기독교적인 교훈성보다 빛의 자연적 본질을 의인화해서 형상화한 빛의 이미지로만 읽혀진다. 이것이 바로 유승우의 시적 이미지 형상화의 감성이다.

유승우는 그의 시론에서 "시는 신화이다. 라는 것은 시의 내용적 정의이다. 시의 내용은 신화라는 것이다. 그러면 신화의 의미는 무엇인가. 신화학에서는 신화의 의미를 첫째 신들의 이야기, 둘째 신과의 대화, 셋째 신의 말씀이라고 한다. 여기서 첫째는 서사시와 극시의 내용이며, 둘째는 서정시의 내용이고, 셋째는 종교적인 정의라고 한다."고 밝히고 있다. 유승우의 시는 서정시이다. 그러므로 유승우의 시는 신과의 대화 곧 하나님과의 대화라고 하겠다. 이 하나님과의 대화를 다른 말로 하면 '자연과의 교감'이라고 할 수 있다. 기독교 성경의 처음인 창세기는 "태초에 하나님이 천지를 창조하시니라"로 시작된다. 여기의 '천지' 곧 하늘과 땅은 자연이다. 그렇다면 자연은 곧 하나님이 창조한 하나님의 작품이다. 모든 작품 속에는 작자의 뜻이 숨겨져 있다. 천지 곧 자연 속에는 하나님의 뜻이 숨겨져 있다고 할 수 있다. 철학적으로는 자연의 원리라고 하지만 기독교인은 하나님의 뜻이라고 한다. 이 하나님의 뜻과 교감하는 것이 기독교시인인 유승우의 시의식이다.

가득 차 있어도
비어 있다고 한다.

잠시도 헤어질 수 없는
비어 있음의 가득함,

보이지 않는 힘으로
일만 하는 머슴,

그 일꾼의 이름이
공기空氣이다.

제10시집 『어느 마루턱까지』, 「공기 1」 전문

공기라는 이름만 있고,
보여줄 모습이 없다

모습은 없지만
보여주고 싶은 바람으로

바람이 되어,
온 천지를 헤매고 있다.

제10시집 『어느 마루턱까지』, 「공기 2」 전문

　　'신과의 대화'가 시의 내용이라면, 시인은 신을 만나서 신의 말씀을 들을
수 있어야 할 것이다. 여기까지는 시인과 종교인은 같은 차원이라고 할 수
있다. 종교인은 신의 말씀을 듣고, 신의 뜻에 순종하고, 신의 뜻을 실천하
는 사람이다. 그러니까 종교인은 시인詩人이 아니라 시인侍人이라고 할 수
있다. 그런데 시인詩人은 신의 말씀을 듣고, 그것을 다시 자신의 말로 표현
해야 한다. 그러니까 시인의 표현은 신에게 보내는 회답이다. 그래서 시를
'신과의 대화'로 정의하는 것이다. 이 '신과의 대화'를 가리켜 시적 영감이
라고 말한다. 그리스 시대에는 시를 신탁神託이라고 했다. 신이 사람을 매
개로 해서 그의 뜻을 나타낸다는 의미이다. 시인은 신과 대화하는 사람이
기 때문이다.

공기空氣라는 말은 하늘空의 기운氣이란 뜻이다. 하늘은 눈에 보이는 형상은 없으면서도 생명의 성장 변화의 일을 한다. 그것이 바로 하늘 기운이다. 이 공기를 "가득 차 있어도/비어 있다고 한다.//잠시도 헤어질 수 없는/비어 있음의 가득함"이라는 이미지로 형상화하고 있다. 그리고 "보이지 않는 힘으로/일만 하는 머슴"이라고 의인화한 다음, "그 일꾼의 이름이/공기空氣이다."라고 은유한다. 보기 싫으면 눈을 감을 수 있고, 듣기 싫으면 귀도 막을 수 있다. 그러나 하늘 기운이 드나드는 숨길을 막고는 10분도 못되어 숨이 끊어진다. 이 하늘 기운은 모든 생명의 원동력이기 때문이다. 이 하늘 기운은 밤낮을 가리지 않는다. 빛은 밤이면 없고, 낮에도 땅굴 속에는 안 들어가지만, 공기는 생명이 있는 곳이면 쥐구멍이나 땅속이라도 찾아가서 숨구멍을 드나든다. 유승우는 이러한 공기의 이미지를 18편의 시로 형상화하고 있다. 자연과의 교감이 곧 그의 시세계의 종착점이라는 말이다.

뜨거운 사랑을 받으면,
펄펄 끓다가
몸을 풀어 하늘에 오른다.
바라는 것도 없이,
그냥, 하얀 꿈으로…

—제10시집 『어느 마루턱까지』,「물 2」 전문

미움을 받으면
하얗게 굳어버리지만,
원래 흑심이 없어서
얼음이 되어서도 끝내
검은 속은 보이지 않고,
하얗게 밤을 새운다.

—제10시집 『어느 마루턱까지』,「물 3」 전문

물은 인간 생명의 원형상징이다. 물은 무위자연이지만 인간 생명의 형상화인 시는 인위문화이다. 빛은 자연이면서도 지상의 모든 생명의 원형이다. 그래서 기독교에서는 빛은 곧 하나님이라고 한다. 동양의 인명재천과 같은 맥락이다. 그리고 공기는 육체적 생명의 근원이고, 물은 그 형상이 눈에 보인다. 그래서 인간 생명의 원형상징이라고 한 것이다. 유승우는 인간 생명을 상징하는 자연의 현상을 '빛, 공기, 물'의 이미지로 형상화하여, 각각 18편의 연작시로 창작했다. 이 연작 시편들이야말로 유승우 자신이 시론에서 밝힌 '시는 신화화'라는 시의 내용적 정의를 구현한 것이다. 시의 내용은 '신과의 대화'라고 했다. 이 말을 기독교적으로 바꾸면 시는 곧 '하나님과의 대화'인 것이다. 그러니까 유승우의 '빛, 공기, 물'의 연작시는 유승우 시인이 '하나님과의 대화'인 자연과의 교감을 시로 표현한 것이다.

물의 자연현상을 "뜨거운 사랑을 받으면/펄펄 끓다가/몸을 풀어 하늘에 오른다./바라는 것도 없이,/그냥 하얀 꿈으로…"라는 짧은 시는 '물의 끓는 모습'의 이미지이다. 그러나 물을 인간생명의 원형상장이라는 비유로 바라보면 그대로 기독교 정신의 이미지이다. 기독교 정신뿐이 아니라 모든 인간 생명의 성화聖化의 이미지라고 할 수 있다. 동양에서도 사람은 물처럼 살아야 한다는 것을 법이라고 하지 않았는가. 법法이란 글자는 '물 가는 대로'란 뜻이니 말이다. 「물 3」에서는 "미움을 받으면 /하얗게 굳어버리지만,/원래 흑심이 없어서/얼음이 되어서도 끝내/검은 속은 보이지 않고/하얗게 밤을 새운다."에서 보듯, 물의 자연현상을 사람의 마음에 비유하여, 무슨 일이 있어도 인간의 본성이 변할 수 없다는 사랑의 시심을 그리고 있다. 참으로 아름다운 시심의 세계이다.

이제까지 6·25라는 우리 민족의 불행한 역사의 상처로 인해, '어둠과 불구의식'의 세계에서 '하나님과의 대화'라는 '자연과의 교감'을 통해 빛의 세계로 올라온 유승우의 시세계를 살펴봤다. 그 결과 유승우 시인이 '외팔이 고아소년'이라는 불행의 상징에서 '문학박사 교수시인'이라는 정상에 오르기까지의 정신적 배경을 찾아볼 수 있었다. 그 첫째가 시인이라는 자부심이었고, 그 둘째가 기독교라는 신앙의 힘이었다는 것이다. 유승우는 그의 자서전에서, "외팔이 고아에게 시집올 여자가 있을까"라는 것이, 사춘기를 지나면서부터의 가장 큰 고민이었다고 한다. 그런데 시인이 되겠다는 고백에, 그런 외적 조건이 무슨 상관이냐며, 부모의 반대를 무릅쓰고 유승우와 사귄 현재의 아내를 만나고부터 유승우는 어둠의 골짜기에서 빛을 향해 올라왔다는 것이다. 유승우는 오늘날의 자신의 모든 것은 하나님의 은혜이며, 현실적으로는 아내의 헌신적인 돌봄이라고 고백한다. 그리고 문단에서도 이들 부부야말로 대표적인 아름다운 잉꼬부부라고들 말한다. 이들 부부의 모습을 그린, "팔순의 마루턱에 오르면서/숨이 가쁘다./그래도,/혼자가 아니고/아내와 함께이니 즐겁다./"여보! 내손 꼭 잡아"/글쎄, 어느 마루턱까지,/손잡고 함께 할 수 있을까"라는 그의 제10시집의 표제가 된「어느 마루턱까지」를 끝으로 이 글을 마무리하고자 한다.

저항시와 우주 생명학 시의 전개

김지하論

저항시와 우주 생명학 시의 전개

　김지하(金芝河, 본명 김영일, 1941-2022)는 전남 목포 출생으로 서울대 미학과를 졸업했다. 그는 8년여 투옥 생활과 저항운동으로 잔뼈를 굳히고 1969년 <시인>지에 「황톳길」 등 5편으로 김현의 추천에 의해 등단하였다. 1970년 '사상계' 6월호에 담시譚詩 「오적」이라는 군사정부에 대한 신랄한 저항시를 발표하여 국내는 물론 세계적으로 화제의 대상이 되었다. 김지하는 시 「오적」을 통해 자율적이고 근대화된 질서를 이 땅에 뿌리내리게 하기 위해서는 일제 찌꺼기를 지우고 '새로운 인간으로 구성된 조직'을 만드는 것이 급하다는 인식을 보여주었다. 「오적」은 재벌, 국회의원, 고급 공무원, 장성, 장차관을 말한다. 그들은 국민을 착취하고 억압하는 주체이다. '오적'은 인간성을 상실한 존재이므로 그들과 일반 국민과는 같은 인간이 아님을 뚜렷이 구별해 주고 있다.

　이 작품을 실었다는 이유로 '사상계'는 그해 9월 간행 중단되었고 작가, 발행인, 편집인은 국가보안법 위반으로 구속되었다. 이른바 김지하 '오적 필화사건'이다. 이로써 김지하라는 젊은 시인의 이름과 위상은 바로 세계적인 체제 저항시인으로 알려지게 되었다. 그런 점에서 그는 이름 자체가 시대요 역사요 현실이 되었다.

　그러던 그가 행진의 역류를 보였다. 그는 저항시라는 비판적 시세계에서 1980년대 이후 우주적 생명의식으로 관심을 바꾸면서 수운과 해월에 경도되는, 부딪힘과 부드러움의 통합 혼융의 지향을 드러내었다. 그리하여 그의 시세계는 전후 2갈래로 나뉘면서 시 독자를 통박과 이해함의 두 진영으로 갈라놓게 되었다.

이 글의 텍스트로는 산문선『'우주 생명학'(김지하, 작가)이론』과 시집 『화개(2002, 실천문학)』,『유목과 은둔(2004, 창비)』,『못난 시들(2009, 이룸)』 시선집『빈 산(2013, 시인생각)』 등의 시집을 참고하였다. 세계적인 수상 이력에는 아시아 아프리카 작가회의 LOTUS특별상, 국제시인대회 위대한 시인상, 브루노 크라이스키 인권상, 노벨문학상 후보 추대. 만해대 상 등 국내문학상 다수가 있다. 그의 저서는 모두 107권이 있다.

잡지 '시인'지 출신으로 시대, 역사를 쓰다

김지하는 그의 명성에 비해 등단지는 작지만 당찬 전문 시 잡지였다. 조 태일(1964년 경향신춘 당선자)이 주재한 잡지 <시인>지는 1960년대 말 창제인쇄사 한쪽 귀퉁이에 책걸상 하나를 놓고 시작되었다. 당시 조태일이 대학 재학 시절 경희대 '학보' 편집자로서 창제인쇄소 사장과 뜻이 통해 작 은 규모로 시작되었던 시 잡지는 신인 김지하를 만나 오히려 유명한 시 잡 지로 껑충 뛰어오르게 되었다. 이 <시인>지가 종종 사람들 화제에 오르 기도 했다. 김지하의 등단작「황톳길」을 살펴보자.

황톳길에 선연한
핏자욱 핏자욱 따라
나는 간다 애비야
네가 죽었고
지금은 검고 해만 타는 곳
두 손엔 철삿줄
뜨거운 해가
땀과 눈물과 모밀밭을 태우는
총부리 칼날 아래 더위 속으로

나는 간다 애비야
네가 죽은 곳
부줏머리 갯가에 숭어가 뛸 때
가마니 속에서 네가 죽은 곳

밤마다 오포산에 불이 오를 때
울타리 탱자도 서슬 푸른 속니파리
뻗시디 뻗신 성장처럼 억세인
황토에 대낮 빛나던 그날
그날의 만세라도 부르랴
노래라도 부르랴

대낮에 대가 성긴 동그만 화당골
우물마다 십 년마다 피가 솟아도
아아 척박한 식민지에 태어나
총칼 아래 쓰러져간 나의 애비야
어이 죽순에 괴는 물방울
수정처럼 맑은 오월을 모르리 모르리마는

「황톳길」 부분

　황톳길은 우리 겨레의 고향의 길이자 애환이 서린 영역이다. 거기 핏자욱이 찍혀 있고 애비가 그 길 위에서 죽었다. 화자는 애비의 그 죽음의 길을 따라간다. 그 상황은 식민지 시대 검고 해만 타는 극렬한 지대이자 철삿줄이 매여 있는 자유 구금의 엄정한 과거이다. 애비가 죽은 산하 총부리 칼날 그 속으로 나도 가는 오늘의 길이 오버랩 되는 상황, 여기까지가 인용 부분이다. 그 이후는 "작은 꼬막마저 아사하고", "하늘도 없는 폭정의 뜨거운 여름"이 이어지는 곳, 애비의 목소리 느끼며 "부줏머리 갯가에 숭어가 뛸 때 가마니 속에서 죽은 애비 생각"하며 여전히 나도 따라가는 길이다. 이 시는 일제 식민지 상황이 여전하다는 것, 그러나 그 여전히 민족 폭정의 구체성을 말하지 않지만 조국의 모든 세월 황톳길이므로 자의든 타의든 애비의 길을 간다는 것이다.

이 시는 일제하 '만해'의 시나 '상화'의 시나 육사의 시, '동주'의 시에 못지 않는 번지는 대지의 세계를 보여주고 있다. 김지하의 '부줏머리 갯가'는 그때보다 더 팔팔한 숭어가 뛰고 있다.

「타는 목마름으로」

이 시는 우리나라 1970, 80년대 민주화 학생운동의 노래(후에 작곡)로 대단한 의미를 지닌다.

신새벽 뒷골목에
네 이름을 쓴다 민주주의여
내 머리는 너를 잊은지 오래
내 발길은 너를 잊은 저 너무도 너무도 오래
오직 한 가닥 있어
타는 가슴속 목마름의 기억이
네 이름을 남몰래 쓴다 민주주의여

아직 동트지 않은 뒷골목의 어딘가
발자욱 소리 호르락 소리 문 두드리는 소리
외마디 길고 긴 누군가의 비명 소리
신음소리 통곡 소리 탄식 소리 그 속에 내 가슴팍 속에
깊이깊이 새겨지는 네 이름 위에
네 이름의 외로운 눈부심 위에
살아오는 삶의 아픔
살아오는 저 푸르른 자유의 추억
되살아오는 끌려가던 벗들의 피 묻은 얼굴

떨리는 손 떨리는 가슴

떨리는 치떨리는 노여움으로 나무판자에
백묵으로 서툰 솜씨로
쓴다.

숨죽여 흐느끼며
네 이름을 남몰래 쓴다.
타는 목마름으로
타는 목마름으로
민주주의여 만세.

「타는 목마름으로」 전문

전체가 세 도막인데 첫 도막은 신새벽 뒷골목에 오래 잊어버린 민주주의를 쓰고, 둘째 도막은 시위대를 쫓는 호루라기 소리, 쫓기는 비명 소리 그 소리들을 담아 '나무판자에 민주주의를 쓰고', 셋째 도막은 타는 '목마름으로 몰래 민주주의를 쓴다'는 요지이다. 폭정의 압제 아래 입으로 발설하지 못하는 민주주의, 그 간절한 외침은 흐느낌이 된, 기울어진 민주주의를 일으켜 세우는 민주 저항의 몸짓이다. 의로운 소리로, 갈증의 소리로, 쫓기는 골목 최후의 소리로 시위는 살아서 시퍼런 정의를 밀고 나간다. 김지하의 그 불퇴전의 선언과 이행은 저 1970년 「오적」의 기습으로 그 서늘한 담시로 수혜 특권층을 향해 돌진한 에너지를 보면서 그 존재 가치를 확인할 수 있다.

『우주 생명학』으로의 전신

김지하는 1980년대 이후 생명사상에 기울어져 있으면서 '우주 생명학'(2018, 작가)을 내놓았다. 그 책의 첫머리에서 <궁궁ㄹㄹ 유리 화엄 대

개벽>을 읽을 수 있다. 이 글에서 시적 메시지와 관련한 문장들을 추출해
본다.

* 나는 한국분단 뒤의 산업화를 추진한 박정희와 정면 투쟁의 40년 민주
  화를 추진하며 늙어버린 미학 지향의 시인이다.
* 나는 동학이다. 그러나 천도교인은 아니다.
* 미국의 노암 촘스키가 인정했듯이 한국은 지난 60여년 동안에 어렵게도
  그 엄혹한 분단 속에서 산업화와 민주화를 동시에 달성하였다.
* 이제 새로운 국가 목표가 제시되고 근본적인 요구인 '남녀 음양―빈부'
  등의 본질적 해방과 평등이 성취되는 <통일>과 <동서사상 화합>과
  세계 인류의 새 길을 이끌어갈 '참 메시지 민족의 길'을 창조해야 하고
  우주와 생명의 큰 변화 속에서 참다운 <선후천 융합개벽>을 이루어야
  만 한다.
* 나는 이쯤에서 우리 민족이 통일과 함께 참으로 합리적으로 진보와 보
  수, 좌익과 우익, 남성지향과 여성지향의 오랜 분열을 저 밑으로부터 솟
  아오르는 참다운 지혜로 융합할 것을 믿는다.
* 수십만 촛불 데모 중에서 한 여성 시위자가 경찰에게 살며시 장미꽃 한
  송이를 선사했다. 경찰은 시위 내내 수십만 데모 군중 어느 한 사람도 다
  치게 하거나 잡아가지 않았다.
* 누군가가 나에게 말한다.
  "너는 누구인데 우주생명의 개벽을 그리 함부로 말하느냐?"
  나의 대답은 이렇다. "누구든지 간에 그것을 이제 제 입으로, 제 생각으
  로 말하고 실천해야 할 때가 왔다.
  이때가 바로 <선후천 융합개벽>이니 곧 '대개벽'인 것이다."

이 메시지 속에서 키워드를 가려내면 '우주와 생명', '해방', '평등', '통
일', '융합' 등이 된다. 스스로 소리친 '죽음의 굿판'은 이 개념 속에는 존재
하지 않는다.

이제 김지하의 시가 어떻게 달라지는지 살펴볼 차례다.

단시短詩의 세계

시집 『花開』의 서문에서 김지하는 "그동안 약 5, 6년간 나의 시업이 너무 적막하였다. 가깝고 먼 벗들이 때론 걱정해서, 혹은 비아냥으로 그 적막을 지적하거나 아니면 비꼬았었다."라고 시작한다. 이런 사정에서 씌어진 시편들이라 단시형이 눈에 띄는 것일까?

> 내 가슴에 달이 들어
> 내 가난한 가슴에
> 보름달이 들어
> 고층 아파트 사이 사이를
> 산책 가는 내 가슴에
> 가을달이 들어.

「短詩 둘」 전문

이 시는 평이한 언어, 보편적 정서로 훨씬 간명해 보인다. 시대나 역사 같은 무거운 취향도 아니고 가슴과 달, 가슴과 가을달이 부드러이 다가오고 있다. 그 속을 들여다보면 보름달과 가난이 공존하고 고층 아파트와 산책이 공존한다. 그것은 분열이 아니라 양립 조응의 세계이다. 한 발 더 들어가면 가난과 가을달도 조응하고 있다. 시 전체가 하나의 유기적 관계망을 이루고 있다.

> 감기 들린 작은 놈 콜록 소리
> 내 가슴에 천둥치는 소리
> 손에 끼었던 담배

저절로 떨어지고
춥다
그리고 덥다.

―「短詩 셋」 전문

　이 시도 앞 시와 마찬가지로 이미지들이 관계망에 놓인다. '작은 놈 콜록 소리'와 '내 가슴에 천둥치는 소리'가 하나의 대칭이자 영향 관계이다. 아들 감기가 아버지의 가슴 철렁 내려앉게 한다는 것이다. 그러자 손에 낀 담배 가치가 그 '철렁'을 타고 저절로 떨어지는 것 아닌가. 감기는 추위에서 오고 담배는 타들어가며 덥고, 상대적으로 물리적 조응이 이루어지는 것이다. 김지하는 소품으로 실천의 시상을 드러내고 있다. 시인은 버거운 무게를 시대나 역사에서 얻었지만 이제 생명의 의식으로 무게를 지우고 있는 셈이다.

　　진종일 바람 불고
　　바람 속에 꽃 피고
　　꽃 속에 내 그리움 피어
　　세계는 잠시도 멈추지 않는데
　　내 어쩌다 먼 산 바라
　　여기에 굳어 돌이 되었나.

―「短詩 넷」 전문

　이 시 또한 공존의 세계이다. '바람 불고', '꽃 피고', '그리움 피고'의 3자가 호응하고 혼융이다. 결과로 '먼 산 바라/돌이 된' 상황이다. 이 시도 크게 보면 우주 생명의 멈추지 않는 운동을 보인다. 그 운동은 율려이기도 하고 살아 출렁거리기도 한다. 우주의 조직이 수축 팽창하는 것이라 할 때 미세함에서 거대함까지 이어지는 톱니바퀴처럼 조응한다.

김지하는 한으로 점철되는 역사나 전투 투쟁의 관계 속에서 빠져나와
비로소 유유자적의 세계를 놀이처럼 만져 볼 수 있다. 여유에서 동서 양립
이 아닌 동서 혼성의 예지가 번쩍거리기도 하는 것이다. 김지하는 소품인
단시로 우주적 운동의 에테르까지 접근하고 있다.

「2004년 여름 서울」 기타

김지하는 아홉 번째 시집 『유목과 은둔(창비, 2004)』에서 다음과 같이
써나간다.

"아마 내 시집 중에 가장 허름하고 가장 허튼 글 모음일 듯하다. 허름한
것은 '졸拙'이고 허튼 것은 '산散'이니 둘 다 혼돈에 속한다. 뒤에 숨어 있어
야 할 생각과 뼈대들이 앞으로 튀어나와 천정을 치기도 한다. 그런데 웬일
일까? 이 허름하고 허튼 것들이 이상하게 가엾다. 그래 행여 풀이 죽어 스
스로 흩어져 없어지기 전에 서둘러 묶는다. 날더러 할아버지라 부르거나
꼰대라고 손가락질 하는 젊은 애들 앞에서 혼자 빙긋 웃곤 한다."

김지하는 스스로의 시를 허름하고 허튼 것이라 말하고 '졸拙'과 '산散'이
라 한다. 시를 보자.

여기
살아 있어
꿈꾸는 자는
아무도 없다

헛된 희망
덧없는 흐름 위에
마음을 띄워

하나
둘

하루 속에서 끝나간다
버릴 수도 잡을 수도 없는
현실이란 이름의
권력

쉬잇―

침묵하라
누군가
본다
그리고 듣는다
여기가 어디인가 분명 여기가
서울인가

쉬잇―

내일 들로 가리라
뜨거운 무더위 함께 빈 들로
가아
가

미처 웃으리라
빈 하늘 환영에게
꿈을 배우리라

쉬잇

「2004년 여름 서울」 전문

이 시는 꿈꾸는 자 없는 서울에서의 김지하가 2004년 현재의 소회를 밝히는 시다. 허무와의 줄다리기를 하고 있다. 그러면서도 버릴 수도 없고 잡을 수도 없는 권력에 쉬잇, 경계를 가하고 있다. 침묵하라고, 누가 본다고 듣는다고 쉬잇! 하는 것이다. 그렇지만 시인은 여기서 그냥 있지 않는다. "내일 들로 가리라/뜨거운 무더위 함께 빈들로/가아/가"는 허무 일깨우기이리라. 그리하여 "미쳐 웃으리라/빈 하늘 환영에/꿈을 배우리라"고 다짐한다. 절대 현실, 절대 권력인 서울! 서울에서 쉬잇 할 수 있는 곳은 뜨거운 여름 빈 들녘이다. 김지하는 허무주의자가 다 된 듯 하지만 서울 권력에 주의를 기울인다. 그곳으로 들어가지 않는 꿈, 오히려 빈 하늘 환영이라는 메시지 카드 하나 걸고 쉿, 할 수 있는 자가 되어 있다. 빈 들은 나름 뜨거워서 허무를 밀어내기에 알맞을 것이다. 김지하의 은둔의 형식이다.

다음은 시「병원」을 흥미롭게 읽는다.

나는
병원이 좋다
조금은.

그래
조금은 어긋난 사람들,
밀려난 인생이.

아금바르게
또박거리지 않고
조금은 겁에 질린,

그래서 서글픈,
좀 모자란 인생들이 좋다.

거리며 빌딩이며
수많은 장바닥에서
목에 핏대 세우는
그 대낮에

귀퉁이에 서서
어색한 얼굴로

사랑이니
인간성이니
경우니 예절이니

떠듬거리는
떠듬거리는

오로지
생명만을 생각하는,

나는 병원이 좋다.
찌그러진 인생들이 오가는,

그래서
마음 편한,
남보다는 더 죽음에 가까운,

머지않아 끝날 그러한
그래서

마음이 편한

아 나는 역시
'쟁이'던가

아 나는 역시
'산송장'이던가

아아
나는 역시
'움직이는 종합병원'이던가

좋다.
끝이 분명 가까우니,
오로지
생명만을 생각하느니.

「병원」 전문

이 시는 어쩌면 병원이 좋다고 하면서 형식을 '해제'하고 있다. '해제'가 아니라 병에 가까운 느슨한 늘여놓기의 형식을 창조하고 있는지도 모른다. "조금은 어긋난 사람', '좀 모자란 사람', '목에 핏대 세우지 않는', '사랑이니/인간성이니/예절이니'에 떠듬거리는 사람이 좋다'는 것이다. 그리하여 생명만을 생각하는 사람, 죽음에 더 가까이 간 사람이 좋아서 병원이 좋다는 것이다. 나는 움직이는 종합병원이라서 끝이 가까워서 생명만을 생각하는 사람이라 병원이 좋다는 것이다. 스스로 졸拙이라 하고 스스로 산散이라 하고 내놓는 작품이지만 병이 가지는, 병원에 드나드는 겁에 질린 사람들을 연상할 수 있는, 편한 형식의 배려로 볼 때 나름으로는 이완 속의 긴장이라 할 만하다. 그 긴장이 한 겹 위에 있는 긴장일 것이다. 현대를 100세 시대라 하지만 실제로는 온전히 100세를 누리는 사람들은 많지 않을 것이다. 그 많지 않은 대열에 서서 그 자체를 생명에 근접해 있다는 것으로 인식하는 시인은 오히려 우주 생명에 참여하고 있다는 것이다.

『못난 시들』 연작

김지하의 시집 『못난 시들』(2009, 이룸)은 '못난 시' 연작들을 한데 모은 시집이다. <서문>에서 그는 다음과 같이 썼다.

「어수룩하게 살고 못난 시 쓰고」의 서문을 살펴보자.

'어수룩하게 살고 못난 시쓰고'

사형 조동일 교수의 여러 해 전
도움말이다.
그리 살고자 내 딴엔 무척 애썼으나 본의와는
달리 끊임없는 좌충우돌에 기회만 있으면
나도 모르게 똑똑한 체, 잘난 체 했다.
이런 점에서 나의 삶은 거의 실패다.
실패한 사람만이 좋은 시를 쓴다던가?
허허허
인연일까? 두 어머니 떠나보내는 집안의 긴긴 촛불
그리고 밖에서는 저 어마어마한 전 문명사
전환의 기나긴 촛불
거기에 촛불세대인 내 두 아들의 바람
'아버지
좀 쉽고 재미있는 시 쓰세요!'
그래

못난 시!
그렇게 됐다.

「어수룩하게 살고 못난 시 쓰고」 부분

어수룩하고 못난 시는 재미를 주는 것일까? 이를 두고 그늘의 논리가 적용될 수 있을까? 무의식과 의식, 주체와 타자 등의 통합을 기본 원리로 삼는 것이니 추함과 어떤 숭고미를 연결해 볼 수 있을지 모르겠다.

요즈음
나는
시청 앞에서 밤공부한다

새벽맞이 공부
조금은 바보 같은
조금은
신령스러운

중앙청이나
조선일보 동아일보 빌딩 쪽에서 보면
참으로 한심하고
못나 빠지고
그런

낼모레
내 나이 일흔인데
열댓살짜리 애들과
젊은 아줌마들과 둘러앉아
쇠고기
대운하

물
의료보험
몰입 영어 교육 어쩌고저쩌고
밤새도록 떠들고 밤새도록
춤추며 노래 부른다

여러 해 전에 나 떠나간 한 아우의
아침이슬 노래도 부른다

이 노래 참 좋다
전엔 몰랐던

그래
저기서
먼동 터 온다

집에 가 한숨 자고
밥벌이 강의 노트 조금 만지작거리고 나서
허허허
조동일 형이 글 권면하던
못난 시 한 편
두 번째로 쓰겠다

―「못난 시 2」 부분

　이 시는 광화문 촛불 시위에 참가한 전말을 시로 쓴 것이다. 촛불 시위의 정체에 대한 언급은 없이 '밤공부하기', '열댓살짜리 애들과 젊은 아줌마들과 둘러 앉아' '밤새도록 춤추고 노래 부르며' '아침 이슬 노래 부르며' 먼동 터올 때까지 거기 있었다는 것이다. 과연 이 나이에 걸맞는 것인지 자문하고 있는 것이 좀 연치年齒에 어울리지 않는 것 같다는 심정이기도 하고 이

행위가 조금은 바보 같고, 조금은 신령스럽다는 것이니 아무래도 촛불 현장을 운동권 행사의 연장으로 보지는 않고 있다. 이들 신령스런 현장은 그러므로 김지하가 원하는 개벽세상의 면목을 갖추고 있다고 볼 수밖에 없다.

「못난 시 3」을 또 읽어보자.

촛불을 보며
촛불을 끄려는 물대포와
가스와 몽둥이며 너트와 방패를 보며
자칭 운동권
폭력꾼들을 보며

그러다
사제단, 엔시시
절집 스님들과 흰 저고리 검정치마
원불교 개벽 단들의
비폭력을 보며

나
진종일 앉아
멍청하게 생각한다

그 옛날
첫감옥에서 도둑님들과 합방했을 적에
대낮에 술 취해서
소도둑 하다 잡혀온
충청도 촌놈 하나가 어느 날이다

혼자서 나직이 중얼거리던
한마디,

'못나가도 좋고
나가면 더욱 좋고.....'

허허허

기인 세월
도둑님들께 많은 도움에
깊은 깊은 가르침까지 받아온
빠삐용 김지하가
이제 와
진종일 앉아
멍청하게 멍청하게
후천개벽을 생각한다

'지금 안 와도 좋고
지금 오면 더욱 좋고.......'

—「못난 시 3」 전문

김지하는 이 시에서 촛불 시위가 분명히 동학의 후천개벽을 낙관적으로 대망하고 있음을 밝힌다. "지금 안와도 좋고/지금 오면 더욱 좋다"는 것이다. 그 근거는 옛날 옥살이할 때 합방했던 '도둑님들'의 하는 말을 그대로 적용한 것이다. 우주적 시간이 선천과 후천으로 나눌 때 우주 인간사에 대변혁이 언제 오는가에 따라 선천개벽, 후천개벽으로 나눈다는 점이다. 이 사상은 한국 신종교의 공통적 이념인 신천지 도래의 운동적 근거를 제공했다. 김지하는 이 미래 이념을 율려라는 우주정신의 본체인 천지의 조화성령으로 설명하고자 했다.

다만 김지하의 시가 후천개벽이면 그 개벽의 구체성과 문화 운동적 에너지의 심상을 찾아내는 것이 지름길이었을 것이다. 일테면 촛불 현장에서 경찰에게 꽃을 건네주는 한 아주머니의 행동에서 찾아지는 흐름, 또는 그 운동적 파장이 붙들려져야 한다는 것이다. 시에서 그 옥중 촌놈의 "지금 안 와도 좋고/지금 오면 더욱 좋고"의 여유스러움, 그 여백이 뒤끝을 길게 끌고 간다. 이를 통해 못난 것이 언제나 못난 것이 아니라는 데에 방점이 찍힌다 할 수 있겠다.

김지하 시인은 별로 주목받지 못하던 1960년대 시 전문지 <시인>지에서 등단하여 등단 2년차에 담시 「오적」으로 일약 세계적 시인 반열에 올라선 시인이 되었다. 우리나라 현대문학사에서도 그 유례를 찾아볼 수 없는 시대 저항시의 발자취를 남겼다. 아마도 문학 작품으로 일세의 시대를 흔든 시인으로 영구히 문학사에 기록될 것이다. 필자의 이 글에서는 전반기 시를 더 깊이 살피지 못한 것이 한계였고 후반의 김지하 우주생명학에 대해 본격적으로 다루지 못한 부분 또한 한계로 남는다. 다만 이 짧은 논의에서나마 우리 시단의 젊은 시인들이 저항의 영역과 역사라는 들판에서 잠시 서성일 수 있게 되기를 바란다.

초기의 감성, 虛心, 高士, 은둔 지향의 세계

조정권論

초기의 감성, 虛心, 高士, 은둔 지향의 세계

조정권論

초기의 감성, 虛心, 高士, 은둔 지향의 세계

그 시세계는 크게 보아 동양적 시관으로 또는 자연원형으로 모아지게 되는데 거기에 이어지는 인연의 인사들이 주목된다. 그 부분을 처음으로 살피고 이어 세계의 능선을 넘어가 보고자 한다.

시인에게 영향을 준 사람들

조정권 시인이 영향을 받았다고 볼 수 있는 스승이나 친지, 또는 선배들이 있다. 스승으로는 박목월, 김달진이 있고 친지로는 조각가 근원 선생, 선배로는 이승훈, 이건청 등이 있다. 박목월은 조 시인이 고등학교 문학의 밤 이후 등단과정에서 지도를 받은 스승이고 김달진은 수유리에 살 때 수시로 방문하여 가르침을 받은 것으로 보인다. 첫시집의 <序>에서 박목월은 다음과 같이 썼다.

"조정권 군의 작품에는 시인으로서의 천재적 자질의 편린이 번득거린다. 「백지 1」에서 엿볼 수 있는 지극히 조숙한 총명, 「근성」을 비롯하여 그의 작품 구석구석에서 찾아볼 수 있는 이미지의 강렬성, 언어에 대한 지극히 개성적인 민감한 반응과 행간의 긴장감은 그가 범상한 시인이 아님을 충분히 증명해 주는 것이다. 조정권 군을 처음 알게 된 것은 '養正文學의 밤'에서였다. 당시 홍안의 소년이던 그가 그 후로 인생에 대한 방황과 좌절, 고된 역경을 치르었음을 필자는 알고 있다. 그러나 그와 같은 역경의 수렁 속에서도 예술(시)에의 순정으로 끝내 굴복하지 않고 그것을 극복해

온 것이다. 그런 뜻에서 이번 그의 처녀시집은 그와 같은 역경 속에서 시에의 성실을 다한 귀중한 승리의 산물이요 내면의 필연성에 따라 자기를 성숙시킨 순정의 결정물이다.”

박목월의 이 서문은 제자에 대한 애정에의 경로로 보여지기도 하지만 첫시집을 내기까지의 조 시인이 만났던 삶의 역경에 대해 아주 가까이서 들여다보고 안타까워하고 있었다는 점이 그 관계와 지도의 직접성을 인지하게 한다. 이를 조 시인 편에서 보면 스승의 전인적인 영향뿐 아니라 시 작품에서의 기법이나 감성적 내질의 수용도 가능했을 것으로 보인다.

가령 초기 박목월의 청록파 시절 대표작인 「청노루」의 “먼 산 청운사 낡은 기와집/산은 자하산 봄눈 녹으면/느릅나무 속잎 피는 열두 구비.....” 같은 자연원형을 한 자리에 앉히고 있지 않을까, 그런 상식을 생각하게 된다. 조 시인에게는 박목월의 ‘플러스 원형’, 곧 긍정적인 정서로서의 자연이었을 것이다.

김달진 시인의 경우 조 시인의 직접적인 스승이라는 객관적 자료는 없다. 그러나 세 번째 시집『虛心頌』<시인의 말> 서두에 “‘허심’은 수유리에 살고 있는 老翁(김달진옹)을 만나기 시작하면서 써온 시들이다. 지난 3월부터 하루에 서너 편씩 쓰기 시작하여 4월 중순까지 밤낮으로 40여일에 걸쳐 70편 정도가 써졌다. 寡作이었던 내 경우 이런 多作은 처음 겪는 일이기도 하다.”

김달진 옹(노인)을 만나면서 시를 이렇게 다자으로 끌고 간 수 있다는 것은 무엇을 말하는 것인가? 옹에게서 얻는 사상, 정서, 풍격風格 등이 스스로의 시 영역으로 침투해오는, 물꼬 터지듯 넘쳐오는 수용이라는 점에서 대단한 체현적, 인격적 만남이 아니고 무엇이겠는가. 『虛心頌』에는 자연원형이 ‘플러스’(긍정적 수용)로도 드러나 있고 ‘마이너스’(결핍, 부정)로도 드러나 있음에 유의하면서 그 수용의 방향을 가늠해볼 수 있을 것이다. 김달진은 동양정신과 불교정신을 바탕으로 시를 쓴 시인이었고 동국대학교 동국역경원의 심사위원과 역경위원을 역임했었다.

또 한 사람 지인은 시집 『虛心頌』에 실린 시 「詩瘦軒 이야기」에서 밝혀지는 近園 선생이다.

나의 書室에 詩瘦軒이란 堂號와 함께 글씨 한 폭을 내려준 분이 近園이다.
詩瘦軒.
글자 그대로 시가 야위어가는 집,
시가 쇠약해 가는 집이라는 뜻이다.
시의 풍년이 드는 집이라면 몰라도 시의 가뭄이 드는
집이라니
이 무슨 저주의 말씀을 내리신 것인가,
그러나 그 속에 담긴 속뜻을 곰곰 헤아려보면 詩가 야위어가는 것을
경계하라는 뜻이요

(중략)

사실 나에게는 書室이란 것이 있을리 없다.
소나무 숲이 들어찬 세검정 산꼭대기에 안채로 통하는 古風스런
中門이 있고
1백평 남짓한 넓은 뜰 구석 벽오동 밑에 草堂을 한 채 지어놓은 이 집은
조각가 K씨 집으로서
그가 마산으로 내려가면서 나에게 빌려주고 간 곡절 깊은 사연이 있는
집이다. 따라서,
나에게 서실이 있다면 먼저 主人이 물려주고 간 書室이 있을 뿐이요
册이나 彫刻을 그대로 남겨두고 갔으니 사실상 나는
이 집의 관리자인 셈이다.

—「詩瘦軒 이야기」에서 부문

시에서 근원近園은 세검정 산꼭대기 고풍스런 집을 빌려주고 지방으로 간 조각가이다. 그 조각가는 가면서 '시가 여위어지는 집'이라는 뜻인 '詩瘦軒'이라는 당호를 지어서 글씨로 써서 남겨주고 간 고마운 사람이다. 이 근원 선생은 조각가이지만 세검정 꼭대기 넓은 초당에 살았고 전통 고전의 인격을 다듬어 조 시인에게 이관해준 것인데 시가 여윈다는 뜻은 오히려 그 뜻을 역설로 받아들이는 시정의 깊은 뜻이니 조 시인에게 전통, 정서, 자연 등이 가지는 '자연원형'의 세계를 환기시켜준 지인이다.

이 세 사람이 조 시인에게 서정시의 기본과 감각, 자연과 무위 등등의 시적 소도구들을 챙겨준 분들이라면 박목월 계파의 이승훈, 이건청 등의 선배들은 조 시인에게 시적 위의威儀를 갖추는 힘이 되어준 것으로 보인다.

조정권의 시 생애

조정권 시인은 1970년 <현대시학>에서 등단한 이래 시집 『비를 바라보는 일곱가지 마음의 형태』, 『시편』, 『虛心頌』, 『하늘 이불』, 『山頂墓地』, 『신성한 숲』, 『떠도는 몸들』 불역시집, 『고요로의 초대』 등이 있다. 그중 『비를 바라보는 일곱가지 마음의 형태』, 『虛心頌』, 『山頂墓地』, 『고요로의 초대』로 잇는 시의 흐름에 주목하면서 그것이 조 시인의 시적 생애를 이루는 뼈대라는 데 초점을 모으고자 한다.

1. 시집 『비를 바라보는 일곱가지 마음의 형태』(1977)

조정권 시인은 비를 바라본다는 것이다. 바라보는 마음이 일곱가지로 갈라진다는 것이다. 그 정체를 이제 독자가 바라볼 차례다.

새앙철 지붕 위로 쏟아지는 쇠못이여

쇠못 같은 빗줄기여
내 어린 날 지새우던 한밤이 아니래도 놀다 가거라

잔디 위에 흐느끼는 쇠못 같은 빗줄기여
니맘 내 다 안다

니맘 내 다 안다
내 어린날 첫사랑 몸져 눕던 담요짝 잔디밭에 가서
잠시 놀다 오너라

집집의 어두운 문간에서
낙숫물 소리로 흐느끼는
니맘 내 자알안다
니 맘 내 자알안다
「비를 바라보는 일곱 가지 마음의 形態, 하나」 전문

   '쇠못 같은 빗줄기'는 무엇인가. 못 치듯이 세차게 내리는 비일 것이다. 그 내리는 비와 내 어린 날 몸져 누움의 아픔과 하나이다. '니맘 내 다 안다'의 교감이다. 그러니 빗줄기가 어린 시절 내 담요짝 같은 잔디밭에서 좀 놀다 오라는 것이다. 비는 흐느끼며 어둠으로 내리니 마음은 그지없이 아프고 아프다는 것이다. 시에서 쇠못의 비유가 조정권의 것이다.

풀밭에 떨어지면
풀들과 친해지는 물방울같이
그대와 나는 친해졌나니
머언 산 바라보며
우리는 노오란 저녁해를 서로 나누어 가졌나니

오늘 먼 산 바라보며
내가 찾아가는 곳은 그대의 무덤
빈 하늘 가득히 비가 몰려와
눈알을 매웁게 하나니
―「비를 바라보는 일곱 가지 마음의 形態, 둘」 전문

여기서도 그대는 비라고 보는 것이 옳다. 노오란 저녁해를 나누는, 나누어 갖는 그대 비와 나이다. 그런데 내가 찾아가는 곳은 그대의 무덤이다. 몰려와 눈알 매웁게 하는 비, 또는 비에 젖는 무덤이다. 사실 이미지로 보면 비는 내리는 족족 해체되는 것, 무덤인 것이다. 앞에서는 쇠못처럼 박히듯 내렸고 이 시에서는 몰려와 무덤을 이루니 정서는 무 아니면 무덤이다.

세 번째 시를 보자.

바람이여 네가
웃으며
내게로 달려왔을 때
나무는
가장 깊숙한 빈터에서
흡족한 얼굴을 밝힌다
바람이여
네 至純한 손길이
내 몸을 열어놓을 때
나는 낮은 움직임
바다 밑으로 손을 펴
눈먼 이의 눈먼 가슴을 더욱 가라앉힌다
―「비를 바라보는 일곱가지 마음의 形態, 셋」 전문

바람이 내게 웃으며 달려오고 나무는 빈터에서 확실한 모습이 된다. 바람의 손길이 내 몸을 열어젖힐 때 내 몸은 비와 더불어 더 낮은 바다 밑으로 손을 펴고 가라앉는 마음이 된다. 바람도 비도 지극한 순수의 감촉으로 나의 위치를 더 낮은 자세로 갈앉게 하는 것이다. 시에서 깊숙한 빈터, 지순한 손길, 바다 밑 더듬어 내리는 이미지들이 만들어진다. 비는 쇠못처럼 박히고, 몰려와 무덤을 이루고 순수의 감촉으로 바다 밑으로 깔려드는 것이다.

비를 바라보는 네 번째 마음의 자리를 보자.

> 지난해의 빗물에 녹이 슨 꽃이 다시 녹슬기 시작한다면
> 바라보다가 녹이 되어 떨어진 당신의 눈은
> 향기가 消耗된 나무껍질일 것이다
> 다시 녹슬은 꽃이 우수수 진다면
> 문질러보다가 분질러진 당신의 손은
> 참혹한 덩어리일 것이다
> 빗줄기들이 유리에 부딪쳐 아무런 소리도 내지 않는다면
> 당신은 귓속에 병마개를 틀어막고 들어야 할 것이다
> 비가 내리는 동안 당신의 시간이 멈춘다면
> 시간은 죽어 숨소리를 그칠 것이다
> 　　　　　　　　「비를 바라보는 일곱가지 미음의 形態, 넷」 전문

이 시는 앞 세 편과는 다른 이미지를 보이고 있다. '빗물에 녹이 슨 꽃', '녹이 되어 떨어진 당신의 눈', '눈은 향기가 소모된 나무껍질', '분질러진 당신의 손', '참혹한 덩어리', '귓속에 병마개를 틀어막고 들어야', '시간은 죽어 숨소리를 그칠 것' 등이 그러하다. 이들은 일상의 의미도 아니고 연결에서 정상으로 돌아오는 뜻도 아니고, 역설이기도 하고 어떤 초월적인 이미지이기도 하다. 비에서 드러나는 이미지는 부정적이다. 녹슬다, 떨어진 눈, 분질러진 손, 시간은 죽은 숨소리를 가리키고 있다. 어떤 비의 의미

나 이미지는 부정 일변도이다. 무연의 결합이거나 초월의 시간 같은 것이다. 그리하여 조 시인의 비의 이미지는 전혀 거꾸로 가는 시곗바늘처럼 멈추고 틀어막는 죽은 세계이다.

조 시인의 다섯 번째, 여섯 번째를 지나가는 동안 네 번째 이미지보다 더 강렬한 부정, 더 강렬한 탈이미지로 나아간다. 그 일곱을 보자.

> 그믐밤 헛간에 빠졌을 때다. 나는 부러진 도끼처럼 뒹굴었다. 완강한 어둠 속에서 흰팔의 소리들이 나를 불러내고 있었다. 다 탄 心枝처럼 겨울나무들이 몰려오고 얼어붙은 땅바닥에서 바람소리들이 새어나오고 있었다. 흰팔의 소리들이 뼈를 쪼개고 있었다. 소리들은 찢어진 살을 만지고 있었다. 바늘을 삼킨 위독한 나를 부르며 잃어버린 나라에서도 불타오르던 암석들을 데려오고 있었다. 물이 엎질러진 마당구석에서 아이들은 얼굴을 비춰보며 놀고, 나는 얼음이 갈라지는 헛간의 빙벽에 매달려 있었다. 이번에는 소리들이 뼈를 부딪치고 있었다. 소리들은 바다로 기울어져가고, 내 안에서는 하얗게 고함치며 갈라지는 뼈가 있었다. 그러자 바람이 메마른 나뭇가지의 살을 씻어내리자 失身하는 바다에서 흰팔의 소리들이 다시 들려오고 있었다.
> —「비를 바라보는 일곱가지 마음의 形態, 일곱」 전문

조 시인의 마음의 형태는 이제 내면의 풍경으로 재편되고 헛간에 빠진, 부러진 도끼, 흰팔의 소리들, 뼈를 쪼개고, 바늘을 삼킨 위독한 나, 불타버린 암석들, 얼음이 갈라진 헛간의 빙벽, 소리들은 바다로 기울고, 하얗게 고함치며, 실신하는 바다 등등의 이미지 풍경들이 찢겨지는 듯한 살풍경을 이룬다. 이 정도면 '마이너스 원형'(부정적, 결핍의 소리)의 자연이다. 이시는 제목에서 일곱 내지 일곱 개가 주는 수 개념이 어떤 유행에 이어져 있다. 70년대 초반 '월간 현대문학'에 발표된 어떤 시인의 시 『시, 일곱 개의 아픔』과 유사 제목일 수 있는데 '일곱'이 감각일까, 혹은 '럭키세븐'일까?

종교의 피정 같은 데서 완결 강의가 일곱째인 것에 염두를 둘 때 어떤 정신의 맥에 닿는 것일까 심도 있는 검토가 있으면 좋을 것이다. 시에서 '흰팔의 소리들' 등은 시인의 선배 초기시를 떠올릴 수 있어서 시의 전반적인 흐름이 모더니즘적 인상을 풍겨준다. 그러나 시적 감성이 두드러지기도 하고 기본이 부드러운 이미지를 바탕으로 하고 있다.

이쯤에서 조정권 시인의 시가 어쩌면 모더니즘적 들녘으로 넘어가는 고비가 되지 않을까 싶지만 그는 그쪽으로 가지 않았다. 『虛心頌』, 『山頂墓地』, 『고요로의 초대』를 읽어야 할 이유가 여기에 있다.

2. 시집 『虛心頌』(1985)

이 시집의 기본은 "수유리에 살고 있는 老翁(김달진 선생)을 만나기 시작하면서 써온 시들"이다. 스스로 <시인의 말> 서두에서 밝힌다. 꼼짝없이 시인은 노옹 선배시인을 만나면서 집중적으로 씌어진 제1부 '허심송'의 세계를 풀어내고 있는 것 아닌가. 서시편으로 읽히는 「接心」을 보자.

定處없는 자에게
집이나 자연이란
소유개념이 아니라
사용개념에 가까운 것이다.

앞으로 당분간 이곳에 머물면서
내 귀에 毒을 부어넣는
저 솔바람소리로
내 몸의 毒을 치유해 가리라.

—「接心」 전문

1연은 두 번째 나오는 시적 서사의 「詩瘦軒」 이야기를 요약한 것이고 2연은 시의 과감한 방향 전환의 의미를 지닌다. 내 귀에 독을 부어넣는다는 것은 아마도 수유리 노옹의 말씀과 그 체현적 정신을 받아들인다는 태도일 것이다. 말씀이 그 이전의 경도를 무너뜨리는 독이 될 것이다. 그 독이 '솔바람소리'이자 치유의 毒이라는 동반적 의미를 내포하는 것이다.

「接心」 다음으로 이어지는 시편들의 형식의 주요 뼈대는 산문화이다. 첫 시집에서 키워놓은 나름의 이미지와 구축된 시적 구성이 이미 중요한 것이 아님을 보여주는 행보이다. 「詩瘦軒 이야기」, 「銘」, 「心骨」 등이 그런 조짐을 보인다.

늙어 冊床을 가까이함이 한가로움이니
하루 한 개씩 솔방울을 줍기로 했네.

이밤 어느 千里길 바삐 다녀 오시는가,
어디 다녀오시느냔 질문에는 애기 솔방울 한 줌.
　　　　　　　　　　　　　　—「늙어 冊床을 가까이 함이」 전문

어느새 시인은 '늙어 책상을 가까이'하는 노달의 감성에 닿아있다. 책상일 뿐인가, '이밤 천리길'의 가벼움에 젖는 그 축지의 낙법 같은 무위의 즐거움을 누리는 것이다. '솔방울 한 줌'이 갖는 자연의 섭리랄까 그것은 플러스 원형이다. 어느 모서리든 뾰족한 데가 없는 무경계의 헐거움이다. 가을이 오면 가을이 그 무경계의 포토라인이다. 감나무 꼭대기에 홍시 서너 개 남겨두고 바라보는 멋, '홀로의 멋'을 누리는 것이 지극한 무위다. 거기 '이름 잊은 새'가 있거나 말거나 쪼아 먹거나 사라지거나 경계 해제다. 시간도 해제다. "하루 종일 솔향기 펴서 나르는 바람/하루 종일 진흙땅에 떨어지는 빗방울/하루 종일 진흙 속을 걸어간 꽃들의 흙발" 이처럼 상상력이 자유자재다.

> 비 그친 뒤 뒷산의 落果소리 하도 고요해 일찍 깨어 앉아
> 나도 모르는 무릎을 친다
> 문득 萬里 밖에 불어난 長江물 떠오르신가
>
> 「비 그친 뒤」 전문

> 한밤중에 높디 높은 꼭대기 枯木 굵은 가지 탁, 하고 부러지는 소리.
>
> 언 땅바닥이 나뭇가지 후려치는 소리.
>
> 한밤중에 스스로 저지르는 이 엄청난 臥身의 장엄한 分節,
>
> 四面 고요에 눈 흩뿌리며 허우적거리는.
>
> 「한밤중에」 전문

「비 그친 뒤」의 고요의 상태다. 낙과 소리에 일찍 깨어 무릎을 친다. 「한밤중에」 고목 가지 탁, 부러지는 소리, 나뭇가지 후려치는 소리의 연동이 어떤 禪寂 기척을 보이는 풍경이다. '와신의 장엄한 분절, 사면 고요에 눈 흩뿌리며 허우적거리는'이 靜觀의 상태다. 아마도 老翁의 불가적 체현의 순간적 직관일 것이다. 수유리 노옹의 언어는 조용하고 느리고 어떤 고여 있는 물처럼 시간의 체적이었을 것이다. 거기서 단순, 단편의 흐름의 일렁임을 붙들 수 있는 것이 조 시인의 시이다.

> 늙은 매화 옆엔 고색창연한 怪石 어울리고,
> 소나무 아래 우둔스런 바위 어울려라.
> 무심하다 저 아래 가는 풀,

뒤도 처다보지 않고 저 아는 길만 가는구나.
두어라, 저 혼자 취해 가는 물길 왜 있겠느냐.

—「물길 왜 있겠느냐」 전문

　인용시는 시조형에 가깝다. 5행시지만 조금 정리하면 3행으로 쉽게 줄일 수 있다. 마지막행의 '두어라', 석자는 평시조 종장 첫 구의 상투성이다. 시는 동양화 한 폭을 보는 듯하다. 풀은 제 아는 길로만 가고 물길도 혼자 취해 간다는 것이 재미있다. 물길의 나아감이라는 지향점에 눈길을 주고 있는 것이 동양적 정서이다.

　조정권 시인이 이렇게 자연원형에 천착해 시를 쓴다는 일은 정서적 충격 같은 것을 깨우침으로 받은 것이 아닐까 한다. 수유리 노옹의 어떤 풍격風格에 사로잡힌 것일까? 노인, 노달, 노숙, 노경 같은 낱말이 동양적 도풍하고도 이어진다고 볼 때 반드시 생물적 연조와는 무관하게 그 섭리의 문턱을 넘을 수 있었으리라 추단된다.

　노옹이라는 말 자체가 빈 마음이다. 물길이나 고요나 무심이나 무위, 무경계 따위가 虛心이리라.

우거진 숲속에는
그네 두 채가 살고 있었다.

서로 마주보며
눈이 오나 비가 오나
행복하였다.

어느날은 그네 한 채가
사슬에 묶여 거꾸로 매달려 있었다.

한 그네를 스르르 밀어보았다.
공허를 넘어 저 혼자 가는 行者 같았다.

「우거진 숲속에는」 전문

숲속 그네는 어떤 실용 도구가 아니라 한가한 시간의 놀이 기구이다. 그 둘이 마주보고 있는 것도 실용가치와는 무관하다. 혼자 가는 行者같이 빈 마음 닦는 존재이다. 시인은 세검정 꼭대기 자연 속에 있는 실용등기가 되어 있지 않은 집에서 산다는 것, 수유리 산속 노옹의 거처를 나드는 나들이 움직임이 모두 허심일 것이다. 시인 具常이 '허심'에 '송'자 하나 얹어 준 것도 노옹에게 지팡이 하나 잡혀준 것에 비견할 만하다.

3. 시집『山頂墓地』(1991년)

유종호 교수는 조정권의 시집『山頂墓地』해설에서 <견인주의적 상상력의 시>라는 제목으로 다음과 같이 요약하고 있다.

"30편에 이르는 연작시들을 한 타래로 묶어놓고 있는 조직 원리가 있다면 그것은 무엇인가? 그것은 높고 차고 청정한 것에 대한 견인주의적 동경, 본원적인 진정성에 대한 끊임없는 간구로 요약되는 지상 탈출욕구라고 말할 수 있을 것이다."

이 요약 다음까지 읽어볼 필요를 느낀다.

"이러한 동경과 간구는 보기 드문 위엄과 기품을 통해서 절절한 표현을 얻고 있다. 그리고 그 성취는 대중문화의 비속성이 삶의 구석 구석으로 스며 번지고 있는 오늘 예스러우면서도 신선한 충격을 가지고 있다." 필자는 조 시인의 대저한 의욕과 탐구심으로 펼쳐가는 시적 대장정을 이렇게 간단히 요약해 낸 유교수의 지적 평필에 우선 감동하며 경의를 표한다. 해설이 일정 부분 시인의 궤도를 따라잡으면서 거기 시인이 빗나가는 정서적 해이

감이나 부분적 일탈 같은 것도 아우르는 능력이 돋보인다.

조 시인은 시집 『虛心頌』에서 원형자연의 빈자리를 만들어 놓고 어떤 자연이라도 들여놓을 준비를 해놓고 있었다. 이제 그 꼭대기 '山頂'이다. 시집의 부제로 '自序'를 대신하여 「獨樂堂」을 싣고 있다.

獨樂堂 對月樓는
벼랑 꼭대기에 있지만
옛부터 그리로 오르는 길이 없다.
누굴까, 저 까마득한 벼랑 끝에 은거하며
내려오는 길을 부셔버린 이.

—「獨樂堂」 전문

이 시는 달과 희롱하는 대월루가 벼랑 꼭대기에 있고 거기로 오르는 길이 없고, 누군가가 거기 은거하고 있고, 내려오는 길을 스스로 부셔버린 사람이 있는 자리에 누각이 있다. '山頂'의 절대성을 말하고 있는 시다. 고고한 지위의 확보와 유지라는 지향이 있다. 이를 두고 유종호 교수는 고처, 고고孤高, 고사高士라고 말하고 그런 경지는 세속을 벗어난 淸淨의 정신에 맞닿아 있다고 보았다.

시인이 『山頂墓地』 연작 30편을 쓴다는 것은 힘들다. 한 편 한 편씩 따로 떼어 읽을 때 시는 각편의 재미를 던져준다. 다만 시 읽기의 코드를 유종호 교수가 해설에서 요약해 준 것을 환기시켜 볼 필요를 느낀다. "높고 차고 청정한 것에 대한 견인주의적 동경, 본원적인 진정성에 대한 끊임 없는 간구" 그것은 '부단한 지상 탈출의 욕구'라는 것이다.

조정권의 『山頂墓地』는 87행 장시이다. 이 장시를 7개의 토막으로 나누어 살펴보자.

겨울 산을 오르면서 나는 본다.
가장 높은 것들은 추운 곳에서
얼음처럼 빛나고,
얼어붙은 폭포의 단호한 침묵
가장 높은 정신은
추운 곳에서 살아 움직이며
허옇게 얼어터진 계곡과 계곡 사이
바위와 바위의 결빙을 노래한다.
간밤의 눈이 다 녹아버린 이른 아침,
山頂은
얼음을 그대로 뒤집어 쓴 채
빛을 만들고 있다.

　1절은 전체 시의 프롤로그이다. 겨울 등정에서 얼음의 빛남과 폭포의 침묵에서 가장 높은 정신을 만난다. 거기는 계곡과 바위의 결빙이 있고 간밤의 눈은 녹고 아침은 얼음으로 빛난다. 산꼭대기 절대 공간의 스케치다.

만일 내 영혼이 天上의 누각을 꿈꾸어 왔다면
나는 신이 거주하는 저 天上의 一角을 그리워하리.
가장 높은 정신은 가장 추운 곳을 향하는 법,
저 아래 흐르는 것은 이제부터 결빙하는 것이 아니라
차라리 침묵하는 것,
움직이는 것들도 이제부터는 멈추는 것이 아니라
침묵의 노래가 되어 침묵의 同列에 서는 것,

　천상을 이상으로 꿈꾸었다면 천상이 정신의 높이였을 것이다. 그러나 정신은 가장 추운 것에서 높이를 가늠하는 것, 결빙이 꼭대기의 기본이지만 때로는 침묵이 노래로 참여하는 것일 수 있다. 천상, 결빙, 침묵이 하나

의 정신의 높이를 이끌고 있음을, 그 동력이라는 점을 유의해야 하리라. 절
대 공간은 거기서 다시 동력을 통해 정신의 고처高處를 유지하는 것이다.

> 그러나 한 번 잠든 정신은
> 누군가 지팡이로 후려치지 않는 한
> 깊은 휴식에서 헤어나지 못하리.
> 하나의 형상 역시
> 누군가 막대기로 후려치지 않는 한
> 다른 형상을 취하지 못하리.
> 육신이란 누더기에 지나지 않는 것,
> 헛된 휴식과 잠 속에서의 방황의 나날들,
> 나의 영혼이
> 이 침묵 속에서
> 손뼉 소리를 크게 내지 못한다면
> 어느 형상도 다시 꿈꾸지 않으리.
> 지금은 결빙하는 계절, 밤이 되면
> 물과 물이 서로 끌어당기며
> 결빙의 노래를 내 발밑에서 들려주리.

잠든 정신은 후려치지 않으면 잠에서 깨어나지 못한다는 이야기다. 형
상도 누군가 막대기로 후려쳐야 다른 형상을 취한다는 것이다. 나의 영혼
은 휴식과 잠 속에서 방황하는 것, 손뼉소리를 크게 내지 못한다면 어느 형
상도 다시 꿈꾸지 못한다는 것이다. 결빙의 계절, 밤에 물과 물이 서로 끌
어당기지 않으면 결빙의 노래를 들려주지 못할 것이다.

산정의 고양된 정신도 때로는 헛된 휴식에 잠들 때 손뼉소리 크게 내지
않으면 깨어나게 할 수 없다는 것이니 이때 지리산에 살던 남명 조식 선생
의 「덕산 계정의 기둥에 붙이는 시」를 생각할 수 있을 것이다.

"천석들이 종을 보게나/크게 치지 않으면 소리가 나지 않는다네/아 어찌하면 나도 저 두류산처럼/하늘이 울어도 울지 않을 수 있을까"

선비는 선비정신은 늘 깨어 있어야 하는 것, 하늘이 울어도 울지 않는 종소리가 소중한 자산이다. 아울러 크게 치는 자성의 결빙이 긴요한 것임은 물론이다. 어디로 이어지는 정신이고 무엇을 요구하는 갈망일까?

> 여름 내내
> 제 스스로의 힘에 도취하여
> 계곡을 울리며 폭포를 타고 내려오는
> 물줄기들은 얼어붙어 있다.
> 계곡과 계곡 사이 잔뜩 엎드려 있는
> 얼음 덩어리들은
> 제 스스로의 힘에 도취해 있다.
> 결빙의 바람이여,
> 내 핏줄 속으로
> 회오리 치라.
> 나의 발끝에서 머리끝까지
> 나의 전신을
> 관통하라.
> 점령하라.
> 도취하게 하라.

'결빙의 바람'과 '나의 전신' 사이의 관계이다. 산정의 원형은 결빙이지만 '나의 전신, 핏줄, 발끝'을 향해 관통하고 점령하라는 명령을 가하고 있다. 여기서의 원형은 마이너스 원형이다. 무엇인가를 향해 움직이는 것이고 치는 것이고 관통하는 것이다. 그리고 마침내 도취하게 하라는 것이다. 3절에서 잠든 정신에 가하는 후려침의 작용을 보듯이 4절에서도 '회오리치고 관통하라'는 간구를 보인다. 조 시인의 산정은 오르기까지의 에너지이지만 오르고 난 뒤의 단계는 벌써 경계의 대상이다.

山頂의 새들은
마른 나무 꼭대기 위에서
날개를 접은 채 도취의 시간을 꿈꾸고
열매들은 마른 씨앗 몇 개로 남아
껍데기 속에서 도취하고 있다.
여름 내내 빗방울과 입맞추던
뿌리는 얼어붙은 바위 옆에서
흙을 물어뜯으며 제 이빨에 도취하고
바위는 우둔스런 제 무게에 도취하여
스스로 기쁨에 떨고 있다.

산정의 새들을 통해 날개를 접은 도취에 경고음을 발한다. 열매의 씨앗은 껍데기 속에서 도취하고, 뿌리는 얼어붙은 바위 옆에서 제 이빨에 도취하고, 바위는 제 무게에 도취한다. 산정에 있는 것들은 다들 도취의 리듬 안에서 자기 희열에 빠져서 어느새 허우적댄다. 새들뿐이겠는가. 조정권은 시에서 도취의 고삐를 쥔다면 어느 쪽이겠는가. 내린 눈에게, 만년 얼음에게, 구름에게, 구름 너머 대기권에게, 더하여 천상의 월계관에게 도취의 덫을 놓을 것이다. 만리 바람에게 천리 강물에게도 흐르는 길목에 도취의 덫을 낄아 둘 것이다. 덫 아닌 것이 없는 꼭대기는 더하여 갈등과 갈원의 피조물에게 죄업의 용시를 씌울 것이다.

다음을 보면 도취와 계단 오르기와 성숙한 하강에 대하여 짧은 주문이 있다.

보라. 바위는 스스로의 무거운 등짐에
스스로 도취하고 있다.
허나 하늘은 허공에 바쳐진 무수한 가슴,
무수한 가슴들이 消去된 허공으로,
무수한 손목들이 촛불을 받치면서
빛의 축복이 쌓인 裸木의 계단을 오르지 않았는가,
정결한 씨앗을 품은 불꽃을
天上의 계단마다 하나씩 바치며
나의 눈은 도취의 시간을 꿈꾸지 않았는가,
나의 시간은 오히려 눈부신 성숙의 무게로 인해
침잠하며 하강하지 않았는가.
밤이여 이제 출동 명령을 내리라.
좀더 가까이 좀더 가까이
나의 핏줄을 나의 뼈를
점령하라, 압도하라.
관통하라.

6절은 山頂이 갖는 관습적 속성이 도취이며 촛불로 계단 오르기이며, 불꽃을 바치는 일이다. 산정에 상대한 나의 시간은 성숙이지만 오히려 침잠하며 하강하고 있다. 밤이여 이제는 안되겠다. 출동 명령을 내리거라, 더 지근거리에서 나의 핏줄, 나의 뼈를 점령하여 압도하라, 관통하라. 산정에는 산정의 호흡인 또 다른 실존이 버티고 있다. 인간이 그 절대한 공간을 오르는 계단을 놓고 탑을 쌓듯 한 발 한 발 오르거나 나태의 계단에서 하강 침잠을 보이고 있으니 어쩔 수 없다. 나의 현실적 육신을 핏줄, 뼈대를 관통하고 점령하라, 원형은 플러스에서 멈추고 마이너스에서 일으키는 일이 긴요하다. 이제 완결의 훈화가 필요해졌다.

한때는 눈비의 형상으로 내게 오던 나날의 어둠,
한때는 바람의 형상으로 내게 오던 나날의 어둠,
그리고 한때는 물과 불의 형상으로 오던 나날의 어둠,
그 어둠 속에서 헛된 휴식과 오랜 기다림
지치고 지친 자의 불면의 밤을
내 나날의 인력으로 맞이하지 않았던가.
어둠은 존재의 處所에 뿌려진 生木의 향기
나의 영혼은 그 향기 속에서 얼마나 적셔두길 갈망해 왔던가.
내 영혼이 내 자신의 축복을 주는 휘황한 白夜를
내 얼마나 꿈꾸어 왔는가.
육신이란 바람에 굴러가는 흰 누더기에 지나지 않는다.
영혼이 그 위를 지그시 내려 누르지 않는다면.

전체의 에필로그이다. 그러므로 완결의 훈화, 경계적 메시지이다. 정상에는 온갖 형상이 모여드는 어둠의 곳간이지만 한편으로는 존재의 처소에 뿌려지는 '生木의 향기'였다. 그것은 존재가 드리우는 갈망, 영혼의 충전과 같다. 영혼은 휘황한 白夜의 얼음 덩어리, 견인주의로 사는 응집의 결정체다. 그러므로 원형 마이너스의 처소가 산정이다. 반육신이 갈 수 있는 숨쉬기일 것이다. 그 숨쉬기는 지상 탈출의 통로임이 분명하다.

『山頂墓地 6』은 지상 탈출의 의미를 4행으로 보여 주고 있다.

아녀자가 기른 蘭에도 향기가 없고
대장부가 기른 竹에도 氣品이 없다.
세상 온 구석에
뼈를 찔러 넣는 寒氣마저 없다.

시인이 산정으로 오르는 뜻이 간결하게 축약되어 있다. 연작이 주는 길이의 장단, 사설과 반사설이 극명히 드러난다. 이럴 때 장시의 연쇄적 유기체에 대해 생각해 보게 된다. 장형시의 장구한 길이와 요설, 그 일치하지 않는 이미지 또는 잡다한 병렬의 지루감을 어떻게 덜어낼 수 있겠는가? 그것은 반전으로 의외의 사례로 또는 이질성의 나열로 끌고 나갈 수 있을 것이다. 유종호 교수도 그런 기미를 일부에서 포착한 것이 아닐까 한다.

조정권 시인의 장형시 연작 이후 같은 시집에서「短行詩篇」18편과 '1行詩' 62편을 함께 모아놓았다.

冬至 지나 잎 다 지자
함박눈이 앞산을 크게 안는다.
밤이 들자
다시 한번 크게 안는다.
어둠 속에서
모래 한 알을 품고 있다.

「겨울산」 전문

6행 단형이다. 길이만 짧은 것이 아니라 이미지도 짧다. "함박눈이 앞산을 크게 안는다."가 중심 이미지다. 짧은 대신에 '앞산'과 동렬에 '모래'를 배치했다. 축소 과장이다. 시가 장형에서 단형으로 바뀌자 이미지의 무게도 가볍다. 의미도 따라서 가볍다는 인상을 준다. 여기서 지적해 둘 것은 시인은 한 편의 시 속에서도 맥박과 같은 '장, 단, 장, 단'을 반복하는 것같이 시집 한 권에서도 '장(서술), 단(묘사). 장(진술), 단(함축)'의 되풀이를 거듭하고 있다는 사실이다.

4. 시집『고요로의 초대』(2011년)

조정권은 시집 '고요로의 초대' <自序에 대신하여>에서 막스 헤르만의

말을 인용했다. "한때 소유했던 젊음의 것들을 우아하게 포기하고 세월의
충고에 겸허히 의지하기를……"이 반짝 눈에 든다.

<blockquote>

시는 무신론자가 만든 종교,
신 없는 성당
외로움의 성전,
언어는
시름 시름 자란
외로움과 사귀다가 무성히 큰 허무를 만든다.
외로움은 시인들의 은둔지.
외로움은 신성한 성당.
시인은 자기가 심은 나무
그늘 밑에서 휴식을 취하지 않는다.
나는 나무에 목매달고 죽는 언어 밑에서
무릎 꿇고 기도한다.

—「은둔지」 부분

</blockquote>

시인은 은둔의 포즈를 취한다. 아니 은둔으로 산다. 화자는 시인인데 외
로움, 허무, 신성한 은둔 가운데 성채를 짓고 사는데 성채가 종교이고 성전
이다. 거기엔 시가 나무를 의지하여 언어를 열심히 매달고 산다. 기도는 그
언어이다. 조 시인은 이 시집에 들어와 '山頂墓地'의 그 원형을 들어내고 그
자리 언어, 외로움, 성전이란 은둔지를 설정한다. 그 정서나 이 정서나 은
둔, 외로움, 고처高處, 고사高士의 지향에는 다를 바가 없다.

그러고 보면 조정권 시인은 '산정'에 '묘지'를 곁에 두고 그곳을 향해 오
르는 이들의 그 고사高士 지향의 정서를 간단없이 확인하고 단련시켜 온 것
이 분명하다. 다만 은둔의 직설에서 그 주변 정서를 가톨릭적 성전 이미지
로 바꿔 놓은 점을 유의해 볼 수 있다.

우리는 태어난 게 아니라

도착한 거예요

추운 생명으로 왔지요.

추운 몸으로 왔어요.

그때가 아마 늦은 밤이었지.

북극의 생모生母가 찾아 왔어요.

눈 포대기에서 보채는 동생들을 안고 얼음을 짜 먹이며

얼음의 말로 말을 가르치듯

이 밤 어느 웅덩이에 고여 있을 그대들.

수없는 밤 고여 있었을 그대들.

머리맡에 밤바람이 주저리주저리 한 말.

그 밑바닥 말

바닥에 가 닿은 말.

그대를 잉태했던 북극의 어머니가 평생 물걸레질한 그

얼음 바닥의 무늬가 손금에 박힌 것처럼.

굴복할 수 없는 무의 물결처럼.

궁핍처럼 스스로를 더 강하게 얼려야 하는 얼음처럼.

「살얼음에 대하여」 전문

이 시는 '山頂墓地'의 결빙의 정서와 폭포의 얼음이라는 겨울 이미지와 연결되고 있어서 높은 정신, 고고한 의지를 계승 유지하고 있어 보인다. "우리는 태어난 게 아니라 도착했다"는 인간 순례의 여정을 자극해 준다. 그 여정의 한 지점이 북극의 생모, 동생들이 와서 웅덩이에 고여 있는 '그대들'이 된다. 태생이 북극이므로 산정은 북구 얼음나라의 빙하를 떠올리게 하지만 조정권 시인은 개인으로 좁혀진 '웅덩이'에 비치고 비춰주는 관계를 설정하고 있다. 거기에 굴복할 수 없는 '無의 물결'이 있다. '얼음바닥의 무늬'가 손금, 궁핍으로 가족을 이루고 있다. 조정권 시인은 결빙에서 마이너스 원형의 어떤 움직임을 가할 수 있다는 힘을 받았던 것처럼 살얼음으로 고고함과

'白夜'의 자연, 곧 견인주의로 살아갈 수 있다고 보는 것이리라.

시인은 은둔자를 이름으로 사람을 초대하고 있다. "안녕하세요. 안으로 들어오십시오./그 무거운 머리는 이리 주시고요/그 헐벗은 두 손도", '고요로의 초대'를 이쯤에서 결행하고 있다.

그 여정 닫기

조정권 시인은 초기 감성 수련의 언덕을 만들어 갈 때 한 지점에서 저잣거리(모더니즘)로 내려설 뻔했던 고비를 가졌었다. 그러나 그에게는 스승이 있었고 '허심虛心'을 자연으로 만날 수 있었다. 수유리 도시 주변 산간이 무, 무위, 정관靜觀의 도장이 되었고, 그의 일생의 자연 원형 '山頂墓地'에 다다를 수 있었다. 그로부터 그의 견고한 '산정'의 정신, 그 높이에의 고양, 견인주의적 자성이 이루어졌다. 그는 그럼에도 처사적 향기에는 가톨릭적 보편의 은둔이 함께 하는 동서 합용의 경지가 있었다. 박목월 시인이 지적한 그의 한때의 좌절은 '산정의 정신'으로 돌파해 나갔다. 무엇보다 정신적인 가치를 지향한 그의 시 정신은 독생의 의미와 함께 읽히고 있다.

불가적 사색과 현란한 상상력

임영조論

불가적 사색과 현란한 상상력

임영조論

불가적 사색과 현란한 상상력

1965년 서라벌예술대학 문예창작과 진학 후 서정주, 박목월, 김구용, 김수영, 이형기, 함동선, 김동리, 손소희 등 한국 문단의 거장들 문하에서 본격적인 문학 수업을 받았다.

군 복무 후 대전 근교의 비래사에서 6개월간 시 쓰기에만 골몰하며 30여 편의 습작시를 창작한 시인은 1970년 『월간문학』 제6회 신인상에 「出航」이, 1971년 중앙일보 신춘문예에 「木手의 노래」가 당선되어 문단에 데뷔했다.

10여 년의 공백을 깨고 1985년 첫 시집 『바람이 남긴 은어』를 발표하며 시작 활동을 재개한 시인은 이후 『그림자를 지우며』(1988), 『갈대는 배후가 없다』(1992), 『귀로 웃는 집』(1997), 『지도에 없는 섬 하나를 안다』(2000), 『시인의 모자』(2003) 등의 시집과 시선집 『흔들리는 보리밭』(1996), 소월시문학상 작품집 『고도를 위하여 외』(1994)를 출판했으며, 1989년 제23회 잡지언론상(기업사보 부문), 1991년 제1회 서라벌문학상, 1993년 제38회 현대문학상, 1994년 제9회 소월시문학상, 2003년 소월시문학상 특별상 등을 수상했다.

1994년, 생업인 오랜 회사 생활을 접고 동작구 사당동에 '이소당耳笑堂'이라는 작업실을 마련해 시작과 독서에만 전념하던 시인은 1995년 중앙대 예술대 문예창작과를 시작으로 1996년 추계예술대학 문창과, 1998년 서울시립대 시민대학 문창과, 2001년 고려대 사회교육원 문창과 실기강사를 역임하여 시를 쓰고, 그 쓰는 방법으로 문창과 학생들을 가르쳤다.

이 시기에 대학원 석박사 문창과가 생기고 일반대학원을 이수하지 않고도 실기문학 강사 겸 교수들이 많이 등장하여 국어국문학과의 교수들과는 달리 순수 창작 전공에 시인들이 대거 등장했다. 경우에 따라서는 박사를 논문 대신 창작으로 받기도 하는 사례가 있기도 했다. 임영조 시인은 그 시기의 초입에서 실기교수를 한 셈이다. 여러 대학의 문예창작학과에서 시 창작을 지도하고 한국 시인협회 임원으로 활동하는 등 시인으로서의 충실한 삶을 영위하다가 갑작스러운 발병으로 2003년 5월 28일 타계했다.

이 글의 텍스트는 서점에 나와 아직 팔리고 있는 네 번째 시집『귀로 웃는 집』(1997, 창작과 비평)과 여섯 번째 시집『시인의 모자』(2002, 창작과 비평) 두 권이다. 6권 시집이 있고 또 수상자 특집 시집이 따로 있는 터에 2권만으로 시인의 총체적 시에 닿을 수는 없을 것이다. 필자는 그럼에도 2시집은 초기를 형성하고 5시집은 후기를 지탱하고 있다고 보아 시인 시의 근간에 가까스로 닿지 않을까 생각한 것이다.

평론가 조연현이 젊어서 도스토예프스키를 읽다가 "아, 이 도스토예프스키를 제외한 세상 모든 소설은 거의 소설이 아니다,"고 감탄에 겨워한 에피소드가 있는데, 필자도 그 순간 "임영조 시를 읽지 않고 시를 읽은 체 하는 것은 시를 아는 것이 아니다." 라는 생각이 들었다.

그만큼 임영조 시인의 시는 상상과 표현에 있어 그만의 길을 개척해 놓았다.

제2시집에는 주요시편으로 '산행' 시리즈, '곤충' 시리즈, '이소당' 시리즈, 그리고 대표작「孤島를 위하여」가 있다. 그의 시가 가지는 언어와 서술과 이미지의 끈질긴 추구는 '산행'에서 그 기본을 잡은 것으로 보인다.

임영조 시인의 산행 시리즈에는 「겨울 산행」, 「봄 산행」, 「여름 산행」이 있는데 여기서는 「겨울 산행」과 「봄 산행」 두 편을 살펴보기로 한다.

눈 오다 그친 일요일
흰 방석 깔고 좌선하는 산
아무리 불러도 내려오지 않으니
몸소 찾아갈 수밖에 딴 도리 없다
가까이 오를수록, 산은
그곳에 없다, 다만
소요하는 은자의 처소로 남아
오랜 침묵으로 品을 세울 뿐
어깨는 좁고 엉덩이만 큰 보살
도량이 워낙 넓고 깊으니
나무들은 제멋대로 뿌리를 박고
별의별 짐승까지 다 받아주는
이승의 마지막 대자대비여!
뽀드득
뽀드득 잔설을 밟고
숨가쁘게 비탈길을 오르면
귀가 맑게 트이는 법열이여!
잡목들이 받쳐든 푸른 하늘에
간간 수묵을 치는 구름
눈짐 진 노송이 문득
잘 마른 화두 하나 던지듯
옜다! 솔방울을 떨군다
덤불 속 멧새들이 화들짝 놀라
재잘 재잘 山經을 읽는 소리
은유인지 풍자인지 아니면 해학인지
들어도 모를 난해시 같다.

「겨울 산행」 부분

필자는 시를 읽을 때 첫째, 시적 품계에 맞는 언어(서술, 형상화)를 쓰는
가? 둘째는 그 언어의 지속적 총량을 이루고 있는가? 셋째는 배경과 시어
들이 교양적 역사적 바탕에서 이루어지는가? 넷째는 이들이 나름의 격格
을 받쳐주고 있는가? 이런 조건들을 따져 가며 읽는다.

첫째 조건에 드는 부분은 "좌선하는 산", "소요하는 은사의 처소", "잡목
들이 받쳐든 푸른 하늘에/ 간간 수묵을 치는 구름" 등에서 그 언어 운용의
정확도와 품계를 짚을 수 있다는 데 있다. 그 둘째 조건도 시편 전편에서
언덕 뒤에 언덕과 같은 흐름을 만들어내는 데서 그 역량이 드러나고 있다.
그 셋째 조건은 시적 배경이 불가적으로 일관된 교양의 깊이와 그 체현적
활용에 시적 길목이라는 구체성을 지니도록 이끌어 내고 있다는 것이다.
그 산은 우리를 그대로 받아주는 산, 보살 같은 산이다.

'좌선', '보살', '도량', '대자대비', '법열', '화두', '山經' 등 7개의 불교 관계
어가 등장하는데 임영조 시인의 지식의 지향이 불가세계에 닿아 있다고 볼
수 있다. 용어는 그 관념의 질에 따라 하나의 시어로도 시적 세계를 담보할
수 있을 것이다. 임영조 시인의 교양은 자발 섭렵의 결과라 볼 수 있다. 그
는 불교종단의 대학을 다닌 것도 아니고 만해 스님처럼 머리를 깎고 사미
승이 된 이력은 더더구나 없다. 그 자체가 진경이다.

다섯째 이들 불가적 비유들이 전반적인 시적 '격格'으로 놓이고 있는데
"가까이 오를수록, 산은/ 그곳에 없다, 다만/ 소요하는 은자의 처소로 남아"
같은 대목이 '무無'와 '은자의 처소'가 공존하는 불이不二의 세계다.

시 「봄 산행」은 산행에서 얻어지는 언어와 이미지들이 산속처럼 깊어지
고 온갖 너스레가 스님의 웃음처럼 의미가 노숙해진다. 법어 수준이다.

사람이 그리운 날
사람을 멀리하고 산에 오른다

오르면 오를수록 산봉은
짙푸른 색정만 상승하는 곳
색이 공일까? 공이 색일까?
이 세상 날고 기던 목숨들
종당에는 산으로 가기 마련

(중략)

매봉에 올라 야호! 고함 한 번 지르고
청계산에 올라 天氣을 받는다
그제서야 법으로 돌아오는 메아리
네가 산이다! 네가 부처다!

(중략)

그러고 보니 어느새 나도
사람 벗은 한 마리 나비였구나
어느 경전 위에 앉아도 두렵지 않은…

(중략)

내 마음 빈터로 날아들어
뻐꾹뻐꾹 뻑뻐꾹 방점을 찍는다
이제 그만 환속하라고?

「봄 산행」 부분

　봄 산행은 겨울 산행의 한 단계 더 나아간 이미지와 불가적 법열의 행진을 보인다. 인용된 구절구절 산승의 언어요 불가적 희롱이다. "네 산이다 네가 부처다!"라든가 "사람 벗은 한 마리 나비", "경전 위에 앉아도 두렵지 않은…" 구절들이 그렇다, 금방이라도 성철 스님이나 그 스님의 제자쯤 원택 스님 같은 사람이 산길에 서 있는 착각에 들게 한다. "이제 그만 환속하라고"의 반전이 놀라운 어법에 가까워 보인다.

독자들은 이 임영조 시인의 산행 시리즈 시를 읽다 보면 불국사의 '무설전無說殿'에 들어가 정좌했다가 돌아 나온 불자처럼 한층 훤칠한 교양의 학덕에 젖을지 모른다. 시는 학덕學德이 아닌 데도 말이다.

곤충채집의 상상력을 보여주는 「파리」, 「매미 껍질」, 「지네」, 「거미」, 「난세의 영웅」 등이 있다. 곤충에 대해 쓴다는 것은 여느 시인들에게는 시적 대상으로 올려질 소재가 아니다. 임영조 시인은 여기서부터 능력이 시작되고 화려하고 유려한 상상이나 이미지의 살붙이기로 출발한다.

제법 멋진 날개옷에
빤질 빤질 윤나는 상판대기로
예고 없이 날아드는 건달놈
온갖 증오와 저주를 한 몸에 받지만
언제 어디서나 목숨을 걸고
신출귀몰하는 유물론자다
희롱인지 재롱인지
아무나 붙들고 참견하기 잘하는
오, 성가신 친구여
나는 가끔 네가 부럽다
도무지 어디에 허리 꺾고
손 비비고 사는 재주도 없어
이 둔한 손으로 허공이나 저을 뿐
너의 아연한 활약에 속수무책인
나는 다만 어디론가 숨고 싶단다
손이 발이 되게 비노니

부디 용서하시압, 그리하여

핥고 빨고 씹고 뱉다 물리면

손 털고 날아가면 그만인

그 잽싼 처세가 나는 부럽다

쉼표 혹은 마침표 같은

탐욕의 덩어리여,

식욕이 왕성할 때까지만

살맛나는 시절이므로

두루 두루 포식하다 가거라

탁!

생전에 가장 날렵하고 근면했던

그러나 역시 파리 목숨인

한 걸신의 비명횡사에

나는 오늘 기꺼이 헌사를 쓴다

―「파리　곤충채집 2」 전문

　　인용시는 별 것 아닌 '파리'에 대한 서술이요 시적 구문이다. 그렇지만 시인은 열렬하고 진지한 접근으로 생활 속 파리의 활약상을 유감없이 해설하고 그 사물이 아니면 절대 달려들지 않는 존재를 유물론자라 부른다. "너의 아연한 활약에 속수무책인/나는 다만 어디론가 숨고 싶단다"라거나 "손 털고 날아가면 그만인/그 잽싼 처세가 나는 부럽다"라거나 "식욕이 왕성할 때까지만/살맛나는 시절이므로/두루 두루 포식하다 가거라" 같은 대목이 재미있고 일상적이다. 그리하여 필자는 어디서 시를 끊고 지면을 보호하고 싶은데 도무지 재미가 붙어 재미를 포기할 수가 없다. 그래 시인의 종결사에 경의를 표하고 싶어졌다.

　　이 헌사가 왜 이리 적절한지 또 마땅한지 온갖 췌사를 구사하는 시인의 잡식성 언어에 그만 압도 당하고 만다. 임영조 시인의 진면목이 곤충의 잡

식성을 닮은 것인지 과연 '임영조 시인의 사설'이 놀랍다. 이번에는 몇 편
곤충 시리즈에서 진면목의 구문들에 주목해보자.

> 늦가을 탱자나무 가지에
> 해탈하듯 허물을 벗어 걸고
> 어디론가 잠적한 은자
> 그가 남긴 구각을 들여다보면
> 비로소 햇빛 본 유고집 같다
> 지난 여름 내내
> 한 소절의 시를 위하여
> 쓰디쓴 동음어만 반복하다 간
> 음유시인의 애절한 영가
> 아직도 맴맴 귓바퀴를 돌린다
>
> —「매미 껍질 ―곤충 채집 3」 부분

> 검은 제복 한 벌로
> 속내를 모두 가린 샐러리맨
> 그는 또 집을 나선다
> 최첨단 촉각은 집총 자세로
> 일용할 양식을 얻기 위해
> 충혈된 두 눈이 탐조등 같다
> 목이 타는 한여름
> 따가운 땡볕 맨머리로 받으며
> 오, 사바로 가는 탁발승이여
> 그 고된 행각도 득도에 속하는가
>
> —「개미에 관한 소고 ―곤충 채집 5」 부분

> 날 좀 보소오
> 나알 좀 보오소

고작 그 한 소절 보여주려고
그렇게 긴 수다를 떨다니….

오 수식어만 현란한 카퍼레이드여!

(중략)

횡설수설 말만 많고
내용이 별로 없는 산문시처럼.

—「지네」 부분

온 하루 날파리를 기다리다 지치면
내가 친 그물에 매달려
대롱대롱 그네나 타고, 때로는
가장 팽팽한 현을 골라
차이코프스키의 「비창」을 탄주한다.

—「거미 ─ 곤충 채집 6」 부분

「매미 껍질」에서는 매미가 벗은 허물을 보고 잠적한 은자라 하고 '개미'를 보고는 사바로 가는 탁발승이라 부르고, 지네를 보고는 수식어만 현란한 카퍼레이드라 하고, '거미'를 보고는 팽팽한 현을 골라 차이코프스키의 「비창」을 탄주하는 연주가라 부른다. 곤충 시리즈는 생활 주변에 포진해 있는 흔한 일상의 곤충들을 일을 삼고 채집하면서 그것들에 유사한 직책들을 부여해 주고 있다. 그 직책들은 시인의 상상력으로 찾아내는 것들이라 시인의 유고집 같다거나 애절한 영가라거나 샐러리맨 같다 라거나 '산문시'에 흡사하다는 것이거나 명연주 '비창'에 비기기도 한다. 상상과 비유가 짝이 되는 구문들이다.

처음에 시인이 하찮은 곤충 채집을 나서는 것을 보고 쓸모없는 짓이라고
보던 독자들에게 자연이요 미물인 곤충들을 인간들의 거룩하거나 심대한
정신세계를 설명해 내는 시적 콘텐츠로 당당 끌어올려 놓은 언술이 놀랍다.

이소당 시편들

임영조는 대학 재학중에 미당으로부터 근사한 호를 받았다. '耳笑堂'이
다. 독자가 관심을 갖는 것은 그 호가 갖는 의미보다 '소년등과' 하듯 어찌
하여 아직 학생 신분에 있는 제자에게 호를 내렸을까. 미당은 미완성의 뜻
으로 미당未堂이라 한 것 같다. 호는 일찍이 석石, 우愚 미未 등 겸손에 유관
한 글자를 선택해 써서 한껏 자기 낮춤의 미풍을 만들었을 것이다. 일설에
는 '미당'은 생각하는 조각가 '로댕'의 그 '댕'이라는 세계성에 잇대어 인구
에 회자되기를 바라고 쓴 것이라 한다.

대학 때 未堂 선생이 주신
아호에 집 堂자 붙여
近園이 써준 '耳笑堂'
걸고 나니, 가가대소
누옥 한 칸이 확 넓어진다
귀가 웃는 집인가?
귀로 웃는 집인가?
잠시 엿듣다 가는 바람
코로 웃어도 상관없는 집이다
머리 어깨 힘 빼고
허파에 든 바람도 빼고
몸 가두면 들린다
시계가 내 생애 좀먹는 소리

마음벽 쩍쩍 금가는 소리
벌어진 틈 다시 메우고
어혈 든 내 혼을 방생하는 집이다
혹시 그리운 사람 올까
가끔 귀 열어 놓는다, 허나
허리 삔 바람소리 또 스산하니
문 닫고 귀로 웃는 집이다.

—「이소당 시편1」 전문

　　임영조 시인은 이 시 한 편에서만 보면 미당의 30년대식 한학 취향 내지 '號 관념'이 주는 독특한 교양 취향에 빠져 있다. 미당의 1930년대 활동 세대는 한학의 전통이 아직 사서삼경 읽기 등으로 자가 교양의 주고받기가 되는 세대였다. 그러나 임영조 세대는 아예 한글세대로 '호 관념'이나 한문식 두터운 멋내기는 멋내기일 뿐이지 시경 어디 깊숙한 데서 걸러내는 육성 한 자락이 아니다. 그러므로 교양 짜깁기와 시적 이미지류의 번뜩이는 재기에 더 의존하고 있다. "近園이 써준 '耳笑堂'/걸고 나니, 가가대소/누옥한 칸이 확 넓어진다"에서 벌써 미당 세대 따라하기를 벗어나고 있다. "귀가 웃는 집/귀로 웃는 집"이라는 데서 불가의 禪的 논리모순에 재미를 붙이고 가는 것이라든가 "머리 어깨 힘 빼고,/허파에 든 바람도 빼고"의 사통오달의 경지가 주는 정서를 익히고 있다. 거기다 "시계가 내 생애 좀 먹는 소리/마음벽 쩍쩍 금가는 소리" 같은 이미지로의 변신에 이력을 보태고 있다. 이런 점들은 모두 임영조 시인의 교양주의 시편에 이바지하는 멋이기도 하고 자질이기도 하다.

　　먼 산에 눈 녹는 기척
　　산수유 꽃망을 벙그나 싶어

남향창 연다, 멀리
관악산 주봉이 이마를 들이민다
아직도 꽃샘추위 귀가 시리다
저 고집 풀린 마을엔
찬연한 슬픔 피어 있거나
쑥냄새 뭉클한 봄이 있으리
청하늘 문득 이웃처럼 가까워
귀를 쫑긋 세운다
어디선가 왈왈왈 개 짖는 소리
저런, 미친놈!
남향창 도로 닫는다
귀도 그만 닫는다.

—「이소당 시편2」 전문

인용시도 미당의 '관악산' 취향에 뿌리를 두고 있다. 이 시를 읽으면서 미당이 미친 영향을 느낄 수가 있다. 인용시의 그 고유성은 미당의 말 대로 "한 술 보태기"일 것이다. "청하늘 문득 이웃처럼 가까워/귀를 쫑긋 세운다/어디선가 왈왈왈 개 짖는 소리/저런, 미친 놈!/남향창 도로 닫는다/귀도 그만 닫는다." 귀로 웃고 귀가 웃고 독자도 따라 웃게 만드는 막판 시인의 호령! 느닷없이 뛰어든 개 짖는 소리가 봄의 향연에 흠뻑 취한 시심을 깨뜨리고 시인은 호령으로 일갈한다. 소음으로 인해 남쪽으로 향한 창도 닫히고 귀도 닫힌다. 적절할 때 튀어나온 비속어가 왠지 가슴을 후련하게 만든다.

『시인의 모자』 시세계

제6시집에서도 제2시집에 이어 상상력의 진면목과 자연의 변두리를 훑어내리는 사변적 말솜씨와 불가적 교양 취향이 여전하다. 제5시집에서 그 전개의 과정에서 고유한 컬러를 지닌 시 3편 곧 「오이도」, 「석류부처」, 「시인의 모자」 등을 살펴서 시인의 창작적 도그마를 끌어내 볼까 한다.

마음 속 성지는 변방에 있다
오늘같이 싸락눈 내리는 날은
싸락싸락 걸어서 유배 가고 싶은 곳
외투 깃 세우고 주머니에 손 넣고
건달처럼 어슬렁 잠입하고 싶은 곳
이미 낡아 색바랜 시집 같은 섬
　오이도행 열차가 도착합니다
나는 아직 그 섬에 가본 적 없다
이마에 '오이도' 라고 쓴 전철을
날마다 도중에 타고 내릴 뿐이다
끝내 사랑을 고백하지 못하고
가슴 속에 묻어둔 여자 같은 오이도
문득 가보고 싶다, 그 섬에 가면
아직도 귀 밝은 까마귀 일가가 살고
내내 기다려준 임자를 만날 것 같다
배밭 지나 선창가 포장마차엔
곱게 늙은 주모가 간데라 불빛 쓰고
푸지게 썰어주는 파도소리 한 접시
소주 몇 잔 곁들여 취하고 싶다
삼십여년 전 서너 번 뵙고 타계한
지금은 기억도 먼 나의 처조부
烏利道 옹도 만날 것 같은 오이도

—「오이도」 부분

　오이도는 가보지 않고 전철의 이마에 오이도행을 붙여 중도에서 타고
내릴 뿐인 그곳이다. 그곳을 상상하는 시다. 그러나 그 섬은 이름이 섬일
뿐이지 섬이 아니다, 마치 '뚝섬'이 섬이 아닌 것처럼 말이다. 그게 독자의

호기심을 불러일으킨다.

이 시에서도 '싸락눈'이 등장한다. 미당의 시 「싸락눈 내리어 눈썹 때리니」라는 절묘한 감각의 뿌리를 기억해 내는 시로 읽히기도 한다. 시인의 멋은 "외투 깃 세우고 주머니에 손 넣고/건달처럼 어슬렁 잠입하고" 같은 대목이다. 이 구절은 광복 후의 후반기 멤버 박인환 시인 같은 멋쟁이의 모습을 호출하는 여유를 보인다. 박인환 시인의 러시아제 외투와 휘파람과 베레모를 아는 사람은 임영조 시인의 기억의 시사전에 그 편린이 기록되어 있다고 상상할 수 있다. 임영조 시인의 오이도는 선창가 포장마차가 있고, 주모가 있고 주모가 썰어주는 파도소리 한 접시가 놓인다, 심지어 시인의 처조부 '오이도' 선생을 모시고 짧은 추억을 드러내고 있다. 오이도는 임영조 시인의 변방이요 성지이다. 시적 창출은 오이도를 변방 성지를 정하고 홀로 그곳을 방문하며 그곳에 상상으로 모더니스트 외투깃까지 불러들인다.

「석류 부처」의 불가의식

석류Punica granatum는 수천 년 동안 아시아에서 재배되었고, 수많은 문명에서 종교적, 상징적 의미를 지닌 과일이다. 코란에서는 신이 주시는 좋은 것들의 예로 석류를 들었으며, 성경의 출애굽기에서는 석류로 사제들의 제의를 장식하게 하였다고 한다. 석류가 국가의 상징인 아르메니아에서는, 석류 열매가 한 해의 날수와 같은 365개의 씨를 품고 있다고 한다. 하여 석류는 삶을 상징하는 이미지로 보인다.

(생략)

아픔도 터지면 빛이 되는가
지난 시절 몰래 입은 상처들

영혼의 가마에 구워 빚은 사리다
비로소 천하에 내보이는 홍보석
최후에 발설하는 눈부신 말씀이다

자, 보라! 스스로 두개골 쪼개
주옥처럼 알알이 빛나는 언어
불씨처럼 잘 여문 시의 향기를
지상에 쏟아 놓는 석류부처여
온몸으로 쓴 시는 상처도 큰가

이 가을이 다 가도 나는
세상에 선뜻 내보일 게 없는데
戒를 받듯 삼가 석류를 딴다
거저 받기 두렵고 황홀한 佛頭
또 한 짐의 빚을 얻는다

―「석류 부처」 부분

　이 시는 석류를 부처에 비유한 작품이다. 제목이 불교적인 사상을 지니고 있다는 암시를 보인다. 석류가 품은 알알이 박힌 씨앗을 "영혼의 가마에 구어 빚은 사리다"라 했다. 부처님의 사리를 진신사리라 하여 세계의 명사찰에 모신다. 속설로는 스님의 정진 깊이에 따라 사리의 양이 많다는 것이다. 그래서 대승의 다비 사리가 적어서 스님의 이름값을 못했다는 말도 있지만 이 속설에 대해 부정하는 논조도 나온다. 더러 큰 스님 입적시에 조계사 전시실에 전시하여 불자나 비불자나 경건한 대열에 서서 불심을 지피는 축제를 여는 것인데 '사리'는 수행하고 죽은 몸에서 나온 결과물인 것이다. 시인은 석류 속의 씨앗을 '사리'라고 보았다.
　시인은 이 사리를 최후 발설하는 '부처님 말씀'이라고 한다. 그것을 기록

한 것은 경전이다, 시의 '두개골'은 원효대사가 당나라로 가던 중 묘 근처
에서 밤에 자다가 목에 물이 말라 근처에 있는 물을 모르고 마셨는데 아침
에 깨어나 보니 두개골(해골바가지)로 마신 것을 알고 번쩍 정신이 들어 당
나라 갈 것을 포기했다. 모든 것이 마음먹기에 달렸다는 불교의 대표적 가
르침인 일체유심조一切唯心造를 깨달은 것이다.

'석류를 계戒를 받듯 딴다'는 비유가 수작秀作임을 증명하고 있다. "황홀
한 佛頭"와 석류 연결 또한 임영조 시인이 깨달은 참신한 비유이다.

독자가 씌워주는 시인이라는 모자

시인이라는 모자는 시인 스스로 사서 쓰거나 만들어 쓰는 것이 아니라
독자의 감동이 올실이 되어 그 올실로 짜 주는 모자라는 이야기이다.

　　나의 새해 소망은
　　진짜 '시인'이 되는 것이다
　　해마다 별러도 쓰기 어려운
　　모자 하나 선물 받는 일이다

　　시인이란 대저,
　　한평생 제 영혼을 헹구는 사람
　　그 노래 멀리서 누군가 읽고
　　너무 반가워 가슴 벅찬 올실로
　　손수 짜서 씌워주는 모자 같은 것

　　돈 주고도 못 사고 공짜도 없는
　　그 무슨 백을 써도 구할 수 없는
　　얼핏 보면 값싼 듯 화사한 모자
　　쓰고 나면 왠지 궁상맞고 멋쩍은

그러면서 따뜻한 모자 같은 것

어디서나 팔지 않는 귀한 수제품
아무나 주지 않는 꽃다발 같은
'시인'이란 직위를 받아보고 싶다
어쩌면 사후에도 쓸뚱말뚱한
시인의 모자 하나 써보고 싶다
나의 새해 소망은.

「시인의 모자」 전문

임영조 시인의 새해 소망은 "독자들이 씌워주는 시인이라는 모자"이다. 이 모자를 써야만 진짜 시인이 되는 것이다. 말하자면 '시인의 모자'를 독자에게서 선물로 받는 것이 소원이라고 한다. 손수 짜서 시인에게 씌어주는 모자는 돈 주고도 못 사는 것이다. 어디서도 팔지 않는 귀한 수제품이요 아무에게나 주어지지 않는 꽃다발이라고 확인한다. 독자 반응에 따라 시인의 모자는 결정된다. 시인의 성취는 독자의 반응 여부에 달려 있다고 보고 진짜 시인이 되고 싶은 염원을 모자 하나에 담고 있다. 영혼을 헹구는 사람이 진정한 시인이란 것이다. 작품과 독자 관계는 창작적 수용의 방식이므로 가치와 감동이 필수적이다.

나도 그 섬에 가고 싶다
가서 동서남북 십리허에
해골 표지 그려진 禁標碑 꽂고
한 십년 나를 씻어 말리고 싶다

옷 벗고 마음 벗고
다시 한 십년

볕으로 소금으로 절이고 나면
나도 사람 냄새 싹 가신 等神
눈으로 말하고
귀로 웃는 달마가 될까

그 뒤 어느 해일 높은 밤
슬쩍 체위 바꾸듯 그 섬 내쫓고
내가 대신 엎드려 용서를 빌고 나면
나도 세상과 먼 절벽섬 될까?
한평생 모로 서서
웃음 참 묘하게 짓는 마애불 같은.

—「孤島를 위하여」 부분

필자는 이런 시 앞에서 현학을 떨고 싶지 않다. 말이 심오하지만 흐름이 개울물이다. "한 십년 나를 씻어 말리고 싶다"나 "옷 벗고 마음 벗고/ 다시 한 십년"이나 "볕으로 소금으로 절이고 나면" 같은 말에는 수사가 없다. 말하자면 기교가 없다. 거기다 "어느 해일 높은 밤/슬쩍 체위 바꾸듯 그 섬 내쫓고/내가 대신 엎드려 용서를 빌고 나면"에 이르면 참깨 털 듯 쓸데 없이 궁글리고 매만지는 일을 멈춘다. 시인은 체위를 얼마나 바꾸며 수련한 것일까? "체위 바꾸듯 그 섬 내쫓고 나면" 용서를 빌어야 하니 용서를 빌고 있을 뿐이다.

시인은 이와 반대로 '마성 있는 어어'를 골라 배치한다. '동서남북 십리허', '해골', '금표비', '等神' 같은 사전 들고 헤매는 쉽게 풀리지 않는 낱말 난해를 도모한다. 시인은 마냥 쉬운 사람이 아님을 말하면서 '달마'같은 전설적 한 갈래를 등용한다.

그러다가 시인은 「나의 다비는」 같은 죽음놀이를 도모한다.

이 다음 나 세상 뜨고 나면
깨끗이 태워 화장하려면
생나무 장작불은 타지 않으리
그 동안 나는 너무 오래
조마 조마 속태우고 살아서
잘 마른 장작불로 태워야 하리
옹기 굽는 화력으론 안되고
백자 굽듯 관 불로 태워야 하리
안면도 야산 송림 한 채 다 태울
소나무 장작불로 태워야 하리

「나의 다비는」 부분

시의 언어가 '다비'라는 심각한 순서를 말하고 있으면서도 도무지 심각하지 않다. 이미 죽고 다비에 들고 하는 것이 놀이에 올라선 느낌이다. 이것이 선시의 경지일까? 말의 호흡이 일상적이고 우리말 노래의 음보인 3음보 내지 4음보이다. 읽는 자에 따라 "이 다음/나 세상/뜨고 나면"(3음보) "생나무/장작불은/타지/않으리"(4음보) 등으로 읽힐 것이나 가락은 분명 민요조이다. 시를 함축하다가 늘이다가 또 줄이다가 건너뛰다가 온갖 기법을 부리는 연습을 거쳐 여기 느긋한 템포로 놀이에 맞는 말에 당도했다.

이상 두 편을 읽으면서 시인의 부리는 기법이 다양함을 확인하였다. 전반적인 흐름은 자연스러운 리듬을 지니고 자연 서정의 가운데를 훑고 지나간다. 산행과 곤충채집과 불가적 사상과 교양주의적 상상력이 시의 주요한 콘텐츠이다.

시집 『귀로 웃는 집』 후기에서 임영조 시인은 이렇게 적었다.

"나는 나의 시가 한결 더 진솔해지기를 바라는 만큼 내 삶도 단순해지기를 희망한다. 군이 철학적 심각성이나 종교적 엄숙성을 표출하려는 현학적

허세보다 자기 비하의 아픔과 자기 겸손의 고통을 딛고 좀 더 세상과 친하려는 따뜻한 시선을 갖고 싶다"고 하였다. 이 짧은 글만으로도 시인이 추구하는 시세계를 엿볼 수 있을 것이다.

역사의식과 민중의식이
친근한 서정성과 조화를 이루다

정희성論

역사의식과 민중의식이 친근한 서정성과 조화를 이루다

시작하며

시인 정희성은 1945년 경상남도 창원에서 태어났으며, 대전, 이리, 여수 등지에서 성장했다. 1964년 용산고등학교를 졸업한 후 서울대학교 문리대학 국어국문학과에 입학했다. 1968년 대학을 졸업하고 군에 입대했다. 1970년 군제대 후 고등학교 국어교사로 재직하면서 서울대학교 대학원을 수료했다. 1970년 동아일보 신춘문예에 시 「변신」이 당선되고 '70년대 고래동인'으로 작품 활동을 했다.

시집으로 『답청』(1974), 『저문 강에 삽을 씻고』(1978) 『한 그리움이 다른 그리움에서』(1991)를 내어 시단의 주목을 받았다.

이 글은 시인의 『詩를 찾아서』에서부터 『돌아다보면 문득』, 『그리운 나무』, 『흰 밤에 꿈꾸다』(2019) 마지막 동인지 『고래』(2022)를 텍스트로 시인의 중 후반기를 살펴볼까 한다.

서정과 시론적 시

주로 노동과 민중 정서에 대한 시를 쓴 정희성 시인은 인간에 대한 존중과 연민을 서정적 언어로 풀어낸 1970년대 사회시의 경향을 대변한 시인이라고 볼 수가 있다.

1960년대에 참여시를 개척한 김수영, 신동엽의 뒤를 이어 민중의 일상적 삶에 내재된 건강성과 생명력을 구체적으로 표현함으로써, 시적 성취를 이룩한 1970년대의 대표적인 참여 시인이라 불린다.

시인은 작품 「저문 강에 삽을 씻고」에 대한 그의 소견을 이렇게 말했다.

"최근 몇 년 동안 나는 주로 내가 사는 시대의 모순과 그 속에서 핍박받는 사람들의 슬픔에 관해 써왔지만, 그것이 진정한 신념과 희망과 용기를 주는 데 이르지 못했음을 부끄럽게 여긴다. 이러한 성과가 하루아침에 갑자기 이루어지는 것은 아니리라. 그러나 한 시대의 사회적 모순이야말로 바로 새로운 역사를 만드는 원동력이며 억압받는 사람들의 슬픔이 어느 땐가는 밝은 웃음으로 꽃필 것임을 나는 믿는다."라고 하였다. 이렇듯이 민중의 일상적 삶에 내재된 건강성과 생명력을 엿볼 수 있다.

1. 답청踏靑의 서정

'답청'이란 봄에 파릇파릇한 풀을 밟으며 거니는 것을 말한다. 사람들은 풀은 밟아 주어야 무성해진다고 한다. 답청은 어두운 시대에 억압받는 민중에게 용기와 희망을 주는 작품이다. 밟히고 밟힐지라도 결코 쓰러질 수 없다는 신념으로 가득 차 있다. 아이들은 나라의 미래이기에 간절하게 아이들의 이름을 부르고 있다. 나라에 대한 염려와 미래에 대한 당부가 시 한 편에 담겨있다. 첫 시집의 제목이자 대표작이 된 「답청」을 살펴보자.

풀을 밟아라
들녘에 매 맞은 풀
맞을수록 시퍼런
봄이 온다
봄이 와도 우리가 이룰 수 없어
봄은 스스로 풀밭을 이루었다
이 나라의 어두운 아희들아
풀을 밟아라

밟으면 밟을수록 푸른
풀을 밟아라

'봄'과 '풀'과 '밟는다'는 세 개의 이미지가 생명으로 이어지고 있다. 봄은 따사롭고 풀은 이 봄의 힘으로 얼었던 대지에서 일어선다. 밟혀도 풀은 죽지 않고 더 푸르게 풀밭을 이룬다.

'풀을 밟고 산책한다'는 여유로운 서정 속에는 독하고 매서운 기운과 의지가 도사리고 있다.

김수영의 '풀'처럼 어떤 민중적인 세계를 발언하고 있는 듯 보인다.

정희성은 두 번째 시집 『저문 강에 삽을 씻고』를 통해 농경사회의 서정과 민중이라는 개념을 섞어 넣었다. 풀과 민중의 비유적 결합은 저 동학농민혁명에서 그 실체를 더듬어 낼 수 있다. 농민들의 몸부림과 봉기, 외세에 시달리는 나라까지를 포함하는 시대적 외연에 닿아간다. 정희성은 그런 기본에 봄과 풀, 사람과 저문 강과 삽을 유기적으로 이어가고 있다.

필자는 이 일렬을 '답청의 서정'이라 이름 붙이고 시 바탕에 흐르는 서정의 물결을 눈여겨보고자 한다.

제4시집 『詩를 찾아서』 3번째 나오는 작품이 지닌 서정을 보자.

그대, 알알이 고운 시 이삭 물고 와
잠결에 떨구고 가는 새벽
푸드덕
새 소리에 놀란 나뭇잎
이슬을 털고
빛무리에 싸여 눈뜬
내 이마 서늘하다

「시가 오는 새벽」 전문

기나긴 어둠의 끝에 아침이 펼쳐지는 「시가 오는 새벽」 "시대의 새벽"일 수 있다. 김화영 평론가는 익은 것을 "떨구는 하강운동"과 날아오르는 "새소리의 상승운동"이 직관 속에서 마주쳐 결정結晶시킨 "이삭과 이슬"로 보았다. 시가 여물어 이삭이 되어 시인에게 왔을 때 빛무리에 싸인 기분이었을 것이다. 시 한 편이 시인에게는 이삭, 그 이상의 것이 되어 서늘하게 영혼을 일깨운다.

제5시집에서 「코스모스」는 단시短詩이지만 제 무게를 지니고 있다.

> 길가의 코스모스를 보고
> 가슴이 철렁했다
> 나에게 남은 날이
> 많지 않다
> 선득하니, 바람에 흔들리는
> 코스모스 그림자가 한층 길어졌다
>
> ―「코스모스」 전문

'흔들린다' 는 것은 어딘가 불안하다는 것이다. 가을의 서정을 대표하는 코스모스는 가냘프고 찬바람에 시들어갈 존재이다. 시인은 그 '흔들림'에 주목한다. 선득한 바람에 가슴이 철렁 내려앉는다. 이때 코스모스는 시적 화자로 대체되고 남은 시간이 짧다는 것에 공감을 하고 있다. 중의법을 사용한 「코스모스」는 그림자가 길어지면 '저녁이 빨리 온다'는 의미이고 화자의 여생도 '저물어가고 있다'는 점이다. 스산한 가을의 쓸쓸함과 인생의 불안함과 허무함이 동시에 오버랩되고 있다.

『그리운 나무』에 나오는 「한거寒居」도 살펴보자.

이제 다 내려놓고
단순하게 살고 싶네
콩댐을 한 장판방
머리맡엔 목침 하나
몸 이긴 마음이
어디 있을까
창호지에 들이치는
싸락눈 소리

「한거寒居」 전문

추위를 거부하지 않고 몸으로 받아들이는 다짐은 스스로 몸에게 주는 수행이다. 이 욕심을 버린 수행으로 마음을 정갈하게 가지고 '청빈한 삶'을 살겠다는 시인의 결심이다. 몸을 이긴 마음이 쉽지는 않지만 이번엔 몸이 마음을 이겨보겠다는 것이다.

"콩댐을 한 장판방/ 머리맡엔 목침 하나"가 전부이니 무슨 욕심이 남았겠는가. 콩댐은 불린 콩을 갈아서 들기름 따위에 섞어 자루에 넣어 장판에 문지르는 일이다. 장판이 오래가고 반지르르 윤기가 난다. 정성이 많이 들어가는 작업이다. 귀찮은 과정을 마다않고 손수 몸으로 겪으며 살아가고 싶다는 화자는 편리한 도시의 문명에서 벗어나 창호지에 들이치는 싸락눈을 들으며 진정한 '쉼'을 구하고 있다. 한거는 따뜻한 조건을 외면하고 자청해서 수행으로 마음과 맞닥뜨려 몸으로 정신과 싸워보겠다는 의지가 충만하다.

정희성은 간결과 함축, 그리고 단형이 짓는 서정으로 시의 모형을 세우고 거기로부터 시적 장단, 서술과 이미지 같은 표현적 도구들을 통해 먼 바다나 광활한 대륙을 횡단할 수 있다고 믿는다.

저 나무가 수상하다

'아름다운 그대가 있어
세상에 봄이 왔다'
나는 이 글귀를
한겨울 광장에서 보았다

스멀 스멀
고목 같은 내 몸이
싹을 틔울 모양이다

—「봄나무」 전문

　한겨울은 어둡고 추운 시대를 상징하고 있다. 광장은 민중이며 외침이 모여 있는 곳이다. 봄은 언제 올까. 아직은 막막하지만 시인은 이곳에서 아름다운 그대를 보았다. 아름다운 그대는 과연 누구일까. 여기서 독자는 '아름다움'에 주목해야 한다. 여인의 미모나 세상의 단순한 아름다움이 아닌 '빛'이다. 곧 '자유'를 의미한다. 그 어려움 속에서도 민주주의는 싹을 틔우고 있는 중이다. 고목 같은 화자의 몸은 이미 싹을 틔울 용기도 없고 시간도 지나버린 몸이지만 그 한 줄기 희망을 보며 이 땅에 올 봄을 그리고 있다. 수상하다는 것은 실체가 드러나지 않은, 아직 당도하지 않은 미래일 것이다. 그 도착 하지 않은 내일을 꿈꾸는 것은 아직 이 땅에 희망이 있다는 것이다. 시인은 그 추운 광장에서 뜨거운 봄을 만나고 있다. 시대 현실의 지향과 실천에 진입한다는 뜻으로 실천적 이미지를 보여주는 작품이다. 단시이지만 시의 무게가 녹록지 않음을 알 수가 있다.

2. 시를 찾아서

한여름 뜨락에 발돋움한 상사화

꽃대궁만 있고 잎은 보이지 않았다
한 줄기에 나서도
잎이 꽃을 만나지 못하고
꽃이 잎을 만나지 못한다는 상사화
아마도 시는 닿을 수 없는 그리움인 게라고
보고 싶어도 볼 수 없는 마음인 게라고
끝없이 저잣거리 걷고 있을 우바이
그 고운 사람을 생각했다

「詩를 찾아서」 부분

시인은 시를 찾아간다. 시인이 시를 만나기는 쉽지 않아서 잎과 꽃이 영원히 만나지 못하는 상사화의 관계로 비유하고 있다. "꽃과 잎의 거리"는 어쩌면 영원히 만나지 못할 단 한 편의 시가 아닐까. 그 단 한 편은 일생을 헤매야 만날 수 있을지 모른다. 시인은 그 만나지 못할 시를 안타깝게 그리워하고 있다. 누군가 세상과 인연을 끊고 그 관계는 영원히 이루어질 수 없지만 그리움은 남아 저잣거리를 헤매는 여인, 우바이처럼 시를 찾아가는 시인은 아름답기만 하다. 세상의 그 어떤 것에도 물들지 않고 '청빈낙도'를 즐기려는 시인의 가난한 심성을 드러내고 있다. 만날 수 없는 것들, 만질 수 없는 것들은 늘 멀리서 화자를 맴돌고 시인은 그 거리쯤에서 만나지 못한 시를 찾고 있다.

아리고 쓰린 상처
소금에 절여두고
슬픔 몰래
곰삭은 젓갈 같은
시나 한 수 지었으면

「곰삭은 젓갈 같은」 부분

곰삭은 젓갈 같은 시 한 수 얻으려면 아리고 쓰린 상처를 소금에 절여두고 기다려야 한다. 젓갈은 발효식품이다. 숙성되지 않으면 짜고 비리다. 시인의 상처도 소금에 절여 발효되고 승화되어야 좋은 시가 될 것이다. 그런데 왜 "슬픔 몰래"라고 하였을까. 슬픔이 개입하면, 즉 감정이 넘쳐버리면 '시의 간'을 맞출 수 없다는 것이 아닐까. 언어의 절제를 요구하는 시 쓰기는 단순히 감성의 부산물이 아니기 때문일 것이다. 자신의 상처마저도 견딜 수 있을 때, 고통의 수위를 넘어야만 좋은 시가 태어난다는 뜻이다. 슬픔은 꾹 눌러놓고, 주제를 노출시키지 않는다는 것이고 형식면에서나 내용면에서나 노숙한 경지의 언어 구사를 하겠다는 것이다. 손쉽게 다가오는 흐름은 노자풍으로 보인다. 다음 시는 시인의 국량이나 시대적인 자세를 들려주는 시다.

> 연암은 말을 멈추고 요동벌을 바라보며
> 한바탕 목 놓아 울 만한 곳이라 했다지만
> 벗이여
> 7월에도 장마가 그치지 않거든
> 시베리아에서 내가 울고 있는 줄 알라
>
> ―「북방에서」 전문

이 시를 읽으면 만해나 육사의 시를 연상하게 한다. 요동벌을 바라본 연암이 "한바탕 목 놓아 울만한 곳이라"고 했던 것은 아마도 우리나라 옛날의 드넓은 영토를 바라보고 난 뒤 통분의 감정을 삭이기 힘들어 했다는 기록(『연암집』)에 근거한 것이리라. 시인도 시베리아 횡단 열차를 타고 가면서 연암의 통분을 같이하며 "장마가 그치지 않거든/ 시베리아에서 내가 울고 있는 줄 알라"고 노래하는 것이다. 시인의 스케일이 만만치 않음을 보여주는 대목이다. 시인의 정서로서는 감당하기 힘든 주제이지만 시베리아 열차를 탄 자로서의 현장성은 말리기 어려운 정경이 아닐까 한다. 시인의 「시인」도 같은 지면에 실려 있다.

> 그대에게 가닿고 싶네
> 그리움 없이는 시도 없느니
> 시인아, 더는 말고 한평생
> 그리움에게나 가 살아라
>
> ―「시인」 전문

이때의 그리움은 <북방>의 연암에 대해서이거나 연암 관련 통분의 정서일 수도 있을 것이다. 시인이 아니더라도 연해주나 발해의 군마가 내달리던 곳에 가서 그곳이 솔밭이 되어 있다거나, 우수리스크 최재형 생가를 돌아보는 사람들은 한국인 특유의 통분을 느끼게 될 터이지만 시인은 이를 내면화하고 생활 속에서 답청의 서정에 젖는 자일 것이다. "한평생/그리움에게나 가 사는" 자일 것이다.

시대 무위無爲와 그리움

정희성 시인의 시에서는 시대 책임에 대한 무위와 거기 반하는 그리움의 정서가 가득히 차 있다. 그러므로 무위가 무위로 있는 것이 아니라 그 반동의 세계로 약진하는 힘으로 작용하고 있다. 어쩌면 이 두 극점이 줄 당기기를 하고 있다고 보면 좋을 것이다.

1. 시대 그리고 무위無爲

시인 정희성은 이 시대에 안녕한가, 자문하고 있다. 다음 시를 보자.

아침 인사 한마디에
가슴이 철렁 내려앉고
세상이 기우뚱거린다
이 불안한 나라에서
안녕한 게 죄스러워
얼굴 가리고 우는 아침

―「안녕들 하십니까」 전문

사람들은 오래 떨어져 있던 사람들에게 "안녕들 하십니까?"하고 묻기 마련이다. 시인은 이 질문에 "가슴이 철렁 내려앉는다"는 것이다. 생각해 보니 "세상은 기우뚱거리고 불안한 나라인데 나는 안녕한 게 죄스럽다는" 것이다. 그래 "얼굴 가리고 운다"는 것 아닌가. 앞에 말과 뒤에 말이 순리로 이어지지만 결코 순리가 아닌 부조화로 지내는, 말하자면 무위한 삶을 자각하는 상태이다. 세상과 나라가 제 톱니바퀴로 돌아가지 않고 있음에 오불관언해 온 것에 대해 통찰의 잣대를 들이대는 것이다. 스스로 "잎새에 이는 바람"에도 괴로워하지 않았던 것을 소스라쳐 얼굴 가린다는 이야기이다.

오랜만에 만난 친구에게
별일 없었냐고 물었더니

나는 문제없어
나라가 걱정이지

―「광장에서」 전문

정희성은 자나 깨나 광장에 있는 사람이 아닐까 싶다. 오랜만에 친구를 만나 안부를 묻는데, "나는 문제가 없는데 나라가 걱정이지"라는 말에서 자신보다 먼저 나라를 걱정하는 모습을 본다. 그 친구나 자신이나 바람이 부는 광장에 있다.

이 시를 읽는 독자는 문득 최인훈의 장편 「광장」을 다시 읽고 싶으리라. 그 1960년대의 시대를 업고 사는 1970년대, 우리가 우리인가를 껴안고 사는 자들의 안부이다. 무위로 살아갈까, 아닐까를 의식하는 시간에 우리들은 답습의 흐름에 젖어 있게 마련이다.

이쯤에서 정희성은 통절의 무위를 적고 있다. 「누가 기뻐서 시를 쓰랴」이다.

꽃이 마구 피었다 지니까
심란해서 어디 가 조용히
혼자 좀 있다 오고 싶어서
배낭 메고 나서는데 집사람이
어디 가느냐고
생태학교에 간다고
생태는 무슨 생태?
늙은이는 어디 가지도 말고
그냥 들어앉아 있는 게 생태라고
꽃이 마구 피었다 지니까
심란해서 그러는지는 모르고
봄이 영영 다시 올 것 같지 않아
그런다고는 못하고

―「누가 기뻐서 시를 쓰랴」 전문

시는 기뻐서 쓰기도 하고 슬퍼서 쓰기도 하고, 화자는 꽃이 마구 피었다 지니까 심란해 시를 쓴다. 그래 어디 조용한 데 가서 혼자 좀 있다가 오고 싶어 배낭 메고 나서니 아내가 어디 가느냐고 다잡아서 '생태학교에 간다'고 답한다. 아내는 생태는 무슨 생태, 나이 든 사람은 집에 있는 것이 생태라고 일러준다. 의심하고 대답하는 내외의 모습에서 서로 생각이 다름을 알 수가 있다. 사실 필자가 볼 때 화자는 시대를 잃는 심란에 빠져 있지 않을까 싶다. 봄이 영영 다시 올 것 같지 않은 심란, 그 무위를 떨쳐내기 위해 배낭을 멘 것이다. 아내가 눈치를 챈 것일까, 생태는 무슨 생태냐고, 염려하는 입장으로 남편의 무위를 지우려 하는지 모른다.

2. 그리운 나무를 그리워하다

제6시집 「그리운 나무」는 시대의 무위라는 시인의 정서와는 대척 지점에 서 있다. 무위가 무위일수록 그리움은 맹렬히 일어날 밖에 없을 것이다. 그리하여 그리운 나무를 구체적으로 언술함으로써 스스로의 처지를 만회하고자 하는 것이다.

> 나무는 그리워하는 나무에게로 갈 수 없어
> 애틋한 그 마음 가지로 벋어
> 멀리서 사모하는 나무를 가리키는 기라
> 사랑하는 나무에게로 갈 수가 없어
> 나무는 저리도 속절없이 꽃이 피고
> 벌 나비 불러 그 맘 대신 전하는 기라
> 아아, 나무는 그리운 나무가 있어 바람이 불고
> 바람 불어 그 향기 실어 날려 보내는 기라

—「그리운 나무」 전문

시의 화자는 '나무'이지만 그 '나무'는 시인 자신으로 읽힌다. 늘 나무는 그 자리 붙박이로 서서 '그리운 나무'를 생각하고 있다. 시인에게는 '멀리서 사모하는 사람'이 있고 '사랑하는 사람'이 있다. 그러는 중에 시인은 붙박인 자리에서 속절없이 꽃으로 피는데 그 꽃은 스스로 벌 나비 부르며 서 있다.

시인에게 그 나무는 누구일까? 시를 찾아서 읽어 보기로 한다. 그들은 민주화 과정에서의 지도자이거나 민주화 운동에 적극 참여한 인물로 꼽히는 분일 것이다. 시인은 그 중심으로 들어가 같이 동행할 수 없음을 안타까워하고 있다.

> 내 눈을 뜨게 해준 사람
> 망막 뒤에 가려진
> 참세상 보게 해준 사람
> 그러나 눈먼 자들의 도시에서
> 눈을 뜬 사람은 장애인
> 눈뜬 자만이 보게 되는
> 세상은 처참하여 차라리
> 나는 눈을 감고 생각하네
> 누구는 그의 눈이 붉다지만
> 그는 누구보다 눈이 밝은 사람
> 그를 보내는 내 눈 붉어지네
> 그를 보내며 내 눈 붉어지네
> 그는 나를 장애로 만든 사람
> 그러나 미워할 수 없는 사람
>
> ―「눈 밝은 사람 ― 리영희」 부분

시에서 그리운 사람은 '내 눈을 뜨게 해준' 사람이다. 참세상을 보게 해준, 의식을 일깨워 준 사람이다. 시 부제를 통해 그 사람은 '리영희'라 밝히고 있다. 리영희(1929-2010)는 평북 운산생으로 경성공립공업학교와 국립해양대학을 졸업했다. 우리 시대의 대표적 진보학자로 6·25 전란중 국군 11사단 9연대 통역장교로 있었다. 그때 일어났던 거창 산청 함양 사건 등에서 깨달은 바가 커 세상에 대한 이해를 새롭게 하게 되었다고 한다.(회고록 '대화' 참조) 1957년부터 1964년까지 합동통신 외신부 기자, 1964년부터 1971년까지 조선일보와 합동통신 외신부장을 각각 역임했다. 1960년 미국 노스웨스턴대학 신문대학원 연수, 1972년부터 한양대학교 문리대 교수 겸 중국문제연구소 연구교수 재임 중 해직되고 복직되었다.

저서로 「전환시대의 논리」, 「우상과 이성」, 「분단을 넘어서」 등이 있다.

정희성 시인은 이념과 사상이 뚜렷 리영희에게 많은 영향을 받았다. "눈을 뜬 사람은 장애인/눈뜬 자만이 보게 되는/세상은 처참하여 차라리/나는 눈을 감고 생각하네"라고 하였다. 눈을 뜨게 되면서 사회의 실상을 보게 되어 오히려 눈을 감는 것이 더 낫다고 생각한다. '눈 밝은 사람'이라 하고 '내게 눈을 뜨게 해준 사람'은 의식이 깨어있는 시대를 앞서가는 선각자 리영희였다. 시인은 그의 죽음을 매우 슬퍼하고 있다.

그 다음 그리운 사람이 누구일까?

나라가 온전히 우리 것이 아닐 제
누리에 나신 이여
동방에 나라가 있어
맨 처음 신의 이름으로
아침을 부르는 이 있습니다
어둠속에서 어둠을 뚫고 달려와
민주주의의 이름으로
조국을 밝히는 이 있습니다
우리들의 신부님
그이가 벌써 고희입니다
서녘으로 해가 더 기울기 전에
온전한 그의 나라가 임하게 하소서
새 하늘 새 땅이 열리게 하소서

―「함세웅 신부를 위하여」 전문

시 「기도」는 '함세웅 신부를 위하여'라는 부제를 씀으로써 신부님이 원하는 민주주의를 이땅에서 열리게 해달라는 간원이다. 시에서 함 신부의 태생을 '나라'라는 부재의 시대로 잡고 있음이나 "맨 처음 신의 이름으로 아침을 부르는 이"로 규정한 의도는 민주나 시대의 자각이 신의 지향과 어긋나지 않음을 밝히고 있다. "어둠속에서 어둠을 뚫고 달려와 민주주의의 이름으로 조국을 밝히는" 이는 곧 함세웅 신부였던 것이다.

다음 시는 누구일까?

한 시대가 이렇게 가는구나
나더러는 조시나 쓰라 하고
김근태가 또 먼저 갔다
고문 끝에 온 민주주의가
견디다 못해 몸이 굳어져 갈 즈음
그 모진 고통의 기억
잊어버리기 싶기도 했겠지

우리들의 정신적인 대통령
그대를 잊지 못하리
그대가 몸 바쳐 그토록 열망하던 자유와
민주주의를 향한 눈물겨운 몸의 세포는
살아서 이 시대를 견디고 있는
우리의 기억 속에 남아
2012년 새해 아침을 탈환하리

—「그대를 잊지 못하리」 전문

인용시는 민주투사 김근태 의원의 죽음에 부치는 시다. "몸 바쳐 열망하던 자유 민주주의를 향한 눈물겨운" 행적을 기리고 있다. 잊을 수 없는 "우리들의 정신적인 대통령"은 김근태였다. 그는 "고문 끝에 견디다 못해 몸이 굳어져" 갔다. 김근태가 먼저 떠나고 시인은 조시나 쓸 수 밖에 없는 현실을 안타까워하고 있다. "그대가 몸 바쳐 그토록 열망하던 자유와/민주주의를 향한 눈물겨운 몸의 세포는/살아서 이 시대를 견디고 있는/우리의 기억 속에 남아/2012년 새해 아침을 탈환하리"라고 민주주의가 말살된 암담한 현실을 죽음으로 지킨 김근태의 헛되지 않은 죽음을 상기하고 있다.

다음은 누구를 불러내고 있을지 궁금하다.

남주는 시영이나 내 시를 보며 답답하다는 말을 한 적이 있다 뉘 섞인 밥을 먹듯 하는 어눌한 말투가 마음에 들지 않았을 터이다 그러나 시영이나 나는 죽었다 깨도 말과 몸이 함께 가는 남주 같은 목소리를 내기 어려울 것이다 기껏 목청을 높여 보았자 자칫 몸과 목소리가 따로 놀 테니까 시영이도 그렇겠지만 나는 나대로 감당해야 할 몫이 따로 있기도 하고 그렇지만 아무래도 이건 무슨 변명 같기도 하고 비겁한 듯도 하고 하여튼 일찍 간 남주 생각을 하면 내가 너무 오래 누렸다는 느낌이다

— 「남주 생각」 전문

이 시는 정희성 시인이 자기 시와 다른 김남주 시 이야기를 하고 있다. 자기와 이시영은 어눌한 말투이고 몸과 목소리가 따로 논다는 것이고 김남주 시는 말과 몸(실천)이 같이 간다고 지적한다. 김남주는 온몸의 이행이거나 도전의 직접성에 그 시적인 자질이 주어지는데 자기나 시영이의 시는 죽었다 깨어나도 그 이행이 불가능함을 실토하고 있다.

말하자면 노자풍의 부드러운 정희성의 시는 서정에 머물고 김남주는 응전과 현장의 톤으로 싹싹 쓸고 가는 쓰나미 같은 기세를 보이는 것일 터이다. 어쨌든 정희성은 몫이 다른 시를 쓰고 있지만 스스로도 답답한 일면이 있음을 자인하고 있다.

정희성은 시 「그리운 나무」를 쓴 것처럼 그리워하는 나무에게로 갈 수가 없어 가지를 뻗고 잎을 펴 멀리서 가리키고 있는 것이리라. 그 '그리운 나무'는 리영희, 함세웅, 김근태 김남주 등이 분명하고 또 만해나 권정생 등도 불가시적 거리에 있거나 성질이 다른 자리에 황동규, 김사인, 70년대 동인 김형영 등이 있다. 이들의 거리와 역할은 정희성으로서는 결핍과 미완의 대응적 위상에 값하는 것이리라.

가는 길, 정리하는 자리

정희성 등 네 사람의 '70년대 동인'은 '고래'라는 이름으로 작품집을 묶었다. 강은교, 김형영, 윤후명, 정희성이 그 면면이다. 창간 동인 중 먼저 돌아간 임정남이 빠지고 석지현은 개인 사정으로 빠진 것 같다. 이들이 1970년이 되기 전에 동인지를 내자 김춘수는 어딘가에다 "성급하다"는 말을 한 바 있다.

정희성은 <시인의 말>을 쓰고 「가는 길」 등 13편을 실었다.

1. 가는 길

정희성은 석줄짜리 <시인의 말>을 쓴다. "올해 가까운 친구 여럿을 잃었다. 나도 죽음 가까이 갔다가 가까스로 돌아왔다. 나에게 남은 시간이 많지 않다. 살아 있다는 증거로서 나는 쓴다."

다들 그런 마음인 듯하다. 노을이 비장하다.

> 아으 덧거친 이 삶의 길
> 숨 멎어 어둡고 쓰거운 그곳에 갈 제
> 더불어 갈 아무도 없이
> 바람이 와서 나를 데려 가겠지
> 쥐고 갈 무엇이 있어

쉬이 손 놓지 못할 거냐
마치 아무 일도 없던 것처럼
안녕 눈익어 정겨운 모든 것들아
사랑하고 미워했던 모든 것들아
등 돌린 세상에도 인사해야지

—「가는 길」 전문

　인용시는 비장하다. 처음에 '아으'라는 비탄의 소리로 시작하고 있지 않은가. 이 탄사가 이 시적 문맥을 고전화 시키고 있다. "덧거친 이 삶의 길"에는 한 생애의 참회록이 담겨 있다. 그리고 어둡고 아픈 구절 "숨 멎어 어둡고 쓰거운 그곳에 갈 제"가 이어진다. "더불어 갈 아무도 없이"나 "바람이 와서 나를 데려 가겠지"나 "쥐고 갈 무엇이 있어"라는 표현들은 그냥 나오는 대로 술술 구술하는 분위기다. 아무래도 시인은 친구의 죽음과 자신의 그 주변체험으로 하나의 종말 의식에 닿아 있는, 세상에 대한 정든 것들과 미워했던 것들과 인사하는 시간을 드러낸다. 마치 이상화의 한 구절 "맨드라미 들마꽃에도 인사를 해야지"를 연상시키고 있다.

때는 왔다

시든 잎이 매달린 나뭇가지에
새싹이 움터 나오고 있다

인생 또한 그러하리

—「삶」 전문

　소품 단상이 여러 시심을 치고 나온다. 잎은 시들고 그 잎이 매달린 나뭇가지에 싹이 움터 나온다. 이제 인생은 세대교체를 인정하는 때가 온 것이

역사의식과 민중의식이 친근한 서정성과 조화를 이루다 —정희성論　555

다. "때는 왔다"고 문득 외친다. 가벼이 지금 자리를 인정하고 있다. 시인에게는 '소품―단상―긴장미'라는 시적 패턴을 내세운다. 그럼으로써 술술 구술하듯 흐르는 느슨함을 나사 조이듯 가뿐하고 단단한 이미지로 응축시킨다. 최소한의 '답청 정서' 유지 시키기이다.

2. 가까이 온 것, 거리

이번에는 「죽음이 가까이 와 있다」는 시에서 아래 단상을 챙겨 보자.

> 아무리 우리가
> 거리를 둔들
>
> 마스크와 입 사이가
> 멀지 않듯이
>
> 말과 소리가
> 멀지 않듯이
>
> ―「죽음이 가까이 와 있다」 부분

우리가 거리를 둔다고 한들 결코 멀지 않다는 것이다. 삶과 죽음도 그렇다는 것이다. 결국 '멀지 않다는 것'이 인생인가, 끝자락의 실존이 다시 그쯤의 거리이다. 70년대 동인들이 왜 만년에 '고래'에 심취하고 있었을까? 인간의 등짐과 시간의 왜소함을 깨달은 것이었을까.

마무리

강은교는 '고래' 동인지의 머리말에서 "꿈꾸다 꾸다/나의 자줏빛 볼펜

위에/고꾸라지듯 쓰러지리라."고 쓴다. 정희성 시인은 앞에서 본 바와 같이 "살아 있다는 증거로 나는 쓴다."고 했으니 '쓴다'라는 말은 끝까지 시를 놓지 않겠다는 결심과 같은 말이다.

정희성 시인은 고래 동인지 '시인의 말'에서 "올해 가까운 친구 여럿을 잃었다. 나도 죽음 가까이 갔다가 가까스로 돌아왔다. 나에게 남은 시간은 많지 않다" 고 하였다. 즉, 죽음은 이제 남의 이야기가 아닌 자신의 이야기라는 것이다. 시는 그에게 생명을 불어넣고 있다. 시인은 시를 쓰며 자신의 존재를 확인하고 있다.

이 시대의 모든 고난받는 사람들의 삶 속으로 자신의 삶을 확대해 온 정희성 시인, 1970년대의 암울한 정치 상황과 사회적 모순 속에서 고통받고 억압당하는 민중의 삶을 예리한 눈으로 그려낸 시인의 언어는 한 치의 빈틈도 없이 긴장과 진실로 가득 차 있다고 평가되고 있다.

특히 민중시를 높은 예술성을 지닌 작품으로 승화시킨 「저문강에 삽을 씻고」는 그의 대표작이면서 1970년대 역사의식과 민중의식이 친근한 서정성과 조화를 이루며 민중시가 지향해야 할 올바른 방향을 제시하였다.

서정과 지상의 사랑

나태주論
—대표시 선집(2017. 9월)을 대상으로

서정과 지상의 사랑

나태주 시의 서정시 형식

바람은 구름을 몰고
구름은 생각을 몰고
다시 생각은 대숲을 몰고
대숲 아래 내 마음은 낙엽을 몬다.

「대숲 아래서」 1연

바람, 구름, 대숲, 낙엽들이 유기적인 관계로 출렁이고 생동한다. 살아 움직이는 사물과 인간의 마음이 "몬다"라는 동사로 감각적으로 묘사되었다.

자연과 사물과 화자의 정감이 하나로 어울려 서정의 정취를 듬뿍 느낄 수가 있다. 그의 시는 사랑시를 중심으로 각별히 단형시에서 빛을 발하고 있다.

『나태주 대표시 선집』(2017년 9월, 푸른 길)은 사랑을 주제로 한 시가 총 238편 가운데 84편에 이르고 있었다. 약 3분의 1에 해당하는 편수이다. 이를 확인하면서 또 다른 베스트셀러 시인 이해인 수녀의 시를 떠올리게 되었다. 이해인(1945-)수녀는 성베네딕도 수녀원 수도자로서 1976년『민들레의 영토』이후 수권의 시집을 발간했는데 발간 때마다 독자들에게 선풍적인 인기를 모았다. 최근 시집 중『작은 기쁨』,『작은 위로』등이 있는데 "천상의 사랑"을 주제로 하고 있음을 알 수 있다. '천상의 사랑'은 그리스도의 구세사적 줄거리 안에서 예수님이 보여준 십자가 사랑 같은 조건 없는 사랑을 가리키는 것이다. 여기에 비해 나태주는 "지상의 사랑"을 주제로 하고 있어서 두 시인의 사랑이 상대적인 자리에 놓여 있다고 할 수 있다. 지상의 사랑이란 인간대 인간의 사랑으로 '너', '그대'에게로 향하는 이성 간의 것이며 더 나아가 보다 정신적인 영역까지 넓혀질 수도 있는 성질의 것이리라.

그리고 보면 독자들이 선호하는 주제가 "천상의 것"이든 "지상의 것"이든 사랑이라는 것과 그것을 담는 서정시 장르라는 것이 기본 요건임을 알 수 있게 된다.

이 글에서 쓰이는 텍스트는 『나태주 대표시 선집』(2017, 푸른 길)과 권달웅, 나태주, 유재영, 이준관 4인집 『산도화꽃 그늘 아래』(2020, 동학사) 두 권이다.

자연이나 또는 인생론적 세계관에 쓰여지는 서정시는 감성에 호소하는 단순한 시라고 여기기 쉽지만 나태주 시는 이와 다르다. 시인은 가급적 형식의 다양성을 보이길 원한다. 나태주 시인은 단형시, 산문시, 동시풍, 연작형 등으로 아기자기한 서정의 맛을 드러내고 있다. 아래 그 형식의 흐름을 살펴볼까 한다.

1. 단형시

시의 서정은 대부분 단형에서 광채를 보인다. 긴 형식에서는 반짝이는 이미지나 함축의 긴밀을 드러내기가 힘들다. 10행 내외 단형시를 열거하면 다음과 같다.

「변명」, 「봄 그리고」, 「우체통 곁에」, 「시인 2」, 「명예」, 「어린 아이」, 「한산세모시」, 「시인 무덤」, 「첫눈 같은」, 「겨울 장미」, 「그냥 낭만」, 「어린 봄, 행복 2」, 「멀리 풍경」, 「하늘 아이」, 「너를 위하여」, 「끝끝내」, 「혼자서 2」,

「의자」, 「서로가 꽃」, 「어여쁨」, 「우리들의 푸른 지구 2」, 「우리들의 푸른 지구 1」, 「꽃과 별」, 「여행의 끝」, 「맑은 달」, 「새사람」, 「마음을 얻다」 등

키가 작은 여자 아이가 보고 싶다
눈이 작은 여자 아이가 보고 싶다
코가 작은 여자 아이가 보고 싶다
그러나 입술이 조금 크고
붉은 여자 아이를 보고 싶다

실은 이것은
네가 보고 싶다는 말이다.

—「변명」 전문

시는 '보고 싶다'의 나열에서 시작해 '네가 보고 싶다'로 끝맺음 되고 있다. 사고가 단순하지만 염원이 간절해지는 구조이다. 서정시는 단순한 순질의 언어일 때 반사적인 에너지가 솟는 것이다. 다음 시는 단순 구조이다.

뒷모습이 예뻤던 그녀
살그머니 다가가 한번
안아주고 싶다는 생각만으로
오랜 세월을 견뎠다

그런 뒤로 그녀는
새하얀 백합이 되었고
나는 그녀 곁에 새빨간
우체통이 되었다.

—「우체통 곁에」 전문

전반부는 그리움을 견디는 부분이고 후반부는 '곁'을 사용해 가까운 거리를 증명하고 백합과 우체통이 하나라는 결말을 맺는다. 이런 단시가 포함한 정서는 동심쪽에 가깝다. 세월 뒤에 백발이 되고 빨간 우체통으로 기다리는 단심丹心이 된다는 것이리라. 단 4행의 단행인데 탁월한 소품이다.

날마다 쓰는 시가
그대로 무덤인데
무슨 무덤을 또
남긴단 말이냐!

—「시인 무덤」 전문

시를 쓰며 날마다 죽어가는 시인의 모습과 시가 세상에서 빛을 발하지 못하고 사라지는 모습을 무덤으로 표현하였다. 날마다 쏟아지는 시는 모두 어디로 가는가. 어둠에 묻혀 사라지는 시의 모습을 안타까운 심경으로 탄식하며 쓴 시가 가슴을 친다. 네 줄의 시가 많은 뜻을 함의하고 있다. 이것이 바로 "시의 깊이"이다.

시는 "말은 줄이고 뜻은 늘이는 것"이 정의라면 이 시는 지상 최고의 시라 할 만하다. 나태주는 이 서정의 단형에서 빛을 본 시인이다. 언어의 경제학에서 정수를 보여주는 시인인 셈이다.

2. 산문시

산문 형식으로 된 시가 산문시이다. 산문시의 특징은 시행을 나누지 않고 리듬의 단위를 문장 또는 문단에 두고 산문과는 달리 서정적으로 시화하여 묘사한다는 데 특징이 있다. 나태주는 어떤 생각을 펼쳐 산문시를 썼을까? 산문시 목록은 다음과 같다.

「별 2」, 「가슴이 콱 막힐 때」, 「쪼끔은 보랏빛으로 물들 때」, 「나팔꽃」, 「모처럼 맑은 하늘」, 「노」, 「미루나무를 바라보는 마음」, 「한들한들」 중에서 한 작품을 가려 읽어 보자.

우리는 한 사람씩 우주공간을 흐르는 별이다. 머언 하늘길을 떠돌다 길을 잘못 들어 여기 이렇게 와 있는 별들이다. 아니다. 우리는 오래전부터 서로 그리워하고 소망했기에 여기 이렇게 한 자리에서 만나게 된 별들이다.

그러니 너와 나는 기적의 별들이 아닐 수 없다. 하늘길 가는 별들은 다만 반짝일 뿐 서러운 마음 외로운 마음을 가지지 않는 별들이다. 그러나 우리 는 순간 순간 외로워하고 서러워 할 줄 아는 별들이다. 안타까워 할 줄도 아 는 별들이다. 그러니 우리가 얼마나 사랑스런 별들이겠는가!

부디 편안한 마음으로 따뜻한 마음으로 잠시 그렇게 머물다 가기 바란다. 오직 사랑스런 마음으로 기쁜 마음으로 내 앞에 잠시 그렇게 있다가 가기 바란다. 굳이 재촉하지 않아도 이별의 시간은 빠르게 오고 우리는 그 명령 을 따라야만 한다. 그리하여 너는 너의 하늘길을 가야 하고 나는 또 나의 하 늘길을 열어야 한다.

우리가 앞으로 다시 만난다는 기약은 바랄 수도 없는 일이다. 어쩌면 이것 이 처음이자 마지막 만남일 수도 있겠다. 그리하여 우리는 앞으로도 오래 외롭고 서럽고 안타깝기까지 할 것이다. 부디 너 오늘 우리가 이 자리 이렇 게 지극히 정답게 아름답게 만났던 일들을 잊지 말기 바란다. 오늘 우리의 만남을 기억한다면 앞으로도 많은 날 외롭고 서럽고 안타까운 순간에도 그 외로움과 서러움과 안타까움이 조금은 줄어들 것이다.

나도 하늘길 흐르다가 멀리 아주 멀리 반짝이는 별 하나 찾아낸다면 그것 이 진정 너의 별인 줄 알겠다. 나의 생각과 그리움이 머물러 그 별이 더욱 밝 은 빛으로 반짝일 때 나도 너를 알아보고 나를 향해 웃음 짓는 것이라 여기

겠다. 앞으로도 우리 오래도록 반짝이면서 외로워하기도 하고 서러워하기
도 하자.

오늘 우리가 여기서 이렇게 헤어지고 난다면 어디서 또다시 만난다 하겠는
가? 잡았던 손 뿌리치고 나면 언제 또 그 손을 잡을 날 있다 하겠는가? 너무
도 사랑스럽고 어여쁜 너, 오직 기적의 별인 너, 많이 반짝이는 너의 별을 데
리고 이제는 너의 길을 가라. 나도 나의 길을 가련다. 오늘은 여기서 안녕히!
나에게도 안녕히!

—「별 2」 전문

인용시는 '별'을 키워드로 전개되는 시다. 전체 구조는 '1연—기, 2연—
승, 3연, 4연—전, 5연, 6연—결'로 이어져 있다. 우리는 소망한 바의 만남
(1)이고, 별이지만 외로워하고, 서러워하고, 안타까워한 (2) 존재들이다. 그
러니 기쁜 마음 따뜻한 마음으로 머물다 가자. (3) 앞으로 다시 만날 기약이
없으니 지금의 정답고 아름다운 만남을 잊지 말자. (4) 앞으로 떨어져서 반
짝이는 너의 별 찾아보겠다. (5) 이제 서로의 길 가자. 안녕히 가라. (6)

별이 만나 서로 교감하다가 소중한 만남을 기억하며 다시 각자의 길로
간다는 내용을 차분히 풀어내고 있다. 인간은 순간 순간 살아가는 존재이
다. 그러므로 외로워하고 서러워하고 안타까워하는 감정을 사랑으로 소중
함을 일깨워 주고자 한다. 별은 그 자리에서 작지만 반짝이는 것이기에 인
생이라는 긴 여정에 반하는 어떤 불멸의 이상을 환기시켜 준다. 서정시 자
체가 이러한 인생론적인 '불멸의 이상'으로 인식하는 것이 아닐까.

나태주 시인은 서정시가 켜는 불심지를 '별'이라 하고 가없이 멀리 서서
바라보는 거리에 스스로의 삶을 부려 놓는 것인 듯하다. 그러므로 거리가
짧거나 긴 것이나 하는 장단이 중요하지 않고 느긋하고 여유롭고 본질의
속성에만 전념하는 시인이다. 그것이 또한 시의 고고함일 것이다.

3. 동시풍

나태주의 시에는 동시풍으로 읽히는 몇 작품이 보인다. '서정시—단형시—동심'으로 얽히는 것일까? 서정의 순질적 성격은 단형시로 흐르다가 그 물굽이에서 동심천사의 이미지를 만날 수가 있을 것이다.

> 팔랑팔랑
> 노랑나비 한 마리
> 춤을 추며
> 날아갑니다
>
> 살랑살랑
> 노랑 팬지꽃 한 송이
> 노래하며
> 날아갑니다
>
> 우리집 딸아이
> 노랑 우산 받쳐 들고 가는
> 아침 학교길
>
> 옷 벗고 추운 봄날
> 비 오는 아침.

—「비 오는 아침」 전문

이 시는 어른이 쓰는 동시이다. '우리집 딸아이'가 있어서 아버지가 쓴 동시인 셈이다. 최계락의 「외갓길」, 「학교길」 등이 연상되는 동시다. 여기에 이르러 나태주는 동시의 문턱을 넘고 있다. 곧장 동시로만 나가도 성공할 수 있으리라는 예단이 들기도 한다. 그만큼 그의 서정은 어린이의 길섶에서 서성이고 있다는 느낌을 준다.

> 딸아이의 머리를 빗겨주는
> 뚱뚱한 아내를 바라볼 때
> 잠시 나는 행복하다
> 저의 엄마에게 긴 머리를 통째로 맡긴 채
> 반쯤 입을 벌리고
> 반쯤은 눈을 감고
> 꿈꾸는 듯 귀여운 작은 숙녀
> 딸아이를 바라볼 때
> 나는 잠시 더 행복하다.
>
> ―「행복 1」 부분

이런 시는 반쯤 동심의 문을 열어 놓고 그냥 딸에 붙잡혀 동심을 따라가고 있다. 시인은 딸아이를 사랑하는 시를 몇 편 쓰고 있다. 그의 시심은 아내를 통해 딸아이로 옮겨 가고 이때 아내와 딸이 동일시 되어 사랑으로 귀결되고 있다. 시인은 딸이 자라 숙녀가 되는 생각만으로 이미 행복해지고 있는 것이다.

아내의 자리에 미래의 숙녀가 있다. '아내', '숙녀', '긴 머리', '꿈꾸는' 등은 서정의 울안에 있는 이미지요 형상에 속한다. 시인의 시는 동심으로 나아가며 각박한 현실에서도 아름다운 서정의 본연을 잃지 않고 있다.

4. 연작시

나태주 시인은 종종 연작시를 썼다. 시인이 하나의 주제로 연작을 쓴다는 것은 역량이 그만큼 넘친다는 것이다. 이것은 시인이 가진 시적 에너지일 것이다. 시의 단조로움을 피하기 위해 다양한 각도에서 조명을 했다는 증거이다.

사실 자연이나 삶이라는 것이 문자 1, 2, 3. 연작으로 내용을 첨가하거나 부가하여 총량을 늘이고 있다. 작품들을 찾아보면 다음과 같다.

「사랑이여 조그만 사랑이여(1-63)」, 「변방(1-52)」, 「그대 지키는 나의 등불(1-30)」, 「우리들의 푸른 지구(1-2)」, 「별(1-2)」, 「시인(1-2)」, 「봄(1-2)」, 「사랑(1-2)」, 「아침(1-2)」, 「혼자서(1-2)」 ……

이 중에 「사랑이여 조그만 사랑이여」 연작을 들여다보자. 각 편 1연을 제시하고 그 내용의 흐름을 짚어본다.

<pre>
연작 1 … 온종일 창가에 서서
             네 생각 하나로 날이 저문다
연작 5 … 하루만 보지 못해도
             무슨 일이 있지나 않을까
             네가 나를 아주 잊어버리지나
             않았을까……
연작 24 … 사랑은
             안절부절
연작 25 … 너로 하여
             세상이 초록빛으로 변했다면
             아마 나는 나를
             거짓말쟁이라 할 것이다
연작 36 … 네 나이 또래의 처녀애들을 보면
             내 가슴은 무지개빛 가슴이 되고
             너의 두 눈은 두 자루의 촛불이 된다
연작 56 … 너의 총명함을 사랑한다
</pre>

너의 젊음을 사랑한다
너의 아름다움을 사랑한다
너의 깨끗함을 사랑한다
너의 꾸밈 없음과
꿈 많음을 사랑한다

이상 56편 연작시 중에서 선집에 올려져 있는 6편의 각1연을 옮겼다. 사랑에 대한 주제를 놓고 각 연 1연만 끌고 왔는데 어떻게 흐르는지 보자. '네 생각 하나' - '하루만 보지 못해도' - '안절부절' - '너로 하여 세상이 초록빛으로' - '네 나이 또래 처녀애들을 보면' - '너의 총명함을 사랑한다'로 이어진다. 네가 내 생각의 전부이고 잠시라도 없으면 안되고, 그 상태는 안절부절이고, 너 때문에 나는 초록빛 싱그러움이 되고, 무지갯빛 가슴이 되고, 그리하여 나는 너 어디를 보아도 다 사랑스럽다는 것이다. 사랑은 전후좌우가 잘리지 않고 어느 쪽이든 생각의 실마리로 풀려나가는 주제임을 말해주고 있다. 연작은 이렇게 이동하며 카메라 앵글을 바꾸는 것이 자연스럽다는 것임을 증명해 준다. 이렇고 보면 사랑의 주제에 관한 한 무한대의 시간대에서 유락의 즐거움을 필요로 하는 것임을 알 수가 있다. 연작시는 사랑시를 위해 알맞은 톱니바퀴 돌리기라 할 수 있을 것이다.

나태주 시인의 보편적 서정과 지상의 사랑

1. 시의 보편적 서정

시에서 보편적 서정은 자연이나 일상에서 우러난다. 서정의 밭은 말할 것도 없이 자연이라 할 것이다. 대부분의 시가 순수 자연을 선택하고 있다. 제목만 보아도 나태주 시인의 시는 부드럽고 순서정이며 시 속에 신비와 섭리가 숨쉬고 있는 것임을 확인할 수 있다.

내 고향은
산, 산
그리고 쪽박샘에
늙은 소나무,
소나무 그림자.

눈이 와
눈이 쌓여
장끼는 배고파
까투리를 거느려
마을로 내리고

눈 녹은 마당에서
듣는
솔바람 소리.

부엌에서 뒤란에서
저녁 늦게 들려오는
어머니 목소리.

「내 고향은」 전문

고향에는 산이 있고 쪽박샘이 있고 늙은 소나무가 있고, 겨울에 눈이 내리고 그런 날 꿩은 암수컷이 마을로 내려오고 낮에 눈 녹은 마당에 솔바람 소리 들리고 부엌에서 뒤란에서는 어머니 목소리 들린다. 고향이다. 꿩이 움직이고 솔바람 소리 들리니 자연은 그 자체로 신비다. 거기에 어머니 목소리가 원형이다. 자연은 날것이나 바람이나 내리는 눈이거나 산수자연이다. 가함이나 인위가 무위로 있으면서 인간은 어머니 같은 모성으로만 존재하는 곳이 바로 서정의 공간이다. 나태주는 1971년이 등단년도인데 그

시대에 쓴 <내 고향은>을 읽으면 때 묻지 않은 자연 그대로의 순수 서정
이 시 전체에 흐르고 있음을 알 수 있다.

2. 지상의 사랑

나태주의 주제는 사랑이 압권이다. 양적으로 보거나 시적 자질의 깊이
로 보거나 사랑을 제치고 말하기 힘들다. 앞에서 지적한 대로 대표시 선집
238편 가운데 사랑을 테마로 한 시편이 84편이나 된다. 전체의 30%에 육
박한다. 그 중에는 대부분이 '너, 그대'에게로 지향하는 정서이고 그런 것
이라도 정신적인 지향이 일정 부분 드러나고 있음이 주목된다.

'천상의 사랑'이 신과 인간과의 사랑에서 인간과 인간의 사랑으로 넓혀
가는 것이지만 그 사랑은 결국 '지상의 사랑'의 완결도를 위해 존재하는 것
이기 때문이다.

세상에 와서
내가 하는 말 가운데서
가장 고운 말을
너에게 들려주고 싶다

세상에 와서
내가 가진 생각 가운데서
가장 예쁜 생각을
너에게 주고 싶다

세상에 와서
내가 할 수 있는 표정 가운데
가장 좋은 표정을
너에게 보이고 싶다

이것이 내가 너를
사랑하는 진정한 이유
나 스스로 네 앞에서 가장
좋은 사람이 되고 싶은 소망이다.

「너를 두고」 전문

인용시는 내가 너를 사랑하는 진정한 이유는 내가 너에게 가장 좋은 사람이 된다는 것 아닌가. 가장 고운 말, 가장 고운 생각, 가장 고운 표정으로 '가장 좋은 사람'이 되는 것이니 관계의 최상인 것이다. '세상에 와서'는 '지상으로 와서'의 뜻과 같다. 이런 지고한 사랑이 가능할까? 화자는 이런 사랑을 하고 싶은 소망을 지니고 있다. 그러므로 사랑은 일상 주변의 중심이 되어야 가능한 것이다. 이런 사랑의 에너지는 어디서 나오는 것일까. 다음 시를 보자.

사랑하는 사람들 사이에서는
더 많이 사랑하는 사람이
단연코 약자라는 비밀

어제도 지고
오늘도 지고
내일도 지는 일방적인 줄다리기

지고서도 오히려
기분이 나쁘지 않고
홀가분하기까지 한 게임

사랑하는 사람들 사이에서는
더 많이 지는 사람이

끝내는 승자라는 비밀

그걸 깨닫게 해준 너에게
감사한다.

—「너에게 감사」 전문

　사랑의 에너지는 '지는 것'에서 나온다는 것, 그것을 가르쳐 준 너에게 감사한다는 시다. 나와 너 사이에서 더 많이 사랑하는 사람이 약자인데 이 비밀을 가르쳐 준 사람이 너라는 것이다. 나는 어제도 지고 오늘도 지고 내일도 지는 게임을 하고 있다. 지고서도 기분이 나쁘지 않고 승자가 되는 사람이 나이다.

　이 지는 게임은 얼핏 보면 그리스도의 십자가에서 온 진리일 듯 싶다. 십자가에 못 박히는 고통과 희생으로 하늘나라에 들어갈 수 있다는 믿음이 승자의 길이기 때문이다. 그런데 이 시는 지는 일을 십자가에서 배운 것이 아니라 '너'에게서 배운 것이라 한다. 너는 내가 사랑해야 할 대상인데 그 대상이 사랑의 비밀을 일러준다는 것이다. 사랑이 사랑의 길, 사랑 실천의 현장이다. 현장이 움직임이고 나침반인 것이다.

내가 너를 생각하는 동안만
지구는 건강하게 푸르다

내가 너를 사랑하는 동안만
우주는 편안하게 미소 짓는다

오늘 비록 멀리 있어도 우리는
결코 멀리 있는 것이 아니다

푸르고 건강한 지구
그 숨결 안에서 우리들 또한 푸르다.

—「우리들의 푸른 지구 1」전문

이 시도 나와 너의 사랑의 의미를 짚어 주고 있다. 내가 너를 생각하고, 사랑하는 동안 지구는 건강하게 푸르다고 말한다. 그리고 우주가 편안하게 미소 짓는다고 말한다. 나와 네가 멀리 있어도 멀리 있는 것 아니라고 말한다. 사랑은 언제나 주변을 아름답게 만들고 주변을 거룩하게 만든다고 여긴다. 다시 부연하면 너가 있어서 푸른 지구, 건강한 지구가 된다는 것이다. 그러기에 나태주는 「겨울 장미」를 쓴다. "너를 사랑하고 나서/누구를 다시 더 사랑한다/ 그러겠느냐//조금은 과하게 사랑함을/나무라지 말아다오" 한 사람에게로 가는 절대적인 사랑을 과하다고 말하지 말아야 함을 강조하고 있다. 사랑에 대한 지향과 연소燃燒는 그것을 실존으로 감당할 때만이 아름다움에의 전인적 이행이 된다는 것이리라.

나태주의 '타인의 언어'로서의 사랑

1. 구조주의와 타인의 말

나태주 시인의 시에는 우선 국내 서정시인들 시가 연상되는 이미지가 등장하고 사랑을 주제로 한 구절들이 드러나고 있다. 이러한 두 가지 경우를 통해서 나태주 시를 구조주의에서 말하는 '타인의 언어' 관점에서 살펴볼 수 있다.

우선 '타자'(타인)의 언어에 대한 구조주의적 이론을 들여다볼까 한다. 이에 관한 저술은 '푸코, 바르트, 레비스트로스, 라캉 쉽게 읽기'(우치다 타츠루, 이경덕 역, 갈라파고스, 2010)에서 「타인의 언어를 말하는 우리」

(소쉬르) 대목이다.

"내가 말을 하고 있을 때 말을 하고 있는 것은 엄밀하게 말하면 내가 아닙니다. 그것은 내가 습득한 언어 규칙이고 내가 몸에 익힌 어휘이며 내가 듣고 익숙해진 표현, 내가 아까 읽었던 책의 일부입니다."

"따라서 내가 말하고 있을 때 내 속에서 말하는 것은 대부분의 경우 타인의 말이라고 생각하면 크게 틀리지 않습니다. 즉 내가 말할 때 그 말이 국어의 규칙에 속박되고 규정된 어휘로 이루어진 한 우리가 내용의 대부분은 타인으로부터 얻은 것이 되며 그때 내가 말한다 라고 하는 것은 부끄러운 일이 됩니다. 내가 말을 하고 있을 때 거기서 말해지는 것의 기원은 대부분 나의 외부에 있기 때문이지요."

우리가 시를 두고 말할 때도 시를 쓴 시인이 시를 쓴 것으로 볼 수 없고 시인의 언어는 이미 있었던 시 구절 내지 이미지의 총화이거나 그 굴절에서 탄생된 것이라는 점에 유의할 수 있다는 것이다. 베스트셀러 시인이거나 보편적인 품격을 지닌 시인일 때 보다 확고하게 시의 기원이 외부에 있다는 인식을 가져볼 필요가 있다는 것이다. 이를 데리다 같은 학자는 텍스트이론으로 본다는 것이다. 저자 또는 시인은 없고 그 자리에 텍스트가 차지한다는 이야기다. 이를 두고 "저자의 소멸"이나 "자아의 소멸"로 보기도 한다.

2. 세 사람 서정시와 나태주의 시

이제 나태주 시로 돌아와 시에 틈입해 들어온 다른 시인들의 정서나 시 구절, 이미지들을 챙겨 보자.

열 살에 아름답던 노을이
마흔 살 되어 또다시 아름답다
호젓함이란 참으로
소중한 것이란 걸 알게 되리라

「겨울행」에서

떠나야 할 때를 안다는 것은
슬픈 일이다

「사랑이여 조그만 사랑이여 58」에서

베갯모에 수놓인 두 마리의 두루미같이
댓돌 위에 벗어논 두 켤레의 비단신같이
사랑이여 길고 짧은 두 매듭의 옷고름같이
수줍음이여, 이슬길 풀섶에 숨어 피는 풀꽃과 같이

「박동리 소묘 18」에서

먼저 나태주의 「겨울행」은 박재삼의 「아지랭이」와 어떤 유사성을 이끌어내어 볼 수 있다. 이는 전혀 표절성이 있다거나 의도적 표현이라는 측면에서 말하는 것이 아니다. 어떤 무의식적 무의도적 유사성 또는 그 흔적을 집어내는 데 그 의미가 주어진다. 박재삼의 「아지랭이」를 보자.

스무살 무렵엔
웬 아지랭이가
그렇게 울었던지 몰라

(중략)
오늘은 그 아지랑이가
어느새 마흔 살로 늙어

눈에는 눈꼽도 낀 채
나를 대신하여 울고 있어라

—박재삼의 「아지랭이」

　박재삼의 「아지랭이」는 스무살 적 아지랑이와 마흔 살 적아지랭이를 비교하고 있는 데 비해 나태주의 「노을」은 열 살의 노을에 마흔 살의 노을을 비교하고 있다. 아지랑이와 노을을 인간의 연륜으로 대비하고 있다는 점에서 유사성이 있다. 이는 의인법이라는 비유에서 생겨난 표현이다. 이 두 시인이 의인법적 장치에서 얻어지는 나이 의식이 기묘하게도 만나고 있다.

　이형기의 「낙화」 1, 2행과 나태주의 「사랑이여 조그만 사랑이여 58」의 1, 2행은 가야함과 떠나야 함의 이미지로 만나고 있다. 구절이 그대로 맞물리는 것이 아니라 '떠나야 할 때를 안다는 것'과 '가야할 때가 언제인가를 분명히 알고 가는' 그 별리의 인식이 일치한다. 시어를 이루는 글자들과 글자들이 합동처럼 만나는 것이 아니지만 '떠남'과 '가야 함'이라는 헤어짐의 정서에서 서로 어울린다. 다만 그 외연은 유사함이지만 내포는 '슬픔'이고 '아름다움'이다. 서로 부딪치는 부분이라 하더라도 그 부분들이 변증법적으로 초월하는 것으로 읽을 수 있다.

　나태주의 「박동리 소묘 18」과 김영랑의 「돌담에 속삭이는 햇발」은 시의 행 끝이 '같이'로 되풀이 되고 있다는 점이 유사하다. 한 쪽은 '두루미같이', '비단신같이'이고 다른 쪽은 다음과 같다.

돌담에 속삭이는 햇발같이
풀아래 웃음짓는 샘물같이
내 마음 고요히 고운 봄길 위에
오늘 하루 하늘을 우러르고 싶다.

—김영랑의 「돌담에 속삭이는 햇발」에서

김영랑은 인용시 구절로 보면 시조형의 4음보 리듬이고 나태주는 3/4/4 3음보 리듬이다. 그렇지만 한 행의 끝처리가 '같이'로 되풀이 되는 점에서 두 작품이 유사하다. 그리고 각각의 3편은 서정시 지향의 한국적 본보기를 보여준다는 점에서 주목할 수 있다. 더 말하자면 유사함은 각각의 작품 내에서 자체 구조의 마땅한 위치를 차지하고 있어서 '상호 텍스트성'을 전제로 나타난 것이 아니다. 실로 우연히 각자의 위상과 형식에서 십분 자기 기능을 다하면서 일단 상대적 작품 속에서는 상호침투, 상호 텍스트성을 발휘하고 있다는 것이다.

3. 나태주 사랑시 구절과 다른 서정시인 시구절 유추

시인과 시인의 관계에서 '타인의 언어'를 살펴본 것에 유의하면서 다음에는 나태주의 사랑이라는 주제의 압도적 강세를 보이는 점에 유의해 보기로 한다. 보편적 정서에 속하는 사랑의 시는 그 측면에서 '타인' 내지 '타자의 언어' 쪽으로 관심을 돌려봄으로써 앞으로 구조주의 이해의 한 실마리를 제시할 수 있지 않을까 한다.

나태주의 사랑시는 보편성을 띰으로써 주요 시구절에서 다른 시인들의 사랑시 구절을 유추해 볼 수 있다. 이는 구조주의적 시어에 대한 인식의 확대에 기여하는 일이 될 것이다. 인용의 예는 사랑을 주제로 하는 나태주 시의 주요 구절이거나 이미지가 그 예이다.

* 샘물 가에서 물동이로 물을 기를 때「잘람잘람」
* 내가 남자도 아닐 때 세상의 여자들이 나를 좋아했다「명예」
* 누나의 알몸은 눈부셨다「한산세모시」
* 멀리서 머뭇거리기만 한다/기다려도 쉽게 오지 않는다「첫눈 같은」
* 너를 사랑하고 나서/누구를 다시 사랑한다 그러겠느냐「겨울 장미」

* 나는 울어도 너는 울지 말아라「벚꽃 이별」

* 조금은 떨리고 조금은 서럽고「그냥 낭만」

* 오늘도 나는 너를 바라보며/이렇게 울먹이고만 있다「어린 봄」

* 밤하늘을 우러를 때 거기/눈물 어린 별 하나 있거든「어린 시인에게」

* 여자 너머의 여자/오로지 귀여운 아이「너를 위하여」

* 사랑하는 마음 있어도/그것은 사랑한다는 말/ 쉽게 하지 않는 마음이란다
「우정」

* 너의 얼굴 바라봄이 반가움이다「끝끝내」

* 내가 하는 말 가운데서/가장 고운 말을 너에게 들려주고 싶다「너를 두고」

* 결코 아름답지 않은 세상/너 한 사람으로 하여 아름다웠다「의자」

* 우리는 서로가 꽃이고 기도이다「서로가 꽃」

* 오늘은 네가 나에게 지구이고/내가 너에게 지구이다「우리들의 푸른 지
구 2」

* 어둔 밤하늘에 별들이 빛나고 있었고/다만 내가 울고 있었을 뿐이다「꽃
과 별」

* 오늘 날이 맑아서/네가 올 줄 알았다「맑은 날」

* 네 손을 맞잡고 함께 지는 해를 바라보고 싶다「가을도 저물 무렵」

* 구슬로 맺혀 있는 이슬을 본다/그녀가 돌이와 울고 있었던 것이다「이슬」

* 애당초 못생겨서 좋아했다「장식」

* 좋은 것만 보면 무어든 네 생각이 나고 (고백」

* 부끄러워 숨기지 마라/사랑은 바로 그렇게 오는 것이다「사랑이 올 때」

* 얼굴이, 웃는/너의 얼굴이 세상의 전부이던 때 있었다.「사랑에 감사」

* 미루지 말고 사랑스럽다 말해 주어야 한다「여행 2」

* 내가 저에게 필요한 사람이게 하소서「한 소망」

* 어둔 하늘 혼자서 반짝이는 나는 별/외론 산길에 혼자서 가는 바람「부탁
이야」

* 몸 안에서 뭉클 안기는 바다「여인」

* 서툴지 않은 사랑은 이미 사랑이 아니다「사랑은 언제나 서툴다」

나태주 시인의 시에는 보편적이며 지순하고 절대적인 언어들이 품평회

하듯이 진열된다. 한 사람에게로 가는 절대적인 순정과 기울어짐이 있다. 한 사람 때문에 슬프고 눈물나고 통절하고, 한 사람 때문에 지구의 의미가 오고, 꽃의 의미가 오고, 외로움과 고적의 시간이 길어진다. 또 역설적 의미의 관계를 알게 된다. 애당초 못생겨서 좋아했다든지, 내가 남자가 아닐 때 좋아하는 여자가 생긴다든지, 서툴지 않으면 사랑이 아니라는 등의 기법적 이타적 세계에 경도되기도 하는 것이 사랑이고 사랑시인 것이다. 그런 정신이 있기에 날이 맑을 때 네가 올 줄 알았다는 말이 이해의 테두리 안으로 들어오는 것이리라.

이렇게 읽는 가운데 나태주의 사랑시는 낯설지 않은 시어, 어감, 이어지는 구절들로 다가온다. 그것이 우리나라 일반 독자들이 받아들여지는 것이기에 많은 독자권을 형성하고 있을 것이다. 마찬가지로 시인의 사랑시를 읽는 독자로서의 시인들에게도 부지불식 주고 받음의 침투작용이 가능하지 않을까 여겨진다. 상호침투는 구조주의에서 말하는 '타자의 언어' 또는 텍스트 이론을 가능하게 하는 여지를 보여주고 있다.

이쯤에서 앞에서 제시한 소쉬르의 '타인의 언어를 말하는 우리' 대목을 들여다볼 필요를 느낀다. "우리가 언어를 사용하는 한 하나의 언어 공동체의 가치관을 승인하고 강화한다는 사실을 확실히 알려주었다."에서 한 '언어 공동체'를 한 '시인 공동체'로 바꿔 볼 수 있다. 거기다 "내가 누군가로부터 들은 것은 문장이 마지막까지 완성되어 있다."에서는 '시 문장의 구절 마지막까지 완성되어 있다.'로 바꾸어 이해할 수 있다. 그러니 소쉬르의 '타인의 언어'는 '타 시인의 언어'로 열어놓고 바라볼 수 있게 하는 것이다.

다만 시에서 '타인 내지 타자의 언어'를 말할 때는 다음과 같은 과정이 성립될 것이다.

* 한 사람 ― (말하기) ― 타인(자)의 언어
* 한 시인 ― (시쓰기 : 형식＋내포) ― 타인의 언어(보편시인의 언어)

　나태주 시인은 각광을 받고 있는 서정시인이다. 그는 보편적 서정의 세계를 간단없이 유지해오면서 '지상의 사랑'을 구가한 70년대의 대표적 시인의 자리를 확보한 사람으로 평가된다.

　그는 서정시의 세계를 단단히 구축하기 위해 다양한 형식을 시도했다. 단형시, 산문시, 동시풍, 연작시형 등을 통해 서정시의 단순 체질을 극복하고자 했으나 그는 단시형에서 특히 두드러지는 시적 성과를 거둔 것이 아닌가 한다. 보편적 세계에 주류로 흐르는 주제는 단연 사랑에 관한 것일 뿐만 아니라 그 집중에서 구조주의적 '타자의 언어' 이해에 한몫을 거들어 준 것으로 이해된다. 그런 편에서 바라볼 때 그의 시는 평이하고도 매력이 있고, 가까이 가고 싶은 인력을 이끌어내 주고 있음을 확인할 수 있다.

　나태주 시인에게는 그리하여 다음과 같은 4행 단시가 씌어진 것일까? 스스로의 시를 알아듣기 쉽게 설명해 주고 있다. 쉽게 그리고 평범한 언어로 반짝일 수 있는 힘, 그것이 나태주 시인의 힘일 것이다.

　그냥 줍는 것이다

　길거리나 사람들 사이에
　버려진 채 빛나는
　마음의 보석들.

―「시 2」 전문

실존의 현장과 그 너머 사랑의 광야

고정희論

실존의 현장과 그 너머 사랑의 광야

고정희 시인은 1948년 전남 해남에서 태어나 1991년 6월 지리산 계곡에서 물에 휩쓸려 운명했다. 중고등학교는 검정을 거쳤고 한신대학교를 졸업하고 1975년『현대시학』으로 등단했다. 여러 자료에서 그녀는 페미니즘, 여성문화운동, 기독교 상상력, 여성해방의식, 민중의 아픔 등에 연결되어 있음을 알 수 있다. 시집은 10권이 있는데『누가 홀로 술틀을 밟고 있는가』(1979년), 『실락원 기행』(1981), 『초혼제』(1983), 『이 시대의 아벨』(1983),『눈물꽃』(1986), 『지리산의 봄』(1987),『저 무덤 위에 푸른 잔디』(1989),『여성해방출사표』(1990),『광주의 눈물비』(1990),『아름다운 사람 하나』(1991), 유고시집『모든 사라지는 것들은 뒤에 여백을 남긴다』(1992) 등이 그것이다.

고정희 시인의 친구인 사회학자 조한혜정은 "한편에서는 여성의 고통을 가볍게 아는 '머스마'들에 치이고, 다른 한편에서는 민족의 고통을 가볍게 아는 '기집아'들에 치이면서 그 틈바구니에서 누구보다 무겁게 십자가를 지고 살았던 시인"이라고 평했다.

해남신문의 김원자 고문은 한국 문학사에서 고정희 이전에 '여성의 경험'과 '여성의 역사성' 그리고 '여성과 사회가 맺는 관계방식'을 특별한 문학적 가치로 강조하고 이론화한 작가는 아무도 없었으며, 초기 시, 기독교적 세계관의 지상실현을 꿈꾸는 희망찬 노래에서부터 민족민중문학에 대한 치열한 모색, 그리고 여성해방을 지향하는 페미니즘 문학의 선구자적 작업에 이르기까지 다양한 시적 탐구는 한국문학사에 남을 귀중한 자산이라고 평가했다.

시동인 '목요시' 활동을 허형만, 김준태, 장효문, 송수권, 국효문 등 광주권 시인들과 함께 했다.

이 글을 쓰기 위해 필자는 첫시집『누가 홀로 술틀을 밟고 있는가』와 열 번째 시집『아름다운 사람 하나』두 권을 구입했는데 이는 '실존의 획득'과 '연시편' 양자에 국한된 시작품들이라 시인의 총체적 세계를 살피기에는 부족한 점을 밝혀 둔다. 다만 시 쓰기의 시작과 끝이라는 점에 유의한다면 제한된 자료로도 내면의 밀도를 측정할 수 있는 몫이 있으리라 기대를 건다.

'시인의 말' 두 편

지리산 계곡의 범람하는 물에 쓸려내려가 시 한 줄처럼 운명했다는 시인. 그 간명한 이미지만 살아서 신호를 보내오고 있다.

『누가 홀로 술틀을 밟고 있는가』,『아름다운 사람 하나』두 편의 시집 중에서『누가 홀로 술틀을 밟고 있는가』에 실린 '시인의 말'을 살펴보면

"시를 쓴다는 것은 내게 있어서 비로소 나를 성취해가는 실존의 획득 외에 아무것도 아니다.

내가 믿는 것은 실현하는 장이며

내가 보는 것을 밝히는 방이며

내가 바라는 것을 일구는 땅이다.

그러므로 시를 쓴다는 것은 내게 있어 가리고 선택하는 문제를 넘어선 내 실존 자체가 고상한 모습이다.

따라서 내가 존재를 포기하지 않는 한 이 작업은 내 삶을 휘어잡는 핵일 수밖에 없다. 그것은 일종의 멍에이며 고통이며 눈물겨운 황홀이다. 나의 최선이며 부름에의 응답이다" 라고 하였다.

고정희 시인은 처음부터 페미니스트도 아니고 여상 해방이니 민중의식에 빠져 있었던 것이 아니라 시와 지식인의 통과의례라 여길 수 있는 존재와 실존의식에 젖어 있었다. "시를 쓴다는 것은 나를 성취해 나가는 실존의 획득에 다름 아니다"고 밝힌다. 실현하고 밝히고 일구는 땅이 그 시의 현장인 것이다. 그런데 그 집착이 멍에이고 고통이며 황홀이 되기도 한다는 것 아닌가. 고정희 시인은 시집 서두에 "나를 성취해가는 실존의 획득 외에 아무것도 아니다" 라고 하였다. 이렇게 존재의 실상에 매달린 것이다. 이쯤에서 우리는 시인이 신학대학을 수료했다는 점에 눈길을 주어야 하리라. 적어도 실존을 그의 신학의 어깨 위에 올려 놓고 있다는 것이다.

마지막 시집(10권째)『아름다운 사람 하나』의 '시인의 말'을 적어본다.

"이 시집 사랑하고 또 사랑하는 당신께 바칩니다. 당신을 향한 나의 믿음, 신뢰, 소망, 기쁨, 고통, 노여움, 그리고 사랑과 힘이 이 시집의 기록입니다.

시 편편 글자마다 나와 이 세계의 문으로 상징되는 당신이 살아 숨 쉬고 있음을 행복하게 생각합니다.

어느 한 편도 눈물 없이 쓸 수 없었던 이 시편들, 그러나 사랑의 화두에 불과한 이 연시편 이 모든 이의 고통과 슬픔을 승화시키는 노래가 되기를, 그리고 내가 더 큰 사랑의 광야에 이르는 길이 되기를 빌어봅니다."

1990년 가을에 고정희 시인이 쓴 '시인의 말'이다.

이 짧은 '시인의 말'은 사랑하는 인간, 곧 보통의 사람에게 보내는 말인지 아니면 "글자마다 나와 이 세계의 문으로 상징되는 당신"이나 "한 편도 눈물 없이 쓸 수 없었던 시편들"이나 "모든 이의 고통과 슬픔을 승화시키는 노래가 되기를"이나 "내가 더 큰 사랑의 광야에 이르는 길" 등에서 암시하는 공동체 또는 시대에 관한 어떤 지향이 아닐까 한다.

말하자면 한용운의 『님의 침묵』에서 쓴 「군말」에서 "님만 님이 아니라 기룬 것은 다 님이다"하는 그 님을 추구하는 모형에 속하지 않을까 싶다.

시 쓰기와 실존의 현장

첫시집 『누가 홀로 술틀을 밟고 있는가』의 표제시는 여러 번 낭송가가 연습하듯이 죽 죽 읽어야 할 시다. 읽고 읽고 또 읽는 가운데 코드가 잡히는 대목들이 나타나 눈에 들어온다. 이 시는 다분히 신앙적이다.

먼저 술틀이 무엇인지 살펴보자. 예전에는 포도주를 만들기 위해 포도송이를 넣고 사람들이 발로 밟아서 짜는 큰 통인데 '포도즙 틀' 혹은 '즙 틀'이라고도 불린다.

성경에서는 바벨론 제국에 의해 짓밟히고 멸망당한 유다 백성의 피가 술틀에서 흘러 넘치는 포도주에 비유되기도 한다. 성경을 인용해보면 "내가 마치 포도주틀을 밟듯이 내 원수들을 밟아 버렸다. 세계 만민 가운데서 어느 누구도 나와 함께 일한 사람은 없었다. 세계 만민이 행할 불의와 폭행 때문에 내가 진노해서 그들을 술틀의 포도 송이들처럼 짓밟아 버렸다"는 말씀이 나온다.

"아무리 둘러보아도 나를 도와주는 자가 없고 나를 붙들어 주는 이가 놀랍게도 한 사람도 없었다. 그래서 내가 직접 내 손으로 일을 하고 내 분노의 힘으로 이 일을 단행하였다. 내가 이렇게 세계 만민을 포도송이들처럼 짓밟아 그들의 피를 땅바닥에 흘려 버렸다. 그들이 모두 내 분노의 술잔에 취하여 죽고 내 분노가 얼마나 무서운가를 느끼게 하였다."라고 하였다. 술틀을 밟는 행위는 이 세상에 깊이 뿌리 박힌 악에 대한 심판이다. 술과 죄악에 물든 사람들은 쾌락에 취하고 한 줄의 시는 버림을 당한다.

속이라도 비어 있는 빈 병들을 위하여
혼이라도 비어 있는 바보들을 위하여
눈 귀 비어 있는 저희들을 위하여
빈 바람 웅웅대는 민둥산을 위하여
언 강 하나 끌고 가는 순례자 위하여
아픈 심지 돋우며 홀로
술틀을 밟고 있는 사람아

갈 곳이 술집뿐인 석탄불을 위하여
떠날 일 없는 오두막을 위하여
치졸들 와글대는 사랑채를 위하여
활자만 줍고 있는 인쇄공을 위하여
이리 저리 떠밀리는 장바닥을 위하여
가야금 하나가 절정을 타고
한 줄의 시가 버림을 당할 때
둔갑을 꿈꾸는 안개 속에서
홀로 술틀을 밟고 있는 사람아

잠든 메시아의 봉창이 닫기고
대지는 흰 눈을 뒤집어쓰고 누워
작은 길 하나까지 묻어버릴 때
홀로 술틀을 밟고 있는 사람아
─「누가 홀로 술틀을 밟고 있는가」 부분

속이 비고, 혼이 비고, 눈 귀가 빈 것을, 빈 바람 민둥산을, 언 강 끌고가는 순례자 등을 두고 아픈 심지로 홀로 견디는 사람이 있다. 그는 홀로 술틀을 밟고 있다. 술틀은 세상이고 술틀에 들어간 포도가 으깨지고 터지는 것은 사후에 이루어질 결과인 것이다.

존재는 자립 완결이 되기를 바라지만 그것은 주변 상황이 다들 여의치 않으므로 불완전하게 산다. 그 삶이 부조리일 것이다.

갈 데가 술집뿐인 자, 사는 데가 오두막인 자, 치졸한 언어들, 활자만 들여다보는 인쇄공, 장바닥에 떠밀리는 자, 악기의 리듬에 한 줄 시가 버림받는 것은 영혼이 파괴되어 가는 다수의 심경을 주목한 것이다. 그 모두가 불안한 상황이다. 불완전과 안개 상황에서 신은 술틀을 밟고 있다. 술틀은 세상을 정화하려는 주관자의 의지이다. 메시아의 방이 닫기고, 대지는 눈으로 닫기고, 작은 길 하나마저 닫긴다는 것으로 타락과 절망에 찬 시대의 일면을 보여주고 있다. 술틀을 밟고 있는 자의 그 행위가 되풀이됨으로 어둡고 영혼이 피폐된 회개를 모르는, 죄악에 물든 현실세계의 모습을 볼 수 있다. 존재의 집은 흔들리고 훼손된 LP판이 돌고 있다.

시인이 '시집의 말'에서 지적한 대로 산다는 것 존재는 멍에이고 고통임에 분명하다, 그러나 스스로의 시적 이행은 눈물겨운 황홀이며 최선이며 응답이다. 시의 마력이 여기 붙어 있다. 시인에게는 이 되풀이가 출구이자 나를 사랑하는 일과 같다. 시적 미학이요 역설이다.

카타콤베를 사는 길

초기 그리스도인의 지하묘지 카타콤catacombs은 라틴어 단어들 '가운데'와 '무덤들'의 합성어이다. 무덤으로 사용하기 위하여 좁은 통로로 이루어진 지하묘는 로마제국의 박해기에는 피신처 역할을 하기도 한 곳이다. 고정희의 시 「카타콤베」는 그 카타콤을 가리키는 말이다.

1세기부터, 개종한 유태인으로 간주되었던 기독교도들은 종종 로마 영토에 살고 있던 유태인들과 같은 방식으로 매장되었다. 바위를 대충 다듬어 만든 무덤으로 이는 팔레스타인의 바위 무덤을 연상시켰다. 죽은 이를 성벽 안에 묻는 것은 로마의 법에 어긋났으므로 이러한 묘지는 성벽 외부

에 있었다. 성 베드로가 바티칸 언덕에 있는 커다란 공동묘지에 묻혔고 성
바울이 '오스티엔세 길'에 있는 공동묘지에 묻힌 것도 이러한 연유이다.

아버지 호적에 그어진 붉은 줄
30년 잠에서 내가 깨어났을 때
나는 이미 붉은 줄 무덤 안에 있었다
가없게도 공허한 아버지의 눈
삼십 지층마다 눈물을 뿌리며
반항의 이빨로 붉은 줄 물어뜯으며
무덤 밖을 날고 싶은 나의 영혼은
캄캄한 벽 안에 촉수를 박고
단절의 실꾸리를 친친 감았다

살아남기 위하여
맹렬한 싸움은 시작되었다
단 한 번 극복을 알기 위하여
삭발의 앙심으로 푸른 삽 곧추세워
무덤 안, 잡풀들의 뿌리를 찍었다.
맨살처럼 보드라운 잔정이 끊기고
잔정 끊긴 뒤 아픔도 끊겨
법 무서운 줄 모르는 욕망을 내리칠 때
눈물보다 질긴 피바다로 흘러 흘러
너 올 수 없는 곳에 나는 닿아 있었다

너 모르는 곳에 정신을 가둬두고
동서로 휘두르는 칼춤 아래서
우수수 떠나가는 사내들의 뒷모습.
참으로 외로워 고요히 웃는 밤이며
굴헝보다 깊은 나의 두 눈은

수십 질 굳은 진흙에 붙박여
끝끝내 가능의 삽질 소릴 울었다

삽은 또 하나의 무덤을 뚫고
다시 또 하나의 무덤을 찌르면서
최후의 출구를 일격 겨냥했다
한 치의 햇빛도 허용하지 않은 채 때로
별처럼 눈을 빛내며 아아
필사의 두 팔에 휘감긴 나의 날렵한
삽은 한껏 북받치는 예감에 떨며
무덤 속 깊이 깊이 벽을 찍어내렸다

나는 서서히 듣고 있었다
무덤 밖 웅웅대는 들까마귀 울음도
독수리떼 너의 심장 갉아먹는 소리도
이제는 먼 지하 밀림 속
뿌리 죽은 것들 맑게맑게 걸러져
한 줄기 수맥으로 길 뻗는 소리

―「카타콤베 ―6·25에게」 전문

　카타콤은 로마 여행이나 터키 여행 등을 한 사람에게는 여정에 카타콤이 빠지지 않는다. 지하무덤이고 박해를 피해 그곳이 생명을 살리는 은신처이기도 했다. 고정희의 카타콤은 6·25가 남겨준 이데올로기 대치상황과 그 부작용의 여파를 형상화한 시다. 화자는 아버지 호적에 붉은 줄이 그어져서 아버지의 사상에 의해 연좌제라는 멍에를 뒤집어 쓰고 사는 사람의 삶을 그린다. 카타콤베는 약자들의 은신처이다. 고정희 시인 태어날 때부터 붉은 줄에 걸려 지하묘지에 갇혀 살았던 처지와 다를 바가 없다. 사회가 정한 규정과 억압에 눌려 일생 감시 속에서 지내야 했을 것이다. 어두운 지하동굴에서 빠져나오지 못한 심정을 토로한 카타콤베는 6·25 전쟁과 밀접하게 이어진다.

우리나라에서는 그 제도로 자식이 공직 근무를 할 수 없게 되었는데 지금은 그 연좌제가 없어졌다. 이 제도가 있을 때 화자는 살아남기 위해 맹렬한 싸움을 걸었다.

현실에서 삽은 무엇이고 맨살, 잔정을 끊는 불행을 자초하고 저주하는 것의 과정은 무엇이었을까? 부자간의 단절 공직사회와의 단절의 사례는 각각 사람마다 달랐을 것이다. 우리 주변에는 이산가족으로 살아가는 사람들이 많다. 왜 고정희 시인은 「카타콤베」를 6·25라는 전제에서 만나게 된 것일까? 그만큼 우리 사회는 분단 남북이 갈라놓는 이념에 희생된 사람들이 많다. 시인은 이념의 무덤을 파고 잡풀을 쓰러트리고 그 벽을 삽으로 찍고 있다.

삽은 연좌제를 향해 있으면서 또 하나의 무덤, 또 하나의 무덤에 가 닿는다. 불행의 연좌제는 사슬처럼 이어지고 화자의 실존은 출구 없는 출구가 된다. 이 긴 사슬이 비극이고 실존의 변두리다.

사랑, 그 광야에 이르는 길

고정희 시인은 제5시집 『아름다운 사람 하나』는 그 표제의 말을 그대로 믿고 따라갈 수 있다. 시집 서두 '시인의 말'에 "이 시집, 사랑하고 또 사랑하는 당신께 바칩니다."로 시작하고 있다. "당신을 향한 나의 믿음, 신뢰, 소망, 기쁨, 고통, 노여움, 그리고 사랑과 힘이 이 시집의 기록입니다."라 한 것이 '아름다운 사람 하나'를 진짜 사람, 사랑하는 사람으로 적시하고 있다. 그럼에도 "나와 이 세계의 문으로 상징되는 당신"이라든지 "이 연시편이 모든 이의 고통과 슬픔을 승화시키는 노래가 되기를" 등에서 어떤 시사점이 있지 않을까 하는 기대를 걸기도 했다. 그런 부분에 대해서는 몇 편의 시사하는 비유나 언술의 확장성으로 읽을 수 있었다.

몸져 눕거나 상처난 것들

인간과 인간의 사랑은 사랑으로 몸져 눕거나 상처를 입고 아파하는 것
이 통상이다. 그 면모는 시집의 초두부터 적나라하게 드러난다.

오월의 융융한 햇빛을 차단하고 아파서 몸져 누운 날은 악귀를 쫓아내듯
신열과 싸우며 집안에 가득한 정적을 밀어내며 당신이 오셨으면 당신이 오
셨으면 하다 잠이 듭니다
기적이겠지 기적이겠지
모두가 톱니바퀴처럼 제자리로 돌아간 대낮에 이심전심이나 텔레파시도
없는 이 대낮에 당신이 내 집 문지방을 들어선다면 나는 아마 생의 최후 같
은 오분을 만나고 말 거야 나도 최후의 오 분을 셋으로 나눌까 그 이 분은 당
신을 위해서 쓰고 또 이 분간은 이 지상의 운명을 위해서 쓰고 나머지 일 분
간은 내 생을 뒤돌아보는 일에 쓸까 그러다가 정말 당신이 들어선다면 나는
칠성판에서라도 벌떡 일어날 거야 그게 나의 마음이니까 그게 나의 희망사
항이니까 ……하며 왼손가락으로 편지를 쓰다가 고요의 밀림 속으로 들어가
다시 잠이 듭니다 흔들림이 끝난 그 무엇처럼
—「아파서 몸져누운 날은」 전문

인용시는 사랑하는 사람을 기다리는 마음이 간절하다. 몸져누운 자리에
서 당신이 오기를 기다리며 기적같이 당신이 내 문지방을 성큼 들어선다면
최후 같은 오분을 만날 수 있다는 가상이다. 그 5분을 알뜰히 쪼개어 2분은
당신을 위해서 쓰고, 또 2분은 이 지상의 운명을 위해서 쓰고 마지막 1분은
나의 생을 뒤돌아보는 데다 쓸 것이라는 최후 정리의 긴박함을 풀어낸다.
그러다가 정작 온다면 입관 전의 칠성판에서라도 벌떡 일어나 사랑을 확인

하겠다는 것이다. 당신은 사랑이고 만나야 하기 때문에 편지를 쓰고 스르르 잠에 드는 것이다. 이 한 토막의 사랑에 대한 헌시는 애틋할 뿐만 아니라 몸저 눕고 신열과 정적에 짓눌리는 한낮의 상황을 드러낸다. 화자가 편지를 쓰는데 왜 왼손으로 쓰는 것일까? 읽는 사람의 정서나 체험에서 오는 것이라 일정 정답은 없을 것이다. 얼떨결일 수도 있고 왼손잡이일 수도 있고, 낯선 일을 만난 것에 대한 부적응의 태도일 수도 있으리라.

다음은 사랑이 자칫하면 상처로 얼룩이 지는 것이 빈번함을 말하고 있다.

당신이 조금만 더 친절했더라면 저 쓸쓸한 황야의 바람을 잠재울 수 있었을 것입니다 당신이 조금만 더 가슴을 열었더라면 저 산등성이 날아오르는 새들이 저무는 하늘에 신의 악보를 연주할 수 있었을 것입니다 당신이 조금만 더 조금만 가까이 다가설 수 있었더라면 세상은 한 발짝씩 천국 쪽으로 운행할 수 있었을 것입니다 벌써 까마득한 옛날, 당신을 처음 처음 만났던 날의 기쁨과 편안한 강기슭과 아름다운 섬의 일박 이일이 또 다시 내 가슴을 울렁거리게 합니다 우리들이 함께 춤추던 밤의 힘찬 포옹과 무심한 새벽 달빛과 무정한 세월 뒤에 속절없이 피고 지는 산꽃 들꽃이 또다시 온몸을 들썩거리게 합니다
아아 자나깨나 내 머리맡에 너무 큰 하늘이 내려와 있어 밤마다 서슬을 세운 별들이 명멸하고 적막한 산천 처마 밑에서 노여운 내가 마녀처럼 울고 있습니다

「상처」 전문

인용시는 당신에 대한 원망을 숨기지 않고 있다. 조금만 더 친절했더라면 조금만 더 가까이 다가설 수 있었더라면 세상은 처음 만났던 때처럼 새들이 신의 악보를 연주하고 세상은 천국 쪽으로 더 간절한 운행이 이루어졌을 것이라는 기대감을 놓지 않고 있다. 그러나 지금 화자는 "밤마다 서슬을 세운 별들이 명멸하고 적막한 산천 처마밑에서 노여워 마녀처럼 울고"

있다는 것이다. 그의 지극한 표현들은 출신이 신학대학인 데서 오는 기독
교적 언술에 기초하고 있다. 천국 쪽으로의 운행이나 노여운 마녀 같이 울
고 있다는 것이 그렇다. 그렇다고 그 언술이 성서적 비유나 줄거리에 닿는
것은 아니다. 천국, 마녀 등은 인류 구세사적 역할이 아니기 때문이다. 그
러나 사랑의 처음은 편안한 강기슭, 아름다운 섬에서의 일박과 춤과 포옹
으로 더할 수 없는 일반적 열애와 희열에 빠져 있었던 추억의 몫이다.

눈물로 흐르는 강, 지워지지 않는 얼굴

사랑은 한결같거나 기쁨의 강으로 흐르거나 하지 않는 그런 체험이 화
자에게 주어진다.

> 위로 받고 싶은 사람에게서 위로받지 못하고 돌아서는 사람들의 두 눈에
> 서는 북한강이 흐르고 있다는 것을 알았습니다 서로 등을 기대고 싶은 사람
> 에게서 등을 기대지 못하고 돌아서는 사람들의 두 눈에서는 북한강이 흐르
> 고 있다는 것을 알았습니다 건너지 못할 강 하나를 사이에 두고 미루나무
> 잎새처럼 안타까이 손 흔드는 두 눈에서는 북한강이 흐르고 있다는 것을 알
> 았습니다
>
> ─「북한강 기슭에서」 부분

위로 받고 싶은 사람은 위로 받아야 하고, 등을 기대고 싶은 사람은 등을
기대야 하고, 강 하나를 사이에 둔 사람은 강을 건너야 한다. 그러면 사랑
의 불편은 없어지는 것이다. 그리고 원만한 사랑을 이룰 수가 있다. 그러나
시의 화자는 그 반대다. 위로받지 못하고 돌아서는 두 눈에는 북한강이 흐
르고 기대지 못하고 돌아서는 두 눈에는 북한강이 흐르고 있다. 북한강이
눈에 흐른다는 것은 있을 수 없는 일이다. 그러나 시적 비유는 화자가 근접

해 있는 장소 내에서 찾는 것이므로 북한강의 도입은 과장이지만 적절하다. 도도히 흐르는 강이기에 아픔의 물굽이가 솟구치는 듯 눈물이 시간을 타고 흐르는 것일까.

냉정한 당신이라 썼다가 지우고
얼음 같은 당신이라 썼다가 지우고
불 같은 당신이라 썼다가 지우고
무심한 당신이라 썼다가 지우고
징그러운 당신이라 썼다가 지우고
아니야 부드러운 당신이라 썼다가 지우고
그윽한 당신이라 썼다가 지우고
따뜻한 당신이라 썼다가 지우고
내 영혼의 요람 같은 당신이라 썼다가 지우고
샘솟는 기쁨 같은 당신이라 썼다가 지우고
아니야 아니야
사랑하고 사랑하고 사랑하는 당신이라 썼다가
이 세상 지울 수 없는 얼굴 있음을 알았습니다

「지울 수 없는 얼굴」 전문

이 작품은 사랑의 깊이에서 물장구치는 애인을 보는 듯하다. 반복과 병렬의 미학이다. 사랑은 시시각각의 이행인데 냉정하다, 얼음 같다, 불 같다, 무심하다, 징그럽다, 부드럽다, 그윽하다, 따뜻하다, 영혼의 요람이다, 샘솟는 기쁨이다, 사랑하고 사랑하고 사랑한다, 지울 수 없는 얼굴이다… 사랑은 종잡을 수 없는 감정의 언덕들을 오르는 산행인 듯, 그 언덕이 무슨 언어의 형용이라도 수용하는, 말랑말랑한 천변만화다. 그 끝은 얼굴, 지울 수 없는 얼굴이라는 점이다.

고정희 시인의 한 사람에 대한 뜨거운 사랑, 그 집중과 선택과 희비쌍곡

의 격렬한 물꼬 트기는 그가 들어가 몸과 영혼으로 치받고 뜨거이 실천하
고자 한 사회적 이슈들을 잠시 던져 놓고, 그것의 실행이 겉도는 것인지,
그것의 이행이 전인적인지 자가 분석과 반성의 기회를 한 사람의 강을 건
너며 사색하는 것은 아닐까 싶다.

이름 부르기와 선물하기, 편지 쓰기

고정희 시인은 한 인간을 사랑하고 있다. 사랑이 가 닿을 수 있는 인간적
방법을 다 동원한다. 이름 부르기와 선물하기이다.

> 양수리와 춘천이 갈라지는 길목에서
> 불현듯 강물 같은 슬픔과 만났습니다
> 나는 당신의 이름을 불렀습니다
> 청평과 가평이 헤어지는 강변에서
> 산 같은 슬픔과 만났습니다
> 나는 주문처럼 당신의 이름을 불렀습니다
> 경기도가 동그렇게 모여 있는 들녘에서
> 상엿소리 같은 슬픔과 만났습니다
> 주님, 하고 부르듯
> 어머니, 하고 부르듯
> 나는 당신의 이름을 불렀습니다
> 과천 지나며
> 당신 이름으로 징검다리 하나 놓고
> 안양 지나며
> 당신 이름으로 징검다리 하나 놓고
> 군포 지나며
> 당신 이름으로 징검다리 하나 놓고

—「집으로 돌아오며」 부분

경기도 마을 이름들은 거룩한 성지로 순례길이 된다. 경기도가 번쩍 살아서 일어나고 있다. 한 시인이 호명하는 그 이름 곁에 경기도 행정 단위도 대접을 받고 있다. 여기서 경기도 시장 군수들이 "사랑하라, 호명하라" 외치고 싶어하지 않을까. 사랑은 누구의 것이든 이름만으로 눈물 겨웁다. "누님, 눈물 겨웁습니다" 같은 낯익은 시구절이 떠오른다. 이 시를 맛보기 할 때는 이런 구절들도 환영의 대상이리라.

김춘수 시인은 "내가 그의 이름을 불러 주었었울 때/그는 내게로 와서 꽃이 되었다"고 술회하는 시를 썼다. 화자도 그런 상황을 믿고 있을까, 거듭하여 부르고 부른다. 얼마나 불러야 그가 내게로 오고 내게 안기는 포근한 꽃이 될까? 화자의 사랑 구애는 물론 새로운 구애가 아니다. 그러므로 구애의 호출은 한 번에 임무 완료하는 호출이 아니다. 여기에 초기시가 말했던 실존적 부조리가 존재하고 사랑 속성의 한계점이 드러난다 할 것이다. 최근 어떤 시인은 사랑의 불확실성에 대해 토로하면서 고정희 시인 사랑의 허약성과 그 몸부림에 대해 십분 이해할 수 있다는 입장을 편 바가 있다.

다음은 사랑의 선물에 대한 시를 읽기로 하자.

생일 선물을 사러 인사동에 나갔습니다
안개비 자욱한 그 거리에서
삼천 도의 냉정한 이성에 다듬어낸
분청 들국 화병을 골랐습니다
일월성신 술잔 같은 이 화병에
내 목숨의 꽃을 꽂을까, 아니면
개마고원 바람 소릴 매달아놓을까
그것도 아니라면
장백산 천지연 물소리 풀어
만주 대륙 하늘까지 어리게 할까

가까이서 만져보고
떨어져서 바라보고
위아래로 눈 인두질하는 내게
주인이 다가와 말을 건넸지요
손님은 돈으로 선물을 사는 것이 아니라
마음으로 선물을 고르고 있군요
이 장사 삼십 년에
마음의 선물을 포장하기란
그냥 줘도 아깝지 않답니다
도대체 그분은 얼마나 행복하죠?

—「날개」 부분

인용시는 시인이 사랑하는 사람에 대한 경도가 얼마나 깊고 심원한 것인지를 선물 고르기로 드러나고 있다. 그냥 얼마짜리 유행하는 가치가 아니라 나라의 전통과 시간과 거기 목숨의 질긴 뿌리와 개마고원의 둘레와 백두산 천지연의 넓이 풍경의 우람한 민족의 숨결까지 이르는 세계를 포괄한다. 그 포괄의 광야까지 나아가는 마음으로, 시인은 사랑의 위의를 높이 세우고 있다. 인사동 도자가게 주인은 선물 고르는 사람의 태도에서 선물의 가치를 처음으로 알아낸다. "선물 받는 사람은 얼마나 행복하죠"라는 물음 한 줄을 시인에게 보내며 폭넓은 안목에 대한 경의를 표하고 있다.

고정희 시인은 한 사람에게로 가는 사랑의 넓이, 깊이, 그 뿌리에게 늘 당도하고자 한다. 이를 발견하거나 이정표를 또다시 확인하는 작업을 수없이 수행하고 있다. 그래도 화자는 쓸쓸해서 편지를 쓴다.

내 흉곽에
외로움의 지도 한 장 그려지는 날이면
나는 그대에게 편지를 쓰네

봄 여름 가을 겨울 편지를 쓰네
갈비뼈에 철썩이는 외로움으로는
그대 간절하다 새벽 편지를 쓰고
허파에 숭숭한 외로움으로는
그대 그립다 안부 편지를 쓰고
간에 들고나는 외로움으로는
아직 그대 기다린다 저녁 편지를 쓰네
때론 비유법으로 혹은 직설법으로
그대 사랑해 꽃도장을 찍은 뒤
나는 그대에게 편지를 부치네
비 오는 날은 비 오는 소리 편에
바람 부는 날은 바람 부는 소리 편에
아침에 부치고
저녁에도 부치네
아아 그때마다 누가 보냈을까
이 세상 지나가는 기차표 한 장
내 책상 위에 놓여 있네

「쓸쓸한 날의 연가」 전문

    시인은 지금까지 보면 이름 부르기, 선물하기로 최선 최상의 신호를 사랑에게 보내고 보냈다. 날마다 그의 직업이 사랑인 것처럼 살았다. 그래도 소통을 시도하는데 그것이 편지이다. 봄 여름 가을 겨울 사시사철 보낸 편지이다. 새벽에도 저녁에도 비 오면 비 오는 소리에 부치고 바람 부는 날은 바람부는 소리에 편지를 부쳤다. 외로움에서, 안부로 부치고 비유로 직설로 써서 부쳤다. 흉곽과 간과 갈비뼈와 허파는 몸의 소중한 뼈와 장기이다. 온몸으로 쓴 편지를 비 오는 날은 빗소리 편에 부치고 바람부는 날은 바람 부는 소리 편에 부쳤다. 그러나 아침저녁 누군가 기차표 한 장을 보내온다. 이 세상을 지나가는 기차표였다. 그 기차에 탑승하면 영영 돌아오지 못할 것이다. 어쩌면 시인은 점점 다가오는 자신의 죽음을 예감하고 있었을까. 참으로 쓸쓸한 나날들이다.

이쯤에서 독자는 1960년대 후반에 청마 유치환의 『사랑하였으므로 행복하였네라』라는 희대의 사랑 서간문집을 떠올리게 된다. 몇 년간 이틀 사흘에 한 번씩 꼬박 꼬박 우체통에 연서를 적어 넣었다는 이야기가 널리 알려졌다. 그 행적과 무상의 사랑 행위를 읽으면서 사랑의 순애보에 눈물을 흘린 사람이 많았고, 그 편지 쓰기의 열정이 어디서 오는지를 헤아리며 그 속에 있는 연시 또한 유사 이름의 시로 패러디가 되기도 했다.

하지만 고정희 시인의 대상은 사람이 아닌 더 큰 존재에 대한 고독의 행위로 나타난다. 보낼 수 없는 편지는 바람이 되기도 빗소리가 되기도 한다. 내면에 잠재한 외로움과 쓸쓸함은 대상이 없는 편지 쓰기로 나타나고 있다.

산상수훈의 패러디에 이르다

고정희 시인은 신학대학 출신이다. 사랑이 고통이고 괴로움이지만 그 끝이 좋을 것이라는 희망을 표현하고자 예수가 갈릴래아 호수 남쪽 끝 작은 산 위에서 행한 설교인 「산상수훈」을 끌고와 쓴다. 이 이야기를 '진복팔단'이라고도 한다.

> 더 먼저 기다리고 더 오래 기다리는 사랑은 복이 있나니
> 저희가 기다리는 고통중에 사랑의 의미를 터득할 것이요
> 더 먼저 달려가고 더 나중까지 서 있는 사랑은 복이 있나니
> 저희가 서 있는 아픔중에 사랑의 길을 발견할 것이요
> 더 먼저 문을 두드리고 더 나중까지 문 닫지 못하는 사랑은 복이 있나니
> 저희가 문 닫지 못하는 슬픔중에 사랑의 문을 열게 될 것이요
> 더 먼저 그리워하고 더 나중까지 그리워 애통하는 사랑은 복이 있나니

저희가 그리워 애통하는 눈물 중에 사랑의 삶을 차지할 것이요

「더 먼저 더 오래」 부분

더 먼저 기다리고 더 오래 기다리는 사랑(1단), 더 먼저 달려가고 나중까지 서 있는 사랑(2단), 더 먼저 문을 두드리고 더 나중까지 문 닫지 못하는 사랑(3단), 더 먼저 그리워하고 더 나중까지 그리워 애통하는 사랑(4단)까지 인용했지만 시는 7단까지 나간다. 더 먼저 외롭고 더 나중까지 외로움에 떠는 사랑(5단), 더 먼저 상처받고 더 나중까지 상처를 두려워하지 않는 사랑(6단), 더 먼저 목마르고 더 나중까지 목말라 주린 사랑(7단)은 복이 있어서 그 아픔 중에 복이 안겨질 것이라는 천국 소망'의 기대감을 표현하고 있다.

이는 성서에서 "지금 슬퍼하는 사람은 복이 있나니 천국이 그의 것이다"는 원문의 패러디이다. 시인이 갈증과 아픔과 절망의 갖가지 체험들에서 이겨낼 수 있는 마지막 보루는 성서에 있다는 믿음을 가진 것이 아닐까 싶다. 그의 성서적 낙관론은 그의 개인적 신념의 소산일 수도 있을 것이다. 어쨌든 사랑이 가지는 지애와 지순의 성취는 그가 일궈온 사회적 성취에 바탕이 되는 소중한 실천의 밑거름이 아닐까 한다.

이 글은 첫시집 『누가 홀로 술틀을 밟고 있는가』와 10번째 시집 『아름다운 사람 하나』를 대상으로 한 글이므로 가운데 8권이 가지는 세계를 다 빈칸으로 두고 씌어져서 시인의 시집이 주는 총체적 흐름은 평하기엔 부족한 면이 있었다.

그렇지만 초기시집과 끝시집이라는 양극을 살피는 것은 전혀 의미가 없지는 않을 것이다. 첫시집의 실존과 존재의 터치는 그 나름의 지적 성찰이고 시의 통과의례로 볼 수 있기 때문이다. 시인의 경우 존재를 건드리는 일은 하나의 멍에이며 고통이며 황홀이라고 볼 수 있다는 것이다. 진지함이

고 전인적인 세계로 가는 길목이기 때문이다.

고정희 시인은 이후 민주화나 광주의 눈물비, 여성해방이나 페미니즘, 출판문화운동 등 다양한 관심과 실천운동에 관여했지만 마지막에 이르러 아름다움의 발견과 사람 사랑의 개별성에 집착한다. 그리하여 고정희 시인이 찾아가는 길은 '아름다운 사랑'이다. 이 시집은 편편마다 "나와 이 세계의 문으로 상징되는 당신이 살아 숨 쉬고 있음을 행복하게 생각합니다."라고 밝혀 당신을 통해 세계로 가는 문을 연다는 언급이 자칫 한 개인에 국한될 수도 있지만 깊이 들여다보면 그 안에 들어있는 자연과 우주는 시인이 향한 사랑의 대상이 되고 있다.

시인 나희덕은 "서정시의 좁은 틀을 과감하게 부수고 새로운 형식의 가능성을 부단히 탐구했다는 점에서, 정치적으로나 성적으로 금기시되던 시적 언술들을 해방시켰다는 점에서 선구적 역할을 인정받기에 충분했다"며 "고정희가 없었다면 한국문학사에 페미니즘이라는 중요한 인식의 장은 훨씬 더 늦게 열렸을 것이다"고 평가했다.

산상수훈의 패러디는 고정희 시인 시의 탁월한 전략으로 보인다. 그리고 이것 자체가 만해의 '님만 님이 아니라 기룬 것은 다 님이다'에 상응하는 무게를 지니고 시의 폭을 넓히고 있다.

한국 현대 시인 열전

초판 1쇄 인쇄일	2025년 5월 20일
초판 1쇄 발행일	2025년 5월 26일

지은이	김미연
펴낸이	한선희
편집/디자인	정구형 이보은 박재원 안솔비
마케팅	정진이 근지은
영업관리	정찬용 한선희
책임편집	안솔비
인쇄처	으뜸사
펴낸곳	국학자료원 새미(주)

등록일 2005 03 15 제 395－3240000251002005000008 호
경기도 고양시 덕양구 권율대로 656 클래시아더퍼스트 1519, 1520호
Tel 02)442－4623 Fax 02)6499－3082
www.kookhak.co.kr
kookhak2010@hanmail.net

ISBN	979-11-6797-235-4 *93810
가격	38,000원

* 저자와의 협의하에 인지는 생략합니다.
 잘못된 책은 구입하신 곳에서 교환하여 드립니다.
 국학자료원·새미·북치는마을·LIE는 국학자료원 새미(주)의 브랜드입니다.